HEYNE <

Das Buch

Die ferne Zukunft: Die Menschheit hat sich über den Spiralarm der Galaxis ausgebreitet und eine riesige Konföderation, bestehend aus über hundert Planeten, geschaffen. Doch die Scaythen – skrupellose Wesen, die mit der Kraft ihrer Gedanken töten können – haben diese Konföderation unterwandert, die ehemaligen Hochstätten der Kultur liegen brach, die Herrschergeschlechter sind entmachtet oder ausgelöscht. Mit Hilfe der Scaythen konnte die »Kirche des Kreuzes« ihre Macht manifestieren und feiert nun ihren grausamen Siegeszug ... Doch es besteht eine letzte Hoffnung: Die alten Legenden von den Kriegern der Stille leben wieder auf – diese mythischen Wesen scheinen wirklich zu existieren. Aber konnten sie tatsächlich den Scaythen mit der spirituellen Kraft ihrer Gedanken entkommen? Und wohin sind sie geflohen? Ein kleiner Junge namens Jek At-Skin trägt die Wünsche und Hoffnungen der letzten Weisen in sich. Er macht sich auf nach Terra Mater, dem geheimnisvollen Planeten, auf dem alles seinen Ursprung hatte. Eine atemberaubende Reise beginnt ...

»Pierre Bordage ist der Meister der französischen Science Fiction!« *Le Figaro*

»Grandios! Wer endlich mal wieder in ein farbenprächtiges, actionreiches, fesselndes Abenteuer zwischen fernen Sternen und auf fremden Planeten eintauchen will, sollte Pierre Bordages Debüt in Deutschland nicht verpassen.« *Andreas Eschbach*

Der Autor

Pierre Bordage, 1955 in der Vendée geboren, studierte Literaturwissenschaft in Nantes. Mit seinem ersten Roman »Die Krieger der Stille« landete er auf Anhieb einen riesigen Publikumserfolg. Das Buch wurde mehrfach preisgekrönt, unter anderem mit dem renommierten Grand Prix de l'Imaginaire. Bordage lebt mit seiner Familie in Boussay an der Atlantikküste.

PIERRE BORDAGE

TERRA MATER

Roman

Aus dem Französischen
von Ingeborg Ebel

Deutsche Erstausgabe

WILHELM HEYNE VERLAG
MÜNCHEN

Titel der französischen Originalausgabe
TERRA MATER
Deutsche Übersetzung von Ingeborg Ebel

FSC
Mix
Produktgruppe aus vorbildlich bewirtschafteten Wäldern und anderen kontrollierten Herkünften
Zert.-Nr. SGS-COC-1940
www.fsc.org
© 1996 Forest Stewardship Council

Verlagsgruppe Random House FSC-DEU-0100
Das für dieses Buch verwendete FSC-zertifizierte Papier
Holmen Book Cream liefert Holmen Paper, Hallstavik, Schweden.

Deutsche Erstausgabe 1/09
Redaktion: Lilly Weigand

Printed in Germany 2009
Umschlagbild: Stephan Martiniere
Umschlaggestaltung: Nele Schütz Design, München
Satz: Buch-Werkstatt GmbH, Bad Aibling
Druck und Bindung: GGP Media GmbH, Pößneck

ISBN: 978-3-453-52409-5

www.heyne-magische-bestseller.de
www.heyne.de

Prolog

Die In-Creatur – das künstliche, nicht geborene Wesen – glaubte, das Schwierigste vollbracht zu haben: denn ihre im Universum verstreut lebenden Getreuen beraubten die Menschheit nun ihres Gedächtnisses, ihrer Macht. Und der unsterbliche Hüter der Inddikischen Wissenschaften hat sich, nach fünfzehntausend Jahren untadeliger Wachsamkeit, auf die Reise in eine andere Welt begeben.

Die In-Creatur stand kurz vor der Machtergreifung. Alles war bereit. Doch jetzt beschritt ein Mann den Weg des Lichts. Ein Mann, der die geheime Pforte gefunden hat, und der – sollte er in seinem Bestreben fortfahren – durchaus die Seinen zu ihren Ursprüngen zurückführen könnte. Dann würden die Menschen wieder die Oberhoheit erlangen. Seit Tausenden von Jahren kämpft die In-Creatur gegen die Vormachtstellung der Menschen, sie verfälschte die Worte ihrer Propheten und Visionäre; sie säte Tod und Verzweiflung durch Streit, Zwist und Krieg ...

Seit Urbeginn, seit die Materie unter den ersten Strahlen des Lichts Gestalt angenommen, seit die Wärme Leben ermöglicht und die Schöpfer ihr Werk begonnen hatten, musste die In-Creatur immer weiter zurückweichen, da sie diesen Kräften und der unaufhörlichen Ausdehnung des Universums nichts entgegenzusetzen hatte.

Und jetzt, gerade zu dem Zeitpunkt, an dem sie endlich die Früchte ihrer geduldigen Arbeit ernten könnte, behinderte dieser Abschaum das Wirken ihrer Göttlichkeit.

Denn dieser Mann hatte eine Vision: In der Ferne sah er ein herrliches Bauwerk, einen Tempel mit sieben Säulen und vielfarbigen Fenstern von unvorstellbarer Pracht. Dieser Tempel soll das Symbol des Ursprungs werden, das Urschiff, eine Arche, die die Inddikischen Annalen birgt – die unveränderlichen Gesetze der Schöpfung und somit den Schlüssel für die Renaissance der Menschheit.

Es drängte ihn sich zu beeilen, denn die Attacken der formlosen Kraft wurden immer heftiger, und zudem machte ihm diese unerträgliche Kälte mehr und mehr zu schaffen. Auch wenn die In-Creatur nicht direkt gegen Urmenschen – wie den unsterblichen Wächter der Annalen – vorgehen konnte, verstand sie sich doch geschickt darauf, deren Schwachstellen zu attackieren. Gierig drang sie in den Geist eines jeden ein, ließ vergrabene Erinnerungen auftauchen und säte Zweifel und Angst. Auf diese Weise würde irgendwann das mentale Gerüst dieses Menschen zusammenbrechen. Dann würde seine Persönlichkeit auseinanderfallen, er würde vor dem Nichts stehen. Hass und Entsetzen vernebelten sein Denkvermögen, und das Schiff des Lichts wurde immer undeutlicher. Eine tiefschwarze, eiskalte Spirale durchbohrte ihn und ließ ihn in einem Abgrund aus Schmerz und Verzweiflung zurück.

Er wachte im Packeis auf. Es war Nacht, und er war allein, vernichtet durch sein Scheitern. Nur seine Kleidung war ihm geblieben: eine leichte Tunika und eine Pluderhose, die ihm die Pilger geschenkt hatten. Seit Tagen marschierte er über das Eis, halb verhungert und erfroren, das einzige Geräusch war das Knirschen seiner Sandalen auf dem harschen Schnee, seinen Durst stillte er mit Eisbröckchen. Kein Stern leuchtete am nächtlichen Himmel. Das Gefühl, die Menschen verraten zu haben, lastete schwer auf ihm. Noch immer hörte er die Worte des unsterblichen Hüters des Schiffs des Lichts. Sie waren kein Trost für seine verzweifelte Seele.

»Du wirst allein sein ... Solltest du scheitern, bedeutet dein Scheitern das Ende der Menschheit und den Anbruch eines neuen Zeitalters – das Zeitalters des Unfassbaren, das Zeitalter des Planeten Hyponeros ...«

Er war erschöpft und fast am Ende seiner Kräfte.

Trotzdem musste er genügend Kraft aufbringen, um den geheimen Pfad wiederzufinden. Niemals könnte er sich verzeihen, das Unfassbare nicht bekämpft zu haben. Da sah er in der Ferne ockerfarbene Rauchfahnen aufsteigen.

Erst nachdem die Pilger einer nach dem anderen das Antra angerufen und um Hilfe gebeten hatten, weinte Aphykit. Die Pilger hatten sich bereits in der Unendlichkeit des Äthers aufgelöst, und das Dorf schien wie ausgestorben. Die einzigen Lebenszeichen waren die funkelnden Blüten des Dornenstrauchs, den der Narr gepflanzt hatte.

»Du darfst nicht weinen, Mama«, sagte Yelle. »Ich habe immer gewusst, dass sie fortgehen werden. Die Pilger haben mit der Arbeit begonnen, andere werden sie vollenden ...«

Überrascht wand sich Aphykit zu ihrer Tochter um. Das kleine Mädchen war erst sieben und ein verschlossenes Kind, das oft vor dem Dornenstrauch des Narren kniete und dann meistens Unverständliches murmelte. Von ihrer Mutter hatte Yelle das lange gewellte Haar und von ihrem Vater die graublauen Augen. Ihr Blick schien über Zeit und Raum hinwegzugleiten. Eine seltsame, verstörende Kraft ging von ihr aus. Und ihre kindliche Stimme glich einer schneidenden Klinge.

»Welche anderen?«, fragte Tixu.

»Jene, die den Ruf hören werden ... Das Blouf gewinnt an Macht ...«

Ihr Vater runzelte die Stirn. »Das Blouf?«

»Das alles verzehrende Böse. Gestern Abend sind sehr, sehr weit von hier zehn Millionen Sterne verschwunden. Wenn Shari zurückkehrt, braucht er Soldaten, um das Blouf zu stoppen.«

»Vielleicht lebt Shari schon nicht mehr, Yelle«, sagte Aphykit und seufzte. »Seit über sieben Jahren haben wir keine Nachricht mehr von ihm erhalten.«

»Shari lebt!«, antwortete das kleine Mädchen bestimmt. »Er kommt zurück.«

»Warum bist du dir dessen so sicher?«

»Die Blüten des Dornenstrauchs haben es mir gesagt. Wir müssen weiteren Pilgern helfen, auf Terra Mater zu kommen. Weil das Blouf jetzt die Seele der Menschen frisst, können sie immer weniger den Gesang der Quelle hören ...«

Yelle warf ihre Bettdecke von sich. Barfuß und nur mit ihrem Nachthemd bekleidet, lief sie über den verschneiten Dorfplatz und kniete vor dem Strauch. Dort betete sie mit ganzer Kraft – ein stummes Flehen durch Raum und Zeit.

ERSTES KAPITEL

Im Jahr 16 des Ang-Imperiums, am 7. Tag des Monats Mehonius, wurde ich zum jüngsten Kardinal der Kirche des Kreuzes ernannt. Noch war ich von einem glühenden Eifer besessen. Ich gehörte zu jenen, durch jahrelange Unterweisung, diamantrein geschliffenen, aber auch unerbittlichen Seelen und brannte darauf, alle Heiden zu bekehren, die Feinde des Glaubens und die des Wahren Wortes. Beim Anblick der langsam auf den Feuerkreuzen sterbenden Häretiker brach ich in ekstatische Tränen aus ... Das geschah lange vor dem Erscheinen des ersten Auslöscher-Scaythen ...
Am 10. Tag des Monats Mehonius wurde ich zum Stellvertreter seiner Heiligkeit, des Muffi Barrofill XXIV., auf dem Planeten Ut-Gen ernannt, der vor viertausend Standardjahren traurige Berühmtheit durch eine atomare Katastrophe erlangte, die drei Viertel der Bevölkerung auslöschte und die Hälfte seiner Oberfläche in Wüste verwandelte. Obwohl ich mir durchaus der Gefahren auf Ut-Gen bewusst war – atomare Verseuchung, Zerstörung der Zellen und somit frühzeitiges Altern, die Beta-Zoomorphie, eine ausgeprägte Form der Schizophrenie –, überwog die Freude über meine Ernennung. Die besorgten Mienen meiner Kardinalskollegen interessierten mich nicht, fühlte ich mich doch durch die himmlische Liebe der Kirche geschützt!
Am 38. Tag des Monats Mehonius betrat ich eine der Deremat-Kabinen im Palast Venicias und erlangte siebenundzwanzig Standardminuten später in einem der Tempel der Kreuzkirche in Anjor, der Hauptstadt, wieder das

Bewusstsein. Ein paar Missionare, einige Diener und ein Inquisitor-Scaythe begrüßten mich dort. Eine Abteilung kaiserlicher Interlisten hatte mit der Unterstützung der Pritiv-Söldner die lokalen Herrscher ausgeschaltet und eine neue planetarische Regierung installiert: einen korrupten Haufen, der aus sechs Konsuln, Ministern und hohen Beamten bestand.

Junge Leute, die Ut-Gen nicht kennen, sollten wissen, dass dieser Planet der einzig bewohnte im Sonnensystem des Gestirns Hares ist – obwohl die Lebensbedingungen dort sehr schwierig sind. Dieses Gestirn befindet sich seit zwanzig Millionen Jahren im Stadium des Verglühens. Deshalb wird es auf diesem Planeten seit dem Jahr 714 (nach dem alten Standardkalender) wegen der abnehmenden Strahlung von Hares immer kälter. Seit Jahrhunderten zählt die Ausbeutung von Uranerzen und dem darin enthaltenen seltenen Plutonium zur einzigen Ressource Ut-Gens. Zwischen den Jahren 950 und 3500 erlebte die aus den Skoj-Welten importierte Atomindustrie dort einen ungeheuren Aufschwung. Ut-Gen wurde zum interstellaren Zentrum der Kernenergie.

Die Kernspaltung mit ihrer Energie- und Waffenproduktion, die per Atomoducti dem Planeten einen großen Reichtum bescherte, führte im Jahr 3519 deshalb fast zu seinem Untergang. Ein fürchterliches Erdbeben zerstörte die meisten Produktionsstätten, worauf radioaktive Wolken mehr als siebzehn Milliarden Menschen das Leben kosteten und den Planeten in zwei Zonen teilte: eine gesunde und eine verseuchte.

Obwohl die Utgenianer wissen, dass ihre Heimat krank ist und die sterbende Sonne sie nicht mehr wärmen wird, haben sie nicht die Kraft, ihren Planeten zu verlassen. Mit erstaunlichem Gleichmut ertragen sie die fortschreitende Vereisung, die Verdünnung des Sauerstoffgehalts der Luft und die damit einhergehenden Unbilden des Klimas ... Und dieser Stoizismus wandelt sich langsam in Fatalismus.

Doch rufen wir uns die Worte des Predigers auf der Großen Düne von Osgor ins Gedächtnis zurück: »Oh ihr, die ihr euch widerspruchslos fügt, begreift ihr nicht, dass euch euer Fatalismus zu einer leichten Beute der falschen Propheten einer Irrlehre macht? Oh ihr, die ihr auf eure Freiheit verzichtet habt und euch in Illusionen wiegt ...«

Auf Ut-Gen erlebte ich, wie sich an dessen Bewohnern jene göttliche Pro-

phezeiung der Kirche des Kreuzes erfüllte. Aus dieser Erfahrung heraus möchte ich noch einmal unsere Novizen in den heiligen Propagandaschulen auf ein ehernes Prinzip hinweisen. Der Begriff Fatum – als verhängnisvolles Geschick –, ein beliebtes Argument Andersgläubiger, ist völlig abwegig, weil ein solches Denken die Saat des Wahren Glaubens wie Unkraut überwuchert und erstickt. Denn es finden immer mehr Kinderopfer, sexuelle kollektive Ausschweifungen und andere barbarisch-heidnische Riten statt.

Wie soll ich die Einheimischen beschreiben? Die utgenischen Männer sind klein und gedrungen, als würden die hier herrschende größere Schwerkraft als auf den Welten des Zentrums sie niederdrücken und deformieren. Ihre Gesichtszüge sind meistens grobschlächtig (der Beginn allgemeiner Beta-Zoomorphie?), ihre Brauen struppig, ihre Augen gelb und hervorstehend, ihre Nasen breit und flach, ihre Lippen dick, ihre Oberkiefer stehen vor ... Die Frauen hingegen sind groß gewachsen, feingliedrig und haben schöne Gesichter. Soweit ich das beurteilen kann, sind sie ebenso schön wie ihre Männer hässlich sind. Eine mögliche Erklärung dieses Phänomens – über die Wissenschaftler lächeln würden, die ich aber poetisch finde – wäre, dass der dem Mond zugeordnete Stoffwechsel der Frau (der Mann wird dem Einfluss der Sonne zugeordnet) sich besser den veränderten klimatischen Verhältnissen auf Ut-Gen anpasst hat. Ich spreche hier nicht von den in den verseuchten Gebieten lebenden Überläufern, den sogenannten Quarantänern. Diese Wesen ähneln eher apokalyptischen Monstern als Menschen. Sie verdanken ihr Überleben der ehemaligen Konföderation von Naflin und deren fanatischen Anhängern, den Rittern der Absolution. Man hat mir wiederholt vorgeworfen, die Vergasung und das Zuschütten der Schächte und der unterirdischen Behausungen im Nord-Terrarium – dem Wohnsitz der Quarantäner – befohlen zu haben, aber der Oberste Ethikrat der Kirche des Kreuzes, den ich bereits vorher konsultiert hatte, versicherte mir, mich voll und ganz in meinen Maßnahmen zu unterstützen.

Am 17. Tag des Monats Jorus auf Syracusa verurteilte ich meinen ersten Häretiker zum langsamen Tod am Feuerkreuz – einen Priester der H-Prime-Religion, einen Anbeter des Sonnengottes in Frauengestalt. Bis zu meinem letzten Atemzug – gebe die Kirche des Kreuzes, dass ich noch viele Jahre

lebe, denn meine Arbeit auf diesen niederen Welten ist noch lange nicht vollendet … – werde ich mich an den Hass erinnern, den er mir entgegenschleuderte, als die ersten Flammen an seinem Körper emporzüngelten. Er war im Gegensatz zu den meisten seiner Rasse ein außerordentlich schöner Mann mit einem stark entwickelten Geschlecht und somit schamlos in seiner Nacktheit. Und unter den Zuschauern waren viele Frauen, die er befruchtet hatte (natürlich hatten sie ihre Unschuld beschworen, aber der scaythische Inquisitor hatte sie mühelos überführt), und sie weinten.
Zu jener Zeit war ich ganz und gar von meinem Priesteramt erfüllt. Nichts anderes beschäftigte meine Gedanken. Ich musste nicht einmal die Hilfe der Auslöscher in Anspruch nehmen, um meine Jugend zu leugnen, um meine marquisatinische Herkunft zu vergessen … Der Sohn Jezzica Boghs, der Wäscherin des Runden Hauses mit seinen neun Türmen, hatte nie existiert … Der Spielgefährte List Wortlings, des Sohns des Seigneurs Abasky, hatte nie existiert … Der aufsässige Jugendliche, der zwei Tage und Nächte den Tod Armina Wortlings weinend beklagte, hatte nie existiert …
Ich lebte weit vom Planeten Syracusa, weit von den Intrigen der Hauptstadt Venicia entfernt. Wie hätte ich von den finsteren Plänen erfahren können, die dort im bischöflichen Palast geschmiedet wurden?

Mentale Memoiren des Kardinals Fracist Bogh, der unter dem Namen Barrofill XXV. Muffi der Kirche des Kreuzes wurde.

Jek betrachtete den Wachturm der Gedanken, ein schmales hohes Gebäude, das alle Flachdächer der Hauptstadt Ut-Gens, Anjor, überragte. Dort oben, im erleuchteten runden Raum des Wachpostens, konnte er die unbewegliche Silhouette des scaythischen Inquisitors in seinem grauen Kapuzenmantel erkennen. Darüber stand am dunklen Himmel die rötliche Scheibe der sinkenden Sonne Hares.

Diese beiden Phänomene, das eine künstlich, das andere natürlich, symbolisierten das doppelte Unglück, das über Ut-Gen hereingebrochen war. Nicht nur, dass vor viertausend Jahren Hares, der Sonnengott in Frauengestalt, die nukleare Pest über dem Planeten ausgebreitet und mehr als fünfzehn Milliarden seiner Bewohner dahingerafft hatte, dann landeten auch noch Legionen des großen Ang-Imperiums, Kreuzler, Scaythen, Pritiv-Söldner und Interlisten. Diese hatten die lokalen Ordnungskräfte ausgeschaltet und die sechs Konsuln entmachtet. Seit mehr als zehn Jahren führten sie, unter ihrem größten Fanatiker, dem Kardinal Fracist Bogh, ein Terrorregime.

Jek ging weiter. Obwohl er erst acht Jahre alt war, wusste er, wie gefährlich es war, länger vor einem Wachturm der Gedanken stehen zu bleiben. Dort riskierte er, den Argwohn des scaythischen Inquisitors auf sich zu ziehen. Und nach einem mentalen Verhör würde man ihn entweder vor eines der heiligen Tribunale stellen oder in eines der Zentren mentaler Reprogrammierung einweisen. Wenn er seinen großen Plan irgendwann realisieren wollte, durfte er keine Aufmerksamkeit erregen.

Er ging die Hauptstraße Anjors wieder hoch, eine schmale und gewundene Avenue, länger als einhundertvierzig Kilometer. Die immer leuchtenden mobilen Laternen warfen gelbe Lichtflecke auf die Bürgersteige. Etwas weiter war es stockfinster. Ebenfalls leuchtende, von Nebelschwaden umwallte steinerne Pfosten markierten die Eingänge zu den unterirdischen Bahnhöfen, des Transportsystems Anjors – TRA genannt.

Jek beschloss, die sieben Kilometer nach Hause zu Fuß zu gehen. Es war ihm lieber, zu spät zum Abendessen zu erscheinen und sich deshalb von seinen Eltern rügen zu lassen, als in eine dieser überfüllten U-Bahnen zu steigen, diese großen weißen Würmer, die lärmend durch die stinkenden, mit Schmiermittel getränkten Röhren unterhalb der Stadt kreuzten.

Zuerst ging er in Richtung des rund um die Uhr geöffneten Marktes von Rakamel und betrachtete die Auslagen der Agrargemeinschaft. Die Angestellten trugen Kittel und Mützen aus ungebleichter Wolle. Seit der nuklearen Katastrophe wurden Getreide, Gemüse und Früchte in riesigen wasserdichten Gewächshäusern kultiviert und büßten jedes Jahr mehr an Geschmack und Aussehen ein. Auch das Fleisch war grau und schmeckte nach nichts.

Wenn P'a At-Skin einmal guter Laune war – was immer seltener geschah –, setzte er seinen Sohn Jek auf seinen Schoß und erzählte ihm von den guten alten Zeiten auf Ut-Gen. Von jenen Zeiten, wo die Früchte saftig und süß schmeckten, die Tiere auf den Hochplateaus frei umherliefen und die Anjorianer im warmen Zougasmeer badeten ...

Jek fragte sich dann immer, woher sein Vater das wisse. Denn er war jetzt fünfundsechzig, und die Katastrophe hatte sich vor etwa viertausend Jahren ereignet. Er musste also über ein ungeheures Vorstellungsvermögen verfügen, um die riesige Packeisfläche in ein warmes Meer zu verwandeln. Doch Jek protestierte nie, er wusste, dass sein Vater manchmal das Bedürfnis hatte, allein durch Worte seine im Sterben begriffene Welt wiederauferstehen zu lassen.

Jek ging an den trübsinnig wirkenden Händlern vorbei zum Platz der Heiligen Folter. Vor der Kirche des Kreuzes, deren schlanke Türme einen seltsamen Kontrast zu den quaderförmigen Konstruktionen der einheimischen Gebäude bildeten, stand ein Wald aus Feuerkreuzen. Kardinal Fracist Bogh ließ sie Tag und Nacht von Scheinwerfern anstrahlen, sodass jeder die gefolterten Körper der Verurteilten sehen und Zeuge ihres manchmal länger als sieben Tage währenden Todeskampfes sein konnte ...

Jek senkte den Kopf und biss sich auf die Unterlippe, um nicht zu weinen. Auch wenn er diesen Anblick schon seit frühester Kindheit kannte, hatte er sich im Gegensatz zu den Gaffern nie daran gewöhnen können. Er ballte die Fäuste und steckte sie in die Taschen seiner Pluderhose. Dann lief er schnell über den Platz.

Außer Atem und schweißgebadet kam er schließlich zwei Stunden später zu Hause an. Zwei fahle Gestirne hatten Hares vom Himmel verdrängt. Sein Elternhaus im Wohnviertel Oth-Anjor – wörtlich: das alte Anjor – lag halb unter der Erde. Und P'a At-Skin war sehr stolz auf den schmalen Streifen künstlichen Rasens, der das Gebäude umgab und den er den »Garten« nannte. Ein unerhörter Luxus in einer übervölkerten Stadt wie Anjor, wo sich das gesamte Leben einer Familie in einem einzigen Raum abspielte: kochen, essen, streiten, schlafen.

Seine Eltern saßen bereits am Tisch, als er den zu ebener Erde gelegenen Raum betrat: Küche, Wohn- und Kinderzimmer zugleich. Also sein Zimmer, da er der einzige Sohn war.

M'a At-Skin warf ihm einen bösen Blick zu, und P'a At-Skin runzelte die Stirn. Seine Eltern waren streng. Jek hatte nicht viel zu lachen gehabt. Es sei denn, P'a At-Skin war mit glänzenden Augen und schwerer Zunge von seinen halbjährlichen Versammlungen zurückgekehrt. Doch seit beide zum Kreuzianismus konvertiert waren, wirkten sie noch ernster. Jeks Vater war geschrumpft, sein Rücken krumm, so als ob er sich um seinen dicken Bauch zusammenrollen wolle. Und das schöne Gesicht seiner Mutter war hart und faltig geworden. Unter ihrer traditionellen Kleidung, Jacke und Hose für die Männer, und eine lange Tunika samt enger Hose für die Frauen, trugen seine Eltern nun den Colancor. Und die drei Haarsträhnen, die man trotz des Colancors sehen durfte, welche eigentlich dieser Kleidung Anmut verleihen sollten, sahen bei ihnen lächerlich aus.

Sie hatten es sich in den Kopf gesetzt, ihrem Sohn die Grundelemente des Kreuzianismus' zu lehren, doch dabei stießen sie bei ihm auf hartnäckigen Widerstand. Jek weigerte sich kategorisch, den Messen in der Kirche beizuwohnen und dem göttlichen Wort zu lauschen. Schlimmer jedoch war es für ihn, dass seine Eltern nicht zur Konversion gezwungen worden waren, sondern quasi durch eine Erleuchtung spontan zu diesem Glauben gefunden hatten. Jedenfalls behaupteten sie das ... Doch Jek hatte das Gefühl, dass sie ihn belogen.

Als er jetzt wie erstarrt in der Tür stand, hatte er den Eindruck, zwei lebenden Toten gegenüberzustehen. Allein der aufsteigende Dampf aus den Tellern schien Leben zu verbreiten.

»Wo warst du, Jek?«, fragte M'a At-Skin mit dieser säuselnden Stimme, die nichts Gutes verhieß.

»Ich war spazieren, in der Stadt«, antwortete Jek.

»Immer dieselbe Antwort!«, sagte P'a At-Skin mürrisch.

»Und immer dieselbe Frage«, entgegnet Jek und seufzte.

Die Mahlzeit verlief in tödlichem Schweigen. Doch an den flüchtigen Blicken, die seine Eltern wechselten, erkannte der Junge, dass das Thema noch nicht vom Tisch war.

Schließlich hörte P'a At-Skin mit Kauen auf und wischte sich den Mund ab. »Jek ...«

»Jek ...«, sagte auch M'a At-Skin mit dieser besonderen Betonung.

»Jek, mein Sohn, du wirst immer unverschämter!«

»Und immer unerträglicher ...«

Jetzt bedauerte Jek, nicht dem Rat des alten Artrarak gefolgt zu sein, denn die Entschlossenheit, die er in den Gesichtern seiner Eltern lesen konnte, erfüllte ihn mit unsäglicher Angst.

»Jek, mein Sohn, wir haben, was dich angeht, eine Entscheidung getroffen«, fuhr P'a At-Skin fort.

»Es ist höchste Zeit, deinem rebellischen Kopf etwas Ordnung einzutrichtern«, fügte M'a At-Skin hinzu.

»Deswegen schicken wir dich morgen früh in die heilige Propagandaschule von Oul-Bahi ...«

»Das ist eine sehr gute Schule, wo du gefördert wirst ...«

Das Blut gefror dem Jungen in den Adern. Fast hätte er die bittere Erbsensuppe – eine kulinarische Tortur seiner Mutter – wieder ausgespuckt. Trotzdem zwang er sich, seinen Teller leer zu essen.

Jek stach sich mit einer Nadel aus dem Nähkorb seiner Mutter in die Wangen. Sein langer Marsch durch die Straßen Anjors hatte ihn erschöpft, und der Schlaf breitete gleich einem Vogel der Nacht seine Schwingen über ihm aus. Seine Glieder wurden schwer. Die gedämpften Stimmen seiner Eltern drangen an sein Ohr. Nur nicht einschlafen!

Auf die Ankündigung seiner Eltern hatte er emotionslos reagiert, doch sobald er in seinem Klappbett lag, hatte er heiße Tränen geweint. Sie wollten sich also von ihm trennen und ihn nach Oul-Bahi schicken, eine weit entfernte Provinzstadt, und ihn in eine Propagandaschule einsperren lassen, Tag und Nacht unter der Fuchtel dieser Kreuzler-Missionare. Jek beurteilte seine Eltern mit der Strenge aller Kinder, aber er liebte sie auf seine Weise, denn er erinnerte sich an glücklichere Zeiten, an das laute Lachen seines Vaters und die fröhlichen Augen seiner Mutter. Damals waren sie voller Wärme und Leben gewesen, und sein Elternhaus hatte einer winzigen heiteren Insel in dem ewigen kalten Grau Ut-Gens geglichen.

Er fuhr aus dem Schlaf hoch, schweißgebadet. Reflexartig stach er in seine Wange und schrie vor Schmerz laut. Dann lauschte er, alle Sinne angespannt.

Im Haus herrschte Stille, die nur von dem dumpfen Brummen der U-Bahnzüge und dem fernen Summen der Pendelflugzeuge für Handelsgüter unterbrochen wurde. Er stand auf und zog seinen Pyjama aus. Da M'a At-Skin die Angewohnheit hatte, seine Kleidung auf die Küchentheke zu legen, musste er den Raum tastend durchqueren. Es war Herbst, und P'a At-Skin hatte die Atom-Heizkugeln noch nicht installiert. (Auf Ut-Gen gab es nur drei Jahreszeiten: Tiefer Winter, Winter und Herbst.) Trotzdem fror Jek.

Seit länger als einem Jahr – genau gesagt, seit er Artrarak kennengelernt hatte – liebäugelte er mit seinem großen Projekt. Artrarak war ein alter Quarantäner aus dem Nord-Terrarium. Doch inzwischen musste Jek sich eingestehen, dass er diesen Plan nie hatte realisieren wollen. Es hatte sich vielmehr um einen Kindertraum gehandelt, eine Pforte zur Utopie, eine Flucht aus dem Alltagsleben, aus der Langeweile.

Jek stieß an einen Stuhl. Der Lärm war furchtbar. Er glaubte, sein Herz würde zerspringen. Wie erstarrt blieb er stehen und lauschte. Doch er hörte nichts, nicht die leiseste Reaktion.

Er – ein Kind von acht Jahren – war im Begriff seine Eltern zu verlassen, doch sie schliefen den tiefen Schlaf der Selbstgerechten. Widersprüchliche Gefühle beherrschten ihn. Einerseits wünschte er sich, sie würden aufwachen, ihn in die Arme nehmen und ihm tröstende Worte zuflüstern. Doch andererseits hoffte er, dass sie weiterschliefen und ihn seine lange Reise antreten lassen würden, eine Reise, von der er nie zurückkehren würde.

Er legte die Hand auf seine sorgfältig gefalteten Kleider – Ordnung, eine weitere Marotte M'a At-Skins – und zog sich hastig an. Schwieriger war es, seine gefütterten Stiefel zu finden, weil seine Mutter sie absurderweise manchmal in den Schrank unter dem Ausguss zu den Reinigungsmitteln stellte. Schließlich fand er sie, schlüpfte hinein und ging, immer noch vorsichtig tastend, zur Tür. Der Strahl einer mobilen Straßenlaterne drang durch einen Spalt der Antistrahlenrollos und wurde vom kugelförmigen Bildschirm des Holovisionsgeräts reflektiert.

Da Ut-Gen ein unbedeutender Planet des Imperiums war, konnten die Bewohner keine transstellaren Sendungen mehr empfangen, und über die nötigen Strukturen, eigene zu realisieren, verfügten sie nicht. Trotzdem hatte P'a At-Skin die Empfangskugel behalten. Sie sei hübsch als Dekoration, hatte er behautet. Doch vor allem war sie ein demonstrativ zur Schau gestelltes Objekt des Reichtums der Familie At-Skin, weil sich damals nur wenige Utgenianer eine Bildschirmkugel hatten leisten können.

Die Hand auf dem Türgriff drehte sich Jek noch einmal um und warf einen letzten Blick in den dunklen Raum. Ein Gefühl unendlicher Einsamkeit und Traurigkeit überkam ihn und hinterließ einen bitteren Geschmack in seinem Mund. Sekundenlang war er versucht, seinen wahnsinnigen Plan aufzugeben und in die Geborgenheit seines noch warmen Betts zu kriechen. Dann dachte er daran, was die Kreuzianer aus ihm in dieser trostlosen Stadt Oul-Bahi machen würden, an die unüberwindbaren Mauern der heiligen Propagandaschule und die strengen Gesichter der Missionare. Das bestärkte ihn in seinem Entschluss. Und was würde sein Fortgehen für seine Eltern bedeuten? Nur eins: dass er ging, ehe sie ihn fortjagen konnten.

Nur mühsam unterdrückte er seine Tränen, als er vorsichtig die Tür einen Spalt öffnete. Sein Vater hatte vorsorglich auch Jeks Zellenabdrücke in den Identifikator eingegeben, sodass jetzt kein Alarm ausgelöst wurde. Als er auf dem Bürgersteig stand, hatte er das Gefühl, sich in einer feindlichen Welt zu befinden.

Die Straßenlaternen verbreiteten nur diffuses Licht; sie glichen runden kurzsichtigen Augen, denen es nicht gelang, den dichten, über der Stadt liegenden Nebel zu durchdringen. Glücklicherweise war die Straße menschenleer. Jek schlug den Kragen seiner Jacke hoch und trottete zur nächsten U-Bahnstation des TRA.

Ein paar Minuten später betrat er die Gravitationsplattform, die ihn zum Bahnsteig brachte. Die automatischen Züge fuhren nachts selten. Die wenigen Passagiere standen müde in der Nähe der schwebenden Sitze. Sie nahmen jedoch nicht Platz, so als hätten sie Angst, vor Erschöpfung einzuschlafen.

Am anderen Ende des Bahnsteigs entdeckte Jek ein paar Interlisten in ihren schwarzen Overalls. Sollten sie ihn entdecken, würden sie ihn sofort mitnehmen und ihn einer zellularen Analyse unterziehen, ehe sie ihn wieder nach Hause brächten. Fast hätte er sich gewünscht, dass dies geschehe, denn er fühlte sich noch nicht sehr wohl allein und in Freiheit. Doch dann besann er sich: Jek At-Skin, der Abenteurer, bereit, das Universum zu entdecken, sollte so schnell aufgeben? Jek At-Skin, der Junge, der die drei legendären Persönlichkeiten kennenlernen wollte, von denen der alte Artrarak erzählt hatte, wollte seine Eltern nicht verlassen? Ja, er war der Sohn ganz gewöhnlicher Utgenianer und hatte sechs Monate im Bauch seiner Mutter und drei weitere im Familienbrutkasten verbracht – wie vor ihm P'a At-Skin und vor ihm Großp'a At-Skin ... Liebe und Abstammung hatten ein unsichtbares Band zwischen ihnen geknüpft ...

Doch darf ich mich deswegen vor dem Unbekannten fürchten?, fragte sich Jek. Ein abenteuerliches Leben mit der tristen Existenz hinter den Mauern einer heiligen Propagandaschule vertauschen?

Jek entdeckte ein Liebespaar in seiner Nähe, nicht zu jung, nicht zu alt. Mit etwas Glück würde man die beiden für seine Eltern halten.

Er ging hinter ihnen her, als der weiße, etwa fünfzig Meter lange Zug mit schrillem Kreischen in den U-Bahnhof einfuhr und hielt. Die Schiebetüren glitten mit einem pfeifenden Geräusch auseinander. Das Abteil war nur zu drei

Vierteln voll. Jeks Leiheltern setzten sich, eng aneinandergeschmiegt, auf eine leere Bank. So blieb genug Platz für ihren unbekannten Sohn. Mit dem Austausch von Küssen beschäftigt, schenkten sie ihm keine Beachtung.

Und während die Stationen an Jek vorbeizogen, beobachtete er die Verliebten aus den Augenwinkeln. Die beiden hatten sich noch nicht zur Kirche des Kreuzes bekehrt, denn sie trugen keine Colancors, und ein Kreuzler hätte es wegen des strengen Moralcodex' niemals gewagt, der Öffentlichkeit ein derart intimes Schauspiel zu bieten. Jek hoffte, dass dieses schamlose Benehmen nicht die Aufmerksamkeit der gefürchteten Interlisten ein paar Sitze weiter erregen würde. Auch fragte er sich, ob sich seine Eltern in ihrem Schlafzimmer im Keller noch küssten, doch dann fand er, dass dies ein lächerlicher Gedanke sei. Und je weiter ihn die U-Bahn aus dem historischen Zentrum Anjors forttrug, umso blasser wurde die Erinnerung an seine Eltern, eine Feststellung, die ihn verstörte. Plötzlich schien ihm, er habe sie schon vor Jahren verlassen.

Haltestelle Traph-Anjor. Hier musste er umsteigen und die U-Bahn zum Nord-Terrarium, dem Viertel der Quarantäner, nehmen. Jek mischte sich unter den Strom der Fahrgäste und ihm wurde fast schlecht, als er an den Interlisten vorbeiging. Aber die schwarzen Gestalten rührten sich nicht. Schnell ging er zur Umsteige-Plattform. Er hatte den alten Artrarak schon so oft besucht, dass er den Weg auch mit geschlossenen Augen hätte finden können. Es gab für ihn keinen Rückweg mehr, und er fragte sich, ob ihn der alte Mann auch zu nächtlicher Stunde empfangen würde.

Das Terrarium – die unterirdischen Stadtviertel, in denen die Überläufer der verseuchten Zone hausten – erstreckte sich über Hunderte von Hektar im Norden Anjors. Es war eine Stadt in der Stadt mit eigener Verwaltung, eigenem Handel und eigener Polizei. Ein Ghetto, das die »Oberirdischen«, die auf der Erde lebenden Anjorianer, nie aufsuchten.

Ehe Jek diesen Ort zum ersten Mal betrat, hatte er alle möglichen Geschichten über die Quarantäner gehört: P'a At-Skin zum Beispiel behauptete, die radioaktiven Stürme hätten bei ihnen seltsame Krankheiten und schreckliche Deformationen hervorgerufen. Er war der Meinung, dass man sie nie hätte in die geschützte Zone lassen dürfen, und dass sie sich dort wie Karnickel vermehrten und deshalb bald zahlreicher als die gesunden Utgenianer sein würden. Weiter pflegte P'a At-Skin dann über die Regierung vor tausendfünfhundert Jahren zu schimpfen; es sei inkompetent und schwach gewesen, keine magnetische Barriere zwischen den beiden Regionen zu errichten. Diese Politik sei erst zwei Jahrhunderte später von den berühmten Tyrannen der PUGU (der Partei der Ultragesunden Ut-Gens) korrigiert worden, indem sie die Quarantäner in riesige Luftschiffe verfrachtet hätten, die während des Flugs darauf programmiert waren, zu explodieren. Die Herrscher seinerzeit glaubten, Anjor von dem infizierten Gesindel befreit zu haben, doch etliche waren den Todesbrigaden entkommen, weil sie sich in den Abwasserkanälen der Hauptstadt versteckt hatten. Auf diese Weise war das Nord-Terrarium entstanden.

Als Jek zum ersten Mal das monumentale Tor des Ghettos durchschritt, hatte er einen furchtbaren Schrecken beim Anblick der spitzen ineinander verschlungenen Betonpfähle bekommen, die die riesigen Trichter in der Erde umgaben. Er hatte erwartet, aus den unzähligen schwarzen Höhlen, deren Eingänge an den glatten Abhängen der Schächte wie Löcher klafften, abscheuliche Monster auftauchen zu sehen, und nur die spöttischen Bemerkungen seiner Freunde hatten ihn damals davon abgehalten, gleich wieder umzukehren. Doch dann hatte er festgestellt, dass die Quarantäner fast Menschen wie alle anderen waren. Er hatte sich an ihre entstellten Gesichter und Körper, an das seltsame Gluckern in ihren Bäuchen während des Sprechens gewöhnt und ihre Warmherzigkeit, ihren Humor und ihre Lebensfreude schätzen gelernt. Ihre Vorfahren waren zwar dem Zorn des Sonnengottes der H-Prime-Religion zum Opfer gefallen, aber sie litten nicht unter diesem alles beherrschenden Missmut, der die auf der Oberfläche lebenden Anjorianer innerlich zerfraß.

Die Kreuzler-Missionare wagten sich nicht in das Nord-Terrarium. Was nicht bedeutete, dass die Kirche sich nicht für das Schicksal der Quarantäner interessierte. P'a At-Skin hatte davon gesprochen, der Kardinal Fracist Bogh und seine Ratgeber dächten über eine radikale Intervention nach, um das Ghettoproblem ein für alle Mal zu lösen.

Jek lief die Treppe zum Schacht A 102 hinunter, bis zum obersten Ponton. Hier herrschte Dunkelheit. Seine Schritte auf den metallenen Stufen hallten dumpf von den Wänden wider. Er ging zu der Leuchtkonsole in einem der schwebenden Leitungsmasten und drückte auf den Knopf, der die Gravitationsplattform herbeirief. Ein peitschender Wind wehte ihm seine Haare ins Gesicht. Er musste sich an das Geländer des Pontons klammern, um nicht das Gleichgewicht zu verlieren und in den einige hundert Meter tiefen Abgrund zu stürzen. Über ihm waren die Sterne und die bleichen Sicheln der Satelliten durch den dichten Nebel kaum zu sehen.

Kurz darauf tauchte die Plattform aus dem Dunkel auf und dockte langsam an dem Ponton an. Jek gab die Zahlen 2,5,4 mit der Tastatur der Konsole ein und stellte sich vorsichtig in die Mitte der kreisrunden, im Durchmesser etwa zwanzig Meter großen Plattform. Sie war mit keinem Schutzgeländer versehen wie die Plattformen des TRA, sondern von einem künstlichen Gravitationsfeld umgeben. Deshalb ging Jek, auch tagsüber, nie an den Rand, um nach unten zu schauen. Wie erstarrt stand er jetzt da und wartete auf das erlösende Gefühl, wieder festen Boden unter den Füßen zu spüren.

Die Plattform schwankte leicht, drehte sich um sich selbst und begann mit einem leisen Summen ihren Abstieg. Sofort gewann sie rapide an Fahrt. Da kein Zwischenstopp einprogrammiert worden war, wurde die Beschleunigung durch nichts gebremst. Obwohl Jek von der künstlichen Schwerkraft gehalten wurde, überkam ihn plötzlich die Angst, in dieser totalen Finsternis in den Abgrund zu stürzen. Sein Herz raste.

Als die Plattform langsamer wurde, beruhigte sich Jeks Herzschlag. Sie legte mit einem Klick an einem schmalen Rezeptions-Ponton an. Das künstliche Gravitationsfeld wurde deaktiviert. Noch benommen und mit weichen Knien machte sich Jek auf den Weg, ohne wie sonst einen Blick in Richtung Schachtöffnung zu werfen, die von oben so groß und von unten so klein wirkte. Ohne zu überprüfen, ob er wirklich auf dem Niveau-254 angekommen war, ging er direkt in den Tunnel, der zu den unterirdischen Behausungen führte.

Er lief zur ersten Weggabelung, einem kleinen, von einem Deckengewölbe überspannten Platz, von dem ein Dutzend weitere Gänge abzweigten. Er konnte fast nichts sehen, aber dank seiner früheren Besuche kannte er den Weg. Die Leuchtstränge in den Tunneldecken brannten nicht. Nur schmale Lichtstreifen fielen aus den Schleusenkammern der noch beleuchteten Behausungen. Jek hatte sich immer gefragt, wie die Quarantäner den Tag von der Nacht unterscheiden konnten. Jetzt wusste er es: Wenn die Nacht hereinbrach, schalteten sie einfach das Licht in den Tunneln aus.

An der sechsten Abzweigung betrat er einen schmalen, gewundenen Gang, in dem ein ganz besonderer Geruch herrschte – nicht der modrige Gestank, der für das Ghetto charakteristisch war –, ein Geruch, der ihm sagte, dass es nicht mehr weit sein konnte. Kurz darauf kam er in eine große Grotte, eine Plumengplantage. Die aromatische Wurzel des Plumengs war das Basisprodukt, das die Quarantäner für fast alle Gewürze, Pomaden und Salben verwendeten.

Ein Lichtstrom ergoss sich aus der Wohnhöhle des alten Artrarak und beleuchtete ein Stück schwarze Erde, streichelte die braunen, geäderten Blätter der Plumengs und wanderte über eine zerklüftete Wand, ehe er sich in der Tiefe der Grotte verlor. In der Stille war nur ein leises Plätschern zu hören. Jek kam langsam wieder zu Atem und wischte sich mit seinem Jackenärmel Schweißtropfen von der Stirn.

»Du hast dich also entschlossen!«, hörte er plötzlich eine tiefe und melodiöse Stimme.

Jek schrak zusammen. Der alte Artrarak tauchte aus der Dunkelheit auf und ging lächelnd zu seinem jungen Freund.

Das Schicksal schien sich bei diesem Quarantäner einen besonders üblen Spaß erlaubt zu haben. Nicht nur, dass er einen fast unaussprechbaren Namen hatte, sein hässlicher Kopf widersprach jeglicher Ästhetik. Die Augen befanden sich nicht unter der Stirn, sondern rechts und links neben der schnauzenförmigen Nase. Sie lagen so tief in ihren Höhlen, dass man sie zuerst für ein weiteres Paar Nasenlöcher hielt, ehe man ihr Funkeln entdeckte. Der Mund ging bis zu den Ohren, die an den Schläfen saßen. Auf dem verbeulten Schädel spross spärliches weißes Haar. Arme und Beine waren so dünn und lang, dass der Mann wie eine Spinne wirkte. Und diese Gestalt war in Lumpen gehüllt, grob zusammengenähte schmutzige Stofffetzen, die man kaum als Kleidung bezeichnen konnte. Die ganze Hässlichkeit verschwand jedoch wie durch einen Zauber, wenn Artrarak sprach. Die Schönheit seines Wesens drückte sich vollkommen in seiner Stimme aus, einer warmen, tiefen, beschwörenden Stimme. Sie perlte aus seinem Mund wie duftendes Wasser aus einer Quelle, sie floss wie ein stetiger magischer Fluss dahin, in den Jek immer wieder mit Entzücken tauchte. Die kleinen Anjorianer, die ihn besuchten, wussten nicht wie alt er war, aber sie hatten ihn spontan den »alten Artrarak« genannt. Unter den anderen Quarantänern galt er als Außenseiter, ein Schwätzer, der seine eigenen Legenden zu glauben schien.

Jetzt sah Artrarak besorgt aus. Seine knochigen Finger gruben sich schmerzhaft in Jeks Schulter. »Du bist ausgerissen, nicht wahr?«

Jek nickte.

»Sehr schön, das macht mir Mut! Wenigstens einer, der meine Geschichten glaubt.«

»Meine Eltern wollten mich morgen früh in eine dieser heiligen Propagandaschulen schicken ...«, sagte Jek, den Tränen nahe.

»Oh, oh! Das ist also ein Notfall. Komm in meine Höhle. Dort können wir besser reden.«

Jek kam ein hässlicher Gedanke: Kann ich dem alten Artrarak wirklich Glauben schenken? Und wenn seine schönen Geschichten nun nichts als Phantastereien eines kranken Hirns sind? P'a At-Skin hat häufig gesagt, dass die Quarantäner oft unter Schüben akuter Schizophrenie litten. Dann glauben sie Dinge zu sehen und zu hören, die überhaupt nicht existieren. Vielleicht gab es diese legendären Gestalten; die schöne Syracuserin, Naïa Phykit, den Oranger Sri Lumpa und den Mahdi Shari von den Hymlyas überhaupt nicht? Plötzlich kamen Jek diese ganzen Geschichten ziemlich unwahrscheinlich vor, dass jemand den Fängen einer Riesenechse auf dem Planeten Zwei-Jahreszeiten entkommt, die mentalen Inquisitoren an der Nase herumführt und allein durch die Kraft seiner Gedanken reist ...

Artrarak ging mit dem Jungen in seine Höhle und bedeutete ihm, sich auf einen der Steinhocker zu setzen. Die Möbel in seiner Behausung beschränkten sich auf das Nötigste: noch zwei weitere Hocker, ein Tisch aus Lehm, ein paar Regale, die er aus dem Fels herausgearbeitet hatte, und eine Matratze aus Plumeng auf dem Boden. Die große, phonetisch steuerbare Lichtkugel war sein einziges Zugeständnis an die Moderne. Doch ganz gleich zu welcher Jahreszeit, ob im Tiefen Winter, Winter oder Herbst, und obwohl der alte Mann keine atomare Heizkugel besaß, herrschte in seiner Höhle immer eine angenehme Temperatur.

»Du musst hungrig und durstig sein«, sagte Artrarak.

Ohne auf eine Antwort zu warten, verschwand er in einem dahinterliegenden Raum. Jek überkam plötzlich eine unendliche Müdigkeit. Bei seinen Eltern musste er immer früh zu Bett. Daher war er jetzt richtig benommen und nahm seine Umgebung nur noch verschwommen wahr.

»Da! Das wird dir wieder Kraft geben. Und die wirst du brauchen, weil du schon vor Tagesanbruch wieder aufbrechen musst. Denn wenn deine Eltern dein Verschwinden bemerken, werden sie sofort die Interlisten benachrichtigen, und die schicken eine Geruchserkennungssonde hinter dir her ...«

Artrarak stellte Jek ein Tablett hin, und der Junge griff automatisch nach einer Tasse. Das heiße, bittere Getränk trieb ihm Tränen in die Augen.

»Vielleicht könnte ich die Sonde von deiner Fährte ablenken, aber da bin ich mir nicht sicher«, fuhr der Quarantäner fort. »In Sicherheit wirst du erst in der verstrahlten Zone sein ...«

Jek starrte den Alten entsetzt an.

»Die verstrahlte Zone?«

»Das ist die einzige Region, die die Interlisten nie betreten, auch die Kreuzler, die Scaythen oder die Pritiv-Söldner nicht! Doch du brauchst dir keine Sorgen zu machen. Du wirst dich dort nur kurze Zeit aufhalten, sodass dir die Strahlung nichts ausmacht. Dreißig Jahrhunderte, das ist ewig, und währenddessen haben unsere Freunde, die Atome, ihre furchtbare Zerstörungskraft verloren ...«

»Aber da kommt man nicht rein ... Die magnetische Hochspannungsbarriere ...«

Artrarak lachte. »Die Quarantäner überschreiten diese Grenze jeden Tag zu Hunderten und kehren unbeschadet zurück! Keine Hochspannungsbarriere hindert Ratten zu graben ... Und du wirst der erste Anjorianer sein, der diese unterirdischen Wege beschreitet. Das ist eine große Ehre ... Und vor allem ist es die einzige Möglichkeit, Ut-Gen unbemerkt zu verlassen, denn alle Deremats und alle regelmäßig verkehrenden Raumschiffe werden von Aufsichts-Scaythen kontrolliert. Sie können deine Gedanken lesen, als würden sie in einem Buch blättern. Doch von der verbotenen Zone aus gelangst du in die Stadt Glatin-Bat. Dort fragst du nach dem Raumschiff des Dogen Papironda. Der Mann ist zwar ein Plünderer und Halsabschneider, aber wenn du ihm sagst, dass ich dich schicke, wird er dich zum Planeten Franzia bringen, er gehört zum Sternhaufen von Neorop ...«

Gewöhnlich erweckte Artraraks Rede glühende Begeisterung in Jek, doch in dieser Nacht gefror ihm fast das Blut in den Adern. Vielleicht hatte es damit zu tun, dass der alte Mann in seinen Erzählungen immer nur vom Ziel der Reise gesprochen hatte, aber nie, wie man dorthin gelangte. Jetzt erst ahnte Jek, welche Schwierigkeiten ihn erwarteten. Es war etwa so, als ob er sich eine Zeichnung vorstellte und sich dann an die Ausführung machte. Jeder Strich auf dem Papier schien ihn von dem grandiosen Bild in seiner Phantasie weiter zu entfernen. Ein Abgrund tat sich zwischen Traum und Wirklichkeit auf. Nicht nur, dass er sich in die verseuchte Zone begeben musste, er bekam es auch noch mit einem Verbrecher zu tun, einem dieser Piraten, die skrupellos im Weltraum operierten und von dem P'a At-Skin manchmal voller Entsetzen gesprochen hatte.

»Auf Franzia gibt es Geheimorganisationen, die Pilger nach Terra Mater transferieren, der Erde allen Ursprungs«, sprach Artrarak weiter. »Dort werden dich Naïa Phykit, Sri Lumpa und der Mahdi Shari von dem Hymlyas den Klang der Stille lehren, denn er allein schützt dich vor der mentalen Inquisition und erlaubt dir, kraft deiner Gedanken zu reisen. Du wirst einer der Krieger der Stille werden, kleiner

Jek, einer der Menschen, der ein neues Zeitalter vorbereiten wird. Ein Krieger der Stille ...«

Die letzten Worte hatte Artrarak mit großer Ehrfurcht ausgesprochen.

»Das sind doch alles nur Lügen, Legenden!«, rief Jek und stieß wütend seine Tasse zurück.

»Was ändert das schon?«, entgegnete der Alte gelassen. »Was ziehst du vor? An Legenden zu glauben, oder dich mit einem Leben ohne Hoffnung abzufinden? Ich, für meinen Teil, ziehe die Schönheit der Lügenmärchen gewissen grausamen Wahrheiten vor ...«

»Und warum bleibst du dann hier?«

»Du kannst dir nicht vorstellen, wie gern ich an deiner Stelle wäre«, antwortete der alte Quarantäner mit glühenden Augen und Trauer in der Stimme. »Aber ich muss hier bleiben. Vor mehr als zwanzig Jahren war ich einer der hiesigen Korrespondenten von den Rittern der Absolution ...«

»Den was?«

»Hast du nie von der Konföderation von Naflin gehört? Von den Rittern der Absolution? Wie solltest du auch? Denn das geschah alles vor deiner Geburt, vor dem Ang-Imperium ... Als die auf der Erde lebenden Anjorianer die U-Bahn bauten, stellten sie voller Entsetzen fest, dass wir Quarantäner bereits seit Langem unentdeckt unter ihnen lebten. Und sie beschlossen sofort, uns auszurotten. Doch inzwischen hatte Ut-Gen um seinen Beitritt zur Konföderation von Naflin nachgesucht – eine Art supraplanetäre Regierung, die über das Gleichgewicht der Mächte wachte. Ich habe keine Zeit, dir das alles zu erklären. Doch du musst wissen, dass die Ritter der Absolution ein Geheimorden war, und dass ...«

Er hielt plötzlich inne, als wäre ihm etwas Ungewöhnliches aufgefallen. Dann schnupperte er wie ein Tier, und Sorge breitete sich auf seinem entstellten Gesicht aus.

»Diese verfluchten Kreuzler! Sie haben das Datum vorverlegt! Jemand hat uns manipuliert!«

Er sprang auf und lief aus seiner Behausung. Jek sah, dass der alte Mann wild die Plumeng-Blätter zertrampelte. Dann verschwand er in dem schmalen Gang, der zur Abzweigung führte.

Um sich die Wartezeit auf seinen Freund zu verkürzen, aß Jek die auf dem Tablett liegenden Plätzchen. Wenigstens schlief er, während er daran knabberte, nicht ein. Dann dachte er über das seltsame Betragen Artraraks nach und wurde immer besorgter und nervöser. Schließlich stand er auf und ging in die Grotte, sorgsam darauf bedacht, sich innerhalb des Lichtscheins zu bewegen. Jetzt stieg ihm ein stechender Geruch in die Nase. In diesem Augenblick hörte er Schritte, und kurz darauf tauchte die spinnenartige Silhouette Artraraks auf, der keuchend zu ihm rannte.

»Bleib nicht da stehen, kleiner Jek! Die Kreuzler sind dabei, uns zu vergasen!«

Aber der kleine Junge blieb wie angewurzelt stehen und schloss nur die Augen. Das kann doch nur ein Albtraum sein!, dachte er. Gleich wache ich in meinem Bett auf, und später erzähle ich diese Geschichte lachend meinen Freunden.

So merkte er kaum, dass der alte Artrarak ihn am Arm packte und in seine Behausung zerrte.

ZWEITES KAPITEL

KERVALEUR: Eigenname, männlich. Bezeichnung für ein Individuum, in dessen Gehirn ein autonomes mentales Programm implantiert wurde, damit es, unabhängig von seinem Willen, diverse Handlungen ausführt. In weiterem Sinn: Verräter, Treuloser, Wortbrüchiger. Historischer Hintergrund: Marti de Kervaleur, Spross einer syracusischen Adelsfamilie und Mitglied der Geheimorganisation Mashama, sei von den Auslöschern des Seneschalls Harkot während der »Terror der Experten« genannten Periode manipuliert worden. Aus Verzweiflung habe er später Selbstmord begangen. Viele Historiker der Sharianischen Ära zweifeln allerdings an seiner Existenz und sind der Ansicht, es handele sich um eine von den ersten Kriegern der Stille erfundene fiktive Person. Jedoch haben Archäologen auf Terra Mater ein Skelett gefunden, welches als das des Marti de Kervaleurs identifiziert worden ist.

Universallexikon pittoresker Wörter und Redewendungen
Akademie der lebenden Sprachen

Zerstreut betrachtete Marti de Kervaleur das Ballett der mobilen Logen der Höflinge - große, weiße, gepolsterte und nach vorne hin offene Kugeln -, die in den immens großen Empfangssaal des Arghetti-Ang-Palastes strömten. Sie kamen aus den vier Luftkorridoren und schwebten eine Weile in völliger Unordnung etwa zwei Meter über dem weißgoldenen Parkett aus Optalium.

Die Zeremonienmeister in ihren Prunkgewändern - purpurroten Colancors mit ebensolchen von silbernem Optalium gesäumten Capes, grauen Handschuhen und schwarzen mit Mondsteinen verzierten Dreispitzen - begannen sofort mit ihrer Arbeit. Sie standen hinter einem Schaltpult aus Edelholz, gaben die gewünschten Daten ein, und die zentrale Memodiskette steuerte die Logen dann an ihre vorgesehenen Plätze, je nach Rang und Verdienst seiner Besitzer. Entweder sie schwebten auf die mit holographischen Sternen übersäten Decke zu, oder sie glitten zwischen die bereits fixierten Logen in unterschiedlicher Höhe, wo sie ebenfalls in der Luft stehen blieben. Auf diese Weise bildeten sie ein riesiges Amphitheater in der Schwebe, dessen Lücken bald geschlossen waren.

Die untersten Ränge, direkt vor der Bühne, waren den hohen Würdenträgern der Kirche des Kreuzes in ihren traditionellen purpurroten Colancors und ihren mauvefarbenen Chorhemden vorbehalten. Die Kardinäle verständigten sich unablässig mit einer nur ihnen bekannten Zeichensprache.

Die mittleren Ränge wurden von den vornehmsten Familien Syracusas eingenommen: Vangouw, Phlel, Blaurenaar, Ariostea, Phart, Kervaleur, VanBoer ... Familien, die vor Jahrhunderten das Planetarische Komitee gestürzt und die Vorherrschaft des Adels wiederhergestellt hatten ... Standesgenossen Marti de Kervaleurs ... Höflinge voller Anmut und Langeweile, die die Hälfte ihres Lebens damit verbrachten, die Regeln der Etikette zu lernen und die andere Hälfte, sie ja nicht zu verletzen. Eitle, untätige und selbstgefällige Männer und Frauen, pedantisch und kleinlich, die ihre Vermögen verloren hatten und seit der Inthronisation Ranti Angs bereits keine Rolle mehr spielten und von der Geschichte vergessen worden waren. Eine im Zerfall begriffene Welt ...

Im Halbschatten der mit Familienwappen geschmückten Logen saßen steife Gestalten mit weiß gepuderten Gesichtern, denen weder die leuchtenden Wasserkronen noch die zwei oder drei erlaubten Haarsträhnen irgendeinen fröhlichen Aspekt verliehen.

Marti de Kervaleur hasste es, sich unter seinesgleichen aufhalten zu müssen, wozu auch seine Eltern zählten. Denn bei ihnen hatte die Gefühlskontrolle, die berühmte autopsychische Selbstverteidigung – APS – zu einem derart unbeteiligten Gebaren geführt, dass sie zu einer personifizierten Verneinung jeglichen Lebens geworden waren.

Die Insassen der obersten Logen jedoch waren am farbenprächtigsten gekleidet und am auffälligsten geschminkt. Auch ihren Schmuck stellten sie schamlos zur Schau. Diese Leute waren allesamt Arrivierte, Abgesandte der verschiedenen Gilden, die es durch Fleiß, Intelligenz oder Verlogenheit zu Ansehen gebracht hatten. Vielleicht hofften sie, durch die Zurschaustellung ihres Reichtums ihre einfache Abstammung überdecken zu können, doch sie ähnelten nur Pfauen, die während der Balz ihr Gefieder spreizten.

Das prächtige Spektakel langweilte Marti. Schon seit drei Jahren zwang ihn sein Vater, der Ehrenwerte Burphi de Kervaleur, an den Feierlichkeiten des 22. Frascius' teilzunehmen. Als Marti offiziell bei Hofe eingeführt wurde, hatte ihn die Zeremonie begeistert. Doch die sich jährlich wiederholenden Festivitäten anlässlich der Inthronisation des Kaisers Menati empfand er inzwischen nur noch als lästige Pflichtübung. So hatte dieser eitle Pomp für ihn jeglichen Reiz verloren, was für einen abenteuerlich gesinnten jungen Mann von zwanzig Jahren kaum verwunderlich war.

Marti warf einen kurzen Blick auf seine Eltern, die links von ihm saßen. Die beiden unterhielten sich leise. Die schlanken Finger seiner Mutter in weißen Handschuhen umklammerten die Brüstung. Worüber unterhielten sie sich? Wahrscheinlich über nebensächliche Fragen, die Etikette betreffend. Über die Position ihrer Loge, gemessen an der anderer aristokratischer Familien ... Über die Taktlosigkeiten der Kaiserin Dame Sibrit, die berüchtigt für ihre Unberechenbarkeit und Grausamkeit war ... Oder über die Effizienz der Gedankenhüter ... Über die neuen Programme des Seneschalls Harkot? Aber wahrscheinlich frönten sie nur dem üblichen Hofklatsch ...

Hätten sie erfahren, welchen geheimen und verbotenen Aktivitäten ihr einziger Sohn nachging, wäre ihr mentaler Schutzschild – auf den sie so stolz waren –, die APS, sofort in tausend Stücke zersprungen.

Plötzlich überkam Marti de Kervaleur ein ungutes Gefühl. Und weil er das dringende Bedürfnis hatte, diese aufkeimende Besorgnis zu ersticken, warf er einen Blick auf seinen Gedankenschützer. Der saß in seinem weißen Kapuzenmantel bei den vier Gedankenschützern seiner Eltern auf der Hinterbank der Loge. Marti trennte sich von seinem Gedankenschützer nie – unter keinen Umständen! Denn allein der Scaythe erlaubte es ihm, den Geheimgarten seiner Gedanken zu kultivieren. Dort wuchsen üppig verbotene giftige Pflanzen, die den berauschenden Duft der Rebellion verströmten, obwohl er von den besten und teuersten Lehrern bei Hof unterrichtet worden war. Denn seine Eltern hatten keine Ausgaben gescheut, den Sohn nach ihrem Bild formen zu lassen, damit aus ihm ein perfekter Höfling werde, eins dieser Wesen, dessen Leben zwischen Intrigen und offiziellen Veranstaltungen dahintröpfelte.

Doch Marti de Kervaleur und seine Freunde – alles junge Adelige wie er – von der Untergrundbewegung Mashama (Ursprung auf Altsyracusisch) hatten von ihrer Zukunft eine ganz andere Vorstellung. Sie wollten nicht zu Hofschranzen werden, zu jenem Kreis hohlköpfiger Gecken gehören, zu denen man sie hatte erziehen wollen. Also suchten sie im Schutz ihrer Gedankenhüter und in den Schatten der Zweiten Nächte die alten Werte syracusischer Kämpfer in den Zeiten der Eroberung wiederaufleben zu lassen.

Die letzten Logen schwebten an ihre angestammten Plätze. Die obersten Ränge verschwanden fast zwischen den künstlichen Sternen an der Decke, den Holovisionkameras und den mobilen Licht-Kugeln.

Die bedeutendsten Persönlichkeiten des Ang-Imperiums waren nun versammelt: die Kardinäle des Episkopats, die Kardinäle der zweihundert Hauptplaneten, die Adelsfamilien als Hüter der Etikette und der Tradition, die Offiziere höheren Rangs der Interlist (meistens Pritiv-Söldner), die Berater des Kaisers, die Abgeordneten der Gilden und die berühmtesten Künstler, Sänger, Maler, Musiker, Bildhauer, Tänzer und Holoasten ... Sie alle wurden, je nach dem Grad ihrer Bedeutung, von einem, zwei, drei oder vier Gedankenschützern begleitet.

Die Zeremonienmeister traten rechts und links neben die Hauptbühne – ein mit wechselnden holographischen Mustern geschmücktes Podium. Die Licht-Kugeln erloschen eine nach der anderen. Die Holovisionkameras liefen.

Der riesengroße Saal war in ein diffuses Halbdunkel getaucht, das nur von leuchtenden Fontänen, die aus dem Boden aufstiegen, unterbrochen wurde. Dann flammten die mobilen Projektoren auf und richteten ihre Strahlen auf die Bühne.

Eine Tür im Hintergrund glitt zur Seite. Heraus trat der Seneschall Harkot in seinem königsblauen Mantel, dessen weit geschnittene Kapuze mit einer schwarzen Borte gesäumt war. Sofort breitete sich eine tödliche Stille in dem Empfangssaal aus. Der Seneschall schritt zum Rand der Estrade und blieb vor den Logen stehen. Wie üblich, wenn er sich in der Öffentlichkeit zeigte – was immer seltener geschah –, war sein Kopf vollständig von der Kapuze verhüllt. Nur das Glühen seiner schwarzen Augen war zu erkennen.

Marti de Kervaleur war nie die Ehre zuteil geworden, das Antlitz des Seneschalls Harkot zu betrachten, doch das war ein Privileg, das er gerne anderen überließ. Eines Tages hatte er zufällig das Gesicht seines Gedankenschützers gesehen und war entsetzt über das monströse Aussehen des Scaythen gewesen: eine wie von Pocken vernarbte grünliche Haut, ein kahler, zerbeulter Schädel, hervorstehende Augen ohne Iris. Es war ihm unverständlich, warum die Syracuser die Schlüssel der Macht über ihr eigenes Schicksal in die Hände dieser menschlichen Karikaturen gelegt hatten. Die

Mashama-Bewegung würde nicht ruhen, bis sie alle Scaythen vom Planeten Hyponeros von Syracusa und seinen Satelliten verjagt hatte.

Nur wenig war über den Seneschall Harkot bekannt. Er war ein diskretes, ja verschlossenes und von Geheimnissen umgebenes Wesen. Er zeigte sich nur anlässlich bedeutender Zeremonien in der Öffentlichkeit, regungslos, undurchdringlich, rätselhaft. Es wurde geflüstert, dass das Entwicklungsprogramm der Auslöscher-Scaythen, die nach Belieben Gehirne deprogrammierten, um sie neu zu programmieren – seine ganze Zeit in Anspruch nehme. Auch hieß es, er selbst habe den Seigneur Ranti Ang exekutiert, Ranti Ang, den Held der legendären Schlacht von Houhatte, in der der Orden der Absolution, der Stützpfeiler der Konföderation von Naflin, geschlagen wurde ... Weiterhin hieß es, er habe mit dem Muffi Barrofill XXIV. ein Komplott geschmiedet, um den Konnetabel Pamynx seines Amtes zu entheben ...

Bei der Anzahl der kursierenden Gerüchte war es schwer, die Wahrheit von der Unwahrheit zu trennen. Es gab Höflinge, die hinter vorgehaltener Hand verkündeten, Harkot sei nichts weiter als eine Marionette der Herren von Hyponeros. Worauf andere entgegneten, dass bisher noch niemand die Existenz einer Welt namens Hyponeros bewiesen habe ... Doch Tatsache war, Harkot hatte die höchste Stellung bei Hofe inne, eine Schlüsselstellung, die nach Ansicht des Adels eigentlich einem der ihren gebührt hätte. Es war ein Affront, dass die Staatsgeschäfte des Imperiums einem Paritolen, einem Fremden, schlimmer noch, einem Nicht-Menschen anvertraut worden waren.

Die Syracuser verdankten dem Seneschall Harkot vor allem die ständig besetzten Wachtürme der Gedanken. In Venicia, der syracusischen Hauptstadt und zugleich der Metropole des Universums, gab es nicht weniger als zweiundvierzig dieser hässlichen Bauten. Zweiundvierzig Schandmale, in einer Stadt, deren Architektur auf Harmonie und verfeinertem Geschmack aufgebaut war.

Jetzt betrat auch der Muffi Barrofill XXIV. die in phantastisches Licht getauchte Estrade. Er watschelte mühsam zu dem für ihn vorgesehenen Platz, Harkot gegenüber, und schien nur mit Mühe das Gewicht seiner Papstkrone tragen zu können. Seine gekrümmte Gestalt war in ein weißes Messgewand gehüllt. Tiefe Falten betonten den verschlagenen Ausdruck seines verwüsteten Gesichtes. Es hieß, er habe sich einundzwanzig Schönheitsoperationen und fünfzehn Transplantationen aus embryonalem Gewebe unterzogen. Das Kirchenoberhaupt regierte im höchsten Turm des bischöflichen Palastes zu Venicia, von zwanzig Gedankenhütern und zweihundert Leibwächtern geschützt. Doch wenn er sich zu den wöchentlich stattfindenden Audienzen des Kaisers und des Seneschalls begab, wurde er von einer kleinen Armee begleitet. Die Vorsicht dieses hinterhältigen Greises nahm paranoide Züge an. In erster Linie verspürte er Angst vor seinen eigenen Kardinälen, womit er nicht ganz Unrecht hatte: das Amt des Pontifex maximus' der Kirche des Kreuzes gehörte zu den begehrtesten im Ang-Imperium. Der Unfehlbare Hirte herrschte über eine Krake mit Tausenden von Fangarmen: Kardinäle, Bischöfe, Vikare, Priester, Theologen, Inquisitoren, Einsiedler, Missionare, Novizen und Schüler der heiligen Propagandaschulen ... Da der Kreuzianismus die einzige Religion des Imperiums war, gab es Hunderte von Milliarden Anhänger. Die Kehrseite dieser Machtfülle waren die erbitterten Kämpfe um seine Nachfolge. Also herrschte der greise Muffi aus den Höhen seines befestigten Bergfrieds mit Hilfe der Holovision, der Messacodes und eines über das gesamte Universum verzweigten Netzes seiner Geheimagenten. Durch seine Strafaktionen gegen konspirative Kardinäle und Häretiker hatten sich, unter seinem langen Pontifikat, die Feuerkreuze auf derart spektakuläre Weise vervielfacht, dass die gefolterten Körper der Ketzer zum Alltagsbild in allen Städten des Universums gehörten.

Marti de Kervaleur war nach den strikten Regeln des Kreuzianismus' erzogen worden, und wenn er jetzt noch regelmäßig zweimal die Woche in die Kirche ging, tat er es, um keinen Verdacht zu erregen. Insgeheim jedoch waren seine Freunde und er Anhänger eines archaischen Kults, dessen Praktiken ihn ebenso begeisterten wie sie ihn erschreckten. Die Mitglieder der Geheimorganisation Mashama predigten die Rückkehr zum Animalischen, sie priesen die kriegerischen Tugenden, welche die stolzen Syracuser früher Zeiten ausgezeichnet hatten. Und diese Zeremonien begeisterten die jungen Männer ungleich mehr als die schwülstigen Tiraden der finsteren Priester der Kirche des Kreuzes.

Endlich betrat das Kaiserpaar die Bühne. Menati, der Imperator, trug eine Schleppe über einem blauen, mit Diamanten verzierten Colancor, auf dem Kopf eine dazu passende Toque, die von einem weißen Ring umgeben war, worauf eine dreizackige Krone saß – das Symbol des Ang-Imperiums. Sein Gesicht war weiß geschminkt, die Lippen blau, mit jener Perlmuttfarbe, die man gemeinhin »carezzando des nächtlichen Kusses« nannte. Sein kantiges, von zwei gelockten schwarzen Strähnen umrahmtes Gesicht neigte bereits zur Fülle. Seine dunklen Augen funkelten unter den schwarzen gezupften Brauen. Seine Gemahlin, Dame Sibrit, war in einen silberfarbenen Colancor gekleidet und trug dazu ein Cape mit ständig wechselnden Farben. Ihre leuchtende Wasserkrone ließ nur eine graue Haarsträhne frei, die sich anmutig über ihre rechte Wange bis zum Kinn schmiegte.

Noch immer war Marti de Kervaleur von der Schönheit der Kaiserin wie verzaubert. Auch wenn sich ihre Gesichtszüge im Laufe der Jahre verhärtet hatten und auf eine gewisse Verbitterung schließen ließen. Er begehrte Dame Sibrit. Sie nährte die Fantasmen dieses einsamen jungen Mannes, und er hätte sein Leben gegeben, sich mit Leib und Seele in ihren klaren blauen Augen verlieren zu dürfen.

Es hieß, sie sei eine launische, grausame, halb verrückte Frau. Die Hofdamen behaupteten, sie empfange ihren Gemahl nur in ihrem Bett, wenn er bereit sei, dafür diesen oder jenen Höfling zu opfern. Gerüchte? Lügenmärchen? Jedenfalls waren Söhne und Töchter adeliger Familien öfter unter mysteriösen Umständen verschwunden, und selbst die Roboter-Spürhunde, ausgestattet mit einem Zellerkennungsorgan, hatten keine Spur aufnehmen können, denn man hatte sie zerstört im kaiserlichen Palast aufgefunden. Ein Gerücht, das die Adeligen verzückt erschauern ließ. Wer war der Nächste, der auf dem Altar kaiserlicher Liebe geopfert werden würde?

Dame Sibrit stammte aus der Provinz, sie verabscheute die Venicianer, empfand diese Menschen als dumm, eingebildet und lächerlich – was sie in Martis Augen noch begehrenswerter machte. Im Gegenzug verfolgten die Höflinge die Kaiserin mit einem glühenden Hass, den sie jedoch so gut sie konnten mittels ihrer autopsychischen Selbstkontrolle verbargen. Die Frauen waren am unerbittlichsten. Sie verziehen der kleinen Provinzlerin nicht, die alleinige

Gunst des Kaisers zu genießen. Der Kaiser gönnte ihnen nicht einmal mehr einen verächtlichen Blick. Also rächten sie sich, indem sie die wildesten Geschichten über die Kaiserin verbreiteten: Sie bade im Blut junger Paritolen oder gebe sich orgiastischen Riten abtrünniger Sekten hin.

Obwohl diese Gerüchte jeglicher Grundlage entbehrten, waren sie dem Ruf des Kaisers abträglich, handelte es sich doch in der doppelzüngigen Sprache des Hofs um verstohlene, an Menati gerichtete Vorwürfe. Man zieh ihn der Schwäche und geißelte den gefährlichen Einfluss seiner Gemahlin auf den Herrscher des Universums. Denn sie allein schmiede oder sprenge Allianzen zwischen den Adelsfamilien; sie bestimme Aufstieg oder Fall. Ja, man ging sogar so weit, den Kaiser zu bedauern, weil er sich mit drei Monstern arrangieren müsse: Seneschall Harkot, Muffi Barofill XXIV. und Dame Sibrit. Früher einmal sei er mutig und stolz gewesen. Und deswegen wurde er vom Volk trotz seiner Brutalität und Arroganz geliebt, doch jetzt sei er zum Schatten seiner selbst, eine Marionette geworden.

Und noch eine Tatsache beunruhigte die Höflinge, unter ihnen vor allem die Wächter der Ahnentafel des Herrscherhauses Ang, alte senile Graubärte, deren einzige Aufgabe darin bestand, dem Stammbaum einige Namen hinzuzufügen: Dame Sibrit hatte dem Kaiser noch kein Kind geboren! Wobei sie es natürlich nicht selbst austragen würde, weil eine, wenn auch vorübergehende Deformation des Körpers als inakzeptabel galt. Doch sie weigerte sich beharrlich, der Entnahme einer Eizelle zuzustimmen. Also wartete der gesamte Hof, sie möge sich bald anders entscheiden.

Menati Imperator blieb in der Mitte der Bühne stehen, während Sibrit Imperatrix etwas hinter ihm stand. Die Zeremonienmeister schalteten die winzigen Hörgeräte der Gäste und das vor dem Mund des Kaisers schwebende Mikrofon ein. Marti de Kervaleurs linkes Ohr erfüllte ein leises Rauschen. In einigen Nachbarlogen saßen seine Freunde vom Mashama-Geheimbund, die sich ebenso wie er bei dieser pompösen Zeremonie entsetzlich langweilten. Glücklicherweise würden sie sich beim Untergang Saphyrs und dem Einbruch der Zweiten Nacht auf ihre Weise amüsieren und das Fest anlässlich der Thronbesteigung Menati Angs vor sechzehn Jahren auf ganz spezielle Art feiern: indem sie ihren grausamen Göttern des syracusischen Pantheons das Blut einer auf dem Sklavenmarkt gekauften Jungfrau opfern würden.

»Seid mir willkommen, ich grüße Euch alle ...«

Aus der Höhe seiner Familienloge hatte Marti den Eindruck, der Imperator des Universums sei nichts als die Reproduktion einer holographischen Miniatur.

»Vor nunmehr sechzehn Jahren hat das Ang-Imperium die Konföderation Naflin aufgelöst, und seitdem herrscht Frieden im Reich der dreihundertsiebzehn Planeten und Satelliten der einhundertundzwei Sonnensysteme des bekannten Universums ...«, begann Menati seine Rede mit fester, wenn auch müder und rauer Stimme.

Dann folgte der lange Panegyrikos des Muffi Barrofill XXIV., an dessen Ende sich Burphi de Kervaleur zu seinem Sohn beugte und ihm ins Ohr flüsterte: »Die Tage dieses alten Unholds sind gezählt ...«

»Warum sagt Ihr das, Vater?«, fragte Marti erstaunt. »Hat der Kaiser nicht gerade sein Loblied gesungen?«

Ein herablassendes Lächeln umspielte den rosa geschminkten Mund seines Vaters. »Ihr müsst noch sehr viel über die Feinheiten der höfischen Sprache lernen, Marti ...«

Gerade das möchte ich nicht, dachte der junge Kervaleur. Eure Sprache, eure Manieren, eure Kleidung und vor allem eure Falschheit ... Wir hingegen sind Wesen aus Fleisch und Blut, den Tieren verwandt, blutdürstige und eroberungswütige Raubtiere. Wie haben keine Angst, unsere niederen Instinkte auszuleben. Wie unsere Vorfahren werden wir nicht zögern, Tod und Verderben zu säen ...

»Nun, Marti, was ist?«, fragte Burphi de Kervaleur, weil ihn das wütende, fast hasserfüllte Funkeln in den Augen seines Sohns beunruhigte.

Marti riss sich zusammen und stellte augenblicklich seine autopsychische Selbstkontrolle wieder her.

Mit unbewegtem Gesicht antwortete er: »Ihr habt sicher Recht, Vater. Gewisse Feinheiten der höfischen Sprache sind mir noch nicht geläufig.«

Die Saphyr-Sonne ging am Horizont in einem prächtigen blauvioletten Farbenspiel unter. Die Konturen des kaiserlichen Parks verschmolzen mit der beginnenden Nacht. Nur der diffuse Schein der Licht-Kugeln wurde von den mit weißem Steinsalz bestreuten Alleen reflektiert, an deren Rändern die Logen der Höflinge wie aufgereiht parkten. Flackernde Lichter brannten in den Lampen-Pinien, Bäume, die Gärtnermeister aus den Reusen-Gigantropen importiert hatten.

Auf einem der sieben Hügel von Caracalla errichtet, dominierte der kaiserliche Palast Romantigua, das historische Viertel Venicias. Vom höchsten Aussichtspunkt hatte man einen herrlichen Blick über die breiten, mit beleuchteten Blumen gesäumten Alleen, die Fontäne aus rosafarbenem Optalium und den Platz in der Mitte mit seinem legendären Bestiarium, den eleganten Marmorbrücken, die sich über die Mäander des träge dahinfließenden Tiber Augustus' spannten, auf denen sich Galeassen mit Gütern und

Fahrgästen tummelten ... Ein einzigartiges Panorama, dessen Schönheit leider durch die hässlichen Wachtürme der Gedanken getrübt wurde.

Der 22. Frascius war zum universellen Feiertag erklärt worden, und die Venicianer genossen die köstliche Frische der Zweiten Nacht und drängten sich vor den vielen, auf dem zentralen Platz stattfindenden Darbietungen.

Noch war für Marti de Kervaleur die Zeit des Vergnügens nicht gekommen. Erst musste er seine Pflicht erfüllen, die Regeln der Etikette befolgen, das Kaiserpaar begrüßen, das jetzt von dem Muffi und dem Seneschall flankiert auf der Terrasse vor dem Palast erschienen war. Nur langsam kam die Prozession der Adeligen und Würdenträger, begleitet von ihren Gedankenschützern, voran. Wie bunte Schmeißfliegen einen Kadaver umschwirrten sie den Imperator und seine Gemahlin, um das Almosen einer Geste, eines Lächeln oder eines Versprechens zu ergattern. Die mentale Kontrolle ließ ihr Lächeln auf den geschminkten Gesichtern zu einer Maske erstarren, doch ihre schwarz umränderten Augen verrieten Hass und Verachtung. Trotzdem herrschte Neid unter ihnen. Standen sie erst einmal vor dem Imperator, priesen sie seine Weisheit und die Schönheit Dame Sibrits nur, um eine Gunst zu erlangen ...

Burphi de Kervaleur war das unwürdige Gedränge seiner Standesgenossen gewöhnt und steuerte Frau und Sohn mit der Sicherheit eines sturmerprobten Kapitäns durch die Menge.

Marti warf einen ängstlichen Blick auf die Wanduhr über dem Hauptportal. Er fragte sich, ob seine Mashama-Freunde auf ihn warten würden. Vor lauter Ungeduld hätte er am liebsten seinen Dolch gezogen und ihn einem dieser Hofschranzen bis zum Heft in den Leib gestoßen.

Plötzlich hatte er das Gefühl, etwas Kaltes winde sich in sein Gehirn. Er schüttelte ein paar Mal den Kopf, um dieses unangenehme Gefühl zu verscheuchen. Doch das Kältegefühl blieb, es schien sich sogar in seinem Kopf auszubreiten und glich einem fremden Körper, der langsam von ihm Besitz ergriff.

Von Angst gepackt, drehte er sich um, konnte aber in der Menge nirgends seinen Gedankenschützer in dem weißen Kapuzenmantel entdecken. Da fühlte er sich mit einem Mal ohnmächtig und verletzlich, von Gefahren umgeben. Denn die überall anwesenden Inquisitoren konnten seinen Geist jetzt ungehindert erforschen. Kalter Schweiß bedeckte seinen Körper unter dem Colancor. Unter Aufbietung letzter Kraft gelang es ihm, seine mentale Kontrolle so weit wieder zu erlangen, um nicht panikartig zu fliehen.

Der kalte Tentakel verschwand ebenso schnell wie er gekommen war. Erleichtert sagte sich Marti, dass ihn nur ein vorübergehendes Unwohlsein ergriffen haben müsse, und machte sich Mut: Ein echter Syracuser aus altem Schrot und Korn wird sich doch nicht von so einer Kleinigkeit verstören lassen!

Ein leichter Händedruck seines Vaters riss ihn aus seinen Gedanken. Erst da merkte er, dass er vor dem Imperator und dessen Gemahlin stand. Verwirrt verneigte er sich tief. Als er sich wieder aufrichtete, bemerkte er ein seltsam intensives Leuchten in Dame Sibrits Augen.

Der Unterhaltung des Herrschers mit seinen Eltern schenkte er kaum Aufmerksamkeit, der seinen Vater wohl für dessen Arbeit für die holographische historische Enzyklopädie beglückwünschte und ihm dafür eine Erhöhung der Forschungsgelder zusicherte.

Wie verzaubert konnte Marti nicht den Blick von Dame

Sibrit lösen, denn sie sah ihn mit einer seltsamen Intensität an. Ihre wunderschönen blauen Augen schienen ihn anzuflehen. Er zögerte. Entweder er starrte zu Boden, oder er hielt diesen brennend streichelnden Blick aus. Er wagte es. Denn man begegnet nicht jeden Tag der Kaiserin, der Herrscherin über das Universum und zu allem der Frau seiner geheimsten Träume.

So sah er sich an ihr satt. Bewunderte die hohe gewölbte Stirn, den perfekten Schwung ihrer Brauen, ihren sinnlich schön geschwungenen Mund, die Linie ihres schlanken Halses. Und zwischen den Falten ihres Capes ahnte er die Form ihrer Brüste – trotz des Colancors, der sie zusammenpresste.

Dame Sibrit sah Marti lange aufmerksam an. Ihr Gesicht schien wie von einem kaum sichtbaren Schleier der Trauer verhüllt. Ihre Schönheit war von Tragik umgeben. Sie lächelte nicht, obwohl die Höflichkeit es geboten hätte. Als sie sich Martis Eltern zuwandte, begrüßte sie das Ehepaar mit einem leichten Nicken. Dann drehte sie sich abrupt um und begann ein langes, vertrauliches Gespräch mit Alakaït de Phlel, ihrer langjährigen Vertrauten – eine Geste der Beleidigung in aller Öffentlichkeit, was den anderen Höflingen natürlich nicht entging und worüber sie sich insgeheim freuten.

Marti erstarrte vor Schreck und fragte sich, ob er Dame Sibrit durch sein Benehmen beleidigt habe. Doch er hätte geschworen, dass sie ihm nichts Böses wollte, sondern ihm durch ihr Verhalten etwas habe sagen wollen. Aber was? Aus welchem Grund sollte sich die Imperatrix des Universums für ihn interessieren?

»Hättet Ihr die Güte, Madame, Euch von der Familie de Kervaleur zu verabschieden?«, sagte Menati gebieterisch.

Dame Sibrit tat zuerst so, als hätte sie die Aufforderung ihres Gemahls überhört, während Martis Eltern stumm der peinlichen Situation zu trotzen versuchten, bis sich die Kaiserin endlich lebhaft wieder umdrehte und unzusammenhängende Sätze sprach.

»Meine Träume ... Sie täuschen mich nie ... Möge die Zweite Nacht Euch Rat zuteil werden lassen ...«

Nach diesen sibyllinischen Worten neigte sie ihr Haupt. Damit war die Familie entlassen.

Die drei verneigten sich, traten zurück und schienen, wie von unsichtbarer Hand gelenkt, direkt auf den Seneschall zuzutreiben. Vor der Gestalt im blauen Kapuzenmantel herrschte nie großes Gedränge, und normalerweise hatten die Kervaleurs keinen Kontakt zu Harkot, diesem nichtmenschlichen Wesen, das aus einer Welt stammte, die bisher nicht einmal auf den holographischen Karten verzeichnet war. Doch nun hatte Burphi de Kervaleur und seine Gemahlin das Bedürfnis, einen Verbündeten aus ihm zu machen, weil sie sich bei Dame Sibrit in Ungnade gefallen glaubten und versuchten, den verborgenen Sinn hinter den Worten der Kaiserin zu enträtseln.

Also traten sie vor ihn und verbeugten sich zeremoniell. Mit einem kurzen Neigen seines unter der blauen Kapuze verborgenen Kopfes erwiderte Harkot den Gruß.

Marti hoffte, die Unterredung würde kurz sein, denn er wollte zu seinen Freunden, und fühlte sich in der Nähe des Seneschalls nicht wohl. Auch wenn er sie nur vom Hörensagen kannte, fürchtete er dessen telepathische Fähigkeiten. Er warf schnell einen Blick über die Schulter und war erleichtert, die vertrauten Gestalten der fünf Gedankenschützer hinter sich zu sehen.

»Wohlan, Sire de Kervaleur, welchem Umstand verdanke

ich die Ehre Eures Besuchs?«, sagte Harkot mit jener metallisch klingenden Stimme, die allen Scaythen zu Eigen war.

»Allein dem Vergnügen, Euch begrüßen zu dürfen, Exzellenz«, antwortete Burphi de Kervaleur unter Aufbietung seiner gesamten mentalen Kontrolle, wobei sein Lächeln eher einer Grimasse glich.

»Ein ziemlich selten gewordenes Vergnügen heutzutage ...«, sagte der Seneschall nicht ohne Ironie.

»Ihr wisst wohl selbst am besten, wie die Zeit uns zwischen den Fingern verrinnt, Exzellenz. Wahrscheinlich wisst Ihr auch, dass ich mit der Arbeit an einer historischen holographischen Enzyklopädie begonnen habe. Eine Aufgabe, die meine ganze Kraft erfordert.«

Harkot schwieg eine Weile. Er hatte es nicht nötig, die Psyche seines Gesprächspartners zu erkunden. Er wusste, was der Mann wollte: politische und finanzielle Unterstützung. Zwar gaben sich die großen Familien pompös, doch ihre Kassen waren leer, und sie mussten um Unterstützung betteln, damit sie ihr luxuriöses Leben fortsetzen konnten. Und das Geschichtswerk Burphi de Kervaleurs war nur ein Vorwand. Ein schlechter Vorwand dazu.

Doch von den drei vor ihm stehenden Personen interessierten ihn nicht die Eltern.

»Seid versichert, Sire de Kervaleur, Euer Projekt liegt Uns am Herzen. Es ist unerlässlich, die Geschichte des großen Ang-Imperiums aufzuzeichnen, und kein anderer Mann als Ihr scheint mir dafür geeigneter.«

»Ich danke Euch für das in mich gesetzte Vertrauen, Exzellenz ...«

Und während sich Martis Eltern ein zweites Mal vor Harkot verneigten – eine Geste, die er für syracusische Adelige einem Scaythen gegenüber degradierend fand –, spürte der junge Mann zum zweiten Mal, wie etwas Kaltes in sein Gehirn kroch. Sekundenlang hatte er das Gefühl, eine fremde Macht würde jeden Winkel seines Kopfes durchforschen, obwohl sein Gedankenschützer die Aufgabe hatte, eine unüberwindliche Barriere um sein Denken zu errichten.

Tag und Nacht, zu jeder Stunde, werde ich die Gedanken meines Herrn schützen …

Plötzlich hatte Marti Angst, dass sich die Gedankenschützer von ihrem Ehrencode hätten lossagen können, einem von den Smellas der alten Konföderation von Naflin etablierten Code. Was wusste man von den Scaythen? War ihnen der Ehrenkodex wirklich wichtig?

Marti wurde plötzlich übel, ein bitterer Geschmack erfüllte seinen Mund. Seine Beine fingen an zu zittern, ein unerträglicher Druck lastete auf seiner Brust, Formen und Farben verschwanden vor seinen Augen. Nur unter Aufbietung aller Kräfte gelang es ihm, der Ohnmacht zu entgehen. Es schien, als kämpften sein Körper und sein Geist gegen einen unsichtbaren Eindringling. Er glaubte, Harkot sardonisch lachen zu hören. War er dabei, den Verstand zu verlieren?

Er merkte kaum, wie ihn seine Eltern an den Rand der Estrade zerrten. Dort beugte er sich über die Brüstung und atmete tief die aus dem Park kommende frische Luft ein. Die Stimme seiner Mutter drang wie durch eine Wasserwand gedämpft an sein Ohr.

»Soll Euch einer der Hofärzte untersuchen, Marti? Ihr scheint mir unter dem Hehak-Fieber zu leiden.«

»Hehak-Viren sind zu dieser Jahreszeit nicht virulent, Mutter …«, stammelte Marti und richtete sich wieder auf. »Das ist nichts als ein leichter Schwächeanfall … nichts weiter … Mir geht es bereits besser.«

Sie streichelte seine Schulter. Eine Geste, die ihn, wie alles andere an seinen Eltern auch, maßlos verärgerte.

»Geht nach Hause, und ruht Euch aus. Ihr seid erschöpft ...«

»Ein weiser Rat, Mutter«, pflichtete er ihr schnell bei.

Marti warf noch einen letzten Blick auf die angestrahlte Fassade des kaiserlichen Palastes, die Estrade, auf der sich Hofschranzen, Delegierte, Kardinäle und Diener in ihren schwarzen Colancors und Livrees drängten ... Ein aufgeregter Schwarm, in dem die Gedankenschützer oder Assistenten die einzigen Fixpunkte bildeten. Die Zweite Nacht hüllte den Park in ihr schwarzes Leichentuch. Die schwebenden Licht-Kugeln und das von einer leichten Brise bewegte Geäst der Lampen-Pinien zeichneten bizarre Schattenmuster auf die Alleen. Die beiden ersten der fünf nächtlichen Satelliten glommen mit rot-orangefarbenem Licht am Horizont auf. In der Ferne konnte er die beleuchteten Avenuen und den hellen Platz Romantiguas erkennen, die Ufer des träge dahinströmenden Tiber Augustus' und die Wachtürme der Gedanken.

Plötzlich wurde der junge Kervaleur von einer Welle tiefer Melancholie ergriffen. Von seinem Unwohlsein in der Nähe des Seneschalls spürte er nichts mehr, doch der prachtvolle Anblick seiner Heimatstadt Venicia erfüllte ihn mit unendlicher Traurigkeit, so als könnte er dieses Schauspiel zum letzten Mal in seinem Leben genießen. Wehmut erfüllte ihn, ein Gefühl, als blute seine Seele.

Dann drehte er sich abrupt um, straffte die Schultern, als wollte er diesen prophetischen Vogel böser Vorahnungen, der seine Fänge in sein Fleisch geschlagen hatte, von sich schütteln, und schritt davon.

Von seinem Gedankenschützer gefolgt durchquerte er

die Menge, grüßte ein paar Bekannte, die seinen Gruß mit schmalen Lippen erwiderten, und ging über den langen Gravitationsgang, der ihn direkt zum transparenten Kuppelbau brachte, dorthin, wo die Personenairs und andere Fluggeräte auf Fahrgäste warteten.

Martis Personenair überflog die im Dunkel liegenden Außenbezirke Venicias.

Er hatte sich für den Hochgeschwindigkeitsluftkorridor entschieden, und die Maschine schoss mit einem schrillen Heulton durch die Nacht. Wider jedes Gebot der Sicherheit hatte er nicht den Autopilot eingestellt. Der Rausch der Geschwindigkeit war viel größer, wenn man selbst am Steuer saß. In der Fahrgastkabine hinter ihm saß sein in einen weißen Kapuzenmantel eingehüllter Gedankenschützer.

Jetzt endlich fühlte sich Marti frei. Die Klinge seines Dolchs – eines guten Dolchs aus Edelstahl, den er im Museum des Hauses Kervaleur gestohlen hatte – brannte unter seinem Colancor auf seiner Haut, ebenso wie er darauf brannte, sie in weiches, warmes Fleisch zu stoßen. Denn die höfische Erziehung hatte bei Weitem nicht gereicht, seine animalischen Triebe auszulöschen.

Ein antiker Triumphbogen kam in Sicht, ein Zeugnis glorreicher Vergangenheit Bella Syracusas, inmitten üppiger Vegetation. Die Untergrundorganisation Mashama hatte ihn sowohl zu ihrem Symbol als auch zu ihrem Hauptsitz gewählt, wohl auch, weil er seit mehr als zwei Jahrhunderten in dieser Wildnis dem Verfall preisgegeben war. Einst zur Ehre des legendären interstellaren Navigators Syracusa errichtet, der den Planeten entdeckt und Venicia gegründet hatte, waren die Herrscher der Ang-Dynastie dem Gründungsvater ihres Reichs mit größerem Desinteresse begegnet als das Planetarische Komitee. Zwar hatte es ein Terrorregime errichtet und viele Adelsfamilien ausgelöscht, aber der Triumphbogen und das ehrenvolle Gedenken an Bella Aloïzius Syracusa blieben unbehelligt.

Marti tippte schnell den Geheimcode in das Ondofon ein. Kurz darauf ertönte eine näselnde Stimme aus dem Lautsprecher.

»Identifizierung ...«

»M. K., Codename: Atamâ.«

»Wir haben dich schon erwartet, schöne Seele (atamâ = große Seele auf Altsyracusisch)«, erwiderte die leicht aufgeregte Stimme. »Du bist der Letzte. Die Waraddhâ-Dämonen warten bereits auf ihr Opfer.«

Marti setzte über dem Triumphbogen zur Landung an. Auf dem Flachdach öffneten sich automatisch Flügeltüren aus Metall. Er fuhr die Landungsschiene aus und setzte behutsam auf der Piste auf.

Dieses System hatte Emmar Saint-Gal installiert, der Sohn des Direktors der Intergalaktischen Fernreisen und Cheftechniker der Untergrundorganisation Mashama.

Und während sich die Flügeltüren wieder schlossen, stiegen Marti und sein Gedankenschützer aus dem Personenair und betraten die große Halle, in der andere Fluggeräte parkten, wie beide im Schein der schwebenden Licht-Kugeln erkennen konnten. Sie betraten die durch eine Röhre gleitende, nach unten führende Plattform, die Emmar in eine der Säulen hatte integrieren lassen. Zwei Minuten später standen sie in der ehemaligen Krypta, wo die Mashama ihren Sitz hatte, einen gewölbten, ebenfalls von Säulen gestützten Raum, der von flackernden Wandlichtern erhellt wurde.

Sie waren schon alle versammelt, die stolzen Krieger einer neuen Zeit der Eroberungen: etwa fünfzig junge Männer und Frauen, die zwar ernst, aber auch von einer Unruhe ergriffen schienen. Unter ihnen der jugendlich aussehende Mentor Jurius de Phart, der Techniker Emmar Saint-Gal, die Muse Annyt Passit-Païr, der Intellektuelle Romul de Blaurenaar, der Dichter Halricq VanBoer und Iphyt de Vangouw, die Rebellin ... Sie begrüßten Marti mit lauten Rufen, Umarmungen und Küssen, eine Demonstration gegen die APS und die Heuchelei höfischer Etikette. Der Gedankenschützer Martis ging zu den Seinen, die in einem finsteren Winkel der Krypta warteten.

Zwei in Lumpen gehüllte junge Mädchen standen in der Nähe, an eine der Säulen gefesselt.

»Warum zwei?«, fragte de Kervaleur.

»Das ist eben unsere Weise, den sechzehnten Jahrestag der Krönung Menati Angs zu feiern«, antwortete Jurius de Phart, dessen schwarze Augen glühten. »Doch wir haben bereits zu viel Zeit verloren. Fangen wir an ...«

»Nur einen Moment«, warf Emmar Saint-Gal ein. »Zuerst möchte ich euch etwas zeigen.«

Im Gegensatz zu Jurius' scharf geschnittenen Gesichtszügen bestand Emmars pausbäckiges Gesicht nur aus Rundungen. Und nicht einmal seine drei blau gefärbten Haarsträhnen – drei Strähnen, welche Provokation! – konnten seinem Aussehen etwas Angenehmes verleihen. Und wenn später die rituelle Begattung stattfinden würde, würde keines der Mädchen um seine Gunst buhlen. Er wurde unter den Verschwörern geduldet, da er alle technischen Probleme lösen konnte, aber keine Frau wollte sich gerne diesem dicken jungen Mann hingeben.

Jetzt umspielte ein triumphierendes Lächeln seinen Mund. Er schaltete seine Laser-Taschenlampe ein und ging zu einer im Dunkel liegenden Nische. In dem antiken Sarkophag lag ein schwarzer, glatter, länglicher Behälter, den Marti auf den ersten Blick für einen Stickstofftank hielt. Dann entdeckte er eine seitliche Einstiegsluke und ein Armaturenbrett im Inneren.

»Das letzte Deremat-Modell!«, erklärte Saint-Gal stolz. »Ein Meisterstück neuester Technologie!«

Die tapferen Mashama-Krieger brauchten fünf Minuten, bis sich ihre Aufregung wieder gelegt hatte. Denn ein kaiserliches Dekret untersagte strikt den Gebrauch privater Deremats: Intergalaktische Reisen durch Zelltransformation waren allein Personen in offizieller Mission gestattet und diesen auch nur nach einer mentalen Inquisition und zellularen Identifikation. Piraten-Transfers wurden mit lebenslanger Verbannung auf den Straflager-Planeten Örg geahndet.

»Das ist unsere Fahrkarte in die Freiheit«, sagte Emmar. »Ich habe das Gerät so verändert, dass es ständig mit den Fluktuations-Koordinaten der Freien Stadt des Alls verbunden ist …«

»Du bist verrückt geworden!«, schnitt Jurius de Phart ihm das Wort ab. »Alle Deremats werden registriert. Wahrscheinlich sind schon die Inspobots hinter uns her. Allein deinetwegen, du widerlicher Fettsack, sind wir jetzt in großer Gefahr!«

Trotz der Beleidigung bewahrte Emmar einen kühlen Kopf, er hasste es, vor allem in Gegenwart junger Frauen, an seine Fettleibigkeit erinnert zu werden. Doch die Stunde der Rache war gekommen. Jetzt durfte er nichts tun, um den Plan des Abgesandten Harkots scheitern zu lassen. Denn schon bald würde man ihn mit einer seinen überragenden Fähigkeiten angemessenen Stellung betrauen, und diese eingebildeten Lackaffen würde es zutiefst bedauern, ihn jemals beleidigt zu haben.

»Haltet ihr mich wirklich für den letzten Paritolen?«, sagte er mit gezwungener Fröhlichkeit. »Diese Kiste wurde wegen eines Produktionsfehlers ausgemustert. Eigentlich sollte sie in einer Recyclinganlage landen. Doch ich habe sie repariert, nachdem ich ihr Identifizierungsgerät deaktiviert habe. Es gibt also kein Risiko ...«, fuhr Emmar fort und sah seine Gefährten provozierend an. Doch Martis Blick zu begegnen, vermied er.

»Warum hast du diesen Deremat an die Koordinaten der Freien Stadt gebunden?«, fragte Annyt Passit-Païr. »Was haben wir denn mit diesen Paritolen zu schaffen? Sie stehen auf dem Index.«

»Sollte etwas passieren, können wir uns nur ins All flüchten.«

»Es heißt, dass sie alle massakrieren, die sich innerhalb ihrer Stadt rematerialisieren«, wandte Annyt ein. »Sollen wir uns vielleicht da umbringen lassen?«

Emmar sah die Muse der Verschwörer lange an. Sie hatte sich ihm immer verweigert. Trotzdem war sie ihm von allen Mädchen die liebste; er wollte sie aus diesem Sumpf befreien und träumte davon, sie für sich allein zu haben. Er war von ihr verzaubert und schäumte innerlich vor Wut, wenn er sah, wie andere Hände – und vor allem die Hände Marti de Kervaleurs – sie streichelten.

»Die Bürger des Alls massakrieren nur Besucher, die sich bekleidet oder bewaffnet rematerialisieren«, entgegnete Emmar. »Alle, die nackt wie zur Stunde ihrer Geburt sind, verschonen sie. Und nach einer Probezeit können sie dann zu freien Bürgern werden.«

»Woher weißt du das alles?«, fragte Marti und versuchte vergeblich, Emmar in die Augen zu sehen.

»Reisende der InTra ...«

»Genug geredet!«, murrte Jurius de Phart. »Wir danken dir, Emmar. Doch über den Gebrauch dieses Deremats reden wir bei unserer nächsten Zusammenkunft. Jetzt gibt es Interessanteres zu tun ...«

Also taten sie das Interessantere: Sie zogen sich aus und umtanzten die Säule, an die die beiden Jungfrauen gefesselt waren. Sie schwangen ihre Dolche, Messer oder Degen und stießen gellende Schreie aus. Ihre Waffen waren die Symbole der Reinheit des Krieges, des nahenden Kampfes, des zu vergießenden Blutes, der Barbarei ihrer Ahnen, der Pranken der Raubtiere und des Geistes der Eroberung. Sie verachteten die Todeswellen oder die Bauchbrenner, jene technischen Waffen, die einen anonymen Tod verbreiteten, und deren Gebrauch mit einem widerlichen Gestank nach verbranntem Fleisch einherging.

Die beiden Gefangenen verfolgten mit Entsetzen das Geschehen.

Marti stieß wie gewohnt einen markerschütternden Schrei aus und schwang drohend seinen Dolch, doch mit dem Herzen war er nicht dabei. Seit geraumer Zeit beschlich ihn eine dunkle Vorahnung. Ohne zu wissen warum, ruhte sein Blick immer wieder auf dem fetten Rücken von Emmar Saint-Gal. Trotzdem spielte er das Spiel weiter mit, zerriss die Lumpen eines der Mädchen und stach seinen Dolch tief in ihren bronzefarbenen Bauch. Er fing das warme Blut mit seinen geöffneten Händen auf und trank es, doch die früher empfundene Ekstase wollte sich nicht einstellen.

An der anschließenden Zerstückelung der Opfer nahm er nicht teil, und er fand auch keinen Gefallen an den Liebkosungen Annyts. Ihre Küsse konnten kein Begehren in ihm wecken.

Frierend und wie erstarrt lehnte er an der Wand und

schaute dem Treiben ein paar Minuten zu. Als sein Blick auf den Kopf eines der Opfer fiel, wandte er sich ab und ging wie ferngesteuert zu dem Deremat Emmar Saint-Gals.

Das Armaturenbrett sandte helle Lichtsignale aus. Ein seltsamer Impuls drängte Marti zu dieser länglichen schwarzen Maschine, eine Intuition, dass sie sich nicht zufällig in dieser Krypta befinde, dass sie etwas mit seinem Schicksal zu tun haben müsse. Er zuckte mit den Schultern: Auch wenn ich ein Mitglied der Untergrundbewegung Mashama bin, so bin ich doch noch nie auf den Gedanken gekommen, unseren schönen Planeten Syracusa zu verlassen.

»Ist das nicht 'ne tolle Kiste?«, sagte Emmar und riss den jungen Mann aus seinen Gedanken.

Wie meistens hatte der Cheftechniker nicht an der Orgie teilnehmen dürfen. Als sich Marti umdrehte, entdeckte er eine Gestalt im roten Kapuzenmantel. Daneben leuchteten die weißen Masken der Pritiv-Söldner, und er konnte die schwarzen Helme der Interlisten erkennen. Fast hätte er aus Angst die Kontrolle über seine Blase verloren. Die kühnen Krieger der Mashama stießen Entsetzensschreie aus. Aus den zurückgeschobenen Ärmeln der Pritiv-Söldner blitzten die Wurfgeschosse hervor. Einer packte Iphyt de Vangouw brutal bei ihren Haaren und trennte sie von ihrem Geliebten. Er schleuderte die beiden gegen eine Wand.

»Jemand hat uns verraten!«, sagte Marti. »Wir sind verloren.«

»Vielleicht nicht. Das Deremat ...«, flüsterte Emmar.

Da öffnete sich die Einstiegsluke ganz von selbst, als hätte jemand eine Fernbedienung betätigt. Tatsächlich hatte Emmar auf einen winzigen Knopf in seinem Siegelring gedrückt.

»Steig ein!«, befahl er. »Mit den Füßen zuerst. Leg dich

hin, und drück auf den Transferhebel ... den grünen Hebel ...«

Marti gehorchte hastig. Er handelte, als sei er außer sich, wie im Traum, und er hatte das entsetzliche Gefühl, in einen Sarg zu steigen, das dritte Opfer der Zweiten Nacht zu sein ... Metallische Vorsprünge kratzten ihm die Beine auf. Er legte den Kopf auf ein Luftkissen. Emmar verschloss die Luke mit einer präzisen Bewegung, ein sardonisches Lächeln im Gesicht.

Was für ein mieses Spiel spielst du da, Emmar? Du hast uns verraten, nicht wahr? Du bist der Einzige, der die Flügeltüren öffnen kann ... Warum? Warum?

Mit von Tränen verschleiertem Blick konnte Marti gerade noch seine Gefährten erkennen. Sie standen aufgereiht an einer Wand der Krypta und zitterten wie Espenlaub. Nackt und verwundbar, vor ihnen die Pritiv-Söldner. Vage konnte er eine in Rot und Violett gekleidete Gestalt erkennen, einen Kardinal der Kirche des Kreuzes. Einen Fanatiker, der sich ein Vergnügen daraus machen würde, die ehrenvollen Mitglieder der Mashamabewegung vor ein Kirchentribunal zu zerren und sie zum Tod am Feuerkreuz verurteilen zu lassen ... Und ihre einzige ruhmvolle Tat war, Sklavinnen von niederträchtigen Menschenhändlern zu kaufen und zu ermorden.

Schweren Herzens betätigte Marti den Schalthebel. Eine weißglühende Klinge durchbohrte seinen Schädel, dann desintegrierte sich sein Körper in Zeit und Raum.

Das war sein erster zellularer Transfer.

DRITTES KAPITEL

Verführen, das ist der Menschen Los,
Doch Liebe macht die Quarantäner groß.

Quarantänisches Sprichwort

Die Quarantäne war eine lange Periode räumlicher Absonderung, eine Zeit, während der die Anjorianer die Überläufer der verseuchten Gebiete einsperrten. Daher stammt wahrscheinlich das Wort »Quarantäner« und nicht aus dem Vulgärlateinisch-französischen »Anzahl von vierzig Tagen«, das sich auf die ersten vierzig Tage der atomaren Katastrophe auf Ut-Gen bezieht, wie einige Kollegen behaupten. Lange unterdrückte Tränen trübten Jeks Sicht. Deshalb bewegte er sich jetzt tastend durch den engen, nur noch schwach beleuchteten Gang. Vor ihm und hinter ihm bewegten sich graue Gestalten ebenso zögernd. Manchmal konnte er verzweifelte Schreie oder ersticktes Wimmern hören. Das waren die verbliebenen Geräusche in der Grabesstille des Bauchs von Ut-Gen.

Das Vergasen und Zuschütten des Nord-Terrariums war so schnell geschehen, dass nur wenige Quarantäner den Evakuierungsschacht hatten erreichen können – ein paar Hundert von mehreren Millionen. Die im Umkreis des Kardinals Fracist Bogh eingeschleusten quarantänischen Agenten hatten sich täuschen lassen wie kleine Kinder. Verräter hatten die Alarmsirenen außer Betrieb gesetzt, deshalb hatten nur die auf den tiefer liegenden Ebenen lebenden Familien von der Gefahr benachrichtigt werden können.

Der alte Artrarak hatte Jek seine Sauerstoffmaske aufgesetzt und mit letzter Kraft seinen kleinen Freund zu der runden Öffnung des Fluchtstollens in seiner Grotte gezerrt.

»Vergiss nicht, die Stadt Glatin-Bat«, hatte er bleich und erschöpft gemurmelt. »Das Raumschiff des Dogen Papironda ... der Sternhaufen Neorop ... der Planet Franzia ... Terra Mater ... Du musst leben, Jek, und ein Krieger der Stille werden ... Für mich ist es zu spät ... Beeil dich! Die Kreuzler gießen flüssigen Beton ... in das Terrarium ...«

Voller Entsetzen hatte Jek gesehen, wie sich auf dem hässlichen Gesicht Artraraks eine tödliche Blässe ausbreitete, während sich der alte Mann vor Schmerzen auf dem Boden wand, bis seine Bewegungen immer schwächer wurden und er starb. Zeit zu weinen blieb dem kleinen Jungen nicht. Sofort wurde er von in Panik geratenen Quarantänern mitgerissen, die in den Evakuierungsschacht drängten. Alle, die keine Gasmaske hatten, erstickten, wurden wie von einer unsichtbaren Sense getroffen, dahingerafft. Und schon drang flüssiger Beton – eine schwarze, schmierige, stinkende Masse, die sonst dazu benutzt wurde, Vulkankrater zu verschließen – in die unterirdischen Gänge ein und verschlang alle, die nicht schnell genug fliehen konnten. Mit seinen schwarzen Krakenarmen bedeckte die in Sekundenschnelle härtende Masse alles Leben.

Jek warf einen letzten Blick auf den toten Artrarak und lief mit den anderen Flüchtenden durch den schmalen, schlecht beleuchteten Gang, in dem es immer dunkler wurde. Er hatte keine Ahnung, wie lang der Evakuierungsschacht war. Wie lange würde er in diesem Trauerzug mitmarschieren müssen?

Durch das Einatmen zu viel Sauerstoffs geriet er in eine Art Euphorie, die jedoch manchmal blitzartig von der Erkenntnis einer schmerzlichen Realität getrübt wurde. Dann dachte er an seine Eltern, die wahrscheinlich jetzt in ihrem halb eingegrabenen Haus in Oth-Anjor den tiefen Schlaf der Gerechten schliefen. Wie würden sie reagieren, wenn sie entdeckten, dass ihr Sohn nicht in seinem Zimmer war? Würden sie verzweifelt sein, oder würden sie ihn aus ihrer Erinnerung wie einen bösen Traum verbannen?

Doch wahrscheinlich sind sie erleichtert, dass ich nicht mehr da bin, dachte er. Wollten sie mich nicht auf diese weit entfernte Schule der heiligen Propanda schicken?

Und trotzdem hatte Jek in diesem dunklen und kalten Untergrund des Planeten Ut-Gen, inmitten dieser missgestalteten und von Gott und den Menschen verlassenen Kreaturen ein heftiges Bedürfnis, seine Eltern zu umarmen, ihnen zärtliche Worte zuzuflüstern und sich in ihrer warmen Nähe geborgen zu fühlen, auch wenn sie ihn oft ausgeschimpft und bestraft hatten. Je weiter er sich von ihnen entfernte, umso mehr entschuldigte er ihr Verhalten. Er erfand sie neu und stattete sie mit allen möglichen Tugenden aus. So wurden sie wie Naïa Phykit, Sri Lumpa und der Mahdi Shari zu legendären Gestalten. Und Jek weinte.

Dann dachte er an Artrarak, der sein Leben für ihn gegeben hatte. Und er hörte die Stimme des alten Quarantäners: *»Du musst leben. Jek, und ein Krieger der Stille werden ...«* Denn allein diese melodiöse ernste Stimme hatte Jek At-Skin davon überzeugt, das Abenteuer zu wagen. Deshalb hatte er jetzt nicht mehr das Recht, von diesem einmal eingeschlagenen Weg abzuweichen. Das war er Artrarak schuldig. Der Quarantäner durfte nicht umsonst gestorben sein.

Bei Tagesanbruch wurden die vorher vergasten siebenhundertzwanzig Schächte des Nord-Terrariums mit Beton zugegossen. Über dem nebeligen Gelände waberten schwarze, giftige Rauchwolken. Die Fahrer der Betonmischer – riesige Maschinen, die gleich gigantischen Insekten über den Schächten thronten – hörten mit ihrer Arbeit auf, und ebenso große Raupenfahrzeuge ebneten das Gelände ein.

Der Kardinal Fracist Bogh überwachte die gesamte Operation von einem Wachturm der Gedanken aus mit seinem autofokalen Fernglas. Er hatte die ganze Nacht nicht geschlafen, und seine wie Kohle glühenden Augen waren von dunklen Ringen umgeben.

Außer den Dienst habenden Wächter-Scaythen und seinen beiden Gedankenhütern standen auf der engen, runden, hermetisch abgeschlossenen Plattform noch Horax, der Großinquisitor, in seinem schwarzen Kapuzenmantel, Rig Voe-Rill, der Oberkommandierende der Planetarischen

Interlisten, in seiner blauen Uniform, und Jaweo Mutewa, ein junger schwarzer Vikar vom Planeten Platonia.

Von oben sahen die Betonmischer und Raupenfahrzeuge wie ein Schwarm schwarzer und gelber Insekten aus. Die leuchtenden Overalls der Arbeiter wirkten wie flüchtige Lichtpunkte in der Dämmerung. Am Fuß des Turms hatten sich ein Bataillon Interlisten in grauen Uniformen und Honoratioren aus Ut-Gen (ehemalige Minister, die sich jetzt dem Ang-Imperium angeschlossen hatten, Industriekapitäne und vom Kardinal persönlich eingeladene Gäste) versammelt ... Zehn Überwachungsflieger sowie mit Echoloten ausgestattete Personenairs überflogen die flachen Gebäude am Rande des Ghettos.

Das monumentale, vor viertausendfünfhundert Jahren errichtete Eingangstor wurde gesprengt. Es fiel wie ein Kartenhaus in sich zusammen und wurde zu einer ockerfarbenen Staubwolke.

Bald würden auf dem Gelände des Nord-Terrariums ein Tempel mit hundert Türmen und ein Regierungspalast stehen, der dieser Bezeichnung würdig wäre, sowie Verwaltungsgebäude und die größte heilige Propagandaschule des Planeten (und vielleicht die größte des Ang-Imperiums).

Der Kardinal Fracist Bogh legte sein Fernglas zur Seite und rieb sich die übermüdeten Augen.

»Ein gutes Werk ist getan«, murmelte er erschöpft. »Schon viel zu lange haben diese Monster die Autorität der Kirche und des Ang-Imperiums untergraben.«

»Gewiss, gewiss, Eminenz ...«, pflichtete Jaweo Mutewa mit seiner Fistelstimme bei.

Der in ein schwarzes Chorhemd und ebensolchen Colancor gekleidete Vikar ging dem Kardinal ständig mit dieser Stimme auf die Nerven. Wie alle seinesgleichen hatte er sich einer rituellen Entfernung seiner Geschlechtsorgane unterziehen müssen, die nun in einer Luft-Kugel in der »Gruft der Kastraten«, im bischöflichen Palast zu Venicia ausgestellt waren. Er gehörte zu den Eunuchen des »Großen Schafstalls«, einer Gruppe Extremisten, die sich praktisch ständig am Ort des jeweiligen Bischofssitzes aufhielten und die innerhalb der Hierarchie des Klerus' wie die nukleare Pest gefürchtet wurde.

Kurz nach dem Antritt seines Amtes auf Ut-Gen hatte Fracist Bogh die böse Überraschung erleben müssen, dass ihn Jaweo Mutewa in seiner Eigenschaft als Mitglied des Hohen Vikariats und Überbringer eines Messacodes des Muffis aufgesucht hatte: Der Unfehlbare Hirte empfahl ihm Bruder Jaweo aufs Wärmste als Ratgeber. Natürlich war sich der Kardinal bewusst, dass man ihm diesen Eunuchen zur Seite stellte, um ihn zu überwachen. Doch er hatte keine andere Wahl gehabt, als Bruder Jaweo zu seinem Sekretär zu machen.

»Gewiss, wie ich schon sagte ... Aber hätte man nicht versuchen können, diese Leute zum Kreuzianismus zu bekehren?«, sagte Jaweo Mutewa. »Dann hätten wir noch mehrere Millionen Seelen rekrutieren können.«

Fracist Bogh drehte sich abrupt um und starrte seinen Sekretär wütend an. »Habt Ihr den Verstand verloren, Bruder Jaweo? Haltet Ihr diese Quarantäner noch immer für menschliche Wesen? Vor dreitausend Jahren hat sich das göttliche Feuer über sie ergossen, doch sie haben dieses Warnsignal ignoriert und weiterhin heidnische Götter angebetet; sie haben wie Katzenratten unter der Erde gelebt und sich in Tiere verwandelt.«

»Kann man einer Bevölkerungsschicht ernsthaft vorwerfen, Opfer der nuklearen Beta-Zoomorphie geworden zu sein, Eminenz?«, entgegnete Jaweo Mutewa mit ungewöhnlicher Vehemenz. »Und wenn sie sich unter die Erde zurückgezogen haben, geschah es allein deshalb, weil ihnen die verschiedenen planetarischen Regierungen nicht erlaubten, auf ihr zu leben ...«

»Das reicht, Bruder Jaweo!«, schnitt der Kardinal ihm barsch das Wort ab. »Der Oberste Ehrenrat unserer Kirche hat mir volle Unterstützung zugesagt. Wir hatten keinerlei Kontrolle über die Bevölkerung des Nord-Terrariums, und das Verschließen der Schächte war die beste, um nicht zu sagen die einzige Lösung für dieses Problem. Ihr könnt Euch noch immer an eins der Ausnahmetribunale wenden oder zum Anführer einer häretischen Kirche aufschwingen, wenn Ihr wollt. Doch weder für das eine noch das andere könnt Ihr mit meiner Unterstützung rechnen.«

Ein verkniffenes Lächeln umspielte den Mund des Vikars. Auch wenn sich der Kardinal noch so aufplusterte, er war nur ein kleines Rädchen im Getriebe der Kirche des Kreuzes und weit davon entfernt, sie kontrollieren zu können, auch weil er durch seine marquisatinische Herkunft zu den Paritolen zählte. Trotzdem war er ein vielversprechender junger Geistlicher, dessen Kandidatur das Vikariat aufmerksam verfolgen musste, das wusste Jaweo Mutewa. Und die Weise, wie der Gouverneur Ut-Gens die quarantänischen Agenten an der Nase herumgeführt hatte, ließ auf eine große politische Begabung schließen. Aber das war nur ein Beispiel: Denn Fracist Bogh war immer geschickt allen Fallen ausgewichen, die sein Privatsekretär ihm im Auftrag des Episkopats gestellt hatte.

»Also, wozu habt Ihr Euch entschlossen?«, fragte der Kardinal schließlich, verärgert über das hinterhältige Schweigen seines Gesprächspartners, während der Kommandant der Interlisten und die Scaythen geduldig warteten, bis die beiden Kirchenmänner ihren Streit beendet hatten.

»Habe ich denn überhaupt noch die Möglichkeit, eine Entscheidung zu treffen, Eminenz?«, antwortete der Vikar gelassen.

Doch in seinem tiefsten Inneren hatte sich Jaweo Mutewa bereits entschieden. Weil er ein Kastrat war, ein Mann im Schatten, ein Geistlicher, der es nie in ein hohes Amt bringen würde, beschloss er, den Kardinal Fracist Bogh bedingungslos zu unterstützen. Er würde alles auf den jungen Gouverneur Ut-Gens setzen, auch wenn das im Falle einer Niederlage seine ewige Verbannung bedeutete. Doch sollte es ihm gelingen, die anderen Vikare von der Bedeutung seines Kandidaten zu überzeugen, hätte er bald eine Schlüsselposition in der Hierarchie der Kirche inne und könnte seine Ambitionen im Schatten des neuen Pontifex' realisieren. Und diese verborgene Macht würde ihm dazu verhelfen, seinen inneren Frieden wiederzufinden, auch wenn sein Name nicht im holographischen Kirchenbuch eingeschrieben stände. Und er könnte diese Verstümmelung seines Unterleibs vergessen, vergessen, dass er sich zum Urinieren hinkauern musste.

Es war so demütigend, gerade für einen geborenen Platonier, da die Männer dieses Planeten traditionell gern mit ihrer Männlichkeit prahlten, wenn sie sich, aufrecht stehend, öffentlich erleichterten. Ein dumpfer Schmerz breitete sich zwischen seinen Schenkeln aus, und Tränen liefen über seine Wangen.

»Ein auf der Erde lebender Anjorianer, ein Kind befindet sich zwischen den Quarantänern, Eure Eminenz«, verkündete plötzlich der Wächter-Scaythe mit metallisch klingender Stimme.

Eine gebieterische Geste des Kardinals hieß ihn fortzufahren.

»Er war Mitglied einer Bande aus dem Viertel von Oth-Anjor. Diese Kinder besuchten oft einen alten Quarantäner namens Artrarak, einem ehemaligen Verbindungsmann zu den Rittern der Absolution.«

»Und das sagen Sie mir erst jetzt?«, zischte Fracist Bogh wütend.

»Durch das Observieren dieser Kinder hofften wir mehr Informationen über die Krieger der Stille zu erlangen, Eminenz«, mischte sich der Inquisitor-Scaythe ein. »Und weil Artrarak ein ehemaliges Mitglied der Ritter der Absolution war, musste er eine Menge über sie wissen. Doch da er sein unterirdisches Domizil nie verließ, konnten wir wegen der darüberliegenden Erdschicht nie sein Gehirn durchforschen.«

»Ein zweifach dämliches Vorgehen, Inquisitor!«, sagte der Kardinal verächtlich. »Und erstaunlich für jemanden Ihres Fachwissens. Erstens wurde die Existenz der Krieger der Stille nie bewiesen, und zweitens wussten Sie, dass wir sehr bald die Schächte des Terrariums vergasen und zuschütten würden. Was hatte dieses Kind nachts in dem Ghetto zu suchen?«

»Es ist von zu Hause fortgelaufen«, antwortete der Wächter-Scaythe. »Der Quarantäner hat ihm in den Kopf gesetzt, es soll sich auf die Suche nach Naïa Phykit, Sri Lumpa machen, und ...«

»Warum suchte es nicht gleich nach der Nuklear-Hexe! Sie wollen mir doch nicht weismachen, Inquisitor, dass Sie noch an diese Lügenmärchen glauben? Hätten Sie etwas mehr Urteilsvermögen bewiesen, hätten Sie das Leben dieses Kindes verschonen können ... Wie heißt es?«

Horax' gelbe, pupillenlose Augen sandten elektrische Blitze aus seiner weit geschnittenen schwarzen Kapuze. »Jek At-Skin, Sohn des Marek und der Julieth At-Skin.«

»Notieren Sie sich das, Bruder Jaweo. Und benachrichtigen Sie die Eltern.«

Zwei Stunden später stieg Kardinal Fracist Bogh in Begleitung seiner Gedankenschützer und einer Gruppe Interlisten aus dem Personenair der Kirche und schritt über den Platz der Heiligen Folter. Die schlanken, vergoldeten Türme des Tempels hoben sich von dem schmutzig grauen Himmel ab. Das trübe Licht der mobilen Straßenlaternen spiegelte sich auf dem nassen Pflaster und den glänzenden Dächern. Die erlöschende Sonne Hares war noch nicht am Horizont aufgegangen. Nur die durchdringenden Schreie der Rakamel-Verkäufer und die dumpfen unterirdischen Vibrationen der TRA zeugten von Leben in der noch schlafenden utgenischen Hauptstadt.

Während sich die Interlisten in einer Doppelreihe als Sicherheitsgürtel um den Platz gruppierten, blieb Fracist Bogh vor einem der Feuerkreuze auf dem Vorplatz stehen und betrachtete den von einem starken Gebläse gevierteilten Körper eines Mannes. Es war ein Ritual des Gouverneurs von Ut-Gen, das er jeden Tag vor der Matutin absolvierte. Der Anblick gefolterter Menschen löste in ihm starke, widersprüchliche Gefühle aus, die von Entzücken bis Abscheu reichten – als hätte die Kirche ihn bis zum Ende seiner Tage in den Zustand versetzt, zwischen Ekstase und Bedauern leben zu müssen. Doch der Anblick vieler Gemarterter erinnerte ihn immer wieder an den Körper eines einzigen Menschen: einer Frau, die ihn in seinen Träumen verfolgte und die weiter in seinem Unterbewusstsein lebte. Trotz aller Vorsätze und selbst auferlegten Strafen war es ihm bisher nicht gelungen, Dame Armina Wortling, die Witwe des Seigneurs Abasky und Mutter Lists – des Spielgefährten seiner Kindheit – zu vergessen. Mit erschreckender Deutlichkeit erinnerte er sich an jene drei Tage, die er vor dem Feuerkreuz in Duptinat, der Hauptstadt des Planeten Marquisat, ausgeharrt hatte. Er erinnerte sich an die lange Transformation dieser wunderschönen Frau in eine Masse verbrannten Fleischs. Er erinnerte sich an ihre um Gnade flehenden Augen ... Und er erinnerte sich an seine Qualen, an seine Tränen, an seinen Schmerz ... Auch sechzehn im Dienst der Kirche verbrachte Jahre hatten nicht gereicht, das Bild dieser Frau, sein unterdrücktes Begehren auszulöschen. Und obwohl er sich weigerte, es sich einzugestehen: Beim Anblick dieser durch seinen Befehl gefolterten Menschen, die er auf dem Vorplatz der Kirche langsam verbrennen ließ, suchte er verzweifelt nach dem Körper Dame Arminas.

Fracist Bogh war nur Gouverneur eines unbedeutenden, am Rande des Ang-Imperiums liegenden Planeten, der überdies zu zwei Dritteln verseucht und dem Untergang geweiht war. Er wurde weder zu den jährlich stattfindenden Krönungsfeierlichkeiten noch zu den Konklaven eingeladen. Trotzdem hatte er sich durch seine Unbeugsamkeit und Unbestechlichkeit einen guten Ruf innerhalb der Kirche erworben. Wegen seiner gnadenlosen Verfolgung aller Abtrünnigen oder Heiden sagte man ihm eine brillante Karriere innerhalb der klerikalen Hierarchie voraus. Er sei der General, dessen die Armee des Kreuzes bedürfe, hieß es.

Jetzt spiegelte sich kurz das fahle, eingefallene Gesicht des jungen Marquisatiners auf dem schwarzen Schild am Sockel des Feuerkreuzes wider. Es wirkte wie ein flüchtiger Hintergrund für die Inschrift:

Das Feuerkreuz wird die Bestrafung all jener sein, die

das göttliche Gesetz und die Heiligen Gebote der Kirche des Kreuzes brechen. Der durch die Heilige mentale Inquisition heidnischer, entwürdigender Praktiken überführte Raph Pit-Horn muss laut Anordnung des Kardinals Fracist Bogh, des obersten Repräsentanten Seiner Heiligkeit, des Muffi Barrofill XXIV. auf dem Planeten Ut-Gen, diese Strafe erleiden.

Das waren fast dieselben Worte, die vor sechzehn Jahren auf dem Bullovision-Bildschirm des Kreuzes von Armina Wortling gestanden hatten ... Ein plötzliches Schwindelgefühl überkam den Kardinal. Er schlug den weiten Kragen seines violetten Chorhemds hoch, bedeckte sein Gesicht und ging nach einem letzten Blick auf den Gevierteilten schnellen Schritts auf das Hauptportal des Tempels zu. Seine Gedankenschützer und die Interlisten folgten ihm, während der kirchliche Personenair startete und mit schrillem Pfeifen über die spitzen Türme davonflog.

Endlich wagten sich auch Passanten aus den angrenzenden Straßen hervor und überquerten hastig den Platz der Heiligen Folter.

Am Ende des Fluchttunnels zeichnete sich ein immer größer werdender grauer Lichtpunkt ab. Weil die Sauerstoffreserven schon längst verbraucht waren, hatten die Quarantäner ihre Masken abgenommen und weggeworfen. Jek tat es ihnen nach, froh, wieder frei atmen zu können, auch wenn es noch immer schwach nach Gas roch. Doch die Konzentration schien nicht mehr gefährlich zu sein.

Die hinter ihm gehende Frau hatte beim Anblick von Jeks glattem Gesicht, seinem seidigen gelockten Haar und seinen haselnussbraunen Augen überrascht gesagt: »Ein kleiner Oberirdischer!«

Sofort hatte er wütende Schreie hinter sich gehört, was kaum verwunderlich war, da die Oberirdischen für die Jahrhunderte andauernden Repressionen und den letzten Anschlag verantwortlich waren. Wieder hatten sie versucht, die Quarantäner, deren Anblick sie nicht ertragen konnten, auszulöschen.

Jek hatte Angst. Als einziger Oberirdischer wäre er ein naheliegendes Opfer für die Rache der wütenden und verzweifelten Quarantäner. Denn in diesem Stollen, ein paar Hundert Meter unter der Erde, galten Gesetze nicht mehr. Niemand würde ihm zu Hilfe kommen.

Doch das wütende Geschrei verebbte wieder, und der hoffnungslose Marsch wurde fortgesetzt. Schweigend. Doch Jek wusste, dass er nicht sicher war. Im Gegenteil. Nur eine einzige Bemerkung würde genügen, und die schwelende Glut des Hasses konnte sich in ein Inferno verwandeln. Er spürte ihre Blicke gleich vergifteten Pfeilen in seinem Rücken, bis er so müde wurde, dass er erschöpft und kraftlos die letzten Meter bis ans Ende des Ganges zurücklegte.

Trotz der grauen Trostlosigkeit des Tageslichts waren die Überlebenden geblendet, als sie das öde Hochplateau erreichten, die verseuchte Region. Ihr plötzliches Erscheinen scheuchte einen Schwarm Corvuren auf, große Vögel mit schwarzem Gefieder und phosphoreszierenden Schnäbeln. Hares' rötliche Strahlen durchdrangen kaum den von Dunst verhangenen Himmel.

Jek ließ sich völlig erschöpft in das dürre, gelbe Gras fallen. So weit er auch blicken konnte, er sah nichts als eine monotone Ödnis, bar jeder Vegetation. Es gab weder Menschen noch Gebäude oder irgendeine Transportmöglichkeit. Nur Nebelfetzen, die von plötzlich aufkommenden Winden hin und her getrieben wurden. Als ihm klar geworden war, dass er diese Wüste wahrscheinlich tagelang zu durchqueren hatte, überkam ihn eine große Mutlosigkeit.

Die Quarantäner saßen, in engen familiären Gruppen zusammengedrängt, in der Nähe des Ausgangs, am Rand eines felsigen Abgrunds. Sie waren verängstigt, weil die meisten von ihnen ihren Fuß zum ersten Mal auf die Erdoberfläche setzten. Einerseits waren sie erleichtert, entkommen zu sein, andererseits hatten sie Angst vor dem Exil und trauerten um ihre Angehörigen und Freunde, die den Tod unter der Erde gefunden hatten. Sie gingen einer ungewissen Zukunft entgegen.

Jek wurde von den Quarantänern geschnitten. Sie zeigten ihm, dass er in ihr Territorium eingedrungen war. Als er sich umdrehte, sah er in der Ferne die wellenförmige glitzernde Mauer, unendlich lang, bis zum Horizont reichend. Vor zwei Jahren hatte P'a At-Skin ihm die dreißig Kilometer nördlich von Anjor errichtete magnetische Isolationsbarriere gezeigt und ihm erklärt, sie reiche bis in die Stratosphäre, um zwischen den beiden Zonen jeden Flugverkehr unmöglich zu machen. Zusätzlich wurde diese Schutzvorrichtung noch durch einen elektrischen Stacheldrahtzaun und Wachtürme, die mit Robotern bestückt waren, verstärkt. Diese Roboter waren mit Schusswaffen ausgerüstet, die Todeswellen und Mumifizierungsstrahlen aussenden konnten.

Doch die damalige Regierung hatte nicht daran gedacht, dass die Überlebenden der verseuchten Zone dieses Hindernis durch unterirdische Wege umgehen könnten. *Keine magnetische Mauer kann Ratten am Graben hindern,* hatte der alte Artrarak gesagt. Inzwischen war sie modernisiert worden. Beim geringsten Kontakt mit ihren Schwingungen verwandelte sich sogar ein Stück massives Metall in winzige Partikel.

Jek hatte so viele Geschichten über die kontaminierte Zone gehört, dass er glaubte, jeden Moment feuerspeienden Ungeheuern mit schuppigen Leibern, Hörnern und langen Stoßzähnen zu begegnen. Es gab sogar Anjorianer, die glaubten, hinter der Mauer würden die nuklearen Hexen und die Söhne der spaltbaren Atome einen ewigen Hexensabbat feiern. Doch nur die Corvuren führten mit ihren Leuchtschnäbeln am Himmel ein infernalisches Ballett auf.

Er hatte keine Ahnung, welche Richtung er einschlagen musste, um nach Glatin-Bat zu gelangen, und warf einen scheuen Blick zu den Quarantänern hinüber. Vielleicht hat einer von ihnen Mitleid und gibt mir Auskunft, dachte der kleine Junge und näherte sich ihnen vorsichtig.

»Weiß jemand von euch, wie ich nach Glatin-Bat kommen könnte?«, fragte er mit hoher, kindlicher Stimme.

Sofort wandten viele die Köpfe und starrten ihn drohend an. Im Dämmerlicht des frühen Morgens wirkten ihre hässlichen Gesichter noch grotesker. Der Wind blähte ihre zerlumpte Kleidung auf. Und einige hatten vor ihrer Flucht nicht einmal Zeit gehabt, sich anzuziehen. Jetzt begriff Jek, warum sie es sorgfältig vermieden, ihre hässlichen Körper vor den Blicken der Anjorianer zu enthüllen. Er war schockiert und versuchte, seinen Ekel vor dem Gesehenen zu verbergen.

»Warum bist du so blass?«, fragte plötzlich ein Mann mit rauer Stimme.

»Begreifen Sie denn nicht, dass er sich vor uns ekelt«, sagte eine Frau, den Tränen nahe. »Für die Oberirdischen sind wir nicht einmal Tiere.«

»Sie haben uns vergast! Und dann noch Flüssigbeton in

unsere unterirdischen Behausungen gegossen!«, klagte ein anderer Mann.

»Und das haben sie nachts getan, die Feiglinge!«

Angst und Entsetzen ergriffen Jek. Sein Mund wurde trocken, seine Kehle war wie zugeschnürt. Er brachte keinen Ton heraus, obwohl er ihnen sagen wollte, dass er nicht wie die anderen Oberirdischen sei, sondern den alten Artrakrak zum Freund gehabt habe, einen der ihren ... Und wie in einem Albtraum sah er sie dann auf sich zukommen, Männer, Frauen, Kinder. Sie schüttelten drohend die Fäuste, bleckten die Zähne, stießen Beleidigungen aus, und ihre Augen sprühten Funken.

Jek wich instinktiv ein paar Schritte zurück. Er stolperte über einen Stein und fiel auf den Rücken. Als er wieder aufstehen wollte, stürzten sich ein paar Quarantäner wie eine Horde wild gewordene Affen auf ihn. Sie schlugen und traten ihn. Jemand packte ihn bei den Haaren, andere Hände rissen ihm die Kleider vom Leib. Er wurde gebissen. Er spürte sein warmes Blut und die Frische des Morgentaus unter sich. Er glaubte, ersticken zu müssen und wand sich wie ein Wurm. Doch unzählige Hände hielten ihn fest umschlossen. Ekel überkam ihn.

Völlig erschöpft gab er den Widerstand auf und fand sich damit ab, nun in dieser Einöde sterben zu müssen. Mein Abenteuer hat nur ein paar Stunden gedauert, dachte er. Ein alter Quarantäner hat diesen ziemlich verrückten Traum in mir geweckt, doch andere Quarantäner haben ihn ebenso schnell zerstört ... Und P'a und M'a werde ich nie wiedersehen. Nie werden sie wissen, was aus ihrem einzigen Sohn geworden ist, weil die Corvuren nach meinem Tod mit ihren Leuchtschnäbeln nur ein Skelett von mir übrig lassen werden.

Plötzlich erhob sich eine kraftvolle Stimme über den Tumult: »Die Wüstenratten! Da kommen sie!«, rief der Mann und deutete zum Horizont.

Die Wut der Quarantäner erlosch ebenso schnell wie sie aufgeflammt war. Sie ließen den kleinen Oberirdischen los, standen auf und spähten in die weite, nebelverhangene Ödnis.

Jek richtete sich auf; nackt aber lebendig. Mit von Tränen und Blut verschmierten Augen entdeckte er in der Ferne etwa zwanzig weiße Punkte, die schnell größer wurden.

Der Trar der Luftflotte beugte sich über die Reling und deutete auf den kleinen Oberirdischen, der da ganz allein saß.

»Und was sollen wir mit dem machen?«

Jek begriff sofort, warum der Trar und seine Männer »Wüstenratten« genannt wurden, denn ihre lange, behaarte Nase ähnelte auf verblüffende Weise den Schnauzen dieser kleinen Nagetiere mit den hervorstehenden Zähnen. Ihre runden schwarzen Augen waren ständig in Bewegung, als wären sie von allen Seiten von Feinden umgeben. Sie trugen schwarze Uniformen aus Leder und bunte Turbane mit flatternden Enden; in ihren Gürteln steckten Faustfeuerwaffen mit kurzen Läufen und perlmuttfarbenen Kolben.

Kurz zuvor waren die zwanzig Aerotome – Gleitflieger, die durch atomare Kraft angetrieben wurden – mit höllischem Lärm gelandet. Nachdem die Rotorblätter zum Stillstand gekommen und die Gangways ausgefahren worden waren, gingen die Quarantäner an Bord der Maschinen.

Die Wüstenratten besaßen das Transportmonopol zwischen dem Terrarium und den verschiedenen Siedlungen innerhalb der verseuchten Zone. Der Trar war überrascht gewesen, in jener Nacht statt den normalerweise etwa dreißig Passagieren – Geschäftemacher und Händler, die er zu Wucherpreisen transportierte – Hunderte Flüchtlinge warten sah. Er war wütend. Natürlich hatte er Mitleid mit den Millionen Toten oder Eingeschlossenen, doch er fürchtete ebenfalls um seine Einkünfte.

Die Kiele der großen Luftschiffe schwebten etwa zwei Meter über dem Boden. Jek sah die Vorder- und Hintersteven, sie glichen sich wie ein Ei dem anderen. Doch im Gegensatz zu den Schiffen der Antike besaßen sie keine Maste, sondern bewegliche Antennen, an deren Enden eine oder mehrere Projektoren angebracht waren. Was er zuerst für ein riesiges quadratisches Segel gehalten hatte, entpuppte sich als eine gigantische Anzahl weißer, summender Alveolen – faustgroßer nuklearsensibler Zellen.

Jek hatte sich inzwischen wieder angezogen. Ein kalter Wind blies durch seine zerrissenen Kleider; er fror. Jede Bewegung schmerzte. Er hatte es nicht gewagt, sich während des Einschiffens unter die Quarantäner zu mischen. Jetzt stellte er fest, dass das die falsche Entscheidung gewesen war. Niemand hätte in dem Durcheinander auf ihn geachtet. Und in den Aerotomen gab es sicher Verstecke. So hätte er mit etwas Glück die nächstgelegene Stadt und von dort aus Glatin-Bat erreichen können. Doch jetzt hing sein Schicksal allein vom guten Willen des Kapitäns der Luftflotte ab, einem Mann, der von der Beta-Zoomorphie entstellt war und für gesunde Menschen sicher nicht viel übrig hatte.

Der Trar strich über seinen dünnen, herabhängenden Schnauzbart. Von seinen Männern unterschied er sich nur durch eine stilisierte Maske auf dem Plastron seiner Uniform und einem langen antiken Säbel, der beim Gehen gegen seine Stiefel schlug.

Die Flüchtlinge standen mit gesenkten Köpfen auf den

Schiffsbrücken und vermieden es, in Richtung des kleinen Oberirdischen zu blicken, der so winzig und unbedeutend neben den großen Luftschiffen aussah. Sie wollten so schnell wie möglich diesen Ort hinter sich lassen, sie wollten vergessen, dass sie sich an einem Kind vergriffen hatten.

»Habt ihr den kleinen Jungen so zugerichtet?«, fragte der Trar, ohne sich umzudrehen.

»Das ist ein Oberirdischer!«, antwortete schließlich eine Frau und durchbrach das bedrückende Schweigen. »Sein Volk hat das Terrarium vergast ...«

»Er hat es jedenfalls nicht getan, denn er war ja bei euch!«, wandte der Trar ein.

»Unsere Energiereserven schwinden. Wir müssen sofort starten, wenn wir noch von den nuklearen Winden der Wüste profitieren wollen. Also, was soll mit ihm geschehen?«

»Soll er doch hier verrecken!«, keifte die Frau hasserfüllt. »Ein Oberirdischer gegen Millionen Quarantäner, das ist wahrhaftig nicht teuer bezahlt!«

»Ihr werde eure Reise wohl ebenfalls nicht teuer bezahlen«, entgegnete der Trar, beugte sich über die Reling am Bug uns starrte den kleinen Anjorianer an. Ein sardonisches Lächeln umspielte seinen schmalen Mund. Windböen peitschten die losen Enden seines bunten Turbans.

»He du, Oberirdischer! Nenn mir einen guten Grund, dich nicht in diesem Loch verrecken zu lassen!«

Weil Jek ständig nach oben gestarrt hatte, tat ihm das Genick weh. Er brauchte eine Weile, bis er merkte, dass der Kapitän ihn angesprochen hatte.

»Also, was ist? Haben sie dir die Zunge rausgeschnitten?«

»Ich ... ich war ein Freund von Artrarak«, stammelte Jek. »Die Plumeng-Grotte ... Stollen A-102, Niveau-254 ...«

Er musste schreien, um das Dröhnen der Motoren und das Summen der nuklearsensiblen Zellen zu übertönen.

Der Trar warf einen fragenden Blick auf die Flüchtlinge, dann sah er Jek wieder an. »Niemand hier kennt Artrarak ... Tut mir leid, Oberirdischer. Ich darf nicht gegen den Willen meiner Passagiere handeln, denn ihre Toten rufen nach Rache. So lautet das Gesetz der verseuchten Zone. Trotzdem könnte ich dir eine Gunst gewähren: Anstatt dich von den Schnäbeln und Klauen der Corvuren zerfleischen zu lassen, kann ich dir den Kopf abschlagen ...«

Wieder gefror Jek das Blut in den Adern. Fieberhaft suchte er nach Argumenten, den Kapitän zum Einlenken zu bewegen. »Nein! Nein! Ich muss nach Glatin-Bat ... Glatin-Bat!«

Doch der Trar blieb unbeeindruckt. »Wenn das so ist, musst du nur die Wüste durchqueren. Zweitausend Kilometer! Und hüte dich vor den nuklearen Tornados, den gefleckten Hyänen und ... viel Glück!«

Der Kapitän der Flotte ging zum Heck des Aerotoms und brüllte Befehle. Wie versteinert beobachtete Jek, dass sich die Gangways einrollten und die Stabilisationsanker eingezogen wurden. Er warf sich instinktiv zu Boden, als sich das Führungsluftschiff mit einem Beben und schrillem Aufheulen in Bewegung setzte. Der Luftdruck der Rotoren ließ ihn über den steinigen Untergrund rollen.

Als er sich benommen wieder aufrichtete, hatte die Flotte ihr Wendemanöver vollendet und war zum Abflug in Richtung Wüste bereit. Der Lärm der Motoren wurde immer lauter, schier unerträglich. Die, an den Relingen lehnenden, Matrosen lachten und gestikulierten.

Jek wusste nicht mehr ein noch aus. Die magnetische Barriere verhinderte seine Rückkehr nach Anjor. Nun war er ganz allein in der atomar verseuchten Wüste. Allein mit den Corvuren, die bereits mit heiserem Geschrei über ihm kreisten. Er schloss die Augen.

Als er sie wieder öffnete, waren die Aerotome wieder zu weißen Punkten geworden. Bald darauf waren sie im Nebel verschwunden.

Die Corvuren ließen sich krächzend im Kreis um ihn herum nieder.

VIERTES KAPITEL

Nur wenige Menschen waren sich bewusst, dass die Scaythen vom Planeten Hyponeros ein gigantisches Netz über deren Köpfe gespannt hatten.
Wer waren sie? Was wollten sie? Niemand wusste es.
Als Pamynx nach Hyponeros zurückgekehrt war, in diese geheimnisvolle Welt, die kein Astronom lokalisieren konnte, wurde der Seneschall Harkot sein Nachfolger.
Mit ihm begann die Periode, die fortan der »Terror der Experten« oder das »Große Auslöschen« genannt wurde.
Über den Dächern aller Städte erhoben sich die Wachtürme der Gedanken, und die Feuerkreuze wurden immer zahlreicher. Und wir hörten die Schreie der Gefolterten, die verzweifelten Klagen der Mütter, deren Kinder einen langsamen, grausamen Tod starben.
Während sich der Imperator Menati und seine Ratgeber auf prachtvollen Festen zerstreuten, fand Abscheuliches statt.
Wo waren sie geblieben, unsere stolzen, hochmütigen Syracuser, einst vom Geist der Eroberung beseelt?
In welche Hölle hatten sich diese menschlichen Götter begeben?

Teil eines apokryphischen mentalen Textes, der während seines messaodynen Transfers von dem syracusischen Dichter Jhû-Piet der ersten Periode des postangschen Imperiums aufgefangen wurde. Eine Reihe Gelehrter vermutet, dass es sich dabei um irreführende Überlegungen der Syracuserin Naïa Phykit handelt.

Im engen Stollen unter den Grundmauern des ehemaligen Herrscherpalastes herrschte absolute Stille. Im Strahl seiner Lasertaschenlampe sah Harkot dunkle Schatten davonhuschen und in den vielen Löchern des engen Gangs verschwinden.

Je tiefer der Seneschall in das Schattenreich vordrang, umso zahlreicher wurden die Katzenratten, Nager mit grauem Fell, großen runden Augen und spitzen Ohren. Seit etwa fünfzehn Jahren hatte er keinen Fuß mehr hierher gesetzt. Genauer gesagt, seit er dort Pamynx, den ehemaligen Konnetabel der Seigneurs Arghetti und Ranti Ang eingesperrt hatte.

Harkot war der Einzige im Universum – natürlich außer den Meister-Creatoren des Hyponeriarchats –, der wusste, dass Pamynx nie den Planeten Syracusa verlassen hatte. Offiziell hieß es, der Konnetabel sei nach der Vollendung seines Lebenswerks auf den Planeten Hyponeros zurückgekehrt, um seinen wohlverdienten Ruhestand zu genießen. Obwohl sie ihm die Herrschaft über das Imperium verdankten, hatten ihn Menati Ang und seine Familie bald vergessen. Und der Seneschall hatte Wichtigeres zu tun, als sich um das Schicksal seines Mitplanetariers zu kümmern. Vielleicht hätte sogar Harkot dessen Existenz vergessen, hätte er nicht vor zwei Stunden eine dringende Impulsion der Meister-Creatoren empfangen, die ihm gebot, den Kontakt mit dem Gefangenen wiederaufzunehmen.

Harkot, ein atypischer und undisziplinierter Keimling, hatte anfangs der Impulsion heftigen Widerstand entgegengesetzt. Da er oft in menschliche Gehirne eingedrungen war und deren komplizierte Mechanismen kannte, geschah es immer öfter, dass er sich ihre Denkweise aneignete, diskutierte und sogar die Befehle des Hyponeriarchats ignorierte. Sehr schnell hatte er begriffen, worin die Stärke und die Schwäche menschlichen Denkens bestand: nämlich in der Weise wie sie es verstanden, dass sich das große Universum um ein kleines Universum – genannt Ego – drehte. Ungewöhnlich an dieser Impulsion war, dass die Meister-Creatoren im Gegensatz zu früher auf die Ausführung ihres Befehls bestanden. Dieses Mal musste er sich fügen.

In seiner Eigenschaft als Exekutant der sechsten Stufe des PLANS und Scaythe der höheren Ebene war er befugt, Initiativen zu ergreifen, doch durfte er niemals gegen die Interessen des Hyponeriarchats handeln. Auch wenn er sich rühmte, ein Ego zu besitzen, hatten seine Gedanken keinen Einfluss auf die Schöpfung oder das Universum – das allein war das Privileg der Menschen. Ein außerordentliches Privileg, das die Scaythen zerstören wollten. Harkot war nichts als ein Keimling aus einem Matrix-Bottich, den die Meister-Creatoren jederzeit auflösen und durch einen anderen Keimling ersetzen konnten. Durch einen solchen Akt würden sie zwar an Informationen ärmer, doch an Sicherheit reicher werden.

Sie hatten Harkot einen kleinen Vorgeschmack auf das gegeben, was ihn erwartete, sollte er sich ihren Befehlen verweigern. Seine Haut und seine inneren Organe fingen an zu schmerzen; Eiseskälte hatte sich in seinem Kopf ausgebreitet, dann das Gefühl, in einen Abgrund zu stürzen, wo er jegliches Zeit- und Raumgefühl verloren hatte. Sein

Körper – dieser missgestaltete Körper, den er so sehr hasste – wurde von einem sauren Gas zerfressen, dessen Geruch ihn an die Nährlösung des Matrix-Bottichs erinnerte. Sein Geist, sein Keimling, hatte seine Hülle verlassen und war wieder in eins der beiden Konglomerate des Hyponeriarchats zurückgekehrt.

Erst im Konversions-Zimmer seiner Suite im Palast Arghetti-Angs hatte er wieder das Bewusstsein erlangt. Länger als drei Minuten hatte es gedauert, sich an seine Existenz zu erinnern und zu erkennen, dass dieser Auflösungsprozess nur eine telepathische Warnung gewesen war.

Diese Erkenntnis hatte ihn erleichtert, denn trotz seiner nichthumanen Existenz glaubte er an seine Individualität. Neue Notwendigkeiten hatten sich ihm eröffnet: Wenn er leben wollte – denn das war es, das Leben, dieses kostbare, aber überflüssige Gefühl, allein durch sich selbst zu existieren –, musste er von nun an täuschen, tricksen und manipulieren. Zwar kannte er die Absichten der Meister-Creatoren nicht, aber er würde forthin in ihrem Sinne handeln, allein aus der Angst heraus, aufgelöst zu werden.

Noch mit diesen Gedanken beschäftigt suchte er Pamynx auf, der seit anderthalb Jahrzehnten in seinem Verlies dahinvegetierte. Je näher er seinem Ziel kam, umso größer wurde seine Aufregung. In welchem Zustand würde sich der Gefangene befinden? Obwohl sein Körper weder mit einem Blutkreislauf ausgestattet war noch eines Stoffwechsels bedurfte, also weder atmen noch essen und trinken musste (es gab Keimlinge, die länger als tausend Universaljahre auf völlig unbewohnten Planeten überlebt hatten), mussten die langjährige Haft und die Stille auf einen Scaythen wie Pamynx, der immer im Lärm der Menschen gelebt hatte, einen schädlichen Einfluss ausgeübt haben.

Der schmale Gang war teilweise eingestürzt, feucht und kaum passierbar. Endlich stand Harkot vor der Tür des unterirdischen Verlieses. Das Schloss ließ sich nur schwer öffnen, ebenso die Tür, die dann mit einem unerträglichen Quietschen aufschwang.

Harkot betrat die in den Felsen gehauene Zelle. Im Strahl seiner Laserlampe sah er nur aufgehäufte Skelette und den Schatten davonhuschender Katzenratten.

Kurzzeitig dachte er, das Hyponeriarchat habe Pamynx von seinem leiblichen Erscheinungsbild getrennt. Aber er wusste dank seiner Basiskoordinaten, dass in einem derartigen Fall der Keimling in einem der beiden Konglomerate aufgelöst und eventuell in einem der Matrix-Bottiche wieder aufwachsen und eine neue Identität und Aufgabe bekommen würde.

»Ich habe Euch erwartet, Sieur Experte«, vernahm Harkot mental Pamynx' Stimme.

Etwas rührte sich vor ihm, eine braune Gestalt, die sich langsam auf ihn zubewegte. Dann richtete sich der Konnetabel zu voller Größe vor ihm auf. Er war nackt, was nicht weiter wichtig war, da Scaythen aufgrund ihrer Asexualität keine Scham kennen. Mit weit ausholenden Bewegungen wischte er die Erde von seinem Körper ab. Der Blick seiner hervorstehenden gelben, pupillenlosen Augen gewann langsam an Intensität.

Und Harkot hatte das äußerst unangenehme Gefühl, sich selbst in einem Spiegel zu sehen; er hatte dasselbe Gefühl des Ekels, das die Höflinge bei seinem Anblick empfanden. Die Meister-Creatoren hatten klug gehandelt: Er würde sich nie mit Menschen gemein machen und ein Teil der Schöpfung werden, denn mit Individuen, die einen verachten, kann man sich nicht identifizieren.

»Verzeiht, dass ich mich nicht angemessen, in einen Kapuzenmantel gekleidet, präsentiere, Sieur Experte. Aber die Katzenratten haben ihn gefressen ... Wollen wir uns auf mentale oder orale Weise verständigen?«

»Die mentale Kommunikation ist mir lieber«, antwortete Harkot und senkte das Niveau seiner Emissionen auf das niedrigere seines Gesprächspartners, »es sei denn, Ihr wünscht, den Klang Eurer Stimme zu hören.«

»Nein. Ich bin an die Stille an diesem Ort gewöhnt. Sie erinnert mich an die Stille im Matrix-Bottich«, entgegnete Pamynx auf telepathischem Weg.

Danach tauschten beide minutenlang keine Gedanken aus, denn beide wussten nicht, warum die Meister-Creatoren dieses Treffen programmiert hatten, und dieses Unwissen verunsicherte sie. Und da Scaythen rein hierarchisch organisiert waren, existierten zwischen ihnen und den Befehlshabern keine Kommunikationsmöglichkeiten.

»Niemand nennt mich noch Sieur Experte«, begann Harkot versuchsweise das stumme Gespräch.

»Die Meister-Creatoren haben mich über Euren Besuch informiert und mich ebenfalls wissen lassen, dass Ihr zum Seneschall des Ang-Imperiums ernannt wurdet. Wäre ich ein Mensch, ich wäre stolz auf meinen Schüler.«

»Das seid Ihr nicht?«

»Nein. Denn ich habe die Grundelemente des Stolzes sowie andere menschliche Empfindungen studiert. Aber das sind Empfindungen, die mir fremd geblieben sind. Doch ich entdecke in Euch zerebrale Strömungen, die sehr stark Emotionen gleichen. Der Mensch als solcher fasziniert Euch, Sieur Seneschall ...«

Harkot war verblüfft, wie leicht Pamynx sein Gedankengut bloßgelegt hatte. Dann fiel ihm ein, dass er das Niveau seiner telepathischen Emissionen gesenkt und somit Pamynx eine Gelegenheit gegeben hatte, ihn mental auszuforschen.

»Ich werfe Euch ein solches Verhalten keineswegs vor«, sprach Pamynx weiter. »Es war für die Eroberung notwendig. Ein Beweis: Ihr seid der Exekutant der sechsten Stufe des PLANS geworden. Wahrscheinlich brauchten die Meister-Creatoren zusätzliche Informationen über die Gefühlswelt der Menschen.«

»Dann hat das Hyponeriarchat mich also bewusst atypisch geschaffen?«

»Die wesentlichen Charakterzüge der Menschen sind der Glaube an das Irrationale, unlogisches Denken und impulsives Handeln. Ihr Fehlverhalten gründet sich allein auf die Tatsache, dass sie heftigen Gefühlswallungen unterworfen sind, die von der Ratio nicht beherrscht werden können. Wo auch immer sie leben, wie auch immer ihre soziale Stellung sein mag, oder welche Funktionen sie ausüben, sie alle haben das fundamentale Bedürfnis nach Liebe und Anerkennung. Emotionen hingegen sind für einen aus der Logik geborenen Keimling, der absoluter Effizienz unterworfen ist, eine absurde, ja unvorstellbare Haltung.«

»Diskutieren wir dieses Thema auf rein logischer Ebene, Sieur Konnetabel. Wie hätte eine Wesenheit wie das jeglicher Gefühle baren Hyponeriarchats den Wunsch nach Emotionen in einen seiner Keimlinge implantieren können?«

»Meine diesbezüglichen Informationen sind sehr unvollständig. Ich darf Euch nur mitteilen, dass die Meister-Creatoren in Eurem Gehirn einen Bereich nicht vernetzt haben. Dieser Mangel hat dazu geführt, dass Ihr Euch mit Eurer Umgebung identifiziert und in Euch der Wunsch nach Anerkennung erwacht ist. Seither seid Ihr für das Hyponeriarchat zu einer Quelle wichtiger Daten geworden …«

Da die Scaythen sich nicht bewegten, hatten sich ein paar Katzenratten aus ihrem Versteck gewagt und umkreisten Harkot in seinem Kapuzenmantel. Doch den von der Laserlampe ausgehenden Lichtfleck auf Boden und Wand mieden sie.

»Ihr seid enttäuscht, nicht wahr, Sieur Seneschall?«, fuhr Pamynx fort. »Ihr glaubtet wohl, Eure Weiterentwicklung sei allein Euer Verdienst. Also habt Ihr Eure Defizite mit demselben Eifer wie die Menschen zu kompensieren versucht. Aber im Gegensatz zu Euren Vorbildern ist die Leere in Eurem Hirn eine künstliche Leere, eine Täuschung, und sie wird Euch keinerlei Befriedigung verschaffen, Euch nichts einbringen, außer vielleicht zu leiden …«

Harkot trat nach dem frechsten Nager, der in den Saum seines Kapuzenmantels biss. Ihm wurde klar, dass er wie dieses Tier ein Wesen war, das einem Gemeinschaftsziel geopfert wurde. Man hatte ihn gedrängt, jedes Risiko einzugehen, sich Schlägen und Schmerzen auszusetzen. So wie der Tritt die Katzenratte für ihre Kühnheit bestrafte, wurde Harkot für sein Anderssein mit seelischem Leid bestraft. Er erkannte ebenfalls, dass nicht der Keimling Pamynx zu ihm sprach, sondern das Hyponeriarchat durch ihn. Und er fragte sich, was dieses Theater sollte, denn die Meister-Creatoren hätten ebenso gut durch Impulsionen mit ihm in Kontakt treten können.

Die Nager witterten Gefahr und huschten, spitze Schreie ausstoßend, davon.

»Euer Gefühl, zu leiden, ist ebenso illusorisch wie Eure Leere, Sieur Seneschall.«

»Wie könnt Ihr Euch dessen sicher sein? Ihr wisst nicht, wovon Ihr redet …«

»Vielleicht. Aber man braucht Euch nur ein anderes neurologisches Programm einzupflanzen, um diesen Mangel zu beheben. Meine Basisdaten enthalten dieses Programm.«

»Und wenn ich mich weigere?«

»Dann werdet Ihr in einem der beiden Konglomerate aufgelöst und Euer Keimling in anderer Gestalt rekonditioniert. Dann werden wir die Menschen auf Euren Nachfolger vorbereiten ... Nicht als eine zusätzliche Stufe zur Erfüllung des PLANS ... Wahrscheinlich nur ein Zeitverlust, der aber als eine Eventualität eingeplant wurde.«

»Und warum das alles? Warum töten wir nicht alle Menschen mit unseren Todeswellen?«

»Ich bin nicht gut genug informiert, um diese Frage beantworten zu können. Ich war nur der Exekutant der fünften Stufe und damit beauftragt, das System des mentalen Schutzes zu etablieren und die Installation einer Zentralmacht zu begünstigen – eine Regierung, eine Religion für alle Welten am Rande der Milchstraße ... Die Vernichtung des Ordens der Absolution war oberstes Gebot: Denn er war Symbol und Garant eines Systems verschiedenster Regierungen, die schwer zu kontrollieren waren. Und Eure Rolle als Exekutant der sechsten Stufe bestand darin, die Wachtürme der Gedanken zu errichten, das Projekt der Auslöscher-Scaythen voranzutreiben und jede Erinnerung an die Inddikische Wissenschaft auf den bekannten Welten zu tilgen ...«

»Genau das habe ich getan ...«

»Nur teilweise, nur teilweise. Ihr wisst noch immer nicht, wo sich unsere wahren Gegner befinden: Aphykit Alexu, Tixu Oty vom Planeten Orange und ihre Krieger der Stille.«

»Ihr irrt, Sieur Konnetabel. Ich bin ihnen auf der Spur. Nur habe ich diese Information noch nicht den Meister-Creatoren übermittelt.«

»Ihr solltet lieber sagen, dass Ihr sie ihnen absichtlich vorenthalten habt. Denn Eure Hirnströme sind so subtil, dass sie Impulsions-Nachforschungen standhalten. Hattet Ihr Gründe, diese Information für Euch zu behalten?«

»Verschwiegenheit ... Effizienz ... Rentabilität ...«

»Ein irrationales Verhalten und somit menschlich, Sieur Seneschall. Die Meister-Creatoren brauchen solche Auskünfte unbedingt, um ihre Daten zu vervollständigen.«

Trotz des schmerzhaften Fußtritts hatte sich die Katzenratte wieder in Harkots Kapuzenmantel verbissen. Doch dieses Mal ließ der Seneschall das Tier gewähren.

»Auf welchen Wegen seid Ihr auf die Spur der Krieger der Stille gestoßen?«, fragte Pamynx. »Wo doch die Rudimente ihres Wissens über die Inddikische Wissenschaft sie vor der mentalen Inquisition schützen? Es sind zahllose Legenden über sie im Umlauf!«

»Auch wenn ich ein atypischer Keimling bin, kann ich ebenso gut zwischen Mythos und Realität unterscheiden, Sieur Pamynx. Bei meiner Spurensuche habe ich mich auf eine seltsame Begabung Dame Sibrits verlassen.«

»Was hat die Kaiserin mit dieser Angelegenheit zu schaffen?«

»Ich habe festgestellt, dass ihre Träume – reine Ausdrucksformen des Unbewussten – manchmal in die Zukunft weisen, als bewege sie sich in Raum und Zeit ... So hatte sie bereits den Tod Tist d'Argolons, den Tod ihres Gemahls Ranti Ang und ihrer beiden Söhne vorausgesehen ...«

»Meinen zerebralen Daten zufolge sind solche Fähigkeiten Reminiszenzen an den Ur-Menschen – gleich flüchtigen Kometen in ihren Köpfen, Erinnerungsfetzen an die Inddikische Wissenschaft ...«

»Außerdem fiel mir auf, dass sie manchmal von einer

Frau und einem Mann träumte, die keine anderen als Naïa Phykit und Sri Lumpa waren. Die Tochter Sri Alexus und Tixy Otys, wenn Ihr wollt ... Wie konnte sie im Traum Menschen sehen, denen sie vorher nie begegnet war? Ich nehme an, diese Menschen sind durch nicht wahrnehmbare Strömungen miteinander verbunden, eben jenen Reminiszenzen des Urzustands vielleicht, und dass mich die Kaiserin früher oder später zu ihnen führen würde. Also habe ich jede Nacht ihre Träume überwacht.«

»Ja, es stimmt. Ihr wart der Einzige, der die mentale Sperre der Gedankenschützer Dame Sibrits durchdringen konnte, ohne dass die Scaythen es merkten.«

»Das können inzwischen alle meine Schüler. Doch wir möchten diese Tatsache geheimhalten, damit die Menschen glauben, ihre Gedanken seien noch immer geschützt.«

»Sagtet Ihr ›wir‹? Aufgepasst, Sieur Seneschall! Ihr opfert in diesem Moment Eure teure Individualität!«, entgegnete Pamynx – das Hyponeriarchat – ironisch, was Harkot verblüffte. Denn Humor und Spott waren den Scaythen fremd.

»Und vergesst nicht, dass unsere Daten ebenso wie die Euren immer perfekter werden«, fügte Pamynx hinzu. »Ihr seid der Keimling, der den Humor in das zentrale Gedächtnis des Hyponeriarchats implantiert hat ... Doch Ihr spracht von den Träumen Dame Sibrits ...«

»Im Laufe der Jahre träumte sie immer öfter von Aphykit und Tixu Oty. So erfuhr ich, dass sie auf einem Wüstenplaneten lebten und eine Tochter namens Yelle bekommen hatten. Dass sie eine kleine Gruppe von etwa hundert Schülern in Inddikischer Wissenschaft unterrichteten. Die Legende berichtet auch von einem gewissen Mahdi Shari von den Hymlyas, doch diese Person habe ich nie in den nächtlichen Reisen der Kaiserin angetroffen. Also weiß ich nicht, ob dieser Mann wirklich existiert ...«

Die Katzenratte hatte sich inzwischen mit Zähnen und Krallen an Harkots Kapuzenmantel geklammert und stieß heftig mit dem Kopf gegen ihn, sodass er gezwungen war, sein Gewicht nach hinten zu verlagern, um sich dieser Angriffe zu erwehren.

»Doch die Träume gaben keine Auskunft, um welchen Planeten es sich handelt, nur, dass er für Menschen bewohnbar ist. Aber davon gibt es Millionen am Rand der Milchstraße. Auch konnte ich weder Inquisitoren noch Pritiv-Söldner zur Erkundung ausschicken, denn die Krieger der Stille verfügen über ein eigenes Überwachungssystem, Späher, die jeden mentalen Impuls über eine Distanz vieler Millionen Kilometer erkennen ...«

»Also können wir ihrer nie habhaft werden ...«

»Ich bitte um etwas Geduld, Sieur Pamynx. Da meine Nachforschungen fruchtlos blieben, nahm ich das Risiko auf mich, in Dame Sibrits Träume einzudringen. Anfangs war ich erfolglos. Selbst im Unterbewusstsein hütete sie sich vor mir. In dem Moment begriff ich, dass ich mich ihr in der Gestalt einer ihr vertrauten Person, etwa aus ihrer Kindheit, nähern musste. Also durchforschte ich ihre Erinnerungen und entdeckte, dass sie die Tiermärchen ihrer Heimatprovinz sehr mochte, insbesondere die Gestalt des Tigerbären Wal-Hua, der auf den Hochebenen lebt, ein Fell aus rosafarbenem Optalium hat, smaragdgrüne Augen und Krallen aus Diamanten. So habe ich ihr suggeriert, ich sei dieser Wal-Hua, und konnte ihre Träume lesen. Die Träume der Menschen sind sehr seltsam, Sieur Konnetabel. Zuerst glaubt man, weder Sinn noch Verstand in dieser Folge unzusammenhängender Bilder erkennen zu können. Alles scheint absurd ...«

»Und trotzdem haben die Träume der Menschen einen Einfluss auf das Gleichgewicht des Universums«, unterbrach Pamynx den Seneschall. »Diese außergewöhnliche Fähigkeit verleiht ihnen eine besondere Stellung.«

»Die Einzelheiten will ich Euch ersparen, Sieur, aber durch meine Beharrlichkeit gelang es mir, vollständig in die Träume der Kaiserin einzudringen. Jedes Mal, wenn sie von Aphykit und Tixu träumte, habe ich ihr Fragen gestellt. Das hat zwölf Jahre gedauert, zwölf Jahre, in denen ich jede Nacht in dem Gemach neben ihrer Suite gewacht habe – außer natürlich während jener mehr oder weniger langen Perioden, in denen ich Missionen für das Ang-Imperium in anderen Welten zu Ende bringen musste. Aber ich habe mein Ziel erreicht. Jetzt weiß ich, wo sich die Krieger der Stille aufhalten ...«

Harkot unterbrach sich und musterte die an seinem Kapuzenmantel heftig zuckende Katzenratte. Die anderen wahrten eine respektvolle Distanz zu den beiden Scaythen.

»Wissen ist das eine, Handeln das andere, Sieur Seneschall. Ihr hättet Euer Wissen den Meister-Creatoren mitteilen müssen.«

»Ich brauchte den Rat des Hyponeriarchats nicht, um zu handeln, Sieur Konnetabel. Denn ich verfüge über alle Mittel, sie unschädlich zu machen. Aphykit und Tixu werden bald neutralisiert sein. Für immer.«

»Und ist Eure Anfrage bei der Hüterin der Pforte ebenfalls zielgerichtet?«

»Ehe ich Euch antworte, möchte ich die wahren Beweggründe für unser Treffen erfahren ...«

»Ihr möchtet vielmehr über Euer Schicksal, über Eure Individualität informiert werden, über Euer Ego, nicht wahr?

Habt Ihr von den Menschen gelernt, wie man jemanden erpressen kann?«

Der Stoff von Harkots Kapuzenmantel zerriss. Die Katzenratte fiel rücklings auf den Boden, einen weißen Fetzen zwischen den Vorderpfoten. Sie hatte keine Zeit, sich mit ihrer Beute in Sicherheit zu bringen. Schon stürzten sich ihre Artgenossen auf sie und entrissen ihr den Stofffetzen mit ausgestreckten Krallen. Sie ließ es geschehen, denn ihr Instinkt zu überleben war größer als ihr Verteidigungswille.

Unerklärlicherweise war Harkot vom Verhalten des Tiers enttäuscht.

»Die Enttäuschung«, sprach Pamynx weiter, »noch ein menschlicher Charakterzug. Eure Zeit neigt sich dem Ende zu, Sieur Seneschall. Alle zehntausend Keimlinge der Matrix-Eroberung auf den dreihundert von verschiedenen Menschenrassen bewohnten Planeten sind dabei, ein immer enger werdendes Netz zu weben. Jetzt ist die Zeit gekommen, den Exekutanten der siebten Stufe des PLANS in Aktion treten zu lassen.«

»Wie ihr bereits erfahren habt, konnte ich gewisse Aktivitäten meiner zerebralen Funktion gegen jegliches Eindringen schützen«, konterte Harkot. »Meine Informationen können ohne meinen Willen nicht abgerufen werden. Solltet Ihr mich in einem der beiden Konglomerate auflösen, werdet Ihr nie eine Spur Aphykits finden, und ...«

»Wer spricht denn von Auflösung?«

»Und was soll in diesem Fall ›Eure Zeit neigt sich dem Ende zu‹ heißen?«

Nach dieser Frage herrschte langes Schweigen, währenddessen Harkot sehr deutlich die Schwingungen des Hyponeriarchats in Pamynx' Gehirn wahrnehmen konnte.

»Eure Zeit als einzigartiger Keimling«, antwortete Pamynx schließlich.

»Werdet deutlicher!«

»Ihr seid von nun an der Gründungskeimling eines dritten Konglomerats ...«

Harkot warf einen kurzen Blick auf die verletzte Katzenratte. Ihr Fell war blutig, und sie atmete schwer.

»In mein Gehirn wurde nicht die Gründung eines dritten Konglomerats implantiert.«

»Ich verfüge über diese Daten«, beharrte Pamynx. »Habe ich nicht eben mit Euch darüber gesprochen, wie man die Leere, dieses Defizit in Euch kompensieren könnte?«

»Und wie wollt Ihr mir dieses Programm implantieren?«

»Indem ich die Fusion des dritten Konglomerats initiiere ... Indem ich meinen Keimling mit dem Euren verschmelze ... Durch diesen Vorgang werdet Ihr Eure subjektive Wahrnehmung nicht verlieren. An ihr scheint Euch ja besonders viel zu liegen. Sie wird durch meine Daten nur noch reicher.«

»Ihr und ich ... der Exekutant der siebten Stufe des PLANS ...«

»Viel mehr als das. Wir können dann, je nach Bedarf, Auflösungs-Impulsionen aussenden und die Keimlinge neu konditionieren. In meinem Erinnerungsspeicher befindet sich auch die Formel für die Nährlösung in den Matrix-Bottichen. Und dieser Keller scheint mir sehr geeignet als Platz für neue Bottiche ... Hier können wir in aller Ruhe Gedankenschützer oder Auslöscher transformieren. Auch wenn ich jetzt von ›wir‹ spreche, möchte ich auf keinen Fall Eure kostbare Individualität in Frage stellen ...«

Harkot jubelte innerlich – ein Gefühl äußerster Egozentrik, absurd bei einem Scaythen. Nicht nur, dass das Hyponeriarchat ihn nicht mehr aufzulösen drohte, nein, es erkannte seine Verdienste an und stattete ihn mit neuen Machtbefugnissen aus, um seine Forschungen auf den Gebieten der Hirnaktivität und Affekte zu intensivieren. Somit waren die Meister-Creatoren ihm im Nachhinein für seine Arbeit dankbar und hatten sich seinem eher gefährlichen Vorgehen angeschlossen, anstatt den sonst üblichen Weg zu gehen. Und als Teil des Konglomerats würde er von jetzt an über alle Daten des kollektiven Gedächtnisses des Planeten Hyponeros verfügen. Der PLAN der Matrix-Eroberung würde kein Geheimnis mehr für ihn sein, und nichts würde ohne seine Zustimmung entschieden werden.

Als er jetzt einen Blick auf die sterbende Katzenratte zu seinen Füßen warf, geschah das ohne Mitleid – denn Mitleid implizierte automatisch Leid. Das Nagetier bot nichts als ein Bild der Niederlage, des Scheiterns, eines sinnlosen Opfers im Interesse der Gemeinschaft.

Harkot bückte sich, griff nach einem großen Stein und zerschmetterte den Schädel der Katzenratte.

»Wie gehen wir vor, um unsere Keimlinge miteinander zu verschmelzen?«, fragte Harkot, als er sich wieder aufgerichtet hatte.

»Indem wir unsere Münder aufeinanderlegen ... Sie sind mehr als Resonanzböden, die der Emission von Lauten dienen. Seid Ihr bereit?«

Harkot straffte die Schultern. Ein hässlicher Gedanke fuhr ihm durch den Kopf. Halten mich die Meister-Creatoren vielleicht zum Narren? Und wenn Pamynx' Daten nun meine Vision des Universums und mein Ego auslöschen? Vielleicht haben sie nur zum Schein meine Bedingungen akzeptiert, damit sie meine geheimen Daten lesen und mich besser neu konditionieren können?

»Jetzt seht Ihr selbst, Sieur Seneschall, wohin das Misstrauen die Menschheit geführt hat: an den Rand des Abgrunds. Nur zehntausend Keimlinge waren genug, um Abermilliarden menschliche Wesen zu vernichten.«

Aus welchem Grund? Um was zu erreichen?, fragte sich Harkot. Eine Antwort auf diese Fragen schien ihm mehr als dringend zu sein.

Doch dann warf er seine Bedenken über Bord und ging zu Pamynx. Der ehemalige Konnetabel beugte sich über ihn und presste die Ränder seiner Mundöffnung – Lippen konnte man diese Wülste nicht nennen – auf seine.

Harkot empfand diese Karikatur eines Kusses als völlig grotesk, umso mehr, weil sie, wie von ihm beobachtet, bei den Menschen oft etwas Verführerisches hatte. Doch diese Geste bei zwei Scaythen wirkte abwegig.

Harkot verspürte eine Hitzewelle unter seiner Schädeldecke, die er kaum ertragen konnte. Dann erfüllte ihn wieder die gewohnte innere Ruhe, und er merkte, dass er nun Zugang zu neuen, nie geahnten Informationen hatte: des gesamten Gedächtnisses des Planeten Hyponeros. Jetzt war er imstande, den wahren Charakter der Menschen zu erkennen, und er gab sich das Versprechen, alles zu tun, um sie bis auf den Letzten zu vernichten.

Aber die Matrix-Daten gaben keine Auskunft darüber, warum die Entität – eine Nicht-Kraft, mehr absolute Negation als Daseinsform – derart verbissen gegen die Menschheit kämpfte. Harkot vermutete, dass in anderen Sphären noch viel erbittertere Kämpfe stattfanden, von denen er keine Kenntnis hatte. Doch das war ihm gleichgültig, denn es genügte ihm, das Instrument zu sein, das die Menschheit für immer in den Abgrund stoßen würde. Die Meister-Creatoren hatten nichts dem Zufall überlassen. Sie hatten ihn derart konditioniert, dass Menschen eine fast hypnotische

Faszination auf ihn ausübten. Und als er sich dann genügend mit seinen Vorbildern identifizierte, hatten sie seine Leere durch einen wütenden, unerbittlichen Hass ersetzt.

Da Pamynx nun seinen lebenserhaltenden Keim eingebüßt hatte, sank seine körperliche Hülle zu Boden. Sofort stürzten sich die Katzenratten auf ihn. Vergebens! Sie verwandelte sich sogleich in feinen ockerfarbenen Staub, noch ehe die Tiere ihre Zähne in seinen Körper schlagen konnten.

Rose Rubis, die Sonne des Ersten Tages, färbte den Himmel mit ihrem prächtigen Licht, als der Seneschall Harkot – Zellkern des dritten Konglomerats von Hyponeros – auf die enge Gasse im historischen Viertel Romantigua trat. Obwohl sein Kapuzenmantel schmutzig und zerrissen war, wagten es die Interlisten nicht, ihn anzusprechen.

FÜNFTES KAPITEL

Lange, ehe die Nuklear-Hexe und ihre Söhne, die Kernspaltungs-Atome, ins Innere von Hares zurückkehrten, lange, ehe die Nuklearwüste unserer Mutter Ut-Gen wieder zu einem blühenden Tal wurde, spielte sich Folgendes ab ...

Ich weiß nicht, wie viele Menschen diese Geschichte vor mir erzählt haben ...

Zu jener Zeit geschah es, dass ein kleiner Oberirdischer das Schicksal der aus dem Terrarium flüchtenden Quarantäner teilte. Warum er sich dort aufhielt? Niemand weiß es, außer vielleicht der Mahdi Shari von den Hymlyas, der in den Herzen der Menschen lesen kann.

Der Junge floh durch den Evakuierungs-Stollen, doch auf der anderen Seite der großen Barriere wurde er von den Corvuren mit ihren Leuchtschnäbeln angegriffen. Aber er wurde von den Wüstenratten gerettet, die von dem schrecklichen Trar Godovan befehligt wurden.

Von edlem Charakter waren unsere Vorfahren aus der verseuchten Zone: Sie zögerten nicht, einem Oberirdischen zu Hilfe zu eilen, obwohl die Seinen den Befehl zur Vergasung und dem Zuschütten der Stollen gegeben hatten.

Doch ich will euch sagen, eine gute Tat ist niemals vergebens ...

Denn im Laufe der Nacht griffen die schrecklichen gefleckten Hyänen der verstrahlten Zone die atomar betriebenen Luftschiffe der Wüstenratten an ... Drei Tage und drei Nächte dauerte die Schlacht, aber die Hyänen waren in der Überzahl, sodass sie trotz des heroischen Widerstands der Män-

ner Trar Godovans den Sieg davontrugen. Doch als sie sich über die Wüstenratten warfen und verschlingen wollten, stellte sich der kleine Oberirdische vor sie hin und begann, ein Lied der Stille zu singen. Und verzauberte die Hyänen derart, dass sie sich zu seinen Füßen niederlegten.
Aber da küsste der kleine Oberirdische sie – es war der Kuss des Verzeihens –, und sie gingen weinend davon. Und ihre Tränen versickerten im Boden, und so wurde der große Fluss Misericordia geboren, dieser Fluss, der so friedlich hinter mir dahinfließt …
Seit jenem Tag sind die gefleckten Hyänen verschwunden, und niemand hat sie jemals wiedergesehen. Es heißt, sie haben sich in Lichtengel verwandelt, und ich, ich glaube, dass das wahr ist. Auch wurde die Frage gestellt, ob der kleine Oberirdische nicht ein Krieger der Stille gewesen sein könne? Aber ich stelle eine andere Frage: Könnte er nicht der Mahdi Shari von den Hymlyas gewesen sein?

Mündlich überlieferte Legende des Traren-Hexers Lonnez aus der früheren atomverseuchten Wüste auf Ut-Gen.

Die Corvuren wurden immer aggressiver. Ein ganzer Schwarm hatte sich auf den kleinen verlassenen Jungen gestürzt. Normalerweise folgten die Aasfresser den Aerotomen und nährten sich von den über Bord geworfenen Abfällen wie die gefleckten in der Wüste lebenden Hyänen. Heute jedoch hatten sie eine verlockendere, lebendige Beute vor sich, ein Kind, das sich kaum gegen ihre Attacken wehren konnte. Und sie brauchten die Todesstrahlen nicht zu fürchten, mit denen die Besatzung der großen Gleitflieger manchmal ihre Reihen dezimierte.

Jeks Arme und Beine waren schwer wie Blei und gehorchten ihm nicht mehr, weil er viele Kilometer gelaufen war, seit der graue Nebel die Flotte der Aerotome verschluckt hatte.

Er war den Gleitfliegern gefolgt, weil er hoffte, irgendwo auf dem Hochplateau einen Unterschlupf zu finden. Manchmal drehte er sich um und versuchte, seine Position abzuschätzen. Doch je weiter er ging, desto mehr hatte er den Eindruck, sich weiter von dem Magnetzaun zu entfernen, anstatt sich ihm zu nähern. Eine optische Täuschung, hätte P'a At-Skin ihm erklärt. Ist das Bild, das ich von meinen Eltern habe, auch nur noch eine optische Täuschung?, fragte sich der kleine Junge.

Plötzlich fühlte er einen stechenden Schmerz im Rücken. Nur ein unaufmerksamer Moment hatte genügt, und schon saß ein Corvur auf seiner Schulter und hackte ihm ein Stück Fleisch aus dem Körper. Warm lief das Blut unter seinem Hemd herunter. Er fing an zu zittern.

Wie im Zeitraffer sah er vor seinem geistigen Auge Bilder an sich vorbeifliegen. Seine Freunde in Oth-Anjor, die Straßen und Plätze der utgenischen Hauptstadt, den Eingangsstollen und die unterirdischen Gänge des Nord-Terrariums, das groteske Gesicht des alten Artrarak, die Türme der Gedankenwächter, das bleiche, ausgemergelte Gesicht eines kreuzianischen Missionars, einen kleinen, halb im Flüssigbeton versunkenen Quarantäner, das Haus seiner Eltern ... P'a, M'a ... beide sehr groß, so groß und leuchtend wie die magnetische Barriere ... Seltsamerweise haben sie ihre Colancors ausgezogen und sehen sehr schön aus ... Der kahle Kopf von P'a und das lange gelockte Haar von M'a ... Beide weinen, doch sie lächeln und strecken ihm ihre weit geöffneten Arme entgegen.

Der Geruch und der Anblick des Bluts machten die Corvuren noch wilder. Wie riesige furchterregende Schmeißfliegen klebten sie an ihm, hackten mit ihren Leuchtschnäbeln auf ihn ein. Er stürzte zu Boden, von Schmerzen überwältigt und halb bewusstlos, in einem Zustand zwischen Entsetzen und Erleichterung, dem Wahnsinn nahe. Der Wunsch, einfach aufzugeben, erwachte in ihm. Doch sein Überlebenswille war stärker. Denn sonst würde er niemals ein Krieger der Stille werden und hätte Artrarak verraten.

Immer heftiger wurden die Schnabelhiebe der Corvuren. Doch plötzlich hielten sie inne. Aus der Ferne war ein ständig lauter werdendes, dumpfes Brummen zu hören.

Den Blick auf die Nebelbank gerichtet, spürten die Vögel die Gefahr. In dem einförmigen Grau tauchte ein weißer Fleck auf. Die Corvuren wussten, dass sie in wenigen

Augenblicken von den Todesstrahlen dahingerafft werden könnten. Die ersten Vögel ließen von ihrem Opfer ab und flogen mit heiserem Krächzen davon. Andere zögerten noch, doch als der glänzende Gleitflieger immer näher kam und eine erste Salve auf sie abgeschossen wurde, breitete sich Panik unter ihnen aus. In wildem Durcheinander flogen sie auf. Etwa ein Dutzend von ihnen stürzte, tödlich getroffen, zu Boden, neben den kleinen, im Sterben liegenden Jungen.

Jek öffnete langsam die Augen.

Er lag auf einem mit Stoff bespannten Brett. Als er sich aufrichten wollte, merkte er, dass er mit Bandagen von oben bis unten an die Unterlage fixiert war. Er spürte einen leichten Luftzug an den wenigen Stellen seines Körpers, die nicht verbunden waren. Seine Verletzungen schmerzten, als ob die Corvuren noch immer auf ihn einhacken würden.

Bin ich tot? Er konnte sich nicht erinnern, das Bewusstsein verloren zu haben. Doch seine Umgebung war ihm unbekannt. Er lag in einem großen Glaskegel, vielfarbige Sterne und ein diffuser Lichtstreifen zeichneten sich am Horizont eines dunklen Himmels ab.

Aus den Augenwinkeln nahm Jek in seinem gläsernen Kokon undeutliche Bewegungen wahr. Er vermutete, gleich Engel, Dämonen, Elfen, Trolle oder himmlische Geschöpfe auftauchen zu sehen. Doch die Gesichter, die er nun sah, hatten nichts mit seiner Vorstellung von den Bewohnern des Jenseits zu tun. Sie glichen einer Meute großer Ratten. Dann hörte er ein gedämpftes Brummen, welches das Brett, auf dem er lag, erzittern ließ. Seine Lider wurden schwer, und er fiel in einen unruhigen, von Albträumen geplagten Schlaf.

Die Wüstenratten gingen eine nach der anderen in den Isolationsraum hinunter und betrachteten den kleinen schlafenden Oberirdischen, die meisten von ihnen hatten noch nie einen gesunden Menschen aus der Nähe gesehen.

Vor ein paar Stunden hatten sie ihn in bedauernswertem Zustand aufgefunden; von den Corvuren fast zerfetzt. Selbst der Bord-Hexer hatte geglaubt, ihn nicht retten zu können. Er versorgte seine Wunden und unterzog ihn einer rituellen atomaren Behandlung – einer Zeremonie, bei der er sich mit seinem Patienten in den radioaktiven Schiffsbauch einschloss, mit den Atomen tanzte und die große nukleare Hexe, die Botschafterin von Hares, des verglühenden Gestirns, um Hilfe anflehte. Hares hatte sich gnädig gezeigt, der kleine Oberirdische schlief friedlich.

Die Wüstenratten bewunderten den kleinen Jungen: sein zartes Gesicht und sein seidiges Haar. Zwar reisten Menschen manchmal über den Astro-Hafen Glatin-Bats, aber die an der Beta-Zoomorphie erkrankten Einheimischen kamen nicht mit ihnen in Kontakt, da sich die Passagiere in abgeschotteten Transiträumen aufhielten.

Die in der Dämmerung heftiger werdenden Winde hatten den nuklearsensiblen Zellen mehr Energie geliefert und trieb die Motoren des Gleitfliegers jetzt zu Höchstleistungen an. Der Kapitänleutnant Dohon-le-Fil wollte um jeden Preis das Territorium der gefleckten Hyänen vor Einbruch der Nacht hinter sich lassen. Er musste bald einen Stopp einlegen, um die nuklearsensiblen Zellen abkühlen zu lassen, und er hatte nicht genügend Männer an Bord, um die Angriffe der riesigen Raubtiere abwehren zu können. Wenn die Aerotome im Flottenverband flogen, war das Risiko gering, doch sobald nur ein einziger Flieger unterwegs war, wurde die Besatzung von den Hyänen belagert.

Dohon-le-Fil und der Bord-Hexenmeister standen an der Reling am Bug des Luftschiffs und sahen besorgt, wie sich die Dämmerung über die Wüste senkte. Die Zipfel ihrer Turbane wehten wie Banner im Wind. In der Ferne blitzten Lichter auf.

»Diese miesen Hyänen!«, schimpfte der Kapitänleutnant. »Sie verfolgen uns. Schlimmer noch, sie erwarten uns.«

Er musste schreien, um das Brüllen der Motoren und das Heulen des Fahrtwindes zu übertönen.

»Abhängen können wir sie sowieso nicht!«, schrie der Hexer. »Wenn wir nicht in spätestens einer Stunde vor Anker gehen, werden die atomaren Zellen zerstört.«

Die klaren, tief liegenden Augen des Kapitänleutnants funkelten zornig. »Godovan muss verrückt geworden sein. Zuerst will er den kleinen Oberirdischen nicht an Bord nehmen, und dann befiehlt er uns, umzukehren und ihn aufzulesen ...«

»Du darfst den Trar unseres Clans nicht einen Verrückten nennen!«, unterbrach ihn der Hexenmeister scharf. »Der kleine Oberirdische ist dem letzten Aerotom unserer Flotte hinterhergelaufen, und die Mannschaft hat ihn den Namen des Dogen Papironda rufen hören und daraufhin sofort Godovan benachrichtigt.«

»Und warum hat er uns dann erst zwei Stunden später zurückgeschickt?«

»Vielleicht gab es ein Kommunikationsproblem ...«

»Mit dem Ergebnis, dass wir jetzt bis zum Hals in der Scheiße stecken. Ist das Leben eines einzigen Oberirdischen es etwa wert, die gesamte Mannschaft zu opfern?«

»Godovan hat wahrscheinlich seine Gründe gehabt, und deine Mannschaft lebt noch, Dohon-le-Fil!«, ermahnte der Hexenmeister den Kommandanten des Luftschiffs mit schneidender Stimme und gesträubtem Fell. Seine Barthaare waren steif wie Stacheln. Das rührte daher, weil er sich oft in radioaktiven Räumen aufhielt, und deshalb hatte man ihm den liebevollen Spitznamen »Todeskuss« gegeben, eine Bezeichnung, die sowohl auf seine stacheligen Küsse hinwies als auch auf seine Fähigkeiten als Heiler, Todkranke wieder zum Leben zu erwecken.

Jetzt ließ er mit einer Hand die Reling los und klopfte auf den Griff seiner Todeswelle, der Waffe, die in seinem Gürtel steckte.

»Noch haben die Hyänen uns nicht zerfleischt. Wir sind gerüstet. Sie sollten sich vor uns hüten ...«

»Vielleicht können wir sie ein paar Stunden in Schach halten ... Aber die Mannschaft ist völlig erschöpft, Todeskuss. Dann wird sie in ihrer Wachsamkeit nachlassen. Wir hätten ein paar Quarantäner an Bord lassen sollen. Dann hätten wir sie im Bedarfsfall ...«

Ein lautes Knirschen unterbrach ihn. Beide hoben den Kopf und musterten besorgt das große Zellular-Segel. Einige nuklearsensible Kollektoren – sie sahen wie geöffnete Blütenblätter aus – färbten sich rötlich. Das war kein gutes Zeichen. Mit Hereinbrechen der Nacht hatte sich der Wind gelegt, und die mittlerweile überhitzten Kollektoren drohten jeden Augenblick zu explodieren.

»Wir haben keine andere Wahl mehr«, sagte Todeskuss.

Dohon-le-Fil zuckte mit den Schultern. In diesem Moment hätte der Kapitänleutnant Godovan, dem Traren der Wüstenratten, liebend gern seinen Dolch mitten ins Herz gestoßen. Er unterdrückte seinen aufsteigenden Zorn und ging, eine Hand noch immer an der Reling, in seine Kommandobrücke, eine transparente, über dem Bug stehende Kugel.

Zwei Minuten später wurden die Stabilisationsanker ausgefahren, und das Aerotom kam vibrierend und lärmend zum Stillstand, bis nach einigen Minuten auch die Rotorblätter aufhörten, sich zu drehen.

Eine bedrohliche Stille senkte sich über die Wüste.

Erst als die Nacht gleich einem schwarzen Leichentuch über der Ödnis lag, griffen die Hyänen an. Keiner der Wachposten entdeckte sie vorher, weil sie sich listig immer außerhalb der ständig über die Wüste streifenden Lichtkegel bewegten. So schlichen sie näher, mit gesenkten Köpfen und halb geschlossenen Lidern, damit ihre phosphoreszierenden Augen keine Reflexe zurückwarfen.

Die Mannschaft war derart angespannt, dass sie fast nichts gegessen hatte. Nackte Angst beherrschte sie. Selbst im Schutz der Flotte war eine Landung im Territorium der gefleckten Hyänen äußerst riskant. Die Furcht der Wüstenratten wurde durch die schrecklichen Erzählungen über diese Raubtiere geschürt. Die Bewohner der verseuchten Zone hielten sie für Dämonen in Tiergestalt; die Geister des Bösen, von den dreißig Himmlischen Furien geschaffen. Einige schworen gesehen zu haben, wie sie Feuer spien, andere sagten, ihre Exkremente würden wie glühende Kohle leuchten, und wieder andere behaupteten, ihr Urin habe die Konsistenz der Fusions-Lava.

Die Zeigefinger der Männer spielten nervös mit den Abzugsbügeln ihrer Todeswellen. Das geringste Geräusch schreckte sie auf und gewann übermäßige Bedeutung in der bedrückenden nächtlichen Stille.

Plötzlich tauchte eine dunkle Gestalt im Lichtstrahl eines Scheinwerfers am Heck des Gleitfliegers auf.

»Scheiße! Da sind sie!«, schrie ein Mann.

Die Todeswellen spien Blitze aus, verfehlten aber ihre Ziele und entzündeten nur trockenes Gras. Eine Hyäne setzte zu einem unglaublichen Sprung an und landete unter dem Kiel, mit Klauen und Reißzähnen um einen Anker gekrallt.

»Anstatt in eure Hosen zu scheißen, solltet ihr besser zielen!«, schimpfte Dohon-le-Fil von der Kommandobrücke und wandte sich wütend an den neben ihm stehenden Hexenmeister. »Was hast du hier zu schaffen? Geh lieber in dein radioaktives Zimmer und tanz mit den Atomen. Bitte die nukleare Hexe um Hilfe!«

Als Zeichen seiner Ohnmacht breitete Todeskuss die Arme aus und antwortete: »Ich kann nur ein Ritual pro Tag durchführen. Das ist die Regel bei uns Zauberern.«

»Wegen dieses verfluchten Oberirdischen verlieren wir alles!«, klagte Dohon-le-Fil. »Er hat uns sogar die Liebe unserer himmlischen Mutter gestohlen.«

»Die himmlische Mutter behandelt alle ihre Kinder gleich.«

Die erste Hyäne war nur die Vorhut und sollte Informationen über die Waffenstärke des Gegners liefern. Sie stellte schnell fest, dass diese Menschen nicht über jene kleinen metallenen Kugeln verfügten, die den Tod brachten, während die Meute den Lichtstrahlen ziemlich leicht ausweichen konnte.

Also änderten die Hyänen ihre Taktik und versuchten im Schutz der Dunkelheit in Gruppen von vier oder fünf Tieren, das Luftschiff zu entern. Trotz einer Schulterhöhe von über einem Meter fünfzig und ihrem Gewicht von mehr als vierhundert Kilo waren sie äußerst geschickt und beweglich, wichen den aufblitzenden Strahlen der Todeswellen aus und versteckten sich wie auf ein geheimes Kommando unter dem Kiel des Gleitfliegers, während die Wüstenratten pausenlos auf den Abzug ihrer Waffen drückten.

Bald war das Plateau mit den Kadavern der Angreifer übersät. Trotzdem hörten die Attacken nicht auf. Sie wussten, der Widerstand der Belagerten würde geringer werden, und dann würden sie das Luftschiff entern.

Ein erster Versuch scheiterte dank der Wachsamkeit Dohon-le-Fils und des Hexenmeisters Todeskuss. Der Kapitänleutnant mähte eine Hyäne nieder, die sich über Bord schwingen wollte und dabei einen seiner Männer ernsthaft verletzt hatte. Er wischte sich den Schweiß von der Stirn. Sie mussten bis zum Anbruch des Tages die Stellung halten. Erst mit dem Aufgang von Hares begannen die radioaktiven Winde wieder zu wehen und das Aerotom mit neuer Energie zu versorgen.

Eine Handvoll Männer gegen eine wütende Meute Hunderter Hyänen. Ein aussichtsloser Kampf!

Dohon-le-Fil schüttelte den Kopf, um seine Erschöpfung zu vertreiben und um seiner wachsenden Mutlosigkeit Einhalt zu gebieten. Er warf einen Blick in die Runde. Seine Männer feuerten pausenlos, dicker Qualm hing über dem Schiff. Trotzdem schien die Zermürbungstaktik der Hyänen Früchte zu tragen, denn er sah, dass sie immer näher rückten. Wieder erfüllte ihn eine Welle des Hasses auf Godovan. Doch dann straffte er sich und kämpfte verbissen weiter, entschlossen, seine Haut so teuer wie möglich zu verkaufen.

Der dumpfe Kampflärm weckte Jek, und er erinnerte sich, von den Corvuren ins Jenseits geschickt worden zu sein, in ein von himmlischen Wesen bevölkertes Jenseits, die seltsamerweise wie Ratten aussahen. Dann merkte er, dass er in einer Art gläsernem Kokon lag, von Dämmerlicht umgeben. Und so fürchtete er, von den Heiligen der Kirche des Kreuzes dazu verdammt zu sein, für alle Ewigkeit im Nichts umherirren zu müssen. Dämonisches Lachen klang in seinen Ohren und verstärkte seine Gewissheit. Die Ratten waren Monster, die ihn quälen sollten.

Als er dann plötzlich auch noch Schreie und Kampflärm hörte, war er überzeugt, dass Dämonen um ihn herum Krieg führten. Aus lauter Angst schloss er kurz die Augen, machte sie aber, von Neugier ergriffen, bald wieder auf. Langsam gewöhnte er sich an das Halbdunkel und erkannte, dass er sich in einem Raum befand, in dem es Wände, Treppen, Bänke und aufgerollte Taue gab. Das, was er vorher für Sterne gehalten hatte, waren nichts anderes als mit Metallklappen verschlossene Bullaugen. Das höllische Nichts der Kreuzler hatte eine große Ähnlichkeit mit dem Inneren eines antiken Segelschiffs, das er einmal mit P'a im Museum gesehen hatte.

Und das hämische Lachen erwies sich als wütendes Kampfgeschrei. Der kleine Anjorianer hörte Schritte über seinem Kopf, viele Schritte in alle Richtungen.

Mit einem Mal lichtete sich der Nebel in Jeks Kopf. Ich bin nicht im Jenseits, ich bin nicht im, den Ungläubigen angedrohten, Inferno. Und die Ratten sind keine Dämonen, sondern Männer aus dem Clan der Wüstenratten, die umgekehrt sind, um mich zu retten. Und ich liege jetzt im Schiffsbauch eines Aerotoms. Das erklärt auch die Bandagen um meinen Körper, dachte er. Niemand versorgt ein Geschöpf, das er in alle Ewigkeit quälen will ...

Jek überlegte weiter: Wahrscheinlich sind die Wüstenratten zurückgekommen, weil ich den Namen des Dogen Papironda ausgesprochen habe. Artrarak hat mir diesen Namen nicht ohne Hintergedanken genannt. Sein Klang scheint der Schlüssel zu sein, der alle Türen öffnet. Seit meiner Flucht aus dem Elternhaus muss mich eine mächtige Hand beschützen.

Dieser Gedanke einer geradezu unbesiegbaren Stärke beflügelte ihn. Er löste die dicksten Bandagen. Einige musste er abreißen, und ein paar Wunden fingen wieder zu bluten an. Ihm wurde schwindelig vor Schmerz. Doch er biss die Zähne zusammen. Er taumelte, vor allem, weil das Aerotom jetzt wie ein Schiff auf schwerer See heftig von einer Seite zur anderen rollte.

Am Ende des gläsernen Kokons war eine Art Luke. Er öffnete sie und stieg mühsam und unter allerlei Verrenkungen aus der ihn schützenden Hülle.

Die Kälte der Nacht traf ihn mit voller Wucht. Er fror, lauschte aber angestrengt und erriet, dass die Wüstenratten gegen eine Horde wilder Tiere kämpfen mussten. Große Angst überkam ihn. Am liebsten hätte er sich wieder zurückgeflüchtet. Doch dann nahm er seinen ganzen Mut zusammen und stieg die ersten Stufen einer nach oben führenden Treppe hoch, an deren Ende er ein Stück Sternenhimmel sah.

Sechs Wüstenratten lagen mit durchbissener Kehle auf der Brücke. Doch die Hyänen stürzten sich nicht auf ihre Beute, sondern teilten sich die Aufgaben. Die einen töteten Verletzte, die anderen belagerten die auf der Brücke verbliebenen Verteidiger. Erst nach Beendigung des Kampfes würde die über den Clan herrschende Hyänin für eine gerechte Verteilung der Beute sorgen.

Die restliche Mannschaft hatte sich um den Kapitänleutnant und den Hexenmeister geschart, von etwa dreißig Hyänen belagert. Noch konnten sie mit Waffengewalt ihre Feinde auf Distanz halten.

»Verdammte Bestien!«, schrie Dohon-le-Fil. »Sie wollen uns den Weg zum Laderaum abschneiden.«

Denn die Hyänen hatten begriffen, dass sich die Männer zur besseren Verteidigung in den Schutz des Schiffsbauchs zurückziehen wollten, und attackierten sie bei jeder Gelegenheit mit weit aufgerissenen Mäulern. In der Dunkelheit schienen ihre gelb phosphoreszierenden Augen Funken zu schlagen.

»Da kommen noch mehr!«, brüllte jemand.

Von allen Seiten wurden die Angriffe immer heftiger. Es gab kaum noch Beutetiere in der atomar verseuchten Wüste. Manchmal waren sie gezwungen, sogar alte, kranke oder sehr junge Tiere aus ihrer eigenen Meute zu essen.

Plötzlich spürten die Hyänen, die den Eingang zum Laderaum blockierten, dass sich jemand hinter ihrem Rücken bewegte. Nach einer kurzen Panikreaktion, die fast eine Flucht ausgelöst hätte, kehrten sie jedoch an ihre Posten zurück und erwarteten mit dumpfem Knurren diesen neuen Gegner.

Als Jek an Deck auftauchte, sah er sich von braunen, schwarz gefleckten Hyänen in weniger als zwei Meter Abstand umringt.

In diesem Augenblick hatte der kleine Junge keine Angst mehr. Furchtlos ging er die letzten Stufen hoch und auf die Tiere zu, betrachtete in aller Ruhe ihre Köpfe, die spitzen Ohren, die langen Schnauzen, die starken Pfoten ... Noch grollten sie leise, doch sie griffen ihn nicht an. Sie gähnten, streckten sich und senkten ihre Köpfe, wie um sich vor dem Kind zu verneigen.

»Was soll das denn?«, murmelte Dohon-le-Fil.

Doch dann gab eine Hyäne nach der anderen ihre Belagerung der Wüstenratten auf und ging in Richtung Laderaum. Der Kapitänleutnant glaubte zuerst an eine neue Strategie, doch sah er schnell, dass sich die Tiere ungewöhnlich verhielten. Sie zeigten keine Form von Aggression mehr, sondern legten sich eine neben der anderen auf das Deck. Das brachte Dohon-le-Fil aus der Fassung. Es war undenkbar, dass sich die Hyänen geschlagen gaben. Die Mannschaft stellte konsterniert das Feuer ein.

Eine große Stille senkte sich über das Aerotom.

Der Kapitänleutnant erwachte als Erster aus seiner Starre. »Worauf wartet ihr denn noch? Dass sie euch die Eier abbeißen?«

Die Stimme ihres Kommandanten riss die Männer aus ihrer Lethargie. Sie zielten auf die ruhig daliegenden Tiere.

»Feuer!«, schrie Dohon-le-Fil.

»Nein!«, rief der Hexenmeister.

Todeskuss griff nach dem Lauf der Waffe des Kapitänleutnants und drückte ihn zu Boden. Der Schuss war am Deck abgeprallt, und jetzt stoben Funken und Metallteilchen durch die Luft. Die Mannschaft erstarrte.

»Bist du verrückt geworden?«, schrie Dohon-le-Fil, außer sich vor Wut.

»Ich töte jeden, der auch nur seinen kleinen Finger rührt!«, sagte der Hexenmeister mit schneidender Stimme und hielt die Waffe das Kommandanten noch immer fest.

Seine Augen sprühten Funken, und seine Barthaare schienen aufgeladen. Wenn ein Bord-Hexer in diesem Zustand war – einem Zustand nahe der atomaren Trance –, musste man seinen Befehlen gehorchen.

Das galt auch für den Oberbefehlshaber. Doch sollte sich Todeskuss geirrt haben, würde er ihm später die Kehle aufschlitzen.

Jek spürte den warmen Atem der Hyänen auf seiner nackten Haut. Sie lagen vor ihm und nahmen fast die Hälfte der Brücke ein. Einige hechelten, und alle sahen den kleinen Jungen mit ihren großen gelben Augen erwartungsvoll an.

Jek trat einen Schritt vor. Die Tiere rührten sich nicht. Sie waren groß, sehr groß. Viel größer als die furchterregenden Löwenhunde mit ihren Mähnen. Mit einem einzigen Prankenschlag hätten sie ihn töten können.

Vorsichtig streckte er seinen Arm aus. Die Hyäne vor ihm reckte ihm den Hals entgegen, und als er fürchtete, sie könne ihm die Hand abbeißen, schmiegte sie ihre Schnauze in seinen Handteller. Er beugte sich vor und streichelte ihren Kopf, ihre Brust, ihre Flanken. Unter dem dichten Fell spürte er den Schlag ihres Herzens.

Und während Jek mit zärtlichen Bewegungen über den mächtigen Körper der Hyäne strich, erfuhr er alles über das entbehrungsreiche Leben dieser tapferen Tiere – eine Geschichte des Überlebenskampfes, ihr Mangel an Beutetieren, an Nahrung ... Tränen stiegen ihm in die Augen. Er umarmte die Hyäne und presste sich an ihren Körper. Sie leckte die Wunden an seinem Hals und seinen Schultern. Noch nie hatte er so viel Zärtlichkeit erfahren und sich so geborgen gefühlt.

Dann durchdrang ein lautes Heulen die Stille. Die Hyäne löste sich behutsam aus Jeks Umarmung, stand auf und ging mit ihren Artgenossen zu einem der Toten. Mit der Vorderpfote und der Schnauze stieß sie ihn über Bord. Dasselbe geschah mit den fünf weiteren Leichen. Jek ließ sie gewähren. Es erschien ihm nur gerecht, dass die Tiere von ihrer Jagd profitierten – eine Jagd, die noch viel profitabler gewesen wäre, hätten die Hyänen die Überlebenden nicht verschont.

Eine nach der anderen sprangen sie darauf über die Reling und verschwanden im Dunkel der Nacht. Jek sah Dutzende davontraben. Nur ein Paar gelbe Augen starrte ihn unverwandt an. Da begriff er, dass sie die Anführerin sein musste, die Matriarchin des Clans. Noch einmal schenkte sie ihm einen langen, liebevollen und gleichzeitig traurigen Blick, stieß zum Abschied ein herzzerreißendes Heulen aus und folgte ihren Gefährtinnen.

Trotz ihrer Erschöpfung schliefen die Wüstenratten nicht, denn sie mussten ihr Luftschiff reparieren, die Energieversorgung wiederherstellen. Weil sich die Dunkelheit als ihre treueste Verbündete herausgestellt hatte, arbeiteten sie ohne Licht.

Todeskuss brachte den kleinen Oberirdischen in die Mannschaftskabine am Heck des Aerotoms. Er legte Jek in eine Koje und behandelte die Wunden des Jungen erneut mit seiner Heilsalbe. Aus einer Seemannskiste nahm er eine alte Uniform aus schwarzem Leder, kürzte Ärmel und Hosenbeine und fabrizierte aus den Resten einen Gürtel. Als er sie noch etwas enger gemacht hatte, schien er mit seinem Werk zufrieden. Er weckte den Schlafenden und kleidete ihn ein. Nach einem prüfenden Blick auf seinen Schützling nahm er seinen Turban vom Kopf, schnitt ein Stück davon ab und wickelte es um Jeks Kopf.

Der Hexenmeister trat zurück, um sein Werk zu bewundern. »Jetzt bist du eine richtige Wüstenratte geworden, kleiner Oberirdischer«, sagte er schmunzelnd mit fröhlich funkelnden Augen.

»Möchtest du noch etwas schlafen?« fragte er.

Jek nickte. Sein Körper schrie nach Ruhe. Er schloss die Augen und fiel sofort in einen tiefen Schlaf. Nur noch vage spürte er, dass der Hexenmeister eine dicke Wolldecke über ihn legte. Doch dass Todeskuss ging und die Tür schloss, dessen war er sich sehr bewusst. Dann träumte er von den Hyänen.

Als das Tageslicht durch eines der Bullaugen auf seine Augenlider fiel, erwachte Jek. Er hörte ein leises Brummen, und alles um ihn herum vibrierte. Er glaubte, ewig lange geschlafen zu haben und streckte sich. Sein Magen knurrte gebieterisch. Ihm wurde bewusst, dass er in der Höhle des alten Artrarak zum letzten Mal gegessen hatte.

Er stand auf und ging aus der Kabine über einen langen Gang, an dessen Ende sich eine seltsame schwarze Kugel befand, und stieg leichtfüßig eine Leiter aufs Deck hoch.

Der Morgenwind hatte die atomaren Zellen mit Energie aufgeladen, und jetzt glitt der Flieger etwa zwei Meter über der grauen Einöde dahin. Die Luftströme waren derart heftig, dass Jek nur mühsam das Gleichgewicht wahren konnte. Sein Turban drohte, ihm vom Kopf gerissen zu werden, sodass er ihn festhalten musste. Schließlich tastete er sich kriechend bis zur Reling vor. Dann klammerte er sich ans Geländer und beobachtete den Steuermann, der in einer gläsernen Halbkugel, dem Ruderhaus, stand.

Als die Mannschaft den kleinen Oberirdischen entdeckte, verließ sie ihre Posten und umringte ihn. Zuerst wahrten die Wüstenratten eine gewisse Distanz, und ihre entstellten Gesichter drückten Respekt aus. Trotz ihrer Hässlichkeit fand Jek sie schöner als die eitlen Anjorianer in ihren modischen Colancors.

Nach einigem Zögern wagten es die Wüstenratten, ihn zu berühren; sie streichelten sein Gesicht und seinen Hals. Jek verspürte keinen Ekel bei diesen Gesten, er ahnte, dass sie ihm nicht nur danken, sondern auch wieder an ihre Vergangenheit anknüpfen wollten, als sie ein Volk gewesen waren, das noch keine Missbildungen erlitten hatte und dessen Menschen ebenso aussahen wie er.

Sie weinten. Und obwohl er großen Hunger und Durst hatte, wagte er nicht, sich zu rühren, um den Zauber des Augenblicks nicht zu brechen. Denn sie hatten ihn vor den Raubvögeln gerettet, und er würde vielleicht nie wieder eine Gelegenheit haben, ihnen danken zu können.

»Lasst ihn in Ruhe!«, befahl Todeskuss schließlich, und die Männer stoben wie aufgescheuchte Corvuren auseinander.

Dann ging der Hexenmeister zu dem kleinen Anjorianer und reichte ihm einen Blechnapf und eine Feldflasche.

»Du darfst ihnen das nicht übel nehmen ... Sie sehen nur sehr selten Oberirdische ... Und noch weniger einen Oberirdischen, der mit den gefleckten Hyänen spricht ... Du kennst also den Dogen Papironda?«

Jek nahm den Deckel vom Napf und stopfte sich einen der getrockneten salzigen Fladen in den Mund.

»Recht hast du«, sprach Todeskuss weiter. »Mit vollem Bauch lässt sich besser reden ... Außerdem spielt es keine Rolle, ob du ihn nun kennst oder nicht. Wichtig ist allein, dass die Botin des Sonnengestirns Hares dich zu dem dir vorbestimmten Hafen bringt ... Denn allein die Prinzen der Sonne besitzen die Macht, mit den Hyänen zu reden. Die Prinzen oder die Verrückten, und ich glaube nicht, dass du ein Verrückter bist ...«

SECHSTES KAPITEL

Das Ethische Gesetz H. M. wurde verkündet im Jahr 7034 nach der alten Standardkalenderrechnung. Es zielte darauf ab, die Bedeutung der Maschinen – oder vielmehr die der künstlichen Intelligenz – im Leben des Menschengeschlechts zu reduzieren und wurde im Laufe einer außerplanmäßigen Sitzung aller Repräsentanten der bekannten Planeten verabschiedet. Die künstliche Intelligenz erfuhr Ende des fünften Jahrtausends einen ungeahnten Aufschwung, inmitten der sogenannten Pharischen Ära, und erlebte ihren Höhepunkt im LXVIII. Jahrhundert. Während jener Zeit herrschte sie über die meisten Welten. Danach gewannen die ersten Propheten einer neuen Bewegung, die der Menschlichen Souveränität, an Bedeutung. Sie bekämpften diese Vorherrschaft. Zwei Jahrhunderte später, als das Ethische Gesetz in Kraft trat, fand die größte, jemals bekannte Zerstörung der Maschinen statt. Es gab Regierungen, die sich ihrer entledigten, indem sie die Maschinen einfach ins All sandten. Doch damals waren sich die Menschen der verhängnisvollen Konsequenzen ihres Tuns kaum bewusst.

»Geschichte des großen Ang-Imperiums«
Unimentale Enzyklopädie

Der Wind wehte durch die Rohrwerke der großen Korallenorgeln und erzeugte eine eindringliche, magische Melodie. Wenn diese tiefen, lang andauernden Tonfrequenzen auch für gelegentliche Besucher schwer erträglich sein mochten, so empfanden sie die Einwohner Koralions, der Hauptstadt des einzigen Kontinents auf dem Planeten Ephren, als die schönste aller Musiken.

Oniki warf einen letzten Blick auf die Orgelpfeife, die sie gerade gereinigt hatte, wobei sie geschickt auf den zerklüfteten Korallenwänden das Gleichgewicht hielt. Die Riemen ihres mit den vom Himmel gefallenen Flechten gefüllten Rucksacks schnitten tief in ihre Schultern ein. Sie war mit ihrer Arbeit fertig und gönnte sich nun das sanfte Streicheln des Windes auf ihrem Körper.

Wie die meisten ihrer Schwestern des Thuta-Ordens zog sie sich vollständig aus, ehe sie in die großen, natürlich gewachsenen Korallenröhren der Orgelpfeifen kletterte. Zwar verletzte sie sich dort oft an spitzen Vorsprüngen, doch um nichts in der Welt hätte sie den Schutzanzug der Himmels-Reinigerinnen angezogen, einen dicken Overall, in dem sie das Gefühl hatte, ersticken zu müssen. Oniki sah in diesen Verletzungen den Preis für den berauschten Zustand, den sie jeden Tag erlebte.

Sie begann mit dem Abstieg durch einen der sechzehn Pfeifenkörper, für die sie verantwortlich war, und Xati Mu, das blaue Gestirn, tauchte das Innere in ein feenhaftes Licht.

Die großen Orgeln standen auf achthundert Meter hohen, natürlichen Pfeilern – Resten aus uralten Zeiten, als der Planet noch mit Wasser bedeckt war – und bildeten jetzt einen mehr als zweihundert Meter breiten Schutzschild um Ephren.

Blumenpolypen, festsitzende Nesseltiere, die zu den Urbewohnern des Planeten gehörten, hatten diese phantastischen Konstruktionen hinterlassen, nachdem das Meer ausgetrocknet war. Betrachtete man sie von unten, hatte man den Eindruck, sich in einem undurchdringlichen Wald zu befinden. Glücklicherweise waren sie innen hohl, und das Licht des blauen Riesengestirns, Xati Mu, und die roten Strahlen des Zwergengestirns, Tau Xir, strömten durch sie hindurch. Der Energie und Wärme dieser beiden Gestirne, die durch die großen Orgeln gefiltert wurden, war es zu verdanken, dass sich die Flora und Fauna hatte entwickeln können.

Ein paar Meter unter sich spürte Oniki etwas Lebendiges, von dem eine Bedrohung ausging, die sie nur zu gut kannte. Sie umklammerte die Vorsprünge an der Wand fester, hielt den Atem an und rührte sich nicht, Arme und Beine ausgestreckt. Trotz des Pfeifens des Windes konnte sie deutlich das Gleiten des schuppigen Körpers über die Korallen hören. Sie kämpfte gegen den Impuls, einen Blick in die Tiefe zu werfen, denn sie wusste ohnehin, dass eine der großen Korallenschlangen auf sie zuglitt. Ihre Bauchmuskulatur verkrampfte sich. Sie fühlte sich sehr verletzlich und bedauerte in diesem Moment, keinen Schutzanzug zu tragen. Doch sofort verwarf sie diesen Gedanken wieder. Stoff würde das große Reptil nicht davon abhalten, sie zu verschlingen.

Oniki begann zu zittern; Arme und Beine fingen an, sich

zu verkrampfen. Schweißtropfen rannen ihr in die Augen. Noch immer hörte sie, wie die Schlange leise über den Korallenbaum glitt. Die Zeit schien stillzustehen. Sie verfluchte die siebte Ordensregel, die den Himmels-Reinigerinnen das Tragen von Waffen untersagte, weil die Matrionen fürchteten, dass der Gebrauch von Todeswellen, Gaswerfern oder Bauchbrennern das empfindliche Ökosystem der Großen Orgeln schädigen könne. Denn die einzige Aufgabe des Thuta-Ordens bestand darin, die Rohrwerke sauber zu halten. Der Korallenschild war als Filter gegen die ultravioletten Strahlen Xati Mus unersätzlich.

Normalerweise hielten sich die Tiere nicht an derart exponierten Stellen, sondern im dichten Geflecht des Korallenwaldes auf. Oniki vermutete, dass sich die Schlange in der Röhre einrollen und ihr den Abstieg unmöglich machen werde. Sie hatte Schmerzen und war erschöpft, auch wenn sie wie ihre Mitschwestern daran gewöhnt war, stundenlang unbeweglich auszuharren. Aber heute fehlte es ihr an Energie. Diese Kraftlosigkeit verdankte sie den drei schlaflosen Nächten und nicht ihrer getanen Arbeit. Das wusste sie, auch wenn sie es sich nicht eingestand.

Drei Nächte hatte sie in ihrer Klosterzelle hintereinander gewacht; und dieser Regelverstoß, ja Wahnsinn, könnte sie weitaus mehr kosten als die Schande, aus dem Kloster ausgestoßen und für immer auf die finstere und kalte Insel Pzalion verbannt zu werden, wo nie der Wind die Großen Orgeln zum Klingen brachte.

Vor ihrem geistigen Auge sah sie das Gesicht des Mannes, den sie im Klostergarten aufgelesen und in ihrer Zelle versteckt hatte. Damit hatte sie die Regel Nummer zwei gebrochen, die den Himmels-Reinigerinnen jeden Kontakt mit Männern verbot. Die Thutalinen lebten in strenger Abgeschiedenheit und legten am Ende ihres Noviziats vor dem Kreis der Matrionen feierlich das Keuschheitsgelübde ab. Zwar hatte Oniki keine sexuelle Beziehung zu diesem vom Himmel gefallenen Besucher gehabt, aber seine Gegenwart hatte sie derart verwirrt, dass sie keinen Schlaf hatte finden können.

Denn während dieser drei Tage hatte er sich nicht bewegt: Er saß mit gekreuzten Beinen und halb geschlossenen Augen, den Rücken an die Wand gelehnt, auf ihrem Bett – abwesend, undurchdringlich, rätselhaft. Er aß und trank nichts von den Speisen und Getränken, die sie ihm heimlich aus dem Refektorium mitgebracht hatte. Anfangs hatte sie geglaubt, er sei verletzt, wie manchmal die Blumenvögel, die sich ihre transparenten Flügel an Dornen aufrissen. Doch sie hatte kein Blut an seiner Kleidung gesehen noch eine andere Wunde an ihm entdecken können.

Eine unendliche Traurigkeit spiegelte sich auf seinen eingefallenen Gesichtszügen wider. Er war noch sehr jung, ein schöner Fremder von edler Gestalt, im Gegensatz zu den plumpen Ephreniern – und doch schien er viele tausend Jahre alt zu sein. Auf Fragen antwortete er nicht. Es schien, als habe er ihre Stimme nicht gehört, als existiere sie überhaupt nicht.

Oniki hatte zwei Decken auf den Fußboden gelegt und versucht, sich etwas auszuruhen. Doch ihre eigene Kühnheit hatte sie so aufgewühlt, dass sie keinen Schlaf fand.

Immerzu stellte sie sich dieselben Fragen: Welcher himmlische Wind hat diesen Mann in den Klostergarten getragen? Warum ist er so traurig? Welche Erlebnisse haben ihn in diesen Zustand versetzt? Sie fand keine plausiblen Erklärungen und ahnte, dass ihm etwas Schreckliches widerfahren sein musste, das außerhalb ihres Vorstellungsvermögens lag. Also bemühte sie sich, seinen meditativen Zustand zu akzeptieren.

Wenn die Glocke sie zur Arbeit rief, wartete sie, bis sich ihre Schwestern bereits im Arkadenhof versammelt hatten. Dann ging sie zu ihnen, nicht jedoch, ohne zuvor ihre Zellentür verschlossen zu haben.

Onikis Arme und Beine fingen jetzt so stark zu zittern an, dass sie sich an den scharfen Ausbuchtungen des Korallenbaums ernsthaft verletzte. Ihr langes, schwarzes, zu einem Knoten gebundenes Haar löste sich und fiel ihr über Brust und Rücken. Der Rucksack mit den Abfällen schien viele Zentner zu wiegen. Sie fürchtete, jeden Moment das weit aufgerissene Maul der Schlange vor sich zu sehen und von ihr verschlungen zu werden. Sie verlor die Kontrolle über ihren Körper.

Der Thuta-Orden hatte oft seinen Tribut an die Korallenschlangen entrichten müssen. Auch der Name Oniki Kay, zweite Tochter von Dame Jophi Kay und Sire Arten Wahrt, würde auf der langen Liste der Vermissten stehen. Doch im Moment schmerzte sie nicht die Aussicht, im Bauch eines Reptils zu enden, sondern der Gedanke, diesen mysteriösen jungen Mann nicht wiederzusehen.

Ein Stück Koralle brach unter ihrem Fuß ab, und sie stieß einen verzweifelten Schrei aus. Zusätzlich durch ihre schwere Last aus dem Gleichgewicht gebracht, gelang es ihr nicht, einen anderen Tritt zu finden. Ihr Bein hing im Leeren. Sie warf einen schnellen Blick nach unten und stellte erstaunt fest, dass die Schlange verschwunden war. Der Weg war frei.

So konnte sie die letzten hundert Meter bis zur Verbindungs-Plattform – einer kreisrunden, im Durchmesser zwei Meter großen Scheibe – hinabsteigen.

»Du meine Güte! Was hast du uns Angst gemacht!«, rief Alaki, die Leiterin der Gruppe.

Onikis fliegender Diskus hielt neben dem Quai des Hauptturms. Ihre Mitschwestern trugen jetzt wie sie das weiße schlichte Ordensgewand der Thutalinen und warteten bereits seit einer halben Stunde, währenddessen sie das Schlimmste befürchtet hatten. Oniki stellte den Generator ab, sprang auf den Quai, warf die Abfälle in den danebenhängenden Kübel und ging zu ihren Gefährtinnen.

»Eine Schlange hat mir den Weg blockiert!«, entschuldigte sich Oniki mit einem Lächeln.

»So lange?«, fragte Alaki und runzelte die Stirn. »Das tun sie doch sonst nicht ...«

Oniki zuckte mit den Schultern. Vor lauter Schweiß klebte ihr das Kleid am Körper. Es fühlte sich an, als bade sie in einer klebrigen Masse.

»Wir müssen die Matrionen darüber informieren«, sagte Alaki. »Vielleicht ändern die Schlangen ihr Verhalten. Doch jetzt müssen wir gehen. Wir haben uns bereits verspätet.«

Die jungen Frauen betraten den Lift, der direkt in den Korallenbaum eingebaut war, dessen Stamm viel dicker als die der Großen Orgeln war. Während der etwa zehnminütigen Fahrt schwiegen die Thutalinen, als wäre es ihnen zuwider, die in der Höhe erfahrene Stille und die ihnen vom Wind und Licht anvertrauten Geheimnisse zu verraten.

Der Weg über die Steinbrücke vom Fuß des Korallenbaums zum Hafen gehörte zum Schönsten des Tages. Denn zum einen konnten dann die in der Abgeschiedenheit lebenden jungen Frauen die Stadt Koralion bewundern, ihre weißen eleganten Häuser, die sich mit ihren Säulen an die Hügel über der Bucht schmiegten, und die über breiten Avenuen schwebenden Licht-Kugeln, die flanierenden

Menschen ... Zum anderen erlaubte der Blick ihnen, die Resultate ihrer Arbeit zu betrachten: Dank ihnen sangen die Großen Orgeln, wehten die Stolzen Winde, wurde das Kohlendioxid entfernt, erstrahlte das Licht der Gestirne Xati Mu und Tau Xir. Dank ihrer Arbeit ging das Leben auf dem Planeten Ephren seinen normalen Gang. Die schaumgekrönten Wellen des schwarzen Ozeans Gijen, das aus den Großen Orgeln strömende Licht in üppigen Blau- oder Rottönen, die ebenso üppig blühenden Blumen und Bäume mit ihren Düften und Früchten, das alles rechtfertigte ihren Verzicht auf die Erfüllung als Frau, um stattdessen in klösterlicher Abgeschiedenheit mit der ständigen Bedrohung durch die Schlangen leben zu müssen. In diesen Augenblicken wurde den Thutalinen bewusst, dass sie sich nicht umsonst geopfert hatten. Ohne sie, die unermüdlichen Wächterinnen des Korallenschutzschildes, die Priesterinnen von Licht und Wind, hätten sich die Hauptstadt Koralion mit ihren drei Millionen Einwohnern sowie zweihundert andere Städte unweigerlich in Totenstädte verwandelt.

Die ersten, von dem Forschungsreisenden Manul Ephren angeführten Kolonisten hatten anfangs die Rohrwerke mit Automaten gereinigt. Aber diese Roboter hatten sich trotz ihrer Perfektion als unzulänglich erwiesen. Nur Frauen waren imstande, dank ihrer grazilen Statur und ihres Einfühlungsvermögens die Orgelpfeifen fachgerecht zu reinigen. Diese lebenswichtige Aufgabe hatte zur Innung der Reinigerinnen innerhalb des Thuta-Ordens geführt und dem Statut, dass jede ephrenische Familie per Gesetz ihre zweitgeborene Tochter dem Orden anvertrauen müsse.

Wind und Gischt peitschten Onikis offenes Haar, während sie barfuß über die gepflasterte Brücke lief. Sie hatte nur einen Gedanken: in ihre Zelle zurückzukehren, zu ihrem geheimnisvollen Prinzen, den sie ohnmächtig im Klostergarten aufgefunden hatte. Und ohne sich dessen bewusst zu sein, hatte sie ihre Mitschwestern bereits ein Stück hinter sich gelassen.

Die Leiterin der Gruppe ergriff Onikis Arm. »Du gehst aber schnell«, sagte Alaki misstrauisch.

»Ich bin müde und möchte mich ausruhen«, entgegnete die junge Frau, ohne Alakis Blick auszuweichen.

»Ich erkenne dich kaum wieder«, sagte die andere. »Noch vor ein paar Tagen warst du die fröhlichste von uns allen. Du konntest dich kaum am Panorama der Stadt sattsehen. Heute bist du ein Schatten deiner selbst, ein junges Mädchen mit traurigen Augen, das die Last der Welt auf seinen Schultern zu tragen scheint.«

Das schon graue Haar Alakis umrahmte ihr von Falten gezeichnetes Gesicht. Sollte sie von den Korallenschlangen verschont bleiben, würde sie bald in den Kreis der Matrionen aufgenommen werden. Diese Frauen waren ehemalige Reinigerinnen und kümmerten sich jetzt um den Unterricht und die Verwaltung des Klosters.

Da Oniki schwieg, fragte die Ältere: »Also, was ist mit dir los?«

Oniki senkte den Kopf, damit die Gruppenleiterin ihre Tränen nicht sehen konnte.

»Du willst mir nicht antworten? Wie es dir beliebt ... Du solltest aber wissen, dass traurige Reinigerinnen besonders häufig den Schlangen zum Opfer fallen. Die Natur eliminiert immer die Schwachen. Diese Reptilien erscheinen dir vielleicht als Monster, doch auf ihre Weise sorgen sie für Gerechtigkeit. Thutalinen, die körperlich und geistig gesund sind, werden von ihnen nie angegriffen ... Hast du Probleme mit deiner Menstruation?«

Oniki schüttelte den Kopf.

»Vielleicht solltest du für eine Weile keine thutalischen Kräuter essen ... Vielleicht brauchst du Ruhe ... Vielleicht solltest du für die klösterliche Gemeinschaft arbeiten ...«

»Nein!«, rief Oniki, Verzweiflung in der Stimme.

»Wenn ich dich richtig verstehe«, sagte Alaki nach kurzem Schweigen, »liegt dir die Hausarbeit nicht besonders, und auch die Abgeschiedenheit unseres Lebens kannst du nur schwer ertragen. Der tägliche Aufenthalt in der Höhe beflügelt dich, du liebst das Streicheln des Stolzen Windes auf deinem Körper, das Licht und die himmlische Wärme ... Auch mir wird meine Trunkenheit im Großen Wald der Orgeln fehlen ...«

Alaki lehnte am Brückengeländer, das Gesicht dem Korallenschild zugewandt. Nur noch zwei Monate konnte sie diese relative Freiheit genießen, ehe sie in den Kreis der Matrionen aufgenommen würde. Doch bereits jetzt sehnte sie sich nach den Korallen. Sie glich einem Schmetterling, der bald flugunfähig sein würde, ein Wurm, zum Kriechen in dem ewigen Halbdunkel des Klosters verdammt.

Abwesend ruhte ihr Blick auf den Aquakugeln der Fischer, die wie große Meeresspinnen von Atoll zu Atoll sprangen. Dazwischen beherrschten hohe Säulen das Bild, rostbraune Gebilde, die eine Art Wald bildeten, um das Zusammenbrechen der Fundamente der Orgeln zu verhindern, indem sie die Zwischenräume der einzelnen Korallenbäume mit synthetischem Moos füllten. Nur die Zerstörung einer dieser Pfeiler hätte eine ökologische Katastrophe ausgelöst. Deshalb war die Arbeit der Gilde der Pylonen für den Bestand Ephrens ebenso wichtig wie die Arbeit der Thutalinen.

»Überlege gut, was du tust«, fuhr Alaki fort. »Du musst dich wieder fangen, ehe es zu spät ist.«

Oniki nickte kurz und kehrte zu ihren Mitschwestern zurück, um den fragenden Blicken der Älteren zu entgehen.

Mit klopfendem Herzen betrat Oniki ihre Zelle.

Sie warf einen Blick auf das Bett und erstarrte. Ihre Zelle war leer. Ihr schöner Prinz war verschwunden. Nur die zerwühlte Decke bewies, dass er wirklich dagewesen war.

Sie lehnte sich gegen die Wand und ließ sich auf den Boden gleiten. Mit leerem Blick, unfähig einen klaren Gedanken zu fassen, wurde sie von ihren Gefühlen überwältigt – Erschrecken, Enttäuschung und Niedergeschlagenheit. Wahrscheinlich hatte sie ihre Zelle nicht sorgfältig genug abgeschlossen, und die Matrionen hatten ihren heimlichen Gast entdeckt. Außer einem winzigen Fenster und der Tür gab es keinen Zugang zu ihrer Unterkunft. Deshalb musste ihm jemand die Tür geöffnet haben. Und sie fragte sich zum tausendsten Mal, warum sie diesen bewusstlosen jungen Mann in ihre Zelle getragen hatte, anstatt seine Anwesenheit den Matrionen zu melden.

Vor drei Tagen ging Oniki wie jeden Tag nach dem Abendessen im Refektorium im Klostergarten spazieren. Sie liebte diese magische Stunde, wo das verblassende Gestirn Xati Mu Tau Xir weicht, wo das Licht beider Gestirne miteinander in den Großen Orgeln verschmilzt und die Umgebung mit einem blassvioletten Hauch überzieht.

Ihre Mitschwestern waren bereits schlafen gegangen, und Oniki glaubte sich allein. Sie genoss die leichte Brise und die betörenden Düfte der blühenden Blumen, Sträucher und Bäume. An einer Wegbiegung fiel der jungen Frau eine seltsame Gestalt unter einem gelben Rostenstrauch auf. Neugierig geworden, ging sie näher und entdeckte einen schlafenden Mann. Sein Kopf ruhte auf dem ausgestreckten

Arm. Sie beugte sich über ihn. Sein dunkelhäutiges Gesicht war von schwarzen Locken umrahmt und drückte gleichzeitig Stärke und Verletzlichkeit aus. Eine männliche, aber gleichzeitig noch kindliche Anmut, die Oniki zutiefst rührte. Über einer schwarzen Pumphose trug er eine lange Tunika aus Rohseide, an den Füßen Ledersandalen. Auf den ersten Blick schien er friedlich zu schlafen, doch als sich Oniki näher über ihn beugte, entdeckte sie Angst, ja Entsetzen in seinen Gesichtszügen; ein Entsetzen, das in den Gesichtern jener Menschen zu finden war, die fast von einem gewaltsamen Tod überrascht worden waren. Oniki hat es einmal im Gesicht einer Schwester gesehen, die fast von einer Korallenschlange getötet worden wäre.

Sie fragte sich, wie dieser Fremde in den Garten hatte eindringen können, ohne die Alarmanlage auszulösen. Verwirrt richtete sie sich wieder auf. Der Unbekannte löste seltsame Gefühle in ihr aus; Gefühle die ihr unbekannt waren, von denen sie nicht wusste, wie sie darauf reagieren sollte.

In einiger Entfernung spazierten zwei Matrionen, sich leise unterhaltend, unter den Arkaden dahin. Oniki hätte sie herbeirufen können, aber ihr Mund blieb geschlossen. Im völligen Bewusstsein, dass das, was sie tat, unverantwortlich war, wartete sie, bis die beiden Frauen verschwunden waren, kniete nieder und legte den jungen Schlafenden über ihre Schulter. Er war nicht schwerer als ein Sack voller Flechten und eine leichte Last für sie, da sie seit ihrem siebten Lebensjahr, vom Tage ihres Eintritts in den Orden, darauf trainiert worden war, schwere Bürden zu tragen.

Zum ersten Mal in ihrem Leben berührte sie den Körper eines Mannes und erinnerte sich sofort an die weichen, warmen Berührungen ihres Vaters als Kind und dass er sie weinend beim Abschied »mein kleiner Blumenvogel« nannte.

Mit klopfendem Herzen lief Oniki mit ihrer kostbaren Last zu den Arkaden und tauchte dort im Dämmerlicht unter. Sie erreichte unbemerkt den zu den Zellen führenden Gang und ging, so schnell sie konnte, in ihre Behausung. Geschafft! Doch ganz unbemerkt war ihr Lauf nicht geblieben. Noch atemlos an ihrer verriegelten Tür stehend, hörte sie, wie einige ihrer Mitschwestern auf dem Flur sich lachend darüber ausließen, wer von ihnen es denn so eilig gehabt haben könne.

Plötzlich klopfte jemand heftig an Onikis Tür.

»Schwester Oniki! Schwester Oniki! Sie müssen im Gerichtssaal vor dem Kreis der Matrionen erscheinen!«

Vor Entsetzen wie gelähmt stand Oniki an der Wand und starrte zu Boden, als lägen dort die Fragmente ihres zerbrochenen Lebens. Nie wieder würde sie die Großen Orgeln emporklimmen; die Matrionen würden sie verurteilen; wie eine Strafgefangene würde man sie über die Straßen Koralions führen und für immer auf die Insel Pzalion verbannen, wo sie zwischen Kriminellen, Geisteskranken, Prostituierten und sündigen Schwestern leben würde ... Tränen liefen ihr über die Wangen, als sie daran dachte, welchen Kummer ihr Vater ihretwegen haben würde.

»Beeilen Sie sich, Schwester Oniki!«

Schweren Herzens trocknete sie ihre Tränen, ging zur Tür und öffnete. Zwei Laienschwestern in ihrem grauen Habit und gestärkten Hauben traten in die Zelle und musterten Oniki empört.

»Wie? Sie haben sich noch nicht gewaschen und umgezogen?«, sagte eine.

»Sie wissen doch, dass Sie jederzeit einer Vorladung Folge leisten müssen«, fügte die andere hinzu.

Die beiden wollten die junge Frau entkleiden.

»Ich bin noch in der Lage, mich allein umzuziehen!«, herrschte sie die Laienschwestern mit zornig funkelnden Augen an.

»Wie Sie wollen. Aber beeilen Sie sich!«

Oniki entkleidete sich, ging zum Wandschrank und nahm ein sauberes Gewand heraus.

Verwaltung und Instandhaltung der Klosteranlage wurde Thutalinen anvertraut, die für die Reinigung der Orgelwerke als ungeeignet erachtet wurden. Die Bewunderung dieser Frauen für die athletischen gebräunten Körper der Reinigerinnen schlug oft in Neid, manchmal Hass um. Dann rächten sich die Laienschwestern – fette weiße Schnecken, die schwerfällig waren und zu viel aßen –, indem sie die Reinigerinnen bei den Matrionen denunzierten.

Kaum hatte Oniki ihr Ordenskleid übergestreift, packten die beiden sie an den Armen und zerrten sie roh auf den Gang.

Zwei Männer hielten sich im Gerichtssaal auf. Der eine Besucher saß im Zentrum des Kreises der Matrionen auf dem Sessel, der normalerweise der Ältesten vorbehalten war. Sein Kopf war mit einer eng anliegenden purpurfarbenen Haube bedeckt, auf dem noch ein lächerlicher eckiger Hut thronte, der seine scharfen Gesichtszüge unterstrich. Ein weit geschnittenes violettes Cape, das am Hals mit einer Brosche in Form eines Kreuzes zusammengehalten wurde, hüllte seinen Körper ein.

Die Gesichtszüge des zweiten Besuchers konnte Oniki nicht erkennen, sie waren von einer schwarzen Kapuze bedeckt. Eine furchterregende Kraft ging von ihm aus. Die Anwesenheit dieser beiden Männer im Kloster machte sie stutzig. Standen die beiden mit ihrem schönen Fremden in Verbindung?

»Treten Sie näher, Schwester Oniki.«

Mit unsicheren Schritten ging die junge Frau auf die Reihen der Matrionen zu, deren Gestühl in Rängen kreisförmig um den Sessel der Oberin angeordnet war. Die Frauen hatten ihre offiziellen Gewänder angelegt, rosafarbene Roben, verziert mit Sternen aus Korallen. Die Matrionen sahen besorgt aus, ängstlich blickten sie immer wieder verstohlen zu dem in Purpur und Violett gekleideten Mann. Wer war er, dass diese sonst so auf ihre Vorrechte bedachten Frauen ihm diesen Ehrenplatz angeboten hatten? Eine Auszeichnung, die sie seit Jahrhunderten selbst den Repräsentanten der kollektiven Führungsriege von Ephren nicht zuteilwerden ließen.

»Wir haben Sie rufen lassen, Schwester Oniki, damit Sie uns über ihre gefährliche Begegnung mit der großen Korallenschlange während Ihrer Arbeit berichten«, erklärte eine Matrionin.

Oniki brauchte länger als eine Minute, um das Gesagte zu begreifen. Sie war sich so sicher, von den Laienschwestern denunziert worden zu sein, dass sie auf ein derart unbedeutendes Anliegen nicht gefasst war.

»Hat die Schlange Ihre Zunge gefressen?«, fragte die Matrionin verärgert. »Nun, reden Sie! Kardinal d'Esgouve möchte sich eine Meinung über Ihre Arbeit bilden.«

Der Geistliche umklammerte die Armlehnen des Sessels, beugte sich vor und starrte die schöne, langhaarige junge Frau an.

»Ihr Schützling scheint mir recht schüchtern für eine Halbgöttin«, sagte er mit honigsüßer Stimme.

»Wir haben die Schwestern nie als Halbgöttinnen betrachtet, Euer Gnaden«, mischte sich die Oberin ein.

»Das mag schon sein. Aber die Ephrenier verehren sie auf fast religiöse Weise. Und die Kirche des Kreuzes ächtet offiziell das Zölibat und die religiöse Berufung von Frauen.«

»Die Ephrenier sind ihnen nur dankbar, Euer Gnaden. Würden die Reinigerinnen nicht mehr im Orgelwerk arbeiten, seien es auch nur wenige Tage, würde es vermoosen, der Sauerstoffgehalt der Luft würde immer geringer werden, und ...«

»Wir reden nicht von denselben Dingen«, unterbrach der Kardinal die Oberin ungehalten. »Unsere Heilige Kirche stellt den Wert ihrer Arbeit nicht in Frage, sondern nur die krankhafte, ihnen zuteilwerdende Anbetung. Und deshalb hat mich der Heilige Stuhl in Venicia beauftragt herauszufinden, ob diese Verehrung mit dem Wahren Wort vereinbar ist, mit der Offenbarung des Kreuzes ... Berichten Sie jetzt, Schwester. Erzählen Sie uns von dieser Schlange.«

Oniki hob den Kopf und sah den Geistlichen an. Seine hellen Augen glitten wie Schatten über sie. Doch intuitiv erkannte sie, dass der gefährlichere der zwei Repräsentanten der Kirche nicht der Kardinal trotz seiner Arroganz, sondern dieses hinter seinem Stuhl stehende Gespenst war. Es muss ein Scaythe vom Planeten Hyponeros sein, dachte sie. Eines dieser schrecklichen Wesen mit diesen unheimlichen telepathischen Fähigkeiten.

»Normalerweise meiden die Korallenschlangen das Licht und halten sich nur in den Röhren auf«, sagte sie und bemühte sich um Festigkeit in ihrer Stimme. »Doch diese Schlange lag lange unbeweglich unter mir, ehe sie sich davonmachte. So blockierte sie etwa eine halbe Stunde meinen Abstieg ...«

»Und Sie konnten sich nicht rühren?«, fragte der Kardinal.

»Bei der kleinsten Bewegung hätte sie mich angegriffen.«

»Dann haben Sie das Reptil also nicht gesehen?«

»Wir gebrauchen nicht unsere Augen, um die Bewegungen der Korallenschlangen auszumachen, wir haben uns darin geübt, sie zu hören, ihre Anwesenheit zu spüren ...«

Die schwarz gekleidete Gestalt beugte sich über den Kardinal und flüsterte ihm etwas ins Ohr.

»Ihr Leben ist sehr gefährlich, Schwester ... Warum mussten Sie das Keuschheitsgelübde ablegen? Aus welchem Grund mussten Sie sich dazu verpflichten? Was glauben Sie?«

»Weil unsere Arbeit den ganzen Menschen verlangt«, antwortete Oniki, zutiefst beunruhigt.

»Ihre Antwort ist viel zu banal, um aufrichtig zu sein, Schwester. Die Keuschheit ist ein Opfer, das man in der Regel nur von Priestern verlangt.«

»Euer Gnaden, die Keuschheit der Thutalinen ist ein Gebot aus rein professionellem Gesichtspunkt«, protestierte eine der Matrionen. »Es bedarf äußerster Wachsamkeit in den Großen Orgeln, um sie effizient reinigen zu können. Dürften sich Mütter der Bedrohung, die von den Korallenschlangen ausgeht, konfrontiert sehen? Würden ihre Ehemänner und Kinder nicht gegen eine solche Arbeit protestieren?«

»Genau aus diesem Grund scheint es uns angemessen, die Thutalinen durch Maschinen zu ersetzen, Madame. Denn Maschinen haben keine Familie und genießen auch keine Verehrung.«

»Bereits unsere Vorfahren haben Automaten benutzt, Euer

Gnaden. Aber sie haben schnell gemerkt, dass der Mensch besser für diese Tätigkeit geeignet ist.«

»Dieses Argument kann ich nicht gelten lassen, Madame. Ihren Vorfahren wurde der Gebrauch der Maschinen aufgrund des Ethischen Gesetzes H.M. verboten ... Übrigens wie allen Menschen im bekannten Universum. Es ging bei diesem Verbot nicht um die Effizienz von Robotern, sondern man befürchtete eine Hegemonie der künstlichen Intelligenz. Unser Inquisitor, Xaphox, hat im Archiv des Planeten Ephren nachgelesen und erfahren, dass der Thuta-Orden im Jahr 7034 des alten Standardkalenders gegründet wurde. Also genau in dem Jahr, in dem das universelle Ethikgesetz H.M. erlassen wurde. Doch heute beherrscht die Menschheit die künstliche Intelligenz und muss sie nicht mehr fürchten.«

Die Matrionen tauschten Blicke aus. Sie wussten nur zu gut, dass die Kirche des Kreuzes den geringsten Vorwand zum Anlass nehmen würde, um ihren Orden aufzulösen. Bereits vor fünf Jahren hatte das neue Ang-Imperium Ephren annektiert. Da der Planet am Rand des bewohnten Universums lag und von seinem Korallenschild geschützt wurde, hatte es dort nie eine Invasion gegeben, keinen Krieg und keine Revolution. Also hatte die Regierung es nicht für nötig erachtet, ein Söldnerheer zu unterhalten. Kriegerische Handlungen hätten außerdem das sensible ökologische System des Planeten völlig zerstört. Deshalb war die Annektion problemlos und ohne Gegenwehr verlaufen.

»Euer Gnaden, dürfen wir Euren Worten entnehmen, dass Ihr plant, den Thuta-Orden aufzulösen?«

Der Kardinal drehte sich abrupt um und musterte die Sprecherin, eine alte Matrionin namens Muremi, mit seinen wässrigen Augen.

»Nicht sofort, Madame. Wir müssen zuerst Automaten konstruieren, die die besonderen Gegebenheiten des Korallenschilds berücksichtigen. Dann planen wir eine Übergangsphase; in dieser Zeit begleiten Ihre Schwestern die Automaten und überwachen sie. Wie Sie sehen, sind wir auf Ihre diesbezüglichen Kompetenzen angewiesen. Doch da ich annehme, dass diese Schwester nach ihrer gefährlichen Begegnung mit der Korallenschlange erschöpft ist und sich ausruhen möchte, hätte ich ihr noch gerne eine letzte Frage gestellt, ehe sie sich wieder in ihre Zelle begeben kann. Gerüchten zufolge arbeiten Sie im Zustand animalischer Nacktheit in den Röhrenwerken der Großen Orgeln. Stimmt das?«

Die Matrionen warfen Oniki flehende Blicke zu. Sie begriff sofort, dass sie die Ordensregel Nummer elf (Verbot der Lüge und Heuchelei), die sie seit drei Tagen gebrochen hatte, nun billigend brechen durfte.

»Wir tragen Schutzanzüge«, sagte Oniki. »Würden wir sie nicht anziehen, würden wir uns ständig an den scharfen Vorsprüngen und Kanten der Röhren verletzen ...«

Sie sah, dass sich eine ungeheure Erleichterung auf den Gesichtern der Matrionen ausbreitete.

Der Kardinal schien zufrieden. »Ihre Worte tragen zu unserer Beruhigung bei«, sagte er, einen zweifelnden Unterton in der Stimme. »Ich möchte wetten, würden wir eine Inspektion im Orgelwerk durchführen, träfen wir keine von Ihren Mitschwestern im Zustand der Sünde an. Vergessen Sie niemals, dass die Nacktheit den Menschen zum Tier werden, in ihm wieder jene niederen Instinkte aufleben lässt, die wir so vehement bekämpfen ... Unsere Unterredung ist beendet, Schwester. Sie dürfen sich entfernen.«

Oniki verneigte sich und ging aus dem Gerichtssaal. Im

Vorraum musste sie an sich halten, um nicht vor Freude schreiend in die Luft zu springen. Sie hatte geglaubt, verurteilt und in die Verbannung geschickt zu werden. Doch noch nie hatte sie sich so lebendig, so frei gefühlt – trotz der Drohungen des Kardinals.

Die beiden Laienschwestern hatten im Flur auf sie gewartet. Jetzt eilten sie zu Oniki und bestürmten sie mit Fragen. Aber die junge Frau gönnte sich eine kleine Rache. Sie beschleunigte ihren Schritt und blieb stumm, bis die zwei verärgert ihr Ansinnen aufgaben.

Erst als Oniki in ihrer Zellentür stand, fragte sie sich, wie der schöne Unbekannte aus seinem Gefängnis hatte fliehen können, wenn niemand ihm die Tür geöffnet hatte?

Kardinal d'Esgouve und der Inquisitor-Scaythe Xaphox gingen in Begleitung von zwei Gedankenschützern, zwanzig Interlisten, fünf Missionaren und einem Vikar zur Kirche zurück. Dieses Gebäude in der Innenstadt war beschlagnahmt und mehr schlecht als recht den Funktionen des Kreuzianismus' angepasst worden. Eine Wegstrecke von drei Kilometern musste die Abordnung durch enge Gassen zurücklegen, denn das Kloster lag am Stadtrand auf einem Hügel. Doch der Kardinal liebte es, zu Fuß zu gehen und benutzte den Personenair nur für längere Strecken.

»Und was haben Sie Interessantes im Gehirn dieses Mädchens entdeckt, Inquisitor?«, fragte der Kardinal.

Der Scaythe antwortete nicht sofort. Die Strahlen Tau Xirs fielen in breiten Bändern durch die hohen Säulen der Orgelwerke und tauchten die Häuser, Wände, Bäume und Menschen in ein rötliches Licht. Der Stolze Wind ließ sein ständiges und betörendes Lied erklingen.

Der Kardinal aber hatte noch immer dieses unangenehme

Gefühl, der dunkle, hoch aufragende Korallenschild könnte jederzeit einstürzen und die Stadt Koralion unter sich begraben, auch wenn ihm die Verantwortlichen der Gilde der Pylonen versichert hatten, es bestehe keine Gefahr.

»Bezüglich des Nacktseins hat sie gelogen«. Xaphox metallische, unpersönliche Stimme ließ den Kardinal zusammenzucken.

Er hatte sich nie an diesen Tonfall gewöhnen können, genauso wenig wie an die Gefühle der Beklemmung und der Angst, zerquetscht zu werden, die die Großen Orgeln in ihm hervorriefen.

»Das ist nichts Neues, Inquisitor!«, entgegnete er ungehalten. »Ich wollte die Matrionen nur warnen ... Aber ich möchte wissen, warum Sie mir geraten haben, dieses Mädchen noch länger zurückzuhalten.«

»Als sie den Gerichtssaal betrat, war sie in einem Stadium puren Entsetzens. Sie hatte kein reines Gewissen. Ich konnte in ihrem Kopf das Bild eines Mannes erkennen, eines Mannes, der kein Ephrenier ist ...«

»Alle Mädchen träumen von einem Prinzen, auch Thutalinen. Und allein diese rein weibliche Eigenschaft macht Frauen für Kirchenämter untauglich.«

»Gewiss, Eminenz. Aber das ist bei diesem jungen Mädchen nicht der Fall. Sie hat einen Mann im Klostergarten aufgefunden, in ihrer Zelle versteckt und glaubte, von den Matrionen bei ihrem Tun entdeckt worden zu sein, wofür sie mit lebenslanger Verbannung auf die Insel Pzalion bestraft worden wäre.«

Der Kardinal blieb stehen und starrte das hässliche Gesicht des Inquisitors mit den hervorquellenden Augen an.

»Wo, zum Teufel, hätte sie denn diesen Mann auflesen können? Die gesamte Klosteranlage ist derart gesichert, dass niemand dort eindringen kann, ohne Alarm auszulösen. Es sei denn, man reist per Deremat und die Rematerialisation findet innerhalb des Geländes statt. Außerdem würde die zellulare Identifikation sofort die Anwesenheit eines Eindringlings melden. Sind Sie vielleicht einer telepathischen Illusion erlegen?«

»Das halte ich für unwahrscheinlich, Eminenz.« Der Scaythe deutete mit ausgestrecktem Arm auf das nächstgelegene Haus. »Die Erinnerungen dieses Mädchens waren so fühlbar, so wirklich wie diese Mauern. Und sie stellte sich dieselbe Frage wie wir: Auf welche Weise konnte dieser Mann den Magnetzaun überwinden sowie der zellularen Identifikation entgehen?«

»Und haben Sie eine Erklärung dafür?«

Wieder schwieg Xaphox eine Weile. Während des Gesprächs blieben die Gedankenschützer, die Interlisten, die Missionare und der Vikar in respektvollem Abstand stehen. Die wenigen Passanten gingen schnell und mit gesenkten Köpfen weiter. Niemand wollte sich in der Nähe dieser Personen freiwillig aufhalten; die überall in der Stadt stehenden Feuerkreuze sprachen eine zu deutliche Sprache.

»Nach langem Überlegen bin ich zu dem Schluss gekommen, Eminenz, dass es sich bei diesem Mann um einen Krieger der Stille handeln muss.«

»Oh, nein! Nicht so etwas! Und das auch noch von Ihnen, Inquisitor!«, rief der Kardinal. In dem Moment hatte er vollkommen die Regeln der autopsychischen Selbstkontrolle vergessen. »Sie wollen mir doch nicht etwa weismachen, dass Sie dieses dumme Gerede glauben?«

Die Missionare und der Vikar sahen den Kardinal wegen seines Gefühlsausbruchs überrascht an, während der Scaythe völlig ruhig blieb.

»Wie heißt es in der Legende«, argumentierte Xaphox gelassen. »Dass die Krieger der Stille mit Hilfe der Kraft ihrer Gedanken reisen und jeder Form der Inquisition – der mentalen, also auch der zellularen – gegenüber immun sind.«

»Mittels Gedankenkraft reisen!«, höhnte der Kardinal und brach in schallendes Gelächter aus. »Eine völlig absurde Hypothese, deren Unsinnigkeit bereits von der Kaiserlichen Akademie der Wissenschaft und Technik bewiesen wurde ... der verstörte Geist dieses Mädchens hat Sie in die Irre geführt, Inquisitor. Ordensschwestern neigen dazu, eine blühende Phantasie zu haben, sich Illusionen hinzugeben – die sie für ebenso real wie dies Mauern halten. Ich habe Sie für einen Mann mit mehr Scharfsicht gehalten ...«

»Vielleicht habt Ihr recht, Eminenz«, sagte Xaphox, denn er hatte begriffen, dass eine Diskussion mit diesem Geistlichen zu nichts führen würde. Schließlich war die Haltung des Kardinals nur die logische Konsequenz der Politik des Seneschalls Harkot.

Er nahm mit dem Dienst habenden Scaythen auf dem Wachturm der Gedanken in Koralion Kontakt auf und bat ihn, seine ganze Aufmerksamkeit einer Thutalin namens Oniki Kay zu widmen. Der Scaythe – ein Keimling niederen Grades – erfüllte die Anfrage seines Vorgesetzten augenblicklich. Xaphox blieb nur noch eins zu tun: Er befahl einigen Pritiv-Söldnern sich unauffällig, aber nahe beim Kloster zu postieren.

Warmes Wasser lief über Onikis Körper. Oft duschte sie länger als eine Viertelstunde, um ihre von der Arbeit verspannten Muskeln zu entspannen. Wie ein Mensch, der dem Tode nahe gewesen ist, genoss sie dieses sinnliche Vergnügen umso mehr. Nur die Erinnerung an den schönen Fremden ließ ein kurzes Gefühl des Bedauerns in ihr aufkommen.

Auf ebenso geheimnisvolle Weise wie er in ihr Leben getreten war, war er auch wieder verschwunden.

Plötzlich spürte sie die Gegenwart eines lebenden Wesens hinter dem Vorhang. Zugleich machte sich dieselbe Beklemmung in ihr breit, wie bei ihrer Begegnung mit der Korallenschlange. Sie rührte sich nicht. Das Wasser strömte weiter über ihren Kopf, ihre Schultern und Brüste. Dann siegte ihre Neugier über ihre Angst. Sie drehte den Hahn zu, wickelte sich in ein Handtuch und schob den Vorhang beiseite.

Überrascht hielt sie mitten in der Bewegung inne.

Er war zurückgekommen. Er stand in der Badezimmertür, noch immer mit einer Tunika und Pumphosen bekleidet und Sandalen an den Füßen. In seinen großen dunklen Augen glomm ein Feuer.

»Guten Tag ...«

Es war das erste Mal, dass sie seine Stimme hörte, eine warme, ernste Stimme. Tropfen liefen aus ihrem nassen Haar und fielen auf ihre Schultern.

»Sie sind ein großes Risiko eingegangen, als Sie mir geholfen haben«, fuhr er lächelnd fort. »Ohne Sie hätte ich wahrscheinlich sterben müssen. Es war mir ein Bedürfnis, Ihnen zu danken ...«

»Wie sind Sie hier hinaus- - und wieder hereingekommen?«, stammelte Oniki.

Sie war so verwirrt, das sie kaum einen klaren Gedanken fassen konnte.

»Ich weihe Sie in ein kleines Geheimnis ein, wenn Sie wollen«, antwortete er und lachte, ein so melodisches Lachen, dass sie von Kopf bis Fuß erschauerte.

Sie stieg aus der Dusche und ging mit pochendem Herzen auf den jungen Mann zu. Schon jetzt wusste Oniki, dass sie sich dem schönen Fremden hingeben würde, denn auf diesen Moment hatte sie ihr ganzes Leben gewartet. Worte waren nicht nötig. Sie ließ ihr Badetuch zu Boden gleiten, schloss die Augen und warf den Kopf nach hinten. Ein Gefühl unendlicher Freude ergriff sie, ihren Körper den glühenden Blicken ihres Prinzen darbieten zu können.

Er beugte sich über sie, hob sie auf und trug sie zu dem schmalen Bett. Dann legte er sich neben sie, stützte sich auf einen Ellbogen und sah sie an

»Bin ich dein erster Mann?«

Sie nickte.

»Dann sind wir quitt. Du bist meine erste Frau. Wie heißt du?«

»Oniki«, sagte die junge Frau. Ihre Stimme war nur ein Flüstern.

»Meinen Namen muss ich dir verschweigen, schöne Oniki. Nicht, weil ich dich nicht achte, aber mein Name könnte dich in große ...«

Schnell, noch ehe der den Satz vollenden konnte, verschloss Oniki mit ihrem Mund den Mund ihres Prinzen. Und dieser Kuss erweckte in ihr ganz andere Schwindelgefühle als das Streicheln des Windes auf ihrer Haut, hoch oben in den Orgelwerken. Ungeduldig zerrte sie an seiner Tunika, riss sie von seinem Körper. Sie kratzte und biss ihn, den süßen Geschmack seines Blutes in ihrem Mund.

Jetzt war sie nicht mehr Oniki, die Thutalin, die Ordensschwester, sondern eine Frau, die sich der Lust hingab, ihren Schoß für diesen geheimnisvollen Geliebten öffnete, den Unbekannten, der ihr gleichzeitig so vertraut war.

Sie umschlang seinen Rücken mit ihren Beinen, legte die

Arme um seinen Hals, damit er noch tiefer in sie eindringen konnte, damit ihre Körper für immer verschmelzen konnten. Ihr geschmeidiger Leib umschmiegte ihn wie himmlisches Moos, wie eine Korallenschlange. Sie verlor jegliche Kontrolle über sich und fiel in einen Zustand der Ekstase, in dem nichts anderes existierte als das ursprüngliche Pulsieren des Lebens. Als sie wieder zu sich kam, blickte sie in sein lächelndes Gesicht. Sie richtete sich auf und wollte ihn küssen, doch er wandte sich plötzlich ab, den Blick auf die Zellentür gerichtet, alle Sinne angespannt, wie ein gejagtes Tier.

»Sie kommen!«, flüsterte er.

Er stand auf und stellte sich neben das Bett. Oniki, brutal aus ihrem Liebesrausch gerissen, setzte sich im Schneidersitz auf ihr Bett und lauschte. Sie hörte ein leises Rascheln im Flur und hielt den Atem an.

»Ich muss gehen, schöne Oniki. Doch ich komme wieder. Was auch immer geschehen mag, du darfst die Hoffnung nie verlieren. Verliere nie die Hoffnung ...«

Er kleidete sich schnell an – die Tunika war zerfetzt – und schnürte seine Sandalen. Oniki starrte auf den Riegel an der Tür. Sie hatte vergessen, ihn zuzuschieben.

»Du darfst die Hoffnung nicht verlieren ...«

Zwei weiß maskierte Männer stürmten in die Zelle. Sie trugen graue Uniformen. Auf ihrer Brust glänzten silberne Embleme in der Form ineinanderverschlungener Dreiecke. An ihren ausgestreckten Armen blitzten die Schienen der an der Haut befestigten Wurfmaschinen auf.

»Rühr dich nicht!«, brüllte einer der Männer, mit durch die Maske gedämpfter Stimme.

Oniki war derart erschrocken, dass sie sich nicht einmal bedeckte. Einer der beiden Maskierten ging ins Bad, während der andere die junge Frau in Schach hielt.

»Verdammt noch mal! Er hat sich in Luft aufgelöst!«

»Wie das? In Luft aufgelöst?«, fragte der Bewacher Onikis.

»Er ist verschwunden. Der Scaythe hatte Recht. Dieser Mann ist ein Hexer. Sag den Frauen, dass sie kommen können. Die Gefahr ist vorüber.«

Jetzt betraten zwei Matrionen die Zelle und starrten mit eisigem Blick die nackte junge Frau an. Dann entdeckten sie den Blutfleck auf dem Laken. Eine von ihnen ging zu Oniki und ohrfeigte sie. Onikis Augen füllten sich mit Tränen.

Das ganze Kloster war auf den Beinen, überall herrschte Aufregung. Onikis Frevel hatte sich schnell herumgesprochen.

Nachdem ihr das rote Kleid der Schande angelegt worden war, wurde sie von vier Laienschwestern durch den Klostergarten, vorbei an allen ihren Mitschwestern, geführt. Von allen Seiten wurde sie beschimpft und bespuckt. Die Matrionen hatten sich zur Beratung in den Gerichtssaal begeben. Obwohl der Urteilsspruch bereits feststand, galt es, die Form zu wahren.

Die Behandlung, die die Thutalinen Oniki angedeihen ließen, war nur ein kleiner Vorgeschmack auf das, was sie auf den Straßen Koralions erwartete. Einen Tag lang würde man sie auf den Plätzen der Hauptstadt in einem vergitterten Käfig dem Zorn und der Verachtung der Bevölkerung aussetzen.

Doch Oniki bereute nichts. Ihr Prinz war den weiß maskierten Männern entkommen. Allein das zählte. Sie klammerte sich an ihre Erinnerungen: den Geruch seiner Haut, die Kraft seiner Arme, die Zärtlichkeit seiner Hände, die Glut seiner dunklen Augen, den süßen Geschmack seines

Mundes. Eine Aura der Liebe umgab und wachte über sie. Manchmal blickte sie zu den Großen Orgeln, Trauer trübte ihren Blick.

Nie wieder werde ich durch das Röhrenwerk steigen, nie wieder den Gesang des Stolzen Windes hören, nie wieder das Spiel des Lichts in den versteinerten Korallen sehen noch das himmlische Moos ernten ...

Ihre Welt war zerstört.

Inmitten der verzerrten Gesichter um sie herum entdeckte sie das ernste Antlitz Alakis, die ihr zuzulächeln schien.

Plötzlich öffnete sich das direkt unter die Arkaden des Klostergartens führende Haupttor, und die Thutalinen der Nachtschicht, die normalerweise die Seitentür benutzten, strömten herein. Durch die allgemeine Aufregung musste die Torhüterin wohl den falschen Hebel betätigt haben. Die Schwestern liefen ohne Sinn kreuz und quer umher; ein großes Durcheinander an ratlosen Grimassen und Gesten.

Die großen Flügel des Tors begannen sich langsam wieder zu schließen. Oniki konnte die Lichter der Stadt, den Hafen, das schwarze Meer Gijen sehen. Instinktiv stieß sie ihre fetten Bewacherinnen zur Seite und stürmte durch die Reihen der Ankommenden in Richtung Tor. Ein paar Schwestern versuchten sie aufzuhalten. Doch Oniki lief weiter. Und als sich die Flügel des Tors gerade schließen wollten, schlüpfte sie durch den schmalen Spalt.

Sie lief bis zu der Steinbrücke, die das Festland mit dem großen Pylon verbindet. Ein paar Passanten warfen ihr misstrauische Blicke zu. Das aufgehende Gestirn Xati Mu tauchte die Stadt in hellblaues Licht.

Oniki überquerte die Brücke, stieg in den Lift im Mast

und drückte hastig auf den Bedienungsknopf. Sie hatte ihr Kleid ausgezogen, noch ehe der Lift in der Höhe der Verbindungs-Plattformen zum Stillstand kam.

Dieses Mal nahm sie sich nicht die Zeit, das phantastische Panorama zu bewundern, sondern sprang auf einen Diskus. Sie lenkte die kleine runde Scheibe zu einem der großen Orgelwerke. Nur einmal im Leben wollte sie sich daran berauschen, in einer der Hauptröhren emporzuklettern.

Sie wählt die größte, mit einem Durchmesser von mehr als zwanzig Metern, Opus Dei genannt. Eine Röhre dieses Ausmaßes konnte nur von drei erfahrenen Thutalinen gereinigt werden, da die vom Himmel herabfallenden Moose und Flechten manchmal zu einer Größe von Sträuchern anwuchsen und es vieler Arbeitsgänge bedurfte, sie zu reinigen.

Oniki stellte den Motor ab und verankerte ihr Fluggerät am Rand der von Licht durchfluteten Röhre. Sie machte sich für den Aufstieg bereit.

Als sie mit einem Klimmzug durch eine der Öffnungen in die Röhre eindrang, war sie von dem Anblick überwältigt – ein majestätischer gerader Tunnel, der in den Himmel ragte. Obwohl er erst vor kurzem gereinigt worden war, sah sie, dass bereits die Strauchflechten wieder zu wachsen begonnen hatten.

Oniki begann mit dem Aufstieg. Doch im Gegensatz zu den engen Röhren, in denen sie sich mit Händen und Füßen einspreizen konnte, musste sie dieses Mal sorgfältig nach Vorsprüngen suchen, ehe sie Stück für Stück nach oben klettern konnte. Der Stolze Wind machte ihr das Klettern nicht leichter. Er heulte ihr um die Ohren, und ihr Körper wurde von heftigen Böen ergriffen.

Erst nach zwei Stunden Aufstieg erreichte Oniki das Ende

der Hauptröhre. Unter sich hörte sie die Rufe der sie verfolgenden Schwestern.

Xati Mu stand hoch am Himmel und schickte seine Strahlen in allen Farbschattierungen auf Ephren hinunter. Die letzten Meter waren am schwierigsten. Das intensive blaue Licht blendete Oniki, die Flechten wurden dichter und glitschiger. Es war heiß, und die feuchten Hände der jungen Frau rutschten immer wieder an den Vorsprüngen ab.

Nachdem sich Oniki mit einer letzten Kraftanstrengung über den Rand der Röhre geschwungen hatte, blieb sie dort lange sitzen, um wieder zu Atem zu kommen. Damit verletzte sie die Regel Nummer siebzehn, die es den Thutalinen verbot, sich auf den Großen Orgeln aufzuhalten. Denn die Matrionen fürchteten, dass allein das Gewicht eines Menschen dort oben zu Haarrissen in den Korallen führen könnte.

Es war Oniki egal. Wie viele Regeln habe ich schon gebrochen?, fragte sie sich. Eine mehr oder weniger, darauf kam es nicht mehr an.

Der weite Himmel über ihr erfüllte sie mit einem unendlichen Glücksgefühl, einer Ekstase, die sie nur mit ihrem Prinzen empfunden hatte.

Doch plötzlich überkam sie das Gefühl einer Bedrohung, etwas schien hinter ihr zu sein. Obwohl ihr Leben auf dem Spiel stand, hatte sie keine Angst. Und sie tat etwas, was sie unter vergleichbaren Umständen niemals hätte tun dürfen: Sie drehte sich um und trat der Schlange entgegen.

Das große Reptil war nicht allein.

Etwa ein Dutzend Schlangen krochen durch die erstarrten Wogen dieses Korallenmeers auf Oniki zu. Zehn, zwanzig Meter lange Schlangen. Ihre Augen sprühten grüne Blitze, ihre schlanken, glänzenden Körper bildeten Arabesken im Orgelwerk.

Oniki streckte ihnen herausfordernd die Arme entgegen.

Aber die Schlangen griffen sie nicht an. Sie krochen näher und bildeten einen Kreis um sie, erstarrten und sahen ihr beim Tanzen zu. Denn Oniki tanzte. Sie tanzte nackt, das Haar im Wind ... Sie tanzte für ihren schönen Unbekannten, sie tanzte den Tanz der Liebe.

Als auch die Thutalinen endlich den Rand des größten Orgelwerks erreicht hatten, sahen sie ihre junge Mitschwester in einem entrückten Zustand, umgeben von einem Dutzend Korallenschlangen, die sich zu der Melodie des Stolzen Windes langsam wiegten.

SIEBTES KAPITEL

Ist dein Haus abgebrannt,
Und du bist ohne Heim,
Hat deine Frau dich verkannt,
Und du bist ganz allein,
Suche Rat beim Dogen.
Wird dein Land von Feinden überrannt,
Ist deine Familie gegangen,
Haben die Priester dich verbannt,
Und Dämonen halten dein Herz gefangen,
Suche Rat beim Dogen.
Hat das Spiel dich ruiniert,
Und der Wucherer dir alles genommen,
Ist dein Körper zerstört,
Verheißt das Leben keine Wonnen,
Dann hilft auch dir aus großer Not
der Doge Papironda.
Das ist sein ehernes Gebot.

Volkslied aus den Skoj-Welten,
dem großen Badour Pat Kouton zugeschrieben

Glatin-Bat

Unter einer Stadt stellte Jek sich etwas anderes als dieses Durcheinander gigantischen Ausmaßes aus Zelten und Baracken vor. Die Wüstenratten unter dem Kommando des Kapitänleutnants Dohon-le-Fil eskortierten den kleinen Anjorianer, als wäre er der Sohn des Sonnengestirns Hares höchstpersönlich, durch eine enge, belebte Gasse. Fliegende Händler boten lautstark ihre Waren feil, Müßiggänger blieben vor Verkaufsständen stehen und gafften. Der kleine Trupp bahnte sich energisch seinen Weg durch die Menge, stolperte über Holzkisten, Stoffballen, Bündeln der aromatischen Wurzelknolle Plumeng ...

Ihr Aerotom hatten sie am Flughafen abgestellt, wo bereits die neunzehn anderen Gleitflieger des Clans geparkt waren. Todeskuss hatte die Mannschaft auf der Brücke antreten lassen und Anweisungen erteilt.

»Ihr dürft auf keinen Fall über den Kampf mit den Hyänen reden. Wer das Maul aufmacht, wird von mir getötet!«

Diesen Befehl hatte der Hexenmeister nicht näher erläutert. Aber er kannte seine Leute. Sie würden versuchen, aus ihrem Abenteuer Kapital zu schlagen – freie Getränke, vor allem viele Becher Chen (Alkohol, der aus der Plumengwurzel gewonnen wurde) und die Gunst der Frauen. Also hatten sie schwören müssen, zu schweigen.

Zwar wusste Todeskuss, dass der Alkohol nach und nach

ihre Zunge lockern würde, doch er hatte etwas Wesentliches gewonnen: Zeit. Er wollte den kleinen Jungen so gut es ging beschützen, ehe die Clans sich seiner bemächtigten und aus ihm einen Sonnenprinzen, einen Sohn von Hares machten. Vor mehr als vier Jahrhunderten hatte ein menschliches Wesen zum letzten Mal einen Pakt mit den gefleckten Hyänen geschlossen. Und sollte sich ein diesbezügliches Gerücht verbreiten, könnte das zu einer kollektiven Hysterie führen, deren Konsequenzen unabsehbar wären.

Außerdem war es die Pflicht des Hexenmeisters, dem kleinen Oberirdischen zu helfen, seinen vorbestimmten Weg zu gehen. Denn so lautete die Botschaft, die ihm die nukleare Hexe während seines Tanzes mit den Atomen übermittelt hatte.

Die vielfältigen Formen der Luftschiffe am Flughafen von Glatin-Bat hatten Jek staunen lassen: Manche sahen wie große, auf Ketten fahrende Käfer aus, andere wie geflügelte Schildkröten, wieder andere wie riesige Tausendfüßler ohne Füße ... Doch sie unterschieden sich nicht nur durch Größe und Form, auch durch die Art des Antriebs. Zwar bewegten sich die meisten dank der Energie ihrer nuklearsensiblen Zellen fort, aber es gab auch einige mit altmodischen Explosionsmotoren oder Fluggeräte, die der Kraft des Windes vertrauten.

»Das da drüben ist das Luftschiff des Dogen Papironda«, erklärte Todeskuss.

Jek schob die herunterhängenden Enden seines Turbans beiseite und hob den Kopf. Über den Zeltdächern und den Wellblechdächern der Baracken konnte er vor der rötlichen Scheibe von Hares ein riesiges graues Schiff erkennen.

»Bedeck dein Gesicht!«, flüsterte ihm der Hexenmeister zu. »Wenn die Leute herausfinden, dass wir einem gesunden Menschen Geleitschutz geben, werden sie sich auf uns stürzen wie Schmeißfliegen auf einen Kadaver.« Ohne Jeks Reaktion abzuwarten, verknotete er die beiden losen Enden des Turbans hinter dessen Kopf derart, dass nur noch ein schmaler Spalt für die Augen frei blieb.

Der kleine Anjorianer hatte kaum noch unter den Verletzungen zu leiden, die ihm die Corvuren zugefügt hatten. Die Salben und die Zeremonien, die Todeskuss durchgeführt hatte, hatten Wunder gewirkt. Die dreitägige Reise hatte ausgereicht, um seine Kräfte wiederherzustellen.

Jek hatte den Eindruck, sich in einem Zoo zu befinden, dessen Tiere man bunt eingekleidet hatte. Zwar hatte er sich inzwischen an das Aussehen der Wüstenratten gewöhnt, doch die bizarren Gestalten unter den Bewohnern von Glatin-Bat verwirrten ihn. Manche hatten unförmige Schädel, andere vollständig mit Pelz bedeckte Gesichter, Nasen wie Rüssel, Münder, die Schnäbeln glichen; Augen mitten auf der Stirn; Arme, die bis auf den Boden reichten, drei oder vier Beine oder zwei Buckel. Jedem hätte er den Namen eines Tieres geben können. Da gab es einen mit den Stoßzähnen eines Keilers, einen anderen mit den langen Schlappohren eines Hasen ... Jek glaubte sich von Vögeln, Reptilien, Dickhäutern, Nagetieren, Bovinen, Kamelen, Raubkatzen und Haustieren umgeben. Einige spazierten nackt über die Straßen oder hatten ihre Scham nur mit einem winzigen Stück Stoff bedeckt. Die Frauen erkannte er an ihren Brüsten oder ihren Zitzen, die Männer an ihren Hoden, breiten Schultern und den Waffen, die in ihren Gürteln steckten. Im Vergleich mit den Glatinbatinern waren die Wüstenratten von fast ebenmäßigen Wuchs. »Wir sind gleich da«, sagte Dohon-le-Fil.

Sie erreichten einen kreisrunden, von Tavernen gesäumten Platz. Unter den Vordächern der Wirtshäuser herrschte ein derartiges Gedränge, dass Gäste, die keinen Platz mehr an den Theken oder Tischen gefunden hatten, mit einem Becher Chen auf dem Bürgersteig saßen. Stimmengewirr, Schreie und Gelächter verbanden sich zu einer unbeschreiblichen Kakophonie. Es stank entsetzlich nach Urin, da sich die Gäste direkt auf der Straße erleichterten.

»Beeilt euch!«, murrte Dohon-le-Fil. Seine Männer trödelten und fingen an, sehnsüchtige Blicke auf die hinter den Theken gestapelten Fässer mit Chen zu werfen.

»Ihr könnt euch besaufen, wenn ihr von mir Ausgang bekommen habt. Nicht eher!«, warnte Dohon-le-Fil seine Mannschaft.

Enthaltsamkeit war eines der Grundgesetze der Wüste, und die seltenen Zwischenstopps in Glatin-Bat waren daher die einzige Gelegenheit für die Männer, sich zu amüsieren.

Die Residenz des Traren Godovan war eines der bedeutendsten Gebäude der Hauptstadt, eine gelungene Fachwerkkonstruktion mit hohen Mauern und einem Garten im Innenhof. Ein beträchtlicher Luxus in dieser Ansiedlung, in der der Grund im Laufe der Zeit immer begrenzter geworden war. Die verseuchte Zone bot nur magere Ressourcen, und die bisher als Nomaden lebenden Clans waren gezwungen, sich ebenfalls in Glatin-Bat anzusiedeln. Sie waren geblieben, obwohl der Stadtrat der Traren versucht hatte, sie mit Militärgewalt zu vertreiben. Jetzt fanden auf den früher sicheren Straßen der Stadt ständig Kämpfe zwischen Händlern, Clans und Verbrechern aller Art statt.

In einer kleinen, auf den Platz der Tavernen führenden Sackgasse lag der Wohnsitz des Traren Godovan. Vor dem mächtigen Tor standen zwei Wachposten. Als die beiden

den Kapitänleutnant und den Hexenmeister erkannten, freuten sie sich, die Mannschaft wiederzusehen, und öffneten sofort das große Tor.

Doch Dohon-le-Fil unterbrach den Gefühlsausbruch barsch: »Wo ist der Trar?«

»Zu Hause. Aber er will nicht gestört werden ...«

Der Kapitänleutnant wandte sich an seine Männer. »Ihr habt Ausgang. Bis morgen früh.«

Das brauchte er ihnen nicht zweimal zu sagen. Sie steckten ihre Schusswaffen ein und gingen lachend davon.

»Du hättest eine Ausgangssperre verhängen müssen«, sagte Todeskuss.

»Ich gebe dir auch keine Ratschläge, wie du mit deinen Atomen zu tanzen hast«, entgegnete Dohon-le-Fil mürrisch.

»Diese Idioten werden sofort die Geschichte mit den Hyänen erzählen. Die Residenz wird in spätestens einer Stunde erstürmt werden, in zwei, wenn wir etwas Glück haben.« Mit einer Kinnbewegung deutete Todeskuss auf Jek. »Und den Jungen werden sie niemals gehen lassen.«

»Das ist nicht wichtig. Ob er nun hier ist oder woanders hat überhaupt keine Bedeutung.«

»Du redest wie ein Schwachsinniger, Kapitänleutnant!«

Dohon-le-Fils kleine Augen funkelten tückisch. Automatisch griff er nach dem kurzen Dolch, der in seinem Gürtel steckte. Die Wachleute hatten das Tor geschlossen und den schweren Querbalken wieder vorgelegt. Ein paar Männer gingen im Garten spazieren – wenn man den gepflasterten Innenhof voller Unrat denn Garten nennen konnte. Es herrschte dort derselbe Gestank wie auf dem Platz der Tavernen.

Doch die Wut des Kapitänleutnants beeindruckte den

Hexenmeister überhaupt nicht. »Nur ein Verrückter zückt seinen Dolch vor einem der Diener Hares'«, sagte er mit schneidender Stimme.

Dohon-le-Fil steckte seine Waffe wieder ein. Einen gewöhnlichen Mann zu provozieren, war eine Sache, aber sich mit einem Hexenmeister anzulegen, eine ganz andere.

»Lass uns zum Trar gehen«, murmelte er mit schmalen Lippen.

»Er will nicht gestört werden«, erinnerte ihn Todeskuss.

Der Kapitänleutnant zuckte mit den Schultern und überquerte den Hof mit großen Schritten, ohne auf die warnenden Rufe der Wachleute zu achten.

Todeskuss packte Jek am Arm. »Komm! Wir müssen verhindern, dass er eine Dummheit macht«, sagte er und ging mit dem Jungen hinter Dohon-le-Fil her; sie folgten ihm über einen langen Flur und dann eine gewundene Treppe hoch in den ersten Stock. Gedämpftes Gelächter drang zu ihnen.

Die beiden Flügel der Tür schlugen noch gegen die Wand, als sie Trar Godovans Zimmer betraten.

Jek sah im Dämmerlicht zwei Gestalten auf einer Matratze aus Plumengblättern, zwei Frauen. Sie kauerten da, schützten ihre Gesichter mit den Armen und stießen spitze Schreie aus.

Trar Godovan wich langsam in Richtung Wand zurück. Er war nackt und sein Körper sehr weiß. Er ließ Dohon-le-Fil nicht aus den Augen. Der Kapitänleutnant ging mit gezücktem Dolch auf den Traren zu.

»Ich habe mir geschworen, dir den Hals umzudrehen, Godovan!«, schrie er. »Fünf meiner Männer wurden von den Hyänen gefressen, während du dich mit deinen Huren vergnügst.«

Und er stieß zu. Verfehlte seinen Gegner aber, der mit einer geschmeidigen Drehung seines Körpers dem Dolch ausgewichen war.

Der Trar wiegte den Kapitänleutnant in dem Glauben, dass er dem anderen unterlegen sei, doch an der Wand lehnte ein Säbel, den Dohon-le-Fil in seiner blinden Wut nicht gesehen hatte.

Als der Kapitänleutnant ein zweites Mal zustechen wollte, bohrte sich die Klinge tief in die Wand. Bis er sie herausreißen konnte, hatte sein Gegner bereits den Säbel aus der Scheide gezogen. Der andere witterte die Gefahr, zog seinen Dolch heraus, sprang zurück, verlor aber das Gleichgewicht und stürzte zu Boden. Godovan zögerte keine Sekunde. Mit einem mächtigen Hieb spaltete er Dohon-le-Fil den Schädel.

Todeskuss umfasste Jeks Kopf und presste ihn an sich. »Schau nicht hin.«

Doch das genügte Godovan nicht. Er schlug seinem Gegner den gespaltenen Schädel vom Rumpf. Und als der über den Boden rollte, stieß er ihn mit einem Fußtritt gegen die Wand.

Eine Blutfontäne schoss aus dem Körper des Geköpften empor.

»Heute nimmt dieser Idiot sicher nicht mehr meinen Platz ein!«, sagte der Trar. Das war die einzige Grabrede für Dohon-le-Fil.

Dann ging Godovan zum Bett, wischte seine blutbesudelte Waffe an einem Kissen ab und streckte sie wieder in die Scheide. Darauf kehrte er zu seinem Lager aus Plumeng zurück und legte sich hin, als ob nichts geschehen wäre.

Doch die beiden Frauen waren leichenblass geworden

und konnten ihre Blicke nicht von dem Kopf abwenden. Erst jetzt schien Godovan zu bemerken, dass er noch zwei weitere Besucher hatte.

»Da bist du ja wieder, kleiner Oberirdischer. Groß bist du zwar nicht, aber stark. Man muss außerordentlich zäh sein, um die Angriffe der Corvuren und der Hyänen zu überleben. Morgen besuchen wir deinen Freund Papironda.«

»Nicht morgen, sondern sofort!«

Der Trar richtete sich auf und starrte den Hexenmeister zornig an. »Seit wann befiehlt ein Hexer dem Oberhaupt des Clans? Hast du etwa den Kapitänleutnant zur Meuterei angestiftet?«

»Dohon-le-Fil musste für seine eigene Dummheit zahlen«, antwortete Todeskuss. »Es geht einzig und allein darum, den Jungen in Sicherheit zu bringen, ehe die Clans deine Residenz stürmen ...«

»Machst du dich über mich lustig, Todeskuss?«, entgegnete der Trar und grinste. »Willst du mir etwa weismachen, dass ich etwas riskiere, nur weil dieser Junge behauptet, den Dogen Papironda zu kennen ...«

»Wer redet hier vom Dogen Papironda?«, unterbrach ihn der Hexenmeister. »Wir wurden von einer Meute Hyänen in der Wüste angegriffen.«

»Ja und? Das ist doch nicht das erste Mal ...«

Der Trar breitete die Arme aus und zog die beiden Frauen an sich. Mit Ausnahme ihrer rattenähnlichen Gesichter sahen sie fast normal aus, obwohl ihre weiße Haut von einem seidigen Flaum bedeckt war. Ihr üppigen Brüste erinnerten Jek an seine Mutter, und am liebsten hätte er sich an ihre Körper geschmiegt.

»Die Hyänen waren in der Übermacht. Sie hätten uns alle gefressen, wenn nicht ...«

Und so berichtete er vom Eingreifen des kleinen Oberirdischen.

»In einer Stunde wird die Mannschaft von Dohon-le-Fil völlig betrunken sein. Sie wird sich nicht an ihr Versprechen halten und alles erzählen. Wie lange schon warten die Clans auf die Ankunft des Sonnenprinzen, und dann ...«

»Und wenn dieser Junge nun wirklich der Sonnenprinz wäre? Der Sohn des Sonnengestirns Hares?«, unterbrach Godovan den Hexenmeister und sah den Jungen mit einer Mischung aus Furcht, Respekt und Bewunderung an.

»Er ist nicht dazu bestimmt, hierzubleiben. Sein Schicksal vollendet sich nicht in Glatin-Bat.«

»Deine Meinung ist nicht das Gesetz, Hexenmeister!«

»Meine Meinung ist unwichtig«, entgegnete Todeskuss. »Ich führe nur die Befehle unserer Mutter, der nuklearen Hexe, aus ...«

Ein überzeugendes Argument, dem sich alle Wüstenratten, auch der Trar des Clans beugten. Denn sie lebten in einer abergläubischen Furcht vor ihrer himmlischen Mutter. Gehorchte man ihr nicht, würde sie höllisches Feuer speien und ihre Söhne der Kernfusion auf sie loslassen.

»Du verstehst es, deine Worte gut zu wählen, Hexenmeister«, sagte Godovan und seufzte.

»Hares' Botin weiß ihre Diener zu wählen.«

Der Trar stand auf und sagte zu seinen Frauen: »Kümmert euch um den Oberirdischen, während ich mich fertig mache. Badet ihn, kleidet ihn angemessen ein und gebt ihm etwas zu essen. In einer Viertelstunde brechen wir auf.«

Dann holte er seinen Säbel und ging, gefolgt von Todeskuss, aus dem Zimmer.

»Es ist ungefähr fünfhundert Meter lang und hundert Meter hoch«, sagte Todeskuss als Antwort auf den fragenden Blick Jeks.

Das auf zwanzig bogenförmigen Streben ruhende Raumschiff des Dogen Papironda nahm die gesamte Fläche des Astroports von Glatin-Bat ein, so als hätte man ihn nur zu diesem Zweck angelegt.

Der kleine Junge stand vor dem Panoramafenster der Wartehalle und wusste nicht, wohin er zuerst schauen sollte. Der Hexenmeister stand neben ihm, während sich Trar Godovan und seine Leibwächter in den für die Passagiere bestimmten Sesseln fläzten.

»Es wird auf zwei verschiedene Weisen angetrieben. Einmal durch dreißig klassische Motoren, bis es die Schwerelosigkeit erreicht hat. Wenn es dann mit einer Geschwindigkeit von etwa zehntausend Kilometern pro Sekunde fliegt, wird durch seine Programmsteuerung – eine Vorstufe des heutigen Deremats – ein Effekt der Verdoppelung ausgelöst. Für kurze Zeit befindet es sich dann an zwei verschiedenen Stellen im All, manchmal sogar mehr als ein Lichtjahr voneinander entfernt. Dann muss der Pilot seine Wahl treffen. Man nennt das den Shlaar-Effekt ...«

»Was du alles weißt!«, sagte Jek, Bewunderung in der Stimme.

»Die Shlaar-Programmsteuerung verfügt über einen maximalen Aktionsradius von drei Lichtjahren«, erklärte der Hexenmeister weiter. »Die *Papiduc* – das ist der Name des Raumschiffs – kommt aus den Skoj-Welten und fliegt nur einen verschwindend kleinen Teil anderer Welten an, etwa die Ut-Gen am nächsten gelegenen Planeten und jene, die sich in der Nähe des Asteroidengürtels des Sternenhaufens von Neorop befinden. Und natürlich die Freie Weltraum

City, eine Raumstation, die Rebellen des Ang-Imperiums, die Raskattas, zwischen den Sonnensystemen von Hares und Neorop installiert haben ... Siehst du das Leitungsnetz unter dem Flugzeugrumpf?«, fragte Todeskuss und deutete auf die verrosteten Röhren, die aus dem Kiel ragten.

»Das sind Überbleibsel einer völlig veralteten Technologie. Das Raumschiff wurde erst sehr viel später mit der Quanten-Programmsteuerung ausgerüstet. Niemand, nicht einmal der Doge, kennt das Alter dieses Schiffes: viertausend, fünftausend, vielleicht sogar sechstausend Jahre. Wahrscheinlich sind bereits Afrisaten – Menschen, die an den Randgebieten des Universums lebten – als Pioniere mit der *Papiduc* gereist. Und viele wurden während dieser Reise geboren, wuchsen auf, alterten und starben. Ihre Kinder und Enkel haben dann die Planeten der Marken kolonisiert. Dieser verrostete Schrotthaufen ist ein einzigartiges Relikt aus der Geschichte der Menschheit, Jek.«

»Schrotthaufen«, war wohl die treffendste Bezeichnung für dieses gigantische Raumschiff. Es war ein schwarzes Monster aus Metall, ein barockes Ungetüm, das mit seinen Ausbuchtungen, Vorsprüngen, Antennen, Bullaugen und Aufbauten völlig archaisch aussah. Drei ovale Mäuler spien in dreißig Meter Höhe Gangways aus, zu deren Füßen Kettenfahrzeuge und Transportwagen parkten.

Jek kam sich vor diesem Raumschiff winzig vor. Doch weil es so verrottet aussah, hatte er plötzlich Angst, mit diesem Ding zu reisen.

Plötzlich musste er an seine Eltern denken. Was tun sie gerade?, fragte er sich. Weinen sie? Oder leben sie weiter, als hätten sie nie einen Sohn gehabt?

Die beiden Frauen des Traren waren sehr nett zu ihm gewesen. Sie hatten ihn gebadet und ihn neu eingekleidet:

Unterwäsche, Hemd, Weste und Hose aus Tuch in seiner Größe. Jetzt war er gut ausstaffiert, was seine Einsamkeit aber nicht linderte.

Todeskuss fuhr sich mit der Hand durch seinen stacheligen Bart; es knisterte, als würde er gleich in Flammen aufgehen.

»Einsamkeit ist ein Schicksal, das alle Prinzen und Krieger teilen«, murmelte der Hexenmeister leise. Er schien Gedanken lesen zu können. »Alle anderen Menschen haben immer das Bedürfnis, sich selbst in den Augen ihrer Mitmenschen zu betrachten. Das darfst du nicht tun, Jek. Blick in dich hinein.«

In dem Moment kam ein Verwaltungsangestellter des Astroports zu ihnen. »Der Doge erwartet Sie ...«

»Na, endlich«, brummte Godovan und stand auf.

»Nur den Traren, den Hexenmeister und den Oberirdischen«, erklärte der Angestellte, dem die Beta-Zoomorphie eine verblüffende Ähnlichkeit mit einem Primaten verliehen hatte. »Die Wachen müssen hierbleiben.«

Plötzlich war Lärm auf der Zufahrtsstraße zum Astroport zu hören, der immer lauter wurde.

»Was ist denn da los?«, schimpfte der Angestellte.

»Jetzt ist keine Zeit für Fragen!«, sagte Todeskuss. »Bring uns zum Dogen!«

Der Hexenmeister hatte sofort die bedrohliche Lage erkannt. Ein wild gewordener Haufen stürmte in das Verwaltungsgebäude. Die in der Halle wartenden Passagiere erstarrten. Niemand hatte daran gedacht, die Magnet-Sperren auszulösen.

Todeskuss bohrte dem verängstigten Angestellten den Lauf seines Wellentöters in den Rücken. »Bring uns zum Dogen!«

»Übertreibst du nicht ein bisschen, Hexenmeister?«, fragte Godovan.

Als Antwort sah ihn Todeskuss nur finster an. Da begriff der Trar, dass er besser den Mund gehalten hätte. »Folgen Sie mir«, flüsterte der Angestellte und ging, an allen Gliedern zitternd, zu der ersten der drei Türen in dem Gang voran, der zum Flugfeld führte. Die Türen waren mit Codeschlössern versehen, und ehe er die richtigen Ziffern eingeben konnte, war die schreiende Meute bereits in die Abflughalle eingedrungen.

»Du hast einen Handlungsspielraum von einer Stunde vorhergesagt, Hexenmeister. Deine Fehleinschätzung könnte uns das Leben kosten.«

»Wahrscheinlich haben sie das Tor zu deiner Residenz aufgebrochen und die Frauen befragt. Ich hoffe, dass sie die armen Geschöpfe nicht ... Wenn dieser Idiot Dohon seinen Männern keinen Ausgang gegeben hätte, wären wir nicht in dieser bedrohlichen Lage.«

»Gib ihnen den Oberirdischen! Schließlich sind sie nur hinter ihm her.«

»Nur über meine Leiche, Trar Godovan. Solange ich lebe, wird ihm kein Haar gekrümmt.«

Endlich ließ sich die erste Tür öffnen. Sie betraten einen breiten, hell erleuchteten Gang und rannten, so schnell sie konnten, zur nächsten und dann zur dritten Tür, die glücklicherweise gepanzert war.

Godovan drehte sich häufig um. »Da sind sie!«, rief er keuchend. »Beeil dich!«, befahl er dann dem Angestellten, denn die Meute kam immer näher.

Todeskuss drehte sich jetzt ebenfalls um und richtete seine Waffe kaltblütig auf die Männer und Frauen, arme, vom Chen zerstörte Gestalten. Er machte sie nicht für ihr Verhalten verantwortlich, denn sie hatten ein derart elendes Leben, dass sie den ersten Dahergelaufenen zu ihrem Sonnenprinzen in der Hoffnung erkoren hätten, einen Ausweg aus ihrem Dasein zu finden.

»Der Sonnenprinz! Der Sonnenprinz!«, riefen sie ekstatisch. Zwar waren sie nicht bewaffnet, aber Todeskuss wusste, dass auch seine Autorität als Hexenmeister diese armen Kreaturen nicht daran hindern würde, ihm den kleinen Oberirdischen zu entreißen. Ebenso hätte der Hexenmeister versuchen können, einen Wasserfall mit den Händen aufzuhalten.

»Ich hab's gleich«, sagte der Angestellte.

»Wie lange noch?«, fragte Todeskuss.

»Zehn Sekunden.«

Bis dahin würden die Verfolger sie längst erreicht haben, und der Hexenmeister musste sich, wenn auch widerwillig, in seine Pflicht fügen. Hares' Botin war eine tyrannische Herrscherin, die manchmal grausame Opfer verlangte. Todeskuss schoss. Der Lauf seiner Waffe spie eine Salve gleißende Wellen aus, und ein Dutzend Gestalten stürzte zu Boden, während die Nachfolgenden über die Leiber stürzten. Die Getroffenen schrien vor Schmerzen, andere aus Wut.

»Bist du verrückt geworden?«, schimpfte der Trar.

Doch Todeskuss stand unbeweglich, seine rauchende Waffe noch in der Hand, und starrte die abrupt gestoppte Meute an. Ihre Blicke wanderten zu dem kleinen Oberirdischen mit dem Engelsgesicht ... Nicht nur, dass der Hexenmeister ihnen den Sonnenprinzen – ein Kind, das mit den Hyänen sprechen konnte – vorenthalten wollte, nein, er hatte auch noch auf sie geschossen; er, der einer der ihren war!

Das Geschrei wurde lauter, eine immer größer werdende Wut bemächtigte sich der Verfolger.

In dem Moment öffnete sich die Tür mit einem leisen Klick und glitt geräuschlos zur Seite. Jek, Godovan und der Angestellte zwängten sich durch den schmalen Spalt. Auf der anderen Seite wurden sie von Männern in der dunkelblauen Uniform, die sie als Besatzungsmitglieder der *Papiduc* auswies, erwartet.

»Was ist passiert?«, fragte einer der Männer.

»Schließen Sie die Tür, wenn Ihnen Ihr Leben lieb ist!«, rief der Trar.

Todeskuss hielt die Verfolger noch immer in Schach und zwängte sich erst im letzten Augenblick auf die andere Seite des Korridors.

San Frisco, einer der ersten Offiziere des Dogen Papironda, führte den Trar, den Hexenmeister und den kleinen Anjorianer durch ein dunkles Labyrinth schmaler Gänge. Sie hatten bereits vier Leibesvisitationen hinter sich, seit sie an Bord gegangen waren. Godovan und Todeskuss hatten ihre Waffen dem Sicherheitsoffizier übergeben müssen. Sie hatten riesige Lagerhallen voller Container und Fahrzeugen zu Forschungszwecken durchquert und waren durch kleinere Räume gegangen, in denen sich die Passagiere die Zeit mit Kartenspielen vertrieben.

Das Raumschiff lag bereits seit über einem Monat im Astroport von Ut-Gen. So viel Zeit war nötig, um frische Lebensmittel, Handelswaren und Treibstoff an Bord zu nehmen. Die meisten Passagiere stammten aus den Skoj-Welten und waren Emigranten. Sie blieben lieber auf dem Schiff, anstatt sich in Glatin-Bat der krankhaften Neugier der Einheimischen auszusetzen.

Jek konnte den Blick nicht vom Rücken San Friscos lösen. Der erste Offizier des Dogen Papironda war ein gesunder Mensch wie alle Mitglieder der Besatzung; ein Mann mit halblangem, glattem, schwarzem Haar, Schlitzaugen, Hakennase, bronzefarbenem Teint und dunkelbraunen Lippen. Er war schlank und bewegte sich mit derart leichtfüßiger Geschmeidigkeit, dass er den beunruhigenden Eindruck eines Raubvogels machte. Seit ihrer Begegnung hatte er kein Wort gesagt, nur manchmal warf er Jek einen undurchdringlichen Blick zu, was ihn in den Augen des Jungen noch geheimnisvoller erscheinen ließ.

Jetzt gingen sie über einen hell erleuchteten Gang, an dessen Ende sich eine Tür aus geschnitztem Holz befand. San Frisco öffnete sie und trat zur Seite, um die Besucher vorbeizulassen. Sie standen in einem Vorzimmer, dessen Decke mit holographischen elektronischen Aufzeichnungsgeräten ausgestattet war. Nur ihr konstantes Summen durchbrach die Stille. Der Eingangstür gegenüber gab es eine zweite. Sie stand halb offen.

»Bring sie rein!«, dröhnte eine dunkle Stimme nach einer Weile.

Sie betraten eine sehr geräumige Kabine, die mit Wasser-Wandbehängen und kostbaren Teppichen vom Planeten Orange ausgestattet war. Hinter einem bauchigen Schreibtisch mitten im Raum saß ein kahlköpfiger Mann mit schmalem Gesicht und großen hellgrauen Augen. Er spielte geistesabwesend mit einem kleinen, ausgeschalteten, holograpischen Kugelfernseher.

»Schon wieder Sie, Trar Godovan. Hoffentlich haben Sie einen guten Grund, mich zu stören. Sie wissen doch, dass wir in drei Tagen abfliegen und dass unsere Zeit infolgedessen knapp ist.«

Der Doge Papironda entsprach so gar nicht dem Bild, das sich Jek von einem Halsabschneider und Plünderer gemacht hatte. Er hatte sich einen bärtigen und behaarten Riesen mit buschigen Brauen vorgestellt, mit schwarzen Augen und Raubtierzähnen, einen mit Fellen bekleideten Halbwilden, der das Blut seiner Opfer aus einem Kelch schlürfte ... Doch er stand vor einem Mann in einer eleganten Jacke aus schwarzer Seide, der weiße, wohlgeformte Hände hatte und sich aristokratischer Manieren und einer gepflegten Sprache bediente. Allein der scharfe Unterton in seiner Stimme verriet eine unbeugsame Härte.

»Mit den Flüchtlingen aus dem Nord-Terrarium, die Sie nach Glatin-Bat bringen ließen, war nichts anzufangen, Trar Godovan«, sagte der Doge. »Ich konnte sie nicht einmal an die Minengesellschaften von Neorop verkaufen. Die Konzessionäre dort wollen keine Leute, die unter Beta-Zoomorphie leiden.«

»Und was haben Sie mit ihnen gemacht?«, fragte Godovan unterwürfig.

»Ich habe die Entscheidung über ihr Schicksal dem Rat der Traren von Glatin-Bat überlassen. Doch die Stadt hat in demographischer Hinsicht bereits einen kritischen Punkt erreicht, wie Sie sicher wissen, und ...«

»Was bedeutet ...?«, mischte sich Todeskuss ein.

Den Mund des Dogen umspielte ein sardonisches Lächeln. »Sie haben mich sehr gut verstanden, Hexenmeister. Niemand will die Quarantäner aus dem Ghetto haben: weder die Oberirdischen in Anjor noch die Clans in der verseuchten Zone ...«

»Die Quarantäner waren unsere Brüder, und es hätte vielleicht eine Lösung gegeben«, beharrte der Hexenmeister wütend. »Die Freie Weltraum City zum Beispiel ...«

»Sie irren, Hexenmeister. Die freien Bürger des Alls akzeptieren keine Mutanten, weder Hybriden aus menschlichen und nichtmenschlichen Rassen oder wie Sie, einen Menschen mit Beta-Zoomorphie. Außerdem hätten alle Clans, auch der Ihre, zusammenlegen müssen, um die Reise der Quarantäner zu bezahlen. Ich sage Ihnen wohl nichts Neues, wenn ich darauf hinweise, dass diese Leute unüberwindbare finanzielle Schwierigkeiten haben ... Aber Sie wollten mich sicher nicht sprechen, um über das Los der Flüchtlinge zu diskutieren ...« Er deutete auf die im Halbkreis vor seinem Schreibtisch schwebenden Sessel. »Setzen Sie sich.«

»In der Tat, Doge ... Durch die Zerstörung des Nord-Terrariums wird unser Clan seiner bedeutendsten Einkünfte beraubt. Wir hatten das Transportmonopol zwischen dem Ghetto und den wichtigsten Städten der großen nuklearen Wüste ...«

»Das sind die Risiken eines Monopols, Trar Godovan!«

Jek sah das Gesicht des sterbenden alten Artrarak vor sich. Der Zynismus des Dogen stand in einem derart großen Gegensatz zu dem Humanismus des Quarantäners, dass es dem kleinen Anjorianer nicht gelang, ein Verbindungsglied zwischen diesen beiden Männern herzustellen. Er hatte das Gefühl, in einem Albtraum zu sein.

»Unsere Flotte besteht aus zwanzig Aerotomen, und jedes hat eine Kapazität von zwanzig Tonnen«, sprach Godovan weiter.

»Ja und?«

»Das ist eine Kapazität, die die der hundert Raupenfahrzeuge vom Clan der Lycaonier bei weitem übertrifft ...«

»Wenn ich Sie richtig verstanden habe, Trar Godovan, möchten Sie, dass ich Sie mit der Versorgung der radioaktiven Minen des Suraï-Gebirges betraue.«

»Außerdem sind unsere Aerotome viel schneller«, argumentierte Godovan.

»Ich bin mit Grar Serbett, dem Traren der Lycaonier, schon lange befreundet. Er ist zwar langsam, aber äußerst zuverlässig. Warum sollte ich auf eine Zusammenarbeit mit ihm verzichten, die sich bisher als überaus zufriedenstellend erwiesen hat?«

Godovan sah Jek an. Der Junge saß rittlings auf der Lehne eines Sessels.

»Vielleicht wegen dieses kleinen Anjorianers ...«

Jähes Interesse erwachte in den grauen Augen des Dogen.

»Zufälligerweise war der Junge im Ghetto, als die Oberirdischen die Schächte zugeschüttet haben«, erklärte der Trar. »Er konnte flüchten und behauptet, Sie zu kennen. Wir sind ein großes Risiko eingegangen, ihn herzubringen. Fünf Männer aus unserer Besatzung und ein Kapitänleutnant haben dafür mit dem Leben bezahlen müssen. Nur um Ihnen zu zeigen, wie entschlossen wir sind, Ihnen zu dienen ...«

Der Doge stellte seinen Holo-Kugelfernseher beiseite, stemmte die Ellbogen auf den Schreibtisch, beugte sich vor und musterte Jek.

»Ich weiß Ihre Mühen durchaus zu schätzen, Trar Godovan. Doch ich glaube, dass sie umsonst gewesen sind. Ich habe dieses Kind noch nie gesehen. Übrigens kenne ich keine Anjorianer, weder Oberirdische noch Quarantäner ...«

Ein eisiger Wind wehte durch Jeks Gedanken. Wie er bereits vermutet hatte, kannte der Doge Papironda Artrarak nicht. Der alte Quarantäner hat nur Geschichten erzählt, und er, Jek der Abenteurer, hat sich auf die Suche nach Menschen gemacht, die nie gelebt haben.

Todeskuss gefiel die Wendung, die die Unterhaltung genommen hatte, nicht. Deshalb mischte er sich jetzt ein.

»Was macht das schon aus, ob Sie ihn kennen oder nicht, Doge? Ich habe mit den Atomen getanzt, und unsere Mutter, die nukleare Hexe, hat mich gebeten, Ihnen diesen Jungen anzuvertrauen.«

»Ihr Glaube ist nicht der meine, Hexenmeister«, entgegnete der Doge. »Und Ihre Mutter ist nicht die meine. Aber wenn Sie wollen, dass dieser kleine Anjorianer an Bord meines Raumschiffs bleibt, können Sie ja seine Reise bezahlen. Die kostet Sie zwanzigtausend Standardeinheiten.«

»Sie wissen, dass ich nicht über eine so große Summe verfüge.«

Der Doge zuckte mit den Schultern. »In dem Fall ... Und was Ihren Vorschlag betrifft, Trar Godovan, ich überlege mit das Ganze noch einmal und gebe Ihnen Bescheid, wenn ich das nächste Mal hier Station mache. San Frisco, begleite die Herren nach draußen!«

Plötzlich fing der Holo-Kugelfernseher vor ihnen an zu leuchten, und ein winziges, dreidimenisonales Gesicht erschien. Aus den im Schreibtisch integrierten Lautsprechern quäkte eine näselnde Stimme.

»Tausende Betas stürmen den Astroport, Doge! Sie haben alle Schutzmechanismen außer Funktion gesetzt und laufen auf die Gangways zu. Meine Männer können sie kaum noch stoppen.«

Papironda drückte auf die Sprechtaste. »Was wollen sie?«

»Ich habe keine Ahnung. Doch ich glaube, dass sie das Raumschiff stürmen wollen.«

»Befehlen Sie den Rückzug, und lassen Sie sofort die Gangways einholen! Und geben Sie Schießbefehl, sollte es die Situation erfordern!«

»Aber es sind auch viele Frauen und Kinder in der Menge …«

»Das ist mir egal! Ich will, dass alle Zugänge zum Schiff innerhalb von zwei Minuten versperrt sind. Ich bringe Sie eigenhändig um, sollte ein einziger Beta das Schiff betreten. Handeln Sie!«

Die Kommunikation wurde unterbrochen, und die Holo-Kugel färbte sich wieder milchig trüb.

»An diesem Aufstand sind Sie schuld, Hexenmeister, nicht wahr?«, sagte der Doge zornig.

Todeskuss hielt dem Blick stand. »Nicht ich, Doge. Der kleine Oberirdische. Die Betas halten ihn für einen Sohn des Sonnengestirns Hares, einen Prinzen …«

Mit einer knappen Geste forderte Papironda den Hexenmeister auf, ihm zu berichten, und wieder erzählte Todeskuss von dem Abenteuer mit den Hyänen.

San Frisco stellte sich neben ihn, als wollte er nicht ein Wort von dem Gesprochenen verlieren. Doch seine Miene blieb unbewegt, bis der Hexenmeister seinen Bericht beendet hatte.

»Die Lösung für dieses Problem scheint mir einfach«, sagte der Doge nach kurzem Schweigen. »Sie übergeben diesen Jungen einfach Ihren Mitplanetariern, und die Ordnung ist wiederhergestellt.«

»Vorsicht, Doge!«, entgegnete Todeskuss. »Über das Schicksal Jeks haben nicht Sie zu entscheiden.«

»Ich betone noch einmal: Unser Glaube ist nicht derselbe! Im Inneren dieses Raumschiffs gibt es nur eine einzige Religion: Die meine! San Frisco, du gehst jetzt und sagst den Betas, dass wir ihnen ihren Prinzen übergeben, sobald sie das Flugfeld geräumt haben.«

Der erste Offizier rührte sich nicht.

»Was soll das? Worauf wartest du noch?«

»Mein Kopf befiehlt mir, Ihnen zu gehorchen, Doge. Aber mein Herz sagt mir, dass der Hexenmeister die Wahrheit gesprochen hat.«

Jek hörte zum ersten Mal San Friscos Stimme. Er sprach Interplanetarisches Naflin, das P'a At-Skin auch Syrakusisch oder Imperiangisch genannt hatte, mit rauer Stimme in einem singenden Tonfall.

»Und was würde dein Herz sagen, wenn ich es mit einer stählernen Klinge durchbohrte?«

»Es würde in die Welten des Lichts entfliehen, und das Ihre würde nicht mehr singen ...«

Zwar sah der erste Offizier wie ein Krieger aus, auch benahm er sich so, doch seine Sprache war die eines Dichters oder Weisen.

»Das ist eine Verschwörung!«, schimpfte Papironda. »Dein Ungehorsam wird dich teuer zu stehen kommen, San Frisco. Wegen dieses verfluchten Kindes ist das Schiff in große Gefahr geraten.«

»Das Kind ist für diese Situation nicht verantwortlich«, sagte der erste Offizier ruhig, »sondern jene, die es in dem Gefängnis ihrer Schwäche einsperren wollen.«

»Philosophische Diskurse sind jetzt fehl am Platz!«

Papironda zog eine Schreibtischschublade auf, nahm einen Bauchbrenner mit kurzem Lauf heraus und richtete ihn auf San Frisco. Godovan trat schnell drei Schritte zur Seite.

»Solltest du nicht innerhalb von fünf Sekunden meinen Befehl ausführen, wird dein Herz in der Hölle schmoren, und ich rede selbst mit den Betas.«

»Mein Herz rät mir zur Flucht, aber mein Kopf möchte gern wissen, woher das Kind aus Anjor von Ihrer Existenz weiß.«

Diese Bemerkung verblüffte den Dogen. Nie hatte er sich gefragt, auf welche Weise dieser Achtjährige Kenntnis von seinem Namen bekommen hatte. Er senkte seine Waffe und sah Jek an.

»Ein Versäumnis, das sich schnell nachholen lässt ...«

Unverhofft hatte Todeskuss in San Frisco einen Verbündeten gefunden. Einen Mann, bei dem er sowohl die Kaltblütigkeit als auch das Verhandlungsgeschick bewunderte. Mit einem ermutigenden Blick forderte er den eingeschüchterten Jungen auf, dem Dogen zu antworten.

»Der Stollen A 102 ... die Grotte mit den Plumengs ...«, stammelte der kleine Anjorianer.

»Was soll das Kauderwelsch?«, sagte der Doge erbost.

Jek konnte seinen Blick nicht vom drohenden Lauf des Bauchbrenners lösen. Er fürchtete, dass die Waffe beim ersten falschen Wort Feuer speien würde. Am liebsten wäre er davongelaufen.

»Der alte Artrarak ... Er ... er hat mir gesagt, dass ...«

»Wie hieß der Mann?«

»Artrarak.«

Der Doge entspannte sich. In seinen stahlgrauen Augen leuchtete etwas wie Wärme auf. Das alles sah der Hexenmeister, und er wusste, dass er gewonnen hatte.

»Was sagt dir dein Kopf im Hinblick auf die Ladung, San Frisco?«, fragte Papironda mit viel sanfterer Stimme.

»Er sagt, dass uns noch ein paar Tonnen radioaktive Erze fehlen, aber mein Herz sagt mir, dass wir sofort abfliegen sollten.«

»Ist die Mannschaft komplett, und sind alle Passagiere an Bord?«

»Das wird mein Kopf sofort überprüfen«, sagte der erste Offizier und ging mit schnellen Schritten aus der Kabine.

»Wie es scheint, haben Sie Ihr Ziel erreicht, Hexenmeister«, sagte der Doge.

»Ich bin nichts als ein einfacher Diener der Himmelsbotin von Hares ...«

»Offensichtlich ...« Der Doge wandte sich an Godovan. »Wahrscheinlich hätten wir mit Ihren Aerotomen das Schiff voll beladen können. Sie wissen aber auch, dass der Transportmarkt heiß umkämpft ist. Es wäre daher wünschenswert, wenn Sie sich mit Grar Serbett und seinen Lycaoniern arrangieren könnten. In siebzehn Monaten bin ich wieder in Glatin-Bat. Dann können wir die Modalitäten des Vertrags besprechen.«

»Sie werden Ihre Entscheidung nicht bereuen«, sagte der Trar und verneigte sich.

Kurz darauf kam San Frisco wieder in die Kabine.

»Die Köpfe und die Herzen sind startbereit. Kein einziger Beta gelangte an Bord, Doge.«

»Dann musst du nur noch unsere beiden Gäste vom Clan der Ratten von Bord bringen ... Es sei denn, dein elendes Herz rät dir, dass sie uns begleiten sollen.«

Als die Motoren des Raumschiffs zum Ablegen gestartet wurden, spien die Schubdüsen Feuergarben aus. Trotz der über die Lautsprecher des Astroports ergangenen Warnungen hielten sich noch viele Glatinbatiner auf dem Flugfeld auf. Sie verbrannten innerhalb Sekunden.

Die anderen im Wartesaal sahen, wie das Raumschiff an Höhe gewann und ihnen den Sohn der Sonne, ihren Prinzen, das Kind, das mit den Hyänen gesprochen hatte, entführte. Und mit ihm schwand auch ihre Hoffnung auf eine bessere Welt. Hares hatte sie zum zweiten Mal im Stich gelassen.

Sie verfolgten den Aufstieg des Raumschiffs, bis es im Grau des Himmels verschwand. Dann strömten sie in die Stadt zurück, in die Tavernen, wo sie ihr Elend im Chen zu vergessen suchten. Andere stürmten die Residenz des Traren und rächten sich an den Frauen und Kindern.

Erst viel später, als auf dem Astroport wieder Ruhe eingekehrt war, wurden Godovan und Todeskuss aus dem unterirdischen Observatorium freigelassen, wo die Männer des Dogen Papironda sie eingesperrt hatten.

Der Hexenmeister betrachtete lange die rötliche Scheibe des Sonnengestirns Hares, dann wanderte sein Blick über die verbrannten Toten auf dem Flugfeld.

»Schauen wir mal, ob die Residenz nicht unter dem Besuch dieser armen Kerle zu sehr gelitten hat«, murmelte er.

»Ich preise deinen Starrsinn, Hexenmeister«, sagte Godovan, »und danke dir. Bald werden wir wieder Arbeit haben. Jetzt muss ich nur noch Grar Serbett überzeugen, mir seine Konzession zu überlassen ...«

»Die nukleare Hexe sorgt für alle ihre Kinder.«

ACHTES KAPITEL

Die Auslöscher-Scaythen traten zum ersten Mal im Jahr 16 des Großen Ang-Imperiums unter der Herrschaft des Seneschalls Harkot in Erscheinung. Sie arbeiteten eng mit den Inquisitoren zusammen, und ihre Aufgabe bestand darin, bestimmte Formationen des menschlichen Gehirns auszulöschen und sie durch ausgewählte zerebrale Implantate zu ersetzen. Ihre Arbeit war anfangs im Wesentlichen religiös orientiert. Viele Häretiker, Heiden oder Kriminelle entkamen einem qualvollen Tod am Freuerkreuz, wenn sie die Implantate der Kirche des Kreuzes akzeptierten. Doch die Auslöscher-Scaythen wurden sehr schnell für Zwecke eingesetzt, die nichts mit der Religion zu tun hatten: Liebeszellen wurden in die Gehirne von Frauen oder Männern implantiert, die man zu erobern trachtete, oder spezielle Programme zum Spionieren und um Rivalen zu eliminieren …

Auf diese Weise wurde die Erinnerung an den Geliebten oder die Geliebte im Kopf des Mannes oder der Frau gelöscht, die ihren Gatten oder ihre Gattin betrogen hatten, oder es löschte sich die Erinnerung der geschuldeten Summe im Kopf des Gläubigers …

Es konnte also geschehen, dass eine Frau plötzlich in heftiger Liebe zu einem Mann entbrannte, den sie bisher verachtet hatte; ein Mann seinen besten Freund tötete, ohne zu wissen, warum; ein Geistlicher sich plötzlich in aller Öffentlichkeit entkleidete und nackt umherging …

Die Auslöscher-Scaythen dienten dazu, Rachegelüste zu stillen, Konkurrenten zu kompromittieren, lästige Menschen aus dem Weg zu räumen.

Um ein solches Ziel zu erreichen, genügte es, dass ein als Gedankenschützer verkleideter Auslöscher-Scaythe dem Opfer nur wenige Sekunden gegenübersaß oder -stand. Das Ergebnis dieser Manipulationen aber war der langsame Verlust des Erinnerungsvermögens der gesamten Menschheit – der Verlust des Wesens ihrer Existenz.

»Geschichte des Großen Ang-Imperiums«
Unimentale Enzyklopädie

Bitte folgt mir, Eure Eminenz.«

Fracist Bogh und seine Gedankenhüter gingen hinter dem Vikar her in das dunkle Labyrinth des bischöflichen Palastes zu Venicia. Die feuchte Kälte in den Gängen ließ den Kardinal erschauern. Er bedauerte es, den Argumenten seines Privatsekretärs, Bruder Jaweo Mutewa, gefolgt zu sein. Der hatte ihn überzeugt, sich insgeheim mit den Führungskräften des Vikariats zu treffen. Jetzt fürchtete er, in ein Räderwerk geraten zu sein, das ihn zu zermalmen drohte. Denn er wusste: Innerhalb dieser Mauern wurden zahllose Intrigen gesponnen. Ein wachsendes Unbehagen erfüllte ihn. Er war in der Kunst des Ränkespiels nicht geübt und fühlte sich wehrlos. Außerdem beraubte ihn diese nächtliche Zusammenkunft des Vergnügens eines Spaziergangs durch die Straßen Romantiguas – des Altstadtviertels der Hauptstadt des Ang-Imperiums –, bei dem er die einzigartige Süße der Zweiten Nacht hätte genießen können.

Nicht enden wollende Sitzungen dieses außerordentlichen Konklave – zu dem etwa fünftausend Kardinäle einschließlich der Gouverneure unbedeutender Planeten eingeladen worden waren – ließen ihm wenig Zeit für Vergnügungen. Vom Morgengrauen des ersten Tages bis zur Dämmerung des zweiten saßen sie, bis auf kurze Pausen, durchgehend in dem großen Amphitheater.

Als Fracist Bogh per Messacode die Einladung bekommen hatte, war er bei dem Gedanken, Syracusa wiederzusehen, hocherfreut gewesen. Er hatte sich geschworen, endlich die Stadt kennenzulernen, weil ihm das während seines siebenjährigen Studiums an der Hochschule für die Heilige Propaganda, der HFHP, nicht vergönnt war.

»Ist es noch weit?«, fragte er den vorausgehenden Vikar.

Der Geistliche – eine schwarze, übellaunige Spinne – hielt es weder für nötig sich umzudrehen noch zu antworten. Die unterirdischen gewölbten Gänge wurden immer schmaler, immer schmutziger, immer feuchter. Sofort musste Fracist Bogh an das bedrückende Klima auf Ut-Gen denken, und genau dieser Atmosphäre hatte er entkommen wollen, seit er sich auf Syracusa rematerialisiert hatte. Er hatte die schwache Hoffnung, dass seine Vorgesetzten ihn bald seines Amtes als Gouverneur dieses ungeliebten Planeten entheben und ihm andere Aufgaben in einer anderen Welt zuweisen würden. Warum nicht auf dem Marquisat, seinem Heimatplaneten? Marquisat, wo er Zeuge des Martyriums von Dame Armina Wortling gewesen war; Marquisat, das Symbol der Verletzung seiner Seele; Marquisat, der einzige Planet, auf dem er die ihn quälenden Geister seiner Vergangenheit endlich würde besiegen können.

Er hörte das Rascheln der Kutten seiner Gedankenhüter und sah im trüben Licht der Deckenlampen viele Nischen und ovale Öffnungen in den Wänden, Zugänge zu weiteren Gängen.

Der Vikar blieb vor einer Tür aus Metall, die mit einem codierten Schloss versehen war, stehen. Aus seinem schwarzen Chorhemd nahm er einen Schlüssel, drückte auf eine Anzahl Tasten, und die Tür schwang dumpf knirschend auf.

»Eure Gedankenhüter werden hier auf Euch warten, Eminenz.«

»Ich trenne mich nie von ihnen!«

»Seid unbesorgt, Eminenz. Hier existiert der mentale Schutz nicht. Denn kein Scaythe darf die Gruft betreten. Diese Regel gilt sowohl für die Inquisitoren als auch für die Auslöscher.«

Der Kardinal hatte zwei Möglichkeiten: umzukehren oder zu gehorchen. Obwohl er sich manipuliert glaubte, entschied er sich für die zweite. Er konnte nicht mehr zurück, und seine Neugier musste jetzt gestillt werden.

»Ich hoffe zutiefst, dass Sie mich nicht täuschen, Bruder!«

Ein finsteres Lächeln machte das wachsbleiche Gesicht des Vikars noch unangenehmer, als er sagte: »Ihr dürft nicht vergessen, Eminenz, dass wir uns hier an einem heiligen Ort befinden ... Vielleicht dem heiligsten des Kreuzianismus'. Ich werde mit Euren Gedankenhütern auf Euch warten. Tretet ein, Eure Eminenz.«

Fracist Bogh betrat einen Raum mit gewölbter Decke, in dessen Wände kleine ovale Nischen eingelassen waren. Darin waren transparente Luftkugeln ausgestellt, in deren Innerem seltsame bräunliche Gebilde schwammen, die vom diffusen Licht der Deckenleuchten angestrahlt wurden. Es herrschte ein atemberaubender Gestank an diesem Ort. Er erinnerte den Kardinal an Essenzen, die zum Einbalsamieren verwendet wurden oder an Desinfektionsmittel.

Er ließ seinen Blick durch die Gruft wandern, diesen großen, von dickbäuchigen Säulen gestützten Raum, und weil er niemanden entdecken konnte, sah er sich eine der Luftkugeln näher an. Er brauchte fast eine Minute, bis er erkannte, dass sich darin die Überreste eines Penis' sowie der

Hoden befanden. Und alle anderen Luftkugeln enthielten ähnliche Reliquien, die sich nur durch den Grad ihrer Verwesung unterschieden.

Jetzt erst begriff er, dass er sich in der Gruft der Kastraten befand, dort, wo die Vikare ihre persönlichen Reliquien, ihre Geschlechtsorgane, aufbewahrten. Ihm wurde übel, ein Schwindelgefühl erfasste ihn.

»Auch Ihr werdet Euch noch daran gewöhnen, Eminenz!«

Fracist Bogh griff nach seinem Taschentuch und tupfte sich schnell den Mund ab.

Als er aufblickte, sah er etwa fünfzehn Vikare – sie schienen aus dem Nichts gekommen zu sein – vor sich stehen. Außer ihren traditionellen schwarzen Colancors und Chorhemden trugen sie weiße Masken, denen der Pritiv-Söldner nicht unähnlich.

»Verzeiht uns, dass wir Euch mit diesen Masken gegenübertreten, Eminenz«, hörte der Kardinal eine näselnde Stimme, »aber Ihr werdet sofort verstehen, warum wir diese Maßnahme ergreifen mussten, wenn wir Euch den Grund dieses Treffen erläutert haben.«

»Wir bitten ebenfalls um Entschuldigung, dass unsere Begegnung in der Gruft der Kastraten stattfindet«, fügte ein zweiter Mann hinzu. »Wir sind uns durchaus bewusst, dass die Zurschaustellung unserer persönlichen Opfergaben Euch ein gewisses Unbehagen bereitet, aber dies ist der einzige Ort im Palast, wo wir absolut sicher sind ...«

Fracist Bogh musste schlucken, um den bitteren Geschmack in seinem Mund zu vertreiben. Er straffte sich in dem Bemühen, seine Übelkeit zu überwinden.

» ... und die Männer, die die Ehre hatten, diese Gruft zu betreten, kann man an einer Hand abzählen.«

»Und womit habe ich diese Ehre verdient?«

»Was denkt Ihr über unsere allerheiligste Kirche, Eminenz?«

Die Frage traf Fracist Bogh völlig unvorbereitet.

»Wir bitten Euch nicht, das Glaubensbekenntnis zu rezitieren, sondern Eure ureigensten Gedanken auszusprechen, Eminenz. Dabei dürft Ihr versichert sein, dass über alles hier Gesagte striktes Stillschweigen bewahrt wird.«

»Ich möchte Ihnen gern glauben«, entgegnete der Kardinal. »Doch welche Beweise habe ich für Ihre Aufrichtigkeit? Sie alle sind maskiert, während ich schutzlos vor Ihnen stehe. Und leider ist meine Begabung für die Intrige nur schwach entwickelt.«

Seine Stimme hallte an den Wänden wider. Ohne es zu wollen, hatte er sie erhoben, weil er sich wachsenden Problemen gegenübersah. Diese schwarzweißen Gespenster, diese triste Inszenierung gingen ihm allmählich auf die Nerven.

»Bereits jetzt habt Ihr einen Teil unserer Fragen beantwortet, und zwar, indem Ihr von der Intrige spracht. Wie Ihr finden auch wir diese Ränkespiele innerhalb unserer heiligen Kirche unerträglich, weil sie deren Fundament zerstören.«

»Dann wüsste ich gern, als was Sie unser Zusammentreffen bezeichnen würden?«

Die Vikare schwiegen. Es war bekannt, dass die Eunuchen des Großen Schafstalls regelmäßig vor ihren »persönlichen Opfergaben« knieten. Fracist Bogh fragte sich, warum sie das taten. Geschah es, weil sie sich gezwungen fühlten, sich an ihrem Leid zu weiden, so wie er selbst das immer wiederkehrende Bedürfnis hatte, sich vor den zu Tode gefolterten Körper, der Häretiker zu sammeln?

»Eure Bemerkung ist zutreffend, Eminenz. Aber einen Krieg kann man nicht mit moralischer Integrität gewinnen. Manchmal muss man sich der Waffen des Gegners bedienen, um ihn besiegen zu können.«

»Krieg? Waffen? Das sind Begriffe, die einen seltsamen Klang an einem heiligen Ort haben ...«

»Wir sprechen hier über einen heiligen Krieg, Eminenz. Die wahren Feinde der Kirche des Kreuzes befinden sich nicht außerhalb, sondern in ihr. Korruption und Laster herrschen dort, wo ein belebender Wind des Geistes herrschen sollte. Eure Kardinalskollegen befriedigen ihre animalischen Triebe mit Kindern. Sie unterschlagen für die Mission bestimmte Gelder, um sich Sklaven zu kaufen. Sie nehmen an Orgien teil, bei denen unschuldige Opfer abgeschlachtet werden, nur um ihre perversen Gelüste auszuleben ...«

»Das sind vielleicht nichts als Verleumdungen.«

»Ihr wisst, dass dem nicht so ist, Eminenz! Wurdet Ihr nicht erst vor kurzem vom Kardinal de Mars zu einer dieser Soireen eingeladen?«

Fracist Bogh neigte das Haupt, sowohl um den Scharfblick seiner Gesprächspartner zu würdigen, als auch seine Verstörung nicht sichtbar werden zu lassen. Die Vikare lebten praktisch ständig auf dem Gelände des bischöflichen Palastes, verfügten aber über ein furchteinflößend effizientes Informationsnetz.

»Ihr habt es nicht nötig, einen der Euren zu verteidigen, Eminenz, denn Ihr seid der Einzige, der sich bisher gegen derartige Praktiken gewandt hat. Dank der Interventionen des Konnetabel Pamynx und später des Seneschalls Harkot hat die Kirche in den letzten zwanzig Jahren einen ungeahnten Aufschwung erlebt. Ihr wurdet zum Konklave gebeten, damit man Euch die Auslöscher vorstellen kann, jene

Scaythen, die, wie ihr Name schon sagt, jeden häretischen Gedanken in rebellischen Geistern auslöschen und in ihnen den Keim der Wahrheit implantieren. Das ist ein beträchtlicher Fortschritt, eine einmalige Chance, das Wahre Wort überall zu verbreiten ...«

»Und welcher Zusammenhang besteht zwischen unserer Unterredung und den Auslöschern?«, unterbrach der Gouverneur von Ut-Gen den Redner.

»Das Kollegium der Vikare wurde von dem Muffi Viraphan III. im Jahr fünftausendsechsundsiebzig nach dem alten Standardkalender gegründet. Seine Aufgaben beschränkten sich nicht nur auf die Administration der Kirche, sondern vor allem darin, über die Reinheit der Lehre zu wachen. Allein aus diesem Grund sind wir zu dem schmerzhaften Opfer unserer Sexualorgane bereit, Eminenz.

Das Fleisch ist schwach, und unsere Aufgabe besteht darin, keine Schwächen zu tolerieren, keiner Versuchung nachzugeben. Alle Nachfolger Viraphans III. haben versucht, unseren Einfluss zu beschränken. Man betrachtet uns als Störenfriede, als lästige Wächter. Doch wir sind überzeugt, dass wir mithilfe der Auslöscher endlich die Prophezeiung des Kreuzes Wirklichkeit lassen werden können: *Es wird kommen der Tag, wo die von ihren Zweifeln befreiten Menschen sich der Wahrheit öffnen und aus ihren Welten Paradiesgärten machen ...«*

» ... natürlich nur, wenn sich die Kirchenoberen auf dem moralischen Niveau ihres Kollegiums befinden«, sagte ein anderer Vikar. »Untadelig! Was würde das Unterfangen der Auslöscher nützen, wenn die Kardinäle solche Vorbilder wären? Wenn der Unfehlbare Hirte sich derartigen Verirrungen hingäbe?«

Die beiden Vikare schwiegen, und alle musterten Fracist

Bogh. Er hatte plötzlich das Gefühl, von einer Meute wilder Löwenhunde belauert zu werden.

»Was erwarten Sie von mir? Sind Sie der Meinung, ich allein könnte gegen die schleichende Korruption in der Kirche kämpfen?«

»Das ist möglich, Kardinal Bogh. Zu einer Bedingung ...«

»Welcher Bedingung?«

Wieder schwiegen sie eine Weile und hofften, Bruder Jaweo Mutewa möge sich nicht in dem jungen Gouverneur von Ut-Gen getäuscht haben.

»Euer Haupt mit der Tiara zu schmücken, Eminenz. Den Thron zu besteigen ...«

Fracist Bogh war derart verblüfft, dass er laut lachte. Dann fasste er sich und sagte: »Sie alle müssen den Verstand verloren haben, Brüder des Vikariats. Außerdem dürfte Ihnen bekannt sein, dass die Kardinäle dem amtierenden Muffi zu Treue und Gehorsam verpflichtet sind. Wir haben einen Eid abgelegt, der ebenso heilig wie Ihre persönliche Opfergabe ist. Und außerdem lebt Barrofill XXIV. noch immer, soviel ich weiß ...«

Die Vikare tauschten Blicke aus. Kardinal Bogh hatte wie erhofft reagiert. Sie hatten die richtige Wahl getroffen.

»In unsrer Eigenschaft als Garanten des Wahren Wortes sind wir befugt, Euch von Eurem Eid zu entbinden, Eminenz.«

»Und was wird mit Muffi Barrofill geschehen?«

»Sein Schicksal wird sich zu gegebener Zeit an gegebenem Ort erfüllen ...«

»Habe ich den Sinn eurer Worte richtig verstanden, Brüder? Wollt ihr mir sagen, dass ihr ein Attentat gegen den Obersten Hirten plant? Gegen euren spirituellen Vater?«

»Schon seit langem betrachten wir ihn nicht mehr als unseren Vater, Eminenz! Und Ihr sprecht von Attentat, wo wir den Terminus ›göttliche Gerechtigkeit‹ benutzen. Barrofill muss seine Taten nun vor dem Kreuz verantworten, dem Kreuz, dessen demütige Diener wir hier unten sind.«

Fracist Bogh wurde von mehreren Hitzewellen ergriffen. Er verabscheute Komplotte und Intrigen. Er wurde in dunkle Machenschaften verwickelt, die zum Ziel hatten, den Muffi zu eliminieren. Jetzt verfluchte er Bruder Jaweo Mutewa. Sein Sekretär hatte ihn in eine Falle gelockt, und er vermutete, diese Gruft nicht lebend zu verlassen, sollte er den Forderungen der Vikare nicht nachkommen.

Ich muss mich bewegen, dachte er, muss diese innere Anspannung loswerden, weil sie mir die Kehle zuschnürt.

Und er ging mit nervösen Schritten in der Gruft auf und ab wie ein Raubtier im Käfig.

»Alles ist bereit, Eminenz. Nur ein Element fehlte noch, um unser Projekt zu realisieren: Ihr!«

»Warum ich? Ich bin erst zweiunddreißig Jahre alt und habe nur wenig Erfahrung. Außerdem bin ich Marqusatiner, und alle bisherigen vierhundertsiebenundzwanzig Muffis waren Syracuser.«

»Wir sind uns dieses doppelten Nachteils durchaus bewusst, doch nichts wird uns davon abhalten, das zu tun, was getan werden muss.«

»Wie wollt ihr das Wahlstatut umgehen? Angenommen, der Muffi lässt sich dazu herab, uns ... uns zu verlassen, werden sich die fünftausend Kardinäle noch immer in einem Konklave versammeln und sich einen unerbittlichen Kampf um die Nachfolge liefern ...«

Noch während er sprach, merkte Fracis Bogh, dass er sich langsam mit dem zuvor als verabscheuungswürdig empfundenen Vorschlag der Vikare anfreundete.

»Sie werden Krieg führen«, sprach er weiter. »Allianzen bilden ... Um gewählt zu werden, müsste ich ihnen etwas versprechen. Wer bin ich, ihnen irgendetwas versprechen zu können?«

»Ihr vergesst etwas, Eminenz. Das Vikariat ist der Garant der Institutionen, und die Wahl wird von uns kontrolliert. Die Kardinäle geben den Namen ihres Favoriten per Code ein, der dann auf unseren Kontrollbildschirmen erscheint. Danach erfassen wir mit unserer Memodiskette die Anzahl der Stimmen. Doch eine Memodiskette kann man manipulieren ...«

Fracist Bogh blieb stehen und musterte die Vikare, nichts als schwarzweiße Schattengestalten vor den Nischen, in denen, von diffusem Licht beleuchtet, ihre »Opfergaben« ruhten. Ein irrealer Anblick.

»Wollen Sie ernsthaft andeuten, die Wahl zu fälschen? Mord, Betrug? Ihr Brüder, die ihr von der Reinheit besessen seid? Dann beginnt die neue Ära unter einem schlechten Vorzeichen!«

»Ich wiederhole, Eminenz. Ein Krieg kann nicht mit moralischen Normen gewonnen werden. Wir müssen die Korruption mit der Korruption bekämpfen. Denn wir dürfen das unvergleichliche Erbe unserer Kirche nicht verkommenen Individuen überlassen.«

»Und was beweist, dass ich nicht zu dieser Kategorie gehöre?«

»Die Ergebnisse langer und peinlichst genauer Untersuchungen unserer Brüder in fast allen bekannten Welten ...«

Plötzlich erkannte Fracist Bogh die Wahrheit. Er begriff, warum seine Vorgesetzten ihm Bruder Jaweo Mutewa auf Ut-Gen beigeordnet hatten; er begriff, warum sich sein Privatsekretär so aggressiv und provozierend ihm gegenüber verhalten hatte. Aus einem einzigen Grund: um die Tiefe seines Glaubens zu prüfen, seine Schwächen und Stärken auszuloten; um zu erfahren, ob er für dieses höchste Amt geeignet sei.

»Die Untersuchung hat jedoch ergeben, dass Ihr trotz Eurer paritolischen Herkunft und Eures jugendlichen Alters der geeignete Anwärter als Nachfolger des Muffis seid. Wir schätzen Eure Frömmigkeit, Eure stete Sorge um das Wahre Wort, Eure Unerbittlichkeit allen Häretikern gegenüber und Eure effiziente Verwaltungsarbeit auf Ut-Gen – insbesondere gefiel uns die Art und Weise, wie Ihr das Problem mit dem Nord-Terrarium gelöst habt. In gewisser Hinsicht kann man den derzeitigen Muffi und viele Kardinäle als unsere Quarantäner betrachten, diabolische Mutanten, unterirdische Monster, derer wir uns entledigen müssen, ehe sie die gesamte Kirche verseucht haben ...«

Diese Worte zerstreuten Fracist Boghs Argwohn und drangen wie glühende Pfeile in sein Hirn. Ihm wurde bewusst – auch wenn er sich bisher geweigert hatte, sich diese Möglichkeit einzugestehen –, dass er schon immer mit dieser Perspektive gerechnet hatte. Denn alle seine Lehrer hatten ihm eine ruhmreiche Zukunft vorhergesagt. Auch wenn die Beweggründe der Vikare nicht so klar und uneigennützig waren wie sie vorgaben, beschleunigten sie doch nur das ihm vorherbestimmte Schicksal.

»Zwei Fragen habt ihr mir beantwortet«, sagte der Gouverneur Ut-Gens. »Wie die Zukunft des amtierenden Muffi aussehen wird und welche Wahl die Kardinäle treffen werden. Es bleibt eine dritte Frage zu beantworten: Wie stehen der Imperator Menati und der Seneschall Harkot dazu? Die Kirche ist eng mit der Regierung verbunden. Hat nicht der Muffi auf den Rat des Seneschalls Harkot Menati Ang zum

Nachteil seines Bruders Ranti zum Thron verholfen? Ist der Kaiser Barrofill deshalb nicht zu Dank verpflichtet?«

»Wir können Euch versichern, dass unsere Pläne auf höchster Ebene Unterstützung finden.«

»Von wem?«

»Es ist noch zu früh, Euch Namen zu nennen, Eminenz.«

»Mir fällt es schwer, mich in ein so gewagtes Unternehmen zu stürzen, ohne alle Beteiligten zu kennen«, entgegnete der Kardinal. Er blieb vor einer Wand stehen, und sein Blick fiel automatisch auf die in einer Luftkugel schwimmenden Sexualorgane. Seltsamerweise verursachte dieser Anblick keinerlei Ekel mehr in ihm. Die Vikare hatten Recht gehabt: Man gewöhnt sich an alles. Hatte er sich nicht bereits an den vor kurzem noch unvorstellbaren Gedanken gewöhnt, Muffi der Kirche des Kreuzes zu werden?

»Wir haben den Beweis unseres Vertrauens in Euch geliefert, Eminenz«, sagte der Vikar mit der näselnden Stimme. »Und wir hoffen, dass dieses Vertrauen auf Gegenseitigkeit beruht.«

»Wir haben wohl alles Nötige besprochen, Kardinal Fracist Bogh«, fuhr der Vikar mit der hohen Stimme fort. »Ihr wisst genug, um eine Entscheidung treffen zu können. Sollte sie positiv ausfallen, kontaktieren wir Euch rechtzeitig. Doch wie auch immer, es versteht sich von selbst, dass Ihr Stillschweigen über diese Zusammenkunft bewahrt.«

»Kann ich mir die Sache überlegen?«

»Nein. Ihr müsst Euch sofort entscheiden. Ein Nicken genügt.«

Zwar hatte sich der Kardinal bereits entschieden, doch ein Rest Misstrauen, die unbewusste Angst, zum Spielball obskurer Kräfte zu werden, ließen ihn zögern.

Vielleicht mache ich den größten Fehler meines Lebens,

überlegte er. Vielleicht wurde das Vikariat vom Muffi bestochen, um die Loyalität der Kardinäle auf die Probe zu stellen. Warum weihen mich die Eunuchen nicht vollständig in ihren Plan ein?

Doch gleichzeitig wusste er, dass seine Fragen nur beantwortet würden, wenn er diesen entscheidenden Schritt tat. Einerseits drohte ihm der Abstieg zur Hölle, ein Gerichtsverfahren vor dem Kirchentribunal und der Tod am Feuerkreuz, andererseits konnte er den Weg des Lichts beschreiten und Ruhm ernten. Beide Aussichten waren erschreckend.

Und fast gegen seinen Willen, wie im Traum, neigte er langsam das Haupt. Als er das tat, hatte er das Gefühl, sich in einen Abgrund zu stürzen.

Seine Geste der Zustimmung wurde von den Vikaren mit einer tiefen Reverenz beantwortet, einem sonst nur dem Pontifex gebührenden Gruß.

Fracist Bogh verließ die Gruft und traf im Gang seine Gedankenhüter und den Führer, der ihn hierher geführt hatte.

Als die Metalltür wieder geschlossen war, nahmen die Vikare ihre Masken ab. Bruder Jaweo Mutewa schob die Schöße seines Chorhemdes auseinander und deutete auf den Schaft seines Wellentöters, der im Gürtel steckte.

»Es wäre mir unangenehm gewesen, ihn töten zu müssen«, sagte er und lächelte triumphierend, wobei seine blendend weißen Zähne einen lebhaften Kontrast zum Dunkel seiner Haut bildeten.

»Sie scheinen ihn wirklich sehr zu mögen, Bruder Jaweo«, sagte Bruder Astaphan, der Sprecher des Vikariats. »Doch wenn er abgelehnt hätte, wäre Ihnen nichts anderes übrig geblieben.«

»Glauben Sie, dass er sein Versprechen halten wird?, fragte Mourk El-Salin, der Leiter der bischöflichen Verwaltung.

»Dessen bin ich mir sicher«, antwortete Bruder Jaweo. »Ich kenne ihn lange genug und weiß, er ist ein Mann, der Wort hält.«

»Wenden wir uns wieder unseren jeweiligen Aufgaben zu«, sagte Palion Sudri, der Leiter des Planungs- und Abstimmungwesens für hierarchische Bewegungen und Veränderungen. »Niemand darf merken, dass wir nicht an unseren Plätzen sind. Die nächste Versammlung findet zur dritten Stunde des ersten Tages statt.«

Dann gingen sie schweigend auseinander. Jeder von ihnen stellte sich andächtig vor seine »persönliche Opfergabe« – einige weinten –, ehe sie wieder in dem unterirdischen Labyrinth verschwanden, in dessen Gewirr allein sie sich auskannten.

Fracist Bogh konnte nicht schlafen. Trotz der Klimaanlage drehte er sich in dem schmalen Bett seiner Zelle im bischöflichen Palast immer wieder um – und er schwitzte in seinem Schlaf-Colancor. Im Gegensatz zu vielen seiner Kollegen, die sich in Suiten der Luxushotels von Venicia einquartiert hatten, wohnte er in diesem winzigen Raum ohne Vorzimmer. Also mussten seine Gedankenhüter die Nacht im Saal der reinigenden Wellen verbringen.

Flirrende Bilder tauchten vor seinem geistigen Auge auf. Die weißen Masken der Vikare, die Luftkugeln und ihr widerlicher Inhalt, dann das alte verschlagene Gesicht des Muffi Barrofill. Die purpurfarbenen Roben der Kardinäle, der blaue Mantel des Seneschalls Harkot, das indigofarbene Gewand des Imperators Menati – und Dame Armina

Wortling. Die Grenzen zwischen Traum und Wirklichkeit verschwammen. Sein Treffen mit den Vikaren schien nie stattgefunden zu haben. Er wusste nicht mehr, welche Antwort er ihnen gegeben hatte. Er wusste auch nicht mehr, wie er in seine Zelle zurückgekehrt war.

Er hatte Bruder Jaweo Mutewa gesucht, der eine Etage unter ihm logierte. Doch sein Privatsekretär war unauffindbar gewesen. Von ihm hatte er sich ein Zeichen, eine Bestätigung erhofft. Doch jetzt glaubte er, sein Traum sei zerbrochen.

Oh, Kreuz, warum quälst du mich so? Warum verwehrst du mir die heilsame Kraft des Schlafes?

Da hörte er ein leises Klopfen.

»Eure Eminenz! Eure Eminenz!«

Er brauchte länger als eine Minute, um wieder klar denken zu können. Eine dunkle Vorahnung überkam ihn, als er schweren Schritts zur Tür ging und sie öffnete.

Ein junger Assistent in mandelgrünem Colancor und Chorhemd stand davor. »Ich bitte um Entschuldigung, Euch mitten in der Nacht zu wecken, Eure Eminenz. Man verlangt an höchster Stelle nach Euch.«

»Wer?«

Nach kurzem Zögern antwortete der Assistent: »Seine Heiligkeit, der Muffi ... Es handelt sich um ein informelles Treffen, in größter Diskretion ...«

Fracist Bogh erstarrte. Sein erster Gedanke war, dass der Unfehlbare Hirte das Komplott aufgedeckt habe. Eine kleine ironische Stimme in seinem Kopf sagte ihm, dass das Zusammentreffen in der Gruft nur eine Inszenierung des Muffis gewesen sei, um seine Loyalität zu prüfen.

»Lassen Sie mir etwas Zeit zum Anziehen«, sagte er zu dem Assistenten.

»Werft nur Euer Chorhemd über. Den Colancor für die Nacht könnt Ihr anbehalten.«

In Begleitung seiner Gedankenhüter gingen der Gouverneur von Ut-Gen und der Assistent über nicht enden wollende, im Halbdunkel liegende Flure. Fracist Bogh fühlte sich wie ein zum Tode Verurteilter, der zum Schafott begleitet wird. Er verfluchte seinen Ehrgeiz und seinen Stolz, der ihm schon in jungen Jahren mit einer hohen Position innerhalb der Hierarchie belohnt hatte. Eine makellose Karriere, die aus Mangel an Demut und maßloser Eitelkeit nun in Schande zu enden drohte. Hatte er nicht oft über der berühmten Maxime des Einsiedlers der Berge meditiert, die da hieß: *Man identifiziert sich leicht mit der Macht, weil sie das Ego stärkt, doch viel schwerer fällt das Dienen und noch viel schwerer der absolute Dienst an der Kirche des Kreuzes ...*

Sein Hochmut hatte ihn zu Fall gebracht. Ein paar schmeichlerische Worte hatten genügt, und schon war er bereit gewesen, den Ornat des Muffi anzulegen. Welche Überheblichkeit von einem Mann, der immer die Karrieresucht seiner Kardinalskollegen angeprangert hatte.

»Bleibt stehen, Eminenz! Da kommen sie!«, flüsterte der Assistent.

Die kleine Gruppe befand sich gerade unter den Arkaden des siebten Innenhofs, eines mit rosafarbenem Marmor ausgelegten Patios, der nur dem Muffi und seinen Leibdienern vorbehalten war. Die vier versteckten sich hinter einer großen Säule. Zuerst hörte Fracist Bogh nichts als das Plätschern des singenden Brunnens im Innenhof. Dann hörte er Schritte. Sie wurden lauter, und er glaubte, weiße und rote Kapuzenmäntel erkennen zu können, die der Gedankenschützer und die der Inquisitoren. Kurz darauf waren die Gestalten verschwunden.

»Gehen wir weiter, Eminenz«, flüsterte der Assistent.

»Einen Moment ... was soll diese Geheimniskrämerei?«

»Ich darf Euch nicht antworten, Eminenz. Ich führe nur Befehle aus«, sagte der Assistent und sah sich furchtsam um, als hätte er Angst, Dämonen aus dem Dunkel der Nacht auftauchen zu sehen.

»Trotzdem könnten Sie mir vielleicht etwas erklären«, forderte Fracist Bogh. »Obwohl ich über ein sehr feines Gehör verfüge, habe ich das Geräusch der Schritte erst dreißig Sekunden später als Sie vernommen.«

Nach einigem Zögern antwortete der Assistent: »Das beruht auf einem Auslöscher-Programm, Eminenz.«

»Würden Sie das bitte präzisieren?«

»Gewisse natürliche Gegebenheiten meines Gehirns wurden gelöscht und durch Programme auditiver Sensibilisierung ...«

»Wer hat das getan? Ein Auslöscher-Scaythe?«

»Der Muffi erwartet Euch, Eminenz.«

»Nur noch eins: Diese ›natürliche Gegebenheit‹, die man Ihnen ...«

»Ich kann mich nicht mehr an meine Kindheit erinnern, Eminenz«, antwortete der Assistent lakonisch.

Und um den Fragen des Kardinals ein Ende zu machen, ging er schnell über den Patio auf den mächtigen Turm der Muffis zu, der so weit in den Himmel ragte, dass drei der fünf Nachtgestirne Syracusas nicht zu sehen waren.

In den Zimmerfluchten des Muffis Barrofill XXIV. herrschte ein ebenso geschäftiges Treiben wie auf dem größten Platz Venicias. Ehe Fracist Bogh und der Assistent das Allerheiligste betreten durften, hatten sie sich zahlreichen Kontrollen, unter anderem auch höchstpeinlichen wie einer Inspektion sämtlicher Körperöffnungen, unterziehen müssen.

Glücklicherweise hatte der Kardinal nicht auf seine Gedankenschützer verzichten müssen; in allen Fluren, Vor- und Wartezimmern hielten sich Inquisitoren in ihren purpurroten Kapuzenmänteln auf.

»Endlich haben wir alle Formalitäten hinter uns gebracht«, sagte der Assistent und seufzte. Er deutete auf einen Luftsessel. »Nehmt Platz, Eminenz. Es dürfte nicht lange dauern, bis Euch jemand abholt. Möge die Zweite Nacht Euch gewogen sein.«

Er verharrte und wartete darauf, eventuell mit einem Trinkgeld entlassen zu werden, doch der Kardinal musterte ihn nur ernst.

»Erinnern Sie sich nicht an Ihre Eltern?«

»Nein, Eminenz.«

»Und das fehlt Ihnen nicht, macht Ihnen keinen Kummer?«

Der Assistent senkte den Kopf und verschwand, ehe Fracist Bogh ihn zurückhalten konnte.

Resigniert setzte sich der Kardinal in den Luftsessel. Die ungeheure Betriebsamkeit um ihn herum nahm er kaum wahr. Überall liefen die persönlichen Dienstboten des Muffis – ganz in Weiß gekleidete Knaben – durcheinander. Sie kümmerten sich um die Besucher, die in kleinen Gruppen vor der Tür des Empfangssaals warteten. Dazwischen hatten sich Gedankenschützer niedergelassen, die ihre Herren begleiteten. In einer Ecke saßen maskierte und bewaffnete Männer, in einer anderen diskutierten rotgesichtige Vikare mit berühmten Theologen ...

In der Menge erkannte Fracist Bogh einige Mitglieder der großen Familien Syracusas, Offiziere der Interlisten, herausgeputzte ältere Damen der feinen Gesellschaft – ein Tableau der täglichen Pflichten eines Oberhirten der Kirche des Kreuzes, ein unablässiger Reigen, bestehend aus Bittstellern, Ratsuchenden, Intriganten, Profiteuren und Parasiten ...

Wann fand Barrofill XXIV. die Zeit, sich auszuruhen, Zeit, neue Kraft zu schöpfen, um sich seiner eigentlichen Aufgabe zu widmen: dem Beginn eines Goldenen Zeitalters auf den bekannten Welten.

Diese eitle Zurschaustellung und das aufgeregte Geschnatter langweilten Fracist Bogh schnell. Er vertiefte sich in die Betrachtung wechselnder Motive eines großen Wandteppichs vom Planeten Orange und schalt sich seiner maßlosen Naivität geglaubt zu haben, diese Welt könne innerhalb kurzer Zeit die seine sein. Denn weder beherrschte er alle Feinheiten der autopsychischen Selbstkontrolle noch den subtilen Gebrauch dieser vieldeutigen Sprache, die am kaiserlichen Hof zu Venicia gepflegt wurde, um Allianzen nach Belieben zu knüpfen oder zu brechen. Nur ein Höfling, ein geborener Syracuser, konnte, ohne Schaden zu nehmen, in diesen trüben Gewässern schwimmen.

»Seine Heiligkeit erwartet Euch, Eminenz.«

Fracist Bogh sah zu dem Mann, der ihn angesprochen hatte auf. Vor ihm stand kein Mann der Kirche, sondern ein ganz normaler Bürger. Ein sehr junger Mann, dessen Cape seine Leibesfülle nicht verdecken konnte. Drei gelockte Haarsträhnen umrahmten sein pausbäckiges Gesicht, ein ziemlich lächerlicher Anblick.

»Ich bin Emmar Saint-Gal, der neue Cheftechniker des Palastes. Mein Gespräch mit dem Muffi ist beendet, und er bat mich, Euch zu holen.«

Fracist Bogh erhob sich und folgte dem jungen Mann mit seinen Gedankenschützern.

»In diesem Palast muss alles erneuert werden«, schwatzte Emmar Saint-Gal weiter. »Das Holo-Überwachungssystem und die Plattformen sind veraltet ... Auch die Deremats müssen technisch verbessert werden. Wusstet Ihr, dass ich ein Spezialist für Deremats bin? Habe ich Euch schon gesagt, dass Phisar Saint-Gal, mein Vater, der Direktor der InTra, des Intergalaktischen Transportunternehmens, ist? Des bedeutendsten Unternehmens des zellularen Transfers des bekannten Universums ... Ich werde bald heiraten, Eminenz ... Meine Braut heißt Annyt ... Ihre Eltern sind einverstanden ... Bald wird sie mich lieben, und ...«

»Sie liebt Euch also nicht?«, unterbrach ihn der Kardinal, dem die Ohren dröhnten. Endlich lernte er einen Syracuser kennen, der die APSK noch weniger als er selbst beherrschte.

»Ich habe ihr einen großen Dienst erwiesen und ihr von einem Auslöscher ein Liebes-Implantat einsetzen lassen ... Aber wir sind bereits da, Eminenz. Eure Gedankenschützer können hier warten. Es war mir ein Vergnügen, Eminenz. Ich begebe mich jetzt zur Ruhe ... Das Unangenehme mit dem Muffi ist, dass man ihn nur zu den unmöglichsten Zeiten sprechen kann ...«

Mit diesen Worten schlüpfte Emmar Saint-Gal mit erstaunlicher Behändigkeit durch die Menge und verschwand durch eine Geheimtür.

Fracist Bogh stieß einen Flügel der Tür aus rosa Optalium auf und betrat den Audienzsalon. In diesem, gemessen an den Warteräumen, kleinen Zimmer herrschte eine feindliche Stille. Die stickige Luft roch leicht nach Weihrauch. Schwebende Licht-Kugeln verbreiteten einen diffusen Schein und erhellten die Wasserbehänge, in denen sich Fische tummelten.

»Schließt die Tür und tretet näher, Kardinal«, hörte er eine zittrige Stimme.

Der Gouverneur von Ut-Gen gehorchte. Licht-Kugeln schwebten über dem leeren, vor einem Schreibtisch platzierten Luftsessel.

»Setzt Euch.«

Fracist Bogh gehorchte abermals und sah seinen erhabenen Gesprächspartner an, der im Halbschatten saß.

Je älter Barrofill XXIV. wurde, umso mehr ähnelte er einem der Komodowarane aus dem kreuzianischen Bestiarium: dieselben kleinen glänzenden Augen, dieselbe verbissene Miene, dieselben tiefen Furchen. Die Schicht weißen Puders auf seinem Gesicht hatte tiefe Risse bekommen.

Doch Fracist Bogh hielt dem bohrenden Blick des Muffis stand. Habe ich mich nicht bereits durch meine Naivität und Dummheit bloßgestellt?, dachte er. Doch mein Stolz gebietet mir, meine Würde zu wahren. Leicht werde ich es ihm nicht machen, obwohl hinter den Wassertapeten seine Inquisitoren lauern und meinen ungeschützten Geist durchforschen.

»Gehen wir *in medias res,* Kardinal Bogh«, sagte der Muffi. »Weder Ihr noch Wir haben die Zeit, uns in Nebensächlichkeiten zu verlieren. Vor einigen Monaten baten Wir unsere Brüder des Vikariats diskret, aber umfassend Nachforschungen über die Kardinäle anzustellen ...«

Ein eisiger Wind brachte die kleine Flamme der Hoffnung in Fracist Bogh zum Erlöschen.

»Diese langen und gründlichen Untersuchungen führten zu einem desolaten Ergebnis. Mehr als drei Viertel unserer dreitausendundfünfhundert Kardinäle zeigt sich sehr ungeduldig in Hinsicht auf die Nachfolge. Diese Zahl scheint Euch zu überraschen?«

»Ich muss gestehen, dass sie mich erschreckt, Eure Heiligkeit.«

»Wisst Ihr, dass Unsere Sicherheitsdienste über zwanzig Komplotte innerhalb eines Monats gegen Uns aufgedeckt haben? Unsere Purpurträger sind besonders erfindungsreich, wenn es darum geht, sich einen Weg zum Thron Unserer Kirche zu bahnen. Sie brauen allerlei Gifte zusammen, erfinden die verschiedensten Waffen und geben ein Vermögen aus, um sich die Dienste professioneller Mörder zu sichern. Trotz aller dieser üblen Ränke ist es ihnen bisher nicht gelungen, Unser Ministerium zu unterminieren. Vielleicht haben sie vergessen, dass niemand das Wahre Wort verfälschen kann, dass Er allein über das Leben Seiner Getreuen wacht. Er allein und natürlich ein effizienter Sicherheitsdienst ...«

Fracist Bogh fragte sich, worauf der Muffi hinauswollte, welches Anliegen sich hinter dem oberflächlichen Geplauder verbarg.

»Die Macht, Kardinal Bogh ... Was würde man nicht alles für die Erlangung der Macht tun. Zwar sind diese Männer Kardinäle und haben sich dem Göttlichen zugewandt, aber sie verwandeln sich in wilde Tiere, sobald sie die Macht nur aus der Ferne wittern. Ich spreche aus eigener Erfahrung. Denn vor achtundvierzig Jahren war ich selbst Kardinal, ein Anwärter wie andere ... Und ich wurde zum Raubtier, bereit zu töten ...«

Fracist Bogh erriet, dass der müde Greis hinter dem Schreibtisch das Bedürfnis hatte, sich manchmal einen Teil seiner schweren Last von der Seele zu reden. Wie viele Geheimnisse hütete der Muffi?

»Es existiert keine Macht – auch keine religiöse –, ohne blutbefleckte Hände. Das müsst Ihr wissen, Kardinal Bogh.

Die Kirche des Kreuzes legt dem Sterblichen, der ihr erster Diener werden will, fürchterliche Prüfungen auf. Das Seelenleben ist kaum mit der Leitung der Kirche vereinbar ... Aber beschäftigen wir uns mit den Ergebnissen der von den Vikaren durchgeführten Untersuchung.«

Endlich!, dachte Fracist Bogh. Endlich kommt er zur Sache.

»Der Bericht Unseres Bruders Jaweo Mutewa, der ebenfalls ein Mann mit brillanter Zukunft ist, hat Uns besonders interessiert. Und Wir sind zu dem Schluss gekommen, Kardinal Bogh, dass die Kirche Eure Fähigkeiten nicht richtig zu schätzen weiß. Trotz Eures Alters hatte die für hierarchische Veränderungen verantwortliche Administration sich beeilt, Euch zum Gouverneur von Ut-Gen zu ernennen, eines Planeten, der wenig Annehmlichkeiten bietet, wie Uns gesagt wurde. Wir hingegen finden es inakzeptabel, einen derart herausragenden Mann wie Ihr es seid, auf einen dieser verseuchten Planeten zu schicken. Es scheint Uns hingegen viel klüger, die Regierungsgeschäfte dieser unbedeutenden Welten aufrührerischen oder intriganten Charakteren zu überlassen, um Unsere wahren Getreuen hier, in Venicia, zu versammeln.«

Und wieder einmal fragte sich Fracist Bogh, was sich hinter solchen honigsüßen Worten verbarg. Zwar sah er keine Inquisitoren, doch er spürte ihre Präsenz hinter den Wasser-Vorhängen, er spürte die eiskalten, kaum wahrnehmbaren Ströme in seinem Gehirn. Sie hatten keine Mühe, in sein schutzloses Denken einzudringen und wussten sicher schon über sein Treffen in der Gruft der Kastraten Bescheid. Da sie ständig über das Mikrokommunikationssystem mit dem Muffi in Verbindung standen, stellte sich die Frage, was der hinterhältige Muffi ausbrütete?

»Ihr seid kein Syracuser, Kardinal Bogh, und trotzdem würde ich Euch die Leitung einer solch großen Institution wie die Unserer Kirche zutrauen. In Euch sehe ich sowohl das Feuer des Berufenen als auch die Klarsicht des Schlichters, Eigenschaften, die sehr selten in einem Mann vereint sind, vor allem heutzutage. Die meisten Kardinäle sind korrupt und geben sich den widerwärtigsten Ausschweifungen hin, und die wenigen, die nicht unter diese Kategorie fallen, sind genauso dumm wie tugendhaft ...

Aus diesen Überlegungen heraus haben wir beschlossen, Euch zum Generalsekretär der Kirche zu ernennen.«

Fracist Bogh war fassungslos und bemühte sich vergeblich, seine Emotionen zu kontrollieren.

»Bleibt natürlich, Kardinal Bogh! Die autopsychische Selbstverteidigung ist doch nichts als ein Spiel für zurückgebliebene Höflinge. Eure Nominierung wird zu Beginn der ersten Sitzung des Konklave am zweiten Tag verkündet, das heißt ...«

Er warf einen Blick auf die holographische Uhr.

»In etwa sieben Stunden. Jetzt müssen Wir Uns von Euch verabschieden, denn es ist Unsere Pflicht, noch einige lästige Bittsteller zu empfangen. Auch bitten Wir Euch, die Leibesvisitation zu entschuldigen, aber sie ist unerlässlich. Denn die Wände Unseres Domizils haben überall Augen und Ohren, und Wir wollten nicht den Eindruck vermitteln, Euch bevorzugt zu behandeln. Von jetzt an seid Ihr die zweitwichtigste Persönlichkeit der Kirche des Kreuzes, Kardinal Bogh, und somit zu einer Zielscheibe Eurer Amtskollegen geworden ... Und Ihr habt nur noch wenig Zeit, um zu lernen, wie man diese Raubtiere zähmt«, sagte der Muffi mit einem Augenzwinkern.

»Ruht Euch aus, Kardinal Bogh«, fuhr er fort. »Wir stellen Euch von der ersten Sitzung des Konklaves frei. Unsere Assistenten holen Euch zu gegebener Stunde in Eurer Zelle ab.«

Der Unfehlbare Hirte beugte sich nach vorn und streckte dem Gouverneur von Ut-Gen die Hand entgegen; an seinem Finger glänzte ein in Optalium gefasster tiefroter Rubin.

»Warum ich, Eure Heiligkeit?«, fragte Fracist Bogh, nachdem er den Ring mit den Lippen gestreift hatte.

»Fühlt Ihr Euch Eurer neuen Aufgabe nicht gewachsen, Kardinal Bogh? Es gibt Fragen, die man lieber nicht stellen sollte. Geht jetzt, und möge das Ende der Zweiten Nacht Euch gewogen sein.«

Der Gouverneur von Ut-Gen verneigte sich und ging. Er war erleichtert, sich wieder in Begleitung seiner Gedankenschützer zu befinden, die auf ihn gewartet hatten. Denn alle Höflinge, denen er auf dem Rückweg begegnete, kamen ihm feindlich gesonnen vor.

Als er den siebten Ehrenhof überquerte, färbte Rose Rubis den Himmel mit einem fein gestreiften Rot. Er setzte sich auf den Rand des Springbrunnens und lauschte dem Gesang des Wassers. Noch immer war er überzeugt, dass der Muffi von seinem geheimen Treffen mit den Vikaren informiert worden war. Aber auf die Frage, wer der Geschicktere bei diesem Ränkespiel gewesen war, die Entourage Barrofills oder das Vikariat, darauf fand er keine Antwort. Doch er schwor sich, alles daranzusetzen, um die dunklen Machenschaften innerhalb der Kirche zu durchschauen und ihnen dann ein Ende zu setzen.

Hatte der greise Muffi ihn nicht gerade eben aufgefordert, an diesem gefährlichen Spiel teilzunehmen?

NEUNTES KAPITEL

Die Freie Weltraum City. Wie es heißt, sei sie im Jahr 2 des Ang-Imperiums gegründet worden. Aber alles deutet darauf hin, dass ihre Ursprünge viel weiter zurückreichen, in eine Zeit, wo sie nichts als eine Sternenwarte war. Ebenfalls historisch nicht belegbar ist die Hypothese, sie sei von drei ehemaligen Rittern der Absolution – drei Raskattas – errichtet worden, die dem Massaker in Houhatte entkommen seien und dort ihren kriminellen Aktivitäten hätten ungestraft nachgehen können.
Mit der Errichtung des Ang-Imperiums wurde sie zu einem Symbol der Freiheit und erlebte vom Jahr 4 bis zum Jahr 16 einen ungeahnten Aufschwung. Währenddessen wuchs ihre Einwohnerzahl von einigen Tausend auf über dreihunderttausend. Sie wurde von einem Verwaltungsrat regiert, dessen Mitglieder sich »Citadime« nannten. Überwacht wurde sie von hochsensiblen Automaten, die geringste Vibrationen registrierten, und geschützt war sie durch einen Magnetschild. Mittels der Motorenkraft unzähliger antiker Raumschiffe, aus der die Stadt bestand, konnte sie ihre Weltraumkoordinaten beliebig ändern.
Keinem Historiker ist es bisher gelungen, ihr plötzliches Verschwinden im Jahr 16 zu erklären. Es gibt Biographen Sri Lumpas, die in dem Untergang der Stadt eine Manifestation seines göttlichen Zorns sehen.

»Geschichte des Großen Ang-Imperiums«
Unimentale Enzyklopädie

»Wann kommt das Raumschiff denn endlich?«, fragte Marti de Kervaleur.

»Ach, die Ungeduld der Jugend!«, sagte Robin de Phart und seufzte. »Dieser alte Kasten gleicht den Dampfern der Vorgeschichte. Man weiß, wann sie ablegen, aber man weiß nie, wann sie ankommen. Gefällt es Ihnen in unserer schönen Weltraumstadt nicht?«, fragte der alte Syracuser resigniert.

Eine Frage, auf die sich jede Antwort erübrigte. Denn Robin de Pharts gesamtes Äußere, seine müden Augen, sein spärlicher Bart, seine ungepflegte Kleidung, das alles spiegelte seinen Seelenzustand wider.

Die beiden Syracuser trafen sich jeden Tag im selben Restaurant des Skoj-Viertels. Vor einer Tasse Kawee – einem heißen schwarzen Getränk – schlugen sie die Zeit mit Erinnerungen an ihren Planeten tot. Der junge Kervaleur hatte dann jedes Mal das Gefühl, in dieser geschlossenen und gefährlichen Welt etwas aufatmen zu können.

Vor zwei Standardmonaten hatte sich Marti nackt und blutüberströmt in der Empfangsschleuse der zellularen Transfers rematerialisiert. Ihm war nicht einmal die Zeit vergönnt gewesen, sich von den Nachwirkungen des Glosons zu erholen – diese durch eine Deremat-Reise hervorgerufene Indispostion –, schon hatten ihn die Greifarme eines Robotors umschlungen und zur Bewegungslosigkeit verdammt. Dann hatten automatisierte Pinzetten Zellproben entnommen, und magnetische Resonanzsonden hatten sich wie ausgehungerte Geier auf ihn gestürzt. Der Roboter hatte ihm ein Schlafmittel injiziert. Er war eingeschlafen, und als er in einem großen Schlafsaal erwachte, war er mit einer langen gestreiften Tunika bekleidet gewesen.

In diesen Schlafsaal wurden die »Temporären« gesperrt, alle Individuen, die unter die Kategorie »zufällige Besucher«, »Geschäftsleute für den Außenhandel« und »prekäre Personen« fielen, deren Aufenthaltsstatus noch nicht gesichert war.

Die Citadime – der Verwaltungsrat der Stadt – hatten Marti über die Gründe seines Aufenthalts befragt. Bis auf einige Details – natürlich hatte er nicht über die Orgie der Mashama-Krieger gesprochen – hatte er die Wahrheit gesagt: dass er zu einer revolutionären Bewegung auf Syracusa gehöre, dass sie von einem Mitglied ihrer Gruppe verraten und von den Ordnungskräften zerschlagen worden seien. Und dass er in eine Deremat-Maschine habe fliehen können, als die Interlisten ihren geheimen Unterschlupf gestürmt hatten.

»Ein Deremat?«, hatte einer der Citadime erstaunt gefragt. »Ich dachte, alle Deremats würden von Staat und Kirche kontrolliert?«

»Zu unserer Gruppe gehörte der Sohn des Präsidenten des InTra. Er hat einen defekten Deremat aus einem Recycling-Hof geborgen und ihn repariert.«

»Es ist gefährlich, sich mitten in der Stadt zu rematerialisieren. Hättest du auch nur den geringsten Widerstand geleistet, die Roboter hätten dir sofort ein Arsenderivat injiziert und dich ins All geworfen. Warum warst du mit Blut beschmiert? Du hattest keine Verletzungen.«

»Hm … wir haben mit den Interlisten gekämpft, und … und einer der Verletzten ist über mir zusammengebrochen.«

»Eine Verletzte. Die Blutanalyse hat ergeben, dass es sich um eine Frau handelt.«

»Kann sein. Das ging alles so schnell.«

»Möchtest du den Status eines Freien Bürgers des Alls erlangen?«

»Ich weiß nicht …«

Die Citadime hatten sich zur Beratung zurückgezogen. Eine Stunde später hatte einer von ihnen Marti das Ergebnis mitgeteilt: Er sei ein »Temporärer«, bis das Raumschiff des Dogen Papironda anlege.

»Wie willst du deinen Lebensunterhalt bestreiten?«

Marti hatte mit den Schultern gezuckt.

»Du bist nicht mehr auf Syracusa! Hier muss man für die Luft, die Unterkunft und Nahrung bezahlen. Was kannst du?«

»Hm … nichts im Besonderen«, hatte Marti geantwortet, weil es ihm nicht klug schien darauf hinzuweisen, dass er der Sohn einer syracusischen Adelsfamilie sei.

»Wenn das so ist, wirst du dem Reinigungsdienst und dem Wiederaufbereiten von Abfällen zugeteilt. Mit dem Lohn kannst du Luft, Unterkunft und Essen bezahlen. Aber wenn du an Bord von Papirondas Luftschiff gehen willst, musst du Geld verdienen. Viel Geld.«

»Und wie?«

»Das wirst du schon sehen. Für einen schönen jungen Syracuser wie dich gibt es viele Möglichkeiten …«

Von diesem Tag an hatte ein neues und schwieriges Leben für Marti begonnen.

Die City – ein gigantischer, sternförmiger Zusammenbau aus antiken, restaurierten Raumschiffen, die durch luftdichte Brücken, die Straßen, miteinander verbunden waren – war in sechzehn Viertel aufgeteilt. Ursprünglich wurde sie nur von Raskattas bewohnt, von politischen Gegnern des Imperiums oder Kriminellen, die auf dem Index standen. Dazugesellt hatten sich Emigranten und arme Schlucker von den umgebenden Planeten, die sich vom Glanz der Stadt wie Glühwürmchen des Alls angezogen fühlten. Die schnell wachsende Bevölkerungszahl zwang die Citadime zur ständigen Vergrößerung der Aufnahmekapazität. Sie hatten bereits dreißig Raumschiffe der Urkonstruktion hinzugefügt, doch es wurde immer schwieriger, geeignete Objekte zu finden. Denn die seit siebenhundert Jahren für intergalaktische Reisen gebräuchlichen Deremats hatten den Niedergang der Raumschifffahrt beschleunigt.

Seitdem hatte die City eine kritische Bevölkerungszahl erreicht. Die Viertel – die Arme des Sterns – waren zu Städten in der Stadt geworden, mit eigenen Verwaltungen und eigenen Gesetzen. Den Citadimen fiel es immer schwerer, die Ordnung aufrechtzuerhalten, weil Schwarz- und Drogenhandel, und damit Revierkämpfe unter den Banden, in beunruhigendem Maße zugenommen hatten. Innerhalb von nur fünfzehn Standardjahren hatte sich der Traum von Freiheit einiger humanistisch geprägter Raskattas in einen Albtraum verwandelt.

Die Citadime kontrollierten außer der Sauerstoffzentrale und dem Sanierungsamt auch die Verteidigung. Die bestand aus einem äußeren magnetischen Schutzschild sowie einer Roboter-Armee, den SGS-Robotern (Roboter sehr großer Sensibilität), die jeden suspekten Eindringling aufspürte und vernichtete. Dazu gehörten auch strahlende Mikrobomben oder ferngelenkte Atomraketen, die von den Streitkräften des Imperators regelmäßig auf benachbarte Welten abgeschossen wurden. Als Mitglied des Reinigungstrupps trug Marti nun einen roten Overall, eine Atemmaske und eine um den Hals hängende Magnetkarte, die als Hauptschlüssel diente.

Die Müllmänner, die wegen ihrer Kleidung die »Scharlachroten« genannt wurden, waren die einzigen Bürger der Stadt, die sich ohne Lebensgefahr in diesen sechzehn Stadtvierteln bewegen konnten. Denn hätten sie ihre Arbeit nicht gemacht und die Rohre nicht gereinigt, mit denen alle Raumschiffe in Verbindung standen, wäre ein Leben dort unmöglich gewesen.

Die über dreihunderttausend Bewohner der Stadt im All produzierten Unmengen Müll, dessen Entsorgung durch die Konstruktion dieses künstlichen Gebildes und durch die Nachlässigkeit der Bürger noch erschwert wurde. Für Marti de Kervaleur, den verwöhnten Adelsspross, wurde diese Arbeit zur Hölle. Er musste sich durch enge Röhren zwängen und mittels eines Omikron-Pumpzerstäubers die organischen Ausscheidungen seiner Mitbürger pulverisieren, in die Tanks hinuntersteigen, um die Abwasserrohre von synthetischen Rückständen reinigen zu können, und das alles mit schweren Schuhen, deren Sohlen aus Metall waren, vor dem Gesicht eine Atemmaske.

Die ersten Tage hatte er geglaubt, vor Erschöpfung sterben zu müssen. Sein ganzer Körper schmerzte, seine Hände waren aufgerissen, die Wunden entzündeten sich und eiterten. Wenn er nach zehn Stunden Arbeit in den Schlafsaal der Temporären zurückkehrte, fiel er völlig angekleidet in eine Hängematte, ohne vorher zu duschen oder zu essen. Dort lag er, am Ende seiner Kräfte, und Tränen liefen über sein hageres Gesicht.

Die stolzen Mashama-Krieger hatten von glorreichen Eroberungskriegen geträumt, doch jetzt musste er den Unrat einer trübseligen Weltraumstadt beseitigen. Er fragte sich, was aus den anderen geworden war, aus Jurius de Phart, Iphyt de Vangouw, Romul de Blaurenaar, Halricq VanBoer – und aus Annyt Passit-Païr ... Der schönen Annyt ... Jetzt bedauerte er zutiefst, ihre Gefühle nicht erwidert zu haben. Vegetierten sie in den Kerkern des Straflager-Planeten Örg dahin? Oder starben sie einen grausamen, langsamen Tod am Feuerkreuz? Und Emmar Saint-Gal? Wie war dieser widerwärtige Fettsack für seinen Verrat belohnt worden?

Mit diesem bitteren Gedanken schlief Marti ein, nur um im Schlaf von Albträumen gequält zu werden, doch langsam gewöhnte er sich an seine neuen Lebensumstände. Hatte er zuerst zwölf Stunden geschlafen, so schlief er jetzt nur noch acht. Während der so gewonnenen Freizeit erkundete er die verschiedenen Stadtviertel. Jedes umfasste ungefähr hundert miteinander verbundene Raumschiffe. Äußerlich glichen sie sich alle, sie unterschieden sich nur durch ihre Atmosphäre und den Geruch. Die von den Skoj beherrschten Stadtviertel waren von einer fröhlichen Anarchie geprägt. Dort ging es wie in einem summenden Bienenstock zu. Es roch nach Gewürzen, Weihrauch und Räucherstäbchen; Straßenhändler diskutierten und hockten mit ihren Frauen vor den Türen ihrer Kabinen. Doch die sechs von den ehemaligen Bewohnern Makleuhs beherrschten Viertel – die sich in rivalisierende Banden aufgeteilt hatten – waren viel ruhiger, viel sauberer, aber auch viel gefährlicher. Seltene Besucher versuchten, möglichst wenig aufzufallen, um nicht in bewaffnete Auseinandersetzungen verstrickt zu werden. Dies war das Reich des plötzlichen Todes. Er lauerte überall. Der Geruch von Blut lag in der Luft.

Dann gab es noch die von einer Mehrheit Neoropäer bewohnten Viertel. Doch diese waren zu unterschiedlich, um eine Einheit zu bilden, was sich leicht aus der Herkunft seiner Bewohner erklären ließ, die alle von den Planeten des Neorop-Sternhaufens stammten, welche unterschiedlichste klimatische Bedingungen und Zivilisationen aufwiesen. So waren alle möglichen Menschenrassen, mit unterschiedlichen Kleidungsvorschriften oder Gewohnheiten und Sitten und Gebräuchen dazu gezwungen, auf engstem Raum miteinander zu leben, ein Zusammengepferchtsein, das Prügeleien, Hass und andere Auseinandersetzungen begünstigte – ein von den Citadimen lange ignoriertes Problem, weil sie glaubten, auf diese Weise der drohenden Übervölkerung Herr werden zu können.

Wenn Marti von starkem Heimweh ergriffen wurde, floh er manchmal in eine ehemalige Kommandobrücke und betrachtete durch die Fensterfront und den bläulichen Schleier des Magnetschildes den Himmel. Sternenkarten zu lesen hatte er nie gelernt und war daher außerstande, die beiden Gestirne Rose Rubis und Saphyr-Sonne zu erkennen, aber der Blick in die Weite des Alls tröstete ihn.

Als er gelassener geworden war, begriff er, was die Citadime ihm mit verschleierten Worten hatten sagen wollen, dass es ihm leicht fallen würde, Geld zu verdienen. Denn wo auch immer er hinging, suchten Männer und Frauen, alte oder junge, seine Nähe und boten ihm für den Genuss an seinem Körper beträchtliche Summen an. Zuerst hatte er alle diese Angebote abgewiesen, zum einen war er darüber schockiert gewesen, wie eine gewöhnliche Prostituierte angesprochen zu werden, zum anderen hatte ihn das Aussehen seiner potenziellen Kunden und Kundinnen abgestoßen. Doch dann hatte er erkannt, dass er noch Monate oder

Jahre zu dieser Sklavenarbeit verdammt sein würde, gelänge es ihm nicht, die notwendigen Mittel für seine Reise an Bord dieses Raumschiffs zusammenzubringen.

Also hatte er das Angebot einer Neoropäerin angenommen, die, gemessen an den übrigen Bewohnern der Stadt, noch relativ gepflegt wirkte. Sie hatte ihn in ihre Kabine gezerrt, die Tür verschlossen, sich hastig entkleidet und auf ihrer Koje ausgestreckt. Nur mit viel Überwindung war er seiner Pflicht nachgekommen – ihr weiches Fleisch roch nach Desinfektionsseife, und ihre Küsse schmeckten sauer. Da sie gespürt hatte, dass er sich seiner Professionalität bewusst war, legte sie zu den versprochenen fünfzig noch fünf Standardeinheiten dazu, worauf beide übereingekommen waren, sich einmal pro Woche zu treffen.

Auf diese Weise hatte sich Marti nach und nach einen Stamm regelmäßiger Kundinnen geschaffen – Männer hatte er kategorisch abgelehnt, obwohl sie ihm oft das Doppelte des gängigen Preises geboten hatten.

Alle diese Frauen liebten seine feinen Gesichtszüge, seine samtene Haut und seine guten Manieren. Die meisten waren verheiratet, aber äußerst geschickt darin, ihre Ehemänner von ihren Kabinen während des Stelldicheins fernzuhalten.

In wenigen Wochen hatte er auf diese Weise mehr als zweitausend Standardeinheiten verdient, die er indes mit ständiger Müdigkeit bezahlten musste und einem wachsenden Ekel vor seiner nebenberuflichen Tätigkeit.

Dieses Leben dauerte, bis er eines Tages den Sieur Robin de Phart kennenlernte. Nach einem besonders widerwärtigen Rendez-vous war er in ein verräuchertes Skoj-Restaurant in der Nähe der Sauerstoffzentrale gegangen. Er hatte sich gesetzt und etwas zu essen bestellt. Ein alter grauhaariger Mann mit zerfurchtem Gesicht war an Martis Tisch getreten. Der junge Kervaleur hatte den Alten trotz seiner edlen Gesichtszüge für einen Freier gehalten.

Der alte Mann hatte ihn lange angestarrt.

»Was wollen Sie von mir?«, hatte Marti schließlich unwillig gesagt.

»Sie kommen vom Planeten Syracusa, nicht wahr?«, hatte der Alte in perfektem Imperiang gefragt.

»Vielleicht.«

»Erlauben Sie, dass ich mich vorstelle. Robin de Phart, Ethnosoziologe ...«

Marti sah seinen Gesprächspartner näher an. »Phart? Sind Sie ein Mitglied der venicianischen Familie de Phart?«

»Ihre Frage hat nicht nur die meine beantwortet, junger Freund, sondern beweist auch, dass Sie zum Kreis der Höflinge gehören. Gestatten Sie, dass ich mich zu Ihnen setze?«

Von jenem Tag an hatten sich die beiden Syracuser regelmäßig in dem Skoj-Restaurant getroffen. Trifft man fern seines Heimatplaneten einen Mitplanetarier, schafft das sofort eine Vertrautheit, und Marti hatte das Bedürfnis, von seinen Erlebnissen zu berichten, wobei er natürlich die rituellen Menschenopfer und die Orgie nicht erwähnte.

»Wie viel haben Ihnen Ihre Liebesdienste eingebracht?«

»Ungefähr zweitausend Standardeinheiten.«

»Und damit wollen Sie Ihre Reise bezahlen? Der Doge Papironda verlangt dafür mehr als fünfzigtausend! Sein Luftschiff dockt in zwei Monaten hier an. Rechnen Sie sich aus, wie viele Frauen Sie bis dahin noch ... beglücken müssen ... Zwar sind Sie jung und kräftig, aber selbst Ihnen dürfte es schwerfallen, bis dahin den Wünschen von über zweitausend Kundinnen gerecht zu werden.«

Die Worte Robin de Pharts hatten Marti derart erschüttert, dass er kaum seine Tränen zurückhalten konnte.

»Ich würde es mir nie verzeihen, einen Mitplanetarier in einer derartigen Lage zurückzulassen«, fuhr Robin de Phart lächelnd fort. »Ich verfüge über genügend Mittel, um zwei Weltraumreisen bezahlen zu können. Sie können also Ihre Nebenbeschäftigung aufgeben – natürlich nur, wenn Sie in meiner Begleitung zum Sternenhaufen Neorop reisen möchten ...«

Marti hatte sich sofort gefragt, ob dieses großzügige Angebot nicht mit einem Hintergedanken verbunden sei.

»Natürlich in allen Ehren«, hatte der Syracuser hinzugefügt, ein leicht spöttisches Funkeln in den Augen. »Schon seit langem habe ich den Freuden der Liebe entsagt. Die Einsamkeit ist schwer zu ertragen, und wenn ich von Ihnen etwas kaufe, so ist es das Vergnügen, mich mit Ihnen zu unterhalten. Doch leider kann ich hier nicht für Ihren Lebensunterhalt aufkommen. Deshalb müssen Sie bis zur Ankunft des Raumschiffs weiterarbeiten ... Was halten Sie von meinem Vorschlag?«

»Und Sie ... Was machen Sie in dieser Stadt?«

»Ich stehe auf dem Index unter der Rubrik ›Häretiker‹. Im Jahr 1 des Ang-Imperiums wurde ich zum Tod am Feuerkreuz verurteilt und verstecke mich nun seit fünfzehn Jahren vor den Interlisten und den Inquisitoren der Kirche des Kreuzes. Und weil die Freie Weltraum City die letzte Insel der Freiheit im All ist, habe ich mich logischerweise hierher geflüchtet. Ein Schmuggelschiff hat mich vor dreizehn Monaten hier abgesetzt, und inzwischen habe ich den Status eines freien Bürgers und somit das Recht auf eine Einzelkabine. Oh, das ist durchaus keine luxuriöse Suite, sondern eher eine Rumpelkammer!«

»Weswegen hat man Sie verurteilt?«

»Weil ich angeblich ketzerische und blasphemische Reden geführt haben soll. Was ich nie tat. Die Kreuzler haben mich in Abwesenheit verurteilt, weil ich ein Freund Sri Alexus, einem der letzten Meister der Inddikischen Wissenschaft, war. Das ist die Wahrheit.«

»Sri Alexu? Von dem habe ich noch nie gehört.«

»Und von den Kriegern der Stille? Oder Naïa Phykit?«

Zwar hörte Marti diesen Namen zum ersten Mal, doch er weckte ein lebhaftes Interesse in ihm. Er klang, wie ein vertrauter Ruf aus der Ferne, wie ein schicksalhafter Scheideweg. Er wurde von einer Art mentalem Schwindel ergriffen, einer Erregung, die aus seinem tiefsten Inneren emporzusteigen schien.

»Nein. Natürlich können Sie Naïa nicht kennen«, sprach Robin de Phart weiter, »denn Eltern und Lehrer haben sich strikt an die Instruktionen des Seneschalls Harkot gehalten ... Sri Alexu hatte eine Tochter, Aphykit, oder Naïa Phykit, wie sie vom Volk genannt wird. Während der Schlacht von Houhatte hielt sie sich im Kloster der Ritter der Absolution auf. Ihr Vater hatte sie zum Mahdi Seqoram geschickt, dem Großmeister der Ritterschaft und der Inddikischen Wissenschaft. Die Inquisitoren haben den gesamten Planeten Selp Dik abgesucht, ohne jedoch eine Spur von ihr zu finden.«

»Vielleicht ist sie tot ...«

Kaum hatte Marti diese Wort ausgesprochen, war er vom Gegenteil überzeugt. Nicht nur davon, dass sie lebte, sondern dass er sich auf die Suche nach ihr machen müsse. Eine seltsame Kraft war in ihm erwacht, gleich einem plötzlich aufkommenden Wind, von dem niemand wusste, woher er kam.

»Ich bin mir sicher, dass sie den Brand des Klosters überlebt hat und in einer anderen Welt lebt«, erklärte Robin de Phart.

»In welcher Welt?«

»Darüber möchte ich jetzt noch nicht sprechen. Doch fassen Sie das bitte nicht als Beleidigung auf.«

Mit diesen Worten stand der alte Syracuser auf und sah seinen jungen Gefährten lange an, ehe er sich umdrehte und ging. Er trug eine weit geschnittene weiße Jacke und eine schwarze Pumphose wie die Skojs, und Marti fragte sich, ob der Sieur de Phart sich jemals daran hatte gewöhnen können, ohne Colancor, diese den Syracusern unentbehrliche zweite Haut, zu leben.

Dann drehte er sich noch einmal um und sagte: »Junger Freund, auf diese Frage werden Sie nur eine Antwort bekommen, sollten Sie Ihre Reise vollenden.«

Marti ging langsam durch den Luftschacht. In die Metallwände integrierte Sicherheitsroboter streckten manchmal ihre Greifarme nach ihm aus, zogen sie aber sofort wieder zurück, sobald er ihnen seinen Wellen aussendenden Pass hinhielt.

Nach Dienstschluss hatte er plötzlich den unwiderstehlichen Drang verspürt, die Sauerstoffzentrale, einen gigantischen Block, mit dem alle Raumschiffe durch die Kanalisation verbunden waren, aufzusuchen. Weil er jetzt seiner Nebenbeschäftigung nicht mehr nachgehen musste, hatte er viel Zeit.

Als er die Metallwand der Zentrale erreicht hatte, schraubte er das Gitter eines Lüftungsschachts ab und schob sich in das Rohr. Obwohl er nie einen Fuß in die Zentrale gesetzt hatte, kannte er ihren Bauplan bis in kleinste Einzelheiten. Er hatte das seltsame Gefühl, jemand anderer handele für ihn, ein Unbekannter, ein Mann, der eine Mission zu erfüllen hatte und durch nichts aufzuhalten war. Was für eine Mission das war, wusste Marti nicht, nur dass er bis ans Ende dieses Schachts kriechen musste und dann einen zweiten hoch, bis ins Zentrum des großen Generators.

Die Citadime wussten nichts von diesem Zugang. Denn alle Techniker, die dieses System bei der Gründung der Stadt installiert hatten, waren auf unerklärliche Weise vor zehn Jahren verschwunden. Aber die Zentrale wurde ständig überwacht. Doch in diesem vergessenen Rohr traf Marti nur auf die Greifarme, die sofort ihre Tätigkeit einstellten, wenn die Wellen seines Passes auf sie trafen.

Bei jeder Bewegung wirbelte Marti Unmengen von Staub auf. Der Strahl seiner Laserlampe erfasste seltsame Gebilde, klebrige, wie Algen aussehende Fäden, die im Luftzug hin und her schwangen. Die Wände waren mit einer Art Humus bedeckt, einer organischen, in Zersetzung befindlicher Materie. An manchen Stellen war das Fadengewirr so dicht, dass er es zerreißen musste. Säuerlicher Schweiß perlte ihm auf der Stirn und lief ihm in die Augen. Die vergiftete Luft reizte Nase und Lungen. Er bedauerte, seine Atemmaske nicht aufgesetzt zu haben.

Das nächste Mal nehme ich sie mit, dachte Marti. Das nächste Mal? Es gibt also ein nächstes Mal? Warum? Wer entscheidet, was ich tue?

Je näher er dem Generator kam, desto lauter wurde es. Dann stand er in einem dunklen Zwischenraum. In die Wände mündeten etwa ein Dutzend runde Öffnungen anderer Rohrleitungen.

Plötzlich tauchte ein Roboter von sehr großer Sensibilität aus der Dunkelheit auf, ein Modell SGS-Mobil. Der silbernfarbene Rumpf ruhte auf zwei Laufrollen. Das Fenster inmitten des Rumpfs öffnete sich, und ein kurzes Geschützrohr wurde ausgefahren.

Marti blieb völlig ruhig. Er senkte den Strahl seiner Taschenlampe und hielt sein Passepartout in Höhe des Geschützrohrs. Das Geschützrohr wurde sofort eingezogen. Dann blinkte im Rumpf ein weißes Licht auf. Noch immer blieb Marti wie versteinert stehen. Es schien eine Ewigkeit, bis der Roboter die Informationen verarbeitet hatte. Der junge Mann hielt den Atem an.

Endlich erlosch das Licht. Der Roboter rollte davon.

Marti wischte sich den Schweiß von der Stirn. Sein ganzer Körper war in dem eng sitzenden Overall von Schweiß überströmt. Ein Gefühl entsetzlicher Einsamkeit drohte ihn zu ersticken.

Dieser andere, der in seinen Geist eingedrungen war, der sein Handeln und Denken bestimmte, der an seiner Stelle agierte, beraubte ihn seiner Menschlichkeit. Und dieser andere, das ahnte er, kann kein Wesen aus Fleisch und Blut sein, sondern ist ein aus dem Nicht-Universum stammender Dämon, der Verzweiflung und Tod über die bekannten Welten bringen will. Er hatte weder die Kraft noch die Mittel, sich dagegen zu wehren. Er hatte keine andere Wahl, als zu akzeptieren, dass er ein Agent des Bösen war.

Er richtete den Strahl seiner Laserlampe auf die Wand. Die dritte Öffnung war die richtige: eine enge Röhre, die ihm den Aufstieg zum Generator erlaubte.

Dafür brauchte er eine halbe Stunde.

Zwar gab es in diesem Rohr keine Rückstände mehr, doch der Lärm des Generators wurde schier unerträglich. Nachdem er wieder ein Gitter entfernt hatte, betrat er die riesige Halle der Zentrale. Der Strahl seiner Laserlampe reichte nicht bis zur Decke. Das Getöse war inzwischen ohrenbetäubend geworden.

In der Mitte des Raums stand der Generator, ein Zylinder, mattgrau, mit einem Durchmesser von etwa dreißig und einer Höhe von etwa hundert Metern. Diese Konstruktion war Herz und Lunge der Freien Weltraum City. Dort fand der Gasaustausch statt. Das durch Atmung und Verbrennung entstandene Kohlendioxid wurde durch eine Reihe von Spezialfiltern geleitet, gereinigt und als sauerstoffreiche Luft wieder in den Kreislauf eingeschleust. Diese auf Basis der Photosynthese arbeitenden Siebe wurden auf den Skoj-Welten hergestellt und regelmäßig vom Dogen Papironda geliefert.

Der Austausch dieser lebensnotwendigen Filter wurde allein von den Citadimen vorgenommen.

Marti umrundete mit eingeschalteter Laserlampe die riesige Anlage mit ihrem Rohrsystem. Der Lärm war derart höllisch, dass er die Lampe in seinen Mund steckte und sich die Ohren zuhielt. Plötzlich entdeckte er eine kleine Vertiefung ein paar Meter über seinem Kopf. So wie bei der Begegnung mit dem SGS-Roboter erteilte ihm sein Gehirn sofort präzise Befehle. Er benutzte die in gleichem Abstand des Generators umgebenden Rohre als Leiter und kletterte an der Wand hoch. Die Vibrationen der Turbinen übertrugen sich auf ihn. Es wurde immer schwieriger für ihn, seine Bewegungen zu kontrollieren.

Als er die Vertiefung erreicht hatte, setzte er sich rittlings auf ein angrenzendes Rohr. Mit einer Hand hielt er sich am Rand der Vertiefung fest, mit der anderen leuchtete er hinein und entdeckte eine verstaubte Memodisk-Tastatur.

Daraufhin gab sein Gehirn eine Fülle von Informationen preis. Diese mit der Memodisk der Stadt verbundene Tastatur diente dazu, im Fall notwendig gewordener Reparaturarbeiten die Ventile einzelner Rohrleitungen zu schließen. Man hatte sie in dieser Höhe am Generator angebracht, um sie vor den Blicken eventueller imperialer Spione zu verbergen. Doch die Citadime hatte noch nie eine Rohrleitung geschlossen.

Marti starrte die Tasten an, bis sie vor seinen Augen verschwammen. In seinem Kopf tauchten Zahlen auf. Der Zugangscode!

Der Code, der alle Ventile für die Sauerstoffversorgung schloss. Wenn er hierher zurückkehrte, brauchte er ihn nur einzugeben, und die gesamte Stadt würde ersticken. Da der Code ebenfalls die Daten der Memodisks zerstören würde, wären die Citadime außerstande, einen Zusammenhang zwischen dieser in Vergessenheit geratenen Tastatur und dem Erstickungstod der Bewohner der Stadt herzustellen.

Das Schicksal von dreihunderttausend Menschen hing von ein paar Fingerbewegungen Marti de Kervaleurs ab.

Das nächste Mal!, befahl der Dämon. Eine Stunde, bevor du an Bord des Luftschiffs des Dogen Papironda gehst.

»Die Freie Weltraum City ...«, murmelte San Frisco, der im Gegensatz zu Jek nicht unter dem Shlaar-Effekt zu leiden schien, als sich die *Papiduc* der Stadt näherte.

Nur zögernd ging der kleine Anjorianer zu dem Panoramafenster und betrachtete die glänzende Konstruktion. Aus der Ferne sah sie wie ein gigantisches Blechspielzeug aus.

»Wir bleiben nur zwei Standardtage hier«, sagte San Frisco. »Nur so lange, bis die Ladung gelöscht ist. Das reicht mir allemal, denn ich habe immer das Gefühl, in dieser Blechbüchse ersticken zu müssen.«

»Die *Papiduc* ist auch eine Blechbüchse«, sagte Jek.

San Frisco warf dem kleinen Anjorianer einen schrägen Blick zu. »Zwischen beiden gibt es einen grundlegenden Unterschied, Prinz der Hyänen. Die *Papiduc* ist eine Welt in Bewegung.«

»Vielleicht. Aber ich ersticke in dieser sich bewegenden Welt. Und ich freue mich darauf, einmal in dieser Blechbüchse spazieren gehen zu können.«

Der erste Offizier lacht rau. »Der große Prinz der Hyänen leidet unter der Krankheit des Alls ... Der Unwissende betrachtet den Himmel als seinen Feind, der Weise macht ihn sich zum Freund ...«

Während der dreimonatigen Reise waren die Gespräche mit San Frisco für Jek die einzige Zerstreuung gewesen, obwohl der erste Offizier die ärgerliche Angewohnheit hatte, in Rätseln oder Sinnsprüchen zu reden. Trotzdem hatte er in etwa die Rolle eines Vaters für Jek übernommen. Die beiden verband eine gegenseitige Sympathie, denn nach Beendigung seiner Wache besuchte der erste Offizier seinen kleinen Freund immer in dessen Kabine.

Seine langen Mußestunden hatte Jek mit der gründlichen Erkundung der *Papiduc* ausgefüllt: die Maschinenräume, die Kommandobrücke, die bis an die Decke mit Kisten, Containern, Fahrzeugen gefüllten Laderäume und die Kabinen, die von den Emigranten aus den Skoj-Welten belegt waren. Die einen wollten Bürger der Freien Weltraum City werden, andere wiederum suchten ihr Glück auf den Planeten des Sternenhaufens von Neorop.

Er fühlte sich so einsam, dass er manchmal stundenlang die Skoj-Frauen beobachtete, die kein Schamgefühl kannten und bisher noch nichts von dem Wahren Wort der Kirche des Kreuzes gehört hatten. Die – wenn auch seltenen – Zärtlichkeiten seiner Mutter fehlten ihm, und auf diese Weise stahl er sich heimlich Augenblicke einer gewissen Intimität, wenn er ihre nackten Körper betrachtete.

Noch ein Ritual unterbrach die Monotonie der Reise: die tägliche Mahlzeit mit dem Dogen Papironda. Der Kapitän und Herrscher über das riesige Raumschiff, von seiner Mannschaft wie die nukleare Pest gefürchtet, verwandelte sich bei Tisch in einen aufmerksamen und gesprächigen Gastgeber gegenüber dem kleinen Anjorianer.

Leuchtende Erdvermessungspunkte schmückten die mit weißem Damast bedeckte Tafel. Jek, der alle anderen Mahlzeiten mit der Besatzung des Schiffs in der Mannschaftskantine einnahm, stürzte sich förmlich auf die köstlichen, vom Koch des Dogen zubereiteten Speisen. Sein Magen schien ein grenzenloses Fassungsvermögen zu haben, wie sein Gastgeber jedes Mal mit belustigtem Erstaunen feststellte.

Ihre Unterhaltung bestand immer aus demselben Thema: Artrarak. Und der Doge hatte lange über seine Begegnung mit dem alten Quarantäner gesprochen.

»Ich hatte gerade das Raumschiff gekauft, und es lag auf Franzia, einem Planeten des Sternenhaufens Neorop, auf Reede. In Nea-Marsile, der Hauptstadt des westlichen Kontinents Franzia, hatte ich ein Büro gemietet, um die Mannschaft anzuheuern. Zu jener Zeit – vor über fünfzig Jahren – befanden sich die neoropäischen Welten im Krieg. Sie explodierten förmlich, und somit waren interstellare Reisen damals unmöglich.«

»Warum führten sie Krieg gegeneinander?«

»Wer weiß schon, warum Kriege ausbrechen? Weil sich die Völker seit Urzeiten hassen, die Herrscher größenwahnsinnig sind oder aus wirtschaftlichen Überlegungen, nehme ich an … Doch Gesandte der Konföderation von Naflin hatten versucht, die Kriegstreiber zur Vernunft zu bringen. Leider ohne Erfolg. Eines Morgens hat sich ein Quarantäner an Bord meines Schiffs begeben und mich gefragt, ob er es chartern könne. Ich habe ihm geantwortet, das käme auf den Auftrag an. Darauf sagte er, es handele sich um eine Waffenlieferung.«

»Artrarak war Waffenhändler?«

»Nein, er hat sie nicht verkauft. Er war kein Kaufmann. Dafür hatte er keine Begabung. Er war einer der Agenten der Ritter der Absolution und hatte den Auftrag bekommen, die Rebellen von Spain aufzurüsten, denen durch die vereinigten Streitkräfte von Franzia, Nouhenneland und Alemane eine Niederlage drohte. Und der Orden der Absolution wollte nicht, dass Spain in die Hände der Alliierten fiele.«

»Warum nicht?«

»Aus strategischen Überlegungen. Es ist zu schwierig, das zu erklären ... ›Was springt für mich bei diesem Geschäft heraus?‹, habe ich Artrarak gefragt. – ›Kein Geld‹, hat er geantwortet, ›aber später die Möglichkeit, das Handelsmonopol zwischen Neorop und Ut-Gen zu erlangen.‹ – ›Ut-Gen, dieser schäbige verseuchte Steinhaufen?‹ – ›Gerade seine Radioaktivität macht ihn so wertvoll‹, hat er argumentiert. ›Nach Kriegsende wird der Markt für radioaktive Erze überproportional wachsen.‹ Mit dieser Begründung hat er mich überzeugt. Ich habe ihm mein Schiff samt Mannschaft gratis zur Verfügung gestellt. Drei Tage später sind wir auf einem kleinen toten Satelliten gelandet, wo die Agenten der Ritter der Absolution ihre Waffen und ihre Ausrüstung versteckt hatten: Ex-Ex-Netze (explosiv-expansiv) zur Verteidigung, Kampfanzüge, Gesichtsmasken usw. Das unebene Terrain und die sehr geringe Schwerkraft erschwerte uns die Arbeit. Wir brauchten für das Beladen länger als eine Woche ...«

Dann hatte der Doge von der gefährlichen langen Reise nach Spain erzählt, den unablässigen Versteckspielen mit den Kriegsluftschiffen der Koalitionspartner und dem Durchdringen der stratosphärischen Sperre.

»Artrarak hat uns geradewegs in die Hölle geschickt! Siebzehn von den neunundzwanzig Motoren wurden von den Waffen der supraorbitalen Streitkräfte getroffen. Wir mussten auf Spain notlanden, eine Welt so schwarz und stinkend wie der Arsch eines Sôns aus den Skoj-Welten! Das Schlimmste war jedoch, dass uns diese idiotischen Spainier für Feinde hielten. Drei Standardtage haben sie die *Papiduc* unter Beschuss genommen. Sogar ich wurde von einem Lichtgeschoss getroffen. Da, sieh mal ...«

Er hatte seine Weste aufgeknöpft und deutete auf lange Narben, die quer über Brust und Bauch verliefen.

»Ich war in einem erbärmlichen Zustand. Der eine Lungenflügel und die Hälfte meiner Eingeweide waren dahin. Ich und alle anderen glaubten schon, dass ich mich auf die Reise ins Jenseits begeben müsse. Alle, außer Artrarak. Während draußen der Kampf tobte, hat er mich zehn Tage lang gepflegt. Stundenlang hat er meinen Körper mit einer von ihm fabrizierten Salbe eingerieben, die er – so unwahrscheinlich es klingt – an Ort und Stelle herstellte. Und weißt du, wie er den Eiter entfernte?«

Jek war sich nicht sicher, ob er das wissen wollte.

»Er saugte ihn auf und spuckte ihn aus.«

Dem kleinen Anjorianer wurde schlecht, und die Nachspeise, ein Cremekuchen aus den Skoj-Welten, schmeckte plötzlich bitter.

»Artrarak, der an Betazoomorphie Leidende, hat mich aus dem Reich der Toten zurückgeholt, Jek ... Meine Wunden heilten. Bis heute fehlen mir nur ein Stück Lunge und ein paar Zentimeter Darm. Meine Leute konnten es nicht fassen. Zwei Wochen später bekamen die Spainier eine Nachricht vom Orden der Absolution und stellten ihre feindlichen Handlungen ein. Wir haben ihnen die Ex-Ex-Netze geliefert, und als Wiedergutmachung haben sie uns eine Armee von Technikern geschickt. Einen Monat später konnten wir, begleitet von ihren Jagdfliegern, abheben. Dieses Mal hatten wir keine Mühe, die stratosphärische Sperre zu durchbrechen, denn die Ex-Ex-Netze hatten die meisten Stützpunkte der orbitalen Streitkräfte zerstört.

Artrarak hat sein Versprechen gehalten, und ich habe ihn nach Glatin-Bat, in die Hauptstadt der verseuchten Zone Ut-Gens gebracht. Dort hat er die Traren der nomadisierenden Clans einberufen, und wir haben exklusive Handelsverträge abgeschlossen ... Seitdem habe ich ihn nie wiedergesehen und nur erfahren, dass er mit verschiedenen Missionen für die Ritter der Absolution betraut wurde. Dann muss er sich etwa zehn Jahre vor der Gründung des Ang-Imperiums von ihnen getrennt haben. Dass er in diesem Rattenloch, dem Nord-Terrarium lebte, das wusste ich nicht.«

»Mir hat er auch das Leben gerettet!«, erinnerte sich Jek, den Tränen nahe. »Er hat mir seine Sauerstoffmaske überlassen, als die Kreuzler das Ghetto vergast haben.«

»Artrarak ist gestorben wie er gelebt hat, Jek: als Seigneur. Es war ein großes Glück für dich, ihn kennengelernt zu haben. Ich verstehe nur eins nicht: Warum er dir ans Herz gelegt hat, nach Terra Mater zu reisen. Ein Luftschiff wie das meine braucht länger als zwanzig Jahre für diese Reise.«

»Artrarak hat mir gesagt, es gibt auf Neorop geheime Netzwerke von Schleusern.«

»Haben sie dort Deremats? Oder Zellularrelais?«

Jek nickte.

»Es wäre klüger, du würdest bei mir bleiben. Das Universum ist für einen achtjährigen Jungen voller Gefahren. Und ich habe keinen Sohn, keinen Erben …«

»Nein! Ich will ein Krieger der Stille werden!«

»Artrarak hat den Untergang des Ordens der Absolution wahrscheinlich nie wahrhaben wollen. Und seit der Inbesitznahme aller bekannten Welten von den Syracusern und ihren Dienern, den Scaythen von Hyponeros, gibt es nur wenig Hoffnung, außer sich Träumen und Hirngespinsten hinzugeben. Ich glaube, dass Naïa Phykit, Sri Lumpa und ihre sogenannten Krieger der Stille nichts als Wunschvorstellungen eines kollektiven Unterbewusstseins sind … Legenden, wenn du willst. Ich hingegen kann dir zwar eine weniger ruhmreiche Zukunft bieten, dafür aber eine gesicherte, mit guten Aussichten, beneidenswert …«

Die Worte des Dogen hatten Jek verwirrt. Sein Vorsatz, dieser hehre Entschluss, der ihm die Überwindung der Hyänen ermöglicht hatte, geriet ins Wanken. Diese Wochen im All, einem leeren Raum ohne Himmel, ohne Sonne, ohne Wolken, in der Enge mit dem ständigen Geräusch der Motoren, dem Gestank des Treibstoffs, ließen die geringsten Gefühlsregungen überdimensionale Proportionen annehmen. Aus einem Zweifel wurde ein unlösbares Problem; Erinnerungen verwehten wie Nebelfetzen im Wind, bis Jek sogar an der Existenz seiner Eltern zweifelte, weil er sich kaum noch an ihre Gesichtszüge erinnern konnte.

Jek und San Frisco standen in einer Kabine neben der Kommandobrücke. Der Blick des kleinen Anjorianers schweifte über die Freie Weltraum City und verlor sich im All.

»Wo ist Terra Mater?«

»Von hier aus kann man sie nicht sehen, Prinz der Hyänen«, antwortete San Frisco. »Siehst du dort, über der City, die vielen leuchtenden Punkte? Das ist der Sternenhaufen Neorop.«

»Ist das deine Heimat?«

Der erste Offizier nickte. Sein schwarzes glattes Haar glänzte im Licht. »Ich stamme aus Jer Salem, einem Satelliten Franzias.«

»Möchtest du denn nicht dorthin zurückkehren?«

San Frisco sah Jek ernst an. »Wie du war auch ich früher einmal ein Prinz. Aber mein Volk hat mich verbannt.«

»Warum?«

»Weder mein Herz noch mein Kopf waren mit ihren Auslegungen der heiligen Texte einverstanden ...« Er schwieg lange, ehe er hinzufügte: »Aber es naht der Tag der Wahrheit. Ein Tag, auf den mein Volk, das erwählte Volk, seit achttausend Jahren wartet. Dann wissen wir, welche Köpfe und welche Herzen recht gehabt haben. Dann wissen wir, ob sich die Abynen, die die Tradition hütenden Priester, nicht geirrt haben.«

»Und wie soll diese Wahrheit sichtbar werden?«

»Durch eine Prüfung, auf die sich die Jersaleminer seit Urzeiten vorbereiten. Eine Prüfung, die sie in das neue Jer Salem – die Alte und die Neue Welt, den Planeten der Ewigkeit – führen wird ... Ich erzähle dir später einmal davon, Prinz der Hyänen. Jetzt muss ich mich um das Andocken kümmern ... Ach, noch etwas: Der Doge lässt dir ausrichten, dass du während der Aufenthaltsdauer in der City keinen Ausgang hast.«

»Warum? Warum?«

»Weil er dich in sein Herz geschlossen hat und es schwieriger ist, aus seinem Herzen zu entkommen als aus einer stählernen Kiste. Solltest du deine Reise fortsetzen wollen, musst du von einer so großen Entschlossenheit beseelt sein wie vor dem Hyänenrudel.«

Robin de Phart betrachtete das große Luftschiff durch eines der Fenster in der Abflughalle. Sein schwarzer glänzender Rumpf, aus dem unzählige Leitungsnetze ragten, verdeckte alles andere. Etwa dreißig Transportbänder an der Bordwand führten direkt in die Lagerräume der City. Hafenarbeiter waren bereits mit dem Entladen der Lebensmittel, den fotosynthetischen Filtern und anderen notwendigen Produkten fertig.

Robin fragte sich, wie die Bürger der Stadt diese ungeheuren Mengen von Gütern bezahlen konnten, denn der Doge Papironda würde sie ihnen sicher nicht schenken.

Er drehte sich um und warf einen ärgerlichen Blick in den überfüllten Wartesaal. Marti war noch immer nicht aufgetaucht, und das Einschiffen würde in einer siderischen halben Stunde beginnen.

Der alte Syracuser hatte keine Zeit mehr, sich auf die Suche nach seinem Mitplanetarier zu machen. Warum kommt der junge Kervaleur nicht? War etwas passiert?, fragte er sich. Er hatte fast seine gesamten Rücklagen für die Tickets ausgegeben.

Doch der eventuelle finanzielle Verlust störte ihn kaum, vielmehr hatte er eine väterliche Zuneigung während dieser paar Monate zu seinem jungen Gefährten gefasst, und seine Unruhe wurde immer größer. Die Minuten verstrichen erschreckend schnell, ebenso schnell schien sich sein Herzschlag zu beschleunigen.

Ein erster Sirenenton schrillte. Die Passagiere drängten sich bereits in Richtung der zwei Gangways. Die blau uniformierten Kontrolleure tasteten die ersten Reisenden auf ziemlich brutale Weise ab, was manchmal – wenn auch vergeblich – zu vehementen Protesten führte.

In der Abflugwartehalle waren immer weniger Menschen. Die Sirene schrillte zum zweiten Mal. Robin de Phart war verzweifelt, wie erstarrt blieb er stehen, obwohl es jetzt kaum noch eine Chance gab, dass Marti kommen würde. Kurz überlegte er, ob er bei seinem jungen Freund in der Freien Weltraum City bleiben solle, doch dann erkannte er, dass dieser Gedanke absurd sei, denn ohne Geld würde er in dieser Welt nicht eine Woche überleben.

»Mein Herr!«, rief einer der Kontrolleure. »Sie haben nur noch fünf Minuten, um an Bord zu gehen!«

»Ich komme«, murmelte Robin de Phart schweren Herzens. Zum ersten Mal in seinem Leben fühlte er Tränen in sich aufsteigen. Mit gesenktem Kopf ging er zu einem der an Bord führenden Stege. Und als die Zöllner diesen gramgebeugten Greis sahen, wollten sie nicht einmal seinen Pass sehen, vielleicht, weil sie Respekt vor seinem Kummer hatten.

Als sie in paar Minuten später die letzten Vorbereitungen zum Ablegen treffen wollten, hörten sie laute Schritte. Ein Mann in scharlachrotem Overall rannte wie ein Verrückter in die Wartehalle. Er war von Kopf bis Fuß mit Ruß bedeckt, und im Gesicht hatte er blutende Striemen.

»Wartet!«, rief er und rannte weiter.

»Woher kommst denn du, in diesem Aufzug?«, fragte ihn einer der Kontrolleure.

»Ich muss an Bord ...«

»Zeig mir dein Ticket!«

Mit gebeugtem Rücken, die Hände auf den Oberschenkeln und schwer atmend versuchte Marti, einen klaren Gedanken zu fassen.

»Ro … Robin de Phart hat … hat mir …«

»Ich kenne keinen Robin de Phart.«

»Ein alter Mann mit grauem Haar … Er trägt eine weiße Jacke zu einer schwarzen Hose …«

»Der Alte, der gerade an Bord gegangen ist? Gut, ich überprüfe das. Doch solltest du uns zum Narren gehalten haben, geht es dir dreckig!«

Die Freie Weltraum City war nur noch ein kleiner grauer Punkt in der Ferne. Marti und Robin de Phart saßen in ihrer Kabine (für hundertzwanzigtausend Standardeinheiten logierten sie in einer Doppelkabine mit Bullauge) und starrten in den nächtlichen Himmel. Außer sich vor Freude über das Eintreffen seines jungen Freundes hatte der Syracuser noch nicht daran gedacht, seinen Reisegefährten über den Grund für dessen Verspätung zu befragen. Erst in drei Monaten würden sie ihr Ziel, Franzia, einen Planeten des Sternenhaufens Neorop, erreicht haben. Ein Vierteljahr, währenddessen sie nichts anderes zu tun hatten, als miteinander zu reden.

Robin de Phart hatte bereits seinen Reisekoffer geöffnet und den kostbaren Inhalt überprüft: Die Ergebnisse seiner ethnosoziologischen Studien, die er auf Videoholos festgehalten hatte, und seine antiken Filme und auf Papier gedruckten Bücher. Danach hatte er sich eine Stunde hingelegt und war dann zu Marti gegangen, der noch immer unverwandt in die Nacht hinausstarrte. Plötzlich wurde das All von einem gigantischen Lichtball erhellt.

»Man könnte meinen, das kommt von der City …«, murmelte Robin de Phart, blass geworden.

Der graue Punkt zerbarst in einem goldenen Funkenregen.

»Das sieht wie ein Feuerwerk aus«, sagte Marti deprimiert.

»Ein Feuerwerk? Die City ist gerade explodiert! Wissen Sie, was das bedeutet?«

»Ja. Dreihunderttausend Tote.«

Der Andere, der Dämon hat sich in einen nicht erreichbaren Winkel von Martis Gehirn zurückgezogen. Doch vage Erinnerungen quälten ihn: Der Anblick seiner Finger auf einer Tastatur ... Er verliert das Gleichgewicht ... Er stürzt ... läuft ... verletzt sich im Gesicht ... steht wieder auf ... stolpert, kriecht durch ein Rohr ... Und wieder läuft er, von Angst getrieben ... Ach, das ist nur ein böser Traum ... Erinnerungsfetzen eines anderen Lebens ...

Ein ohrenbetäubender Lärm ließ Wände und Boden der Kabine erzittern. Die *Papiduc* war ihrem ersten Shlaar-Effekt unterworfen.

»Die armen Menschen«, flüsterte der junge Kervaleur aufrichtig.

Zehntes Kapitel

Kann man einen Scaythen töten?
Diese Frage haben sich schon viele Menschen gestellt, doch sehr wenige haben es jemals versucht. Zu nennen ist der Adelige Julius de Crekk. Er versuchte, den Seneschall Harkot mit einem einfachen Dolch aus Stahl zu erstechen. Oder der Platonier Pahol Berumbë. Er befahl zehn Gedankenschützer-Scaythen in sein Domizil nach Bralia, wo sie von hundert bis an die Zähne bewaffneten Männern erwartet wurden.
Der originellste Tötungsversuch jedoch gebührt dem Rabanuer Tiri Al Naserb. Ihm gelang es, einen Inquisitor in einen Bottich voller Salzsäure zu stürzen. Dies sind nur ein paar berühmt gewordene Beispiele anderer, anonym gebliebener Versuch.

Die Scaythen stellten lange ein unlösbares Rätsel dar. Man wusste nichts über sie; weder über ihre Reproduktion noch über ihre körperliche Substanz oder ihren Stoffwechsel, ihre Sitten und Gebräuche ...
Für eine gesicherte Erkenntnis jedoch hätte man wenigstens ein Exemplar jener unbekannten Spezies sezieren müssen. Sollten sie aber sterben – was manche bezweifelten –, hinterließen die Scaythen nicht eine einzige Spur auf den bekannten Welten.
Glichen sie vielleicht jenen Großechsen in den Flüssen des Planeten Zwei-Jahreszeiten? Ein Hinweis: Sri Lumpa bedeutet »Herr der Echsen« in der Sprache der Sadumbas.

Es könnte aber auch sein, dass sie sich an einem unbekannten Ort verstecken, um in Frieden zu verlöschen.

Aus dem Tagebuch von Messaodyne Jhû-Piet, dem syracusischen Dichter der ersten Periode nach dem Ang-Imperium.

Hallo, junger Mann! Wollen Sie sich nicht unserer kleinen Expedition anschließen? Uns fehlt noch jemand ...«

Der junge Mann hob den Kopf. Ein rotgesichtiger Jäger stolperte auf seinen Tisch zu, in der Hand eine Flasche mit franzianischem Wein.

»Ich habe Ihnen ein Angebot gemacht«, sagte der Jäger mit stierem Blick aus blutunterlaufenen Augen, »und erwarte eine Antwort.«

»Was für eine Expedition?«, fragte der junge Mann.

Ein lüsternes Lächeln umspielte den Mund des Jägers, ehe er die Flasche derart schwungvoll anhob, dass er schwankte, und sich der Wein über seine Kleidung ergoss. Er war teuer und nach der Mode der Welten des Zentrums gekleidet, doch er stank nach Urin. Er klammerte sich an den Tisch, sonst hätte er das Gleichgewicht verloren.

»Nicht irgendeine Expedition, mein Junge! Nein, der Traum eines jeden Jägers! Darf ich mich setzen?«

Eine rhetorische Frage, denn er konnte sich kaum noch auf den Beinen halten und wäre innerhalb von Sekunden wie ein nasser Sack zu Boden gefallen. Seine am Tresen – ein unbehauenes Brett auf zwei Böcken – stehenden Kumpanen, mit denen er in dieser Kaschemme mit dem hochtrabenden Namen Naïmerod Bar herumhing, waren keinen Deut besser. Auch sie waren unsicher auf den Füßen und redeten Unsinn. Die junge rothaarige Bedienung hatte ein kurzes, tief dekolletiertes, perlengraues Kleid an. Es kostete sie viel Mühe, sich nicht von den schwitzenden Zechern betatschen zu lassen.

Da die tropischen Wälder Franzias für ihren Reichtum an Wild bekannt waren, reisten immer mehr reiche Bürger und Adelige aus den Welten des Zentrums auf den Planeten, um ihre Lust nach gefährlichen Abenteuern zu befriedigen. Die Touristikunternehmen boten das komplette Programm an: Führung durch einen Einheimischen, Camping im Wald, lange Märsche durch unwegsames Gelände (Einsatz der Machete unerlässlich) und schließlich das MAW (Minimum an Weidwerk), eine Garantie für jeden Touristen, mit Trophäen heimzukehren. Zusätzlich konnten gebucht werden: eine junge, nicht geschlechtskranke Einheimische, die landestypische Mahlzeiten zubereitete; oder die Möglichkeit, ein paar Mitglieder eingeborener Stämme massakrieren zu dürfen, sowohl Männer als auch Frauen. Trotz eines exorbitant hohen Tarifs wurde es immer beliebter, einbalsamierte Köpfe der Wilven (Wilde vom Stamm der Sylven) als Trophäen zu erwerben, weil sie ein höheres Prestige als normale Trophäen wie weiße Tigerbären, Feuerpumas oder andere Raubtiere garantierten.

»Wollen Sie einen ganzen Stamm Eingeborener auslöschen?«, fragte der junge Mann, in einem neutralen Tonfall.

Er nahm sein Glas und trank. Der bittere franzianische Wein brannte in seiner Kehle. Das Schicksal der Wilven sowie der Rest waren ihm egal. Vor fünf Jahren war er vom Planeten Terra Mater geflohen. Nach einer ziellosen Reise von einer Welt in die nächste war er auf Franzia gelandet. Nicht weil es ihm auf diesem Planeten im Sternhaufen Neorop besonders gefallen hätte, sondern weil er keine andere

Wahl gehabt hatte: Das Antra des Lebens, die Vibrationen der Stille hatten ihn plötzlich verlassen und somit die Möglichkeit, allein kraft seiner Gedanken zu reisen.

»Nein! Tausendmal nein!«, stieß der Jäger hervor. »Ich habe schon so viele Wilvenköpfe, dass ich sie kaum noch zählen kann! Ich habe sogar die Körper einbalsamieren und auf meinem Landsitz in Issigor ein Eingeborenendorf rekonstruieren lassen ... Zur Belustigung meiner Freunde, aber ich ...«

Er beugte sich über den Tisch und musterte seinen Gesprächspartner mit Triefaugen.

»Dieses Mal gehen wir nicht hier auf die Jagd, sondern reisen zum Satelliten Jer Salem ... In zwei Wochen geht's los, mit ... mit ...«

Er drehte sich um und warf einen Blick über die Schulter. Die Bewegung war so heftig, dass sein Stuhl fast umgekippt wäre.

Der rothaarigen Bedienung hinter der Theke fiel es immer schwerer, sich der grabschende Händen der betrunkenen Jäger zu erwehren. An den unbehauenen Holzwänden hinter ihr hingen präparierte Köpfe von Jagdtrophäen, Raubkatzen, in deren leeren Augenhöhlen Lampen brannten.

»Mit einer besonderen Raumfähre ... Aber das ist ein Geheimnis ... das darfst du nicht verraten ... Wir sind nur zehn Leute ...«

»Auf Jer Salem gibt's doch außer ein paar weißen Tigerbären kein Wild«, sagte der junge Mann.

Der Jäger trank wieder einen kräftigen Schluck, ehe er antwortete: »Das war wohl so, jedenfalls die letzten achttausend Standardjahre ... Aber in einem Monat, da ... da kommen die ... die Xaxas.«

»Die Xaxas?«, fragte der junge Mann erstaunt. »Die Vögel aus der Mythologie der Jersaleminer?«

»Die Xaxas sind keine Vögel, sondern ... sondern sagenhafte Tiere, die sich von einer Galaxie zur anderen bewegen.«

»Sollte es sie geben, stimmt das wohl.«

»Und warum sollten sie nicht existieren?«, sagte der Jäger verächtlich.

»Weil es sich um allegorische Geschöpfe handelt. Eine sinnbildliche Darstellung aus religiösen Gründen.«

Wieder drehte sich der Jäger gefährlich schwankend um und deutete auf einen seiner Kumpel, der halb über der Theke hing.

»Siehst du den Mann da? Den mit der schwarzen Jacke und der roten Mütze? Er heißt Song-Nu Jien und ist einer der bedeutendsten Gelehrten der Welten des Zentrums. Vor kurzem wurde er zum offiziellen Historiographen am kaiserlichen Hof ernannt. Nach unserer Expedition wird er auf Syracusa sein Amt antreten.«

»Ja, und?«

»Mehr als die Hälfte seines Lebens hat er mit dem Studium der Mythen Jer Salems verbracht ... der bekannten Gleberegion. Er hat diese Reise initiiert und versprochen, dass wir Xaxas schießen können ... Ein Traum, wenn man gerade an dem Ort ist, wo nur alle achttausend Jahre ein äußerst seltenes Wild anzutreffen ist. Und das auf diesem jämmerlichen vereisten Sternhaufen namens Jer Salem. Wir sind nur zehn Männer, die dieses Privileg im bekannten Universum genießen. Und du, wenn du es denn willst.«

»Was muss ich dafür tun?«

»Uns helfen, die Ausrüstung zu tragen. Song-Nu Jien hat uns geraten, schwere Waffen mitzunehmen, wie etwa Lichtkanonen. Es heißt, dass die Xaxas eine sehr dicke Haut haben, weil sie sich gegen den atmosphärischen Druck des Alls panzerartig schützen müssen und vor allem auch, wenn sie wieder in die Stratosphären eindringen. Jeder von uns wird von einem Träger begleitet. Das sind Germinaner aus Alemanien, brutale Kerle, mit nichts im Hirn, aber breiten Schultern. Gestern haben sie einen von denen in einer Gasse in Nea-Marsile niedergestochen, und wir können in so kurzer Zeit nicht mehr für Ersatz sorgen.«

Der junge Mann hob sein Glas und betrachtete die bernsteinfarbene Flüssigkeit, während die Bedienung hinter dem Tresen einem der Betrunkenen eine schallende Ohrfeige verpasste. Umsonst. Der Mann schlüpfte unter dem Brett hindurch, packte sie und schob ihr Kleid hoch.

Der junge Mann schenkte dem Geschehen keine Aufmerksamkeit. Er hatte vor dieser Frau nicht mehr Respekt als vor den Säufern. Für ihn zählten diese Menschen nichts. Sie waren nur Wesen aus Fleisch und Blut, die eines Tages zu Staub zerfallen würden.

Jetzt hatten sich drei Kerle auf sie gestürzt. Die abwehrenden Gesten und Schreie der Frau hatten etwas Lächerliches. Die sechs anderen lachten grölend, aber der junge Mann hätte am liebsten geweint. Manchmal gelang es ihm noch, Selbstmitleid zu empfinden.

»Also, was ist?«, fragte der Jäger.

»Warum ich?«

»Weil du kräftig aussiehst ... Vielleicht bist du nicht so stark wie ein Germinianer, aber fünfzig Kilo Gepäck dürften dir keine Schwierigkeiten machen. Und ich finde dich sympathisch ...«

Das Angebot kam zur rechten Zeit. Schon seit zwei Jahren ödete dieser Planet den jungen Mann an. Vielleicht war das eine Gelegenheit, sich in einer anderen Welt zu langweilen. Ein paar Tage als Lustobjekt für diese ungehobelten Kerle wären sicher nicht schlimmer als diese nicht enden wollenden einsamen Stunden. Seine Seelenqualen würden diese Reise natürlich nicht mindern, aber er käme wenigstens auf andere Gedanken.

Die schrillen Schreie der Bedienung rissen ihn aus seinen Überlegungen. »Wie viel zahlen Sie?«

»Es gibt Leute, die uns dafür bezahlen würden, wenn sie mitkommen dürften«, sagte der Jäger mürrisch.

»Ich brauche das Geld«, entgegnete der junge Mann.

Zwar arbeitete er bereits für verschiedene Jagdgesellschaften, doch diese durchaus einträgliche Tätigkeit genügte ihm nicht, seinen Lebensstandard aufrechtzuerhalten.

»Hundert Standardeinheiten, den Lohn eines Trägers ...«

»Auch wenn die Xaxas nicht kommen sollten?«

»Natürlich.«

»Ich bin einverstanden.«

»Fantastisch!«, rief der Jäger begeistert. »Ich bin Geof Runocq, aus Issigor«, stellte er sich vor und streckte dem jungen Mann seine Hand hin.

Der ergriff sie, leicht angeekelt von dem feuchten, schmierigen Kontakt. Wie angenehm war doch die Berührung mit der wohlriechenden Hand Naïa Phykits gewesen, dachte er. Nachdem sie ihn die Kunst des Antra gelehrt hatte, hatte sie ihn mit ihren strahlenden Augen ernst angesehen und leicht seine Stirn und seinen Mund berührt. Lange hatte er unbeweglich vor ihr gestanden und sich in ihren wunderschönen blaugrünen Augen verloren, fasziniert von ihrer Ausstrahlung und von den Vibrationen des Lebenstons. Er hatte das Gefühl gehabt, aus seinem Körper herauszutreten, zu Erde, zur Sonne, zum gesamten Universum zu werden. Sekundenlang war er mit dem schlagenden Herzen der

Schöpfung verbunden gewesen, war er zu einem der Krieger der Stille geworden.

Er erwachte aus seinem Tagtraum, und ihm wurde bewusst, dass der Jäger seine Hand nicht loslassen würde, bis er seinen Namen genannt hatte.

»Und ich bin Mikl Manura, vom sechsten Ring Sbaraos.«

»Sehr erfreut, Mikl Manura von Sbarao! Komm, ich stelle dir die anderen vor ...«

Geof Runocqs Jagdkumpane waren kaum vorzeigbar. Doch das hinderte den Jäger nicht daran, unverständliche Namen vor den an der Theke hängenden oder am Boden liegenden Gestalten zu murmeln. Besäufnisse in diesen am Waldrand gelegenen Kaschemmen waren gang und gäbe. Der franzianische Wein – ein Gemisch aus dem Saft fermentierter Blätter und aus gelbem Reis gewonnenem Alkohol – gehörte zur Ausstattung des erfahrenen Jägers (ein Sinnbild der Männlichkeit), und ein Tourist, der sich dem Ritual des kollektiven Betrinkens verweigert hätte, wäre unweigerlich als Weichei abgestempelt worden.

Geof Runocq lehnte am Tresen, die Flasche in der schlaff herunterhängenden Hand. Seine Kumpanen schnarchten inzwischen mit offenen Mündern. Sie alle trugen unter ihren Capes aus Lebens-Stoff oder ihren Mänteln aus Seide Colancors. Die unter ihren leuchtenden Wasserkronen hervorquellenden Zöpfe oder die Falten ihrer Hauben lagen in Pfützen aus Wein oder Erbrochenem.

»Morgen ... wir treffen uns ... hier. Morgen früh ... ehe wir nach ... nach Jer Salem aufbrechen, wollen wir noch ein kleines Experiment in Nea-Marsile versuchen ... Ein einzigartiges Experiment ... Weißt du was für eins?«

Das wusste Mikl Manura nicht, aber er hatte vom Gestammel seines Gesprächspartners die Nase gestrichen voll.

Er war als Träger engagiert worden, und nicht, um sich die blödsinnigen Geständnisse eines aufgeblasenen Mörders anzuhören.

»Schon ... schon lange haben wir uns diese Frage gestellt ... Eine äußerst wichtige Frage für einen Jäger ...«, murmelte Geof Runocq, wobei ihm fast die Augen zufielen. »Die Frage lautet: Kann man einen Scaythen von Hyponeros töten?«

Seine Beine gaben unter ihm nach. Auf der Suche nach Halt stieß er ein Glas und drei Flaschen um und fiel wie ein nasser Sack zu Boden.

»Kann man einen Scaythen von Hyponeros töten?«, wiederholte er«, schon halb schlafend. »Morgen früh ... wissen wir die Antwort ... Wir treffen uns hier ... um drei Uhr Ortszeit ...«

Mikl starrte eine Weile seinen neuen Arbeitgeber an, dann setzte er sich wieder an seinen Tisch. Er fragte sich, wie viel Prahlerei hinter Geofs Worten steckte. Wahrscheinlich ist das nichts als das angeberische Getue eines betrunkenen Spießers. Aber nichtsdestotrotz hat er eine gute Frage gestellt.

Kann man einen Scaythen von Hyponeros töten?

Auf Terra Mater hatte der Mahdi Shari diese Möglichkeit nie in Betracht gezogen. Er hatte von der vibrierenden Kette gesprochen, der leuchtenden Quelle, der alles beherrschenden Kreativität, der Göttlichkeit des Menschen, aber nie erwogen, die Scaythen mit Waffen anzugreifen.

Mikl durchforschte seine Kindheitserinnerungen. Im Jahr 2 des Ang-Imperiums hatte der Krieg auf den Ringen von Sbarao gewütet. Der Tod des Seigneurs Dons Asmussa, der qualvolle Tod seiner Gemahlin, Dame Moniaj, und der ihrer Kinder hatte das Volk empört. Alle hatten unter der grausamen Unterdrückung durch die von einem Kardinal und zwei scaythischen Inquisitoren geleiteten kaiserlichen Truppen leiden müssen. Als Mikl sieben Jahre alt war, hatte er zusehen müssen, wie seine Eltern einen langsamen Tod am Feuerkreuz starben. Danach hatten ihn die Rebellen der Pïaï-Berge aufgenommen, und er hatte an mehreren Gefechten gegen die Besatzungstruppen teilgenommen. Seine Aufgabe war gewesen, die Waffen der Gefallenen, ob Feind oder Freund, einzusammeln. Doch auf dem Schlachtfeld, unter den vielen verstümmelten Leichen, hatte er nie einen Scaythen gefunden – als ob der Tod den Bewohnern von Hyponeros nichts anhaben könnte.

Warum? Wurde nie auf sie geschossen? Oder waren sie menschlichen Waffen gegenüber immun?

Mikl hoffte, dass Geof Runocq und seine Freunde ihren Plan realisierten. Wie er diese eitlen, aufgeblasenen Typen einschätzte, sehnten sie sich in ihrer Dummheit nach einer derartigen Herausforderung, allein, um das Gefühl zu haben, lebendig zu sein.

Plötzlich tauchte das Gesicht der rothaarigen Bedienung im Türspalt auf. Sie vergewisserte sich, dass ihre Gäste sie nicht mehr belästigen konnten, und beschimpfte die Trunkenbolde auf Altfranzianisch. Erst dann entdeckte sie Mikl.

»Du kleiner Scheißkerl!«, fauchte sie wütend. »Du hättest zugelassen, dass diese Schweine mich vergewaltigen, wäre ich nicht abgehauen.«

»Beleidige nicht meine neuen Arbeitgeber«, entgegnete Mikl kalt. »In dem Zustand, in dem sie waren, hätten sie dir kaum etwas antun können.«

»Darum geht's doch nicht.« Sie deutete auf die blauen Flecke und Abschürfungen an ihrem Körper. »Ich habe mich in diesem beschissenen Wald verletzt. Mein Kleid ist zerrissen. Diese fetten Geldsäcke glauben, dass sie sich alles herausnehmen dürfen. Hau bloß ab! Ich will dich nicht mehr sehen!«

Mikl stand auf und schlenderte zur Tür. Ehe er ging, drehte er sich noch einmal um und sagte:« Wenn man sich an Touristen verkauft, braucht man sich nicht zu wundern, wenn sie sich alles erlauben.«

Sie warf ihm einen hasserfüllten Blick zu. »Geh zum Teufel, du Widerling!«

Mikl lächelte bitter. Den Teufel kannte er bereits, denn ihm hatte er vor sechs Jahren seine Seele verkauft.

Der Hof der ehemaligen Fabrik war leer.

Mikl betrachtete den Himmel des frühen Morgens. Es war jener magische Augenblick, an dem die Sterne über Neorop vor Anbruch der Dämmerung zum letzten Mal aufflammten.

In der Formation einer Kugel umkreisten sie den größten unter ihnen, das riesige Gestirn Betaphipsi, und bildeten auf diese Weise einen gigantischen Lüster mit vielen Farbschattierungen, die nach und nach im Westen erloschen. Weil die Sterne eine große Strahlkraft besaßen und zu dem Planeten Franzia in relativer Nähe standen, wurde es hier nie ganz dunkel. Anfangs hatte Mikl unter Schlafstörungen gelitten und viele Stunden damit verbracht, ihren Lauf am nächtlichen Himmel zu beobachten, wie sie erst zu einer Spirale, dann zu einer Kugel wurden, Figuren, die so prächtig wie antike Kirchenfenster leuchteten. Beachtenswert war auch der große Asteroid-Gürtel, ein schmales gewölbtes Band, das je nach Jahreszeit mehr oder weniger leuchtete.

Im Osten erschienen die ersten goldenen Strahlen der vier Tagesgestirne Franzias und die Umrisse der Planeten Alemane, Spain und Nouhenneland. Diese vier Sonnen hatten sich vor Millionen Jahren aus dem Sternenhaufen gelöst.

Sie hießen in der Reihenfolge ihres Erscheinens, Epsilon, Omikron, Ypsilon und Omega. Doch die Franzianer, ein faules, aber dichterisch begabtes Volk, nannten sie einfach die vier Irrwische des Alls – Irrwisch 1, Irrwisch 2, Irrwisch 3 und Irrwisch 4.

»Sie müssten gleich kommen«, flüsterte Geof Runocq.

Die schwer bewaffneten Jäger hatten sich in einer Halle der ersten Etage des Hauptgebäudes verschanzt. Von dort aus konnten sie durch die scheibenlosen Fensteröffnungen den gesamten Fabrikhof überblicken, den die Irrwische mit ihrem goldenen Licht überzogen. Alle starrten auf das Haupttor. Sie hatten es wieder geschlossen, nachdem sie das mit einem Code versehene Schloss zerstört hatten.

Als Mikl vor zwei Stunden die heruntergekommene Bar Naïmerod betreten hatte, schnarchten die Zecher noch immer. Die Bedienung war verschwunden. Er hatte sich gefragt, ob sich Geof noch an seinen Vorschlag erinnerte und ob er die Jäger wecken sollte. Zu seiner großen Überraschung waren sie ihm nicht böse, als er es getan hatte, sondern dankbar. Sie hatten nach ihren leichten Waffen gegriffen und sich sofort auf den Weg nach Nea-Marsile gemacht.

Zeit, sich umzuziehen, hatten sie nicht gehabt. Jetzt stanken sie nach Alkohol und Schweiß. In der Vorstadt hatte der Historiker Song-Nu Jien – dem die Aufgabe zugeteilt worden war, seinen Freunden das Wild (einen scaythischen Gedankenschützer!) zuzutreiben – in einem öffentlichen Holophon eine Taxikugel bestellt. Die anderen hatten sich in diesem verlassenen Fabrikgebäude versammelt. Bevor die Fabrik wegen ihrer hohen Radioaktivität geschlossen worden war, wurden dort ut-genische Erze verarbeitet. Ein idealer Ort, um jemandem eine Falle zu stellen.

»Sind Sie sicher, dass Song-Nu Jien auch mit einem Gedankenschützer kommt?«, fragte Mikl.

»Habe ich dir nicht erzählt, dass er als Historiograph an den kaiserlichen Hof zu Venicia berufen wurde?«, antwortete Geof mürrisch. Ihm war übel, und er hatte rasende Kopfschmerzen.

»Ja, und?«

»Es gibt weitaus weniger Gedankenschützer als benötigt werden«, erklärte Geof und seufzte. »Ich warte bereits seit fünf Jahren auf einen. Aber ein Mann wie Song-Nu Jien, mit einem offiziellen Titel am Hof, wird bevorzugt behandelt. Wo auch immer er sich aufhält, werden ihm die Behörden einen Gedankenschützer zuteilen. Sogar zwei, falls er es wünscht ...«

»Das ist ein ziemlich gefährliches Spiel. Denn wenn Sie diesen Scaythen töten, werden die Inquisitoren sofort Ihren Freund verdächtigen und somit auch Sie.«

»Niemand wird je erfahren, dass Song-Nu Jien auf Franzia einen Gedankenschützer hat ... verschwinden lassen. Diese Leute werden nicht registriert; sie haben nicht einmal einen Namen und werden je nach Bedarf eingesetzt. Auch ihre Reisen werden nicht registriert. Sie sind Fantome; Sie hinterlassen keine Spur. Und jetzt halte bitte den Mund!«

Die Argumente Geof Runocqs kamen Mikl ziemlich dürftig vor. Sein Denkvermögen reduzierte sich auf die menschliche sinnliche Wahrnehmung. Für diesen Issigorer existierte alles, das nicht aufgeschrieben oder auf einer Memodisk festgehalten wurde – oder, nach seinen Worten, keine Spuren hinterließ – einfach nicht. Doch für die Scaythen existierten weder zeitliche noch räumliche Grenzen. Denn diese Wesen standen in dauerndem Kontakt zu ihren Meister-Creatoren durch ein Phänomen, das der Mahdi Shari von den Hymlyas »Matrix-Impulsion« nannte. Auf diese Weise fungierte das Hyponeriarchat als Zentrum der Macht, weil es die Scaythen sowohl erzeugte als auch mit bestimmten Daten ausstattete und jede Kommunikation überwachte. Sollte es also gelingen, diesen Gedankenschützer zu töten – was äußerst zweifelhaft war –, würde das Hyponeriarchat diese Tatsache im Moment seiner Zerstörung erfahren, weil alle implantierten Daten aus seiner Hülle entwichen.

Diese Erkenntnis teilte Mikl den Jägern jedoch nicht mit. Er gehorchte dem Befehl des Schweigens darüber umso bereitwilliger, weil er ihnen nicht den Mut nehmen wollte und hoffte, sie würden ihr wahnwitziges Projekt vollenden. Denn trotz ihrer demonstrativen Unerschrockenheit wirkten sie verängstigt. Ihre Hände umklammerten nervös die Schäfte ihrer Waffen, und trotz der Kühle des Morgens waren ihre Gesichter mit Schweiß bedeckt. Und je näher der Augenblick des Tötens rückte, umso geringer wurde ihr Mut.

Über den Dächern stiegen jetzt Irrwisch 1 und Irrwisch 2 auf. Die Sonnen tauchten den Fabrikhof in strahlendes Licht.

»Wo bleibt er nur?«, murmelte Geof ärgerlich.

»Wahrscheinlich hat er Probleme gehabt«, sagte einer der Jäger, ein Markisatiner, dessen Name Mikl vergessen hatte. »Wir sollten lieber abhauen.«

Inzwischen wurde die Gruppe von nackter Angst beherrscht und war bereit, den geringsten Vorwand zu benützen, um den Rückzug antreten zu können. Mikl verfluchte ihre Feigheit.

Sollten diese Typen jetzt aufgeben, dachte er, findet dieses einzigartige Experiment nicht statt, ein Experiment, das alles ändern könnte. Er musste unbedingt wissen, wie es ausgeht, denn erst dann konnte er eine Entscheidung treffen. Wenn sich herausstellen würde, dass man die Scaythen mit Waffen bekämpfen kann, würde er eine interplanetarische Bewegung ins Leben rufen, deren einziges Ziel wäre, diese Kapuzenmänner zu eliminieren. Die ganze Nacht hatte er über sein Projekt nachgedacht. Zuerst musste er sich mit den heimlich operierenden Schleusern in Verbindung setzen und sie dazu bewegen, ihm ihre Deremats zur Verfügung zu stellen. Danach wären Mitarbeiter auf den siebenundsiebzig Planeten des Ang-Imperiums anzuwerben, schließlich die gesamte Operation zu koordinieren und zu überwachen ... Natürlich war das ein gigantisches Programm, voller Unwägbarkeiten ...

Doch allein die Aussicht, Zeuge des Todes eines Scaythen zu werden, hatte Mikl zu diesem geistigen Höhenflug inspiriert. Zwar war er kein Krieger der Stille mehr – wie ein Dieb hatte er sich während der Abwesenheit seines Meisters, des Mahdi Shari, von Terra Mater davongestohlen, seine Adoptiveltern des Lichts Naïa Phykit und Sri Lumpa enttäuscht. In den verschiedensten Welten hatte er während seiner Flucht von Gelegenheitsarbeiten gelebt und das Antra verloren – und damit jede Hoffnung.

Vielleicht war heute der Tag der Revolte, vielleicht konnte er seine Würde wiedererlangen, wenn er kämpfte. Natürlich nur, wenn diese feigen Jäger nicht im entscheidenden Moment versagen würden. Denn wahrscheinlich beschränkte sich ihr Mut auf die gemeinsame Vergewaltigung eines Barmädchens oder das Massakrieren friedlicher Eingeborener.

»Jetzt kommt er nicht mehr«, sagte Geof Runocq.

Und während Mikl wie gebannt auf das geschlossene Tor starrte, dachte er unablässig: Öffne dich! Öffne dich!

Er könnte das Verlöschen des Feuers, das jetzt in ihm loderte, nicht ertragen, das wusste er. Dasselbe Feuer hatte ihn einst als Kind zu seinem tollkühnen Verhalten auf seinem Heimatplaneten beseelt. Als er sich nach der blutigen Repression durch die kaiserlichen Truppen in eine Reiseagentur des InTra geflüchtet, den Angestellten getötet und sich in einer Deremat-Maschine versteckt hatte. Die Koordinaten des letzten Reisenden waren noch nicht gelöscht worden. Er hatte auf den Transfer-Knopf gedrückt und war auf einem künstlichen Satelliten namens Eden rematerialisiert worden – einem Rehabilitationszentrum für reiche alte Leute mit dem Ziel, durch Schönheitsoperationen und Transplantationen den Alterungsprozess zu verlangsamen.

Mikl hatte in dem Hotelzimmer derjenigen, die vor ihm den Deremat benutzt hatte, einer einhundertsechzigjährigen Sbaraonerin, wieder das Bewusstsein erlangt. Die alte Frau hatte ihn versteckt und liebevoll umsorgt, doch Mikl hatte sie zum Dank mit einer Vorhangschnur erdrosselt und sie ihres Vermögens beraubt, zahlreicher Jetons, jeder davon tausend Standardeinheiten wert.

Auf diese Weise mit einer üppigen Reisekasse ausgestattet, hatte er versucht, einen Angestellten der InTra-Agentur zu überreden, ihm ein Ticket zur Freien Weltraum City zu verkaufen. Doch der Mann hatte es für klüger gehalten, den zehnjährigen Knirps bewusstlos zu schlagen, ihm sein Geld abzunehmen und, um sich seiner zu entledigen – denn als guter Kreuzianer schreckte er vor Mord zurück –, ihn nach Terra Mater zu expedieren, auf eine vergessene Welt, die niemand besuchte und von der niemand kam.

Diese unvorhergesehene Zwischenstation hätte für Mikl die Chance seines Lebens sein müssen. Er litt noch unter dem durch die Deremat-Reise hervorgerufenen Gloson-Effekt, als herrliche leuchtende Gestalten scheinbar aus dem

Nichts vor ihm auftauchten ... Naïa Phykit, Sri Lumpa, der damals dreizehnjährige Shari und ein paar ihrer Schüler.

Von diesem Augenblick an war sein Leben traumhaft schön gewesen. Naïa Phykit war für ihn eine Mutter geworden, von der er niemals zu träumen gewagt hätte. Nach seiner Initiation hatte er gelernt, den Ton des Lebens zu beherrschen, auf seinen Gedanken zu reisen und den Klang seiner Stimme dem des Chors der Schöpfung anzupassen ...

Denn die Krieger der Stille hatten bereits gemäß der Lehre der Inddikischen Wissenschaften den Übergang eines Weltzeitalters in das nächste vorbereitet – dem der Trennung in das der Vereinigung. Ein gefährliches Unterfangen, denn andere Wesen sprachen dem Menschen seine Schöpferkraft ab und versuchten, das gesamte Menschengeschlecht auszulöschen.

Shari, den Naïa Phykit und Sri Lumpa als den letzten Nachkommen der Mahdis bestimmt hatten, war als Zwanzigjähriger zu seiner letzten geheimen Prüfung aufgebrochen ... Warum hatte Mikl nicht auf dessen Rückkehr warten können? Warum war er von diesem heftigen Verlangen getrieben worden, seine Mitschüler und seine Eltern des Lichts zu verlassen? Wollte er sich in den bekannten Welten herumtreiben, beseelt von einem Machtrausch, den das Antra in ihm erzeugt hatte?

Heute konnte er sich nur noch erinnern, dass bei Yelles – der Tochter Naïa Phykits und Sri Lumpas – Geburt ihn ein widerliches Gefühl der Eifersucht beherrscht hatte. Seine über alles geliebte Mutter hatte ihn verlassen. Wie ein paar Jahre zuvor seine leibliche Mutter. Wahrscheinlich konnte er es nicht vertragen, ein zweites Mal verlassen zu werden.

Die Jäger hatten inzwischen ihre Posten verlassen. Sie gingen zur Außentreppe der Fabrikhalle.

»Wartet!«, rief Mikl, denn das Tor wurde in diesem Moment langsam geöffnet.

Song-Nu Jien mit schwarzer Weste und leuchtend roter Mütze betrat den Innenhof. In einigen Metern Abstand folgte ihm ein Gedankenschützer in weißem Kapuzenmantel.

In der Fabrikhalle herrschte plötzlich eine bedrückende Stille. Die wie erstarrten Jäger beobachteten Song-Nu Jien. Er schritt gemessen bis in die Mitte des Hofs. Dann rannte er, wie vereinbart, auf das Gebäude zu.

Der Scaythe blieb stehen.

Die perfekte Zielscheibe für ungeübte Spießer mit schwach ausgebildeten Reflexen.

»Worauf wartet ihr noch, verdammt noch mal!«, schrie Song-Nu Jien, am Fuß der Außentreppe stehend.

Das Geschrei riss die braven Bürger aus ihrer Erstarrung. Sie entsicherten ihre Waffen, rannten die Treppe hinunter, gaben dem Historiographen seinen Wellentöter und pflanzten sich vor dem zu Stein gewordenen Gedankenschützer auf.

Irgendetwas Bösartiges schien aus der Kapuze dieses scheinbar wehrlosen Scaythen zu strömen. Er wirkte gefährlicher als jedes Raubtier der franzianischen Wälder. Das helle Tageslicht schien sich kreisförmig um ihn zu bündeln.

Mikl, noch immer in der Halle, hielt den Atem an.

Die Jäger standen in einer Reihe vor ihrer Beute und legten die Waffen an.

»Feuer!«, schrie Song-Nu Jien.

Die Mündungen ihrer Waffen spien den Tod aus weniger als zwanzig Meter Entfernung. Graue Rauchwölkchen stiegen aus dem weißen, durchlöcherten Kapuzenmantel auf. Aber der Scaythe stand noch immer unbeweglich da.

Die Jäger gerieten in Panik. Mikl wurde von Entsetzen ergriffen.

»Zielt auf den Kopf! Den Kopf, verdammt noch mal!«, brüllte Song-Nu Jien.

Mit zitternden Händen gehorchten die Jäger. Dieses Mal machte der Scaythe taumelnd ein paar Schritte rückwärts.

In Mikl erwachte eine wahnsinnige Hoffnung. Gleich würde der Gedankenschützer zusammenbrechen.

Doch der Kapuzenmantel fiel zerfetzt zu Boden und enthüllte einen hässlichen, braunen, geschuppten Körper. Der Scaythe richtete sich wieder auf und wandte das Gesicht seinen zehn Mördern zu.

»Feuer!«, kreischte Song-Nu Jien.

Auch diese Salve ließ ihn unberührt. Die Jäger sahen, dass er keine Verletzung davongetragen hatte. Aus seinen hervorquellenden, gelben, pupillenlosen Augen schossen elektrische Blitze.

»Feuer!«

Verrückt vor Wut und Grausen schossen sie auf den Körper des Gedankenschützers – konnte man das einen Körper nennen? Er sah vielmehr wie eine der hölzernen primitiven asexuellen Statuen der Wilven in ihren Dörfern aus.

Mikl begriff: Mein heroischer Traum ist geplatzt! Der Mahdi Shari hat Recht. Es gibt nur eine einzige Waffe gegen die Scaythen von Hyponeros, den Inddikischen Gesang, das Lied der Schöpfung. Und ich habe diese einzigartige Waffe verloren.

Geof Runocq und seine Kumpanen merkten die Veränderung in ihren Gehirnen nicht. Noch glaubten sie, einen Gedankenschützer, ein Wild erlegt zu haben, vielleicht ein

Gespenst, das keine Spuren hinterließ – doch sie hatten sich mit einem Gedankenauslöscher angelegt, mit einer Kreatur, die ihre Hirnstruktur nach Belieben verändern konnte.

Jetzt beherrschte nackte Angst die ehrenwerten Bürger der Welten des Zentrums, auch den neuen Historiographen Song-Nu Jien – und nahm ihnen jede Würde. Nicht nur, dass sie weder ihren Mageninhalt noch den Inhalt ihrer Blase bei sich behalten konnten, nein, sie wurden von dem unwiderstehlichen Drang ergriffen, einander zu töten.

Wahnsinnig geworden, richtete Geof seine Waffe auf den neben ihm Stehenden und schoss ihn ohne ein Wort nieder.

Mikl packte das Entsetzen, als er immer schlechter Wild und Jäger unterscheiden konnte; alle liefen wirr durcheinander und töteten sich gegenseitig. Niemand floh. Jetzt erst waren sie zu dem sagenhaften gewalttätigen Jäger Nimrod geworden. Vier überlebten, unter ihnen Geof Runocq und Song-Nu Jien. Doch sie kümmerten sich nicht mehr um den scaythischen Gedankenschützer, eine dunkle, von Rauchschwaden umwobene Gestalt.

Als Geof sein letztes Wild erlegt hatte, schenkte ihm der große Gelehrte Song-Nu Jien keinen einzigen Blick mehr. Er hob seine Waffe, presste den Lauf gegen seine Stirn und drückte ab.

Doch die gelben Augen des Scaythen sandten noch immer Wellen aus. Kalte Tentakel durchforschten Mikls Gehirn.

Ein Bereich in seinem Geist wurde zerstört.

Als der Gedankenschützer eine Stunde später gegangen war, verließ Mikl – eingehüllt in das Cape eines Toten – ebenfalls die Fabrik, durchquerte die Industriegelände Nea-Marsiles und marschierte in Richtung des Tropenwaldes. Er kehrte in der Bar Naïmerod ein und bestellte einen franzianischen Wein. Die rothaarige Bedienung stellte das Glas wortlos vor ihn hin. Er leerte es und warf eine Münze auf die Theke.

Als er sich zum Gehen wandte, fragte die Barfrau: »Wo sind denn diese fetten Schweine geblieben? Ich habe gesehen, dass sie ihre Waffen mitgenommen haben.«

Mikl sah die junge Frau erstaunt an. Er wusste nicht, von welchen Schweinen und Waffen sie redete. Sie schien ihn zu kennen, aber er konnte sich nicht an sie erinnern. Er war doch nur hier eingekehrt, weil er Durst hatte.

Das Rauschen des Wasserfalls übertönte den Gesang der Lyra-Vögel. Mikl saß am Rand des Abgrunds. Ein scharfer Wind peitschte ihm die Gischt ins Gesicht. Er starrte in die schäumende Tiefe, bis ihm schwindelig wurde. Gesichter, Gestalten, Landschaften zogen zusammenhanglos vor seinem geistigen Auge vorbei. Er wusste, dass er sich in diese Tiefe stürzen musste. Das befahl ihm eine Stimme. Nicht seine Stimme, aber sie kam aus seinem tiefsten Inneren.

Er drehte sich um und betrachtete die im Wind rauschenden Blätter der Bäume. Er war allein. Allein mit seiner Verzweiflung. Allein mit seinem Kummer. Große Tränen liefen über seine Wangen.

Er stand auf und wusste: Er hatte sein Leben verpfuscht, er hatte unmenschlich gehandelt. Deshalb würde er keine Spur seiner Existenz auf dieser Welt hinterlassen.

Er sprang in den Abgrund. Kurz bevor er auf dem Felsen aufschlug, sah er das Bild einer Frau mit langem goldenen Haar und wunderschönen graugrünen Augen.

Hätte er eine Mutter wie sie gehabt, vielleicht hätte er dann die Kraft aufgebracht, nicht sterben zu wollen.

ELFTES KAPITEL

Und alle jene, die durch das All gekommen sind, werden durch das All wieder gehen. Als Geschöpfe der Gleba kehren sie zur Gleba zurück. Sie werden das neue Jer Salem sehen, die Stadt des Lichts, sie werden wieder zu Kindern der Ewigkeit, und sie werden das Universum befruchten. Denn es gibt eine Wahrheit: Das Ende ist der Anfang, und der Anfang ist das Ende. Es werden Zeiten kommen, in denen von Menschen geschaffene Kreaturen einen erbitterten Kampf gegen die Menschheit führen werden. Dann werden die Boten der Götter, die Xaxas, himmlische Migranten, aus fernen Galaxien in großer Zahl herbeifliegen und sich auf den Gletschern niederlassen. Ihre Bäuche werden sich öffnen und Riesenchrysoliten gebären, die sich in gigantische Feuerschmetterlinge verwandeln werden.
Dann endet für das erwählte Volk die Zeit des Exils.
Dann wird die große Reise zu dem alten und neuen Jer Salem beginnen. Jeder Jersaleminer, jeder Erwählte, jede Frau, jedes Kind wird in den Bauch eines Xaxas' schlüpfen. Und die himmlischen Migranten werden sie mit ihrem Leib nähren wie Tausende von Jahren zuvor die eiserne Arche die Ahnen des Exodus' nährte. Und die himmlischen Migranten werden sie durch den Himmel tragen und sie nach vierzig Tagen auf die geweihte Erde des neuen Jer Salem bringen. Die Erwählten werden von den Engeln des Lichts begrüßt, von den alten und neuen Propheten und von den Göttern. Sie werden ein neues Eden erschaffen, ohne Leid und Sünde. Auf diese Weise wird für das schwere Vergehen ihrer Vorfahren bezahlt werden, für die Fehler

der Phraeliten, die die Götter herausforderten und sich durch ihre Gedanken vernichteten.

Oh ihr erwählten Seelen; oh ihr, die ihr die alte und die neue Welt seid; oh ihr, die ihr Vergangenheit und Zukunft seid, bereitet diese glorreichen Zeiten vor! Lernt, in den Leib des Xaxas einzutreten, fastet vierzig Tage im Jahr, geizt mit der Luft! Oh ihr erwählten Seelen; oh Töchter und Söhne des Einzigen Schöpfers; oh Kinder der Gleba, bewahrt die Reinheit eurer Rasse und vermischt euch nicht mit Gocks, euren Brüdern, den anderen Menschen! Denn sie sind auf ewig verflucht, und ihre Gene sind von Übel, schmutzig ist der Samen der Männer, faulig ist der Bauch ihrer Frauen. Die Gleba hat sie bis in alle Ewigkeit verleugnet.*

Oh ihr Töchter Jer Salems wisset, sollte sich eine unter euch von einem Gock schwängern lassen, so wird sie entkleidet und lebendig im Eis der Gletscher begraben. Oh ihr Söhne Jer Salems wisset, sollte einer unter euch eine Gock schwängern, so wird ihm das Glied abgeschnitten, und er wird den Tigerbären de Eises als Nahrung dienen. Denn ihr müsst wissen, dass die Xaxas nur dir Reinen nähren, die Unreinen aber töten.

Oh Abyner, oh ihr Hüter des Wortes, wacht über das erwählte Volk, über das göttliche Volk, so wie die Schäferhunde unablässig über ihre Herden wachen. Seid unbarmherzig gegenüber den Sündern, aber großherzig gegenüber den Gerechten! Oh ihr Fürsten Jer Salems, oh ihr, die Garanten von Gesetz und Brauchtum, werdet zum Beispiel der Tugend, seid strenger euch gegenüber als zu einem eurer Untertanen.

Haltet Elian in Ehren, jenen Abyner, der unsere Ahnen einst in das Jer Salem aus Eis und Schnee führte. Um die Menschen zu bestrafen, schickten die erzürnten Götter zwölf Plagen auf die Gleba: den Zorn des Wassers, den Zorn der Erde, den Zorn des Himmels, den Zorn der Vulkane, den Zorn des Feuers, den Zorn der Winde, den Zorn des Schnees, den Zorn der Insekten, den Zorn der Raubtiere, den Zorn des Atoms, den Zorn der Barbaren und den Zorn der Priester.

Deshalb ging der Abyner Elian in die Wüste Gob und betete vierzig Tage. Die Götter erhörten sein Flehen und schickten ihm eine große eiserne Ar-

* Gock, m., Gocki, f.: verächtliche Bezeichnung für einen Fremden, einen Nicht-Erwählten in der alten Sprache der Jersaleminer.

che. Dann brauchte Elian vierzig Jahre, um das erwählte Volk der Phraël zu versammeln, und als die vierhunderttausend Passagiere an Bord waren, trotzte die Arche dem All. Die Reise dauerte einhundertvierzig Jahre. Viele verzweifelten, viele lehnten sich auf. Andere schworen dem Wort ab. Und sie starben, oder sie sprangen über Bord.
So geschah es, dass die Arche auf dieser Welt aus Eis und Schnee landete. Der Abyner Elian legte die heilige Gleba mitten in den Gletscher und taufte diese Welt Jer Salem.
Ebenso geschah es, dass die Xaxas aus den fernen Galaxien herbeiflogen und die Arche umringten und die Feuerschmetterlinge ihre Flügel ausbreiteten. Der Abyner Elian und einige der Ahnen setzten sich in die Bäuche der himmlischen Migranten und flogen hinfort, zu dem Jer Salem des Lichts.
Aber wenn die Menschheit die Menschenwelten heimsuchen und die Götter herausfordern wird, schlägt die Stunde der gerechten Strafe für die unreinen Gocks, dann ist die Zeit gekommen, oh Töchter und Söhne des erwählten Volkes, zum Abyner Elian zurückzukehren.

Neue Bibel Jer Salems,
Verse aus dem Buch Xaxas

Sie hätten doch um Naïa Phykit kein so großes Geheimnis zu machen brauchen!«, sagte Marti, als er die Kabine betrat.

Robin de Phart lag in seiner Koje und klappte die antike Bibel Jer Salems, ein altes Buch aus Papier zu. Er hatte es sich von einem Offizier, einem Mann namens San Frisco, geliehen. Der alte Syracuser war sehr erfreut gewesen, dass der Jersaleminer ihm auf seine Bitte dieses kostbare Exemplar geliehen hatte, weil sich das Volk der Erwählten sonst kategorisch weigerte, Andersgläubigen ihre heiligen Texte anzuvertrauen. Doch dieser Mann – ein verbannter Prinz – schien diese strengen Regeln nicht mehr zu befolgen.

»Was wollen Sie damit sagen, Marti?«

»Dass Sie nicht der Einzige sind, der auf der Suche nach der Tochter Ihres ehemaligen Freundes ist. Ich habe gerade einen kleinen Utgenianer kennengelernt, der zur Terra Mater reisen möchte. Denn sie ist auf diesen Planeten geflohen, nicht wahr?«

Robin de Phart stand auf und starrte aus dem Bullauge. Das Luftschiff befand sich gerade im Shlaar-Effekt, und Licht ferner Gestirne flammte im All wie von Windböen getriebene Licht-Kugeln auf.

»Ich verstehe nicht, warum Sie mit mir nicht darüber geredet haben. Verstrauen Sie mir denn nicht?«

Robin de Phart fühlte sich in Martis Gesellschaft immer

wohler. Das Schicksal schien ihm zum Trost seines Alters einen Sohn geschickt zu haben. Doch ein unerklärliches Gefühl hielt ihn zurück, sich dem jungen Mann anzuvertrauen. Noch konnte er nicht erklären, ob diese Zurückhaltung an seiner mangelnden Herzlichkeit oder an der gestörten Persönlichkeit des jungen Kervaleur lag. Eine dunkle Vorahnung hatte ihn nach der Zerstörung der Freien City des Alls beschlichen, und intuitiv hatte er eine Verbindung zwischen Martis Verspätung, dem schwarzen Staub auf dessen rotem Overall – warum hatte er sich nicht umgezogen? – und dessen Gleichgültigkeit der Explosion gegenüber hergestellt. Aus diesem Grund hatte er zwei Wochen kaum geschlafen und immmer wieder versucht, seinen Reisegefährten diskret zu befragen. Doch er hatte nur erreicht, dass dieser verärgert war. Robin zweifelte nicht an Martis Aufrichtigkeit, aber an dessen seelischem Gleichgewicht. Manchmal glaubte er Wahnsinn in seinen dunklen Augen aufflackern zu sehen.

Nein, Robin de Phart hatte kein Vertrauen mehr zu seinem jungen Freund. Und er litt deswegen.

»Ich hätte es Ihnen gesagt«, antwortete er müde. »Aber ich wollte Sie vorher besser kennenlernen.«

»Jek – so heißt der kleine Utgenianer – war nicht so argwöhnisch wie Sie. Ich vermute, dass Sie mir nichts erzählt haben, damit ich bei Ihnen bleibe. Schließlich habe ich nicht mein Elternhaus verlassen, um weiterhin wie ein Kind behandelt zu werden, Sieur de Phart!«, schoss Marti seine Worte wie vergiftete Pfeile ab.

Der alte Syracuser umklammerte die alte, in Leder gebundene Bibel. Der Shlaar-Effekt machte ihm zu schaffen. Er fühlte sich nicht wohl, und die Reise zum Planeten Franzia würde noch vierzehn Tage dauern.

»Und was haben Sie jetzt vor?«

Marti setzte sich auf seine Koje und spielte geistesabwesend mit den Knöpfen seiner Jacke, die er für zehn der restlichen dreißig Einheiten Robins gekauft hatte, weil er vergessen hatte, die zweitausend, mit sexuellen Dienstleistungen verdienten Einheiten mitzunehmen.

»Ich will Naïa Phykit und Sri Lumpa auf Terra Mater treffen«, antwortete er. »Das wollen Sie doch auch. Oder nicht? Und dann ein Krieger der Stille werden.«

»Und wie wollen Sie dorthin reisen?«

»Jek sprach von illegalen Schleusern auf Franzia.«

»Und wie wollen Sie diese Leute bezahlen? Sie sind sehr teuer, außerdem verfügen sie nur über veraltete Raumschiffe, die einen Aktionsradius von weniger als zehn Lichtjahren haben ...«

»Was wissen Sie schon davon?«

Robin de Phart setzte sich wieder auf seine Koje und schlug die Bibel von Jer Salem auf, seinen Blick automatisch auf den Text gerichtet.

»Während meiner fünfzehnjährigen Flucht haben sie mir öfter gute Dienste geleistet, obwohl sie Raskattas sind, üble und skrupellose Händler.«

»Wir werden sie dazu bringen, uns gratis reisen zu lassen.«

»Ach? Ebenso gut könnten wir einen Kreuzler von der Nächstenliebe überzeugen.«

»Das Alter scheint den Menschen verbittert und pessimistisch zu machen«, sagte Marti kalt.

»Eine solche Haltung könnte man auch als eine gewisse Weisheit bezeichnen«, entgegnete der alte Syracuser.

»Dann kann ich wohl kaum auf Ihre Unterstützung zählen ...«

»Auch wenn ich dem Tode schon nahe bin, so habe ich doch keine Lust, mich selbst zu töten.«

»Aber wie wollen Sie dann auf Terra Mater gelangen?«

Robin de Phart vertiefte sich in die Lektüre eines Abschnitts in dem Buch der Xaxas. Auf seiner Koje lagen Videoholos und Lichtbücher.

»Das weiß ich noch nicht ... Doch ich vertraue dem Schicksal ...«

»Das Schicksal spielt den Menschen manchmal seltsame Streiche.«

»Eine derart philosophische Betrachtungsweise ist ja etwas ganz Neues bei Ihnen.«

»Der Satz stammt nicht von mir, sondern von Jek, dem kleinen Anjorianer. Von seinem Vater vielmehr ... von seinem P'a, wie er ihn nennt.«

Robin de Phart hielt die Bibel in die Höhe. »Die Lösung des Problems steht vielleicht in diesem Buch geschrieben. San Frisco hat es mir nicht rein zufällig geliehen.«

»Der erste Offizier? Ich kann den Kerl nicht leiden. Immer steckt er mit Jek zusammen. Er nennt ihn ›Prinz der Hyänen‹. Und nicht nur, dass er komisch daherredet. Sein Blick jagt mir Angst ein.«

»Sollten Sie die Grundregeln Ihrer höfischen Erziehung vergessen haben, Marti?«, sagte der alte Syracuser spöttisch. »San Friscos Sprache ist voller Poesie, die Ihre hingegen neigt zur Vulgarität.«

»Für die Welt bin ich bereits gestorben. Weder für den kaiserlichen Hof noch für meine Eltern oder Freunde existiere ich noch«, entgegnete Marti finster. »Sie sprachen von einer Lösung. Worum geht es?«

»Um die Xaxas der Gleba-Religion. Diese himmlischen Zugvögel, auf die die Jerusaleminer seit achttausend Jahren warten. Ich habe mit San Frisco darüber gesprochen. Er ist davon überzeugt, dass die Xaxas in drei Standardwochen auf Jer Salem landen.«

»Und dann?«

»In dieser Bibel steht geschrieben, dass man in den Leib dieser sagenhaften Vögel eindringen kann. Ich lese Ihnen die Stelle vor: *Jeder Jerusaleminer wird in dem Bauch eines Xaxas geborgen werden. Und der himmlische Zugvogel wird ihn nähren und mit Atemluft versorgen ... mit ihm in die Weite des Alls fliegen und ihn nach vierzig Tagen auf der geweihten Erde des neuen Jer Salem absetzen* ... Unklar ist, was die Bibel unter ›das neue Jer Salem‹ versteht ... *Aus der Gleba kommend, werden sie zur Gleba zurückkehren* ... Die alte Gleba, das ist zweifelsohne Terra Mater, das Ursprungsland. Von dort aus sind die Phraeliten vor mehr als acht Jahrtausenden aufgebrochen. Aber welches ist ihr Ziel? Die neue Welt? San Frisco hat mich darauf hingewiesen, dass diese heiligen Schriften zum großen Teil symbolisch zu verstehen sind. Das hat seinerzeit den Zorn der Abyner auf ihn gelenkt, die ihn aus Jer Salem verbannten ...«

»Und das glauben Sie, Sieur de Phart?«, unterbrach Marti den alten Mann respektlos. »An irgendeinen Unsinn, der vor achttausend Jahren geschrieben wurde?«

»Ich glaube daran, ebenso wie Sie an den Mythos der Krieger der Stille glauben, mein junger Freund! Es gibt Leute, die genauso wie Sie jetzt reagieren, wenn von Naïa Phykit und Sri Lumpa die Rede ist ... Jedenfalls ist Jer Salem nur zwei Tagesreisen mit dem Luftschiff von Franzia entfernt, und wir könnten leicht dorthin gelangen ...«

»Aber ohne mich!«

Marti stand wütend auf und ging zur Tür. Er legte die

Hand auf die Klinke und drehte sich um. Seine Augen sprühten Blitze.

»Jek und ich wollen keine Zeit auf Jer Salem verlieren! Wir bitten die Schleuser in Nea-Marsile um Hilfe. Ob Ihnen das nun passt, oder nicht! Sie sind bis ans Ende Ihres Lebens von dem Virus der Ethnosoziologie infiziert, Sieur de Phart, und behaupten immer, im allgemeinen Interesse zu handeln, aber Ihre Interpretation dieser Bibelverse – abgesehen davon, dass sie völlig hirnrissig ist – dient nur Ihren eigenen Interessen. Sollten wir Sie begleiten, schlagen Sie zwei Fliegen mit einer Klappe. Sie können Ihre Studien fortsetzen und haben außerdem noch Menschen in der Nähe, die Sie vor Ihrer Einsamkeit bewahren. Denn ein altes syracusisches Sprichwort sagt, dass die Einsamkeit den Tod des Greises bedeutet. Was wohl stimmt, wenn ich bedenke, welchen Aufwand Sie betreiben, um Freunde zu gewinnen. Und was San Frisco betrifft. Er ist Jersaleminer, ein unberechenbarer Mann. Wer weiß? Vielleicht will er Sie in eine Falle locken? Vielleicht schneidet er Ihnen die Kehle durch, wenn Sie einen Fuß auf die Erde Franzias gesetzt haben.«

Marti, Marti, dachte Robin de Phart. Hast du am Hof Venicias nicht gelernt, den größten aller Schurken zu erkennen? Laut sagte er:« Du lieber Himmel! Und warum sollte er das tun?«

»Er hält Sie für einen reichen Mann. Jemand, der so viel Geld für eine Weltraumreise ausgeben kann, muss noch mehr haben. Sie und Ihre angebliche Weisheit, Sie haben dreimal so viel wie die anderen Passagiere bezahlt!«, sagte Marti vehement, drehte sich um und ging. Die Tür schlug er hinter sich zu.

Robin de Phart legte die Bibel auf den Nachttisch, streckte sich auf seiner Koje aus und überließ sich seinen trüben

Gedanken. Marti hatte mit der brutalen Taktlosigkeit der Jugend den Finger in die Wunde gelegt.

Er war immer allein gewesen. Seit seiner Kindheit als einziger Sohn auf Syracusa und während seiner ständigen Reisen durch die bekannten Welten, denn das erforderte sein Beruf. Indem ihn die Kirche des Kreuzes ausgestoßen und auf den Index der Raskattas gesetzt hatte, wurde er zu einem Verfemten, Ausgestoßenen, der nie auf sein Herz hören durfte. So hatte er nichts anderes getan, als andere Völker in anderen Welten zu beobachten, zu klassifizieren, aber gelebt – gelebt hatte er nicht! Und dieses Wissen, auf das er so stolz war, nützte niemandem. Denn seine Hinterlassenschaft, alle diese Lichtbücher und Videoholos, diese kostbaren Zeugnisse würden nach seinem Tod verschwinden. Dies würde seine letzte Reise sein. Er musste Naïa Phykit treffen – als er sie das letzte Mal sah, war sie drei Jahre alt, und sein Freund Sri Alexu hatte von ihr wie von einem Wunder gesprochen.

Er stand auf und versuchte, einer immer größer werdenden Verzweiflung Herr zu werden. Er musste Marti und den kleinen Utgenianer davon abbringen, ihren verrückten Plan zu realisieren. Diese Schleuser waren Menschenhändler, in erster Linie auf Kinder und Jugendliche spezialisiert, mit denen sie Adelige, Reiche und Prälaten in den Welten des Zentrums belieferten. San Frisco, dachte er weiter. Obwohl Jersaleminer, schien er Gocks nicht abzulehnen. Vielleicht könnte er ihm helfen, Marti daran zu hindern, einen entsetzlichen Fehler zu begehen.

Vor dem großen Asteroidengürtel der neoropäischen Welten hatte die *Papiduc* den Shlaar-Effekt hinter sich gelassen. Durch den Abrieb des Weltsaumstaubs am Kiel des

Raumschiffs entzündeten sich winzige Partikel, die wie Funken einer Wunderkerze vor dem Bullauge von Jeks Kabine vorbeitanzten.

Der Hitzeschild manifestierte sich in einem schrillen, lange anhaltenden Pfeifton. Der Planet Franzia – die erste von sieben Anlaufstationen der *Papiduc* – wurde in Jeks Gesichtsfeld immer größer. Beim Eintritt in die Stratosphäre färbte sich der Himmel grün und kupferfarben, in der Ferne von den beiden Sonnen erhellt. Noch ferner konnte man die unzähligen Gestirne Neorops ahnen.

In ein paar Minuten würde das Raumschiff auf Franzia landen. Die auf Umkehrschub gestellten Motoren heulten auf.

Jek ging zum x-ten Mal zur Tür und wollte sie öffnen. Vergeblich. Als er vor ein paar Stunden in die Mannschaftskantine zum Essen hatte gehen wollen, war sie bereits verschlossen gewesen. Umsonst hatte er dagegen geklopft, getreten und geschrien, niemand war gekommen.

Da hatte er sich an San Friscos Worte erinnert: »Es ist schwieriger aus dem Herzen des Dogen zu fliehen, als aus einer stählernen Kiste.«

Der Kommandant der *Papiduc* wollte ihn offensichtlich nicht gehen lassen. Hatte er Jeks Gespräche mit Marti belauscht? Wusste er von ihrem Plan, sich den Schleusern in Nea-Marsile anzuvertrauen? Sie waren sehr vorsichtig gewesen. Denn überall auf dem Schiff gab es versteckte Wanzen; der Doge hatte überall Augen und Ohren.

Jek zweifelte inzwischen an San Friscos Aufrichtigkeit. Vielleicht war der erste Offizier ein Spion. Er hatte sich sein Vertrauen erschlichen und ihren Plan an Papironda verraten. Gestern Abend während des Essens war der Doge schlecht gelaunt gewesen. Er hat kaum den Mund aufgetan, weder zum Sprechen noch zum Essen. Er hatte ihn nur angestarrt. Gestern war Jek das nicht weiter aufgefallen, doch jetzt sah er es in einem anderen Licht. Dem Dogen war es fast gelungen, Jek davon zu überzeugen, seinen Kindertraum zu vergessen und die Laufbahn eines intergalaktischen Schmugglers einzuschlagen. Doch die Bekanntschaft des Jungen mit Marti de Kervaleur hatte alles geändert. Sechs lange Monate hatte der kleine Anjorianer unerschütterlich den Worten des alten Artrarak geglaubt, doch im Lauf der Tage war die Erinnerung an den Quarantäner in Jek immer mehr verblasst. Mitten in der Unendlichkeit des Orbits war das Raumschiff zu seiner Heimat geworden. Es vermittelte ihm ein Gefühl der Sicherheit.

Der Doge hatte Jek eine subtile Falle gestellt. Er hatte ihm außer der täglichen gemeinsamen Mahlzeit jede Freiheit gelassen. Er hatte ihn das Raumschiff nach Belieben erkunden und Freundschaften schließen lassen ... Vielleicht war der kleine Junge auf diese Weise zu der Überzeugung gelangt, dass dieses Leben an Bord ebenso gut wie ein anderes wäre, dass die Aussicht, ein Pirat im All zu werden, wichtiger wurde, die Sehnsucht zu einem der Krieger der Stille zu gehören, allmählich aber schwand.

So hatte sich Jek fast entschieden, als San Frisco, sein Ziehvater, ihm eines Tages erklärte, dass er bei der nächsten Landung desertieren werde.

»Die Zeit ist gekommen, wo mein Kopf und mein Herz im Inneren dieser sich bewegenden Welt ersticken ... Ich muss mich auf eine andere Reise begeben, Prinz der Hyänen ... Und es liegt nur an dir, mich zu begleiten ...«

Mehr hatte San Frisco trotz der drängenden Fragen Jeks nicht erklärt.

»Der Doge wird dich nie gehen lassen!«

»Ein Gock kann sich dem Willen der Götter der Gleba nicht widersetzen! Doch mein Kopf fürchtet, dass die Reise des Prinzen der Hyänen auf diesem Schiff zu Ende ist, und der Gesang meines Herzens verstummt ...«

Der erste Offizier hätte wahrscheinlich Recht behalten, hätte Jek nicht Marti de Kervaleur kennengelernt. Schon seit ein paar Tagen war ihm der junge Syracuser in Begleitung eines alten Mannes im Restaurant aufgefallen. Doch das fürstliche Aussehen und Benehmen dieses Passagiers hatten ihn davon abgehalten, die beiden anzusprechen.

Erst als der junge Mann eines Tages allein an seinem Tisch gesessen hatte, war er zu ihm gegangen, hatte sich ihm gegenüber hingesetzt und ihn provozierend angesehen.

»Was willst du?«, hatte der Syracuser gesagt, ohne den Blick von seinem Teller zu wenden.

»Nichts ... nichts«, hatte Jek gestammelt.

»Du beobachtest mich doch schon seit einigen Tagen und versuchst, mein Benehmen nachzuahmen. Was dir übrigens nur schlecht gelingt ... Also, was willst du?«

Jek hatte sich zutiefst geschämt, weil er so schnell durchschaut worden war. Trotzdem hatten sich die beiden angefreundet. Jek hatte von seinen Abenteuern erzählt – nicht ohne seine Heldentaten ins rechte Licht zu setzen –, und Marti hatte ihm anfangs mit oft spöttischem Lächeln zugehört. Doch als Jek davon sprach, Naïa Phykit und Sri Lumpa zu treffen, um ein Krieger der Stille zu werden, der auf seinen Gedanken reisen kann, war das Interesse des Syracusers erwacht. Er hatte Jek unzählige Fragen gestellt, die dieser so gut, wie es ihm möglich war, beantwortet hatte, worauf Marti erklärte, er wolle ebenfalls ein Krieger der Stille werden und deshalb Naïa Phykit kennenlernen.

»Jetzt, wo wir darüber sprechen, mein lieber Jek, wird mir erst klar, dass diese Begegnung das einzige Ziel in meinem Leben ist ...«

»Und woher kommst du?«

So hatte Marti kurz berichtet, welche Ereignisse ihn auf die *Papiduc* geführt hatten – natürlich erwähnte er die Mashama-Riten nicht –, und betonte, wie hart die Arbeit in den Lüftungsrohren der Freien City des Alls gewesen sei. Seine zweite Tätigkeit als Gigolo hatte er nur kurz erwähnt, sodass Jek nicht verstand, warum es sich dabei handelte.

Ab da hatten sie sich regelmäßig getroffen und Pläne geschmiedet. Zu zweit würden sich ihre Chancen vergrößern.

»Allein mein Name wird die Schleuser davon überzeugen, uns zu helfen. Schließlich gehöre ich zu einer der zehn berühmtesten Adelsfamilien Syracusas ...«

Martis stolze Worte hatten Jek ermutigt. Wieder würde das Schicksal ihm helfen, seinen Weg fortzusetzen. Jetzt betrachtete er die *Papiduc* mit anderen Augen. Schließlich hatte er nicht sein Elternhaus verlassen, um den Rest seines Lebens in einem lauten und stickigen Raumschiff zu verbringen, in einem Gefängnis. Er hörte den sterbenden Artrarak sagen: *»Du musst leben, Jek, und ein Krieger der Stille werden ...«*

Natürlich hatte er dem Dogen nichts von seinen Plänen gesagt, schon allein, weil er wusste, wie jähzornig dieser Mann sein konnte, wenn ein Besatzungsmitglied einen Fehler machte. So hatte er geglaubt, der Kommandant der *Papiduc* wisse von nichts. Doch seine verschlossene Tür bewies das Gegenteil. Der Doge schien ihn als sein Eigentum zu betrachten.

Voller Wut trat Jek gegen die Metalltür. Dann überfiel ihn eine große Mutlosigkeit, und er stellte sich wieder vor das Bullauge.

Mit Tränen in den Augen blickte er auf den franzianischen Urwald, der in eine ockerfarbene Wüste überging. In der Ferne sah er einen blauen Ozean unter einem mit weißen Wolken geschmückten Himmel. Der Kontinent näherte sich mit rasender Geschwindigkeit. Die auf Umkehrschub gedrosselten Motoren heulten wie Sirenen, und ein roter, am Rumpf vorbeigleitender Hitzeschweif vermittelte den Eindruck, als würde das Raumschiff gleich zerbersten.

Jek stellte sich auf die Zehenspitzen, um besser sehen zu können. Schon konnte er Gebäude und Straßen erkennen. Offensichtlich war die Stadt Nea-Marsile nicht sehr groß, viel kleiner als Anjor, die Hauptstadt Ut-Gens.

In diesem Augenblick wurde die *Papiduc* von einem mächtigen Stoß erschüttert. Jek verlor den Boden unter den Füßen, fiel hin und wurde gegen den Metallrahmen seiner Koje geschleudert. Erst beim Aufstehen sah er das an der Decke befestigte Hinweisschild mit der Anweisung: *Legen Sie sich während des Landemanövers in Ihre Koje, und schnallen Sie sich an.*

Er kümmerte sich nicht darum und stellte sich trotz seiner schmerzenden Rippen wieder vor das Bullauge. Das Raumschiff schwebte jetzt wie ein riesiger Greifvogel über dem in der Sonne liegenden Flughafen. Er konnte den Tower erkennen, eine gläserne Nadel, die Spitze gespickt mit Parabolantennen. Er sah Verwaltungsgebäude und große Flugzeughallen sowie Lande- und Startpisten, auf denen winzige gelbe Gestalten umherliefen. Er entdeckte andere, viel kleinere Luftschiffe als die *Papiduc*. Wegen ihrer Größe – fünfhundert Meter vom Bug zum Heck – mussten mehrere

Pisten geräumt werden, damit sie landen konnte, was auch bald darauf erstaunlich sanft geschah.

Als die Motoren abgestellt wurden, senkte sich eine friedliche Stille über das Gelände. Löschfahrzeuge fuhren aus allen Richtungen herbei, und Männer in Schutzanzügen richteten ihre Schläuche auf die Stellen des Raumschiffs, die bei dem Eintritt in die Atmosphäre am meisten erhitzt worden waren.

Eine Stunde später hatte sich die Temperatur so weit abgekühlt, dass die Gangways ausgefahren werden konnten. Zu deren Füßen hatten sich schwarz gekleidete Intelisten aufgestellt, um die Passagiere mit ihren Zellularidentifikatoren zu kontrollieren.

Jetzt bangte Jek um seinen Freund Marti. Zwar kannten sie sich noch nicht lange, doch dem kleinen Anjorianer gefiel der Gedanke, der enge Freund eines syracusischen Adeligen zu sein, der den Imperator Menati und seine schöne Gemahlin persönlich kannte. Sollten die Zellularkoordinaten Martis auf der Memodiskette gespeichert sein, hätte der Syracuser keine Chance, unentdeckt von Bord zu gehen. Er würde gefangen genommen, auf seinen Heimatplaneten expediert und dort zum Tod am Feuerkreuz verurteilt werden.

Die Emigranten aus den Skoj-Welten stiegen als Erste aus. Zwar hatten sie von den Interlisten nichts zu befürchten, doch umso mehr von den franzianischen Beamten, die ihnen meistens den Aufenthalt auf ihrem Planeten verweigerten. Obwohl er genug Platz für diese armen Teufel bieten würde. Die meisten waren mit ihrem letzten Geld und voller Hoffnung aus ihrer überbevölkerten und verseuchten Heimat ausgewandert. Ohne Aufenthaltsgenehmigung und Geld, um auf andere Planeten wie Alemane, Spain oder

Nouhenneland weiterzureisen, würde sie ein kreuzianischer Kardinal, der das Amt des Gouverneurs ausübte, sofort in ein Lager sperren, wo sie die niedersten Arbeiten würden verrichten müssen.

Jek mochte die Skojs. Sie waren gastfreundlich, warmherzig und großzügig. Sie lachten und sangen viel, und ihre Frauen waren sehr schön. Als er sie jetzt in einer langen Schlange von Bord gehen sah, hoffte er, dass sich ihre Träume von einem neuen Leben nicht in Albträume verwandeln würden.

Er versuchte, in dem nicht enden wollenden, drei Stunden andauernden Menschenstrom Marti zu entdecken. Vergebens. Müde geworden, probierte er ein letztes Mal, die Tür zu öffnen. Sie blieb geschlossen. Verzweifelt legte er sich in seine Koje und dachte an den alten Artrarak. Der Quarantäner hatte nicht vorausgesehen, dass der Doge, der Mann, dem er einst das Leben gerettet hatte, seinen, Artraraks Schützling bis ans Ende aller Zeiten einsperren würde ...

Ein Klicken weckte Jek. Er war schweißüberströmt.

Als er die Augen öffnete, war seine Kabine in diffuses Zwielicht getaucht. Vom Flughafen drangen Lautsprecherdurchsagen und der gedämpfte Lärm der in der Nähe liegenden Stadt an sein Ohr.

Plötzlich sah er, dass seine Kabinentür halb offen stand. Ein Lichtstrahl fiel durch die Öffnung bis zur Wand.

Was soll ich jetzt tun?, fragte er sich minutenlang. Hat der Doge Papironda im letzten Augenblick seine Meinung geändert? Wohl kaum.

Plötzlich fürchtete er sich, durch diese Tür zu gehen. Jemand hatte seinen Käfig geöffnet. Und wie ein zu lange eingesperrter Vogel, der nicht mehr davonfliegt, glaubte er nicht mehr an seine Freiheit. Vielleicht hatte er ja keine Chance. Wieder sollte er in einer ihm feindlich gesonnenen Welt leben. Aber er musste unbedingt wissen, was aus Marti geworden war, seinem großen Bruder.

Entschlossen stand er auf und ging vorsichtig zur Tür. Er blieb stehen und lauschte. Nur ein leises Plätschern war in der Stille zu hören. Die stickige Luft war von einem schweren, süßlichen Geruch erfüllt. Mit klopfendem Herzen wagte sich Jek in den schmalen Gang und wäre fast über zwei Leichen gestolpert. Jemand hatte den Männern die Kehle durchgeschnitten, wahrscheinlich dieselbe Person, die ihm die Tür geöffnet hatte. Ein Schauder lief dem kleinen Jungen über den Rücken.

Da er die *Papiduc* bis in den letzten Winkel kannte, fiel es ihm leicht, den Weg zu den Ausgängen einzuschlagen. Doch dabei bewegte er sich sehr vorsichtig. Nach fünf Minuten hatte er einen Ausgang erreicht. Glücklicherweise hielt sich niemand dort auf, denn die Mannschaft pflegte nach jeder Landung in der Schiffskantine zu feiern.

Die Rolltreppe der Gangway war noch in Betrieb und gab ein leises quietschendes Geräusch von sich. Draußen war die Umgebung in ein rötliches Licht getaucht.

Als Jek fühlte, wie eine warme Brise sein Gesicht streichelte, wäre er vor Freude fast ohnmächtig geworden. Dreißig Meter unter ihm planierten Arbeiter in gelben Overalls defekte Stellen in der Landebahn. Zwei Sonnen gingen hinter den Dächern der Flughafengebäude unter, und der Himmel färbte sich goldbraun.

Jek zögerte, denn er wollte um keinen Preis von den Interlisten festgenommen werden. Dann gab er sich einen Ruck. Schließlich war ich auch nicht vor den Hyänen zurückgewichen!, ermahnte er sich und betrat die Rolltreppe.

Niemand schenkte ihm Aufmerksamkeit, als er auf die Landebahn sprang, weder die Arbeiter noch die wenigen Interlisten oder die Zöllner hinter ihren langen Tresen, die ankommenden Reisende mit magnetischen Resonanzsonden und Durchleuchtungsgeräten durchsuchten. Als er an den ersten Beamten vorbeiging, schienen sie ihn nicht einmal zu sehen. Ihre misstrauischen Blicke gingen einfach durch ihn hindurch. Auch die hinter einer Barriere eingepferchten Skoj-Emigranten erkannten ihn nicht wieder.

Jek war empört, wie sich die franzianischen Beamten, in ihren grünen Uniformen mit den schwarzen Zweispitzen auf den Köpfen und mit kurzläufigen Bauchbrennern bewaffnet, den Skojs gegenüber verhielten. Er ging zu ihnen, doch sie ignorierten ihn. Da verließ er den Zollbereich und suchte in der überfüllten Transithalle des Astroports nach Marti oder dessen alten Reisebegleiter. Aber in einer solchen Menge war es praktisch unmöglich, eine einzige Person auszumachen. So ließ er sich treiben und gelangte nach und nach zu einer Stelle, die ihm wie der Ausgang vorkam – riesengroße, gläserne, auf einen Platz geöffnete Türflügel, auf dem Personenairs, Taxikugeln und Ovalibusse zum Abflug bereitstanden.

Als er auf den Platz gehen wollte, hielt ihn eine Stimme zurück.

»He, Junge! Wo willst du denn hin?«

Erschrocken drehte sich Jek um. Und entspannte sich sofort, als er Marti de Kervaleurs schlanke Gestalt erkannte.

»Ich habe auf dich gewartet«, fuhr der Syracuser lächelnd fort. »Du hast ziemlich lange gebraucht ...«

»Jemand hat mich in meine Kabine eingeschlossen«, antwortete Jek, noch immer etwas ängstlich.

»Ich weiß. Robin hat es mir gesagt und mich gebeten, bei

Anbruch der Dämmerung hier auf dich zu warten. Und wie du siehst, Prinz der Hyänen, bin ich seinem Wunsch nachgekommen.«

»Robin?«

»Der Sieur de Phart. Mein Reisegefährte ... oder vielmehr mein ehemaliger Reisgefährte. Vor zwei Stunden haben sich unsere Wege vorübergehend getrennt. Der erste Offizier, San Frisco, hat ihn eingeladen, mit ihm nach Jer Salem zu reisen. Und da Robin ein exzellenter Ethnosoziologe ist, hat er diesem Angebot nicht widerstehen können. Er hat mir versprochen, dass wir uns auf Terra Mater wiedertreffen.«

»Er wusste, dass ich eingesperrt war?«

»Er wusste auch, dass du befreit werden würdest. Ich weiß nicht, wer ihn informierte, aber es hat gestimmt. Allein wichtig ist, dass du entkommen konntest. Hat dich niemand durchsucht oder eine Zellularidentifikation vorgenommen?«

Jek schüttelte langsam den Kopf.

»Und du?«

»Die Interlisten scheinen meine zellularen Koordinaten nicht zu kennen«, antwortete Marti. »Seltsamerweise auch nicht die Robin de Pharts, obwohl er seit fünfzehn Jahren auf dem Index steht. Trotzdem hatte ich vor den franzianischen Beamten Angst, aber sie haben uns keine Schwierigkeiten gemacht. Wahrscheinlich haben sie zu viel Arbeit mit diesen Skoj-Emigranten.«

»San Frisco ist desertiert ...«, murmelte Jek traurig nach kurzem Schweigen. Das kam ihm wie Verrat vor.

»Mach dir um den keine Sorgen«, sagte Marti. »Er ist Jersaleminer, und wir können nicht wissen, was in den Köpfen dieser Leute vor sich geht. Während deiner Gefangenschaft habe ich die Zeit genutzt und mich über die Schleuser erkundigt. Mit einem ihrer Kundenfänger – einem Shelam, wie sie diese Leute hier nennen – bin ich verabredet. Komm, wir gehen!«

Doch Jek rührte sich nicht.

»Was ist los, Prinz der Hyänen?«

»Ich habe Hunger!«

Marti suchte in seinen Taschen und brachte ein paar gelbe Münzen zum Vorschein. Er ging zu einem der Straßenhändler und kaufte mit Fleisch gefüllte Teigtaschen und zwei Flaschen mit einem grellfarbigen Getränk.

»Jetzt habe ich kein Geld mehr«, sagte er und seufzte.

Die beiden gingen zu einem mit Bäumen gesäumten Platz, deren durchsichtige Blätter in ein rotes Licht getaucht waren, setzten sich auf eine Steinbank und begannen zu essen.

»Der Kontaktmann müsste bald da sein«, sagte Marti und warf den bunten Lyra-Vögeln, die sie inzwischen umringten, ein paar Brocken zu.

Jek hätte ihnen gern auch etwas gegeben, doch er war so ausgehungert, dass er gut die doppelte Portion hätte essen können. Die angenehme warme Luft, der Duft der Blüten, der Gesang der Vögel, das alles versetzte ihn in einen fast tranceartigen Zustand. Er hatte das Gefühl, wiedergeboren zu sein, und ihm wurde bewusst, dass seine lange Reise durch das All in diesem künstlichen Raum nur eine Episode in seinem Leben gewesen war, eine dem Tode ähnliche Finsternis. Auf Franzia hingegen gefiel ihm alles, die Einheimischen mit ihrer matten, gebräunten Haut, sogar die blassen, exzentrisch gekleideten Touristen und die Straßenhändler, und das köstliche Obst und Gemüse, das so ganz anders aussah und roch als die Produkte auf Ut-Gen.

Doch hier und da konnte Jek bereits Zeichen erkennen, die auf eine Veränderung deuteten, auf eine Beschränkung der Freiheit und Unbeschwertheit der Franzianer. Er sah kreuzianische Missionare im Colancor und safranfarbenen Chorhemd, scaythische Gedankenschützer und über den Hausdächern die schlanken Türme einer großen Kirche. Zwischen dem Geäst der Bäume entdeckte er die charakteristische Form eines Feuerkreuzes. Ebenso fiel ihm auf, dass viele Menschen – sowohl Einheimische als auch Fremde – bereits der Mode des Colancors, samt den geflochtenen Strähnen unter der Haube folgten. Das Spinnennetz der Kirche des Kreuzes über Franzia wurde immer dichter.

Ganz plötzlich wurde Jek klar, dass Feindschaft zwischen den Kreuzlern und den Kriegern der Stille herrschte. Die einen vergifteten das Leben, die Luft und das Licht, strebten nach der Herrschaft der In-Creatur, nach dem Nichts, während die anderen das pralle Leben mit allen seinen Farben und Formen liebten. Die einen waren die Boten der Finsternis, die Propheten der Vernichtung, die anderen aber die Verkünder der Schöpfung. Er glaubte, tief in seinem Innern einen zarten Klang zu hören, einen leisen Gesang, der die Stille nicht störte, weil er selbst Ausdruck dieser Stille war.

Da traten Tränen in seine Augen. Ihm war, als würde er einem leuchtenden Pfad durch die Lüfte folgen, der ihn zum Kern seines Wesens führte. Ich bin nicht mehr Jek At-Skin, ein kleiner Anjorianer, dachte er, aber ein Jek des Lichts, ein Brückenbauer zwischen Vergangenheit und Zukunft, eine Arche für das Universum, eine Seele der Ewigkeit. Weder Jung noch Alt, weder Klein noch Groß, weder unwissend noch weise – doch das alles bin ich zugleich ...

Erschaudernd wurde ihm bewusst, dass er diesen Moment

der Erkenntnis nie erlebt hätte, wäre er bei dem Dogen Papironda geblieben. Und er war dem Unbekannten, der die beiden Wächter getötet und ihn befreit hatte, unendlich dankbar. Auch Marti, seinem großen Bruder, war er dankbar, so dankbar, dass er ihn spontan auf die Wange küsste.

Doch Marti warf ihm nur einen befremdeten Blick zu. Was Jek nicht weiter störte. Er beendete seine Mahlzeit und genoss jeden Bissen, als würde es sich um eine erlesene Speise handeln. Er genoss das bitter schmeckende Getränk, als wäre es ein kostbarer Wein, und er atmete die von Abgasen verpestete Luft ein, als atme er reine Gebirgsluft.

Jek und Marti folgten dem Shelam über eine gewundene, belebte Gasse, über der viele Licht-Kugeln schwebten. Der Kontaktmann für illegale Transfers ging sehr schnell, so schnell, dass der Junge manchmal rennen musste, um den Anschluss nicht zu verlieren.

Der Shelam – ein muskulöser, tätowierter Mann in kurzen Hosen mit ärmelloser Weste und rasiertem glänzendem Schädel – hatte die beiden bei Anbruch der Nacht kontaktiert. Er wirkte mit seinem unsteten Blick und dem langen, in seinem Gürtel steckenden Messer wenig Vertrauen erweckend.

»Transfer gefällig?«, hatte er im Vorbeigehen gemurmelt. Die Lyra-Vögel waren auseinandergestoben, und Marti hatte genickt.

»Folgen Sie mir!«

Jek hatte sofort Angst vor diesem Mann gehabt und war auf der Bank sitzen geblieben. Aber Marti hatte das Handgelenk des Jungen ergriffen und ihn hochgezerrt. Zuerst gingen sie eine breite Avenue entlang, die von Feuerkreuzen gesäumt war, an denen Männer und Frauen verbrannten. Jek fiel auf, dass der Shelam jedes Mal ausspuckte, wenn sie an einem dieser grausamen Foltergerüste vorbeigingen

Marti hatte ihm erzählt, es gebe verschiedene Arten von Shelams in Nea-Marsile. Außer den Anwerbern für geheime Deremat-Reisen gab es welche, die für Jagdgesellschaften tätig waren und Touristen ansprachen; andere, die Passagiere im Auftrag von Handelsgesellschaften für interstellare Reisen anwarben; Drogenhändler, die roten Tabak aus den Skoj-Welten oder mit Halluzinogenen versetzten franzianischen Wein verkauften, oder sogar mit Menschen handelten.

Marti war fast schlecht geworden, als er das letzte Tätigkeitsgebiet dieser Leute erwähnte: Die glorreichen Krieger der Mashama hatten sich solcher Verbrecher bedient, um zwei junge Mädchen auf widerwärtigste Weise zu töten. Seitdem ließ ihn das Bild der Gefolterten nicht mehr los.

Der Beruf des Shelams schien auf Franzia weit verbreitet zu sein, denn seit sie in eine Seitengasse eingebogen waren, wurde Marti dauernd angesprochen.

»Mein Herr, wollen Sie ein Ticket für einen anderen Planeten? Roten Tabak? Wein? Eine besondere Darbietung? Eine Frau? Ein Mädchen? Einen Jungen? Einen Sklaven?«

Richtige Blutsauger waren diese Kundenfänger. Der Kontaktmann beschimpfte sie auf Altfranzianisch, und manchmal musste er sogar handgreiflich werden, damit sie seine Klienten in Ruhe ließen.

Der Shelam, Marti und Jek drangen tiefer in die Altstadt ein, eine Welt aus schmalen, gewundenen Gassen mit verwinkelten Häusern und vielen kleinen Geschäften. Die ersten Gestirne des Sternenhaufens von Neorop leuchteten über den Dächern auf.

Jek hatte das Gefühl, dass sie verfolgt wurden. Immer wieder warf er einen Blick über die Schulter und glaubte, dunkle Gestalten davonhuschen zu sehen. Am liebsten wäre er umgekehrt, doch sein Stolz und seine feste Entschlossenheit, sein Ziel zu erreichen, hinderten ihn daran.

Sie begegneten patroullierenden Interlisten, kreuzianischen Missionaren, scaythischen Inquisitoren und sogar Pritiv-Söldnern mit ihren weißen Masken, die Jek Angst einflößten, obwohl sie nicht belästigt wurden.

Schließlich bog der Shelam in eine leere, stinkende, dunkle Gasse ein. Aus einem offen stehenden Fenster drang laute, rhythmische Musik. Sie klang wie der Herzschlag der Finsternis. Eine solche Musik hatte Jek noch nie gehört.

»Da geht's rein!«, sagte der Shelam.

Sie betraten einen schlecht beleuchteten Flur, an dessen Ende sich eine gepanzerte Tür befand. Der Kontaktmann öffnete sie mit einer Fernbedienung. Marti hatte das Gefühl, diese Szene schon einmal gesehen zu haben. Nach einem Klicken öffnete sich die Tür geräuschlos. Sie stiegen eine gewundene Treppe hoch und kamen auf einen Flur. Dort wurden sie von zwei finsteren Gestalten erwartet, deren Schädel ebenfalls rasiert waren. Die beiden durchsuchten Jek und Marti.

Der Syracuser zuckte bei der Berührung ihrer feuchten Hände zusammen. Sie erinnerte ihn an das fieberhafte Streicheln Annyt Passit-Païrs im Keller des Triumphbogens von Bella Syracusa. Dann sah er Emmar Saint-Gal vor sich, und er ahnte zum ersten Mal, warum der fette Techniker ihn aus dem Weg geschafft hatte.

Die beiden Wachmänner führten die drei in einen kleinen runden, mit einem Holzschreibtisch und einigen Luftsesseln möblierten Raum und schlossen die Tür. An den rau verputzten Wänden hingen kostbare Teppiche vom Planeten Orange, und die Decke wurde von Balken gestützt.

»Ah, die Beute wird immer jünger!«, krächzte jemand mit tiefer Stimme hinter dem Schreibtisch.

Jek glaubte auf den ersten Blick, dort sitze ein Mädchen. Langes, lockiges, schwarzes Haar umrahmte einen winzigen Kopf und fiel auf schmale Schultern herab. Dann sah er die vielen Falten im Gesicht und die sich unter dem Kleid aus Rohseide abzeichnenden Konturen der Brüste: Der illegale Schleuser war eine kleinwüchsige Frau.

Sie war weder hässlich noch alt, aber zusammengeschrumpft, vertrocknet. Einer schwarzen Dose entnahm sie eine Zigarette mit rotem Tabak, riss ein Streichholz auf ihrem Schreibtisch an und entzündete sie. Ihre langen, weiß lackierten Nägel glichen Krallen. Ockerfarbener Rauch entströmte ihrem Mund und ihrer Nase und tauchte das Zimmer in dichte Schwaden.

Jek konnte es nicht fassen, dass eine derart kleine Person eine solche Menge Qualm ausstoßen konnte.

»Sie haben kein Geld, Iema-Ta, aber ich fand es trotzdem richtig, sie zu dir zu bringen«, sagte der Shelam.

»Deine Schäfchen sind wirklich niedlich«, murmelte die Zwergin grinsend, »und ich wette, dass der Große Syracuser ist.«

»Aus Venicia!«, sagte Marti und ging zum Schreibtisch. »Kennen Sie Venicia?«

Die Frau lachte. Dann fing sie an zu husten.

»Ich bin Venicianerin, mein Süßer!«

»Aus welcher Familie?«

»Mars ... Meine Verwandten konnten nicht akzeptieren, dass ich gewisse Erfahrungen ... oder vielmehr Versuche mache.«

»Mit der Mikrostase?«

Iema-Ta stieß schweigend ein paar Rauchwolken aus, dann sagte sie: »Meinem physischen Erscheinungsbild nach zu urteilen, war das nicht schwer zu erraten. Bereits vor dreißig Jahren habe ich kein mikrostasisches Präparat mehr eingenommen, doch trotzdem meine ursprüngliche Körpergröße nicht wieder erreicht. Gibt es solche Medikamente noch immer auf Syracusa?«

»Die Kirche des Kreuzes hat alle Mikrostasen sowie Hirnaktivatoren verboten.«

»Das ist schade! Denn nur auf diese Weise war es möglich, mit Göttern oder Dämonen okkulter Welten in Kontakt zu treten ...«

Jek setzte sich auf einen der schwebenden Sessel. Von der Unterhaltung begriff er fast nichts, nur, dass Marti und diese seltsame kleine Frau vom selben Planeten stammten, und das beruhigte ihn.

»Verfügen Sie noch über die Macht, die Sie dank dieser mikrostasischen Reisen erlangt haben?«

Wieder lachte die Zwergin. »Wie sollte ich denn sonst ein Netzwerk franzianischer Krimineller kontrollieren können, mein Süßer? Noch profitiere ich von der Unterstützung meiner Verbündeten in anderen Welten ... Doch reden wir nicht von der Vergangenheit. Sie ist tot. Kommen wir zum Geschäft. Wo willst du hin?«

»Auf die Terra Mater. Ist das möglich?«

»Nichts ist für Iema-Ta unmöglich«, erklärte der Shelam. »Sie kann jede interstellare Reise arrangieren ...«

Die Zwergin achtete nicht auf ihn und sah Jek an. Er hatte das Gefühl, ihre schwarzen Augen würden ihn wie eisige Pfeile durchbohren. Eine angsteinflößende Energie ging von dieser geschrumpften Person aus.

»Und wie willst du mich bezahlen? Zwei Transfers, das kostet mindestens dreihunderttausend Standardeinheiten ...«

»Wie Sie bereits wissen, haben wir kein Geld. Aber ich unterschreibe Ihnen einen Schuldschein ...«

»Einen Fetzen Papier? Mit einem zellularen Fingerabdruck? Das alles ist doch nicht mehr wert als Katzenrattenscheiße!«

»Ich bin ein Kervaleur, Madame!«, protestierte Marti. »Mein Name, der Ruf meiner Familie stehen auf dem Spiel.«

»Hältst du mich für total verblödet, Süßer? Du bist ein Exilant – wie ich –, wahrscheinlich bist du ein Raskatta. Syracusische Adelige haben noch nie die Schulden ihrer geächteten Angehörigen beglichen ...«

Jek wurde in seinem Sessel immer kleiner.

»Aber ich finde dich sympathisch«, fuhr die Zwergin fort, »und deshalb schlage ich dir ein Arrangement vor: Der Kleine bezahlt deinen Transfer.«

»Was soll das heißen?«

Jek beschlich eine dunkle Vorahnung.

»Pädophile Kunden werden auf dem Markt immer wichtiger. Es gibt welche, die dreihunderttausend Einheiten für einen Jungen unter zehn Jahren bezahlen. In dieser Hinsicht bin ich der Kirche des Kreuzes wirklich dankbar: Je mehr Verbote sie erlässt, umso besser gehen meine Geschäfte. Vorher versorgten sich die Liebhaber gewisser sexueller Praktiken selbst, aber weil die Kirche jetzt alle Deremats kontrolliert und durch den technischen Fortschritt der zellularen Überwachung der freie Markt nicht mehr existiert, wenden sie sich lieber an diskrete, wenn auch sehr teure Dienstleister ... Dieser Junge deckt deine Transferkosten. Doch du kannst beruhigt sein, er wird nicht leiden. Wir injizieren ihm vorher ein Anästhetikum ... Aber was der Kunde dann mit ihm anstellt ...«

»Die Mikrostasen haben auch Ihr Gehirn schrumpfen lassen, Dame de Mars!«, sagte Marti empört.

Das dachte er wirklich, aber der Andere, der Dämon, manifestierte sich in diesem Moment. Eine innere Stimme flüsterte dem jungen Kervaleur zu, das Angebot Iema-Tas zu akzeptieren. Der Andere wollte so schnell wie möglich auf den Planeten Terra Mater, eine wichtige Aufgabe musste dort erledigt werden, und das Schicksal des kleinen Utgenianers kümmerte ihn nicht.

»Wenn Jek der Preis für den illegalen Transfer ist, verkauf ihn!«, flüsterte der Dämon. »Warum zögerst du? Du hast doch bereits die dreihunderttausend Menschen der Freien Weltraum City getötet ...«

Dreihunderttausend, mein Gott!, dachte Marti und wollte rebellieren, aber ein unerträglicher Schmerz zerriss ihm in diesem Moment fast den Schädel, und er ließ sich schwer in einen Luftsessel fallen.

Jek sah mit Entsetzen, wie sich das Gesicht Martis – seines Bruders – zu einer widerwärtigen Grimasse verzerrte. Ein grauenvoller Zweifel beschlich ihn. Der Zigarettenrauch ließ alle Dinge undeutlich erscheinen, den Schreibtisch, die Sessel, die Deckenbalken, die Gesichter der Zwergin und des Shelams. Die Unterredung wurde zum Albtraum.

»Hast du zu viel franzianischen Wein getrunken, Süßer?«, höhnte Jema-Ta.

Der Andere hatte inzwischen von Marti ganz und gar Besitz ergriffen, sein Erinnerungsvermögen ausgelöscht und ihn seiner Menschlichkeit beraubt.

»Welche Garantie habe ich, dass Sie Wort halten, Madame?«, fragt der Syracuser, mit einer auf einmal metallisch klingenden Stimme.

»Keine«, antwortete Iema-Ta. »Aber wir können unseren Pakt besiegeln, Süßer. Es ist sehr lange her, seit ich einen Mitplanetarier umarmt habe. Die Franzianer oder die Touristen sind ungehobelte Männer ... Und wie du ›Madame‹ sagst, das erregt mich.«

Warum nicht?, dachte der Andere. Beim Menschen verpflichtet der sexuelle Akt manchmal zur Dankbarkeit. Und wenn ich ihr Vergnügen bereite, wird sie geneigt sein, mich nach Terra Mater zu transferieren.

Doch als er den Mund öffnete, um dem Vorschlag zuzustimmen, durchbrach ein Höllenlärm die Stille, ein Lärm, als würde eine wilde Horde über den Flur rennen.

ZWÖLFTES KAPITEL

Beschuldigt ihr andere, an eurem Unglück schuld zu sein,
Arbeitet ihr für die In-Creatur.
Leugnet ihr frevlerische Taten in eurem Leben,
Unterstützt ihr die In-Creatur.
Schlüpft ihr in die euch schützende Rolle des Opfers,
Stärkt ihr die In-Creatur.
Wollt ihr das Schicksal eures Nächsten ändern,
Lacht die In-Creatur.
Zwingt ihr anderen eure Dogmen auf,
Freut sich die In-Creatur.
Unterwerft ihr euch fremden Dogmen,
Siegt die In-Creatur.
Zwingt ihr euch, fremden Gesängen zu lauschen,
Gewinnt die In-Creatur.
Allein die Stärke eurer Einzigartigkeit
Schwächt der In-Creatur Herrschaft weltenweit.
Solltet ihr euer königliches Reich verleugnen,
Müsst ihr euch dem Werk der In-Creatur beugen.

Mahdi Shari von den Hymlyas,
Fragment des Traktats, genannt *Dornbusch des Narren*

Oniki saß auf einem Felsen und ließ den Blick über das Gijen-Meer schweifen. Der Wind, der von den weit entfernten Großen Orgeln kam, wehte ihr das Haar ins Gesicht. Die runden Augen der über ihr kreisenden Schwarzmöwen waren kleine Lichtpunkte in diesem Schattenreich, dessen eintöniges Grauschwarz allein durch das Weiß der schaumgekrönten Wellen unterbrochen wurde.

Der Boden, die Luft, das Wasser, alles auf der Insel Pzalion war schwarz. Einschließlich Onikis Gemüt. Das Leben hatte sich aus diesem felsigen, verlassenen, von den Wassern eingeschlossenen Band zurückgezogen und war geflüchtet, in ihren Bauch, der sich Tag für Tag mehr rundete, in ihre Brüste, die immer schwerer wurden. Ihr unbekannter Prinz hatte sie trotz der den Eisprung verhütenden Tränke der Thutalinen geschwängert. Neues Leben wuchs in ihr.

Onikis Bauch war das alles beherrschende Thema auf der Insel. Die Einwohner von Pzalion lebten meistens paarweise zusammen, sie hatten regelmäßige sexuelle Beziehungen (eine der wenigen, raren Vergnügungsmöglichkeiten auf der Insel), aber vor ihrer Verbannung wurden Männer wie Frauen sterilisiert.

Als die Matrionen Oniki zu lebenslanger Verbannung verurteilt hatten, hatten sie vergessen, die junge Frau einem Schwangerschaftstest zu unterziehen, eine Routineuntersuchung, wenn das Keuschheitsgebot verletzt worden ist. Kardinal d'Esgouve hatte ihnen jedoch untersagt, Oniki der öffentlichen Schande aussetzen. Beim ersten Licht des blauen Riesengestirns Xati Mu hatte man ihr anstelle des roten Schandkleides das graue Gewand der Verbannten angelegt. Man hatte sie zum Hafen geleitet und in den Frachtraum einer Aquakugel gesperrt. Nicht einmal von ihren am Quai stehenden Eltern hatte sie sich verabschieden dürfen.

Die Aquakugel hatte Kurs auf die Insel genommen, sich vom hellen Licht der Großen Orgeln entfernt, und war nach einer sieben Tage dauernden, monotonen Reise immer tiefer in eine dichte Finsternis eingedrungen. Am Ziel angekommen, hatte die Mannschaft Lebensmittel, Medikamente und drei Licht-Kugeln ausgeladen und ohne ein Wort (es brachte Unglück, mit den Verbannten zu sprechen) wieder abgelegt.

Die Bewohner der Insel hatten Oniki schweigend empfangen. Da sie grau gekleidet war, wussten die Verbannten sofort, wessen man sie anklagte. Eine ehemalige Thutalin namens Soji hatte sich ihrer angenommen.

Glücklicherweise war eine Grotte kurz zuvor frei geworden, weil deren Bewohner an einer Gräte erstickt war. Die Verbannten lebten in den Höhlen des einzigen Bergs auf Pzalion. Roh behauene Steine dienten als Stühle und Tische. Getrocknete Algen wurden zu Matratzen, Decken, Wandverkleidungen verarbeitet, ja sogar zu Kleidungsstücken, wenn die alten abgenutzt und nicht mehr brauchbar waren.

Die viertausend Menschen auf Pzalion ernährten sich ausschließlich aus dem Meer: Fischen, Schalen- und Krustentieren und Algen. Ob der Fang gut oder schlecht war, er wurde immer unter allen aufgeteilt. Die anderen Arbeiten wurden je nach Fähigkeiten aufgeteilt. Bei steigender Flut versammelten sich die Verbannten auf einem von Felsen umgebenen Plateau und sangen die alten ephrenischen Lieder, die Lieder der Pioniere. Einige imitierten den Klang der Großen Orgeln, und stille Tränen liefen über die Wangen der Männer und Frauen.

Als Oniki zum ersten Mal in die unheimlichen Gesichter dieser Verdammten sah, fürchtete sie, dass sie sich auf sie stürzen und sie vergewaltigen würden. In Koralion kursierten furchterregende Geschichten über diese Verbrecher. Doch überraschenderweise waren sie völlig friedfertig. Onikis Schönheit beeindruckte die Männer natürlich, aber sie behandelten sie mit großem Respekt und einer unendlichen Sanftheit. Die ehemalige Thutalin Soji hatte als Erste erkannt, dass Oniki schwanger war, und es während einer Zusammenkunft verkündet. Seitdem gaben sich alle Verbannten große Mühe, das Leben der werdenden Mutter so angenehm wie möglich zu machen. Sie brachten ihr die schönsten Fische und Meeresfrüchte und schmückten ihre Grotte mit Meeresblumen und den siebenarmigen Seesternen, aus denen Soji das Gift extrahierte, um ein Elixier daraus zu gewinnen. Oniki hatte auch eine Licht-Kugel für sich allein – aus Angst, sie könnte in dem felsigen Gelände stürzen und sich verletzen.

Oniki versenkte sich in ihre Erinnerungen ... das Streicheln seiner Hände, den Geruch seines Körpers. Sie trank seine Liebe. Obwohl er ein Magier sein musste, da er anscheinend nach Belieben erscheinen und sich wieder auflösen konnte, hatte er sie noch nie in der Verbannung besucht. Er hatte ihr gesagt, sie dürfe die Hoffnung nicht verlieren ... Sie hatte ihn nur ein paar Stunden gekannt und trotzdem das Gefühl, bis in alle Ewigkeit mit ihm verbunden zu sein.

Auf Pzalion war es weder warm noch kalt. Je nach dem Stand der Gezeiten variierte die Temperatur nur um ein paar Grad. Auf der Insel gab es keine Vegetation, kein natürliches Licht, und allein der von den Großen Orgeln wehende Wind versorgte sie mit nicht sehr sauerstoffreicher Luft, und vielleicht war dies eine Erklärung für die seltsame Ausgeglichenheit ihrer Bewohner.

Oniki hatte jedoch immer öfter das Gefühl, etwas schnüre ihr die Brust zu. Sie schlief lange Stunden in ihrer Grotte. Dann besuchte ihr Prinz sie in ihrem Träumen, lüftete ihre Decke aus getrockneten Algen und betrachtete ihren runden Bauch. Eine solche Liebe leuchtete aus seinen dunklen Augen, dass sie abrupt erwachte, sich aufsetzte und die Arme nach ihm ausstreckte. Aber sie umarmte jedesmal nur die Leere. Sie sank auf ihr Lager zurück, und es überfiel sie ein so unendliches Gefühl der Einsamkeit, dass sie glaubte, daran ersticken zu müssen. An Schlaf war nicht mehr zu denken.

Oniki musste erst schlafen, ehe er sie in ihrer Grotte besuchen konnte. Er hatte sich dreitausend Kilometer von Pzalion entfernt, in einer dunklen Ödnis, die die Ephrenier nie erkundet hatten, niedergelassen.

An den Atemzügen der jungen Frau erkannte er, wann sie schlief, und vermied es, ihr im Wachzustand zu begegnen, denn er hatte in ihrem Gehirn die kalten Ströme eines Inquisitors festgestellt, der Oniki von einer ein paar Kilometer entfernten Aquakugel aus überwachte. Deshalb hatte er es so eingerichtet, dass der Scaythe seine Besuche als Träume interpretierte.

Hatte sie den Zustand des Tiefschlafs erreicht, begab er sich kraft seiner Gedanken in die Grotte. Im Schein der

Licht-Kugeln wachte er stundenlang über sie, betrachtete sie voller Zärtlichkeit und sah, wie ihr Bauch mit jedem Tag dicker wurde.

Von nun an war sie Stärke und Schwäche für ihn. Seine Stärke, weil sie ihn mit neuem Lebensmut erfüllte, seine Schwäche, weil er sich für sie und das Kind verantwortlich fühlte. Und diese Tatsache hatte ein unzerreißbares Band zwischen ihnen geschaffen, mit Pflichten und Widersprüchen. Beim geringsten Zeichen des Erwachens verschwand er, jedes Mal unendlich traurig, weil er sie nicht umarmen und trösten konnte.

Dieses unablässige Versteckspiel mit dem Inquisitor war ihm lästig und erschien ihm absurd, aber es war die einzige Möglichkeit, Oniki und das Kind vor den Scaythen von Hyponeros zu schützen. Denn sie bedienten sich ihrer als Köder. Vor sechs Monaten hätten sie fast ihr Ziel erreicht. Wären die Pritiv-Söldner in dem Augenblick in die Zelle eingedrungen, als sie sich liebten, wären sie beide getötet worden. Und mit seinem Tod hätte das Hyponeriarchat endgültig die Weitergabe der Inddikischen Wissenschaften von Meister zu Meister zerstört.

So hatte er das Gefühl, ein aus Liebe Verbannter geworden zu sein, ein Dieb, der Intimitäten stahl. Seinetwegen war Oniki wie eine Kriminelle behandelt worden ...

Brachte er nichts als Unglück? War er dazu verdammt, überall zu scheitern?

Sein Lehrer, der Narr der Berge, hatte ihn zu früh verlassen. Nichts hatte sein Verschwinden an jenem lauen Frühlingsabend voller Blumenduft und Vogelsang ahnen lassen. Vor der untergehenden Sonne zeichnete sich scharf die gezackte Gebirgskette der Hymlyas ab, als plötzlich ein heller Lichtstrahl vom Himmel gefallen war.

»Und jetzt ist es an dir zu bestimmen, ob die Menschen des Lebens würdig sind ...«, hatte der Narr erklärt, ehe er sich in den röhrenartigen Strahl gestellt hatte.

Dem damals zwölfjährigen Shari war plötzlich bewusst geworden, dass die Stunde der Trennung gekommen war, noch ehe er mit seiner Ausbildung zu einem Krieger der Stille begonnen hatte. Aphykit und Tixu, seine Adoptiveltern, waren bereits vor Monaten aufgebrochen, um Terra Mater, die Wiege der Menschheit, zu erforschen; laut dem Narren hingegen, um völlig ungestört ihre Liebe zu erforschen. »Aber wie soll ich das denn wissen?«, hatte Shari gemurmelt, mit Tränen in den Augen.

»Die Antwort liegt in dir.«

»Du hast mich nichts gelehrt! Bleib bei mir ...«

»Du hattest keine Lust zum Lernen, und meine Zeit hier ist vorüber, Shari Rampouline. Man ruft mich, andere Aufgaben zu erledigen ... Einen gesprungenen Krug kann man nicht füllen«, hatte der Narr mit unendlicher Traurigkeit in der Stimme gesagt.

Und da hatte sich Shari erinnert, dass er lieber auf seinem Stein durch die Lüfte geflogen war, im Fluss gebadet und sich von der Sonne hatte trocknen lassen, mit den Aïoulen gespielt hatte, als sich vom Narren der Berge unterrichten zu lassen. Seine Unbekümmertheit und wohl auch die unbewusste Furcht, sein Schicksal erfüllen zu müssen, hatten ihn dazu getrieben, sich der Initiation des Antra zu verwehren.

»Bleib! Ich verspreche dir, alles nachzuholen!«

»Das wirst du ohne mich tun«, hatte der Narr leise gesagt. »Meine Aufgabe bestand darin, dich auf deine letzte Prüfung vorzubereiten, doch gleichermaßen musste ich deinen freien Willen respektieren. Du bist das letzte Glied in der

Kette der Indda. Jetzt hast du die Wahl, ob du nur das Spiegelbild des kollektiven Gedächtnisses der Menschheit bleiben oder ihr neues Leben einhauchen willst – ihr zündender Funke sein willst. Ich bin nur ein Zeuge des Geschehens, ein Bewahrer des Wortes der Indda. Ich verfüge nicht über die Macht, das Schicksal der Menschheit zu ändern. Seit mehr als eintausendfünfhundert Jahren beobachte ich, wie der Mensch an seine Grenzen stößt, nach und nach sein Geschichtsbewusstsein und somit sein Erinnerungsvermögen verliert und sich von der Ewigkeit entfernt. Ich war der Hüter der Arche des Lichts, der Wissenschaften, der Inddikischen Annalen, und viele haben sich auf die Suche nach mir begeben. Die meisten sind gescheitert, aber einige sind zu bruchstückhaften Erkenntnissen gelangt, zu einer partiellen Offenbahrung, und diese Menschen haben versucht, ihre Brüder die Fragmente des Wortes zu lehren. Und ihre Brüder haben sie gefoltert und getötet, oder sie haben in ihrem Namen fundamentalistische Religionen gegründet ...«

»Ich, ich werde diese Arche finden!«, hatte Shari begeistert gerufen.

Der Narr hatte nur müde gelächelt. Das ihn umgebende Licht ließ seine Ehrfurcht gebietende Gestalt in der grauen Robe mit dem langen, tiefschwarzen Haar und Bart und den dunklen Augen wie entrückt erscheinen.

»Ich werde nicht da sein, um dir helfen zu können. Aber wenn du beharrlich bist und den ausdrücklichen Wunsch haben solltest, könntest du vielleicht den Weg vorbereiten, der es der Menschheit erlaubt, zur Quelle zurückzukehren ... ihrer ureigensten Quelle ... Sollte dir das nicht gelingen, bedeutet es das Ende der Menschheit, und eine neue Ära wird beginnen ... das Zeitalter von Hyponeros ...«

»Gib mir nur einen Hinweis! Einen einzigen!«

Von der Gestalt des Narren inmitten der weißen Säule ging jetzt ein Strahlen aus.

»Konzentriere dich auf den Klang, Shari Rampouline, Sohn der Naïona ... Lausche dem Grundton der Schöpfung ... dem Antra ...«

Seine Stimme wurde zu einem melodiösen Murmeln, zum leisen Plätschern einer Quelle. Dann herrschte Stille über dem Hymlyas-Gebirge, und Shari brach zusammen, von Schluchzen geschüttelt lag er im Gras und sah nicht, wie sich sein Gefährte in ein Wesen des Lichts verwandelte und davonflog.

Er fühlte sich verlassen. Er hatte versagt. Verzweiflung überkam ihn, eine so große Verzweiflung, wie vor ein paar Jahren vor dem Stein auf dem amphanischen Feld. Doch der Narr der Berge, dieses geheimnisvolle Wesen, den die Amphanen – die Priester des Volkes der Ameurynen – »Höllenschlange« nannten oder Dämon, dieser Abkömmling der nuklearen Hexe hatte ihm geholfen, sein Ziel zu erreichen. Nach dem Tod seiner Mutter hatte er ihn aufgenommen und gelehrt, auf dem Stein zu fliegen. Auf seine Weise hatte der Narr ihn wie einen Sohn geliebt.

Wer würde ihm jetzt helfen? Er war ganz allein, allein mit seiner Verzweiflung. Und noch immer hörte er die Worte des Narren. Sie klangen wie eine schreckliche Anklage: *»Du hattest keine Lust zum Lernen ... Einen gesprungenen Krug kann man nicht füllen ... Es bedeutet das Ende der Menschheit, das Zeitalter von Hyponeros ...«*

Er hatte einen einzigartigen Lehrer gehabt und ihm nicht zugehört. Er hatte eine einzigartige Chance nicht genutzt. Der Hüter der Arche und der Inddikischen Annalen, der Zeuge der Geschichte der Menschheit war für immer entschwunden und seine Geheimnisse mit ihm.

Shari schlief im taunassen Gras ein, von Selbstanklagen gequält und von Albträumen heimgesucht. Als er im fahlen Licht der Morgendämmerung erwachte, sah er an der Stelle, wo der Narr gestanden hatte, ein dorniges Gesträuch mit wie Diamanten funkelnden Blüten. Drei Tage blieb er im Zustand hilfloser Benommenheit vor diesem Strauch sitzen, in der vagen Hoffnung, seine Beharrlichkeit möge seinen Lehrer zur Rückkehr bewegen. Vögel umflatterten den Busch, wagten es jedoch nicht, sich auf seinen mit Dornen bewehrten Ästen niederzulassen.

»Shari? Was machst du da?«, hörte er eine melodiöse Stimme hinter seinem Rücken.

Als er sich umdrehte, sah er Aphykit und Tixu. Sie trugen prächtige Gewänder aus schillerndem Stoff, die ihre Schönheit noch hervorhoben.

Mühsam stand Shari auf – er hatte während der drei Tage nicht einmal seine Position geändert – und warf sich in Aphykits Arme. Die Wärme und Zartheit der jungen Frau beruhigten ihn. Unter Tränen erzählte er von dem Aufbruch des Narren und wiederholte so genau wie möglich dessen Abschiedsworte.

Da begriffen Aphykit und Tixu, dass das Überleben der Menschheit nur noch eine Frage der Zeit war, und beschlossen, Shari den Klang des Lebens zu lehren. Sie improvisierten eine Zeremonie vor dem funkelnden Dornbusch. Sie lehrt ihn das Antra – ein langes Vibrieren dem leisen Rauschen ähnlich, das dem Aufsteigen des Narren vorangegangen war. Der Klang entfesselte seine Feuerringe im Inneren Sharis mit derartiger Hitze, dass er glaubte, verbrennen zu müssen. Dann fand das Antra seinen Platz in seinem Geist und verstummte nahezu. Er hörte nur noch ein kaum wahrnehmbares friedliches Flüstern. Aphykit umarmte ihn.

Von nun an war Shari ein Shanyan, ein Eingeweihter, ein Erbe der langen Tradition der Inddikischen Wissenschaft.

Er brauchte nur zwei Tage, um die Kunst zu beherrschen, kraft seiner Gedanken reisen zu können. Rief er den Klang, befreite ihn dieser von allem überflüssigen Denken und trug ihn zu der Festung der Stille – dorthin, wo Geist und Materie eins sind, dorthin, wo Intentionen sich in der Form geistiger Wellen verbergen. Das Antra war der Solist im Chor der Schöpfung, ein klangvolles Bindeglied zwischen der Urenergie und dem Menschen.

Monatelang gab sich Shari mit an Trunkenheit grenzender Begeisterung seinen Entdeckungen hin. Er lernte, sich in den unendlichen Korridoren des Äthers zurechtzufinden und erforschte mit Aphykit und Tixu die Kontinente Terra Maters: Afrisien, Europ und Ameurynien ... Trotz aller Erdbeben, Überschwemmungen, Aufstände und Kriege, die diesen Planeten verwüstet hatten, gab es immer noch Ruinen historischer Bauwerke und Überreste alter Städte, stumme Zeugen vergangener Zeiten.

Shari verbrachte Wochen vor dem Strauch des Narren. Ohne zu schlafen, zu essen oder zu trinken, verharrte er unbeweglich und blickte in Vergangenheit und Zukunft. Er suchte nach dem Weg, der ihn zu der Arche des Lichts führen würde, zu jenem geheimen Ort, wo die Inddikischen Annalen – das Gedächtnis der Menschheit – aufbewahrt wurden.

Aphykit und Tixu wachten über Shari. Auch sie hatten gegenüber dem Narren der Berge ein schlechtes Gewissen. Lange Zeit waren sie nur mit sich und ihrer Liebe beschäftigt gewesen, sodass sie die Dringlichkeit unterschätzt hatten. Während sie einander entdeckten, dehnten die Scaythen von Hyponeros Macht und Einfluss über die von Menschen bewohnten Planeten immer weiter aus. Doch wie bei Shari waren auch bei ihnen diese Zeiten jetzt vorbei. Sie saßen in der Nähe des Strauchs mit aneinandergelegten Händen sich gegenüber und durchforschten das Antra auf der Suche nach Zeichen und Hinweisen, die ihrem jungen Schützling auf seinem Weg helfen könnten. Zwei Jahre verbrachten sie so. Sie ernährten sich von Früchten, Körnern, Wurzeln und badeten im nahe gelegenen Fluss.

Manchmal überraschte Shari sie nackt und eng umschlungen im Gras am Ufer. Er hörte ihr Lachen, Seufzen und Stöhnen, und er begriff, dass die Liebe – die Liebe die ihm im Alter von sieben Jahren auf brutale Weise genommen wurde – die schönste Gabe des Menschen ist. Und obwohl er sich über das Glück seiner Adoptiveltern freute, fühlte er einen Stich im Herzen. Denn er fürchtete, dass ihn sein Schicksal bis ans Ende seines Lebens zur Einsamkeit verdammt hatte. So wie den Narren der Berge, diesen Mann – war er wirklich ein Mann? –, der mehr als fünfzehntausend Jahre in der eisigen Abgeschiedenheit der Hymlyas gelebt hatte.

Als Shari fünfzehn wurde, kamen die ersten Pilger auf den ameurynischen Kontinent, der mehrere Tausend Kilometer vom Hymlyas-Gebirge entfernt lag. Aphykit und Tixu, stets wachsam, entdeckten sofort deren Anwesenheit: Ihre lauten, unkultivierten Resonanzwellen beleidigten die Stille der antrischen Felder. Obwohl Aphykit und Tixu die Methoden der Scaythen verabscheuten, konnten sie es sich nicht erlauben, eine Vorsichtsmaßnahme außer Acht zu lassen, und sie durchforschten den Geist der vier Besucher, einem Mädchen und drei Jungen. Ihre Absichten waren rein; Sie stammten aus Spain und hatten hart gearbeitet, um den heimlichen Transfer bezahlen zu können. Sie glaubten an die Legende von Naïa Phykit und Sri Lumpa und waren gekommen, sich ihren Lebenstraum zu erfüllen.

Aphykit und Tixu rematerialisierten sich vor den vier Spainiern inmitten einer mit hohem Gras bestandenen weiten Ebene, über die ein heißer, trockener Wind wehte. Die jungen Leute waren derart aufgewühlt, dass sie außerstande waren, zu sprechen. Sie knieten sich tränenüberströmt vor die beiden.

Am nächsten Tag lehrten Aphykit und Tixu ihre Adepten den Klang des Lebens. Je größer die Anhängerschaft Sharis sein würde, umso größer wäre auch die Chance, den Weg zur Arche wiederzufinden und die Menschheit zu retten. Nach der Zeremonie blieb Tixu bei ihnen, um sie zu lehren, auf ihren Gedanken zu reisen, während Aphykit zu Shari zurückkehrte.

In den folgenden Wochen erreichten andere Pilger Terra Mater, oft unter lebensgefährlichen Umständen, doch nie auf legale Weise. Sie kamen aus allen Welten des Ang-Imperiums – alle beseelt von demselben Wunsch, der mythischen Armee der Krieger der Stille beizutreten. Alle, außer einem: Mikl Manura, der irrtümlich auf Terra Mater transferiert wurde. Aber wenn der kleine Mikl auch nicht vorgehabt hatte, auf diesen Planeten zu kommen, so verspürte er doch auch nicht Wunsch, ihn wieder zu verlassen.

Sowohl fröhlich als auch andächtig nahmen alle Suchenden an der Initiation teil und begannen dann ein neues Leben. Am Fuß der Hymlyas errichteten sie Häuser, sie bauten Getreide, Gemüse und Früchte an. Oft baten sie Tixu die Geschichte zu erzählen, der er den Namen Sri Lumpa verdankte.

Das tat er widerwillig, berichtete von den Riesenechsen und von Kacho Marum, dem sadumbischen Schamanen auf

Zwei-Jahreszeiten, bis Aphykit ihn ablöste und unter vielen Ausschmückungen die Abenteuer ihres Mannes erzählte. Sie beendete die Geschichte jedes Mal, indem sie ihn, unter großem Gelächter, aufzog.

Die neuen Shanyan teilten sich alle Arbeiten nach Fähigkeiten und Neigungen. Die Wächter errichteten einen undurchdringlichen Schutzwall der Stille um das Hymlyas-Gebirge und übten sich darin, jede fremde Präsenz auf dem Planeten zu orten. Die Krieger – Satryas auf Inddikisch – schickten unablässig Lichtvibrationen auf die von Menschen kolonisierten Welten. Die Diener – oder Vasyas – erledigten die notwendigen täglichen Arbeiten. Sie umsorgten Naïa Phykit, Sri Lumpa und Shari. Alle drei zogen sich zunehmend in die Meditation und die Stille zurück. Manchmal über Monate.

Sharis Aussehen veränderte sich auf spektakuläre Weise. Seine Augen wurden dunkler, verschwanden fast in den Höhlen. Sein lockiges schwarzes Haar umrahmte ein ausgezehrtes Gesicht. Er schien vorzeitig gealtert. Bereits vor seinem sechzehnten Lebensjahr hatte er die Größe eines Erwachsenen. Sein Körper war ausgemergelt, und seine dunkle Haut wirkte wie gegerbt.

Wenn er seine langen Perioden des Schweigens unterbrach, kam er vom Hochgebirge herab, setzte sich vor den »Strauch des Narren« – um den die Pilger das Dorf gebaut hatten – und sprach zu seinen Anhängern.

Stundenlang sprach er über die leuchtende Quelle, die schöpferische Überlegenheit und die Göttlichkeit des Menschen. Seine Worte drangen in die Herzen seiner Anhänger, und sie bemühten sich, seine Ratschläge in die Praxis umzusetzen. Ziemlich bald hatte er den Status eines Mahdi.

»Der Meister kommt, wenn seine Schüler bereit sind«, hatte der Narr der Berge oft gesagt.

Doch Shari hatte den geheimen Pfad noch nicht gefunden. Somit fehlte ihm das wichtigste Bindeglied zwischen dem Menschen und der Schöpfung. Manchmal dachte er, Mensch und Materie seien unzertrennbar miteinander verbunden, manchmal jedoch schien es ihm, sie seien einander fremd und versuchten, sich gegenseitig zu zerstören. Allein die Arche des Lichts musste den Schlüssel zur Auflösung dieses Paradoxons bergen.

Von Zeit zu Zeit besuchte er Aphykit und Tixu in ihrem von den Pilgern erbauten Haus, und sie diskutierten die ganze Nacht. Von seinen Adoptiveltern, vor allem von Aphykit erfuhr er jene Liebe, die ihn wieder zum Menschen werden ließ. Denn ohne die beiden wäre er wahrscheinlich nicht mehr in der Lage gewesen, unter Menschen zu leben und hätte sich in jene geistigen Sphären zurückgezogen, in denen weder Zeit noch Raum existieren. Er wäre zu einem immateriellen, ätherischen Wesen geworden, einem Hauch – und hätte nicht den Mut besessen, wieder körperliche Gestalt anzunehmen. Denn sein Eintauchen in die Stille löste jedes Mal ein derart überwältigendes Gefühl der Leichtigkeit und Freiheit in ihm aus, dass die Rückkehr in das Gefängnis seines Körpers qualvoll war. Und nur die liebevollen Umarmungen konnten ihn dann trösten, sein Leid lindern und ihn darin bestärken, den Weg seiner Bestimmung weiterzugehen.

Als Aphykit ihm sagte, sie sei schwanger, war Shari überglücklich und freute sich auf eine kleine Schwester oder einen kleinen Bruder.

Rein zufällig entdeckte er eines Tages den Anfang des Weges. Wie gewöhnlich saß er auf einem vom ewigen Schnee bedeckten Berghang und spürte die angenehme Wärme der Frühlingssonne auf seiner Haut. Ein schwarzer Aïoule ließ sich ein paar Meter von ihm entfernt nieder. Seit geraumer Zeit trieb Shari ziellos auf den Strömen seiner inneren Energie; er war ermattet und völlig entspannt.

Plötzlich sah er in seinem Innern eine hell leuchtende Tür. Sie zog ihn an. Als er die Schwelle überschritten hatte, befand er sich auf einem schmalen leuchtenden Pfad, der von einer derart undurchdringlichen Finsternis gesäumt war, dass sie einer Mauer glich. Eisige Klingen durchdrangen ihn, zerstückelten ihn, schienen den Kern seines Wesens zu zerstören. Doch er sah sich nicht dem Tod gegenüber, dem Verlassen der leiblichen Hülle, sondern etwas Entsetzlichem, dem Nicht-Leben, der absoluten Leere verwandt.

Und er kämpfte verzweifelt gegen den Impuls, umzukehren.

Das Nichts, die In-Creatur, glaubte, das Schwierigste vollbracht zu haben: Auf allen bewohnten Planeten waren ihre Getreuen am Werk, sie löschten das Gedächtnis der Menschheit aus. Der Narr der Berge hatte sich nach fünfzehntausendjähriger Wache in ein anderes Universum begeben ... Alles war für die Machtergreifung des Formlosen bereit!

Doch nun war es einem Menschen gelungen, den Pfad zu betreten, der zu der Arche des Lichts führt. Und dieser Mensch könnte – bliebe er beharrlich – die Seinen wieder zu Herrschern machen!

Seit Abertausend Jahren bekämpfte die In-Creatur die Menschheit, verfälschte die Worte der wahren Propheten, säte Verzweiflung und Tod ... Doch bisher immer vergeblich. Ohnmächtig hatte sie zusehen müssen, wie sich die Menschheit trotzdem ausbreitete, ja manchmal sogar aufblühte. Und jetzt, wo sie die Früchte ihrer unendlich langen Arbeit geduldiger Zerstörung endlich genießen könnte, kam dieser Mensch und suchte nach seinem Ursprung.

Shari sah in der Ferne ein herrliches Gebäude aus Licht, einen Tempel mit sieben Säulen und Wänden mit bunten, unvergleichlich schönen Fenstern: die Arche, den geheimen Ort, wo die Inddikischen Annalen, das Gedächtnis der Menschheit, die unabänderlichen Gesetze der Schöpfung aufbewahrt wurden ...

Shari war überwältigt. Er beeilte sich, denn die Attacken der In-Creatur wurden so heftig, dass er sie kaum noch ertragen konnte. Er hatte das seltsame Gefühl, dass sich die Arche immer weiter entfernte, je schneller er voranschritt.

Das Formlose konnte die Ur-Menschen nicht mit seinen Waffen besiegen, aber es konnte die Schwachstellen einzelner Menschen angreifen. Also drang es gierig in Sharis Geist ein, grub vergessene Erinnerungen aus, vergrößerte Zweifel und stimulierte Ängste. Und Sharis Persönlichkeit spaltete sich in einzelne, voneinander getrennte Wesenszüge auf, die miteinander in Konflikt gerieten. Hass und Entsetzen gewannen in ihm die Überhand. Umrisse verschwammen, und der Pfad der Arche verblasste. Er wurde von Schwindelgefühlen überwältigt und spürte einen eiskalten Stich im Herzen. Dann verlor er das Bewusstsein.

Auf einem verlassenen, dunklen Planeten war er inmitten von Packeis wieder erwacht. Sein Versagen hatte ihn derart deprimiert, dass er nicht einmal versucht hatte, wieder auf Terra Mater zu gelangen. Seine Schüler hatten ihn in den Rang eines Mahdis erhoben. Er konnte sie nicht mit seinem Scheitern konfrontieren; erst nach dem Bestehen seiner Prüfung würde er ihnen wieder gegenübertreten.

Da die Vibrationen des Antra sich in ihm nicht mehr manifestierten, hatte er tagelang halb verhungert und vor Kälte halb erstarrt durch die eisige Wüste marschieren müssen. Er hatte Eisbrocken gelutscht, um nicht zu verdursten. Schließlich war er in einer Höhle, die durch eine Schwefelquelle erwärmt wurde, untergekommen. Die Wände der Höhle waren ständig leicht in Bewegung und schwitzten eine sirupartige Masse aus, die sich als essbar herausstellte. Die meiste Zeit schlief er, sein Körper schien die langen durchwachten Nächte zuvor nachzuholen.

Seine Gedanken kreisten unaufhörlich um seine Schüler und die Enttäuschung, die er diesen nach der Wahrheit suchenden Menschen zugefügt haben musste. Manchmal spielte er mit dem Gedanken, sich dem Tod hinzugeben, aber das Bild Aphykits und Tixus vor seinem geistigen Auge hielten ihn davon ab, auch wenn ihm eine dunkle Vorahnung sagte, er werde sie niemals wiedersehen oder ihr Kind in den Armen halten.

Wie würden sie ihn in Erinnerung behalten? Würde ihre Enttäuschung über sein Versagen langsam schwinden? Ohne Zweifel, denn beide waren großherzig und neigten dazu, leicht zu verzeihen. Aber er, er konnte sich nicht verzeihen. Es sei denn, er fände die Arche und die Inddikischen Annalen.

Nach langen Bädern in der Quelle war Sharis Körper wieder in der Lage gewesen, das Antra in sich aufzunehmen. Doch als er sich zum zweiten Mal auf den Weg des Lichts machte, hatte ihn abermals eine unerträgliche Furcht ergriffen. Die formlose Kraft hatte ihn wieder besiegt.

In einer kleinen weiß getünchten Zelle war er aufgewacht,

mit der vagen Erinnerung an eine junge Frau, die ihn hierher getragen und auf ein Bett gelegt hatte. Doch im Gegensatz zum ersten Mal hatte das Antra ihn nicht verlassen.

Das musste ein Fortschritt sein, ein Zeichen, dass sich sein Körper besser gegen die Angriffe der In-Creatur wehren konnte. Also musste er sich sofort wieder an die Arbeit machen. *Du musst die Quelle finden,* hatte der Narr der Berge gesagt, *sonst geht die Menschheit zugrunde.*

Als Shari Schritte hörte, hatte er sich sofort in jene ätherischen Regionen begeben, die ein ungeschulter Geist nicht erreichen konnte – er war unsichtbar geworden.

So hatte die junge Frau seine Anwesenheit nicht bemerkt. Aber ihre Schönheit hatte ihn zutiefst bewegt, denn ihr Antlitz war das Spiegelbild ihrer reinen Seele. Um sich an ihrer Anmut und Grazie satt zu sehen, war er ihr ins Bad gefolgt und hatte den Blick nicht von ihrem bronzefarbenen Körper und ihrem schwarzen langen Haar wenden können.

Frauen hatten Shari zuvor nie interessiert. Aphykits mütterliche Liebe war seine einzige Erfahrung mit dem weiblichen Geschlecht. Doch der Anblick von Onikis Körper hatte derart vehement alle seine männlichen Instinkte geweckt, dass er sich vor ihr rematerialisiert hatte.

Nach dem ersten Erschrecken hatte sich Oniki ihm bedingungslos hingegeben. Ein Wunder war geschehen, denn von dieser Stunde an war Shari mit sich selbst versöhnt – vergessen waren alle Zweifel und Selbstanklagen.

Erst als die Pritiv-Söldner in die Zelle eingedrungen waren, hatte Shari begriffen, welches Opfer er von Oniki verlangt hatte. Von nun an würde sie eine Ausgestoßene sein. Wie eine Kriminelle durfte sie ein letztes Mal nur fliehend die Freiheit und die Freude beim Erklimmen der Großen Orgeln genießen. Ihre Ordensschwestern hatten sie zu einem Leben in der Finsternis auf der Insel Pzalion verdammt. Sie wurde ständig von einem scaythischen Inquisitor überwacht.

Die Liebenden sehnten sich nach einander. Aber Shari wollte jede Gefahr von seiner Geliebten und dem Kind abwenden. Doch sie wurde nicht vom Antra geschützt. Er hätte vor ihr erscheinen müssen, um sie einzuweihen. Dann wären jedoch die Scaythen sofort informiert gewesen und hätten Pritiv-Söldner geschickt.

Also durfte Shari Oniki nur während ihres Schlafs besuchen und sie mit den Augen lieben.

Noch immer rührte ihn ihre Schönheit wie am ersten Tag. Er hörte ihre Bewacher, die Verrückten, vor dem Eingang schwer atmen und deckte ihren angeschwollenen Leib mit der Decke aus getrockneten Algen liebevoll zu.

Gerade hatte er eine herzzerreißende Entscheidung getroffen. Selbst seine als Träume getarnten Besuche bedeuteten eine unablässige Gefahr für Oniki. Die von Ephren Verbannten würden sich um sie und ihr Kind kümmern.

Die Zeit drängte, und immer mehr Menschen verschwanden im Universum. Jetzt musste er sich darauf konzentrieren, die In-Creatur zu überwinden!

Er küsste Oniki weinend auf den Mund.

»Mein Prinz?«, murmelte sie schlaftrunken.

Noch einmal atmete er tief den Duft ihres Körpers ein, als er sie schluchzend umarmte und alle seine Kräfte aufbieten musste, um sich nicht neben sie zu legen.

Sie wusste nichts von ihm, nicht einmal seinen Namen. Eines Tages würde er zurückkommen. Dann würde er sie mit Liebe überschütten, sie und das Kind ... Er würde das Schicksal bezwingen ...

Als Oniki die Augen öffnete, war Shari verschwunden.

Oniki stand bis zur Taille im Meer und musterte prüfend den Stützpfeiler. Die Verrückten, die immer um sie waren, hatten Angst vor dem Wasser und saßen an dem schwarzen Strand. Sie fragten sich, was die werdende Mutter, die Hoffnung des Dorfes, hatte. Warum saß die junge Frau nicht wie gewöhnlich auf einem Felsen?

Oniki konnte sich dieses Gefühl plötzlicher Traurigkeit nicht erklären. Im Traum hatte sie ihren Prinzen blutige Tränen weinen gesehen. Beim Aufwachen spürte sie etwas Warmes über ihr Gesicht laufen. Und als sie eine Fingerspitze hineintauchte und die Flüssigkeit schmeckte, hat sie sie sofort erkannt. Da wusste sie, dass sie nicht träumte, sondern er über sie wachte, und dass beide noch lange getrennt sein würden.

Seitdem hatte der große schwarze Raubvogel der Verzweiflung seine Fänge in ihren Leib geschlagen.

Es müsste möglich sein, diesen Stützpfeiler erklimmen, zumindest den unteren Teil. In der Dunkelheit konnte Oniki nicht sehen, ob es danach weitergehen würde, doch das ließe sich leicht feststellen.

Ihr Prinz war fort; sie spürte, dass ihm ein außergewöhnliches Schicksal beschieden war, dass er sie aber trotzdem überall mit seiner Liebe unterstützen würde. Also beschloss sie, ihr Leben selbst in die Hände zu nehmen, sie weigerte sich, ihr Kind in einer Welt der Finsternis zu gebären.

Vielleicht existierten über Pzalion noch nicht erforschte Rohrwerke? Außerdem war es lange her, dass sie das letzte Mal geklettert war. Die Übung würde ihr gut tun. Ihr Bauch dürfte nicht weiter stören, sie war an viel schwerere Lasten gewöhnt.

Die Verrückten beobachteten verblüfft, wie sie ihr Kleid auszog und an einen Vorsprung des Pfeilers hängte. Dann begann sie mit dem Aufstieg. Als sie die Korallen berührte, erinnerte sich ihr Körper sofort und gewann seine kraftvolle Geschmeidigkeit zurück. Sie hob den Kopf; den Schild des Röhrenwerks konnte sie nicht erkennen, wusste jedoch, dass er etwa achthundert Meter über ihr lag. Sie fragte sich, ob sie die Kraft haben würde, ganz hinauf zu klettern.

In diesem Moment bewegte sich das Kind in ihr. Es trat gegen ihren Bauch, es ermutigte sie, es strebte zum Licht.

Die immer schriller werdenden Schreie der Verrückten alarmierten die übrigen Bewohner. Aus Angst, der Schwangeren könne etwas passiert sein, ließen sie sofort alles liegen und liefen zum Strand. Mittlerweile befand sich Oniki, nackt, von den leuchtenden Augen eines Schwarzmövenschwarms umgeben, ungefähr fünfzig Meter über dem Meeresspiegel. Die alte Soji als ehemalige Thutalin begriff sofort, dass sich Oniki nach den Großen Orgeln sehnte.

DREIZEHNTES KAPITEL

Die Köpfe und die Herzen der Gocks sind wie das Arschloch eines Sôns der Skoj-Welten: voller Scheiße.

Den Jersaleminern zugeschriebener Leitsatz

Die Köpfe der kreuzianischen Missionare sind wie das Arschloch eines Sôns: voller Scheiße.

Wahrscheinlich früher zu datierende Skoj-Version

Die Herzen der Frauen sind ...

Skoj-Variante des östlichen Kontinents

Die Sôns sind wie Arschlöcher: voller Scheiße.

Gebräuchliche Redewendung der Wucherer von Pradoz, der Hauptstadt der Skoj-Welten. Zweifellos die älteste Version dieses Satzes.

Universallexikon pittoresker Wörter und Redewendungen,
Akademie der lebenden Sprachen

Als Iema-Ta den Lärm hörte, raffte sie ihr Kleid, sprang auf ihren Schreibtisch und streckte die Hände in Richtung Tür aus. Ihre dunklen Augen versprühten eine Furcht erregende Energie. Der Shelam suchte hinter einem Wandteppich Schutz und hatte sein langes Messer gezogen.

Der Andere, der Dämon, war nicht mehr Herr der Lage und hatte sich in Martis Unterbewusstsein verschanzt. So hatte der Syracuser plötzlich zu seinem Selbst zurückgefunden und glaubte, aus einem Traum zu erwachen.

Er erinnerte sich, dass diese seltsame Zwergin eine Schleuserin war, aber die Vertragsbedingungen hatte er vergessen und fragte sich nun, warum Jek in seinem Luftsessel derart entsetzt aussah und die Frau auf dem Schreibtisch hockte. Natürlich hatte er den Lärm gehört, ihm aber keine Bedeutung beigemessen.

In dem Moment wurde die Tür aufgebrochen, und vier weiß gekleidete Gestalten stürmten in das Büro mit gezückten Degen.

Ein hässliches Lächeln umspielte Iema-Tas faltigen Mund. Vier Fingernägel lösten sich von ihrer Hand und flogen auf die Eindringlinge zu.

»Achtung! Sie sind vergiftet!«, schrie jemand.

Drei Gestalten warfen sich zu Boden, doch ein Fingernagel bohrte sich in die Kehle des letzten Angreifers. Er verdrehte die Augen. Speichel rann aus seinem Mund.

Er atmete pfeifend, ließ seinen Degen fallen und stürzte schwer.

Die anderen Fingernägel blieben zitternd im Türrahmen stecken. Noch immer in der Hocke machte die Zwergin eine Vierteldrehung und streckte den rechten Arm aus, als würde sie mit einer unsichtbaren Waffe schießen.

Jek und Marti duckten sich instinktiv in ihren Sesseln.

Ihr höhnisches Grinsen machte maßlosem Erstaunen Platz. Denn die drei Angreifer waren verschwunden. Nur ihr toter Gefährte zeugte von ihrem Eindringen.

Iema-Ta sprang vom Schreibtisch, ging zu Jek und legte die linke Hand auf die Lehne seines Sessels. Aus den Augenwinkeln sah er, wie ihre krallenartigen Fingernägel nachwuchsen.

»Pass auf, Iema!«, rief der Shelam aus seinem Versteck. »Das sind Jersaleminer! Sie können sich unsichtbar machen!«

»Mit diesen Schwachköpfen des erwählten Volkes haben wir noch nie Probleme gehabt!«, fauchte sie. »Was ist nur in die gefahren?«

Kaum hatte sie zu Ende gesprochen, als zwei Männer – scheinbar aus dem Nichts – hinter ihr auftauchten. Sie spürte ihre Feinde sofort, stieß einen schrillen Schrei aus und gleichzeitig den Arm vor. Vier Fingernägel schossen aus ihrer gespreizten Hand. Aber die Männer wichen den Geschossen mit einer schnellen Drehung des Oberkörpers geschickt aus und zückten ihre Degen.

Eine Klinge spaltete ihren Schädel, die andere trennte ihren Kopf vom Rumpf, der über den Boden zur Wand rollte. Eine Blutfontäne sprudelte aus ihrem enthaupteten Torso, ehe er auf den Fußboden fiel.

Mit wildem Wutgeschrei stürzte sich der Shelam auf die

beiden Angreifer. In seiner Rage hatte er den dritten Mann vergessen. Ein folgenschwerer Fehler: Eine Klinge durchbohrte ihn von hinten und trat im Unterbauch wieder aus. Ungläubig starrte er die glänzende Spitze an. Ein Blutstrom quoll aus seinem Mund. Taumelnd stolperte er ein paar Schritte vorwärts, ehe er über der Lehne eines Luftsessels zusammenbrach.

Die drei Männer gingen zu Jek und Marti. Der kleine Anjorianer schloss in Erwartung des tödlichen Streichs die Augen. In diesem Augenblick dachte er seltsamerweise an Todeskuss, den Hexenmeister der Wüstenratten. Dann sah er Bilder in rasend schneller Folge an sich vorüberziehen, ein großes Durcheinander ...

»He! Schlaf nicht ein, Prinz der Hyänen«, sagte einer der Männer. »Du wirst erwartet.«

»Wer wartet auf ihn?«, fragte Marti, der langsam wieder seine Fassung gewann.

Der Kampf hatte zwar nur zwei Minuten gedauert, doch die waren ihm wie eine Ewigkeit erschienen.

»Ein Gock-Kopf will immer alles wissen!«, rügte ein Mann, Verachtung in der Stimme. »Hör auf dein Herz, und folge uns! Gleich werden die Getreuen dieser Hexe uns umschwirren wie Schmeißfliegen, die sich auf Aas niederlassen. Moskau, mach uns den Weg frei!«

Der Mann namens Moskau, es war derjenige, der den Shelam getötet hatte, ging auf den Flur.

»Nur eine Frage«, beharrte Marti. »Wer seid ihr, und wohin wollt ihr uns bringen?«

»Er heißt Montreal, und ich bin Schanghai. Wir haben den Befehl, den Prinz der Hyänen zum Raumschiff der Gleba zu bringen. Und jetzt, wo dein Kopf zufrieden ist, Gock, hast du die Wahl. Entweder du bleibst hier, und Jema-Tas

Männer reißen dir das Herz aus der Brust, oder du kommst mit ...«

Montreal steckte seinen Degen in die Scheide zurück, packte den kleinen Anjorianer und setzte ihn auf seine Schultern. Dann gingen die beiden Jersaleminer. Nach kurzem Zögern folgte Marti ihnen.

Der Dämon begriff jedoch sehr schnell, dass er ein menschliches Medium verlöre, bliebe er allein in diesem Raum. In dem Moment, als er vor dem Erreichen seines Ziels gestanden hatte, waren die Jersaleminer aufgetaucht, um alles zunichtezumachen. Doch jetzt boten sie ihm Schutz, seine Überlebenschancen würden damit steigen, und später würde sich eine Möglichkeit ergeben, sein Projekt zu realisieren. Außerdem war es wichtig, den kleinen Anjorianer nicht aus den Augen zu verlieren; der Dämon hatte zur Sicherheit ein Transfer-Programm in Martis Gehirn implantiert. Entwickelten sich die Dinge nicht wunschgemäß, hatte er noch immer die Möglichkeit, sich in Jeks Kopf einzunisten. Es würde genügen, dass Marti den Jungen auf den Mund küsste, zum Beispiel während er schlief. Natürlich war der Körper eines Kindes nicht so kräftig, dafür bot er andere Vorteile. Niemand würde sich vor einem so jungen, unschuldigen Menschen in Acht nehmen.

Die kleine Gruppe trat auf die dunkle Gasse; Moskau ging etwa zwanzig Schritte voraus. Über Franzias Himmel bildete der Sternenhaufen eine strahlende Spirale. Die weiße Scheibe Jer Salems überzog die Dächer Nea-Marsiles mit einem milchigen Schein.

»Wie kommen wir zu dem Raumschiff?«, fragte Marti.

»Dein Kopf ist wie der Bauch eines Tigerbären: unersättlich«, sagte Schanghai und seufzte. »Wir fahren mit einem

Ovalibus der Transportgesellschaft. Auf diese Weise erregen wir am wenigsten Aufmerksamkeit.«

»Auch mit einem weißen, blutbefleckten Overall?«

Der Jersaleminer warf einen kurzen Blick auf seine Kleidung »Welche Flecke?«

Da sahen Marti und Jek, dass die Spuren des Kampfes verschwunden waren.

Schanghai schaute zu Jek hoch, der noch immer auf Montreals Schultern saß. »Ich wette, der Prinz der Hyänen möchte gerne wissen, wie wir uns unsichtbar machen können.«

Eigentlich interessierte Jek dieses Phänomen lange nicht so wie Martis seltsames Benehmen, des Mannes, den er als seinen großen Bruder betrachtet hatte. Sein Gesicht hatte sich innerhalb einer Sekunde zu einer abscheulichen Grimasse verzerrt, als diese kleine Frau ihm den widerlichen Handel vorgeschlagen hatte. Jek hatte ihn nicht wiedererkannt. Es schien, als ob zwei Martis in seinem Körper wohnen würden und als würde der eine, das Monster, nicht zögern, alle Wertvorstellungen des anderen, seines fröhlichen Gefährten, zu opfern. Und vor diesem Marti würde er sich von nun an wie vor der nuklearen Pest hüten.

»Der Shelam hat die Frage doch bereits beantwortet«, mischte sich der junge Syracuser ein. »Ihr macht das mit Zauberei.«

Die beiden Jersaleminer lachten laut.

Doch Schanghai sagte nur verächtlich: »Wieder so eine Gock-Idee ...«

Das Raumschiff der Gleba war winzig, kaum dreißig Meter lang und vier Meter hoch. Es hätte ohne weiteres in einem der Rettungsboote der *Papiduc* Platz gehabt. Ein ovales, bronzefarbenes Gebilde ohne Bullaugen, das auf fünf Füßen stand. Die Pilotenkabine – eine verglaste Ausbuchtung im Bug und die Bordtür waren die einzigen sichtbaren Öffnungen an dem glänzenden Rumpf, an dessen Heck das holographische Signum der Gleba in Blau leuchtete.

Das Zwielicht der franzianischen Nacht verwischte alle Konturen. Auf den Eingang des Hangars war das grelle Licht schwebender Projektoren gerichtet. Männer in weißen Uniformen machten sich unter dem Fluggerät zu schaffen. Sie überprüften die Sicherheit, schafften Lebensmittel an Bord, andere überwachten die Arbeiten. Die schwüle Luft roch nach Treibstoff.

Montreal hob Jek von seinen Schultern. Sie gingen in den Hangar zu einer Wendeltreppe, stiegen sie empor und kamen zu einer mit einem Metallgeländer umgebenen Plattform. Von dort aus konnten sie die ganze Flugzeughalle überblicken. Die gewölbte Flanke des Raumschiffs sah wie von Wind und Wetter poliertes Felsgestein aus. Dann betraten sie einen kleinen, in grelles Licht getauchten Raum. Er war spärlich möbliert mit dreibeinigen Hockern und einem großen Holztisch, auf dem ein blau, grün und ockerfarbener Globus stand – die Gleba.

»Sei willkommen, Prinz der Hyänen!«, sagte San Frisco lächelnd und hob ihn auf. Auch er war weiß gekleidet und trug schwarze Stiefel. Doch die Aufschläge seiner Uniform waren mit silbernen Litzen verziert.

»Wie ich sehe, hast du dich aus dem Herzen des Dogen davonstehlen können«, fügte er voller Freude hinzu.

Robin de Phart stand auf, wagte aber nicht, seinem Gefühl zu folgen und Marti zu umarmen. Trotzdem fühlte er sich wie ein Vater, der seinen verlorenen Sohn willkommen heißt, doch die Vernunft riet ihm zur Vorsicht. Jetzt verstand er, warum die Jersaleminer den Gegensatz zwischen Kopf und Herz, zwischen Intellekt und Gefühl sowohl in ihre Sprache als auch in ihr Benehmen integriert hatten.

Marti schlug mit der Faust auf den Tisch, so heftig, dass der Globus auf seinem Sockel erzitterte.

»Ich hätte mir denken können, Sieur de Phart, dass Sie hinter dieser Entführung stecken! Wir wollten gerade einen Vertrag mit der Schlepperorganisation abschließen.«

»Zorn erfüllt das Herz und den Kopf unseres jungen Freundes«, sagte San Frisco gelassen. »Doch die Versprechen Iema-Tas gleichen den Beinen eines Sterbenden: Sie halten nicht länger als ein paar Sekunden. Ich habe beschlossen, meine Männer dorthin zu schicken. Ich allein. Der Prinz der Hyänen ist meinem Herzen teuer. Und an Bord der *Papiduc* hätte ich ohne eine Kriegserklärung an Papirondas Leute nichts unternehmen können. Auch hätten weder der Prinz der Hyänen noch ich von einer Konfrontation mit dem Dogen profitiert.«

»Hast du die beiden Wächter vor meiner Tür getötet?«, fragte Jek.

»Sagen wir, diese beiden Gocks haben sich unvorsichtigerweise in die Klinge meines Dolchs gestürzt. Und ich konnte alle Schlösser der *Papiduc* öffnen ...«

»Und es waren deine Männer, die uns auf den Straßen Nea-Marsiles gefolgt sind?«

Jetzt erst stellte San Frisco Jek wieder auf die Beine. »Wie ich sehe, verfügt der Prinz der Hyänen über eine gute Beobachtungsgabe.«

»Und warum waren sie nicht unsichtbar?«

»Diese Gabe ist ein Geschenk des Abyners Elian, eine heilige Formel«, antwortete San Frisco. »Doch im Lauf der Jahrhunderte hat sie an Zauberkraft eingebüßt. Früher konnten die Angehörigen des erwählten Volkes so lange sie es wünschten unsichtbar bleiben. Und in diesem Zustand gelangten sie von einer Welt in eine andere ... Doch heute können wir nicht länger als ein paar Sekunden unsichtbar bleiben. Und das auch nur unter Aufbietung großer Energie.«

Dann wandte er sich an Schanghai: »Habt ihr Probleme gehabt?«

»Frankfurt wird die Xaxas niemals sehen«, antwortete der Mann betrübt. »Iema-Tas vergiftete Fingernägel haben ihm keine Chance gelassen.«

»Und was schlagen Sie jetzt vor?«, mischte sich Marti aggressiv ein.

Das in dem Syracuser hausende Monster wagt sich immer öfter aus seinem Versteck, dachte der kleine Anjorianer.

»In zwei Stunden reisen wir nach Jer Salem ab«, antwortete San Frisco leise, offensichtlich über den Tod Frankfurts bestürzt.

»Ich habe nicht vor, nach Jer Salem zu reisen, sondern nach Terra Mater! Und für Jek gilt dasselbe!«

»Ich gehe mit San Frisco«, sagte der Junge schnell. Seine Intuition leitete ihn dorthin, von dem eisigen Planeten des erwählten Volkes würde er eine Möglichkeit zur Weiterreise finden. Und andererseits hätte er alles getan, um nicht allein mit Marti bleiben zu müssen.

»Dieser Junge spricht die Sprache der Vernunft«, mischte sich Robin de Phart ein. »Allein und mittellos haben Sie auf Franzia keine Chance, Marti. Und da San Frisco uns Gocks freundlicherweise eingeladen hat, warum begleiten Sie uns dann nicht? Außerdem haben Sie Gelegenheit, einem ganz außerordentlichen Ereignis beizuwohnen: dem Vorüberziehen der Xaxas, der himmlischen Zugvögel. Dieser Umweg über Jer Salem verzögert unsere Reise nur um einen Monat.«

Martis Umschwenken war spektakulär. Der Andere, der Dämon in ihm, hatte schnell begriffen, wo seine Interessen lagen.

»In diesem Fall, Prinz San Frisco, nehme ich Ihre Einladung gerne an. Und bitte entschuldigen Sie meinen harschen Ton. Doch ich fühle mich für Jek verantwortlich und habe immer Angst, dass ihm etwas passieren könnte ...«

Nur zu gern hätte Jek seinen Gefährten gefragt, warum er ihn vor einer Stunde an Iema-Ta praktisch verkauft hatte. Doch trotz der Erwachsenen in seiner Umgebung wagte er diese Frage nicht zu stellen, weil er fürchtete, den Verdacht des Monsters zu erregen. Er würde San Frisco oder Robin de Phart, wenn er mit ihnen allein war, von der doppelten Persönlichkeit Martis berichten, denn auch zu dem alten Syracuser hatte er Vertrauen entwickelt.

»Dann stimmt es also, dass du ein Prinz Jer Salems bist?«, fragte der kleine Anjorianer.

San Frisco lächelte traurig. »Ein Prinz im Exil ... Aber jetzt ist die Stunde gekommen, zu meinem Volk zurückzukehren und sich der Autorität der Abyner zu widersetzen ...«

Seine Rede wurde vom Heulen einer Sirene unterbrochen. Schanghai, Moskau und Montreal zogen sofort ihre Degen und stürmten auf die Plattform.

Im Licht der schwebenden Projektoren sahen sie einige Gestalten vorbeihuschen. Sie bewegten sich auf den Eingang des Hangars und die Wachtposten zu. Einer von ihnen musste den Alarm ausgelöst haben.

Da die Jersaleminer überraschend angegriffen worden waren, hatten sie keine Verteidigung organisieren können. Einige machten sich sekundenlang unsichtbar. Eine fatale

Strategie, denn sie beraubte sie ihrer notwendigen Kampfkraft, vor allem, da ihre gut organisierten Gegner in den blauen Uniformen in der Überzahl waren.

Heftige Zweikämpfe brachen zwischen Containern, Kraftstoffpumpen und unter dem Kiel des Raumschiffes aus. Die Tankleute hatten keine Zeit gehabt, die Zapfsäulen zu schließen, sodass sich der Kraftstoff über den Betonboden ergoss.

»Ihr dürft nicht schießen!«, schrie jemand. »Wird nur ein einziger Schuss abgegeben, sind wir alle des Todes!«

San Frisco holte seinen Dolch hervor. »Rührt euch nicht von der Stelle!«, befahl er Jek und den beiden Syracusern.

Dann ging er zu seinen drei Männern auf der Plattform. Er erkannte die Angreifer sofort. Noch vor ein paar Stunden hatte er dieselbe Uniform getragen.

»Die Männer des Dogen ...«

»Was will dieser verfluchte Gock?«, fragte Schanghai.

»Zweierlei: Er will den Prinz der Hyänen und das Blut der Rache. Seinem Kopf und seinem Herzen hat es nicht gefallen, dass ich ihn ohne Vorwarnung verlassen habe.«

»Dann schlage ich einen Handel vor, San Frisco«, sagte Moskau. »Den Gock-Jungen gegen Frieden ...«

San Frisco warf ihm einen mörderischen Blick zu. »Ich bin nicht mehr der erste Offizier auf der *Papiduc,* sondern ein Prinz Jer Salems, einer der vierzig Seigneurs des erwählten Volkes. Und als solcher schachere ich nicht mit dem Dogen!«

Dann schwang er seinen Dolch und stürmte die Treppe hinunter. Schanghai, Montreal und Moskau folgten ihm.

Die Lage der Jersaleminer in dem Hangar war ziemlich hoffnungslos. Die Männer Papirondas waren nicht nur in der Überzahl, sie waren auch besser bewaffnet. Doch der ausgelaufene Treibstoff war zu San Friscos Vorteil zu nutzen, denn er verbot den Gebrauch von Schusswaffen. Seine Männer jedoch waren im Gebrauch von Hieb- und Stichwaffen geübt – ein heiliges Gebot der Neuen Bibel Jer Salems.

Um seinen Leuten Mut zu machen, ging er mit gutem Beispiel voran und stürzte sich wie ein Panther auf zwei Angreifer in der Nähe. Den ersten tötete er mit einem Stich ins Herz, dem zweiten schnitt er die Kehle durch. Sofort folgten die Gefolgsleute San Friscos dem Beispiel ihres Prinzen. Sie organisierten die Verteidigung und drängten die Männer des Dogen zum Eingang des Hangars zurück.

Jek, Robin und Marti standen jetzt auf der Plattform und beobachteten den Kampf. Als der kleine Anjorianer unter den Kämpfenden die Männer aus der Mannschaft der *Papiduc* erkannte, war er erschrocken. Denn er begriff, dass sie seinetwegen ihr Blut vergossen.

Schon glaubten die Jersaleminer dank ihres tapferen Einsatzes die Oberhand gewonnen zu haben, da erhielt der Gegner von draußen Verstärkung: Es waren Mitglieder der franzianischen Jagdgesellschaften, alle mit Macheten bewaffnet, die offensichtlich Halluwein getrunken hatten – einen mit Halluzinogenen versetzten Wein –, der sie unberechenbar machte.

Da ertönte ein knapper Befehl. Die ersten Reihen der Miliz Papirondas blieben etwa zwanzig Meter vor San Frisco stehen, hinter dem sich seine Männer versammelt hatten. Die Gegner maßen sich mit Blicken. Eine unheilvolle Stille herrschte im Hangar, aber die Franzianer waren kampfeslustig; sie brannten darauf, sich für die ihnen vom erwählten Volk entgegengebrachte Verachtung zu rächen. Endlich hatten sie einmal Gelegenheit dazu.

Eine Gestalt trat aus den Rängen der Miliz vor. Jek erkannte den kahlköpfigen Mann sofort, der jetzt auf San Frisco zuschritt.

»Was willst du von mir, Doge?«, fragte der Prinz Jer Salems, als Papironda mit ausgebreiteten Armen – zum Zeichen, dass er unbewaffnet sei – vor ihm stehen blieb.

»Das weißt du genau, San Frisco. Ich hole meinen Sohn zurück.«

»Weder Jeks Kopf noch sein Herz gehören dir.«

»Es ist nicht an dir, darüber zu entscheiden«, entgegnete der Doge. »Du hast nach der Landung zwei meiner Männer getötet und seine Kabinentür geöffnet. Übergib mir das Kind, und ich vergesse, dass du ein Deserteur bist. Gehst du nicht auf mein Angebot ein, wird keiner deiner Leute entkommen. Ich selbst werde ihre Leichen in Stücke zerteilen und diese einzeln nach Jer Salem schicken.«

»Du sprichst nicht mehr mit deinem ersten Offizier, Doge, sondern mit einem der vierzig Prinzen des erwählten Volkes. Ein Weltraumpirat kann mir keine Befehle erteilen.«

»Dann erkläre mir wenigstens, warum du mir Jek nehmen willst«, forderte Papironda mit kaltem Lächeln.

»Ich will dir den Jungen weder nehmen noch ihn in den Käfig meines Herzens sperren. Ich möchte ihm nur die Hindernisse aus dem Weg räumen, die es ihm erschweren, sein Schicksal zu vollenden.«

»Ihr Jersaleminer habt die widerwärtige Angewohnheit, alles über alles zu wissen!«, sagte der Doge vehement. »Eure Köpfe und eure Herzen sind ebenso voll Scheiße wie das Arschloch eines Sôns der Skoj-Welten! Was weißt du schon über Jeks Schicksal? Hältst du dich für einen Gott?«

»Ich höre nur auf mein Herz, Doge.«

»Ist das dein letztes Wort?«

San Frisco nickte.

»Nun gut. Dann bleibt mir nichts anderes übrig, als mir mit Waffengewalt das zu nehmen, was ich durch Verhandeln nicht bekommen habe. Hinter mir stehen Franzianer, die sich nichts sehnlicher wünschen, als dir und den deinen die Kehlen durchzuschneiden. Wilde Tiere sind das …«

Der Doge blickte seinem ehemaligen ersten Offizier in die Augen. Er entfernte sich, Schritt für Schritt rückwärts gehend, ohne seinen Blick abzuwenden, bis er aus dem Lichtkegel verschwand.

Seine Miliz nahm leise über die gesamte Breite des Hangars Stellung auf.

Jek sah, wie die Gegner aufeinander zugingen. Er sah die blinkenden Waffen, und er sah den Hass in den Augen der Männer. Sein Herz krampfte sich zusammen. Etwa dreißig Jersaleminer mussten sich gegen über einhundert Feinde wehren. Dieser Kampf musste mit ihrer Niederlage enden, obwohl der Prinz und seine Männer ein wahres Blutbad unter ihren Feinden anrichteten.

Mit einem Mal konnte Jek dieses Schlachten nicht mehr mitansehen. Das Opfer der Jersaleminer empfand er umso widerwärtiger, weil es völlig umsonst war. Er durfte nicht länger zulassen, dass San Frisco gegen den Dogen Papironda kämpfte.

Ich allein muss die Hindernisse auf meinem Weg beseitigen, dachte er, und in diesem Moment beseelte ihn dieselbe Entschlossenheit, die er verspürt hatte, als er den Hyänen in der Wüste Ut-Gens gegenübergetreten war. Seine Angst war verschwunden.

Mit Entsetzen in den Augen sahen Robin de Phart und Marti, wie Jek auf die Brüstung stieg, tief einatmete und einen langen, schrillen Schrei ausstieß. Sofort hielten die Kämpfenden inne. Sie hoben die Köpfe und starrten den kleinen Anjorianer an. Wie die Hyänen schienen sie jede Kampfeslust verloren zu haben.

Jek sprang auf die Plattform und ging zur Treppe.

Marti packte ihn am Arm. »Bist du verrückt geworden?«, sagte der Dämon in ihm. »Sie werden dich in Stücke reißen!«

Erst jetzt hatte der Andere in Marti begriffen, dass Jek kein unschuldiges Kind war, sondern einer dieser Ur-Menschen, die noch imstande waren, das Murmeln der Quelle zu hören. In seiner Seele wuchs unbewusst der Keim der Inddikischen Wissenschaft. Noch kannte dieser Junge seine Macht nicht – sie manifestierte sich unregelmäßig und ungesteuert –, aber er war gefährlich, er musste unbedingt vernichtet werden, wie diese Krieger der Stille, wie Alexus Tochter Aphykit, wie Tixu Oty, der Oranger ...

Marti lockerte seinen Griff, und Jek lief die Treppe hinunter und stellte sich inmitten des Schlachtfelds unter den Lichtkegel eines der Projektoren. San Frisco folgte ihm.

»Doge Papironda!«, rief er mit lauter Stimme. »Ich weiß, dass Sie mich holen wollen. Hier bin ich!«

San Frisco hielt sich abseits, doch schon tauchte der Doge aus dem Dunkel auf.

»Verschonen Sie die Jersaleminer«, sagte Jek, »und befehlen Sie Ihren Männern, sich zurückzuziehen.«

»Nur, wenn du mit mir gehst«, antwortete der Doge ernst.

»Ich komme mit Ihnen ... Aber Sie könnten Ihren Sohn auch ganz anders behandeln.«

Noch als Jek diese Worte sprach, fühlte er, wie verzweifelt der Doge war. Dass er sich sehnlichst einen Sohn wünschte, weil er keine Nachkommen hatte. Und dass der Doge ihn liebte. Nicht einmal sein Vater hätte für ihn mit dieser Vehemenz gekämpft.

Tränen traten in Jeks Augen. Er gehorchte seinem Herzen, ging auf Papironda zu und umarmte ihn, den Kopf an dessen Leib geschmiegt. Da spürte er, wie sich der Mann entspannte, und er ihm die Hände auf den Nacken legte. So blieben beide lange Minuten stehen.

Schließlich schob der Doge Jek sanft von sich, unendliche Traurigkeit in den Augen.

»Du wirst für immer mein Vater sein«, sagte Jek leise. »Wenn man sich liebt, muss man nicht immer einander nahe sein.«

Der Doge lächelte traurig, und Tränen liefen über sein ausgezehrtes Gesicht. Dann hob er langsam den Arm und gab seinen Männern das Zeichen zum Rückzug. Auch die Franzianer gehorchten, wenngleich widerwillig.

Langsam und sehr zärtlich strich der Doge über Jeks Haar, drehte sich dann abrupt um und verschwand in der Nacht mit seinen Männern.

Marti ging aus seiner Kabine über den schmalen Gang des Raumschiffs der Gleba. Das Auftanken und Beladen hatte fünf Stunden gedauert, und der Abflug hatte sich noch um weitere zwei Stunden verzögert, um der Toten zu gedenken.

Man hatte sie in einer Reihe nebeneinandergelegt, und Prinz San Francisco – sein richtiger Name, die Gocks hatten ihn aus Bequemlichkeit abgekürzt – hatte Verse aus der Neuen Bibel Jer Salems gelesen. Dann hatte man die Leichen ins Raumschiff gebracht, dort eingeäschert und ihre Asche in einer Urne verwahrt. Später würde sie über dem Gletscher der Ahnen Jer Salems verstreut werden.

Nach dem automatischen Öffnen des Hangardachs war das Raumschiff mit einem wütenden Aufheulen der Motoren gestartet.

San Frisco hatte seine Gäste und ein paar Jersaleminer zum Essen in den neben dem Cockpit liegenden Gemeinschaftsraum eingeladen. Von dem Kampf war nicht gesprochen worden, doch die bewundernden Blicke der Jersaleminer und Robin de Pharts in Richtung Jek sprachen Bände; er hatte ein Massaker verhindert.

Marti hatte sein Essen kaum angerührt, die Speisen – gefüllte Schneeraupen, Seehundhirn im Teigmantel, Kutteln vom weißen Tigerbären – waren nicht nach seinem Geschmack gewesen.

»Etwas mehr Aufgeschlossenheit würde Ihnen nicht schaden, Marti!«, hatte Robin de Phart gesagt. »Das Essen ist köstlich.«

Robin ... Warum saß ihm dieser Mann ständig im Nacken? Das bisher einzig Gute an dieser Reise war, dass er eine Einzelkabine hatte.

»Normalerweise sind wir zu zweit in einer Kabine«, hatte Montreal erklärt. »Aber da die Hälfte der unseren gefallen sind ...«

So hatte sich jeder in sein Reich zurückgezogen, obwohl Robin de Phart versucht hatte, mit seinem Mitplanetarier ins Gespräch zu kommen. Umsonst. Marti hatte geduscht und den weißen Overall angezogen, den Montreal jedem Gast gegeben hatte.

»Sonst würde unser Volk sofort merken, dass ihr Gocks seid. Und dann dürftet ihr keinen Fuß auf Jer Salem setzen ...«

»Was würden sie uns denn antun?«

»Das hängt ganz vom Willen der Abyner ab. Entweder sie

werfen euch nackt in dem großen Zirkus der Tränen den wilden Tigerbären zum Fraß vor, oder sie kastrieren euch und schlitzen euch danach die Bäuche auf, damit sich die Zuchtraupen an euch gütlich tun können.«

»Gibt es noch andere Verfahrensweisen?«

»Ein paar. Aber das sind die gebräuchlichsten.«

Marti hatte sich auf seiner Koje ausgestreckt, doch der Dämon gönnte ihm keine Ruhe, denn er hatte seine Pläne geändert. Er wollte sich nicht mehr Jeks Geist bemächtigen. Der kleine Anjorianer gehörte noch zu den ursprünglichen Menschen, er würde die implantierten Daten gefährden.

Dieser Dämon war nur ein mentales Transplantat und nicht mit den Basisdaten eines in einem Matrix-Bottich herangewachsenen Keimling ausgestattet. Daher besaß er keine Autonomie und benötigte für Ortsveränderungen einen Menschen als Transportmittel. Auch konnte er keine Löschprogramme in den Geist anderer Menschen implantieren, sondern nur in den, den er besetzt hatte. Denn er war allein darauf programmiert worden, eine ganz bestimmte Mission zu erfüllen, und deshalb entschied er sich immer für die Maßnahme, die ihn seinem Ziel näherbrachte. Jek war ein ernst zu nehmender Störfaktor, er musste ihn so schnell wie möglich eliminieren. Jek durfte nicht zu einem jener Ur-Menschen werden, die ihn ausschalten konnten. Durch ihre Strahlung, ihre Hitze und ihre schöpferische Souveränität stellten die Ur-Menschen die größten Feinde des Hyponeriarchats dar. Und da er Jeks Erinnerungen nicht auslöschen konnte, musste sein Medium in Menschengestalt für ihn handeln – und Jek töten.

Marti war auf dem Weg zu Jeks Kabine. Außer den beiden Piloten im Cockpit schliefen alle. Dass die Menschen gezwungen waren zu schlafen, kam dem Anderen entgegen;

diese notwendige Erholungsphase mit Bewusstseinsveränderungen, in denen der Schlafende nicht mehr wachsam ist.

Marti ging an einer Reihe geschlossener Türen vorbei, als er eine Stimme hinter sich hörte. Er schrak zusammen. Der Andere verkroch sich sofort in den Tiefen von Martis Geist.

»Was hast du hier zu schaffen?«, fragte Montreal misstrauisch und ging zu dem Syracuser.

Marti fand keine plausible Erklärung.

»Deine Kabine ist ganz woanders!«, fuhr der Jersaleminer in schneidendem Ton fort.

Da flüsterte der Dämon Marti eine Antwort ein. »Ich ... ich habe mich verlaufen ... ich kenne das Raumschiff noch nicht gut.«

»Du solltest in deiner Koje liegen bleiben.«

»Ich wollte mir die Beine vertreten ... Können Sie auch keinen Schlaf finden?«

»Prinz San Francisco hat mich gebeten, die Kabine des Prinzen der Hyänen zu bewachen.«

»Ihm droht doch keine Gefahr hier, im Raumschiff.«

»Woher sie auch kommen mag, der Kopf und das Herz des Prinzen sind sehr kostbar ... Folge mir. Ich bringe dich zurück.«

Mit diesen Worten machte Montreal kehrt und ging zu der Stelle, wo sich zwei Gänge kreuzten. Seine Schritte hallten rhythmisch auf dem Metallboden wider. Marti starrte den runden Knauf seines Langschwerts an, der aus der Scheide hervorragte.

Plötzlich empfing der Syracuser Befehle. Er näherte sich leise dem Vorangehenden, schlang den linken Arm um dessen Hals und zog mit der Rechten das Schwert aus der

Scheide. Als sich Montreal umdrehte, bohrte er ihm die Klinge ins Herz. Der Mann starb ohne einen Laut.

Marti verlor keine Zeit. Er ließ das Schwert im Körper stecken, damit kein Blut austrat, warf Montreal über seine Schulter und trug ihn in seine Kabine. Dort legte er den Toten unter seine Koje und bedeckte ihn mit einem Tuch. Dann riss er einen Fetzen von seinem Laken ab, ging auf den Gang, schloss die Tür und änderte den Code der Tür. Nachdem er die Spuren seiner Tat auf den Wänden und dem Boden beseitigt hatte, ging er zu Jeks Kabine.

Der runde Türknauf ließ sich nicht drehen.

Der Junge hatte aus Vorsicht den Sicherheitsriegel vorgeschoben.

Zynisch dachte der Andere in Marti: Nicht nur den Transfer nach Terra Mater habe ich in Iema-Tas Büro verloren, sondern auch Jeks Vertrauen. Ihn zu töten, wird vielleicht viel schwieriger werden als ursprünglich geplant.

Jetzt darauf zu beharren, würde nur Ärger bringen. Er musste andere Maßnahmen ergreifen.

Sonst war der Tod Montreals völlig umsonst.

VIERZEHNTES KAPITEL

Sibrit de Ma-Jahi, Gemahlin des Imperators Menati. Es gibt noch viele unbeantwortete Fragen über die erste Imperatrix des Ang-Imperiums der Jahre eins bis sechzehn. In erster Ehe war sie mit dem Seigneur Ranti Ang verheiratet, eine Verbindung, die hauptsächlich zustande kam, um die Rebellen der Provinz Ma-Jahi zu befrieden.

Nach dem Tod ihres ersten Gemahls, des Seigneurs Ranti Ang – für den man sie verantwortlich machte – heiratete sie dessen jüngeren Bruder Menati, und trotz des Drucks am kaiserlichen Hof auf sie, gebar sie keinen Thronerben. Ihr plötzliches Verschwinden wurde niemals aufgeklärt. Nach einem von ihr selbst inszenierten Skandals nahm sie nicht mehr am höfischen Leben teil.

Im Jahr sechzehn zwang sie die aus dem Hochadel stammende Kurtisane Dame Veronit de Motohor völlig nackt durch den Palast zu spazieren. Wurde die Kaiserin das Opfer eines Racheakts der Familie de Motohor, wie einige Historiker vermuten? Andere jedoch behaupten, dass sie der Hexerei beschuldigt und von einem heiligen Tribunal zum Tode am Feuerkreuz verurteilt wurde und dass das Urteil auf einem der öffentlichen Plätze im Stadtviertel Romantigua vollstreckt wurde.

Der große neoropäische Gelehrte Anatul Hujiak behauptet hingegen, sie sei in eine vom Seneschall Harkot gestellte Falle gegangen und habe sich einen Ausgelöschten – einen Mann, in dessen Gehirn die Scaythen ein Mord-Programm implantiert hatten – zum Liebhaber genommen.

Als die zweite Gemahlin des Kaisers Menati, Dame Annyt Passit-Païr (vom Jahr 16 bis zum Jahr 23) ihre Gemächer renovieren ließ, entdeckten die Handwerker zahlreiche Skelette und Leichen in den Räumlichkeiten der Kaiserin. So wurden die zahllosen schrecklichen Gerüchte über Dame Sibrit bewiesen. Ihre vielen Beinamen – die Rote Kaiserin, die Blutrünstige Provinzlerin, die Dämonische Hure, die Infernalische Schlampe, usw. – waren berechtigt: Sie badete wirklich in dem Blut der Männer, die sie in ihr Schlafzimmer lockte und im Augenblick höchster Ekstase erdrosselte. Dann biss sie ihnen die Kehle durch und zerfetzte sie mit ihren Fingernägeln.
Erst jetzt wurde bekannt, welches Monster im kaiserlichen Palast gewütet hatte, und das Volk bedauerte den Imperator Menati …

»Geschichte des Großen Ang-Reichs«,
Unimentale Enzyklopädie

In Begleitung ihrer vier Gedankenschützer und ihrer treuen Gesellschafterin Dame Alakaït de Phlel, schritt Dame Sibrit über den mit blauem und grauem Optalium geäderten Marmor ausgelegten Flur.

In regelmäßigen Abständen standen Gardisten in Paradeuniform – rotem Colancor und Mantel, Zweispitz mit weißem Federbusch, hohen, goldfarbenen Stiefeln und Säbel. Näherte sich die Kaiserin, knallten sie die Hacken zusammen und verneigten sich tief.

»Das ist der reine Wahnsinn, Madame! Wahnsinn! Kehrt in Eure Suite zurück, ich flehe Euch an ...«, jammerte Dame Alakaït.

Dame Sibrit hatte nur ein weit geschnittenes Cape aus Lebens-Stoff über ihren Schlafcolancor geworfen und den hohen Kragen mit einer Brosche aus rosa Optalium geschlossen. Nicht einmal ihre leuchtende Krone trug sie, und sie hatte keinen Puder aufgelegt, während ihre Begleiterin sich, den Regeln folgend, umgezogen und geschminkt hatte, auch wenn sie das nicht schöner machte.

Unzählige Licht-Kugeln schwebten unter der mit Fresken bemalten Stuckdecke. Hinter den Säulen und in den Seitengängen herrschte reger Betrieb. Diener in weißer Livree kümmerten sich trotz der späten Stunde noch immer um die Höflinge, die bis zur Morgendämmerung den Palast heimsuchten, als wäre es nicht genug, auf Kosten des Reichs zu leben. Nein, sie trieben ihre Schamlosigkeit so weit, sich auch noch vom Schlaf und den Träumen des Imperators Menati nähren zu wollen.

Dame Sibrit gönnte ihnen nicht einen Blick. Früher einmal hatte sie ein gewisses Vergnügen daran gefunden, diese Schmarotzer gegeneinander auszuspielen. Doch das belustigte sie schon längst nicht mehr. Sie hasste die Hofschranzen nicht einmal. Für sie waren diese Leute nichts anderes als Ektoplasmen, holographische Bilder in einem Dekor, Gespenster in einem Palast, die sich in ihrer vieldeutigen Sprache und ihren verlogenen Gesten verloren. Sie hielten sich für die Elite des Imperiums; sie glaubten, Geschichte zu machen, und suchten die Nähe des Herrschers, um sich in seinem Glanz zu sonnen – doch sie folgten nur einer sinnentleerten Etikette, die ihre innere Leere widerspiegelte. So wie die Pracht des Palastes ein Spiegelbild ihrer maßlosen Eitelkeit war. Sie waren derart mit dem Schein beschäftigt, dass sie darüber das Sein vergessen hatten. Sie waren so fern der Realität, dass sie nie merkten, was sich in den Palästen des Imperators und des einstigen Seigneurs Ferkti Ang anbahnte.

Ein grauenhafter Traum hatte Dame Sibrit geweckt und in ihr den Entschluss reifen lassen, ihrem erhabenen Gemahl zu nächtlicher Stunde einen unerwarteten Besuch abzustatten. Denn sie wusste, dass dieser Traum nichts als die Vision der Wahrheit war. Einer schrecklichen Wahrheit.

Schon seit zwölf Jahren besuchte eine Märchengestalt aus ihrer in der Provinz Ma-Jahi gelebten Kindheit sie während des Schlafs: Wal-Hua, der kleine Tigerbär mit einem Pelz aus rosa Optalium, smaragdgrünen Augen und diamantenen Krallen war zum stets anwesenden Führer in ihrem Unterbewusstsein geworden. Er öffnete ihr alle geheimen Pforten, wenn sie die dahinterliegenden Räume besuchen wollte.

In letzter Zeit wurden immer häufiger diejenigen Pforten geöffnet, die den Anblick einer Frau, eines Mannes und eines kleinen Mädchens freigaben. Sie lebten auf einem kleinen blauen Planeten am Rande des Alls, in der Nähe eines Bergmassivs, in einem Dorf, das man rings um einen Busch mit glänzenden Blüten errichtet hatte. Doch nur ihr Haus war bewohnt, alle anderen waren verlassen.

Offensichtlich interessierte sich Wal-Hua für ihre Geschichte. Dame Sibrit kannte diese drei Personen nicht. Sie wirkten wie die mythischen Helden aus dem großen Licht-Buch Chevalier von Etoiles, aber sie hatte das untrügliche Gefühl, sie seien lebendig und würden sich in derselben Raum-Zeit wie sie bewegen. Sie schienen jemanden zu erwarten, vielleicht die Rückkehr eines Sohns.

Das kleine Mädchen hatte einen seltsamen Ausdruck in den Augen, einen Blick, der das Universum umfasste. Sie pflegte vor diesem leuchtenden Busch zu knien und die Sterne zu zählen, die Tag für Tag in der Unendlichkeit des Universums erloschen. Der Mann und die Frau indessen stiegen auf den Berg, setzten sich auf einen Felsen und verharrten dort lange Stunden schweigend und unbeweglich ... Was taten sie dort? Was suchten sie?

Von Neugier getrieben hatte Wal-Hua versucht, in ihr Denken einzudringen, um mehr zu erfahren, aber ein brennender Ton, eine unerträgliche Vibration hatte ihn zum Rückzug gezwungen.

Seit einigen Monaten jedoch manifestierte sich der kleine Tigerbär nur noch sporadisch in den Träumen der Kaiserin. Ohne ihren Führer bewegten sie sich in alle Richtungen.

So hatte sie den jungen Marti de Kervaleur gesehen – obwohl sie versucht hatte, die Eltern vor den verbotenen Machenschaften ihres Sohnes zu warnen, denn diese Familie gehörte zu den wenigen Adeligen, die sie schätzte –, wie er durch die dunklen schmutzigen Röhren einer Stadt im Weltraum kroch. Sie hatte einen kleinen Jungen gesehen, der auf magische Weise ein Rudel wilder Tiere zähmte, und einen Massenaufstand in einer Zeltstadt. Sie hatte ebenfalls ein geheimes Treffen eines jungen Kardinals mit Vikaren in einem finsteren Keller gesehen ... Alles Ereignisse, die miteinander in Verbindung stehen mussten, davon war sie überzeugt, aber sie wusste nicht, worin diese Verbindung bestand.

Und heute Nacht war Wal-Hua zurückgekehrt, und Dame Sibrit hatte Entsetzliches gesehen.

Jetzt näherte sie sich mit ihrer Hofdame den Gemächern des Kaisers.

»Habt Erbarmen, Madame!«, flehte Alakaït wieder. »Es wäre besser, wir kehrten um ... Ihr spielt mit dem Leben ...«

Die beiden gingen an einer Gruppe adeliger Matronen vorbei, die vor einem parfümierten Springbrunnen in ihren Klatsch vertieft waren. Diese eitlen Schabracken intrigierten Tag und Nacht; das war ihr einziger Lebensinhalt; kein Mann, kein Liebhaber, kein Kind wartete auf sie. Dame Sibrit fragte sich manchmal, wann sie Zeit zum Schlafen fänden. Vielleicht gingen sie nicht zu Bett, weil sie fürchteten, von ihrer eigenen Gehässigkeit vergiftet, nicht wieder aufzuwachen.

Trotzdem verloren sie sich beim Anblick der Kaiserin in tiefen Hofknicksen und ließen sich den Hass in ihren gifterfüllten Blicken nicht anmerken, eine eherne Regel der autopsychischen Verteidigung bei Hofe. Sie verziehen ihr nicht, die Entnahme von Eizellen verweigert zu haben; sie verziehen ihr nicht, schön, intelligent und rebellisch zu sein ... Sie verziehen ihr nichts, weil sie nicht verzeihen konnten und voller Neid und Verachtung waren.

Dank ihrer Ränke hatten Xaphit, Dame Sibrits Tocher, und der Seigneur Ranti Ang, ihr erster Gemahl, ins Exil gehen müssen. Jetzt bedrängten sie den Muffi Barrofill XXIV., die Ehe des Imperators Menati mit der Provinzlerin zu annullieren, weil sie vom Hof als tragischer Irrtum angesehen wurde.

Doch Dame Sibrit rauschte an ihnen vorbei, als wären sie Luft, eine kühne Demonstration ihrer Verachtung angesichts ihrer nachlässigen Kleidung und ihrer verbotenen Handlungsweise. Noch monatelang würde darüber geredet werden.

Das Ende des Flurs bildete eine monumentale Flügeltür – der Eingang zu den Gemächern des Herrschers – mit einem Sturz aus weißem Marmor, mit dem in diamantenen Lettern eingravierten Wahlspruch: *Für das Schöne und für das Gute.*

Vor dieser Tür herrschte lärmendes Treiben. Diener, Kardinäle, Scaythen der heiligen Inquisition, Höflinge, Offiziere, Gelehrte und Künstler drängten sich vor dem zellularen Identifikator.

Beim unerwarteten Erscheinen der Kaiserin und ihrer Hofdame erstarrten alle. Plötzlich herrschte Schweigen, und ungläubige, schockierte Blicke richteten sich auf beide Frauen. Diese Schranzen hatten eine solche Unverschämtheit noch nicht erlebt: Die Kaiserin hatte kein Recht, dem absoluten Herrscher des Universums einen Überraschungsbesuch abzustatten, sondern der Kaiser befahl seine Gemahlin zu sich, sollte er denn diesen Wunsch hegen. So schrieb es die Etikette vor.

Trotzdem verneigten sich alle Anwesenden vor der Kaiserin – schließlich wusste man, was sich gehörte, und wollte sich nicht dieselbe Blöße wie diese Provinzlerin geben, und so gelangte Dame Sibrit mit ihrer Eskorte ungehindert in die Privatgemächer ihres erhabenen Gemahls.

Sie durchschritt das erste Vestibül, ebenfalls voller Diener, Adeliger und Scaythen, die alle bei ihrem Anblick erstarrten. Sie erkannte ein paar Gesichter, unter ihnen Burphi de Kervaleur und Jokiri Passit-Païr, zwei Männer, deren Familiennamen durch den Mashama-Skandal in den Schmutz gezogen worden waren, und sie sah diese herausgeputzten Kokotten, deren einziges Ziel es war, nur einmal das Bett mit dem Imperator zu teilen.

Plötzlich war das Vestibül von Statuen bevölkert. Eisiges Schweigen herrschte.

»Kommt, wir kehren um«, flüsterte Alakaït de Phlel. Sie fürchtete sich vor den mörderischen Blicken, die auf ihre Herrin gerichtet waren, doch sie wusste, dass ihr Rat ungehört bleiben würde.

Die beiden Frauen und ihre Gedankenschützer umrundeten den Springbrunnen in der Mitte des Raumes, der mit seinen unterschiedlichen Wasserstrahlen eine melodische und nostalgische Symphonie komponierte. In die Wände, die mit Wassertapeten geschmückt waren, deren Motive ständig wechselten, waren etwa zehn Türen eingelassen. Die Statuen erwachten wieder zum Leben, verneigten sich und traten zurück, als Dame Sibrit auf eine Tür rechts von der Fontäne zuging, vor der Wachsoldaten der Purpurgarde standen.

Zielgerichtet drückte sie auf den in einer Nische verborgenen Knopf. Die Wachsoldaten salutierten. Dame Sibrit betrat das Vorzimmer, noch immer in Begleitung ihrer Hofdame und der Gedankenschützer, einen kleinen, in blauem Licht gebadeten Raum, mit bequemen Luftsesseln möbliert. Über die Bildschirme mehrerer Bullovisionsgeräte liefen unablässig Reportagen über die staatstragenden Aktivitäten des Imperators.

Aus dem Nichts tauchte plötzlich ein Kammerdiener auf und eilte auf die Kaiserin zu. Seine Überraschung, sie hier zu sehen, war derart groß, dass seine Verbeugung misslang.

»Madame! Warum habt Ihr mich nicht von Eurem Besuch informiert? Der Kaiser hat mir ausdrücklich befohlen, niemanden einzulassen.«

»Das gilt doch sicher nicht für seine Gemahlin, nehme ich an!«, entgegnete Dame Sibrit mit schneidender Stimme.

Der Kammerdiener straffte die Schultern, doch sein ausweichender Blick verriet seine Verlegenheit. Seine Überraschung war so groß, dass er die mentale Kontrolle verloren hatte. Durch das unerwartete Erscheinen der Kaiserin stand er plötzlich zwischen den Fronten. Wem auch immer gegenüber er loyal sein würde, er riskierte, seine mühsam und auf schäbige Weise erlangten Privilegien zu verlieren.

»Wir kehren um, Madame!«, flüsterte Alakaït de Phlel. »Seht Ihr nicht, wie peinlich diese Situation für diesen Mann ist?«

»Ihr wartet hier mit meinen Gedankenschützern auf mich«, sagte die Kaiserin. »Der Imperator Menati ist mein legitimer Gemahl, und ich empfange keine Befehle von seiner Dienerschaft! Öffnen Sie die Tür!«, fügte Dame Sibrit, an den Kammerdiener gerichtet, hinzu.

»Madame, ich beschwöre Euch ...«

»Tun Sie, was ich Ihnen befehle, oder ich werde mich persönlich um Sie kümmern!«

Der arme Mann wurde aschfahl und gehorchte. Ein leises Klicken durchbrach die Stille des Vorzimmers, und ohne auf die Verzweiflung des Dieners oder auf die flehenden Blicke ihrer Hofdame zu achten, betrat Dame Sibrit das Schlafzimmer ihres Gatten.

Der Imperator Menati jedoch hörte weder noch sah er die Imperatrix eintreten.

Es dauerte nur Sekunden, ehe seine Frau die nackte, auf ihm liegende Frau erkannte: Veronit de Motohor, die Jüngste der Familie, eine bösartige Intrigantin, eine giftige Viper. Sie war mit Jokiri Passat-Païr verheiratet, den die Kaiserin gerade im Vestibül gesehen hatte. Ihre Schwester hatte man während der Razzia unter dem Triumphbogen von Bella Syracusa verhaftet. Wahrscheinlich hatte Jokiri seine Frau dem Kaiser angeboten, damit seine jüngere Schwester ihrer Strafe entging. Ein Arrangement, das Früchte getragen haben musste, denn Annyt war freigekommen und würde in ein paar Monaten den jungen Emmar Saint-Gal ehelichen.

Dame Sibrit warf nur einen zerstreuten Blick auf das ineinander verschlungene Paar, weil Eifersucht ihr fremd war. Sie empfand mittlerweile nichts als Gleichgültigkeit gegenüber ihrem Mann. Ihre Liebe war ein Strohfeuer gewesen, das sich schnell in kalte Asche verwandelt hatte.

Die körperlichen Vorzüge der Geliebten ihres erhabenen Gemahls ließen ebenfalls zu wünschen übrig. Ihr Hinterteil war fett und ausladend, während ihre Brüste schlaff herunterhingen, als sie sich stöhnend wenig inspirierenden Reitübungen hingab. Und ihr rotes Haar war gefärbt, wie die Kaiserin sofort erkannte.

Der Imperator selbst wurde auch immer dicker. Speckrollen verunstalteten seinen einst muskulösen Körper, wie Dame Sibrit ihn in Erinnerung hatte.

Sie hatte genug gesehen. »Monseigneur ...«

Dame Veronit zuckte zusammen und drehte sich um. Als sie die Kaiserin erkannte, stieß sie einen Schrei aus. Ihre braunen Augen wurden vor Entsetzen groß. Ihre mentale Kontrolle löste sich wie Nebel im Wind auf. Sie rollte zur Seite und bedeckte ihre Blöße mit einem Zipfel des Betttuchs. Dort saß sie zitternd und hoffte, nur einen bösen Traum zu träumen.

Menati jedoch machte nicht die geringste Anstrengung, sich zu bedecken – obwohl der Zustand animalischer Nacktheit von der Kirche des Kreuzes als Sakrileg angesehen wurde und theoretisch mit dem Tod am Feuerkreuz bestraft werden konnte. Sein »Zepter« – dessen Größe und Kräfte insgeheim den Gesprächsstoff vieler Damenzirkel bildete – büßte seine Pracht schnell ein. Er wandte nur den Kopf und sah seine Frau gelangweilt an.

»Es wäre übertrieben zu behaupten, dass Euer Besuch zum jetzigen Zeitpunkt opportun ist, Madame«, sagte er müde. »Sehr Ihr nicht, dass Ihr dieser jungen Person einen Schrecken eingeflößt habt?«

»Diese junge Person, wie Ihr sie nennt, ist eine Dirne!«, entgegnete Dame Sibrit kalt. »Sie hat einen fetten Arsch, kleine Hängebrüste, und sie färbt sich die Haare ...«

Menati stützte sich auf einen Ellbogen und runzelte die Stirn. »Eure vulgäre Sprache überrascht mich, Madame. Solltet Ihr Euch spontan wieder Eurer provinziellen Herkunft erinnern?«

»Und mich überrascht Euer schlechter Geschmack bei der Auswahl Eurer Huren, Monseigneur! Solltet Ihr etwa an Euren früheren Gewohnheiten als brutaler Soldat wieder Geschmack gefunden haben?«

»Es reicht, Madame! Ich habe Euch nicht eingeladen.

Und wenn Ihr nicht wollt, dass ich Euch hinausweisen lasse, bitte ich Euch, die Regeln des Anstands zu respektieren.«

Dame Sibrit umrundete das Fußende des Betts, ergriff einen Zipfel des Bettlakens und enthüllte mit einer brüsken Bewegung Dame Veronits Körper.

»Sieur Jokiri Passit-Païr erwartet Euch im Vorzimmer, Dame Veronit. In Zukunft könnt Ihr Euch Eure Mühe sparen. Seiner jüngeren Schwester Annyt wurde bereits von der Kirche vergeben. Jetzt müssen Wir, die erste Dame des Universums, Uns mit Unserem erhabenen Gemahl besprechen ...«

Dame Veronit stand auf und lief in die Richtung des Wellen- und Entspannungszimmers, wo ihre Kleidung lag.

»Nein! Nein, Madame«, rief Dame Sibrit mit lauter Stimme. »Ihr werdet diese Räumlichkeiten in Eurem jetzigen Zustand verlassen, damit jene, die Eure Schönheit preisen, einmal der Wirklichkeit ins Auge sehen.«

Von Entsetzen ergriffen warf Dame Veronit dem Kaiser einen flehenden Blick zu, doch der Herrscher reagierte nicht. Einerseits, weil er weder Lust noch Kraft hatte, seiner Gemahlin zu widersprechen, andererseits gefiel ihm der Gedanke, seine Konkubine splitterfasernackt durch den Palast laufen zu sehen. Der daraus entstehende Skandal würde ihn für die erbärmlichen Liebeskünste Dame Veronits entschädigen. Sie hatte seine Erwartungen zutiefst enttäuscht. Denn die einzige Frau, die jemals seine Nächte verschönt hatte, war seine Frau, Dame Sibrit, gewesen.

Mit gesenktem Kopf und Tränen in den Augen ging Dame Veronit über einen Flur, der direkt ins Vestibül führte, während der Kaiser mit einem Knopfdruck der Tastatur auf seinem Nachttisch die Sicherheitsschleuse öffnete.

»Hat sie etwa keinen fetten Arsch?«, fragte Dame Sibrit lächelnd.

»Eure Ausdrucksweise ist ziemlich gewagt, Madame. Aber ich muss zugeben, Ihr habt Recht. Ich glaube, die Arme stirbt lieber im Flur, als sich den Blicken des Hofstaats preiszugeben.«

»Macht Euch keine Sorgen, Monseigneur. Selbst bei den Motohors sind Hunger und Durst größer als das Schamgefühl.«

Dame Sibrit setzte sich auf die Bettkante und ließ den Blick über die weißen Marmorwände, die Teppiche vom Planeten Orange, die Springbrunnen aus Optalium hin zu dem verglasten, ovalen Erker wandern, mit Aussicht auf die Privatgärten. Wehmütig dachte sie daran, dass Menati sie einst in diesem Raum geliebt hatte.

»Ich vermute, dass Ihr nicht fast alle Regeln der höfischen Etikette gebrochen habt, um mit mir über das Hinterteil von Dame de Motohor zu reden«, setzte der Imperator das Gespräch fort.

»Ich bin gekommen, um mit Euch über einen Traum zu sprechen, Monseigneur.«

»Über einen Traum? Ihr habt Euch protokollwidrig verhalten und den Kaiser auf grausame Weise seiner Lust beraubt, weil Ihr mir einen Traum erzählen wollt? Macht Ihr Euch über mich lustig, Madame?«

Dame Sibrit stand auf und ging zum Erker.

Das gedämpfte Licht unzähliger Bodenprojektoren wurde in schillernden Farben von den transparenten Blüten der Nachtschattengewächse reflektiert, ließ die mit Steinsalz bestreuten Alleen aufleuchten und rann durch die Kaskaden der großen Fontäne aus schwarzem Stein. Sie erinnerte sich an die langen Zweiten Nächte, als sie und Menati sich verbotenerweise in diesem Garten geliebt hatten, mit nie zuvor gewesener Intensität.

Sie hatte versucht, in ihren Gemächern mit anderen Männern diese köstlichen Momente zu wiederholen, war von ihren Liebhabern aber nur enttäuscht worden. Sie hatten sich in jeder Hinsicht als Weichlinge erwiesen, als hätten sie im Gewand eines Höflings gleichzeitig jegliche Männlichkeit abgelegt. Doch Dame Sibrit brauchte beim Liebesakt die Gewalt, sie wollte den Schmerz und den bitteren Geruch von Schweiß und Blut, während ihre Geliebten sie mit täppischen Liebkosungen gelangweilt hatten. So hatte sich der große Gelehrte Gérehard de Vangouw als kläglicher Liebhaber erwiesen.

»Madame!«, unterbrach Menati die Gedanken seiner Gemahlin ungeduldig. »Ich warte auf eine Erklärung!«

Dame Sibrit drehte sich lebhaft um. Ihre türkisfarbenen Augen funkelten. »Zuerst muss ich Euch ein Geständnis machen ...«

»Solltet Ihr von Euren unzähligen Liebhabern sprechen wollen, Madame, könnt Ihr Euch Euer Geständnis sparen. Schon seit langem weiß ich über die geheimen Spielchen in Eurer Suite Bescheid. Ich habe sie toleriert, weil ich Euch noch immer mit Nachsicht begegne, wohl in Erinnerung an unsere Liebe auf dem Rasen in diesem Garten ... Andererseits wurden mir jene wahnwitzigen Gerüchte, die über Euch im Umlauf sind, bisher nicht bestätigt: Es heißt, Ihr ließet Männer, die Euch nicht befriedigen, abschlachten und würdet dann in ihrem Blute baden. Meine Informanten konnten diese Gerüchte weder be- noch wiederlegen, aber ihnen wurde bestätigt, dass Höflinge, Adelige, Offiziere und selbst einfache Dienstboten auf mysteriöse Weise, ohne Spuren zu hinterlassen, verschwunden sind ...«

»Das Universum ist groß, Monseigneur«, sagte Dame Sibrit und seufzte mit einem Achselzucken. »Und Männer überkommt manchmal ein plötzliches Bedürfnis, es erforschen zu wollen.«

Menati stand nun ebenfalls auf und ging, noch immer nackt, zu seiner Gemahlin vor dem Fenster. Aus schwarzen Augen sah er sie drohend an.

»Hütet Euch, Madame!«, sagte er. »Selbst der Titel Imperatrix verleiht nicht alle Rechte.«

»Gewiss, Monseigneur. Aber der Titel Imperator impliziert höchstes Pflichtbewusstsein.«

»Erklärt Euch näher!«

»Mein Geheimnis betrifft meine Träume, nicht meine Geliebten. Dass Ihr mich überwachen lasst, ist verständlich. Aber Ihr solltet Eure Informanten auswechseln, sie sind indiskret. Und im Bett werden sie alle geschwätzig ... Doch Ihr müsst wissen, dass ich im Traum voraussehen kann.«

»Teufel auch! Ihr beginnt, mir wirklich Angst einzujagen, Madame!«

»Wenn ich Euch diese Tatsache bisher verschwiegen habe, geschah das, weil ich eine Verurteilung der Kirche des Kreuzes fürchtete. Denn die Inquisitoren betrachten seherische Kräfte als Relikte der Hexerei. Und ich wollte einen Skandal vermeiden, der unweigerlich stattgefunden hätte, wäre die erste Dame des Ang-Imperiums der Hexerei angeklagt worden. Aber in dieser Zweiten Nacht kann ich nicht mehr schweigen ...« Dame Sibrit sah sich flüchtig um. »Sind Eure Gemächer sicher, Monseigneur?«

Menati machte seiner Gemahlin ein Zeichen, sie solle warten, und verschwand im Zimmer der reinigenden Wellen. Kurz darauf kam er, in ein weißes Nachtcape gehüllt, zurück.

»Gehen wir in den Garten, den Ihr so zu lieben scheint ...«

»Ihr habt keinen Colancor angelegt, Monseigneur?«

»Das ist nicht das erste Mal, so viel ich weiß! Als Ihr mich seinerzeit ungeduldig in den Garten zerrtet, habt Ihr mir diese Frage nicht gestellt ...«

Der an Menatis Schlafgemach angrenzende Garten war umfriedet und eigentlich vor neugierigen Blicken geschützt. Jedoch waren die Höflinge und Kardinäle von einer derartigen Neugier beseelt, dass man davon ausgehen konnte, wahrscheinlich auch dort mithilfe einer ausgeklügelten Strategie ausspioniert zu werden.

Dame Sibrit und Imperator Menati gingen zu dem Brunnen und setzten sich auf die Brüstung des Bassins, denn das Plätschern des Wassers machte es unmöglich, ihre Unterhaltung zu belauschen.

»Ihr spracht von Träumen, die in die Zukunft weisen ...«

»Ich habe das Ende des Seigneurs Ranti vorhergesehen und versuchte, ihn darüber zu informieren. Ich habe vorausgesehen, dass Ihr der Mörder Eures eigenen Bruders sein würdet und der seiner beiden Söhne, die ich ihm geschenkt habe. Ich habe den Tod Tist d'Argolons vorausgesehen und den der Mitglieder des Hochadels ... Und vor kurzem habe ich die Ermordung Barrofill XXIV. gesehen ... Das sind jedoch nur einige Beispiele ...«

»Der Muffi ist kerngesund!«

»Ihr seid ein miserabler Schauspieler, Monseigneur. Seneschall Harkot hat Euch geraten, Euch Barrofills zu entledigen. In meinem Traum habe ich sogar seinen Nachfolger erkannt: einen jungen, vom Hohen Vikariat manipulierten Kardinal ... Sollte ich mich etwa irren?«

Menati aktivierte sofort seine mentale Selbstkontrolle,

um sich nicht die Bestürzung anmerken zu lassen, die die Enthüllungen seiner Gattin in ihm ausgelöst hatte.

»Könnten Eure Visionen Euch nicht einmal täuschen, Madame?«

»Sie haben sich immer als wahr erwiesen ... Immer.«

Drei der fünf Gestirne der Zweiten Nacht waren bereits am Horizont untergegangen, ein Zeichen der nahen Morgendämmerung. Die Umrisse der Hauptstadt Venicia lagen im Zwielicht, nur die erleuchteten Wachtürme der Gedanken waren deutlich zu erkennen.

»Mein Traum heute Nacht betrifft den Seneschall Harkot«, sprach Dame Sibrit weiter.

»Ein bemerkenswertes Wesen!«, unterbrach Menati sie sofort. »Ergeben, klarsichtig, diskret ... Ich kann seine Arbeit nur loben.«

»Ein niederträchtiges, furchterregendes Wesen!«, korrigierte Dame Sibrit ihren Gemahl. »Und Harkot hat keineswegs die Absicht, Euch zu dienen ... weder Euch noch der Menschheit ...«

Der Imperator stand abrupt auf und ging ein paar Schritte hin und her. Das Steinsalz knirschte unter seinen Füßen, die Zipfel des Capes umflatterten seine nackten Beine.

»Mäßigt Eure Worte, Madame! Ihr sprecht nicht mit Euren Dienstboten und riskiert, in große Gefahr zu geraten, solltet Ihr Euch in die Staatsgeschäfte mischen. Ihr könnt aus Eurer Position heraus die Interessen des Ang-Imperiums nicht beurteilen.«

»Ein weiser Herrscher lässt sich von allen Seiten beraten, Monseigneur, und trifft seine Entscheidungen nach reiflicher Überlegung.«

Menati blieb stehen und lachte hämisch. »Was weißt du schon von Herrschern, kleine Provinzlerin! Eigentlich hättest du doch dein ganzes Leben in der Jauchegrube der Schigaline deines Vaters verbringen müssen.«

»Die Schigaline haben den Menschen gegenüber einen Vorteil«, antwortete Dame Sibrit, ohne darauf einzugehen, dass sie von ihrem Gatten beleidigenderweise geduzt wurde. »Sie enthüllen gnadenlos den Wert ihres Reiters. Ihr, Monseigneur, wisst nicht mehr, was Ihr wert seid. Eure sogenannten Ratgeber sind nichts als Kriecher, Meister in der Kunst, Euch nach dem Mund zu reden, damit sie ihre Pfründe behalten können. Sie tun alles, um ihre Privilegien nicht zu verlieren, doch hinter Eurem Rücken verleumden sie Euch ... Doch ich sage Euch die Wahrheit, auch wenn sie Euch nicht gefällt. Solltet Ihr sie akzeptieren, könnt Ihr den Lauf der Ereignisse verändern und die Menschheit vor der größten Katastrophe retten. Euer Name wird in die Geschichte als der eines großen Mannes eingehen ...«

»Verratet mir zuerst, welches Eure Interessen in dieser Affäre sind, Madame. Denn die Vermutung liegt nahe, dass Ihr mich nicht zum Retter der Menschheit machen wollt, ohne Profit daraus zu ziehen.«

»Ihr täuscht Euch in mir, so wie Ihr Euch in dem Seneschall täuscht.«

»Na, dann sprich doch endlich diese angebliche Wahrheit aus, damit wir ein Ende machen. Ich bin müde und will vor dem Morgen noch etwas ruhen.«

»Ihr schlaft jetzt schon seit sechzehn Jahren, Monseigneur! Wir alle schlafen! Vor sechzehn Jahren habt Ihr die Schlüssel Eures Imperiums dem Seneschall Harkot übergeben ... Während Ihr Euch mit Euren Huren vergnügt, macht sich der Seneschall in seinem Geheimlabor ans Werk. Vor kurzem hat er sich mit jemandem im Keller des Palastes Ferkti-Ang getroffen ... Wisst Ihr, mit wem?«

Der Imperator schüttelte den Kopf.

»Mit Pamynx, dem Ex-Konnetabel des Seigneurs Ranti«, erklärte Dame Sibrit.

Menati lachte schallend. »Fast hätte ich dir geglaubt, aber jetzt erzählst du mir etwas völlig Verrücktes! Ich selbst habe Pamynx in den Deremat gesetzt, der ihn in seine Heimat Hyponeros brachte.«

»Ist es vielmehr nicht so, dass Ihr einen Scaythen von Hyponeros in diesen Deremat gesetzt habt, Monseigneur? Außerdem sehen sich alle Scaythen zum Verwechseln ähnlich, und Pamynx wäre durchaus imstande gewesen, auf Syracusa zurückzukehren ...«

»Es reicht!«, zischte Menati. »Du wirst jetzt denselben Weg wie Dame Veronit gehen. Mit etwas Glück begegnest du ihr auf dem Flur und kannst mit ihr über ihren fetten Arsch reden.«

In dem Moment begriff Dame Sibrit, dass ihr Unterfangen zum Scheitern verurteilt war, weil die Reaktion des Imperators nur die logische Konsequenz des Handelns der Auslöscher-Scaythen in dem Kellergewölbe war.

In ihrem Traum hatte sie gesehen, wie sich Harkot und Pamynx auf widerliche Weise küssten. Weiter hatte sie gesehen, wie die Gedankenschützer-Scaythen, von einem stummen Impuls getrieben, sich ebenfalls in die Kellergewölbe des alten Palastes aufmachten. Dort zogen sie ihre weißen Kapuzenmäntel aus und stiegen in einen mit einer dicklichen, kochenden Flüssigkeit gefüllten Bottich. Ihre Körper lösten sich darin wie schmelzende Kristalle auf. Harkot, in seinem blauen Kapuzenmantel, überwachte das Geschehen. Er schien aus dem Bottich aufsteigende Energiewellen zu empfangen. Dann wandte er sich anderen, braun-grünen Scaythen zu, die einem zweiten Bottich entstiegen und sich ihm schwankend näherten. Ihr unsicherer Gang erinnerte Dame Sibrit an die ersten Schritte gerade geborener Schigaline. Dann presste er seinen Mund auf den ihren, um ihre Daten auszutauschen.

Dieses seltsame Ritual wurde in völliger Stille vollzogen. Es war auf barbarische Weise erschreckend; ein grauenvoller Schöpfungsvorgang. Die rekonditionierten Scaythen zogen ihre weißen Kapuzenmäntel wieder an und nahmen ihre Plätze erneut in der Nähe der Menschen ein, die sie angeblich beschützten, doch langsam und geduldig zerstörten. Zuerst löschten sie bei ihrem Gegenüber jeden negativen Gedanken aus, verstärkten die Notwendigkeit ihrer Anwesenheit, um dann Gedächtnislücken hervorzurufen. Das alles geschah sehr langsam, auf subtile Weise, um keinen Verdacht zu erregen – sie knabberten an der Erinnerung wie winzige, in einem geistigen Speicher lebende Nagetiere.

Völlig deprimiert erkannte Dame Sibrit, dass Menati – der Herrscher des Universums – sie nicht anhören konnte, weil sein Geist bereits zerstört worden war. Er hatte praktisch schon abgedankt. Er vernachlässigte seine Pflichten als Regent, denn er war seiner Humanität beraubt worden. Und damit verzichtete er auf den Thron des Ang-Imperiums, wie er bereits auf seinen Status als Mensch verzichtet hatte.

Plötzlich lichtete sich ein Nebelschleier vor Dame Sibrits geistigem Auge. Sie sah eine Szene vor sich, deren Mittelpunkt sie war.

Seneschall Harkot war ihr in ihren Träumen in Gestalt Wal-Huas, des kleinen Tigerbären, erschienen und hatte sich ihrer seherischen Kräfte bemächtigt, um den Aufenthaltsort dieser drei Personen auf dem blauen Planeten herauszufinden. Denn diese Frau, dieser Mann und dieses kleine Mädchen waren die letzten Hoffnungsträger der

Menschheit und nicht, wie sie geglaubt hatte, der Imperator des Universums ...

Waren sie jene berühmten Krieger der Stille, von denen einst einer ihrer Liebhaber gesprochen hatte, ein junger leidenschaftlicher Diener? Sollte das stimmen, hatte sie unabsichtlich den Scaythen den Weg zu ihnen gewiesen.

Jetzt, da der Seneschall an sein Ziel gelangt war, befand sie sich in großer Gefahr. Nun war sie ihm nicht mehr nützlich, und er konnte sie entweder eliminieren oder ihren Geist auslöschen, was er bisher noch nicht getan hatte, da er ihren gesunden Verstand brauchte.

»Du beschimpfst Kurtisanen als Huren, aber sie tun doch nur, was ihnen an höchster Stelle vorgelebt wird!«, höhnte Menati hasserfüllt. »Und du bist die Schlimmste von allen, Sibrit de Ma-Jahi, du bist die allergrößte Dirne! Jetzt glaube ich auch, dass diese Gerüchte über dich wahr sind. Du bist ein Monster, eine Verfluchte, eine Dämonin, die das Sperma und das Blut ihrer Opfer trinkt!«

Dame Sibrit sah mit Tränen in den Augen ihren Gemahl an. »Verzeiht mir, Euch gestört zu haben, Monseigneur ...«

»Von diesem Augenblick an wird dein Leben eine einzige Hölle sein, du kleine provinzielle Schlampe! Der Hofstaat wird dir nie die Demütigung Dame Veronits verzeihen. Meine Liebe wird dich nicht mehr beschützen, niemand wird dich beschützen. Von nun an solltest du dich vor den Männern hüten! Ihr Fleisch und ihr Blut könnten vergiftet sein ... Verschwinde! Ich kann dich nicht mehr sehen. Ich habe dich schon lange genug ertragen!«

Dame Sibrit stand auf. Ihre Beine zitterten. Sie musste sich am Beckenrand festhalten, sonst wäre sie hingefallen.

»Ich wünsche Euch noch eine schöne Zweite Nacht, Monseigneur«, stammelte sie.

Schwankend durchquerte sie den Privatgarten und das Schlafgemach. Dieselbe Türschleuse öffnete sich vor ihr, durch die Madame Veronit verschwunden war.

Ihre Visionen würden ihr schaden, denn sie war von nun an wie ein Spiegel der Freiheit und der Klarsicht, in dem die Menschen sich nicht sehen wollen würden.

Nun war sie allein.

Und als sie über den schmalen Flur ging, hatte sie das Gefühl, die wehrlose Beute eines Rudels von Raubtieren zu sein.

FÜNFZEHNTES KAPITEL

Immerfort singt weinend mein Herz deinen Namen.
Immerfort begehrt weinend mein Körper den deinen,
Begehrt deinen Mund, deine Hände,
Die Leidenschaft, die ich in dir fand …
Doch du bist fort.
So unvorstellbar ist mein Sehnen,
Dass aus meinen Tränen
Ein Lied wird – immerfort.

Gedicht, der Jersaleminerin Phoenix zugeschrieben, die mutmaßlich die Frau des Prinzen San Francisco der Amerikaner war.

Seit einigen Monaten herrschte auf Jer Salem große Aufregung wegen des Vorüberziehens der Xaxas, ein Ereignis, auf das die vierzig Stämme des erwählten Volkes seit achttausend Jahren warteten. Der Älteste, der Exeget der Neuen Bibel, hatte das ungefähre Datum der Landung der himmlischen Zugvögel auf dem eisbedeckten Trabanten des Planeten Franzia bestimmt. Seinen Berechnungen nach würde in weniger als einer Woche die Reise zu dem neuen Jer Salem – dem Jer Salem des Ruhms und des Lichts – beginnen.

Die dreitausendfünfhundert Mitglieder des Stammes Brasiliens unter der Leitung des Prinzen Rio de Janeiro, die sich um die Grundversorgung gekümmert und deshalb in anderen Welten gelebt hatten, waren in ihre Heimat zurückgekehrt. Die Vorbereitungen fanden in einer Atmosphäre feierlicher Andacht statt, alle Stämme verzichteten auf ihre sonst üblichen Streitereien und Auseinandersetzungen. Sie waren von demselben Geist erfüllt wie vor achttausend Jahren, als der Abyner Elian das große Volk Phraëls in einem riesigen Raumschiff aus Eisen in seine neue Heimat aus Eis und Schnee gebracht hatte.

Ständig fanden in Anwesenheit der vier prunkvoll gekleideten, großen Abyner im Tempel Salmons Zeremonien statt. Dort befanden sich die beiden heiligen großen Glebas. Sie standen auf Sockeln mit zwanzig Metern Durchmesser.

Die eine stellte die Erde der Herkunft dar, den Planeten, auf dem sie ursprünglich zu Hause gewesen waren. Sie war so alt, dass die Farben, die die Kontinente darstellten, ebenso verblasst waren wie das Blau der Meere. Die zweite Gleba symbolisierte das himmlische Jer Salem, das Ziel der Xaxas, und sie war in perfektem Zustand. Wie die Erde der Herkunft war dieser mythische Planet zu zwei Dritteln mit Wasser bedeckt. Es gab drei Kontinente, kleine und größere Inseln und zwei mit Eis bedeckte Pole.

Auf den weisen Rat des Abyners Elian hatten die ersten Jersaleminer diese Gleba mit einer ungefähren kartographischen Darstellung versehen. Schwarze Linien teilten die drei Kontinente und die größten Inseln in vierzig Länder – für jeden Stamm eins – auf.

So wusste jeder, wo sein Stamm leben würde: die Australier des Prinzen Melbourne auf der Hälfte der großen Insel der südlichen Hemisphäre; die Japaner des Prinzen Kyoto auf einer schmalen Insel der Levante; die Franzosen des Prinzen Paris und die Spanier des Prinzen Grenada auf den westlichen Territorien des großen Kontinents Eurasien; die Inder des Prinzen N-Delhi in einem Land, das von einer Gebirgskette begrenzt wurde, und weit in einen Ozean reichte; die Nordländer des Prinzen Oslo auf Gebieten in der Nähe des Arktischen Meeres ...

Nur ein einziger Stamm hatte kein Land zugewiesen bekommen: die Amerikaner des Prinzen San Francisco. Er war verbannt worden, weil er die Auslegung der Neuen Bibel öffentlich angezweifelt hatte. Also mussten die Amerikaner auf die endgültige Beantwortung dieser Frage – ein Entscheid der vier großen Abyner und der neununddreißig regierenden Prinzen – warten. Würde ihr Territorium von dem Prinzen Vancouver und seinen Kanadiern oder dem

Prinzen Acapulco und seinen Mexikanern annektiert werden? Oder würden die Abyner einen neuen Prinzen ernennen? Auf keinen Fall würde er, wie von seinem Stamm und einigen Mitgliedern anderer Stämme verlangt, freigesprochen werden. Rebellen anderer Herkunft – Kanadier, Chinesen, Russen, Engländer … – hatten sogar ein Raumschiff der Gleba gestohlen und waren von Jer Salem geflohen, um San Francisco zu dienen. Es kursierten Gerüchte, die Rebellen würden zurückkehren, aber ihnen wurde nicht die geringste Chance eingeräumt, mit den Xaxas in das Jer Salem des Lichts zu gelangen.

Und während die vier großen Abyner und die neununddreißig Prinzen über diese Fragen im Thorial, dem Saal des Rates, diskutierten, probten die Jersaleminer ein letztes Mal ihre Abreise. Anlässlich des letzten Zwischenaufenthalts der Xaxas vor Jahrtausenden waren drei der himmlischen Zugvögel durch plötzlich abrutschende Eismassen verschüttet und in einer Wand des Golan-Zirkus' konserviert worden, der sich einhundertdreißig Kilometer von Elian, der Hauptstadt Jer Salems, entfernt befand.

Die geistigen Führer des erwählten Volkes hatten es für ratsam gehalten, dem Volk erst im letzten Moment die Existenz dieser Relikte zu enthüllen, weil sie fürchteten, konkrete Beweise der Existenz der mythologischen Vögel könnten einen schädlichen Einfluss auf das Seelenleben ihrer Schäfchen haben. Denn das fragile Gerüst der Lehre des Abyner Elian basierte auf blindem Glauben und Gehorsam. Hätte das erwählte Volk also die Möglichkeit gehabt, die drei Xaxas der verbotenen Zone des Golan-Zirkus' anzubeten, hätten sie sich womöglich von seinem heiligen Wort abgewandt. Aus der Geschichte vom Goldenen Kalb, die in der antiken Bibel der Erde erzählt wurde, hatten sie ihre Lehre gezogen. Das ursprüngliche Volk der Phraëler hatte schon die Neigung gezeigt, die heiligen Gebote zu missachten und Idole anzubeten. Doch ein paar Wochen vor dem großen Aufbruch hatten die Abyner und die Prinzen beschlossen, die Existenz der drei Tiere zu enthüllen, damit sich das Volk mit dem Aussehen seines Transportmittels vertraut machen konnte.

Also wurden alle einhundertvierzigtausend Jersaleminer aus der unterirdischen Stadt Elian, wohlverpackt in Tigerbärenfelle, mit Eisschlitten (Pendelfahrzeuge, die mit Kufen und Sonnensegeln ausgerüstet waren) zu den himmlischen Zugvögeln gebracht.

Der Größte maß fünfzehn Meter vom Kopf bis zum Schwanz, der aus einer knorpelartigen, gleich einem Fächer ausgebreiteten Membran bestand. Der ovale Schädel hatte drei ringförmige Höcker auf der Oberseite. Die beiden anderen Exemplare sahen genauso aus, nur dass sie etwa zwischen sechs und sieben Meter groß waren: ein schlanker, leicht gewölbter Körper, ein rauer, buckliger Panzer von dunklem Braun, manchmal schwarz, der wie Rost aussah. Trotz der dicken Eisschicht zwischen den Xaxas und den Betrachtern waren in den Panzern blaugrüne Kristalle zu erkennen.

Auf Anfrage der Bevölkerung, welcher Natur diese Kristalle seien, wussten die Gelehrten keine Antwort. Sie vermuteten, dass diese durchsichtigen Ausbuchtungen interstellare Ströme auffingen und sie in Bewegungsenergie umwandelten und den Xaxas auf diese Weise erlaubten, eine Geschwindigkeit zu erreichen, die sie in eine andere Zeitdimension transportierte.

Weder ihre Herkunft noch ihre Lebensweise, ihre Reproduktionsorgane, ihre Fähigkeit, im Weltraum zu existieren, oder ihr Stoffwechsel waren geklärt. Forscher hatten verlangt, einen der Vögel sezieren zu dürfen, um die biologischen Mechanismen dieses Körpers zu verstehen und künstliche Xaxas herstellen zu können, sollten sich die Prophezeiungen der Neuen Bibel als unzutreffend erweisen.

Doch der Rat der Abyner hatte diese Bitte den Forschern nicht nur abgeschlagen, sondern sie auch den wilden Tigerbären im Zirkus der Tränen zum Fraß vorwerfen lassen – wehe dem, der die heiligen Schriften anzweifelt!

Der wahre Beweggrund der Ayner war jedoch die Furcht, es könnte ein menschlicher Körper in den Xaxas entdeckt werden, vielleicht der Leichnam des Abyners Elian ... Eine solche Entdeckung hätte das gesamte Glaubenskonstrukt der Jersaleminer wie ein Kartenhaus in sich zusammenstürzen lassen.

Die Erwählten versuchten nun, die heilige Öffnung der Zugvögel auszumachen, die im Unterbauch, in der Nähe des Schwanzes, vermutet wurde. Aber die eng anliegenden Flügel verhinderten jegliche Sicht. Man vermied geflissentlich, diese Öffnung Anus zu nennen, denn einerseits wusste niemand, ob die Xaxas über ein Verdauungssystem verfügten, und andererseits war es nicht sehr ruhmvoll, das Paradies dem Arschloch eines Tiers zu verdanken, selbst wenn es sich um einen Vogel der Mythologie handelte.

Wie die Exegeten der Neuen Bibel verkündeten, rasteten die himmlischen Zugvögel nur wenige Minuten auf den Gletschern, die Zeit, während der ihre ersten Bewohner, die göttlichen Chrysaliden, aus ihren Körpern schlüpften und sich in Schmetterlinge des Lichts verwandelten.

Deshalb musste alles sehr schnell geschehen: Man musste sich ausziehen, die Öffnung im Unterbauch finden, hineinschlüpfen und sich bis ins Innere vortasten. Dort musste man sich hinlegen und warten, bis sich der Xaxas an seinen Parasiten gewöhnt hatte. Die Schriftgelehrten behaupteten, er verfüge für die Dauer der Weltraumreise über genügend Wasser und Sauerstoff – also vierzig Tage. Deshalb fasteten die Jersaleminer bereits von Kindheit an einmal im Jahr vierzig Tage während des sogenannten »Radan«. Diese Fastenzeit war ihnen zur zweiten Natur geworden.

Außerdem herrschte bei diesem Volk eine strenge Geburtenkontrolle. Nicht mehr als zwei Kinder waren erlaubt. Eine Regel, die nur durchbrochen werden durfte, um Verstorbene, Männer, die bei Stammeskämpfen getötet wurden, hingerichtete Rebellen oder zum Tode verurteilte sündige Frauen zu ersetzen. Diese von einer Gruppe lediger Frauen überwachte Kontrolle hatte eine Doppelfunktion: erstens, die heilige Zahl der einhundertvierzigtausend Erwählten zu bewahren und zweitens, eine Übervölkerung Jer Salems, das arm an Ressourcen war, zu verhindern.

Im Jahr 6400 hatten viele Familien gegen dieses Gebot verstoßen, und bald war die Bevölkerung auf katastrophale zweihundertzwanzigtausend angewachsen, eine Zahl, die nicht mehr ausreichend ernährt werden konnte. Daraufhin hatten die großen Abyner beschlossen, die ursprüngliche Zahl durch eine drastische Maßnahme wiederherzustellen. Die Wachen der vierzig Prinzen hatten die schuldigen Familien auf das Plateau des Phraël-Gletschers eskortiert und sie dort mit dem Schwert gerichtet. Noch immer war der Gletscher vom Blut der Hingerichteten purpurrot und bis zum heutigen Tag Tabuzone. Doch im kollektiven Gedächtnis lebte diese als »Der unheilvolle Tag der Achtzigtausend« bekannte Episode fort als eine noch immer offene Wunde.

Die unterirdische Stadt Elian war von fieberhafter Aktivität erfüllt. Der bevorstehende Exodus elektrisierte die

Jersaleminer derart, dass sie keinen Schlaf mehr fanden. Sie spazierten nachts über die Straßen – gewölbte, in den Gletscher gehauene und mit schwebenden Licht-Kugeln beleuchtete Gänge. Überall standen sie in Gruppen beisammen und diskutierten. Noch nie hatte dieses ansonsten ernste Volk so viel gelacht. Während dieser historischen Stunden wollte niemand allein sein, jeder wollte seine Freude und seinen Stolz mit anderen teilen. Bald würden sie die Berge, die stummen Zeugen ihrer einstigen Grausamkeit, hinter sich lassen und auf dem himmlischen Jer Salem von allen Sünden reingewaschen werden. Sie würden ganz in der Nähe ihrer Götter und ihrer alten Propheten leben, im Paradies.

Nur ein Stamm teilte die allgemeine Fröhlichkeit nicht. Mehr als tausend Amerikaner standen vor dem Hauptportal des Thorials und warten auf den Schiedsspruch, der für ihre Zukunft entscheidend sein würde. Säulen schmückten die vier Wände des riesigen Eisblocks, aus dem man den Ratssaal herausgeschnitten hatte. Sich bewegende, am Sims befestigte Projektoren schickten ihre Lichtstrahlen über glatte Eisflächen und die dunklen Öffnungen der Avenuen der Stadt. Neben dem Thorial stand der Tempel Salmons mit seiner fein ziselierten Kuppel und den Türmen, das imposanteste Bauwerk Elians, in dem die beiden heiligen Glebas standen.

Während der Feierlichkeiten zur Sonnen- oder Mondfinsternis fanden mehr als dreißigtausend Personen in seinem Inneren Platz. Im Laufe der Jahrtausende war er durch Gletscherbewegungen mehrmals beschädigt worden und hatte an manchen Stellen völlig neu errichtet werden müssen. Die meisten jersaleminischen Männer waren mit der Instandhaltung der Stadt und des Tempels sowie den ständigen Anbauten und Verschönerungsarbeiten daran beschäftigt. Es wurden Skulpturen herausgearbeitet und Mosaike aus Glas hergestellt, die mit ausgeklügelten Beleuchtungsmethoden zu prächtigen Fenstern wurden …

Die junge Frau vom Stamm der Amerikaner, Phoenix, klappte den Kragen ihres Mantels aus weißem Tigerbärenfell hoch. Schon seit Stunden stand sie auf der Eisfläche vor dem Thorial, und ihre Füße wurden trotz der Pelzstiefel kalt. Den in den Pfeilern des Tempels bestatteten Frauen und Männern schenkte sie nur einen zerstreuten Blick. Die Körper der Frauen waren intakt, nur das Entsetzen konnte man noch in ihren Augen lesen, man hätte sie für Statuen halten können. Doch die Männer waren kastriert worden, ehe man sie in die Pfeiler eingegossen hatte; und das hervorgetretene Blut hatte sich wie eine purpurne gefrorene Wolke um ihre Hüften gelegt.

Vor seiner Verbannung hatte San Francisco Phoenix erklärt, warum diese Menschen verurteilt worden waren.

»Sie sind die ersten Opfer der Religion der Gleba. Seit siebentausenddreihundert Jahren müssen diese Armen auf den Platz des Thorials starren. Und das alles, weil sie während einer Reise auf Franzia sexuelle Beziehungen zu Gocks gehabt haben … Das habe ich im Buch des Altertums gelesen …«

Mehr hatte San Francisco nicht gesagt, wohl um sie nicht zu gefährden. Aber Phoenix hatte begriffen, dass weder der Kopf noch das Herz des Prinzen mit der abynischen Auslegung der Neuen Bibel einverstanden war. Doch sie hätte nie vermutet, dass er wegen dieser Meinungsverschiedenheit hätte ins Exil gehen müssen. Obwohl mittlerweile zwanzig Jahre vergangen waren, liebte sie ihn noch immer und vertraute auf seine Gefühle zu ihr. Sie bedauerte, ihn nicht begleitet zu haben, doch damals war sie erst fünfzehn gewesen, und ihr Vater, Dallas, und ihre Mutter, Cheyenne, hatten ihr verboten, sich den Rebellen anzuschließen. Jetzt, mit sechsunddreißig, war sie immer noch eine Schönheit. Sie hatte über all die Jahre jeden Heiratsantrag rigoros abgelehnt, obwohl sie nie eine Nachricht von San Francisco bekommen hatte. Und wenn ihr Herz ihr auch unablässig sagte, dass er sie nicht vergessen habe und dass er bald kommen und sie holen werde, sagte ihr Kopf ihr, dass die Zeit wegen der Ankunft der Xaxas drängte. Sie war beunruhigt. Noch wusste sie nicht, wie sie sich entscheiden sollte, wenn die himmlischen Zugvögel vor dem Prinzen eintreffen sollten, denn sie zweifelte stark daran, dass das Jer Salem des Lichts die Süße Edens ohne den Mann ihres Herzens haben werde.

»Was glaubst du, wie werden sie sich entscheiden?«, fragte Denver, eine Sechzigjährige, die neben Phoenix von einem Bein aufs andere hüpfte.

Kleine Dampfwolken kamen aus ihrem Mund, und trotz ihres Alters war ihr bronzefarbenes Gesicht ohne Falten. Wie die junge Frau trug auch sie einen Pelzmantel, Hosen und gefütterte Stiefel.

»Es wäre eine Verfluchung unserer Herzen und unserer Köpfe, sollten wir von den Kanadiern und den Mexikanern annektiert werden!«, sprach Denver weiter. »Es wäre ein Fluch, der auf dem gesamten erwählten Volk lastet! Wir hätten die ursprüngliche Ordnung der vierzig Stämme gebrochen ... Warum musste der Prinz San Francisco öffentlich den großen Abynern widersprechen? Seinetwegen hat uns der Schöpfer samt seinen Göttern vielleicht aus ihren Herzen verbannt und uns den Weg zum himmlischen Jer Salem versperrt ...«

»San Francisco hat auf sein Herz gehört!«, entgegnete Phoenix entschlossen.

Denver hörte auf zu hüpfen und warf der jungen Frau einen schrägen Blick zu. »Ich hatte vergessen, dass Liebe und Scharfsicht einander oft ausschließen«, sagte sie mit einem Funkeln in den schmalen Augen.

Sie hatte es satt, in der Kälte zu warten, und jetzt war endlich eine Gelegenheit gekommen, ihre Wut an jemandem auszulassen.

»Deinen Prinzen wirst du nie wiedersehen«, sagte sie voller Häme, weil sie wusste, wie verzweifelt Phoenix San Francisco liebte. »Und selbst auf Jer Salem wirst du eine alte Jungfer mit vertrocknetem Herzen und unfruchtbarem Bauch sein ... Nie wirst du das Vergnügen kennenlernen, von einem richtigen Mann genommen zu werden ...«

Phoenix hatte das Gefühl, als würde ihr ein Eispickel ins Herz gestoßen. Sie hätte am liebsten ihren Dolch gezogen und der zynischen Frau die Kehle durchgeschnitten. Von ohnmächtigem Zorn erfüllt, starrte sie die Ältere an.

Denver erschrak vor der Kraft dieses Blickes und verschwand in der Menge.

Phoenix merkte, dass sie fast überreagiert hätte. Die Worte hatten sie getroffen; ihre Jugend, ihr Leben war an ihr vorbeigezogen.

Sie überquerte den Platz und bog in eine der Seitenstraßen ein. Überall standen in kleinen Gruppen fröhliche Menschen zusammen. Nach drei Kilometern führte sie die ansteigende Gasse zu der direkt in den Gletscher gebohrten Aufzugsröhre. Sie betrat eine der Plattformen, die sie langsam nach oben brachte.

Nach zehn Minuten hatte Phoenix die etwa dreihundert Meter zwischen der Stadt Elian und der Oberfläche Jer Salems überwunden. Noch ehe sie die Sicherheitstreppe betrat, die täglich freigeschaufelt werden musste, spürte sie den beißenden Nachtwind auf ihrem Gesicht und zog ihre Lederhandschuhe an. Sie stellte den Pelzkragen ihres Mantels auf und ging vorsichtig die vereisten Stufen hoch.

Draußen knirschten die rutschfesten Sohlen ihrer Stiefel auf der dünnen Schneeschicht des Gletschers. Obwohl sie warm gekleidet und die Minustemperaturen gewohnt war, fror sie. Und die Erwählten sollten ihre Kleidung ablegen, ehe sie sich in die Bäuche der Xaxas begaben?'

Um sie herum herrschte weiße Stille. Sie ging los, um nicht festzufrieren, und betrachtete die prächtigen Sterne Neorops und den riesigen, am Horizont grün leuchtenden Planeten Franzia.

Vielleicht war San Francisco dort – so nah und so fern zugleich. Warum kam er nicht, um sie zu holen?

Plötzlich hörte sie Schritte in ihrem Rücken. Als sie sich umdrehte, sah sie zwei gelbe Punkte in der Dunkelheit aufleuchten. Ein wilder Tigerbär! Die großen Raubtiere wagten sich nur selten in die Nähe der Stadt, doch dieses große Exemplar stand jetzt drohend auf seinen Hinterbeinen zehn Meter vor ihr und bleckte sein weit aufgerissenes Maul über den spitzen Stoßzähnen.

Phoenix' Herz raste, doch sie versuchte, Ruhe zu bewahren und rührte sich nicht. Dann sprach sie die heilige Formel des Abyners Elian. Und als sie unsichtbar geworden war, rannte sie zur Treppe

Das abrupte Verschwinden seiner Beute verwirrte den Tigerbären nur kurz. Zwar sah er Phoenix nicht mehr, doch er roch sie. Als er begriffen hatte, dass sie noch immer in der Nähe war, stieß er ein fürchterliches Heulen aus und sprang ihr hinterher.

Doch seine Tatze verfehlte sie. Phoenix hatte sich gerade noch rechtzeitig in den Eingang zu der unterirdischen Stadt retten können, ein Ort, der für ihn schnell zu einer tödlichen Falle werden konnte.

Er gab die Verfolgung auf und trottete davon.

Der Motorenlärm des Raumschiffs der Gleba durchbrach die morgendliche Stille. Die ersten Strahlen von Farfadet 1 überzogen den Himmel und die Eiswüste mit rosafarbenem Licht.

Es landete nicht auf dem etwa zwanzig Kilometer von der Stadt entfernten Astroport, sondern ein paar hundert Meter vor dem Eingang.

Die Landung war gefährlich. Sie löste einen Schneesturm aus und hätte ebenso zu gravierenden Gletscherverschiebungen führen können, die das Leben der unter der Erde lebenden Menschen bedroht hätten.

Sobald sich die Turbulenzen gelegt hatten, tauchten bewaffnete Wachleute auf und umstellten das Raumschiff. Die Tür im Rumpf öffnete sich, und eine automatische Rolltreppe wurde ausgefahren.

Prinz San Francisco der Amerikaner betrat sie als Erster. Ihm folgten ein Gock-Kind, zwei Gock-Männer, ein junger und ein alter, und zwanzig Jersaleminer. Die Wachleute wussten nicht, wie sie sich verhalten sollten. Natürlich wussten sie, dass die Rebellen auf ihrem Trabanten nicht willkommen waren, doch da sie keine präzisen Befehle erhalten hatten, zögerten sie, auf einen ihrer Prinzen das Feuer zu eröffnen.

»Einer von Euch soll meine Ankunft den großen Abynern melden!«, sagte San Francisco laut, als er das Eis betrat.

»Das ist unmöglich, Prinz, denn sie feiern den morgendlichen Gottesdienst«, entgegnete einer der Wächter.

»Dann begleitet ihr uns zum Salmon-Tempel!«

»Aber, mein Prinz ...«

Der Wächter schwieg. Jeder seiner Proteste wäre vergeblich gewesen. Die Leibwächter des Prinzen hatten sich um ihren Herrn geschart, alle die Hand an den Knauf ihres Schwerts gelegt. Die drei Gocks standen im Hintergrund, neben der Rolltreppe. Sie froren trotz ihrer dicken Kleidung erbärmlich und zitterten am ganzen Körper. Ihre Lippen waren blau.

Obwohl die Wächter den Neuankömmlingen in der Zahl und Art der Bewaffnung überlegen waren, wollten sie ihr Leben nur wenige Tage vor der Ankunft der Xaxas nicht riskieren.

»Du kennst den Weg, mein Prinz. Es ist nicht nötig, dass wir dich begleiten«, wagte einer der Wächter zu sagen.

»Worauf wartet ihr hier?«, fragte San Francisco. »Auf die ersten Xaxas?«

»Der Tag kommt immer näher, und wir halten nach den Vorboten der himmlischen Zugvögel Ausschau ...«

San Francisco nickte. »Die Gesänge des Alls, die Winde der Klarheit, der Tanz der Kometen ...«

»Wie ich sehe, hast du die Verse der Neuen Bibel nicht vergessen, mein Prinz ...«

Die Wächter traten beiseite, um die kleine Gruppe vorbeizulassen. Dass sie sich geweigert hatten, Blut zu vergießen, konnte ihnen während dieser gesegneten Tage des Ruhms und des Verzeihens nicht vorgeworfen werden.

Doch niemand unter ihnen dachte daran, zwischen der Anwesenheit eines Gock-Kindes und einem Vers aus dem Großen Buch der Xaxas' eine Verbindung herzustellen.

Der Gesängen des Alls, den Winden der Klarheit und dem Tanz der Kometen wird das Erscheinen eines unschuldigen

Kindes aus fernen Ländern vorhergehen, eines Kindes, das allein durch die Kraft seiner Liebe die wilden Tiere der großen Wüste besiegte …

Die in regelmäßigen Abständen von massiven Holztüren durchbrochenen Eistunnel, die Straßen der Stadt Elian, lagen verlassen da. Jek, Robin de Phart und Marti trugen keine Stiefel mit rutschfesten Sohlen und gingen vorsichtig. Manchmal kamen sie an quadratischen Säulen vorbei, in denen menschliche Körper eingefroren waren.

Jek hatte Moskau gefragt, warum man diese Menschen eingefroren hatte. Doch die Gesichtszüge des Jersaleminers hatten sich verhärtet, und er war stumm geblieben. Nach einem einstündigen Marsch erreichten sie einen Platz, auf dem ein quadratisches, von beleuchteten Säulen umgebenes Gebäude stand. Auch in ihm befanden sich die Leichen unversehrter Frauen und verstümmelter Männer.

»Der Thorial«, murmelte San Francisco, »mit dem Saal des Rates …«

Er versuchte, unbeteiligt zu wirken, konnte seine Ergriffenheit nach zwanzigjähriger Abwesenheit von seiner Heimat jedoch nicht verbergen. Und jetzt, vor dem großen Portal des Thorials, wurde ihm bewusst, dass der Einzige Schöpfer und seine Diener ihn aus nur einem Grund ins Exil geschickt hatten: einem anderen Prinzen, dem Prinzen der Hyänen, zu helfen, das ihm bestimmte Schicksal zu vollenden. Und aus diesem Grund musste er die Abyner überzeugen, dem kleinen Anjorianer einen Platz in einem der Xaxas zu überlassen. Für sich selbst wollte er nicht viel, nur mit Phoenix zusammenleben, denn sein Herz sagte ihm, dass sie ihn immer noch liebte.

Sie umrundeten den Tempel, bogen in eine breite Straße

ein und gingen zum Tempel Salmons, auf dessen riesigem Vorplatz sich Tausende drängten, alle, die keinen Platz im Innern gefunden hatten.

Strahlte das Ratsgebäude eine schlichte Schönheit aus, so wirkte es, verglichen mit dem Tempel Salmons, fast plump und schwer.

»Ein Meisterwerk, ein Wunder!«, rief Robin de Phart. »Was sagen Sie dazu, Marti? Ich habe Ihnen gleich gesagt, dass Jer Salem einen Umweg lohnt.«

Marti war das Gotteshaus aus Eis völlig egal. Die unerträgliche Kälte hatte von ihm Besitz ergriffen und lähmte ihn fast. Er dachte an die sanften Winde der Zweiten Nacht auf Syracusa, die wärmenden Strahlen von Rose Rubis und der Sonne Saphyr und an die betörenden Düfte in seiner Heimatstadt Venicia. Und er fragte sich, aus welchen Gründen Menschen in einem Gletscher lebten. Aus den Augenwinkeln warf er Jek einen Blick zu. Der Junge war blass, seine Lippen waren blau, und er musste wohl ebenso frieren wie er selbst.

Der Andere, der Dämon lag unablässig auf der Lauer und wartete auf den Moment, wo der kleine Anjorianer allein sein würde. Bisher hatte sich eine solche Gelegenheit noch nicht ergeben, denn Jek war immer in Gesellschaft eines oder mehrerer Erwachsener gewesen. Das unerklärliche Verschwinden Montreals hatte das Problem nicht vereinfacht. Der Dämon hatte durch Marti erklärt, dass Montreal durch die falsche Handhabung einer der Schleusen ums Leben gekommen sein müsse. Die Jersaleminer hatten nicht an eine Nachlässigkeit ihres Kameraden glauben wollen, doch glücklicherweise war niemand auf den Gedanken gekommen, Martis Kabine zu durchsuchen.

»Wie gefällt dir der Tempel unserer Freunde, Jek?«, fragte

Robin de Phart nun seinen kleinen Freund, weil er das Bedürfnis hatte, seine Begeisterung mit jemandem zu teilen.

»Er ist schön«, antwortete Jek aufrichtig. Die einfache Majestät der Eiskonstruktion rief staunendes Entzücken in ihm hervor. Die fein ziselierten, durch Arkaden und Wölbungen unterteilten Wände, die von zweihundert Meter hohen, gotisch anmutenden Türmen gekrönt wurden, die Skulpturen an den Stützpfeilern und über dem Hauptportal, das alles fügte sich zu einem einmaligen Kunstwerk im Licht der gleißenden Projektoren zusammen.

»Ein Meisterwerk!«, rief Robin de Phart voller Bewunderung, mit Tränen in den Augen.

Der syracusische Gelehrte bedauerte, dass San Francisco ihm verboten hatte, sich seines holographischen Aufnahmegeräts zu bedienen. Die Jersaleminer haben kein Recht, anderen Völkern dieses einzigartige Kunstwerk – ein Zeugnis ihres Wissens und ihrer Kultur – vorzuenthalten, dachte er.

Jeks Augen waren vom Staunen müde geworden. Er sah zu Robin auf. An Bord des Raumschiffs der Gleba hatte er mit dem alten Syracuser über Martis seltsames Benehmen sprechen wollen. Aber Robin hatte sofort das Thema gewechselt, so als verbäte er sich jede Kritik an seinem Mitplanetarier. Da begriff Jek, dass der Gelehrte ebenso an der Einsamkeit litt wie der Doge Papironda. Beide Männer handelten völlig unvernünftig, wenn es um Menschen ging, die sie in ihr Herz geschlossen hatten. Daraufhin hatte Jek versucht, sich San Francisco anzuvertrauen, aber der ehemalige erste Offizier des Dogen war immer derart beschäftigt gewesen, dass nie Zeit für ein Gespräch unter vier Augen gewesen war. Also beschloss er, nie mit Marti allein zu bleiben.

»Der Prinz San Francisco! Der verbannte Prinz!«, rief plötzlich jemand.

Mit einem Mal stand die kleine Gruppe im Mittelpunkt des Interesses.

»Gocks! Der Prinz San Francisco hat Gocks mitgebracht!«

Tausende ungläubige, feindselige, ja hasserfüllte Blicke richteten sich auf Jek und die beiden Syracuser. Nicht die unerwartete Rückkehr des Prinzen verblüffte die Mitglieder des erwählten Volkes, sondern dass er in Begleitung von Personen verdammter Völker war, den Abkömmlingen von Frauen mit fauligen Bäuchen und Männern, deren Samen infiziert war.

Einige Männer und Frauen lösten sich aus der Menge, knieten vor San Francisco und küssten den Saum seines weißen Capes.

»Sei gesegnet, vierzigster Prinz Jer Salems! Du kommst zur rechten Zeit, damit die Prinzen Vancouver und Acapulcon nicht deine amerikanischen Söhne vereinnahmen können.«

San Francisco half den Männern und Frauen sich zu erheben.

»Die Stunde der Wahrheit ist gekommen ... Haltet euch bereit ...«

Seine Leibwächter zückten ihre Schwerter, bildeten einen Kordon um den Prinzen und die drei Gocks und bahnten sich einen Weg durch die Jersaleminer. Niemand beschimpfte sie oder griff sie an. Alle wichen bereitwillig zur Seite. Aus dem weit geöffneten Portal erschallten die heiligen Gesänge des erwählten Volkes.

Auf den kreisförmig angeordneten Rängen im Tempel drängten sich mehr als dreißigtausend Jersaleminer – eine außergewöhnliche Anzahl für einen Gottesdienst bei Tagesanbruch. Im Zentrum, einem mit Bruchstücken aus der Arche bedeckten Rund, standen die beiden Glebas, umgeben von Sesseln, in denen der Ältestenrat und die Prinzen saßen. Nur ein Sessel war leer.

Der Gesang verstummte und wurde von einem immer stärker werdenden Gemurmel abgelöst. Aller Blicke richteten sich jetzt auf den Hauptgang, wo Männer in Kriegsuniform sich ihnen in den Weg stellende Gläubige beiseitestießen.

Der Prinz San Francisco, in Begleitung der drei Gocks und seiner Gefolgsleute, trat vor das Hauptschiff. Die vier großen Abyner standen vor vier Pulten, auf denen die alten Licht-Bibeln lagen. Sie hielten in ihren Bewegungen inne. Ihre weißen, mit winzigen Eisensplittern durchwirkten Chorhemden fielen auf ebenso weiße Stiefel herab. Unter ihren schwarzen, spitz zulaufenden Hüten quollen gelockte Haarsträhnen hervor, die ihnen dunklen Kaskaden gleich, über die Schultern fielen.

Jek erinnerten die Abyner sogleich an die kreuzianischen Missionare: dieselbe teigige Blässe, derselbe starre Blick, dasselbe Gebaren eines Raubvogels ...

Moskau hatte ihm einmal erzählt, dass ein paar Missionare, die sich unvorsichtigerweise auf Jer Salem verirrt hatten, in luftdichten Säcken auf ihren Planeten zurückgekehrt waren, mit ihrem Penis im Mund und einer Geldbörse in jeder Augenhöhle.

»Das war die Botschaft«, hatte er erklärend hinzugefügt. »Euer Wort der Verkündigung und eure Weltsicht sind ebenso vergiftet wie euer Samen.« Dann hatte er gelacht. »Aber die Kirche des Kreuzes interessiert sich immer noch für uns. Eines Tages werden sie uns wie die Bewohner des

Nord-Terrariums im Norden Anjors vergasen wollen. Doch dann wird es zu spät sein. Dann werden uns die himmlischen Zugvögel bereits in das Jer Salem des Lichts gebracht haben.«

Aus dreifüßigen Opferschalen stiegen stark duftende Rauchwolken brennenden Weihrauchs auf. Die beiden Glebas auf ihren Sockeln ähnelten sich wie Zwillinge, nur der eine sah aus, als wäre er vorzeitig gealtert.

Die großen Abyner schienen vom plötzlichen Erscheinen San Franciscos nicht überrascht zu sein. Gelassen stellten sie sich nebeneinander, verschränkten die Arme und sahen den Verbannten verächtlich an, während die neununddreißig Prinzen sitzen blieben und es vermieden, dem Geächteten in die Augen zu sehen. Nicht einer hatte vor zwanzig Jahren seine Verteidigung ergriffen.

Drückendes Schweigen breitete sich im Tempel aus.

»Du hast auf Jer Salem nichts zu suchen, San Francisco«, erklärte einer der Abyner. »Wir haben dich bis in alle Ewigkeit aus unseren Köpfen und aus unseren Herzen verbannt!«

Seine mächtige Stimme hallte bis in den letzten Winkel des Tempels wider.

»Du hast nicht nur die Dreistigkeit besessen, vor uns zu erscheinen, ohne geladen zu sein, nein, du gingst so weit, Gocks, die Verräter der Menschheit, in diesen heiligen Ort zu bringen! Denn bis zum heutigen Tag hat noch kein verfluchtes Gesindel den Tempel Salmons befleckt.«

Jek hatte sich hinter San Franciscos Cape versteckt. Ihm wurde bewusst, dass der Abyner auch von ihm sprach. Es fühlte sich seltsam an, über seine Minderwertigkeit und die seiner Eltern zu hören.

»Abyer, ich segne den Tag, an dem ihr mich ins Exil geschickt habt«, entgegnete San Francisco mit lauter Stimme. »Euch habe ich es zu verdanken, dass ich das Universum und viele Gocks kennenlernen durfte. Und ich habe festgestellt, dass die Menschen anderer Rassen über ebenso viele positive Eigenschaften des Kopfes und des Herzens verfügen wie die Erwählten ...«

»Sprich nicht im Namen der Erwählten!«, schnitt der Abyner ihm das Wort ab. »Du gehörst nicht mehr zum großen Volk der Phraëliter. Du bist zu einem Gock unter Gocks geworden, zu einem Verräter unter Verrätern. Du bist ein Verfluchter unter Verfluchten!«

»Abyner, ihr verurteilt ohne Wissen. Ihr, die Hüter der Neuen Bibel Jer Salems, folgtet dem Pfad eures Kopfes, doch den Weg zu eurem Herzen habt ihr zu Brachland verkommen lassen. Aber die Verse der Neuen Bibel sprechen das Herz des Menschen an. Es sind die geheimen Stimmen, die zum inneren Tempel führen. Abyner, scheinen die Sonnen nur für ein einziges Volk? Hat der Schöpfer die universellen Gesetze nur für eine Handvoll seiner Geschöpfe verkündet? Luft, Erde, Wasser und Feuer sind sie nur einer Elite vorbehalten?«

»Deine Rede gleicht der der Schlange aus dem ersten Eden!«, zischte einer der Abyner. »Wie vor zwanzig Jahren, so hältst du den Apfel der Zwietracht in der Hand. Und wie vor zwanzig Jahren weigern wir uns, hineinzubeißen! Du trachtest danach, die Köpfe und die Herzen zu verwirren, doch kein Erwählter lässt sich durch den bitteren Fluss deiner Worte verführen ... Haben die anderen Völker die Gebote der heiligen Bibel respektiert? Haben sie jedes Jahr vierzig Tage gefastet? Haben sie den Schöpfer und seine Götter verehrt? Sind sie am glorreichen Tag der Wiederkehr der Xaxas auf Jer Salem anwesend?«

San Francisco trat zwischen dem Spalier seiner Leibwächter ein paar Schritte vor und ließ den Blick über die viele Tausend Köpfe zählende Menge schweifen. Obwohl er nur eine ganz geringe Chance hatte, die gewünschte Person zu entdecken, war er enttäuscht, Phoenix' Gesicht nicht zu sehen.«

»Man kann den Schöpfervater und die Götter auf viele Weise ehren«, sprach er weiter, einen traurigen Unterton in seiner sanften Stimme. »Ihr, Abyner, habt das Wort der Bibel für euch beschlagnahmt, um euren Machthunger zu stillen. Ihr habt das erwählte Volk gezwungen, sich jahrhundertelang unter einem Gletscher zu verstecken, damit es sich eurer Kontrolle nicht entziehen konnte. Seitdem waren die anderen Völker von den heiligen Schriften abgeschnitten. Wie hätten sie von ihnen Kenntnis erlangen können? Ihr habt wie ein Wissenschaftler gehandelt, der seine Entdeckung der Menschheit nicht zur Verfügung stellt, obwohl sie ihm nicht gehört. Denn ein solcher Mann ist nur ein Instrument in der Hand Gottes, so wie ihr es seid. Aber ihr habt euch geweigert, nach seiner himmlischen Partitur zu spielen. Eure Interpretation des heiligen Textes ist ärmlich und freudlos, eine kümmerliche Melodie ...«

Jek sah sich um. Er betrachtete die Menge, die Prinzen und die vier Abyner, und er stellte fest, dass die Rede San Franciscos bei den Jersaleminern Interesse, bei einigen Prinzen sogar Bewunderung und bei den Priestern Zorn hervorrief.

»Das reicht!«, schrie einer der Abyner. »Du wurdest vom Rat der Abyner und den Prinzen vor zwanzig Jahren ins Exil verbannt. Damals hätten wir dich zum Tode verurteilen sollen!«

Der Prinz Vancouver der Kanadier stand auf, durchquerte das Rund mit großen Schritten und stellte sich vor San Francisco. Er war klein und stämmig und trug ein ockerfarbenes Cape. Seine kleinen, tief liegenden Augen wurden von schweren Lidern überschattet. Sein glattes dunkles Haar war von Silberfäden durchzogen.

»Deine Handlungsweise ist ebenso verwerflich wie vergeblich!«, sagte der Prinz Vancouver tadelnd, mit seltsam hoher Stimme. »Dein Verständnis für die Gocks vernebelt dir den Blick, San Francisco. Was soll dieses Gleichheitsprinzip nur wenige Tage vor der Ankunft der Xaxas? Im Namen der Prinzen Jer Salems stelle ich dich vor die Alternative: Entweder du verlässt mit deinen Begleitern sofort diesen heiligen Ort und kehrst auf jene stinkenden Welten zurück, die du niemals hättest verlassen dürfen, oder ihr alle müsst die gerechte Strafe erleiden, die allen droht, die die Gesetze der heiligen Bibel gebrochen haben!«

Jek starrte den geschnitzten Knauf des Schwertes des Prinzen Vancouver an, denn er machte sich darauf gefasst, dass der Mann es jeden Moment aus der Scheide ziehen könnte, um ihm den Kopf abzuschlagen.

Robin de Phart konzentrierte seine Aufmerksamkeit auf die Gleba des himmlischen Jer Salem: Einige Namen auf dieser Kugel, auf den verschiedenen Kontinenten, riefen eine vage Erinnerung in ihm hervor – an ein altes Buch, in dem er einst bei einer seiner vielen Reisen geblättert hatte. Doch er durchforschte vergeblich sein Gedächtnis, das Gesuchte wollte ihm nicht einfallen.

San Francisco machte ein paar Schritte auf Vancouver zu und sah ihn voller Verachtung an. »Mein Herz sagte mir bereits, dass von dir nichts anderes zu erwarten sei, Prinz der Kanadier! Und mein Kopf schließt daraus, dass dir bereits mein Stamm als Erbschaft zugefallen ist ...«

»Nicht ganz! Der Rat der Abyner hat in seiner großen Weisheit beschlossen, dein Territorium zu gleichen Teilen zwischen dem Prinzen Acapulco und mir aufzuteilen. Doch nun zu dir! Wie hast du dich entschieden? Für den sofortigen Rückzug oder den Tod?«

San Francisco würdigte den Mann keiner Antwort. Er drehte sich um, ging zu den Abynern und deutete auf Jek.

»Abyner! Nicht für mich erbitte ich eine Gunst, sondern für einen anderen Prinzen, den Prinzen der Hyänen von Ut-Gen. Solltet ihr meinem Gesuch nachkommen, reise ich sofort ab ... Ich bitte euch inständig, diesem Kind einen Platz in einem der Xaxas' zu überlassen ...«

Empörtes Gemurmel breitete sich in den Rängen aus und schwoll bald zu Protestgeschrei an, das sich zu ohrenbetäubendem Lärm steigerte. Jek wagte keinen Blick in die Runde, doch er spürte Wogen des Hasses um ihn herum und machte sich in seinem Pelzmantel ganz klein.

Die Abyner breiteten die Arme aus, um die Ruhe wiederherzustellen.

»Diese Bitte ist absolut unangemessen!«, tönte einer von ihnen, als sich der größte Tumult gelegt hatte. »Während dieser Tage der Vergebung waren wir geneigt, dich unversehrt gehen zu lassen, San Francisco. Aber du selbst hast uns den Grund für deine Verurteilung geliefert. Du willst uns zwingen, einen Gock im Bauch eines Xaxas' reisen zu lassen, was einen Verstoß gegen die heiligen Gebote bedeuten würde. Deine falschen Freunde sind bis in alle Ewigkeit verdammt, steht im ersten Buch der Xaxas'; und die Gleba hat sich bis ans Ende aller Tage von ihnen losgesagt. Und das ist ein Beweis deines Treuebruchs. Du willst nicht den Menschen helfen, sondern das himmlische Jer Salem beschmutzen, indem du einen Unreinen, eine Schlange in das neue Eden bringst.«

San Francisco straffte die Schultern und erklärte stolz: »Die Neue Bibel spricht nicht von den Völkern, wenn sie von falschen Brüdern redet, sondern von jenen Menschen, deren Herzen durch Hass und Verachtung verdunkelt sind. Und es genügt nicht, ein Nachkomme einer der einhundertvierzigtausend Phraëliten und auf Jer Salem geboren zu sein, um zu den Erwählten zu gehören. Das Volk des himmlischen Vaters setzt sich aus allen jenen zusammen, die auf der Suche nach der Wahrheit sind ... ihrer Wahrheit ...«

»Wir kennen deine Argumente bereits!«, unterbrach Vancouver ihn. »Es sind dieselben wie vor zwanzig Jahren. Ein Erwählter zu sein, wird durch die Geburt und die Beachtung der Gebote bedingt. Du hast dich von beidem losgesagt. Und dein Plädoyer für den kleinen Gock gilt in Wahrheit dir selbst. Beendet diesen Diskurs, Abyner! Er ist so sinnlos wie vor zwanzig Jahren, und wir müssen uns auf die Ankunft der himmlischen Zugvögel vorbereiten.«

Die beiden Prinzen starrten sich derart hasserfüllt an, dass Jek glaubte, sie würden miteinander kämpfen.

»Du machst einen Fehler, Vancouver«, sagte San Francisco gepresst. »Einen tragischen Fehler. Die Xaxas sind etwas ganz anderes als einfache Transportmittel im Weltraum. Sie sind die Offenbarer der Seele, aber die deine ist so schwarz, dass du wahrscheinlich in der Hölle schmoren wirst.«

Der Prinz der Kanadier lachte schrill, dann entgegnete er: »Und du, du wirst im Hintern eines wilden Tigerbären enden.«

Robin de Phart hatte von diesem Wortwechsel nur wenig mitbekommen, weil er sich gedanklich mit den auf dem Globus stehenden Namen und den gleichlautenden Familiennamen der Prinzen beschäftigte. Die Bezeichnungen Schanghai und Moskau hatte er auf dem Europasien genannten Kontinent lokalisiert. Und obwohl er glaubte, diesen Zusammenhang bald erkennen zu können, entglitt ihm der Schlüssel zur Lösung dieses Rätsels immer wieder, was ihn allmählich zur Verzweiflung brachte.

Marti hatte nur einen Wunsch: so schnell wie möglich von Jer Salem zu verschwinden, denn aus der Konfrontation zwischen San Francisco und den Abynern konnte nichts Gutes erwachsen. Der Andere, der Dämon in ihm manifestierte sich momentan nicht, doch der junge Kervaleur war nicht mehr er selbst. Langsam und unerbittlich wurde sein Körper zu einer seelenlosen Hülle.

Der Prinz Vancouver kehrte an seinen Platz zurück, beugte sich zu seinem Nachbarn und flüsterte ihm etwas ins Ohr. Die vier Abyner berieten sich leise. Die in der Menge verstreuten Mitglieder des Stammes der Amerikaner waren resigniert. Sie hatten keine Lust mehr, ihren verbannten Prinzen zu unterstützen – diesen Gock-Freund und Verräter.

»Du hast eine Grenze überschritten, wo dich deine prinzlichen Vorrechte nicht mehr schützen«, erklärte einer der Abyner. »Am morgigen Tag wirst du entkleidet und im Zirkus der Tränen den wilden Tigerbären zum Fraß vorgeworfen. Die drei Gocks und alle Freiwilligen, die dein Schicksal teilen wollen, werden dich begleiten ...«

San Francisco nahm das Urteil unbewegt entgegen, doch er wurde blass.

»Die Prinzen Jer Salems, die mit diesem Urteilsspruch nicht einverstanden sind, mögen sprechen ...«

Einige Prinzen senkten den Blick und starrten zu Boden, aber niemand stand auf.

»Was euch betrifft, ihr Männer im Gefolge des Verurteilten, euch kann sofort vergeben werden, wenn ihr mit Kopf und Herz jetzt eine Entscheidung trefft. Entweder ihr bleibt bei San Francisco und den Gocks, oder ihr übergebt eure Schwerter euren Prinzen und haltet euch von den Verurteilten fern.«

Mit Blicken forderte San Francisco seine Männer auf, dem Geheiß der Abyner zu folgen. Einige von ihnen dienten ihm bereits seit zwanzig Jahren. Sie hatten ein Raumschiff der Gleba gestohlen und im Exil auf Franzia gelebt. Sie waren ihm ergeben, weil er ein gerechter und großzügiger Mann war. Er hatte sie nie enttäuscht, und so waren sie bereit, ihr Leben für ihn zu geben. Aber seine Blicke verrieten ihnen, dass er sie bat, kein Blut im Tempel Salomons zu vergießen. Das war ein stummer Befehl, dem sie folgen mussten.

Zu Tode betrübt und mit Tränen in den Augen traten sie einer nach dem anderen vor und legten ihre Schwerter zu Füßen der Abyner nieder.

»Jetzt mögen sich jene des erwählten Volkes, die das Schicksal San Franciscos und der drei Gocks teilen möchten, zu den Verurteilten gesellen!«, fuhr der Abyner mit lauter Stimme fort.

»Ich!«

Sofort erkannte San Francisco diese Stimme, und sein Herz machte einen Sprung. Er erkannte die vertraute Gestalt, wie sie sich von den oberen Rängen aus einen Weg nach unten bahnte. Im Hauptgang angekommen, fing sie an zu laufen und warf sich ihm in die Arme.

»Phoenix!«

Er hielt sie lange umfangen und atmete ihren Duft ein. Dann packte er sie bei den Schultern und schob sie sanft von sich. Aus der Halbwüchsigen war eine wunderschöne Frau geworden, deren schwarzes Haar bis zur Taille fiel.

»Du darfst nicht bei uns bleiben, Phoenix«, sagte San

Francisco leise, »sonst wirst du niemals auf dem Jer Salem des Lichts leben ...«

»Das ist mir egal«, sagte Phoenix. »Ohne dich interessiert mich Eden nicht. In den letzten Stunden meines Lebens will ich bei dir sein.«

»Du wirst mich vergessen ...«

»Mein Herz hat zwanzig Jahre auf dich gewartet. Es kann nicht vergessen.«

»Denk an deine Eltern.«

»Ich bin sechsunddreißig Jahre alt, mein Prinz. Es ist höchste Zeit, dass ich aus ihren Köpfen und Herzen trete. Mein Entschluss steht fest. Von etwas anderem kannst du mich nicht überzeugen. In den uns verbleibenden Stunden werde ich dich so in meine Liebe einhüllen, dass sie das Eis schmelzen lassen und uns das Reich des Todes unversehrt durchqueren lassen wird ...«

San Francisco lächelte Phoenix zärtlich an und nahm sie in die Arme. Er küsste sie.

Jek dachte an das junge Paar in der Untergrundbahn von Anjor, das sich so gierig geküsst hatte. Küsse hatten die seltsame Eigenschaft, Liebende ihre Umgebung nicht mehr wahrnehmen zu lassen, selbst wenn diese ihnen feindlich gesonnen war. Der Schiedsspruch hatte den kleinen Anjorianer zuerst mit Entsetzen erfüllt, doch die Wärme, die von der Liebe der beiden ausging, hatte ihm seine Angst genommen – wie durch einen Zauber war sie verflogen.

»Die Wachen sollen die Verurteilten in den Kerker des Thorials bringen!«, befahl einer der Abyner.

»Ich habe mit alledem nichts zu tun!«, schrie Marti plötzlich. »Ich wollte nicht hierher reisen!«

»Ist Ihnen denn nicht ein Rest Würde geblieben?«, sagte Robin de Phart zu seinem Mitplanetarier.

Nicht der junge Kervaleur hatte gesprochen, sondern der Dämon in ihm, weil er sich vom Tode bedroht fühlte.

»Schweigt, ihr Gocks!«, befahl der Abyner. »Oder ich lasse euch auf der Stelle hinrichten. Allein der Klang eurer Stimme ist für den Schöpfer eine Beleidigung.«

Der Dämon korrigierte sofort seine Taktik. In den wenigen verbleibenden Stunden musste er ein Mittel finden, um den Verlauf der Ereignisse zu ändern.

Unter dem Spott der Menge wurden die Verurteilten aus dem Tempel gebracht. Als sie den Vorplatz betraten, konnte sich Robin de Phart endlich an die vergilbte Seite eines antiken Buchs erinnern, das er zufällig in einer Bibliothek eines Dorfs auf dem Planeten N-le Mars geöffnet hatte: die kolorierte Zeichnung einer Weltkarte in verblassten Farben und mit kaum leserlichen Namen.

SECHZEHNTES KAPITEL

So ist der Blouf, das alles verzehrende Böse. Unersättlich ist sein Appetit, unermesslich ist seine Stärke, unerbittlich ist sein Wille. Er ist weder göttlich noch teuflisch, weder Schöpfer noch Geschöpf, weder menschlich noch unmenschlich. Er ist die verkehrte Wesenheit – das Schwarze, wo Weiß ist; die Dunkelheit, wo Licht scheint; der Tod, wo Leben herrscht; die Leere, wo es Materie gibt. Das Wesen, das sich seinem einzigen Prinzip verweigert, das sich von seiner Wesenheit lossagt, vernichtet er und macht es zu einem scheinbaren Spiegelbild seiner selbst.

So ist der Blouf, er versteckt sich hinter unseren Unzulänglichkeiten, er belauert jeden unserer Schritte und flüstert das Nichts in unsere Köpfe und Herzen. Es genügt, nicht für ihn zu sein, um in Gefahr zu geraten. Er durchdringt Hass- und Angstgefühle, er stürzt sich auf die kleinste Schwäche, er schürt Gleichgültigkeit und Kälte ...

So ist der Blouf, er verbirgt sich hinter Gedanken und Worten im Mund falscher Propheten und Priester mit einer schwarzen Seele, in den Träumen der Tyrannen. Er bringt den Tod, um das Nichts zu säen, er schlüpft in das Schwert des Soldaten, in die Hände des Mörders, in das verletzende Glied des Vergewaltigers, in den Bauch der Kindsmörderin, in den selbstgerechten Vater, der seinen Sohn enterbt ...

So ist der Blouf, er verdunkelt den Weg zum Herzen, er beraubt den Menschen seiner Wurzeln, seiner Kräfte, seines Lichts. Wohin der Mensch auch geht, er folgt ihm, belagert ihn, erstickt ihn ...

Möge der Mensch ein Geschöpf der Sonne werden, zu seinem Ursprung zurückkehren, dann muss der Blouf sich geschlagen geben, weil er vom Licht besiegt wurde.

Yelle M'At-Skin

Yelle!«, rief Tixu laut. Doch der prasselnde Regen verschluckte seinen Ruf. Yelle war seit drei Tagen verschwunden. Als Aphykit und Tixu aus dem Gebirge zurückgekehrt waren, hatten sie ihre Tochter nicht vor dem Strauch des Narren sitzen gesehen. Normalerweise verbrachte sie ihre Zeit dort, wenn ihre Eltern sich zurückzogen, um in der Stille kraft ihrer Gedanken nach Shari zu suchen.

»Yelle!«

Seit drei Tagen regnete es in Strömen aus einem mit schwarzen Wolken verhangenen Himmel. Ein eisiger Wind wehte und peitschte den beiden die Äste der Bäume und Büsche ins Gesicht.

Obwohl ihre Tochter sehr selbstständig war, machte sich Aphykit Vorwürfe, ihr Kind vernachlässigt zu haben. Yelle war in letzter Zeit sehr verschlossen gewesen und hatte nur wenig gesprochen. Sie steckte in einer Krise.

War sie fortgelaufen, weil sie sich nicht genug um sie gekümmert hatten? Sie war erst sieben. Und obwohl sie für ihr Alter sehr erwachsen wirkte, hätte sie vielleicht mehr Liebe und Aufmerksamkeit gebraucht.

Wenn sie in der letzten Zeit den Mund einmal aufmachte, dann sprach sie fast nur vom Blouf, dem alles verzehrenden Bösen. *Der Blouf gewinnt ... Millionen Sterne sind heute Nacht verschwunden ... Das Universum schrumpft ... Der Blouf will uns verschlingen ...*

Sie sprach von ihm wie von einem greifbaren Wesen, wie Kinder von Feen, Zwergen, Hexen oder Monstern sprechen, die in ihrer Vorstellungskraft real existieren. Manchmal stand sie nachts auf und schlüpfte in das Bett ihrer Eltern, als wäre sie aus einem bösen Traum erwacht.

»Ich habe Angst«, sagte sie dann. »Es gibt immer weniger Licht ...«

Erst durch das plötzliche Verschwinden ihrer Tochter wurde den beiden bewusst, welchen Platz das Kind in ihrem Leben einnahm und welche Leere sie hinterließ. Jetzt merkten sie, dass sie einen Fehler gemacht hatten, sich ganz und gar auf die Suche nach Shari zu machen und Yelle darüber zu vergessen.

Schon seit drei Tagen und Nächten schliefen sie nicht mehr, durchstreiften das Gebirge im Regen, ein Gebirge, das plötzlich feindlich und gefährlich geworden war. Sie tappten durch Matsch und Schlamm, sahen in Grotten und Höhlen nach. Und weil sie wussten, dass ihre Suche kaum erfolgreich sein konnte, suchten sie umso verbissener weiter, wohl auch, um ihr schlechtes Gewissen zu beruhigen und nicht untätig im Dorf herumsitzen zu müssen. Das Dorf verfiel jetzt, da die meisten Bewohner es wegen des strengen Winters verlassen hatten.

»Yelle!«

Seit dem Weggang der letzten Pilger hatte sich die Lage nicht verbessert. Shari hatte sich nicht gemeldet, und das Antra hatte ihnen auch keinen neuen Weg eröffnet. Alles schien stillzustehen. Wie Yelle gesagt hatte, verschloss sich das Universum, wurde kleiner ... als würde es vom Blouf aufgesogen.

Der Blouf ... Vielleicht war der Blouf für das Verschwinden ihrer Tochter verantwortlich.

»Yelle!«

Der Blouf, das alles verzehrende Böse, hatte sie vielleicht verschlungen. Yelle allein schien ihn zu erkennen. Und vielleicht hatte er beschlossen, das Kind zu eliminieren.

Aphykits Herz wurde schwer, und Tränen traten ihr in die Augen, mischten sich mit den Regentropfen, die ihr übers Gesicht liefen. Warum hatten sie Yelles Worten so wenig Beachtung geschenkt? Sie hatten wie alle Eltern reagiert und ihren Reden kaum zugehört, weil sie wie alle Erwachsenen den Kindern gegenüber arrogant waren. Aber der Name Blouf war nicht nur ein kindlicher Ausdruck, ein von Yelle erfundenes Monster, sondern eine entsetzliche Realität, ebenso fürchterlich wie Hyponeros. Und das hatte sie versucht, ihnen begreiflich zu machen, als sie sich nachts von Albträumen geplagt in ihr Bett flüchtete.

»Yelle!«

Warum hatten sie sie nicht beschützt und mit Liebe und Zärtlichkeit überhäuft? Warum hatten sie ihr nicht gesagt, dass sie sie lieben?

Mit einem Stock stocherte Tixu im Unterholz, schreckte manchmal kleine furchtsame Tiere auf, die die Flucht ergriffen. Manchmal glaubte er, hinter Ästen das goldene Haar seiner Tochter aufleuchten zu sehen, und sein Herz fing voller Hoffnung heftig zu klopfen an. Aber dann sprang doch nur eine Berggazelle auf und floh in wilden Sprüngen.

Die beiden gelangten auf ein großes Hochplateau, auf der einen Seite von einer hohen Felswand begrenzt, und auf der anderen von einem von spitzen Pfeilern umgebenen Rund. Das Tageslicht schwand schnell. Unzählige kleine reißende Bäche schlängelten sich zum Abgrund hin, wo sich Pfützen in den Vertiefungen gebildet hatten. Der

Wind wurde immer heftiger, drohte, zum Sturm zu werden.

Tixu hielt sich am Ast einer Zwergtanne fest. »Wir müssen uns einen Unterschlupf suchen!«, schrie er, um das Heulen des Windes und das Prasseln des Regens zu übertönen. Sein nasses Haupt- und Barthaar wand sich wie die Schlangen einer Gorgone um seinen Kopf.

»Kommt nicht infrage!«, schrie Aphykit zurück.

Sie kauerte am Fuß eines mächtigen Felsbrockens. Ihr goldenes Haar umwehte ihren Kopf wie eine Flamme. Ihre völlig durchnässte Wolljacke wog schwer. Wasser rann unter ihrer Tunika und ihrer Hose über ihren Körper.

»Wir müssen weitersuchen, einfach weitersuchen!«

»Warten wir doch, bis sich der Sturm gelegt hat.«

Aphykit nickte erschöpft. Tixu hatte Recht. Es würde sie nicht weiterbringen, noch länger in diesem Wetter auszuharren.

»Warte hier auf mich«, sagte Tixu und tastete sich vorsichtig an der Felswand auf der Suche nach einer Einbuchtung entlang. Windböen warfen ihn gegen das scharfkantige Gestein, und er musste sich mit aller Kraft an den spitzen Vorsprüngen festkrallen, um nicht wie ein Blatt im Wind davongewirbelt zu werden. Fünfzig Meter weiter fand er einen schmalen Spalt, presste sich hindurch und stand in einer nach innen größer werdenden Höhle. Im schwindenden Licht konnte er gerade noch in einer Ecke ein Strohlager, gefaltete Decken, einen niedrigen Tisch und ein paar Kochutensilien erkennen.

Tixu ging zurück und holte Aphykit. Sie riss sich die Wange an einem Felsvorsprung auf, und über ihren Köpfen tobte jetzt ein heftiges Gewitter, mit zuckenden Blitzen und lautem Donner.

Unter dem Tisch in der Grotte entdeckte Tixu eine antike Autolumine, eine transparente Kugel, die mittels magnetischer Energie sowohl Licht als auch Wärme spendet. Er drückte auf den Einschaltknopf, und das kleine Gerät heizte sich auf und leuchtete gelborange. Die beiden zogen sich aus und legten ihre Kleider auf den Tisch und den Boden. Dann hüllten sie sich in die Decken ein und setzten sich auf das Stroh.

»Yelle ...«, schluchzte Aphykit und weinte.

»Wir finden sie«, sagte Tixu und nahm Aphykit in die Arme.

Ein großer Friede herrschte in dieser Höhle und befreite Tixu von Kummer und Angst. Er fand sich wieder, eine heitere Gelassenheit erfüllte ihn. Denselben Zustand dieses In-sich-Ruhens hatte er im tiefen Wald auf dem Planeten Zwei-Jahreszeiten erfahren, ebenso im Haus Stanislav Nolustrists, des marquisatinischen Hirten, und auf der Insel Monager von Selp Dik – alles Orte voller Geheimnisse und Magie.

»Wo ist sie? Was macht sie? Warum ist sie davongelaufen?«, fragte Aphykit und seufzte.

»Vielleicht ist sie zu Shari gegangen ...«

»Vielleicht ... vielleicht wurde sie von dem Blouf gefressen ...«, sagte Aphykit und brach in Tränen aus. Er streichelte zärtlich ihre Stirn und ihre Wangen.

»Der Blouf, das ist doch nur eine Bezeichnung, ein Symbol. Symbole können einen nicht fressen ...«

»Ich weiß nicht. Ich weiß überhaupt nichts mehr. Sie spricht davon, als handele es sich um ein wildes Monster.«

»Wir begreifen noch immer nicht, was sie eigentlich damit sagen will ...«

»Weil wir uns nie die Zeit genommen haben, ihr richtig zuzuhören. Weil wir ihr nicht genug Aufmerksamkeit schenken, Tixu. Wir haben das Wesen unserer Tochter nicht erkannt.«

»Der Himmel weiß, dass ich sie liebe. Doch manchmal habe ich den Eindruck, sie lebt in einer anderen Welt. Sie spricht eine andere Sprache. Sie sieht und hört Dinge, die wir weder sehen noch hören.«

»Sie ist aber auch das Kind, das ich geboren habe ... Ein Kind, das jeden Tag Millionen Sterne sterben sieht, braucht viel mehr Zuwendung als ein normales Kind ...«

Grell zuckende Blitze und ohrenbetäubender Donner unterbrachen Aphykits Worte. Beide schwiegen eine ganze Weile. Dann hatten sie das dringende Bedürfnis, einander zu berühren, ihre Körper miteinander zu vereinen.

Sie liebten sich, langsam und der Verzweiflung nahe, mit der Vorahnung, es würde ein letztes Mal sein, wo sie sich fühlten, schmeckten, erforschten. Ihre Lippen und Hände kannten bereits den Schmerz der Trennung.

Aphykit öffnete sich ihrem Mann wie nie zuvor, so als wolle sie ihn vollständig in sich aufnehmen. Und Tixu verlor sich in den blau-grün-goldenen Augen seiner Frau, in ihrem weichen duftenden Schoß – bis sie ihn anflehte, in ihr zu sterben.

Aphykit war auf dem Strohlager eingeschlafen. Tixu saß neben ihr und betrachtete sie sehr lange. Seine Frau war im Schlaf von überirdischer Schönheit. Draußen wütete das Unwetter noch immer – eine majestätische Symphonie, während das schwindende Licht der Autolumine vor der Dunkelheit kapitulierte.

Schon jetzt überkam Tixu eine tiefe Sehnsucht nach seiner Frau, und Verzweiflung schnürte ihm die Kehle zu.

Würde er jemals Gelegenheit haben, ihr eines Tages für das Glück zu danken, das sie ihm geschenkt hatte? Sechzehn Jahre lang hatte er in einem Stadium der Verzauberung gelebt, so als hätte die Zeit stillgestanden – ein Intermezzo in einer im Untergang begriffenen Welt.

Er widerstand dem Verlangen, sie zu wecken und mit Zärtlichkeiten zu überhäufen, stattdessen schloss er die Augen und versenkte sich in das Antra.

Die Vibrationen des Lebensklangs trugen ihn in die Festung der Stille, in ihr Herz, von dem aus alle Pfade abzweigen, vergangene, gegenwärtige und künftige. Doch im Gegensatz zu seinen Erfahrungen der vergangenen sieben Jahre – wo kein Pfad ihm vielversprechend erschienen war und er viele beschritten hatte, die nirgendwohin führten – erregte ein dunkler Eingang seine Neugier. Er betrat einen schmalen gewundenen Pfad, der von Abgründen gesäumt war. Dort herrschte eine unerträgliche, bis ins Mark dringende Kälte. Trotzdem kehrte Tixu nicht um.

Am Ende des Pfads hauste ein riesiges Monster. Zur einen Hälfte bestand es aus Materie, zur anderen Hälfte aus dem Nichts. Diese Kreatur war mit einem Panzer ausgestattet, dunkel und behaart, von dem, sternförmig angeordnet, zwölf Tentakel mit zahlreichen Öffnungen ausgingen, die so schwarz waren, dass sie glänzten. Der Rest des Körpers verschwamm oder befand sich im Nichts – so als hätte er sich nicht entscheiden können, Form anzunehmen.

Tixus Herz verkrampfte sich, doch jetzt wusste er, dass die Stunde gekommen war, die Schwelle zu jener Welt zu überschreiten, die das Monster bewachte. Und er begriff auch, dass seine Tochter Yelle ihn alle die Jahre auf diese Begegnung vorbereitet hatte. In ihrer Kindersprache hatte sie ihm von dem Erzfeind erzählt und war verschwunden, um ihren Vater zu zwingen, im Herzen der Hymlyas Zuflucht zu suchen und diese Höhle zu betreten, in der einst der Narr der Berge gelebt hatte …

Die Stunde war gekommen, in der er den Weg des ihm vorgezeichneten Schicksals weitergehen und den Blouf auf seinem eigenen Terrain herausfordern musste. Viel mehr noch: Er musste die Ideale der Menschheit und der Schöpfung nach Hyponeros tragen oder wie Stanislav Nolustrist gesagt hatte, Brouhaer, dem Dämon des Nichts', das Herz durchbohren.

Auch die Worte des sadumbischen Imas, Kacho Marum, kamen ihm wieder in den Sinn: »Solltest du nicht dein Schicksal vollenden, wird bald kein menschliches Wesen mehr würdig sein, das Geschenk des Lebens zu bewahren …«

So war aus Tixu Oty Sri Lumpa – der Herr der Echsen – geworden. Es war kein leerer Titel. Tixu war auserwählt worden, an der Spitze einer kleinen Streitkraft den erbarmungslosesten Feind zu bekämpfen, dem die Menschheit jemals gegenübergestanden hatte.

Doch er hatte diese Verantwortung auf Shari abgewälzt, um sich auf seine Liebe zu Aphykit konzentrieren zu können. Diese Verantwortungslosigkeit hatte seinen Adoptivsohn wahrscheinlich zum Scheitern verurteilt und die Pilger dazu gebracht, sie zu verlassen.

Liebe kleine Yelle, flehte er stumm, du kannst jetzt wieder ruhig schlafen, für dich werde ich dem Blouf gegenübertreten, dem alles verzehrenden Bösen. Für dich werde ich Millionen Sterne wieder zum Leuchten bringen … Liebe kleine Yelle, habe ich dir schon einmal von dem Tixu erzählt, der ich einst war? Habe ich dir von dem kleinen Angestellten des Intergalaktischen Transportunternehmens erzählt, von einem Mann, der im feuchten Klima des Planeten Zwei-Jahreszeiten, im Alkohol und seinen Ängsten dahinvegetierte, einem Mann, den der Blouf bereits angefressen hatte? Von diesem armen Sterblichen, der dich noch nicht gezeugt, noch nicht gekannt hatte? Liebe kleine Yelle, habe ich dir schon gesagt, dass du mein Stolz bist, das Schönste, das ich je zustande gebracht habe, mein Meisterwerk?

»Tixu?«

Er öffnete die Augen. Sonnenlicht fiel in die Grotte in goldenen Strahlen. Aphykit stützte sich auf einen Ellbogen und sah ihren Mann eindringlich an. Tiefe Schatten lagen unter ihren blaugrünen Augen.

»Du hast das Wort ›Blouf‹ gesagt, gelacht und zugleich geweint ...«

Tixu hätte am liebsten weiter gelacht und geweint; weil Aphykit aufgewacht war und er sich darüber freute, und geweint, weil er sie gleich verlassen musste. Denn Aphykit war seine Sonne, ein unvergleichliches Geschenk der Götter.

»Yelle!«, rief sie, als falle ihr plötzlich wieder ein, dass ihre Tochter verschwunden war.

Sie schob ihre Decke zurück und stand schnell auf.

»Beruhige dich«, murmelte Tixu und betrachtete den Körper seiner Frau, von schmerzlicher Liebe erfüllt. »Sie sitzt vor dem Strauch des Narren im Dorf und wartet auf uns, wie immer ...«

Aphykit erkannte intuitiv, dass ihr Mann die Wahrheit sagte. Fast heiter, aber ungeduldig, ihre Tochter wieder in die Arme schließen zu können, küsste sie ihn auf den Mund.

»Habe ich dir schon gesagt, wie sehr ich dich liebe?«, sagte sie, als sie ihre Hosen anzog.

Tixu bedauerte ihre Eile, aber die nächtliche Geliebte machte jetzt der Mutter Platz, und er liebte Aphykit umso mehr.

Hand in Hand gingen sie zum Dorf zurück. Der Himmel war blassblau, so als hätte der dreitägige Regen die Farbe herausgewaschen. Zwischen den schneebedeckten Berggipfeln kreisten die großen schwarz-weißen Aïoulen und stießen heisere Schreie aus. Wasser tropfte noch immer von Büschen und Bäumen. Doch es würde ein schöner Frühlingstag werden.

Yelle saß neben dem Busch mit den leuchten Blüten. Als sie ihre Eltern den Hügel herunterlaufen sah, stand sie gegen ihre Gewohnheit auf und rannte ihnen entgegen. Der Sturm hatte den bereits begonnenen Zerfall der Hütten vollendet. Nur das Haus von Naïa Phykit und Sri Lumpa war noch bewohnbar.

»Yelle!«

Aphykit lief auf ihre Tochter zu, hob sie auf und drückte sie lachend und weinend zugleich an sich.

»Yelle! Wo warst du? Ich hatte so viel Angst, Angst, dass …«

Über die Schulter ihrer Mutter starrte Yelle ihren Vater an. Ihre blaugrauen Augen in ihrem ausgezehrten Gesicht wirkten übergroß. In ihrem Haar und ihren Kleidern steckten kleine Äste, und sie war schmutzig.

»Wirst du in das Land gehen, wo der Blouf wohnt, Papa?«

Tixu nickte langsam.

»Ich werde nie wieder weinen«, sagte Yelle, »denn ich habe alle Tränen meines Lebens in drei Tagen geweint. Und der Himmel hat mit mir geweint. Wir werden sehr traurig sein, wenn du fortgehst ... Aber es muss sein ... Gestern Abend sind schon wieder Tausende Sterne verschwunden ...«

»Wovon sprichst du, Yelle?«, fragte Aphykit und stellte ihre Tochter auf den Boden.

Tixu antwortete: »Die Menschheit kann nicht mehr warten. Ich mache mich zu einem Ort auf und weiß nicht, ob ich von dort wiederkehre. Ich muss für die Menschheit gegen den Blouf kämpfen, gegen Hyponeros ... Shari wird mir helfen ...«

»Er wird dir nicht helfen«, unterbrach Yelle ihren Vater mit schneidender Stimme. »Er liebt dich, aber er wird dich bekämpfen.«

»Warum sollte er gegen mich kämpfen? Er ist ein Mensch, wie ich, wie wir ... Er ist unser Adoptivsohn, dein großer Bruder.«

»Aber du, Papa, wirst du immer ein Mensch bleiben, wie er, wie wir?«

Nachdem Yelle diese fürchterlichen Worte gesprochen hatte, ging sie zu ihrem Vater und legte sanft den Kopf auf seinen Bauch. Diese für Yelle so ungewöhnlich zärtliche Geste rührte Aphykit zutiefst und überzeugte sie mehr als alle Worte, dass Tixu bald fortgehen würde.

Der Mann, den sie vor Jahren in der Reiseagentur der InTra verachtet hatte, der sich unter Lebensgefahr auf die Suche nach ihr begeben und sie aus den Händen der Menschenhändler auf Roter Punkt und vor den Scaythen auf Selp Dik gerettet hatte. Sie hatte ihn zuerst gehasst, dann aber auf der Insel der Monager hatte sie ihn geliebt. Tixu, ihr Geliebter, er würde ihr genommen werden! Sein Körper hatte es ihr gestern gesagt, aber ihre Angst, Erschöpfung und Lust hatten diese Gewissheit verdrängt. Ihr Herz war kurz davor zu zerspringen.

Aphykit konnte nicht mehr weinen. Ihre Tränen waren, ebenso wie die ihrer Tochter, versiegt. Es musste so sein. Nicht umsonst hatten die Pilger sie Naïa Phykit – Mutter des Universums – genannt. Sie hatte kein Recht, die Menschen ihrer letzten Chance zu berauben.

»Wann gehst du?«, fragte sie mit ausdrucksloser Stimme.

»Jetzt.«

Mit letzter Kraft gelang es ihr, nicht zusammenzubrechen.

Warum war sie eingeschlafen? Warum war sie nicht die ganze Nacht bei ihm geblieben? Warum hatte sie ihn nicht noch einmal geliebt?

»Bleib! Nur einen Tag noch ... eine Stunde ...«

»Papa kann nicht hierbleiben«, sagte Yelle. »Je weniger Sterne es gibt, umso schwieriger wird es sein, den Blouf zu besiegen ...«

Aphykit neigte den Kopf und umarmte ihren Mann, den Kopf an seine Schulter gelehnt. Sie atmete seinen warmen Duft ein.

»Habe ich dir jemals gesagt, dass ich dich liebe?«

»Sag es mir noch einmal.«

»Ich liebe dich.«

Sanft löste er sich von ihr.

»Wir sehen uns bald wieder. Eines darfst du nie vergessen: Ich gehöre dir, bis in alle Ewigkeit. Pass gut auf unser kleines Wunder auf.«

Dann nahm er seine Tochter in die Arme. Lange. Er küsste sie.

»Wenn dich der Blouf frisst, Papa, musst du an mich denken. Dann spuckt er dich wieder aus. Er hat mehr Angst vor mir als ich vor ihm.«

Tixu lächelte Yelle an, verstrubbelte ihr das Haar und

machte sich auf den Weg ins Hochgebirge, ohne sich noch einmal umzusehen.

»Er wird mir fehlen«, sagte Yelle.

»Er fehlt mir bereits«, murmelte Aphykit.

»Wir bekommen bald Besuch von neuen Pilgern. Wenn der Blouf sie nicht vorher verschlungen hat ...«

Beide weinten lange. Bis Yelle, ohne gegessen zu haben, aus dem Haus ging. Doch sie begab sich nicht zum Strauch des Narren, sondern mit einem der Wanderstäbe ihres Vaters auf den Weg ins Gebirge. Weil sie etwas von ihm besaß, hatte sie das Gefühl, dem Blouf nicht völlig ausgeliefert zu sein.

Es war so warm, dass sie sich auszog und in einem eiskalten Gebirgsbach badete. Eine Weile ließ sie sich von der Strömung dahintreiben, dann klammerte sie sich an den Ast einer Trauerweide und kletterte an der gegenüberliegenden Böschung hoch, streckte sich auf einem Felsen aus und ließ sich von der Sonne trocknen.

Als sie den Kopf drehte, sah sie etwas unter einem Strauch aufblitzen. Sie ging zu der Stelle, bog die Zweige auseinander und entdeckte ein etwa dreißig mal fünfzehn Zentimeter großes Metallkästchen, das an einigen Stellen schwarze Verfärbungen aufwies, als wäre es ins Feuer gefallen. Aber es wies weder Rost auf noch irgendwelche anderen Kennzeichen der prähistorischen Gegenstände, die Yelle bisher gefunden und ihren Eltern gezeigt hatte.

»Rühr diese Dinge nicht an!«, hatte Tixu geschimpft. »Ehe die Menschen diesen Planeten verließen, haben sie ihn mit Minen verseucht ...«

»Das war vor über tausend Jahren«, hatte seine Tochter entgegnet. »Sie können heute nicht mehr explodieren.«

»Die Menschen haben immer einen großen Erfindungsgeist bewiesen, wenn es darum ging, einander umzubringen. Ihre damaligen Waffen sind vielleicht nach Tausenden von Jahren noch wirksam ...«

Yelle fragte sich, was Papa von diesem Kästchen gehalten hätte. Es war nicht verrostet und nicht alt. Doch es lag unter dem Busch wie ein böses Tier und schien ihr ebenso gefährlich wie eine prähistorische Mine. Sie wollte danach greifen, aber eine diffuse Angst, eine Intuition, hielt sie im letzten Moment davon ab. Auch hätte sie es nicht öffnen können, denn es war mit einem winzigen Schloss gesichert, in das man einen Code eingeben musste.

Je länger Yelle das Kästchen anstarrte – das Metall erinnerte sie an den Rumpf eines antiken Schiffs, den sie in der Nähe des großen Vulkans entdeckt hatte –, umso größer wurde in ihr die Überzeugung, nicht zufällig an diesen Ort gelangt zu sein. Jemand hatte sie hierher gelockt. Aber wer? Auf dieser Welt lebten doch nur Mama und sie.

Inzwischen war es Abend geworden. Eine rote Sonne ging am Horizont unter, und eine frische Brise kam auf. Sie fröstelte, durchquerte den Bach, nahm ihre Kleider und zog sich wieder an.

Währenddessen versprach sie sich, ihrer Mutter von dem Metallkästchen zu erzählen.

Als sie zu Hause ankam, war es bereits dunkel geworden. Aphykit hörte ihre Tochter nicht einmal kommen. Erst als Yelle den Kopf durch die Tür steckte, blickte die junge Frau auf.

»Wo warst du?«

»Hast du noch immer so viel Kummer, Mama?«

Aphykit antwortete nicht, sondern machte Yelle ein Zeichen, sich neben ihr auf das Bett zu legen. Etwa eine Stunde blieben sie eng aneinandergeschmiegt liegen, bis Yelle es nicht mehr aushalten konnte.

»Ich habe Hunger, Mama ...«

Aphykit sah ihre Tochter mit vom Weinen geröteten Augen an. Tixu hatte Recht: Yelle war ihr kleines Wunder, und sie musste sich um ihr Kind kümmern.

»Komm. Ich koche dir das schönste Essen, das du jemals gegessen hast.«

Sie standen auf und gingen in die Küche.

Yelle hatte das Kästchen aus Eisen vollständig vergessen.

SIEBZEHNTES KAPITEL

Erste Oratio
Es geschah aber, dass jener, der der Afrisier genannt wurde, ob des unerträglichen Leids, das die Menschen ihrer Mutter Erde zufügten, erzürnte. Vierzig Tage ging er in die Wüste, verwandelte Stein in Metall, schöpfte Feuer aus dem Boden und stellte ein großes Schiff her. Vierzig Jahre lang zählte er die Gerechten.

Zweites Oratio
Es geschah aber, dass der Afrisier die Gerechten in dem großen eisernen Schiff versammelte und beschloss, sie durch das All zu geleiten. Also verließen sie ihre Mutter Erde, und das war für sie eine Quelle großen Kummers. Und der Afrisier sagte ihnen, dass neue, jungfräuliche und reine, schöne und lächelnde Welten sie erwarten. Dafür waren sie ihm dankbar und trockneten ihre Tränen.

Drittes Oratio
Es geschah aber, dass die Reise länger dauerte als der Afrisier vorhergesagt hatte und dass die Gerechten deswegen zornig und verärgert wurden. Und wieder überkam sie eine große Traurigkeit, weil sie ihre Mutter Erde verlassen hatten. Der Afrisier mahnte sie zur Geduld und versprach ihnen, dass sie bald als Belohnung eine neue Mutter bekämen. So besänftigte er ihren Zorn und gab ihnen ihre Hoffnung zurück.

Vierte Oratio
Es geschah aber, dass sich die Gerechten über die heiligen Bücher stritten, die sie mitgenommen hatten, und dass sich drei Clans bildeten: der Clan der Roms, der Clan der Mecqs und der Clan der Cions. Eine Zeit lang dominierte der Clan der Roms, eine Zeit lang dominierte der Clan der Mecqs, eine Zeit lang dominierte der Clan der Cions.

Fünfte Oratio
Es geschah aber, dass der Afrisier vom dominierenden Clan der Cions gezwungen wurde, den Titel des Hohepriesters zu akzeptieren. Und zum Schein ging der Afrisier auf die Forderungen des Clans ein, weil er verhindern wollte, dass die Gerechten in großer Zahl stürben. Aber ein Wahn bemächtigte sich der Gerechten Cions, denn sie nutzen den Schlaf des Afrisiers aus, und sie verübten abscheuliche Gräueltaten. Sie schlitzten den Männern der Clans der Roms und der Mecqs die Kehlen auf, sie vergewaltigten deren Frauen, sie enthaupteten deren Kinder.

Sechste Oratio
Es geschah aber, dass der dominierende Clan der Cions die von ihnen ermordeten Gerechten der Roms und der Mecqs ins All warfen und dass der Afrisier, als er das sah, beschloss, den Clan für seine Untaten zu bestrafen. So versetzte er die Gerechten Cions mit einem Gas in einen tiefen Schlaf und schaffte sie in einen Frachtraum. Er schenkte ihnen ein holographisches Bild ihrer Mutter Erde, damit sie sich alle Zeit an ihre Niederträchtigkeit erinnerten ...

Auszug aus dem Papier-Buch des Jahres 1002 (nach dem Naflinischen Kalender) das in einer Bibliothek in N-le Athena, der Hauptstadt des Planeten N-le Mars gefunden wurde.

In dem Kerker aus Eis herrschte eine relativ angenehme und konstante Temperatur, da er vor den Luftströmen der Oberfläche geschützt war.

Die Garden der Prinzen hatten die Gefangenen in eine geräumige, durch eine transparente Trennwand unterteilte Zelle gesperrt, die nur schwach von einer Licht-Kugel erhellt wurde. Hinter einem Paravent war die Latrine; ein Loch im Eis, das einer der Gardisten pompös als »Toilette« bezeichnet hatte. Jeks Schamgefühl ließ es nicht zu, die Latrine zu benutzen.

San Francisco und Phoenix hatten sich in den hinteren Raum zurückgezogen. Der kleine Anjorianer saß auf einer der Holzbänke. Als er ein unterdrücktes Stöhnen hörte, fragte er sich, was die beiden da machten. Seine Neugier wurde größer, als Phoenix so etwas wie Schmerzensschreie ausstieß. Doch als er zu der Trennwand gehen wollte, hatte Robin de Phart ihm befohlen, die beiden Jersaleminer nicht zu stören.

»Sie sind zwanzig Jahre getrennt gewesen«, hatte der alte Syracuser gesagt. »Und ... und wenn sich ein Mann und eine Frau nach so langer Zeit wiedersehen, wollen sie sich lieben und allein sein. Ihnen bleibt nur noch sehr wenig Zeit, um ihre Liebe auszudrücken.«

Zwar hatte Jek kaum etwas von dem Gesagten verstanden, doch aus Achtung vor dem klugen alten Mann hatte er gehorcht, auch wenn sein Wissensdurst ungestillt bleiben würde. Denn schon früher hatte er manchmal ähnliches Wehgeschrei aus dem Schlafzimmer seiner Eltern vernommen, aber nie gewagt, das Zimmer zu betreten. Stärker als seine Neugier war seine Angst vor dem in Marti verborgenen Monster; der junge Kevaleur fixierte ihn fast ständig mit dem starren Blick eines Raubtieres.

Jek wollte auf keinen Fall einschlafen und gab sich allen möglichen Erinnerungen hin. Trotzdem wurden seine Lider immer schwerer, und er sah mit Entsetzen, dass Robin de Pharts Kopf langsam auf dessen Brust sank. Das durfte nicht passieren! Er wollte auf keinen Fall mit Marti allein bleiben. Deshalb beschloss er, mit dem alten Syracuser ein Gespräch anzufangen.

»Robin, du hast doch vorhin zu San Francisco gesagt, du hättest ein altes Buch gelesen ... Was war das für ein Buch?«

Robin schrak aus seinem Halbschlaf auf. Er freute sich, dass sich der Junge für seine Theorien interessierte.

»Es handelte sich dabei um eine Weltkarte und einen Text, der ungewöhnliche Erklärungen über das himmlische Jer Salem und die Planeten des bekannten Universums lieferte. Nichts als eine Theorie, Jek ...«

»Was ist das, eine Theorie?«

»Ein System zur Erklärung bestimmter Tatsachen oder Erscheinungen, die man nicht beweisen kann ... Ich hatte von einer außergewöhnlichen Bibliothek auf dem Planeten N-le Mars gehört, einem der ersten kolonisierten Planeten ...«

»Einer was?«

»Einer Bibliothek. Das ist ein Aufbewahrungsort für antike Papier-Bücher. Also bin ich nach N-le Athena gereist, der Hauptstadt des Kontinents N-le Afrisien. Dort habe ich mich mit dem Verwalter in Verbindung gesetzt, und dieser Mann hat mir erklärt, wie es gelang, sechstausend Jahre alte Papier-Bücher bis zum heutigen Tag zu erhalten. Das sind kostbare Zeugnisse der Geschichte der Menschheit. Im Lesesaal durfte ich drei Tage arbeiten, eine sehr kurze Zeit, wenn man viele tausend Bücher in unendlich vielen Sprachen vor sich hat ...«

Je länger Robin sprach, umso lebhafter wurde seine Stimme. Jek hingegen hörte nur mit halbem Ohr zu. Immer wieder beobachtete er Marti, der auf der gegenüber stehenden Bank saß und seltsam starr wirkte, wie ein Roboter.

Phoenix und San Francisco flüsterten jetzt und kicherten manchmal, und Jek machte sich keine Sorgen mehr, dass der Prinz der jungen Frau beim Liebesspiel wehgetan haben könnte.

»Zweieinhalb Tage habe ich nur in Büchern geblättert. Die meisten waren für einen Ethnosoziologen, der ... der ich damals war, ohne Interesse. In allen stand fast dasselbe. Doch dann, im Morgengrauen des dritten Tages, fiel mein Blick auf ein dickes verstaubtes Buch, das ich bislang übersehen hatte. Der Titel lautete: *Erzählungen und Legenden unserer Mutter Erde* ...

»Schon wieder Legenden!«, sagte Jek und seufzte.

»Dasselbe habe ich beim Anblick dieses Buchs gedacht. Trotzdem, oder vielleicht weil es das älteste Buch der Bibliothek war, habe ich es ganz gelesen. Es wurde im Jahr 1002 unserer Zeitrechnung gedruckt, als die Planeten des bekannten Universums noch kolonisiert wurden. Einige Erzählungen spielten auf der Ur-Erde und schilderten auf anschauliche Weise den schrecklichen Krieg der Denkweisen, der der Kultur des *Homo sapiens* ein Ende setzte ...«

»Was ist das, ein Homosipens?«

Robin lachte und erklärte: »*Homo sapiens,* zwei Wörter ... es bedeutet vernunftbegabter Mensch, der allerdings nicht so vernunftbegabt war, wie er behauptete, weil er seinen Planeten zerstörte. Bei einigen Textstellen entdeckte ich merkwürdige Übereinstimmungen zwischen der Weltkarte, den Orationen und gewissen historischen Hypothesen. Die unbefangene Offenheit dieser Legenden bestärkte mich in der Annahme, dass alle Völker ursprünglich von einem Planeten stammten – obwohl viele moderne Historiker dem widersprechen – und infolge einer Katastrophe – dem Krieg der Ideologien – an Bord von riesigen Raumschiffen auf andere Planeten gelangten ...«

In diesem Augenblick gesellten sich San Francisco und Phoenix wieder zu ihnen. Er hatte sich nur ein Cape um die Schultern gelegt und sie ihren Mantel aus Bärenfell.

»Ich hoffe, wir stören Sie nicht«, sagte San Francisco zu Robin. »Mein Herz drängte meinem Kopf, weiteres über jenes Buch zu erfahren, über das Sie vorhin sprachen ...«

»Sie sind hier zu Hause, mein Prinz«, entgegnete der alte Gelehrte, insgeheim begeistert.

»Weder mein Herz noch mein Kopf betrachten jene als die meinen, die meine Gäste – unter ihnen ein Kind! – zum Tode verurteilt haben«, sagte der Jersaleminer betrübt.

»Ihre Kultur könnte auf einen Betrug gegründet sein«, fuhr Robin nach kurzem Schweigen fort. »Ihre angeblichen Territorien des himmlischen Jer Salem sind in Wirklichkeit nichts anderes als ehemalige Länder der Ur-Erde, der Terra Mater. Denn Phoenix und San Francisco sind Namen damals existierender Städte, wie ich aus einer detaillierten Weltkarte in einem vor achttausend Jahren erschienenen Buch entnehmen konnte. Die eine war im Westen eines Landes, Vereinigte Staaten von Amerika genannt, gelegen, die andere in demselben Land im Südwesten. Ich hatte dieses Buch vergessen, doch beim Betrachten der heiligen Gleba fiel es mir langsam wieder ein ...«

»Sie haben gesagt, dass dieses Buch im Jahr 1002 gedruckt wurde. Unsere Schriftgelehrten behaupten jedoch, dass sich unser Volk im Jahr 9 unserer Zeitrechnung auf Jer Salem niedergelassen hat«, sagte San Francisco. »Es ist also sehr wahrscheinlich, dass sich der Kartograph dieses Buches von der heiligen Gleba inspirieren ließ.«

»Diese Möglichkeit habe ich bereits erwogen, mein Prinz, sie aber aus verschiedenen Gründen wieder verworfen. Einerseits, weil sich auf der heiligen Gleba und in der Mythologie ebenso alter Völker wie des erwählten Volkes dieselben Bezeichnungen wiederfinden lassen und diese Völker keinen Kontakt zu anderen Kulturen vor dem Jahr 5000 hatten. Also konnten sie weder auf die Bibel noch auf die Gleba zurückgreifen. Andererseits, weil ich glaube, dass der Abyner Elian, der das phraëlitische Volk zum Planeten Jer Salem brachte, und Bertelin Naflin, der Mann, der die Konföderation von Naflin gründete, ein und dieselbe Person sind ...«

Phoenix richtete sich auf und sah Robin de Phart wütend an. »Mit welchen Argumenten begründen Sie Ihre Hypothese?«, fragte sie.

»Mit keinen konkreten, wie ich leider zugeben muss. Bertelin Naflin war der Erste, der mit Tausenden Erdbewohnern in einem Raumschiff eine Reise ins All wagte. Es ist gut möglich, dass ihm während dieser Reise der Name Elian gegeben und der Titel Abyner von den Vertretern der dominierenden Religion verliehen wurde, die sich auf die alte Bibel bezogen und sich als das auserwählte Volk betrachteten. Einige Paragraphen im Buch von N-le Mars schildern diese

Episode: ›Es geschah aber, dass der Pionier des Weltalls, der Afrisier, unter dessen Führung die Menschheit andere Sterne besiedelte, vom dominanten Clan der Cions gezwungen wurde, den Titel Hohepriester zu akzeptieren ...‹ Ist Cion nicht ein anderer Name für Phraël? ›Und der Clan der Cions verübte abscheuliche Gräueltaten, weil die anderen sich weigerten, ihr heiliges Buch anzubeten – die Bibel Terra Maters. Also beschloss der Afrisier, den Clan zu bestrafen, machte ihnen aber das Geschenk eines holographischen Bildes der Erde, damit sie ihre Schandtaten nie vergäßen. Und er programmierte ihren Ausstieg aus dem Raumschiff auf einem kleinen eisbedeckten Planeten, Jer Salem. Dann setzte der Afrisier seine Reise ins All fort, auf andere Planeten, wo er das magische Wort der Inddivedas verbreiten ließ ... Der Afrisier ist sicher Bertelin Naflin, der Nachkomme des Gründers Afrisiens. Und die Inddivedas, das ist die Inddikische Wissenschaft, deren letzte Verwahrerin Aphykit ist, die Tochter meines Freundes Sri Alexu ... Meine Überlegungen mögen nicht hieb- und stichfest sein, entbehren aber nicht einer gewissen Logik. Die Jersaleminer früher Zeiten hatten einen Globus und Karten nach den holographischen Bildquellen, von denen die Legende spricht, angefertigt. Es ist gut möglich, dass diese Bilder während der Reise gelitten haben, was erklären würde, dass Ihre Vorfahren nur vierzig Länder anstatt der ursprünglich mehr als einhundertfünfzig Ländern in Betracht gezogen haben. Aus alledem schließe ich, dass das himmlische Jer Salem nichts anderes als eine Wiedergabe – wenn auch eine mangelhafte – Terra Maters ist, der Ur-Erde ...«

»Entschuldigen Sie bitte, ein dringendes Bedürfnis ...«

Robin stand auf und verschwand hinter dem Paravent aus Holz.

Seine Ausführungen hatten San Francisco und Phoenix verwirrt. Beide schwiegen nachdenklich. Jek fürchtete, sie würden gleich wieder verschwinden, um sich noch einmal ihrer Liebe hinzugeben und ihn mit Marti allein lassen, der noch immer starr und stumm auf seiner Bank saß. Doch die junge Frau stellte Robin sofort eine neue Frage, als er zurückgekommen war.

»Ihre Hypothese gibt aber keinerlei Aufschluss über die Rolle der himmlischen Zugvögel.«

»Die Xaxas ...«, entgegnete Robin und seufzte. »Ehe ich die Gleba betrachtete, zweifelte ich nicht an ihrer Existenz. Aber ich muss gestehen, dass ich jetzt meine Zweifel habe. Sind sie real? Oder entspringen sie einem Glauben, der tief in dem kollektiven Unterbewusstsein verankert ist?«

»Sie sind so real wie Sie und ich!«, behauptete die junge Frau. »Ich habe mit eigenen Augen drei von ihnen im Eis des Zirkus' Golan gesehen. So, wie ich Sie sehe. Und Sie sind keine Erfindung des kollektiven Unterbewusstseins!«

»Doch obwohl ich der Prinz des Stammes der Amerikaner bin, wusste ich nichts von diesen im Eis konservierten drei himmlischen Zugvögeln«, sagte San Francisco erstaunt.

»Ich kenne ihre Geschichte«, erklärte Phoenix. »Drei Jäger vom Stamm der Spanier haben sie im Jahr 6700 nach einem Beben entdeckt. Die Abyner ließen die drei sofort hinrichten und haben den Golan-Zirkus zur verbotenen Zone erklärt.«

»Warum denn?«, fragte Robin. »Diese im Eis eingeschlossenen Xaxas waren doch ein Beweis der Verheißungen der Neuen Bibel ...«

»Aber sie drohten, zu ernsthaften Konkurrenten der Abyner zu werden«, unterbrach San Francisco ihn. »Das erwählte Volk hätte sich sehr schnell vom Joch der Abyner befreit und einen Xaxas-Kult etabliert.«

Robin de Phart stand wieder auf und ging in der Zelle auf und ab. Er war überhaupt nicht mehr müde.

»Wie sieht ein Xaxas aus?«, fragte Jek Phoenix.

Sie lächelte den kleinen Anjorianer an, der sich am liebsten in ihre Arme geschmiegt hätte. Er sehnte sich danach, eine Mutter wie sie zu haben, wenn auch nur für einige Minuten.

»Er ist lang, braun und hat einen Panzer mit Kristallen, einen länglichen Kopf und einen fächerförmigen Schwanz. Viel mehr kann man nicht erkennen.«

»Jetzt müsste man nur noch wissen, ob er wirklich in seinem Körper Menschen transportieren kann«, murmelte Robin. »Und wenn ja, auf welchem Planeten diese Vögel sie absetzen ... Diese Erfahrung hätte ich gern gemacht, aber die Abyner haben dagegen entschieden. Also werde ich nur ein weiteres Opfer des Kampfes zwischen Religion und Wissenschaft sein, was aber nicht schlimm ist, denn der Flügel des Todes hat mich bereits gestreift, und niemand wartet auf mich. Aber für euch ...« Er deutete mit einem Nicken auf Jek und Marti.

San Francisco stand auf und kniete sich vor Jek hin.

»Mein Herz blutet und fleht um Verzeihung, Prinz der Hyänen«, sagte der Jersaleminer leise. »Ich verfluche meinen Stolz, der mich dazu bewegte, in dein Schicksal einzugreifen. Ohne mich wärst du bei dem Dogen Papironda geblieben, und du hättest ihm sicherlich irgendwie entkommen und deinen Weg fortsetzen können ... Ich glaubte, ein Diener der Götter zu sein, doch ich war nur ein Instrument des Bösen.«

»Die Tigerbären haben uns noch nicht gefressen«, stammelte Jek verwirrt, denn er fand die Vorwürfe, die sich dieser großzügige und aufrechte Mann machte, unberechtigt.

»Ich spreche nicht von den Tigerbären. Du kannst sie sicher besiegen, so wie du die Hyänen der nuklearen Wüste auf Ut-Gen besiegt hast. Ich spreche von der Kälte. Man wird uns vollständig entkleiden, ehe wir in den Zirkus der Tränen geworfen werden. Phoenix und ich werden dich mit unseren Körpern zu schützen versuchen, aber wir werden bald zu Eisblöcken erstarrt sein.«

»Wie lange kann man der Kälte trotzen?«, fragte Robin.

»Fünf Minuten, wenn man sehr kräftig ist.«

»Und was geschieht mit den Körpern?«

»Sie werden von den Tigerbären gefressen.«

Jek wurde sehr blass und begann mit den Zähnen zu klappern und am ganzen Körper zu zittern, als befände er sich bereits im Zirkus der Tränen. Er verkroch sich in seinem Pelzmantel, aber das schien nichts zu nützen.

»Verzeihst du mir, Prinz der Hyänen?«, bat San Francisco und sah Jek flehend an.

Phoenix setzte sich neben den kleinen Jungen, öffnete ohne ein Wort ihren Mantel und drückte ihn zärtlich an sich, hüllte ihn ein, damit er Wärme und Kraft sammeln konnte.

Allein das leise pfeifende und regelmäßige Atmen Robin de Pharts durchbrach die Stille. San Francisco und Phoenix hatten sich wieder in den hinteren Teil der Zelle zurückgezogen und schienen nach erneutem Liebesspiel jetzt zu schlafen.

Jek hatte das schreckliche Gefühl, aus einem Paradies vertrieben worden zu sein, als Phoenix ihn verlassen hatte. Am liebsten wäre er die ganze Nacht in ihrer Nähe geblieben, doch sie wollte die letzten Stunden ihres Lebens mit San Francisco teilen. Er war in keiner Weise eifersüchtig, aber es bedrückte ihn dennoch.

Er befand sich in einem Stadium zwischen Wachen und Schlafen und fühlte sich unendlich verlassen. Er war traurig.

Martis weit geöffnete glänzende Augen glichen hellen Fixpunkten in einer Umgebung, deren Konturen immer mehr verschwammen. Das Monster in ihm ließ keine Sekunde in seiner Wachsamkeit nach und lauerte auf die ersten Anzeichen wachsender Schläfrigkeit bei dem kleinen Anjorianer.

Warum soll ich noch kämpfen?, dachte Jek, als ihm wieder einmal die Augen zufielen. Ob ich nun von der Hand des Monsters sterbe oder im Zirkus der Tränen, was macht das für einen Unterschied?

Sein Kinn fiel auf die Brust, und er ließ sich in das Land treiben, wo Gedanken zu Träumen werden. Dann, als er vollständig in die Irrealität abzugleiten drohte, gewann sein Überlebensinstinkt die Oberhand. Er schrak zusammen, öffnete schnell die Augen und sah nach kurzer Verwirrung das helle, drohende Augenpaar auf sich gerichtet. Und er wusste wieder, dass das in Marti hausende Monster ihn töten wollte ... Und ihm wurde klar, dass er niemals ein Krieger der Stille werden würde, ein Mensch, der mittels seiner Gedanken reisen kann, dass er das Vertrauen Antraraks verraten haben würde, sollte er nicht auf Terra Mater gelangen ...

Jek At-Skin hatte seine Kräfte überschätzt, der Abenteurer war den Gefahren des Universums nicht gewachsen. Ach, hätte er doch nur P'a At-Skins Worten mehr Achtung geschenkt: »Kinder glauben, dass alles möglich sei, die jungen Leute meinen, dass sie alles können. Die Erwachsenen tun ihr Mögliches, und die Alten denken, dass sie dem Unmöglichen ihr ganzes leben hinterhergelaufen sind ...«

Jek fühlte sich plötzlich sehr alt. Er war dem Unmöglichen hinterhergerannt. Und jetzt musste er sich dringend erleichtern, wie Robin de Phart. Aber aus Angst vor Marti wagte er sich nicht hinter den Paravent.

Mit einem Mal konnte er es nicht mehr aushalten. Er stand auf, durchquerte die Zelle, immer Martis brennenden Blick im Rücken. Das Loch der Latrine war viel größer als er es sich vorgestellt hatte. Er hatte Mühe, seinen Hosenschlitz zu öffnen, und schon lief warmer Urin über seine Beine. In diesem Moment umschlang ein starker Arm seinen Hals und drückte ihm den Atem ab. Er ruderte hilflos mit den Armen, kurz davor zu ersticken. Er wollte schreien, brachte aber nur ein Gurgeln zustande. Brutal rammte Marti sein Knie in Jeks Rücken und stieß ihn in das Loch. Ein roter Schleier vernebelte den Blick des kleinen Jungen.

Das ist das Ende, dachte er und fiel in die stinkende Grube.

»Jek! Mein Gott, Jek!«, rief Phoenix und lief zum Paravent. Ein ungutes Gefühl hatte sie geweckt.

Ihr Ruf weckte San Francisco, der automatisch nach seinem Dolch tastete. Natürlich hatten die Wachen ihm seine Waffe abgenommen, und er stieß einen Fluch aus. Völlig nackt rannte er in den anderen Raum.

Die junge Frau beugte sich über Jek. Er lag auf der Bank. »Er ist völlig durchnässt«, murmelte sie.

»Du hast mir Angst gemacht«, sagte San Francisco. »Ich dachte, etwas Schreckliches sei passiert.«

»In diesem Zustand dürfen wir ihn nicht lassen, sonst stirbt er schnell an Unterkühlung ...«

»Geben Sie ihm meine Kleidung«, sagte Marti und ging zu den beiden. »Ich fürchte die Kälte nicht«, fügte er mit einem Lächeln hinzu.

Der Andere in ihm hatte innerhalb von Sekunden Berechnungen angestellt und ihm ein Programm gegen die Kälte implantiert. Er hatte sich sofort neu orientiert. Seiner Wahrscheinlichkeitsrechnung zufolge musste er nicht nur von der Tötung des kleinen Anjorianers absehen, sondern ihm auch beim Überleben helfen, trotz einer Unbekannten: der Fähigkeit Jeks, der Kälte zu widerstehen. Doch wie auch immer sein Kalkül als nicht autonome Wesenheit des Hyponeriarchats aussah, das dritte Konglomerat Harkot würde einen neuen Menschen-Träger suchen, ihm ein autonomes Programm implantieren und ihn zum unerbittlichen Jäger der Feinde von Hyponeros machen.

Eine Stunde später kamen bewaffnete Gardisten und legten den Gefangenen Fußfesseln aus Metallketten an, geleiteten sie über lange Gänge und Treppen zum Platz des Thorials, wo sich trotz der frühen Stunde eine große Menge eingefunden hatte. Die Kleidung des jungen Gocks –, er trug nur seine Unterwäsche aus Baumwolle –, und die des Kindes – es war mit einem viel zu großen Ledermantel bekleidet, der mit Stofffetzen zusammengehalten wurde – löste bei den Gaffern unbändiges Gelächter aus.

Die Abyner in ihren Togen und roten Trauerhüten und einige Prinzen, unter ihnen der Prinz Vancouver, traten aus einer Nebentür des Gebäudes und stellten sich vor den zum Tode Verurteilten auf. Sie murmelten etwas Unverständliches, das Jek an die Gebete der Kreuzler erinnerte. Die eingefrorenen Gestalten in den Säulen des Thorials schienen mit Entsetzen auf die Szenerie zu starren.

»Abyner, ich flehe euch an! Nehmt mein leben, aber lasst es diesen drei Gocks!«, sagte San Francisco mit lauter Stimme, als die Männer ihren Sprechgesang beendet hatten. »Sie sind voller Vertrauen auf unseren Planeten gereist und haben nichts mit den Vergehen zu tun, derer ihr mich anklagt.«

»Für wen hältst du dich, wenn du denkst, uns Befehle erteilen zu können?«, sagte einer der Abyner.

»Das ist kein Befehl, sondern ein Gebet ... *Ohne Verzeihen ist Eden nichts als die Hölle,* lautet ein Vers im Buch der Xaxas'.«

»Das Verzeihen ist nur Schwäche, wenn es sich um Gocks handelt«, entgegnete der Prinz Vancouver mit hämischem Lächeln. »Führt sie ab!«

Der Marsch über die fünf Kilometer lange, von einer dichten Menschenmenge gesäumten, ansteigenden Hauptstraße dauerte länger als drei Stunden. Die Gardisten bahnten sich ihren Weg, indem sie Hiebe mit ihren Gewehrkolben verteilten. Aber sie wollten San Francisco und den Gocks keineswegs die vielen Faustschläge ersparen noch die Frauen daran hindern, Phoenix' Gesicht zu zerkratzen oder sie an den Haaren zu reißen.

Eine Hydra aus Tausenden Köpfen, Armen und Beinen, ein wildes, hasserfülltes Tier ergoss seine Wut über dieses verfluchte Paar und die drei Gocks, die die Kühnheit besessen hatten, den heiligen Boden Jer Salems zu betreten und den achttausend Jahre alten Tempel Salmons zu schänden.

»Gocks ... Gocks ... Gocks ... Unreine ... vom Glauben Abgefallene ... Verräter-Prinz ... Hure ...«

Da Zorn und Verbitterung keinen Raum mehr auf dem neuen Jer Salem des Lichts haben durften, wo nur Mitgefühl und Liebe herrschen sollten, profitierte das erwählte Volk ein letztes Mal von der Gelegenheit, seinen Gefühlen Ausdruck verleihen zu dürfen.

San Francisco und Phoenix hatten Jek zu seinem Schutz in ihre Mitte genommen. Wegen ihrer ins Fleisch schneidenden Fesseln konnten sie nur kleine Schritte machen.

Sie gingen an dem riesigen schwarzen Portal des Soukto vorbei, des jersaleminischen Marktes, wo alle notwendigen Lebensmittel verteilt wurden. Obwohl er zu dieser frühen Stunde noch geschlossen war, wehte der Wind köstliche Düfte von Gewürzen, Früchten und Gemüse über die Straße. Die Gerüche lösten lebhafte Erinnerungen in San Francisco aus.

Er sah sich als kleiner Junge, wie er zwischen Fässern und Kisten umherkletterte, von auf Regalen stehenden Gefäßen die Deckel hob und dort Schätze entdeckte: Beutel mit vakuumgetrockneten Speisen, tiefgefrorene Gemüse, Parfümflaschen, Unterwäsche aus Wolle, Hausschuhe, Licht-Kugeln, atomar betriebene Mini-Heizkugeln, Tuben mit Hautschutzcreme und – Wunder über Wunder: Spielzeug aller Art, das jedes Jahr zu Christi Geburt verteilt wurde. Jene Zeit war eine Zeit gewesen, als das Jer Salem des Lichts nichts als ein Traum gewesen war; die Zeit, wo sein Vater, der Prinz Seattle, ihm die phantastische Geschichte der Xaxas erzählt und begonnen hatte, ihn mit seinen Pflichten als Prinz vertraut zu machen; die Zeit, wo seine Mutter, Memphis, ihm Kinderlieder vorgesungen hatte ...

Doch nur ein Blick auf Phoenix' blutendes Gesicht und Jeks vor Entsetzen geweitete Augen genügte, um seine letzten Illusionen zu zerstören. Er erkannte einige Gesichter in der Menge, einstige Gefolgsleute, deren Gewalt sich jetzt gegen ihn richtete.

Er hatte geglaubt, den Lauf der Dinge ändern zu können, doch im Laufe von achttausend Jahren war das erwählte Volk im Eis Jer Salems erstarrt und dank der Versprechen der Abyner von seiner Überlegenheit über andere Völker überzeugt.

Phoenix wischte sich mit einer Handbewegung Blut und Speichel vom Gesicht. Trotz ihrer Schmerzen und dem Gefühl der Demütigung sah sie ihren Henkern stolz in die Augen. Das kurze, aber unbeschreibliche Glück dieser Nacht war ihr mehr wert als die Versprechungen eines neuen Jer Salems.

Völlig benommen erreichten die zum Tode verurteilten endlich den Platz, auf dem die Eisschlitten am Fuß eines riesigen runden Aufzugsschachts standen.

»Ich hätte nie vermutet, dass die wilden Tigerbären die Hauptstadt Elian zu ihrem Domizil erwählt haben!«, rief Robin de Phart, trotz seiner Erschöpfung, mit lauter Stimme.

Die beiden Eisschlitten blieben ein paar Meter vor dem Rand einer großen Senke – dem Zirkus der Tränen – stehen. Boden und Wände waren aus Eis. Inzwischen waren bereits drei der vier Gestirne aufgegangen, und der Himmel war von einem blassen Blau.

Jek fing an, unter der Kälte zu leiden. Füße, Hände und Ohren waren bereits ohne Gefühl. Es wehte ein beißender Wind.

»Es müssen mindestens fünfundzwanzig Grad unter null herrschen«, hatte Robin vor ein paar Minuten gesagt.

»Zwischen minus fünfunddreißig bis vierzig Grad«, hatte ihn einer der Gardisten korrigiert.

Sie hatten sich öfter nach Marti umgedreht. Er stand im

Heck des Gefährts, über die Reling gebeugt und schien im Gegensatz zu seinen warm eingemummten Gefährten nicht zu frieren.

»Ich wusste nicht, dass Sie so kälteunempfindlich sind«, hatte Robin gegen den eisigen Wind laut geschrien.

»Was wissen Sie schon von mir«, hatte Marti höhnisch entgegnet.

Einzig bis zu dreihundert Meter hohe Schneewehen durchbrachen die Monotonie dieser unermesslichen weißen Weite, in der manchmal Tigerbären vorbeistreiften oder eine Gruppe silberfarbener Robben lagerte.

Automatisch ausgeworfene Anker bohrten sich in die Gletscherzunge. Windböen wirbelten im Licht der Sonnen glitzernde Schneewolken auf. Die Gardisten verließen die Schlitten über eine kurze Treppe, umstellten die Fahrzeuge und richteten ihre Waffen auf die Verurteilten.

»Steigt aus!«, befahl einer von ihnen.

San Francisco gehorchte als Erster und half dann den anderen.

»Stellt euch in einer Reihe vor dem Zirkus der Tränen auf!«

»Ihr seid in keiner Weise verpflichtet, den Befehlen der Abyner Folge zu leisten«, sagte San Francisco. »Ich appelliere an eure Hochherzigkeit und an eure Menschlichkeit. Lasst diese drei Gocks und Phoenix frei! Mit mir könnt ihr machen, was ihr wollt.«

»Noch eine solche Rede, Gock-Freund, und ich durchlöchere dein Herz mit meiner Waffe! Tritt zu den anderen!«

Jek warf einen kurzen Blick hinter sich. Sie standen auf einem Eisplateau, der Zirkus der Tränen befand sich etwa dreißig Meter unter ihnen. Eine Treppe konnte er nicht entdecken. Also vermutete er, die Gardisten würden sie hinterstoßen oder zwingen, hinunterzuspringen. Was auf dasselbe herauskam. Sie würden sich alle Knochen brechen. Doch trotz dieser wahrhaft düsteren Aussicht blieb er heiter und gelassen – ganz ruhig, als stünde er neben sich.

Hat man immer diese Distanz dem eigenen Tod gegenüber?, fragte er sich.

Ein Gardist nahm ein Schlüsselbund aus seiner Tasche, ging zu den Gefangenen und schloss mit unsicheren Gesten ihre Fußfesseln auf. Die Ketten ließ er einfach liegen und kehrte – wohl aus Angst – schnell zu seinen Kameraden und seinem Gewehr zurück.

»Zieht euch aus!«

San Francisco warf Phoenix und Jek einen verzweifelten Blick zu. Mit einer wütenden Geste löste er die Schließe von seinem Cape. Es glitt mit einem Rascheln von seinem Körper.

»Erlaubt wenigstens dem Jungen, seine Unterwäsche und seinen Mantel anzubehalten«, sagte Marti, der sich bereits völlig entkleidet hatte.

Dass sich das Verhalten Martis so plötzlich ins Gegenteil kehrte, brachte Jek aus der Fassung. Warum ergriff er jetzt für ihn Partei? Hatte er etwa das Monster in ihm überwunden?

»Es spielt keine Rolle, ob er ein Kind ist oder nicht. Er gehört zu diesem verpesteten Gesindel!«

»Was macht das schon aus«, sagte Marti beharrlich. »In ein paar Wochen lebt ihr auf eurem himmlischen Jer Salem, und die unreinen Menschenrassen können euch nichts mehr anhaben ...«

»Du kommst dir wohl besonders schlau vor, dreckiger Gock! Hilf lieber dem Kind, sich auszuziehen. Sollte es nicht innerhalb der nächsten Minute nackt sein, durchbohre ich euch beiden den Kopf und das Herz.«

Überlebenschance: gleicht null. Neue Zielsetzung notwendig, kalkulierte sofort der Dämon.

Marti ging zu Jek, entknotete die Stofffetzen, die den Mantel des Jungen zusammenhielten, zog ihm die Stiefel und seine Unterwäsche aus.

Sofort wurde der kleine Anjorianer von einem derartigen Gefühl der Kälte ergriffen, dass er sie als Brennen empfand. Tausende kleiner, weiß glühender Klingen zerschnitten sein Fleisch. Aus Angst, seine Knochen würden wie trockenes Holz zersplittern, wagte er nicht mehr, sich zu bewegen.

Doch gleich darauf spürte er eine wohltuende Wärme auf Rücken und Schultern. Phoenix hatte sich mit ihrem Körper an ihn gepresst und die Arme um ihn geschlungen.

»Runter in den Zirkus!«, schrie der Gardist und schoss eine Salve aus seinem Gewehr ab, direkt vor die Füße der Gefangenen.

San Francisco und Phoenix nahmen Jek an die Hand und gingen zum Rand der Senke. Sie sprangen nicht, wie der Junge geglaubt hatte, sondern der Jersaleminer setzte Jek auf seinen Schoß und ließ sich an der Wand hinuntergleiten.

Sie war weniger steil als vermutet, trotzdem wurde er immer schneller und konnte seine sitzende Position nicht beibehalten. Er rutschte über einen Vorsprung, Jek entglitt ihm, überschlug sich und fiel nach unten. Eine dicke Schneeschicht dämpfte seinen Fall, doch der Schock und die Kälte waren so groß, dass er nicht aufstehen konnte.

»Bleib nicht liegen!«, rief San Francisco. »Du musst dich bewegen!«

Er war in etwa zwanzig Metern Entfernung von dem kleinen Anjorianer in Eis und Schnee gelandet. Das Blut aus seinen Wunden an Rücken und Beinen gefror sofort. Phoenix, Robin und Marti landeten ebenfalls auf dem Boden des Zirkus' der Tränen.

»Bewegen Sie sich! Stehen Sie auf!«, sagte Phoenix und half dem alten Syracuser.

»Was nützt das noch?«, seufzte Robin. »Wir zögern den Tod doch nur kurze Zeit hinaus ...«

»In der Neuen Bibel steht: ›Lebe, lebe noch einen Tag, lebe noch ein paar Minuten, lebe noch ein paar Sekunden: Sie können sich jederzeit in eine Ewigkeit verwandeln ...‹ Also, bewegen Sie sich!«

Robin kämpfte auf der Stelle, mehr, um ihr einen Gefallen zu tun als aus Überzeugung, den schon konnte er seinen Körper nicht mehr fühlen.

Jek hatte San Franciscos Stimme wie aus weiter Ferne gehört, aber er besaß weder Kraft noch Willen, seine Glieder zu bewegen. Der Schnee umhüllte seinen Körper wie eine weiche, brennende Decke, unter der er friedlich schlafen konnte! Trotzdem war er bei vollem Bewusstsein und erkannte, dass er von dieser Reise niemals zurückkehren würde. Doch eine innere Stimme befahl ihm, aufzustehen. Es war nicht die Stimme seines Überlebensinstinkts, die zu ihm sprach, sondern eine undefinierbare, bisher nie gehörte. Sie klang wie das sehr leise Murmeln einer Quelle, war jedoch von ungeheurer Kraft: ein majestätischer Gesang aus den Tiefen des Alls ...

Steh auf, und betrachte den Himmel, Jek ...

Etwas hob ihn auf, strich ihm über die Wange, die Schultern, den Rücken, den Oberkörper ...

Betrachte den Himmel, Jek ...

Er hörte Geräusche, Flüstern, Schreie – wie durch eine Wand aus Wasser.

Betrachte den Himmel …

Sein Kopf fiel zur Seite, ein wohliges Feuer wärmte seine Schläfe und seine Wange.

Den Himmel …

Hitzewellen breiteten sich in seinem Kopf und seinem Körper aus. Erst in diesem Augenblick spürte er die Kälte wirklich, eine quälende Kälte.

Doch der peinigende Schmerz belebte Jek. Er öffnete die Augen und sah nur sich bewegende Schatten über seinem Kopf. Dann erkannte er Phoenix, San Francisco und Robin. Sie schlugen ihn auf Wangen und Oberkörper. Sein wie betäubter Körper begann zu kribbeln. Jemand bewegte sich unter ihm, und er stellte fest, dass er auf Marti lag.

»Er öffnet die Augen«, sagte Phoenix.

»Macht weiter!«, befahl San Francisco.

»Warum? Warum?«, murmelte Robin.

Phoenix' Bewegungen wurden immer langsamer. »Ich kann nicht mehr … Ich friere …«, jammerte sie.

»Du musst durchhalten«, sagte San Francisco. »Wenn wir Jek versorgt haben, kümmern wir uns um dich.«

Obwohl Marti auf dem Rücken im Schnee lag, machte ihm die Kälte nichts aus. Der Andere hatte ihm ein Gefühl konstanter Wärme ins Gehirn implantiert.

Die Menschen hatten nur wenig Kenntnis von dem außerordentlichen Potenzial ihres Gehirns. Sie waren Gefangene ihrer Sinne, dieser Fenster und Türen, die sie ständig dazu verleiteten, ihre Umwelt zu erforschen, anstatt das komplexe System ihrer Innenwelt. Und dieser Abkehr vom Wesentlichen hatten sich die Gesandten Hyponeros' bedient und sich in den Gehirnen eingenistet, wo sie im

Laufe der Zeit immer mehr Platz einnahmen und auf diese Weise ihre Opfer in ganz gewöhnliche und verletzliche Kreaturen verwandelt hatten. Doch gerade weil der Andere seinen menschlichen Träger mental besetzt hatte, empfand er für ihn eine gewisse Sympathie. Wahrscheinlich, weil seine auf reiner Logik basierenden Daten durch die Gedanken und Gefühle der Menschen beeinflusst wurden. Er wurde ein Opfer der Faszination, die die Schöpfung auf die Leere ausübt.

Der Körper des Trägers, des Anderen, war in engem Kontakt mit Jeks Körper, eines Menschen, der noch zu den Ur-Menschen gehörte, was vielleicht eine Erklärung für das folgende Geschehen war.

Völlig erschöpft ließ sich Phoenix in den Schnee sinken.

»Steh auf!«, schrie San Francisco, obwohl auch seine letzten Kräfte erschöpft waren.

»Was nützt es?«, murmelte Robin ein letztes Mal und brach zusammen.

»Adieu und Pardon, Prinz der Hyänen ...«, sagte San Francisco und legte sich neben Phoenix.

Ihre Finger waren bereits steif. Noch einmal öffnete sie die Augen, und ein Lächeln umspielte ihre blauen Lippen.

Eine so große Liebe wird den Tod überdauern ..., war sein letzter Gedanke, als er noch einmal ihr heiteres, schönes Gesicht betrachtete.

Friedliche Stille breitete sich über dem Zirkus der Tränen aus. Die ersten goldenen Strahlen der größten der vier Sonnen der neoropäischen Welten, Farfadet 4, tauchten am Horizont auf.

Betrachte den Himmel, Jek ...

Durch Martis Körperwärme wieder zu Kräften gekommen, schaute der kleine Anjorianer in das azurne Blau. Da sah er am Firmament Kometen mit prächtigen Feuerschweifen auftauchen.

Die Gardisten trauten ihren Augen nicht. Sie waren am Abhang gestanden und hatten sich über den langsamen Todeskampf der Verurteilten amüsiert. Schon waren die ersten Tigerbären aufgetaucht. Sie hatten Beute gerochen und kamen einer nach dem anderen, um ihren unersättlichen Hunger zu stillen. Das alles hatte sich wie vorgesehen abgespielt, bis zu jenem Augenblick, als die Kometen in großer Zahl plötzlich aus dem Nichts aufgetaucht waren.

Jetzt hörten die Gardisten seltsam magische Klänge aus dem All.

Die Gesänge des Weltenraums, der Tanz der Kometen …

Viele gebündelte blaue Lichtstrahlen aus dem Himmel zeichneten in das Eis des Zirkus' der Tränen glitzernde Kreise.

Die Winde der Klarheit …

»Verdammte Scheiße!«, flüsterte einer der Gardisten. »Das sind die Zeichen ihrer baldigen Ankunft!«

»Die Xaxas müssten doch eigentlich im Zirkus des Abflugs landen«, murmelte ein anderer.

»Wir müssen die Abynen benachrichtigen! Turin, Amsterdam und Montevideo, nehmt einen der Eisschlitten und fahrt nach Elian!«

»Ich gehöre nicht zu deinem Stamm und gehorche dir auch nicht!«, protestierte Amsterdam.

»Ich bleibe hier«, sagte Turin. »Ich will dabei sein, wenn die Xaxas kommen …«

»Und deine Eltern? Deine Frau und deine Tochter?«

»Die Zeit für die Hin- und Rückfahrt reicht sowieso nicht.

In der Neuen Bibel steht, dass die himmlischen Zugvögel nur ein paar Sekunden hier Station machen ...«

Plötzlich verdunkelte eine schwarze Wolke den Himmel.

Turin warf sein Gewehr zu Boden, entkleidete sich in aller Hast vollständig und ließ sich am Abhang in den Zirkus hinuntergleiten. Etwa zehn Gefährten folgten seinem Beispiel. Die anderen blieben schweren Herzens bei ihren Kameraden.

Jetzt musste das erwählte Volk weitere achttausend Jahre warten ...

Ein riesiger Schwarm schwarzer lärmender fliegender Körper verhüllte plötzlich die vier Sonnen. Doch das leuchtende Blau der Strahlenbündel in dieser unerwarteten Nacht war phantastisch.

Von der plötzlichen Dunkelheit verstört, liefen die Tigerbären in den Zirkus der Tränen. Ihre mächtigen Tatzen wirbelten Schneefontänen auf.

ACHTZEHNTES KAPITEL

Tau Phraïm vollbrachte sein erstes Wunder im Alter von fünf Jahren. Er versteckte sich in der Verbindungs-Aquakugel, die die Insel Pzalion mit dem Notwendigsten versorgte. Sieben Tag und Nächte versteckte er sich ohne zu essen und zu trinken im Frachtraum, dann ging er im Hafen von Koralion heimlich von Bord. Von dort ging er zur Kirche der Kreuzler, mischte sich unter die Leute und wohnte der wöchentlich stattfindenden Messe der Auslöschung bei, und ihm wurde bewusst, welche Qualen seine Brüder und Schwestern durch die Gesandten von Hyponeros erleiden mussten. Deshalb beschloss er, das Auslöschen auszulöschen. Er drang in den Geist der Anwesenden ein und stellte die geistige Souveränität eines jeden wieder her. Auf diese Weise führte er seine Brüder und Schwestern zum Ursprung zurück. Da öffneten sie die Augen und erkannten die Scaythen und Kreuzler als das, was sie waren: dämonische Wesen, Monster, deren einziges Ziel darin bestand, die Menschheit und jegliche Kreativität auszulöschen. Sie weinten bittere Tränen des Selbstmitleids, und wilder Zorn loderte in ihnen auf.
Tau Praïm stahl die Verbindungs-Aquakugel und kehrte auf die Insel Pzalion zurück. Er wurde bereits von seiner Mutter und den Verbannten sehnsüchtig erwartet. Er bemühte sich, sie zu beruhigen und kletterte dann den Stützpfeiler hinauf, um mit seinen Freundinnen, den Korallenschlangen, zu spielen.

Taten und Wunder des Tau Phraïms

Die Verbannten auf der Insel Pzalion konnten sich nicht mehr auf ihre Arbeit konzentrieren. Sie reparierten weder ihre Netze noch fischten sie, sodass es bald an frischem Fisch und Krustentieren mangelte. Überall häuften sich Abfälle, und sie versammelten sich nicht mehr auf dem Dorfplatz, um die Klagelieder des Pioniers Manul Ephren zu singen.

Doch jeden Tag versammelten sie sich auf der dem Stützpfeiler nächstgelegenen Sandbank und beobachteten die immer runder werdende Oniki bei ihrem Aufstieg, bis sie in der Dunkelheit verschwand.

Die alte Thutalin Soji hatte vergeblich versucht, Oniki von ihren Klettertouren abzuhalten.

»Warte wenigstens, bis du niedergekommen bist ...«

»Diese Übungen tun mir überaus gut«, sagte die junge Frau lächelnd.

»Und wenn du nun abstürzt?«

»Warum sollte ich abstürzen? Ich klettere seit frühester Jugend.«

»Und wenn die Korallenschlangen dich fressen?«

»Die Schlangen sind meine Freundinnen geworden.«

»Und wenn es dort keine Rohrwerke gibt ...«

»Ich habe bereits eins entdeckt, ein Hauptwerk, das ich jetzt reinige ...«

Soji hatte nur halbherzig argumentiert, denn in ihrem

Innersten billigte sie Onikis Verhalten, da sie im Herzen eine Thutalin geblieben war; eine Frau, die früher ihr ganzes Leben den Großen Orgeln gewidmet hatte. Sie sehnte sich noch immer danach zu klettern und betrachtete nun die junge Frau mit einem gewissen Neid. Als sie vor zwanzig Jahren als Fünfundvierzigjährige auf die Insel verbannt wurde, war sie kräftig und durchtrainiert. Doch jetzt, als sie sah, wie Oniki immer höher stieg und bald darauf nicht mehr zu erkennen war, verfluchte sie ihr Alter.

Die Verbannten waren ratlos. Sie warteten stundenlang am Fuß des Stützpfeilers und beobachteten die hinunterfallenden Flechten, die eine Zeit lang auf dem Meer schwammen, ehe sie, mit Wasser vollgesogen, untergingen.

Während Onikis Ausflügen in die Korallen stand das Leben auf der Insel still. Ihr Wiedererscheinen wurde mit Seufzern der Erleichterung begrüßt. Etwa zehn Meter über dem Wasserspiegel hielt sie inne und betrachtete ihre Leidensgefährten. Die junge Frau lächelte ihnen zu, und erst dann nahmen sie alle wieder die Arbeit auf. Doch da sie so spät damit begonnen hatten, wurde nichts Rechtes mehr daraus.

Trotz ihrer bevorstehenden Niederkunft kletterte Oniki die letzten Meter mit erstaunlicher Behändigkeit den Pfeiler hinunter. Danach badete sie im Meer, um sich von Schweiß und Staub zu befreien. Sie genoss dieses Bad im kalten Wasser, obwohl das Salz in ihren Schürfwunden brannte. Es erinnerte sie an die Dusche im Kloster der Thutalinen nach getaner Arbeit.

Am Strand, umringt von ihrer persönlichen Eskorte der Verrückten, die sie nie aus den Augen ließen – trocknete sie sich ab und legte ihr graues Gewand wieder an.

Soji hatte am Fuß der Felsen auf sie gewartet. Die Meeresbrise fuhr durch ihr graues Haar und ihr Kleid aus gewobenen Algen.

»Wie weit bist du?«, fragte sie mit brennendem Blick.

»Ich komme gut voran«, antwortete Oniki.

»In welchem Zustand ist die Orgelpfeife?«

»Sie wird immer größer ... So groß wie Opus Dei, die größte Pfeife im Orgelwerk Koralions ...«

»Siehst du schon Licht?«

»Noch nicht.«

Soji ließ den Blick über die auf den Wellen treibenden Farne schweifen, die wie ein schwimmender Teppich das Wasser bedeckten. »Und die Schlangen?«, fragte sie.

»Ein paar habe ich gesehen. Sie sind viel größer als die in den Orgelwerken Koralions.«

»Du hast sie gesehen? Das heißt also, du arbeitest weiter, wenn du ihre Nähe spürst?«

Oniki beantwortete die Frage nicht. Ja, sie riss weiter die das Röhrenwerk verstopfenden Farne aus. Aber sie wollte die alte Thutalin nicht beunruhigen. Nur wenige Zentimeter vor ihr tauchten regelmäßig die dreieckigen Köpfe mit den grünen, funkelnden Augen auf, aber die großen Reptilien verschwanden bald wieder im Korallenwald. Und am Rasseln ihrer geschuppten Schwänze hörte sie, dass es um sie herum von Schlangen wimmelte.

»Du solltest vor der Geburt deines Kindes nicht mehr klettern«, sagte Soji.

»Es wird im Licht geboren werden«, entgegnete Oniki.

Die alte Thutalin schüttelt den Kopf. »Wenn ich nicht irre, wirst du in weniger als einer Woche niederkommen. Ruh dich in deiner Grotte aus.«

Obwohl Oniki erschöpft war, wollte sie nicht in ihrer Grotte eingesperrt sein, vor deren Eingang immer die Verrückten über sie wachten. So frei und glücklich sie sich in der Höhe des Korallenwaldes fühlte, so bedrückend waren ihre Gedanken, wenn sie auf ihrem Lager aus getrockneten Algen ruhte. Sie konnte kaum noch schlafen. Einerseits bewegte sich das Kind in ihrem Bauch immer heftiger, andererseits wurde sie von dunklen Vorahnungen heimgesucht.

Irgendwo, weit von der Insel Pzalion entfernt, war ihr Prinz in Gefahr. Sobald sie sich zugedeckt hatte, breitete sich eine unerträgliche Kälte in ihrem Körper aus – eine unbeschreibbare, bösartige Kälte aus einer anderen Welt, die ihr ganzes Sein angriff und ihre Seele bedrohte.

So litt sie mit ihrem Prinzen. Sie wusste, dass er sie nicht verlassen hatte, dass er nur gegangen war, um mit einem fürchterlichen Gegner zu kämpfen, und dass er nicht sicher war, diesen Kampf zu gewinnen.

Und intuitiv begriff Oniki, dass der Ausgang dieses Kampfes mit ihrem Bemühen, das Licht der beiden Gestirne Tau Xir und Xati Mu über der Insel Pzalion leuchten zu lassen, in direkter Verbindung stand.

Ein verrückter Gedanke! Auf der einen Seite ging es um die gesamte Existenz der Menschheit, während sie die Lebensumstände einer Handvoll Verbannter zu verbessern trachtete. Sie glaubte, dass ihr Prinz dieses Licht brauchen würde, auch wenn es nur ein winziger Beitrag in diesem Kampf war.

Sie lag da und zitterte vor Angst, während Tränen aus ihren Augen rannen, die Hände auf ihren Bauch gelegt, um das kleine, in ihr heranwachsende Wesen zu beruhigen.

In jener Nacht musste sie unter einer besonders heftigen Kälteattacke leiden. Eine abscheuliche Leere erfüllte ihre Seele, sie hatte fürchterliche Schmerzen und das Gefühl, ihr Körper löse sich auf. Sie warf sich auf ihrem Algenbett hin und her, fand aber keine bequeme Lage. Das Kind in ihr bewegte sich ständig, stieß mit Händen und Füßen gegen ihren Bauch.

Die erste Wehe setzte ein, schmerzhaft und heftig. Das Kind wollte nicht mehr warten. Panik ergriff Oniki: Sie hatte die große Orgelpfeife noch nicht gereinigt; ihr Kind würde, entgegen dem Versprechen, das sie sich selbst gegeben hatte, im Dunkeln geboren werden.

Die zweite Wehe war noch schmerzhafter. Als sie abebbte, stand Oniki auf, biss die Zähne zusammen und ging mit zitternden Knien und ohne sich anzuziehen aus ihrer Grotte. Sie musste sich beeilen, war jedoch so vorsichtig, ihre Garde nicht zu wecken.

Auf dem Dorfplatz hatte sie die nächste Wehe. Mühsam tastete sie sich auf dem schmalen, zum Meer führenden Pfad zwischen den Felsen vorwärts, wobei ihr nur zu bewusst war, dass sie einen schier aussichtslosen Kampf gegen die Kälte, die Nacht, das Nichts, gegen den unerbittlichen Gegner ihres Prinzen führte ...

Ihre Füße versanken im schwarzen Sand des Strands. Allein der leise Wellenschlag durchbrach die ungewöhnliche nächtliche Stille. Die Schwarzmöwen schienen die Insel verlassen zu haben. Langsam ging sie ins Meer und fror. Das Kind bewegte sich immer heftiger, und das kalte Wasser löste wieder eine Wehe aus, so lange andauernd und schmerzhaft, dass sie das Gleichgewicht verlor und ins Wasser fiel. In Panik geraten, schluckte sie Wasser, zwang sich dann zur Ruhe. Und als sie den Kopf hob, hörte sei eine zittrige Stimme hinter sich.

»Warte auf mich!«

Sie sah die alte Soji am Strand.

»Ich begleite dich«, sagte die Thutalin, zog ihr Algenkleid aus und ging ins Wasser.

Oniki musterte den ausgezehrten, schlaffen Körper ihrer Mitschwester.

»Da oben ist es gefährlich«, murmelte sie. »Und du bist schon seit Jahren nicht mehr im Korallenwald gewesen.«

»Etwas sagt mir, dass du bald gebären wirst«, entgegnete Soji. »Außerdem weiß ich, dass ich dich mit keinem Argument überzeugen kann. Aber in deinem Zustand darf ich dich nicht allein lassen.«

Mit diesen Worten ging sie zu ihrer jungen Mitschwester, lächelte sie an und begann als Erste mit dem Aufstieg.

So kletterten die beiden Thutalinen die achthundert Meter am Stützpfeiler hoch. Natürlich war Soji nicht mehr so kräftig wie früher, aber sie kompensierte ihre physische Schwäche durch eine ausgefeilte Technik. Und sie fühlte sich endlich wieder frei. Vor lauter Freude summte sie die alten thutalischen Lieder vor sich hin.

Die Zeitabstände zwischen Onikis Wehen hatten sich vergrößert. Doch jede einsetzte Wehe war während des Aufstiegs eine große Gefahr. Mehrmals hätte sie fast den Halt verloren, besaß aber die Geistesgegenwart, sich trotz ihrer Schmerzen fest an die Korallenwand zu pressen.

Nach vier Stunden hatten die beiden den Pfeiler erklettert. Oben setzten sie sich an den Rand einer Vertiefung und ruhten sich aus. Sie waren schweißüberströmt und bluteten aus vielen Schürfwunden am ganzen Körper.

»Und, wo ist sie jetzt, diese Orgelpfeife?«, fragte Soji, noch immer mühsam nach Atem ringend.

»Etwa dreißig Meter von hier entfernt.«

»Und wie kommen wir dahin? Hier gibt es keinen Verbindungssteg.«

»Wir müssen uns am Rand des Schilds dorthin hangeln ...«

»Wenn nun aber Stücke von dem Schild abbrechen?«

»Bis jetzt ist noch nie etwas abgebrochen. Man muss sich nur sehr vorsichtig weitertasten, und ...«

Oniki konnte ihren Satz nicht vollenden. Ein krampfartiger Schmerz durchfuhr sie. Sie krümmte sich zusammen.

»Das ist der reine Wahnsinn!«, schimpfte Soji. »Wir müssen ins Dorf zurück, ehe es zu spät ist.«

Onikis Gesicht war schmerzverzerrt. Sie atmete schnell und flach. Doch dann ließ der Schmerz langsam wieder nach.

»Ich habe dich noch nie gefragt, warum du verbannt wurdest ...«

»Glaubst du, jetzt ist der richtige Moment für eine solche Frage? Wir hocken hier oben in achthundert Metern Höhe, und du wirst gleich gebären ...«

»Ich möchte dich reden hören.«

Soji streichelte der jungen Frau zart den Kopf. »Du bist so tapfer, kleine Oniki. Zwar kenne ich den Mistkerl nicht, der dich geschwängert und dann verlassen hat, aber wer es auch sein mag, er verdient dich nicht.«

»Du darfst nicht schlecht von ihm reden!«, protestierte Oniki. »Dieser Mann ist außergewöhnlich, viel mehr als nur mutig.«

»Genau das dachte ich auch über den Mann, den ich zu lieben glaubte ... Die Liebe macht uns blind und dumm, kleine Schwester. Ich hielt ihn für einzigartig. Doch er wollte nur, dass ich mein Keuschheitsgelübde breche, er wollte mich nur besitzen. Er hatte mir versprochen, mich in eine andere Welt mitzunehmen ... Da war ich bereits über vierzig und hätte eigentlich gegen solche Torheiten gefeit sein sollen. Als er dann bekommen hatte, was er wollte, hat er mich bei den Matrionen denunziert und sich wie ein Dieb davongeschlichen. Den Rest kannst du leicht erraten: Ich wurde verurteilt und in Koralion drei Tage an den öffentlichen Pranger gestellt. Es war entsetzlich ... Auch meine Bedürfnisse musste ich in aller Öffentlichkeit verrichten.«

Die alten Frau weinte. Noch nach zwanzig Jahren hatte sie diese tiefe Demütigung nicht vergessen – diese Wunde hatte sich nie geschlossen.

»Bedauerst du, das Keuschheitsgelübde gebrochen zu haben?«, fragte Oniki.

»Ich bedaure nur eins: mich in diesen Mann verliebt zu haben. Nicht nur, dass er skrupellos war, er war auch ein erbärmlicher Liebhaber. Mit ihm verglichen, sind die Verrückten der Insel geradezu wundervoll.«

»Willst du etwa damit sagen, dass ...«

»Auch diese armen Teufel haben Bedürfnisse, wie alle Männer ... Und sie sind zärtlich und befriedigen mich. Zwar ist ihr Sinn für Ästhetik ziemlich unterentwickelt, aber sie sind sehr sensibel und ausdauernd ... Schockiert dich das?«

»Mich schockiert nur eins: dass du alle Männer über einen Kamm scherst!«

»Ich weiß, dass der Mann, den man liebt, ganz anders als alle übrigen ist«, sagte Soji und seufzte.

Oniki fand diese Unterhaltung plötzlich unerträglich. Sie beugte sich hinunter, umfasste einen der Vorsprünge unter dem Schild und glitt ins Leere. Ihren leicht schwingenden Körper benutzte sie dazu, mit ihrer freien Hand den nächsten Vorsprung zu ertasten. Auf diese Weise hangelte sie sich mit gespreizten Beinen wie eine Zirkusartistin immer weiter.

Soji zögerte nur kurz. Dann folgte sie ihrer jungen Mitschwester. Beide hingen jetzt in achthundert Metern Höhe über dem Meer. Sie warf einen Blick nach unten. Die Insel konnte sie nicht erkennen, sie sah nur einen schwarzen Abgrund.

Oniki hatte bereits zwei Drittel des Weges zurückgelegt, als ein Vorsprung unter ihrem Griff wie getrockneter Lehm zerbröckelte.

»Der Überwacher-Scaythe Phass wünscht unverzüglich in telepathische Kommunikation mit dem ranghöheren Scaythen Xaphox zu treten ...

Xaphox wartete ein paar Minuten, ehe er seinem Untergebenen antwortete. Phass überwachte seit neun Monaten ausschließlich den Geist Oniki Kays, der Thutalin, die zu lebenslanger Verdammung auf die Insel Pzalion verurteilt worden war.

»Und wann gedenken der Seneschall Harkot und der Muffi Barrofill dieses bedeutende Projekt zu realisieren?«, fragte Kardinal d'Esgouve. Er saß bequem in einem Sessel in seinem Arbeitszimmer im Tempel der Kirche des Kreuzes in Koralion.

»In weniger als einem Monat, Eure Eminenz«, antwortete Xaphox. Er stand vor dem großen Schreibtisch aus Holz. »Wenn der Seneschall alle Details geregelt hat ...«

»Die wären?«

»Die Gründung eines Corps' heiliger Gedanken-Auslöscher sowie die Normalisierung der Beziehungen zwischen Kirche und Ang-Imperium.«

Die schlanken Finger des Kardinals spielten zerstreut mit den unter seiner Haube hervortretenden Haarsträhnen.

Auf den Wunsch des Großinquisitors Xaphox hatte er alle Diener, Assistenten und seinen Privatsekretär, den Vikar Grok Auman, weggeschickt. Und trotz der Anwesenheit seiner beiden Gedankenschützer fühlte er sich in der Gegenwart von Xaphox nicht sehr wohl. Ängste quälten ihn. Sowohl die irrationale Angst, der Schutzschild aus Korallen könne zusammenbrechen, als auch die mögliche Entscheidung seiner Vorgesetzten, ihn in seinem Amt als Gouverneur auf Ephren zu belassen – eine Position, vor der er sich fürchtete. Außerdem kam er sich im Gespräch mit dem Großinquisitor immer auf widerwärtige Weise wie ein ertapptes Kind vor.

»Der Überwacher-Scaythe Phass wünscht unverzüglich in telepathische Kommunikation mit dem ranghöheren Scaythen Xaphox zu treten ...«

»Gedulden Sie sich noch etwas, Keimling Phass«, antwortete Xaphox mental.

»Ich betone die Dringlichkeit dieses Gesprächs ...«

»Worum handelt es sich?«

»Oniki Kay steht kurz vor der Entbindung. Sie befindet sich oben auf dem Korallenschild ...«

»Unter Normalisierung versteht er wahrscheinlich die Amtsenthebung des derzeitigen Muffi Barrofills XXIV., Sieur Xaphox«, sagte der Kardinal mit jenem affektierten Tonfall, den er für intelligent hielt.

»Wir suchen nach einer Lösung dieses lästigen Problems, das nur entstanden ist, weil sich der Muffi weigert, in angemessener Form mit den augenblicklichen Machthabern des Ang-Imperiums zusammenzuarbeiten ...«

Kardinal d'Esgouve betrachtete die im Luftzug unter der Decke hin und her schwebende Licht-Kugel. Auch er hatte daran gedacht, sich als Kandidat zur Wahl eines neuen Muffis aufstellen zu lassen, aber nach eingehender Beratung mit seinen Kardinalskollegen – natürlich unter dem Schutz von wenigstens zwanzig Gedankenhütern – darauf verzichtet. Ihren zwei- und dreideutigen Anspielungen glaubte er entnommen zu haben, nicht das Zeug zum Unfehlbaren Hirten zu haben. Wenn er sie jedoch wählte, konnte er sich gute Chancen auf eine seinen überragenden Qualitäten angemessene Stellung ausrechnen. Entweder einen Posten als Gouverneur eines der Hauptplaneten oder ein ranghohes Amt im bischöflichen Palast von Venicia.

»Woher wissen Sie, dass das Kind bald geboren wird?«

Eine stupide Frage für einen Scaythen der oberen Ränge, der ständig mit den Basisdaten der Matrix in Verbindung stand.

»Durch die Gefühle, die ich im Gehirn der Gebärenden lese.«

»Und im Gehirn des Kindes lesen Sie nichts?«

»Haben Kinder schon im Leib ihrer Mutter ein Gehirn?«

»Dumme Frage für einen Keimling ... Die im Matrix-Bottich erfolgten historischen Implantate besagen, dass Menschen ihre sogenannte Seele bereits vor der Zeugung besitzen.«

»Das ist nichts als eine auf religiösen Dogmen basierende Interpretation ... Menschen pflanzen sich wie Säugetiere fort. Und Säugetierembryonen sind nur mit Instinkt-Implantaten ausgestattet. Ein neugeborener Mensch, der von Tieren aufgezogen wird, wird zu einem Tier, eben jener Spezies, die ihn adoptiert hat.«

»Ein Irrtum, Keimling Phass. Die vom Konglomerat gelieferten Daten lassen keine Zweifel darüber, dass es zwischen Menschen und Tieren fundamentale Unterschiede gibt ...«

Der Kardinal stand auf und ging zum großen Fenster. Er ließ seinen Blick über den Hügel aus schwarzem Gestein und den Hafen von Koralion schweifen. Rotes Licht fiel vom Korallenschild und verlieh dem Gijen-Meer einen roten Schein, auf dem die Aquakugeln der Fischer tanzten. Er sah die eleganten Häuser mit ihren Säulengängen, die gewundenen Straßen ... der Höhenwind brachte die Großen Orgeln zum Erklingen – eine ständige nostalgische Dämmerung lag über der Insel.

»Ein Detail muss noch geregelt werden«, sagte er nachdenklich, »und nicht das unwesentlichste. Das Schicksal des Muffis ...«

»Der Seneschall kümmert sich darum, Eure Eminenz«, antwortete der Großinquisitor mit lauter, schriller Stimme, weil er nach seinem telepathischen Gespräch das Volumen schlecht eingestellt hatte.

»Ich bin nicht taub! Dämpft Eure Stimme, Sieur Inquisitor!«

»Verzeiht Eure Eminenz ...«

»Welche Entscheidung soll getroffen werden?«, fragte der Keimling Phass. *»Der Krieger der Stille, der Oniki Kay befruchtete, hat sich nicht mehr manifestiert, obwohl er nach unseren Kenntnissen gemäß des Faktors Vaterschaft wieder Kontakt mit dieser Frau hätte aufnehmen müssen.«*

»Auf den Menschen angewandte Wahrscheinlichkeitsberechnungen erweisen sich oft als unbrauchbar, da sie sich nur selten von reiner Logik leiten lassen.«

»Gewiss. Die Chancen, diesem Mann wiederzubegegnen, erachte ich für weniger als fünf Prozent. Es existiert aber eine Möglichkeit von fünfzig Prozent, dass dieses Kind den Ur-Menschen angehört, unseren Erzfeinden.«

»In diesem Fall ist die Lösung einfach. Ich werde sofort zehn Pritiv-Söldner zu den Koordinaten schicken, die Sie mir angeben. Mit folgendem Befehl: die Mutter nach ihrer Niederkunft zu töten und das Kind am Leben zu lassen. Es

wird uns als Köder und Versuchstier dienen. Auf diese Weise können wir auf zwei Ebenen operieren. Neue Kommunikation in fünf Minuten.«

Der Kardinal drehte sich um und zwang sich, Xaphox' starrem Blick aus den gelben, pupillenlosen Augen nicht auszuweichen.

»Dieses Projekt des Seneschalls und des Muffis Bar... des künftigen Muffis der Kirche des Kreuzes, birgt es nicht ... gewisse Gefahren?«

»Gefahren, Eure Eminenz?«

»Nun ja ... Den heiligen Texten der Kirche des Kreuzes ist zu entnehmen, dass der Gläubige stets in Willensfreiheit zu seinem Glauben gefunden haben muss«, entgegnete der Kardinal.

»Die Willensfreiheit der Gläubigen steht überhaupt nicht infrage, Eure Eminenz. Es geht nur darum, schädliche Einflüsse von ihnen fernzuhalten, die sie daran hindern, die Offenbarung des Wahren Wortes zu erkennen. Das ist die einzige Aufgabe der heiligen Gedanken-Auslöscher.«

»Natürlich ... natürlich ...«

Der Kardinal stellte sich wieder vor das Fenster und betrachtete die in der roten Dämmerung daliegende Stadt. Obwohl er erst siebenundfünfzig Jahre alt war, fühlte er sich bereits am Abend seines Lebens.

Die beiden Frauen kamen nur sehr langsam mit ihrer Arbeit in der riesigen Röhre voran. Seit Jahrhunderten verstopften Flechten das Rohrwerk. Sie hatten sich zu einem überdimensionierten Korken zusammengeballt, von dem sie nur kleine Plaggen ablösen konnten. Die Schwierigkeit bestand außerdem darin, immer nur mit einer Hand arbeiten zu können, da sie sich mit der anderen festhalten mussten.

Da Oniki die Röhre bereits über mehrere hundert Meter gereinigt hatte und da die Flechten aus dem All durch den obersten Verschluss nicht mehr eindringen konnten, war sie frei geblieben.

Beide arbeiteten am Rande ihrer Kräfte, schweißüberströmt und der völligen Erschöpfung nahe. Sie atmeten schwer und hatten das Gefühl, ersticken zu müssen. Es roch nach Fäulnis, die Luft war voller Staub und Pflanzenfasern. Kurz zuvor war Oniki nur dank ihrer Geistesgegenwart nicht abgestürzt, ehe eine neue Wehe sie überfiel und sie innehalten musste, bis der Schmerz abgeebbt war.

Das Kind bewegte sich nicht mehr in ihr, als hätte es begriffen, seine Mutter jetzt nicht stören zu dürfen. Die Wehen kamen in regelmäßige Abständen, doch Oniki war darauf vorbereitet und presste sich dann jedes Mal gegen die Wand.

Obwohl Soji weniger schnell als ihre junge Mitschwester war, leistete sie wertvolle Arbeit. Um ihre Angst und ihre Müdigkeit zu vergessen, sang sie. Nur zu gut konnte sie die Geräusche um sich herum deuten: das Rascheln, das leise Knacken, das Gleiten ... Einmal hatte sie gesehen, wie eine Thutalin von einer Riesenschlange verschlungen wurde. Und das Bild dieses weit geöffneten Rachens mit den zappelnden Beinen der junge Frau darin verfolgte sie noch immer in ihren Albträumen.

Der Gesang half ihr, sich auf ihre Arbeit zu konzentrieren, und er war ein Ausdruck ihrer wiedergewonnenen Freiheit in den Korallen. Doch ihr untrainierter Körper schmerzte immer heftiger, es fiel ihr schwerer und schwerer, ihre Position beizubehalten und der Pfropfen aus Flechten über ihrem Kopf schien immer dicker zu werden.

»Wir schaffen das nie«, sagte sie zu Oniki, plötzlich entmutigt.

Auch Oniki war erschöpft. Sie hielt inne, an die Innenwand gelehnt. Plötzlich fühlte sie etwas Warmes ihre Schenkel hinunterrinnen.

»Meine Fruchtblase ist geplatzt!«

Dieser Hilfeschrei belebte Soji. Mit neuer Kraft machte sie sich an die Arbeit, riss und zerrte an den Flechten. Dann steckte sie die Hand in einen gewundenen Spalt – wohl der Gang einer Schlange – und ertastete etwas Klebriges. Wahrscheinlich ein großes Reptil, dachte sie, unterdrückte aber ihre Angst. Sie tastete weiter, und ihre Finger durchbohrten die weiche Materie – frische Luft strömte herein. Wärme strömte herein und rötliches Licht.

»Nur noch zwanzig Zentimeter!«, rief sie.

Das waren ihre letzten Worte. Sie war so voller Freude, dass sie nicht aufpasste und einen brüchigen Vorsprung ergriff, der unter ihrem Griff zerbröckelte.

»Soji! Nein!«, schrie Oniki. »Klammere dich fest!«

Doch die alte Thutalin fiel nach hinten, ihre Füße verloren den Halt. Sie versuchte, sich an den Flechten über ihrem Kopf festzuhalten. Doch der mächtige Pfropfen brach mit einem dumpfen Krachen auseinander. Purpurnes Licht fiel in die Röhre. Oniki war geblendet und sah nicht, wie ihre alte Mitschwester in die Tiefe stürzte. Sie hörte nur den Todesschrei, der nicht enden wollte.

Zeit zu weinen hatte sie nicht. Mit letzter Kraft zog sie sich auf den plattformartigen Gipfel der Korallen hoch und legte sich keuchend auf den Boden, über sich den dunklen, sternenübersäten Himmel, sie aber war in rotes Licht gebadet.

Sie winkelte die Beine an und hielt sie mit den Händen gespreizt. Ihr keuchender Atem wurde vor Schmerzen schneller; sie stöhnte und schrie. Das Kind kam. Sie hatte keine Kraft mehr, ihm bei seiner Geburt zu helfen. Deshalb merkte Oniki nicht, was um sie herum geschah.

Intuitiv und mit letzter Anstrengung packte sie den kleinen Menschen und zog ihn aus sich heraus. Dann legte sie ihn an ihre Brust und streckte sich aus. Sie spürte sein Herz schlagen, er war warm und weich, schrie aber nicht.

Ihr Kind … Erst da merkte sie, dass sie nicht einmal nachgesehen hatte, ob sie einen Jungen oder ein Mädchen geboren hatte. Es war ein Junge.

Ein Prinz für ihren Prinzen.

Er hatte große Augen und sah sie ernst und zärtlich an. Die Tiefe seines Blicks verwunderte sie. Hieß es doch, dass Neugeborene erst nach einigen Wochen ihre Umgebung wahrnähmen. Aber ihr Sohn sah sie wie ein Erwachsener an, ein durchdringender intelligenter Blick.

Sie hob den Kopf und nahm die Bewegungen von einigen in rotes Licht getauchten Gestalten war: Männer in grauen Uniformen mit ineinanderverschlungenen Dreiecken auf der Brust und weißen Masken vor den Gesichtern.

Wie sind sie hierher gekommen?, dachte Oniki. Nur Thutalinen beherrschen die Kunst, in den Korallen-Orgeln zu klettern.

»Der Scaythe will das Kind lebend! Tötet nur die Frau! Und benutzt nicht die Wurfgeräte«, befahl einer der Männer mit durch den Mundschlitz der Maske verzerrter näselnder Stimme.

»Der Junge ist noch nicht abgenabelt«, sagte ein anderer.

»Na, und? Schneidet zuerst der Frau die Kehle durch, dann die Nabelschnur ab.«

Etwa zehn Männer gingen auf Oniki zu. Ihre Schritte ließen den Korallenschild erbeben. Einige hatten ihre Krummdolche gezückt.

»Wie ist die nur hierher gekommen?«

»Sie ist eine Thutalin, eine Verbannte, und kennt sich mit Korallen aus.«

»Ich hoffe nur, dass der Ovalibus des Scaythen pünktlich ist. Der Schild kommt mir nicht sehr solide vor.«

»Er ist zwar langsamer als eine Reise mit Deremat, aber in zwei, drei Stunden dürfte er hier sein.«

Oniki versuchte aufzustehen, doch ihre Beine versagten den Dienst. Angst überfiel sie, und sie presste ihren Sohn an sich, voller Verzweiflung.

Einer der Söldner riss brutal an ihren Haaren und ihren Kopf nach hinten. Ihre Kehle war frei.

»Verdammt! Was ist das?«, rief einer der Männer.

Der Pritiv-Söldner hielt in der Bewegung inne und warf einen Blick über die Schulter. Zuerst glaubte er, das erstarrte Korallenmeer werde plötzlich von heftigem Wellengang belebt.

»Verdammt! Riesenschlangen!«

Unzählige Reptilien bewegten sich fließend mit erhobenen Köpfen und weit aufgerissenen Mäulern auf sie zu; Fangzähne blitzten auf. Manche der geschuppten Körper waren dreißig Meter lang. Ihre Augen funkelten grün – ein seltsamer Kontrast zu dem blutroten Himmel.

Die Pritiv-Söldner schoben einen Ärmel ihrer Uniform hoch. Die runden Metallscheiben auf den am Unterarm befestigten Wurfgeräten wurden sichtbar.

»Verschont das Kind!«, schrie einer von ihnen.

Die ersten Scheiben flogen surrend durch die Luft und köpften mehrere Schlangen. Ihre Körper krochen noch Meter weiter, ehe sie zuckend liegen blieben. Aber vom Geruch des Bluts herbeigelockt, kamen schnell weitere Tiere.

So wurden die Söldner von ihren Gegnern überwältigt.

Die kurzen Dolche der Männer erwiesen sich im Kampf mit den Reptilien als völlig nutzlos. Mit ihren muskulösen Schlangenkörpern umschlangen sie ihre Opfer, bohrten ihre Fangzähne in deren Hälse und würgten sie hinunter.

Nach und nach trat wieder Ruhe auf dem Korallenschild ein. Die Schlangen, die die Söldner verschlungen hatten, wirkten wie gelähmt, so sehr waren sie mit der Verdauung beschäftigt. Die anderen hatten sich um Oniki zusammengerollt.

Die junge Frau ergriff einen der am Boden liegenden Dolche und durchtrennte die Nabelschnur, die sie noch immer mit ihrem Sohn verband. Dann gab sie ihm zum ersten Mal die Brust, und eine unendliche Freude erfüllte sie, als er trank.

Sie beschloss, ihn Tau Phraïm zu nennen. Tau, weil er unter dem roten Sonnengestirn geboren war, und Phraïm, weil dies der Name der Korallenschlange in Alt-Ephrenisch war.

Die weiß maskierten Männer hatten gesagt, ein Ovalibus werde in ein, zwei Stunden kommen. Oniki schloss daraus, dass die Scaythen von Hyponeros ihre Gedanken überwachten und dass das Erscheinen dieser Männer in direktem Zusammenhang mit ihrem Prinzen stehen müsse.

Solange sie von den Schlangen beschützt wurde, riskierte sie nichts. Nur musste sie – ohne hinunterzusteigen – einen Weg finden, die Verbannten auf der Insel von den Geschehnissen in Kenntnis zu setzen und sie bitten, ihr zu helfen. Denn der kleine Tau Phraïm entwickelte bereits einen mächtigen Appetit, und sie musste wieder zu Kräften kommen, um ihn mit ihrer Milch nähren zu können.

NEUNZEHNTES KAPITEL

Ein Diener bin ich, deiner,
Ein Sohn der Hüterin der Pforte,
Ein Lebensspender, der dich bringt
Von einem Orte
Kühn durch unendlichen Raum
Zum nächsten, schneller als im Traum.
Ich sehe nicht, ich höre nicht, ich fühle nicht.
Reinheit, klar wie Kristall ist mein Gesicht,
Ein Lied von strahlendem Klang.
Äolischer Gesang,
Das ist mein Wesen.
Und wenn du je in mir gewesen,
Weißt du: Ich wurde nur gezeugt
Zum Dienen.
Damit sich niemand mehr dem Unrecht beugt.

Amerikanische Bibel der Cheyenne-2

Die Xaxas flogen zu Tausenden aus allen Himmelsrichtungen herbei, zum Zirkus der Tränen. Unzählige blaugrün erstrahlende, vom Himmel fallende Säulen wurden zu den Stützpfeilern eines majestätischen, unendlich großen Tempels. Da die Temperatur plötzlich um viele Grad gestiegen war, hatten sich stellenweise Pfützen auf dem vereisten Boden gebildet. Das Flügelschlagen wurde von ungewöhnlichen Lauten begleitet: harmonischen wie verzaubernden Klängen.

Ihre ausgebreiteten, transparenten geäderten Flügel glichen der Takelage eines großen Segelschiffs. Sie schwebten im Gleitflug über den Lichtsäulen. Einige Vögel waren riesig, mehr als dreißig Meter lang, andere maßen zwischen vier und fünfzehn Metern. Ihre Köpfe glichen Granaten, die Schwänze waren fächerförmig ausgebreitet. Die in ihren rostfarbenen Panzern eingelagerten Kristalle und rötlichen Streifen funkelten blaugrün.

Marti hatte sich erhoben und starrte verwundert die himmlischen Zugvögel an. Jek lag im Schnee. Der Andere brauchte die menschliche Urkraft des kleinen Anjorianers nicht mehr; sollte er doch in der Kälte sterben!

Weder San Francisco, der auf Phoenix lag, noch Robin, mit gekreuzten Armen auf der Brust, rührten sich. Die braune Haut der beiden Jersaleminer hatte eine schmutzig weiße Tönung angenommen und bildete einen immer größer werdenden Kontrast zu ihrem schwarzen Haar. Noch atmeten sie, doch nur schwach. Bald würde der Tod eintreten.

Marti beobachtete die Tigerbären. Sie beendeten gerade ihre Mahlzeit aus Jersaleminern, die ihre Waffen weggeworfen, sich ausgezogen und den Abhang heruntergerutscht waren. Die für sie ursprünglich bestimmte Beute hatte die Raubtiere nicht mehr interessiert.

Sein Blick wanderte nach oben. Dort standen die übrigen Gardisten und starrten entsetzt auf das blutige Geschehen im Zirkus. Sie hatten nicht zu schießen gewagt, aus Angst, ihre Kameraden zu treffen. Doch dann beobachteten sie entzückt die Ankunft der himmlischen Zugvögel. Die Prophezeiung der Neuen Bibel hatte sich erfüllt, und sie hatten das Geschehen mit eigenen Augen gesehen! Das konnten sie allen erzählen. Ihre Worte würden die Hoffnung weitere achttausend Jahre aufrechterhalten.

Jetzt glitten die größten Xaxas ins Innere der Röhren und landeten mit erstaunlicher Anmut für solch große Vögel auf dem vereisten Boden. Doch sobald sie gelandet waren, verloren sie jegliche Eleganz und wurden zu jenen plumpen Kreaturen, auf die ihr Körperbau schließen ließ. Ihre Kristalle glänzten nicht mehr, als sie ihre Flügel an den Körper anlegten. Nur mühsam bewegten sie sich auf dem Eis vorwärts. Sie krochen aus den blauen Lichtkreisen und blieben dann wie erschöpft auf dem Bauch liegen. War eine der Säulen frei, begab sich sofort ein anderer Vogel hinein, um ebenfalls zu landen.

Nach und nach war der gesamte Zirkus der Tränen voll mit Xaxas. Nicht alle landeten. Tausende schwebten noch in der Luft und verdunkelten die Strahlen der Farfadets; das Rauschen ihrer Flügel glich einer faszinierenden auf- und abschwellenden Melodie.

Marti ging vorsichtig zu dem nächsten Xaxas, einem Tier mittlerer Größe, dessen Panzer leicht rauchte und schwarze Flecken, gleich Rußspuren, aufwies. Der Andere in ihm verfügte bereits über alle Daten, die das Eindringen in den Körper des Vogels betrafen.

Als Erstes galt es, die unter dem Schwanz gelegene Öffnung auszumachen, wenn die Chrysaliden (goldglänzend gepunktete Schmetterlingspuppen) ihren Wirt verließen. Marti würde nur ein paar Sekunden haben, um in den Xaxas einzudringen. Dieser würde dann seinen Stoffwechsel an den neuen Parasiten anpassen, sodass der neue Eindringling mit Luft und Wasser versorgt sein würde, bis zur nächsten Landung.

Könnte das Terra Mater sein?, überlegte der Andere in Marti.

Doch im Moment sah er noch keine Möglichkeit, in den Vogel einzudringen. Das ist ein Monster, dachte er spontan mit einem Rest menschlichen Geistes in seinen Überlegungen. Vielleicht sind diese Vögel auch nur hier gelandet, um zu sterben? Oder unterliegen sie anderen physiologischen Bedingungen?

Den Impulsen des Anderen gehorchend umrundete er den Vogel, musterte dessen Kopf, ›Bug‹ wäre ein passenderer Ausdruck gewesen. Unter den schuppenartigen Windungen konnte er weder Augen, Ohren noch Mund oder Schnabel entdecken. Nichts, was auf das Vorhandensein eines Sinnesorgans schließen ließ. Insgesamt wirkten diese Wesen zwar wie Vögel, waren aber nahezu so wuchtig wie Elefanten.

Schließlich wählte er – oder der Andere? – ein Weltraumfahrzeug von etwa zwanzig Metern Länge, kauerte sich neben den Schwanz und wartete.

Jek erwachte langsam aus seiner Betäubung. Ein schmerzhaftes Erwachen. So schmerzhaft, dass er die Augen öffnete.

Er lag in einer Eiswasserpfütze und hörte über sich etwas wie Musik. Für kurze Zeit glaubte er, es sei bereits Nacht geworden. Bis er diese blau leuchtenden Röhren sah. Dieselben massigen Körper, die den Himmel verdunkelten, waren auch überall um ihn herum. Aus seinen Augenwinkeln sah er die blutbefleckten weißen Pelze der Tigerbären und die Gestalten am Rand des Abhangs ...

Sein Gehirn begann wieder zu arbeiten. Er erinnerte sich. Doch jetzt war es in dem Zirkus warm.

Jek richtete sich auf. Ein schier unerträglicher Schmerz durchfuhr seinen Körper, als das Blut wieder in seinen Adern zu zirkulieren begann. Neben ihm lagen San Francisco und Phoenix, dahinter Robin. Sein Haar war mit glitzerndem Raureif bedeckt. Marti war verschwunden.

Er durfte keine Zeit verlieren. Wenn die Xaxas die Chrysaliden freigelassen haben würden, würden sie wenig später wieder abheben. Vielleicht würden sie dann in einer unbekannten, feindlichen Welt landen. Aber das war immer noch besser, als hier zu erfrieren.

Er stand auf, konnte sich aber nicht auf den Füßen halten und fiel gleich wieder hin. Erst nach fünf Minuten waren seine Glieder wieder so weit durchblutet, dass er stehen konnte.

Jek sah sich um. Die ganze Szenerie hatte etwas Unwirkliches. Er glaubte sich in einem Traum. Allein die vielen Zugvögel am Himmel schienen zu leben.

Als Erstes versuchte er San Francisco wiederzubeleben. Er ohrfeigte ihn, schlug ihn kräftig auf Hals, Schultern und Rücken.

»San Frisco!«

Er schlug weiter, immer weiter, trotz seiner Erschöpfung.

»San Frisco! Wach auf! Wach auf!«

Der Lärm am Himmel wurde lauter, das Flügelrauschen heftiger. Es klang wie ein Alarmzeichen, so als stünde der Abflug der Zugvögel kurz bevor.

Jek konnte diese drei Erwachsenen, die einzigen Menschen, die ihm bedingungslos geholfen hatten, nicht zurücklassen. Von Panik ergriffen, zerrte er seinen Freund an den Haaren.

»Wach auf!«, flehte er schluchzend und blickte sich um.

Er entdeckte dunkle Stellen unter den Bäuchen der Xaxas', in der Nähe ihrer Schwänze.

Wütend drosch er weiter auf San Francisco ein, obwohl er kaum noch etwas sehen konnte, weil die Lichtsäulen ihn blendeten. Sie strömten eine große Hitze aus, und sein Körper war schweißüberströmt.

Doch jetzt sah er, dass sich die Öffnungen an den Bäuchen der Vögel weiteten.

»San Frisco! San Frisco!«

Ein Zittern durchlief den Körper des Jersaleminers. Der kleine Anjorianer traktierte ihn weiter mit Schlägen. Da drehte er sich um und sah Jek an, als erwachte er aus einem tiefen Schlaf, noch ohne ihn zu erkennen.

»Die Xaxas! Sie sind da!«, schrie der Junge und schüttelte die Schulter des Mannes.

Längliche, glänzende, rauchende Kokons glitten aus den Öffnungen aufs Eis. Die Hüllen der Chrysaliden platzten.

»Die Xaxas!«

Weil San Franciso noch immer nicht reagierte, griff Jek spontan zwischen die Schenkel seines Freundes und zwickte ihn ins Geschlecht. Der Blick des Jersaleminers wurde klarer. Er hob den Kopf und sah sich um.

»Die Xaxas! Schnell!«, sagte der Junge. »Sie haben die Kokons ausgestoßen. Uns bleiben nur ein paar Sekunden!«

San Francisco fing an, wieder klar zu denken. Seine Erinnerung kehrte zurück. Er bewegte Arme und Beine, um seinen Blutkreislauf anzuregen, beugte sich über Phoenix und ohrfeigte sie mit aller Kraft.

Aus den geplatzten Kokons schlüpften Millionen Schmetterlinge, strahlend leuchtende Geschöpfe, mit einem Körper, der flüssiger Lava glich, und Flügeln aus Feuer. Sie erhoben sich in die Luft und schwirrten durcheinander, ein Anblick, der an fliegende Wunderkerzen denken ließ.

Jek hatte Mühe, sich auf seine nächste Aufgabe zu konzentrieren, er unterzog Robin de Phart derselben Behandlung, die er San Francisco hatte angedeihen lassen.

Dann machten sich die Feuerschmetterlinge gleichzeitig zum Abflug bereit. Der Schwarm der himmlischen Zugvögel am Himmel machte ihnen Platz. Die Schmetterlinge teilten sich in vier Gruppen auf, und eine jede flog in Richtung eines der vier Farfadets, der Sonnengestirne, deren Töchter sie zu sein schienen.

Auch Phoenix kam langsam wieder zu Bewusstsein. Sie hob den Kopf und öffnete die Augen.

»Die Xaxas sind da!«, schrie San Francisco. »In wenigen Sekunden werden sie nicht mehr zugänglich sein!«

Noch war sie zu schwach, um zu sprechen. Aber sie nickte und versuchte, aufzustehen. Aber wie bei Jek zuvor, wollten ihr ihre Beine nicht gehorchen. Sie sank in den Schnee zurück, stand jedoch gleich wieder auf und begann zu hüpfen.

Entsetzt sah Jek, dass sich die plumpen Xaxas zu bewegen begannen. Er geriet in einen großen Gewissenskonflikt zwischen dem instinktiven Wunsche, in einen der großen Vögel zu schlüpfen, und Robin zu retten.

Die Feuerschmetterlinge waren nur noch als flammende Wolken am azurblauen Himmel zu erkennen.

San Francisco erlöste Jek aus seiner Qual. »Ich kümmere mich um Robin, Prinz der Hyänen.«

Jek zögerte – wieder ein Mensch, der sich für mich opfert –, aber Phoenix packte seine Hand und zog ihn zu dem nächsten, etwa zehn Meter langen Xaxas und drängte ihn zur Öffnung.

»Kriech da rein. Und wenn du drin bist, rühr dich nicht mehr«, sagte sie mühsam. Das Sprechen fiel ihr noch unendlich schwer.

Plötzlich überfiel Jek eine große Angst, von diesem schwarzen Loch verschlungen zu werden; darin zu ersticken. Es gab kein Bullauge, keine Luftzufuhr wie in der *Papiduc*.

»Schnell!«, drängte Phoenix. »Mit dem Kopf zuerst.«

Jek war wie gelähmt. »Ich will nicht ... Ich kann nicht.«

Phoenix erkannte seine Angst, noch nie war der kleine Gock mit einer solchen Situation konfrontiert worden.

»Beruhige dich, Jek«, sagte sie. »Dir wird nichts geschehen. Du musst dich nur hinlegen und von Zeit zu Zeit deinen Mund mit etwas Wasser befeuchten. Du riskierst nichts. Der Vogel ist ein Freund ... dein Freund ...«

Während sie sprach, hatte sie ihn bei den Schultern gepackt und sanft vorwärtsgeschoben. Ihre Nähe und ihr Einfühlungsvermögen hatten ihn beruhigt. So steckte er den Kopf in die dunkle Öffnung und wurde wieder von Panik ergriffen, als er fühlte, wie sich weiches, warmes Fleisch um ihn schloss. Er strampelte mit den Beinen, aber Phoenix schob ihn unerbittlich weiter, bis er ganz und gar in dem Xaxas verschwunden war.

Die himmlischen Zugvögel bedienten sich ihrer inneren Anatomie, einem mit Rohrleitungen vergleichbaren System, sowohl um ihre Passagiere auszustoßen als auch um neue anzulocken. Ihre inneren Organe waren so konzipiert, dass sie einem einzigen Zweck dienten: Lebewesen von einer Welt in eine andere zu transportieren.

Jek wurde durch den dunklen, feuchten Darm gepresst. Dort herrschte ein widerlicher Geruch. Er rang nach Luft. Doch anstatt langsam zu atmen, fing er, voller Panik, an zu keuchen und drohte zu ersticken. Er wollte zurückkriechen, krallte sich an die weiche Darmwand. Umsonst. Immer stärker werdende Spasmen schoben ihn weiter vorwärts, während sein Herz schmerzhaft klopfte.

Ein letzter Spasmus, viel heftiger als die vorherigen, schleuderte ihn unsanft nach vorn. Dann lag er auf etwas Weichem, sich Bewegenden. Er streckte die Arme aus, konnte aber nichts ertasten. Es herrschte absolutes Dunkel, doch er hatte nicht mehr das Gefühl, ersticken zu müssen.

War das der innere Raum, von dem Phoenix gesprochen hatte?

Langsam begann er wieder, normal zu atmen, obwohl es auch hier stank. Aber er gewöhnte sich daran. Er tastete seine Umgebung ab und spürte sich bewegende, poröse Membranen.

Nun beruhigt, fragte er sich, ob auch San Francisco, Phoenix und Robin genug Zeit gehabt hatten, in ihr Weltraumfahrzeug einzudringen, denn er hatte nicht die geringste Lust, sich alleine auf dem neuen Jer Salem oder irgendeinem anderen Planeten wiederzufinden. Es wäre schrecklich, wenn seine Freunde draußen erfrieren würden.

Um Marti, seinen großen Bruder, der ihn in Jema-Tas Büro verraten hatte, machte er sich keine Sorgen. Er ahnte, dass das Monster in dem jungen Syracuser über Marti wachte.

Bald überkam ihn eine angenehme Euphorie. Er schwebte zwischen Traum und Wirklichkeit, leicht wie eine Feder im Wind. Dann glaubte er, in der Nähe seines Kopfes eine Bewegung, ein Zischen wahrgenommen zu haben, und streckte die Hand aus. Doch er berührte nur prall gefüllte Luftsäcke und die weichen Wände eines Raums, an denen Wassertropfen herunterrannen.

Der Xaxas hatten seinen Stoffwechsel auf seinen menschlichen Passagier umgestellt.

Jek wurde auf seinem weichen Bett leicht hin und her geschüttelt. Ein angenehmes Gefühl. Er hörte wie aus der Ferne eine schöne Melodie. Sie war wie Balsam für seine Seele.

Die jersaleminischen Gardisten würden viel zu erzählen haben. Was sich unter ihren Augen abgespielt hatte, war unfassbar gewesen.

Riesenschmetterlinge mit Leibern und Flügeln aus Feuer waren in Richtung der vier Gestirne davongeflogen, als hätten sie in deren Glut verbrennen wollen. Die zum Tode Verurteilten – vier schienen bereits erfroren zu sein – hatten einer nach dem anderen wieder das Bewusstsein erlangt. Als Erster der scheinbar Schwächlichste, das Gock-Kind. Es war aufgestanden und hatte den Prinzen der Amerikaner reanimiert, worauf dieser Phoenix wiederbelebte, und während er sich um den alten Gock kümmerte, hatte die junge Frau das Kind in die heilige Öffnung des Xaxas' geschoben. Dann hatte sie sich auf San Franciscos Geheiß selbst in den Körper eines der heiligen Zugvögel gleiten lassen. Darauf hatte sich der Prinz der Amerikaner den immer noch bewusstlosen alten Gock über die Schulter geworfen und ebenfalls in die heilige Öffnung eines anderen Vogels geschoben und gerade noch Zeit gehabt, unter einem der Panzer zu verschwinden.

Doch dann hatten die Garden gesehen, dass seine Beine noch nicht ganz verschwunden waren und das Geräusch zersplitternder Knochen gehört.

Die Kristalle in den Panzern der Xaxas hatten wieder zu funkeln begonnen, die Lichtsäulen waren erloschen, die himmlischen Vögel hatten ihre Flügel ausgebreitet und sich mit majestätischer Langsamkeit über dem Eisfeld erhoben, während sie lange, traurige Schreie ausstießen. Wussten sie, dass sie diesen Planeten erst in achttausend Jahren wiedersehen würden? Würden sie dann noch leben? Waren sie dem Gesetz der Zeit unterworfen?

Mit kräftigen Flügelschlägen hatten sie sich dem Schwarm ihrer Artgenossen angeschlossen, bis sie zu winzigen Punkten geworden und am Horizont verschwunden waren.

Nun war das strahlende Blau des Himmels verblasst gewesen und die Temperaturen sofort um viele Grad gesunken. Eine deprimierende Stille hatte über dem Zirkus der Tränen gelegen.

Zwei Stunden hatten sich die Garden nicht gerührt. Sie waren erstarrt vor Kälte und Verzweiflung. Sie waren Zeugen gewesen, als sich die Prophezeiung erfüllt hatte. Das erwählte Volk aber hatte seine Chance verpasst.

Prinz Casablanca vom Stamm der Maghrebiner ergriff als Erster das Wort: »Kehren wir nach Elian zurück. Hier haben wir nichts mehr zu tun.«

»Und was sollen wir den Abynern und den Prinzen erzählen?«, fragte der Prinz Brüssel.

»Sie müssen uns etwas erklären!«, entgegnete Casablanca erbittert. »Warum die Verfluchten, die Nicht-Erwählten, die Gocks mit unseren heiligen Xaxas reisen durften und wir nicht …«

Langsam kam Robin de Phart wieder zu Bewusstsein. Er spürte seine Glieder nicht mehr und wusste sofort, dass er sie nie mehr würde gebrauchen können.

Aber war das noch wichtig? Er war alt und alleine, fast tot.

Mühsam öffnet er die Augen. Ringsum Dunkelheit, er fürchtete, blind geworden zu sein. Leise hörte er eine wunderschöne Melodie.

Kurzzeitig glaubte er, im Jenseits zu sein, aber als er den hier herrschenden Gestank wahrnahm, kamen Zweifel auf.

Kühles Wasser tropfte auf seinen Körper. Er öffnete den Mund. Ein paar Tropfen fielen hinein. Sie schmeckten köstlich.

Wasser … der Stoffwechsel der Xaxas' … Er musste im Inneren eines dieser Vögel sein. Wie konnte das geschehen? Durch ein Wunder? Sicherlich hatte ihm nicht Marti geholfen. Seine väterlichen Gefühle hatten ihn blind gemacht. Marti war ein Monster, egoistisch und gleichgültig. Hatte Jek ihm das nicht sagen wollen? Und er hatte ihn nicht gehört. Oh, wie er das bedauerte …

Seltsamerweise fühlte sich Robin außerordentlich wohl. Trotz seiner Lähmung war sein Geist wacher denn je. Die zauberhafte Melodie wurde immer leiser, bis plötzlich eine Stimme erklang.

»Ich bringe dich zu deiner letzten Ruhestätte, denn das ist dein Wunsch … Ich komme aus einer Welt am Rande des Universums, Millionen Lichtjahre von deinen Welten entfernt, und fliege mit einer Geschwindigkeit, die jenseits deines Vorstellungsvermögens ist, mit dir unbekannten Energiequellen ausgestattet ... Ich bin ein Lebensspender ... Ich transportiere Lebewesen von einer Welt in die andere zum gegenseitigen Austausch, so wie Wind und Insekten Pflanzen bestäuben und fruchtbar machen ... Vor achttausend Jahren ist bereits ein Mensch in mir gereist ... Er wollte auf den Planeten seiner Herkunft zurückkehren, einen kleinen blauen Planeten am Rande dieser Galaxie ... Seine Gedanken haben ihn verraten, und er starb während der Reise ... Ich weiß, dass auch auf dich der Tod wartet, und ich transportiere Tote nicht gern, denn ich bin ein Spender des Lebens ... Vor sehr langer Zeit sind Götter mit mir gereist, sie wollten das Werk ihrer Schöpfer sehen ... Wenn ich dich abgesetzt habe, werde ich eine neue Reise antreten und dorthin fliegen, wo ich einen neuen Passagier, einen neuen Parasiten finde ... Und dort, wo noch kein Leben existiert, werde ich neues Leben säen ... Ich bin ein Lebensspender, dich aber bringe ich dem Tode entgegen, weil der Tod das von dir erwählte Leben ist ... Ich bin älter als du dir vorstellen kannst, denn ich bin das, was du als unsterblich bezeichnest ... Deine Glieder sind tot, weil du des Lebens müde bist, weil du zu lange umhergeirrt bist, weil du keinen Sohn hast, weil für dich die Zeit des Ausruhens gekommen ist ... Genieße den Aufenthalt in mir ... Ich bin dein Diener ... Meine Brüder und ich sind auf diesem eisbedeckten Planeten mit den vier Sonnen gelandet, weil Tausende Parasiten auf einen blauen Planeten emigrieren wollten ... Wie viele wart ihr? Vier? Fünf? Wir haben Zeit verloren, denn wir müssen Abermillionen Leben verbreiten ... Wir sind Lebensspender ... Vor dir habe ich eine Feuerraupe in mir beherbergt, die ich auf einem nur aus flüssigem Magma bestehenden Planeten angetroffen habe ... Diese Raupen waren wild und äußerst gefährlich. Wir mussten sie in Kokons einschließen, damit sie nicht unser Inneres zerfressen. Doch gerade das war ihr Ziel. Sie sind intelligenter als wir ... Ruh dich jetzt aus ... Genieße deinen Aufenthalt in mir ...«

Robin folgte dem Rat des Xaxas'. Er schloss die Augen und überließ sich seiner Euphorie, während der Zugvogel die Stimme seiner Mutter annahm und ein Wiegenlied sang.

»Ich bin ein Lebensspender«, sagte der Xaxas zu Phoenix. »Ich bringe dich zu deinem Geliebten ... Denn du lebst allein für ihn, und du gehst dorthin, wo er hingeht ... Und eure Verbindung bringt Leben hervor ... Du denkst an jene, die du verlassen hast, und du leidest ... Du musst nicht leiden, genieße den Aufenthalt in mir. Ich bin dein Diener ... Wir glaubten, Tausende Passagiere auf eurem Planeten zu finden ... Warum wart ihr nur fünf? In dir sehe ich Priester mit schwarzen Seelen, Todesboten ... Ich sehe hasserfüllte Herzen, Hände, die dir das Gesicht zerkratzen ... Nie wieder werden wir auf deinem Planeten landen ... Fünf Passagiere, das ist zu wenig ... Denn unsere Welt ist eine Pforte, und unsere Mutter ist die Hüterin der Pforte ... Dahinter beginnt das Nicht-Universum, das Reich der In-Creatur. Unsere Mutter schickt uns aus, um den gegenseitigen Austausch verschiedener Lebensformen zu begünstigen ... Doch wenn unsere Passagiere es wünschen, begünstigen wir auch den Tod ... Nicht wir entscheiden darüber, wir sind nur Spiegel der Seele, Transporteure, Diener ... Unsere Energiekollektoren erlauben es uns, mit unvorstellbarer Geschwindigkeit durchs All zu fliegen ... Nicht die Kristalle befähigen uns dazu, sondern den Göttern geraubte Antriebsteilchen ... Ich muss weder atmen noch trinken noch essen ... Die Feuerraupe, die ich vorher transportiert habe, brauchte Nahrung, aber keine Luft zum Atmen ... Ich habe einen Kokon um sie gewoben, damit sie mich nicht ausfrisst ... Dich versorge ich bis zum Ende der Reise mit Wasser und Sauerstoff ... So sind die Lebewesen des Universums: ähnlich und verschieden, tot oder lebendig, männlich oder weiblich, oder weder männlich noch weiblich ... Sollte es dein Wunsch sein, werde ich zu dem Mann, den du liebst ... Genieße den Aufenthalt in mir ...«

Und Wellen ungeahnter Lust durchströmten Phoenix' Körper, wieder und immer wieder, bis sie sich in nie gekannter Ekstase mit Leib und Seele der Erinnerung an San Franciscos Umarmungen hingab.

»Die Knochen deiner Beine zerbrachen unter meinem Gewicht«, sagt der Xaxas zu San Francisco. »Dein Schmerz ist ebenso groß wie deine Hochherzigkeit ... Ich bin dein Transporteur, dein Diener ... Ich bin ein Lebensspender, ein Kind der Hüterin des Universums ... Dein Volk hat dich verbannt, weil es nicht mehr ertrug, sich in dem Spiegel zu betrachten, den du ihm vorhieltest ... Dein Volk wollte nicht wirklich seinen Eisplaneten verlassen, sein heiliges Buch diente nur als Vorwand ... Du sprachst die Wahrheit, und das konnte es nicht akzeptieren ... Jene, die du Abyner nennst, wollen nur Macht über die Gläubigen ausüben ... Deshalb wart ihr nur fünf, die auf uns warteten ... Wir sprechen nicht, aber man braucht keine Worte, um kommunizieren zu können ... Vor mehr als achttausend Jahren habe ich einen von seinem Volk Verbannten – wie dich – auf den Planeten einer anderen Galaxie gebracht, damit er mit seinen Ideen das Leben dort zum Erblühen bringe ... Das ist das Schicksal der Visionäre, jener Männer, die den anderen im Denken voraus sind und sich nicht von ihnen zerbrechen lassen ... Unsere Mutter hat uns geschaffen, um Leben zu spenden, um zu dienen ... Unsere Mutter, die Hüterin der Pforte, ist zwischen der In-Creatur und der Schöpfung, zwischen der Leere und der Form, zwischen der Kälte und der Wärme hin und her gerissen ... Achte nicht mehr auf den Schmerz in deinen Beinen, genieße den Aufenthalt in mir ... Denk an die Frau, die du liebst, die Frau, die zwanzig Jahre auf dich gewartet hat, die Frau, nach der du dich immer gesehnt hast ... Ich werde dich zu ihr bringen, damit ihr dieselbe Luft atmen und euch vereinigen könnt und zu Spendern neuen Lebens werdet ... Sie ist dein anderes Ich, der Teil, der dir fehlt ... Weißt du, dass deine Gedanken das Universum in diesem Moment bewahren? Ich hingegen bin neutral, ein Transporteur, ein Diener ... Doch solange du existierst, ist das Universum ... Deine Liebe zu dieser Frau lässt Abertausende Sterne entstehen ... Darin besteht die außergewöhnliche Macht der Menschen ... Die Liebe ist die stärkste Kraft ... Ich heile deine verletzten Beine, denn ich möchte, dass du deinen Aufenthalt in mir unbeschwert genießt ... Ich fliege mit tausendfacher Lichtgeschwindigkeit durch das unendliche All ... Dank meiner Lichtfragmente, die du Kristalle nennst, verfüge ich über eine größere Energie als die der größten Sterne ... Ich sehe nicht, ich höre nicht, ich fühle nicht, ich berühre nicht, ich schmecke nicht, aber ich singe und bin strahlendes Licht ... Deine Beine sind geheilt ... Genieße deinen Aufenthalt in mir ... Denk an die Frau, die du liebst, und ich werde diese Frau bis zum Ende deiner Reise sein ...«

Der im Inneren des Xaxas' herrschende Gestank verschwand und wich dem nach Moschus duftenden Geruch

Phoenix' und erfüllte San Francisco mit einem unendlichen seelischen und körperlichen Glücksgefühl.

»Du bist mein Parasit, so wie der Andere in dir dein Parasit ist«, sagt der Xaxas zu Marti. »Ich bin dein Raumfahrzeug, so wie sich der Andere deines Körpers bedient ... Ich wurde als Transporteur, als Diener geschaffen. Aber du, du bist ein Ur-Mensch, ein schöpferisches Wesen, ein pflichtvergessener Gott ... Wenn der Andere dich gewählt hat, um sein Werk zu vollbringen, so geschah es, weil du auf deinen Status verzichtet hast, weil du dich selbst verleugnet hast ... Die Raupe, die ich vor dir beherbergte, wollte mich verschlingen, doch ich sperrte sie in einen Kokon, worin sie ihre Metamorphose vollenden konnte ... Der Andere hat deinen Geist verschlungen, aber du hast dich nicht verteidigt ... Ich werde dich auf die Welt bringen, die der Andere für dich gewählt hat, denn deine Wünsche sind die Wünsche des Anderen ... Der Andere ist ein Gesandter der In-Creatur, jenes Nicht-Universums hinter der Pforte, die meine Mutter hütet ... Das Ziel des Anderen ist, das Nichts zu verbreiten, das Nicht-Leben ... Doch ich bin ein Lebensspender ... Du kannst den Aufenthalt in mir nicht genießen, denn der Andere lässt Genuss nicht zu ... Trotzdem versorge ich dich mit Wasser und Luft, weil ich verpflichtet bin, deinen Körper zu erhalten, auch wenn ich dadurch den Interessen deines Parasiten diene ... Aber ich urteile nicht, ich bin nur ein Instrument des Schicksals ... Doch sollte dir bewusst sein, dass du ein Mensch bist, ein Wesen, das jeden Moment den Lauf der Dinge ändern kann ... Jede Sekunde deines Lebens hast du die Wahl ... Der Andere ist ein Nichts, weil er ein Sohn des Nichts ist, eine Nicht-Kreatur ... Er will jene ausschalten, die du die Krieger der Stille nennst, Ur-Menschen, die gegen die Machtergreifung der In-Creatur kämpfen ... In ihr kann ich wie in dir lesen, denn ich bin ein getreuer Spiegel, ein neutraler Beobachter, ein Verstärker aller Gedanken ... Die Gedanken des Anderen besitzen nicht ein Tausendstel der Kraft deiner Gedanken ... Steht niemand deinem Herzen nahe? Erinnerst du dich an das junge Mädchen, das du hättest lieben können? Hast du dich nicht nach ihr gesehnt, nachdem du in diese Deremat-Maschine gestiegen warst? Hast du es nicht bedauert, in der großen Stadt aus Metall gelandet zu sein? Erinnerst du dich nicht an deine Eltern, an deine Freunde? An sie musst du denken ... Denke an den kleinen Jungen, den du mit deinem Körper auf dem Eisplaneten gewärmt hast ... Vielleicht werden dich dann deine Emotionen auf den Weg zu deiner wahren Natur bringen ... Sollte dein Wunsch dorthin stärker als der Wille des Anderen sein, werde ich dir dienen ... Wenn sich deine Liebesfähigkeit stärker als das Hasspotenzial des Anderen erweist, dann diene ich dir ... Dein Parasit hat sich im hintersten Winkel deines Unterbewusstseins verkrochen ... Er hat Angst vor mir, er hat Angst vor dir, er hat Angst vor allen Impulsen, die Leben schaffen ... Nutze sie ... Wie hast du dich entschieden? Noch ist es nicht zu spät ... Dort, wo ich euch absetze, deinen Parasiten und dich, werdet ihr ein kleines Metallkästchen finden ... Der Andere kennt den Öffnungscode ... Dieses Kästchen enthält eine Doppelwaffe ... Eine für jene, die du Krieger der Stille nennst, eine für dich ... Denn wenn der Andere seine Mission – die Mission, für die er geschaffen wurde – erfüllt hat, wird er dein Schicksal besiegeln ... Da du ihm nicht mehr nützlich sein kannst, wird er dich auslöschen, und deine Seele wird auf ewig in alle Winde des Nichts zerstreut ...«

Die Worte – oder vielmehr sonore Gedanken – des Xaxas' glitten wie im Traum an Marti vorüber. Er begriff ihren Sinn nicht, aber er glaubte zu erraten, dass ihn jemand vor eine Wahl stellte. Aber welche Wahl? Von welcher jungen Frau war die Rede? Von welchen Eltern und Freunden? Von welchem kleinen Jungen? Hatte das alles einen Sinn?

Die Seele des jungen Syracuser war bereits ein von den Winden des Nichts gepeitschter Abgrund.

Vorsichtig kroch die Feuerraupe auf den anderen Parasiten zu. Ihre Fühler zitterten vor freudiger Erregung.

Sie war zusammen mit ihrer eineiigen Zwillingsschwester in den Körper des Xaxas' eingedrungen, deshalb hatte ihr Transporteur den Betrug nicht bemerkt. In seinem Leib hatte ihre Schwester sofort damit begonnen, ihren Wirt anzufressen, ihr aber durch Signale mit ihren Fühlern verboten, dasselbe zu tun.

Feuerraupen waren äußerst gefräßige Wesen. Ihre messerscharfen Lippen zerteilten alles, sogar Mineralien. Doch der Zugvogel hatte sich sofort dagegen gewehrt, ein Sekret abgesondert und einen Kokon um ihre gierige Schwester gesponnen. Ihr Instinkt aber hatte ihr geraten, sich ruhig zu verhalten, da der Xaxas wahrscheinlich nicht noch einen Kokon fabrizieren, sondern sie vernichten würde, sollte er ihre Anwesenheit bemerken. Also hatte sie ihre Lebensfunktionen auf ein Minimum reduziert und war in einen Zustand gefallen, der auf anderen Welten als »Winterschlaf« bezeichnet wurde.

Plötzlich hereinströmendes, grelles Licht hatte sie geweckt. Und sie hatte gesehen, wie der Kokon ihrer Schwester durch Kontraktionen hinausbefördert wurde. Da musste sie ihre vielen Füße in das Fleisch ihres Wirts krallen, um nicht ebenfalls ausgestoßen zu werden.

Dann erschien ein neuer Parasit, ein seltsames Geschöpf mit glatter Haut, einem Haarbüschel auf einem runden Auswuchs und vier weiteren länglichen Auswüchsen. Sie hat sich nicht gerührt, denn sie wollte vor ihrer Metamorphose nicht ausgestoßen werden. Noch immer war sie eine Tochter des Feuers, eine Kreatur, die Flügel brauchte, um zu einer Sonne zu fliegen.

Also hatte sie dem drängenden Impuls widerstanden, sich auf den Neuankömmling zu stürzen und ihn anzufressen. Auch stellte er keine Gefahr dar. Sie würden gut in dem Xaxas zusammenleben können, denn er hatte andere Bedürfnisse als sie. Aber nach ihrer Ruhepause war sie ausgehungert, und ehe sie in einen Kokon eingesponnen würde, müsste sie wieder viel kräftiger werden. Der Parasit war sehr verlockend.

Anfangs, als sich die Öffnung wieder geschlossen hatte und der Xaxas davongeflogen war, hatte der neue Parasit gezappelt und schrille Töne ausgestoßen, was sie erschreckt hatte. Sie hatte sich getarnt und war in ihrer Ecke geblieben.

Sie wusste nichts über dieses Wesen. Etwas Ähnliches hatte sie auf ihrer Welt nie kennengelernt. Also beobachtete sie es und stellte fest, dass es langsam an Volumen verlor und seinen Stoffwechsel in regelmäßigen Zeitabständen verlangsamte. Es bewegte sich kaum, zuckte nur von Zeit zu Zeit zusammen. Es gab keine Laute mehr von sich. Manchmal änderte sich der von ihm ausgehende Geruch. Dann sonderte es eine Flüssigkeit ab. Sie hatte davon gekostet und den Geschmack so angenehm gefunden wie den der Magma-Blumen, ihre Lieblingsspeise.

Er hatte sich jetzt schon lange nicht mehr gerührt. Deshalb beschloss die Feuerraupe anzugreifen. Sie würde sofort seine lebenswichtigen Funktionen lahmlegen müssen, damit er sich nicht verteidigen könnte. Durch ihre Beobachtungen wusste sie, dass er dieses Gas aus den porösen Beuteln an den Wänden zu sich nahm. Auch waren ihr die beiden Löcher am Ende einer länglichen Ausbuchtung aufgefallen, durch die das Gas in seinen Körper gelangte und wieder austrat. Manchmal fand auch ein Gasaustausch durch ein größeres Loch statt. Es war meistens geschlossen, erzeugte aber, wenn es geöffnet wurde, schreckliche Töne.

Sie würde also nur diese Öffnungen verschließen müssen, dann würde diesem Wesen sein kostbares Gas fehlen. Seine Körpertemperatur würde sinken. Sie gab ihr Tarnkleid auf. Ihr Körper leuchtete vor Aufregung über die zu erwartende Mahlzeit. Sie glitt aus ihrem Versteck und betastete mit ihren zahllosen Füßen so sanft wie möglich die seidige Haut ihres Opfers. Es war ebenso groß wie sie. Sie kroch zu dem runden, behaarten Auswuchs und rollte sich über den beiden Öffnungen ein.

Jetzt konnte das Gas nicht mehr dort hinein.

Jek fuhr aus dem Schlaf hoch.

»Ich bin dein Diener, dein Transporteur. Wenn du deinen Aufenthalt in mir genießen willst, kämpfe um dein Leben ...«

ZWANZIGSTES KAPITEL

Freund, jetzt werde ich dir offenbaren, wie du deinen kostbarsten Schatz vor jenen zu schützen vermagst, die ihn begehren ... wie du die Freiheit deiner Seele bewahren kannst ...
Freund, ist dir bereits aufgefallen, dass sich hienieden alles aus Vibrationen, Wellen und Licht zusammensetzt? Hast du schon den subtilen Gesang des Universums vernommen?

Dies ist das Geheimnis. Es ist derart einfach, dass es dir lächerlich erscheinen mag: Öffne deine Seele, öffne dein Herz und lass dich von diesem Klang wiegen ...

Auszug aus einer Predigt der Kirche des Kreuzes, auf den Dünen der großen Wüste des Planeten Osgor gehalten.

Kleines Filmbuch, in der verbotenen Bibliothek des Bischofspalastes der Kirche des Kreuzes entdeckt.

Heute Nacht ...«, hatten die maskierten Vikare bei ihrer letzten Versammlung in der Gruft der Kastraten gesagt.

Heute Nacht ... Mit diesen beiden Worten hatten sie das Todesurteil über den Muffi Barrofill XXIV. verhängt.

Heute Nacht ... Der neue Generalsekretär der Kirche des Kreuzes, Fracist Bogh, konnte sich nicht recht vorstellen, wie die Vikare trotz der exorbitanten Sicherheitsvorkehrungen, die der Unfehlbare Hirte installiert hatte, ihr Projekt realisieren konnten.

Bei Empfängen war er – mehr oder weniger diskret – von unzähligen Leibwächtern und ehemaligen Pritiv-Söldnern umgeben. Zog er sich in seine im Muffi-Turm gelegenen Privatgemächer zurück, war er noch geschützter und praktisch unangreifbar.

Was würden die Vikare unternehmen, um in die Nähe des Oberhaupts der Kirche des Kreuzes zu gelangen? Er aß nur vorgekostete Speisen, trank nur vorgekosteten Wein. Auch hatte er seine sexuellen Aktivitäten eingestellt und verzichtete auf die Knaben, die ihm der ehemalige Generalsekretär, Kardinal Frajius Molanaliphül früher zuzuführen pflegte.

Fracist Bogh war empört gewesen, als er erfahren hatte, dass das Oberhaupt der Kirche sich den grässlichsten pädophilen Ausschweifungen hingab. Diese Information hatte ihn in seinem Entschluss bestärkt. Die Vikare hatten Recht: Das Universum musste so schnell wie möglich von diesem perversen Monster befreit werden. Denn ein Mann, der über viele Milliarden Seelen herrschte, musste ein Vorbild, ein tugendhafter und frommer Mann sein.

Die einzig praktikable Methode, ihn beiseitezuschaffen, war, ihn durch einen Auslöscher-Scaythen auf mentale Weise zu töten. Der Seneschall Harkot – Fracist Bogh vermutete, er sei der Kopf der Verschwörung – war sicherlich in der Lage, einen Gedankenschützer durch einen Auslöscher zu ersetzen, ein alltägliches Vorgehen am kaiserlichen Hof.

Der ehemalige Gouverneur war dank seines Amtes oft dem Seneschall begegnet und hatte sich bei jeder Begegnung unwohl gefühlt. Doch sollte es den Vikaren gelingen, ihn auf den Thron des Pontifex' zu setzen, musste er diese Aversion überwinden.

»Stehen die Gedankenhüter und Inquisitoren des Muffis unter Eurer Aufsicht, Exzellenz?«, hatte er einmal im Laufe einer Soiree beiläufig gefragt.

»Natürlich, Eure Eminenz«, hatte der Seneschall mit der ihm eigenen metallischen Stimme geantwortet, den Blick starr auf seinen Gesprächspartner gerichtet. »Warum stellt Ihr mir diese Frage?«

»Nun, ich bin kein Syracuser, wie Ihr sicher wisst. Und als neuer Generalsekretär möchte ich mich über die Gepflogenheiten des Hofs und der Kirche informieren ...«

»Ich bin vor allem meinen Mitplanetariern, den Scaythen, verpflichtet, ehe ich mich als ein Diener der Menschen betrachte. Scaythen handeln nur auf Anweisung eines Scaythen höheren Rangs. So können sie nicht unter einem beliebigen Vorwand oder selbst dem Vorwand ihrer geistigen

Überlegenheit nach Belieben handeln«, hatte der Seneschall mit leicht drohendem Unterton geantwortet.

Er hatte Fracist Bogh zu verstehen gegeben, dass er über alle Geschehnisse im Ang-Imperium informiert sei. Doch diese Aussage implizierte ebenfalls, dass Harkot ihn als einen kompetenten Gesprächspartner akzeptierte. Das schmeichelte Fracist Bogh.

Doch Harkot hatte ihm nicht gesagt, dass sich das Gehirn des Pontifex' gegen jegliche Manipulation als resistent erwiesen hatte. Deshalb hatte das Dritte Konglomerat beschlossen, den Muffi zu eliminieren. Er hatte sich als Hindernis, ja, als Feind erwiesen, nachdem er länger als zwanzig Jahre zu den treuesten Verbündeten gehört hatte. Dieser geistige Schutzschild des Muffis bestand jedoch nicht in einer Aktivierung seiner ur-menschlichen Kräfte. Nein, er hatte seine mentale Kontrolle derart perfektioniert, dass er jedem mentalen Eingriff widerstehen konnte. Dieser hinterhältige Greis hatte sein Gehirn mit einem undurchdringlichen Panzer umgeben und seinen Geist auf eine Weise in der Materie verankert, dass seine Gedanken selbst zu Kristallen werden konnten.

Der Seneschall aber hatte den Vikaren seine Ohnmacht gestehen müssen.

»In diesem Fall müssen wir uns einer anderen Methode bedienen, Brüder des Vikariats, denn die mentalen Mörder und die Auslöscher können auf den Geist Muffis keinen Einfluss ausüben.«

Dieses Geständnis hatte die Verschwörer völlig ratlos gemacht.

»Könnte dieses Phänomen dann nicht auch auf einige Häretiker zutreffen, Exzellenz? Könnten sich diese Leute nicht ebenfalls den Auslöschern widersetzen?«

»Die Wahrscheinlichkeit ist minimal, um nicht zu sagen gleich null. Der Muffi stellt die berühmte Ausnahme von der Regel dar. Er klammert sich mit derart großer Kraft an das Leben, das heißt, an die Materie, dass sein Unterbewusstsein jegliche Einschränkung und somit auch den Tod ablehnt. Außerdem bleibt uns für Nicht-Konvertiten noch die harte Methode: das Feuerkreuz.«

»Ihr erschwert uns beträchtlich unsere Arbeit, Exzellenz!«.

»Es liegt an Euch, eine Lösung für dieses Problem zu finden. Schließlich ist es Euer Wunsch, den jetzt amtierenden Muffi abzusetzen. Euer Wunsch und Euer Wille.«

Wunsch und Wille, beides von den Auslöscher-Scaythen implantiert ... Man musste den Menschen nur den Eindruck vermitteln, sie würden alles selbst entscheiden und ihrem kleinen Ego schmeicheln, dann tappten sie mit geschlossenen Augen in jede Falle, auch in die primitivste ...

»Wir haben verstanden, Exzellenz! Wir lösen dieses Problem allein, aber wir werden Eure mangelnde Kooperationsbereitschaft nicht vergessen ...«

Die Menschen ... Je mehr sie sich von ihrer eigentlichen Natur entfernten, umso größer wurde ihr Bedürfnis, sich wichtig zu machen, obwohl ihnen von ihrer Macht praktisch nichts mehr geblieben war. Bald würden sie nur noch Kinder der In-Creatur sein, denn schon seit langem brachten sie sich gegenseitig um und bereiteten die totale Machtübernahme des Hyponeriarchats vor.

Mit einer Gebärde lächerlichen Stolzes hatten die Vikare ihre schwarzen Chrohemden gerafft, als einer von ihnen verkündete: »Wir werden uns selbst der Dienste einer der Gedankenauslöscher bedienen, Exzellenz!«

Dann waren sie in den unterirdischen Gängen der Gruft der Kastraten verschwunden.

Vikare ... ihr seid bereits schwarz, ihr seid bereits die Söhne von Hyponeros. Ihr spielt euch als die obersten Hüter des Glaubens auf, alle ein Ausbund an Tugend, doch ihr seid nichts als die Totengräber der Menschheit.

Gewiss ist Barrofill kein unschuldiger Mensch in eurem Sinn – und wenn ihr eure Sexualorgane geopfert habt, geschah es aus Angst, selbst unrein zu werden –, aber er hat wenigstens gelebt und souverän sein Amt ausgeübt ... Was ist besser, Vikare? Ein Leben im Stadium permanenter Selbstverneinung und Frustration zu führen, oder ein ausschweifendes, egozentrisches Leben zu genießen?

Willkommen im Nicht-Universum, Vikare!, dachte Harkot, während er einem Diener durch das Labyrinth der Gänge im bischöflichen Palast folgte.

Unter den fünftausend Kardinälen der Kirche des Kreuzes tobte der Nachfolgekrieg, ausgelöst durch absichtlich gestreute Gerüchte der Vikare. Glücklicherweise ebbte die Empörung über die Ernennung Fracist Boghs zum Generalsekretär – wie konnte der Unfehlbare Hirte zum ersten Mal in der Geschichte der Kirche einen Paritolen, einen Nicht-Syracuser, mit diesem Amt betreuen? – bald ab, denn die Purpurträger waren mit ihren eigenen Angelegenheiten beschäftigt.

Wie Lichtwellen breiteten sich die wildesten Gerüchte in den Gängen des kirchlichen Palastes in Venicia aus. Es hieß, der Pontifex liege im Sterben, andere behaupteten, seinen Leichnam gesehen zu haben, wiederum andere, er habe sich während der letzten Zweiten Nacht mit Knaben vergnügt, und es gab einige, die erzählten, er habe den Verstand verloren und irre völlig nackt wie Dame Veronit de Motohor durch seine Gemächer ...

Also galt der Thron des Muffi jetzt als vakant.

Fracist Bogh hatte erfahren, dass es noch etwa hundert potenzielle Aspiranten gab, die natürlich alle von verschiedenen Parteien unterstützt wurden. Er selbst hatte, den Instruktionen der Vikare folgend, seine Kandidatur nicht angemeldet.

»Eure Rivalen wären durchaus fähig, Euch ermorden zu lassen! Wir müssen sie überraschen ...«

Mehr oder weniger aussichtsreiche Kandidaten hatten sich im luxuriösen Büro des neuen Generalsekretärs vorgestellt, um sich seiner Stimme für ihre Wahl zu vergewissern. Doch er hatte sie mit dem Hinweis abgewiesen, er sei durch sein Amt zur Unparteilichkeit verpflichtet, worauf sie ihn schulterzuckend mit verächtlichen Blicken bedacht hatten – was verstand ein Paritole schon von den Raffinessen syracusischer Politik? – und gegangen waren.

In seiner neuen Funktion verfügte der ehemalige Gouverneur von Ut-Gen über sechs Gedankenschützer und über eine monatliche Apanage von zwanzigtausend Standardeinheiten, die trotz der hohen Lebenshaltungskosten in Venicia mehr als ausreichend war, denn er frönte nicht den kostspieligen Lastern vieler seiner Kollegen. Mitglieder des Hochadels suchten ihn ständig auf, um sich ihrer Privilegien zu versichern oder neue zu erbitten. Nach und nach lernte er es, die doppelzüngige Sprache des Hofs zu entschlüsseln oder die Kunst perfider Denunziation oder Erpressung im Plauderton, ein Spiel, das die Frauen noch perfekter als die Männer beherrschten.

Die gefürchtetsten Vertreterinnen dieser intriganten Bande waren alte Adelige, die selbst ernannten Hüterinnen der Etikette. Seit Monaten schon versuchten sie bei dem Muffi die Annullierung der Ehe Sibrits mit dem Imperator zu erreichen.

Dame Sibrits unrühmlicher Abgang hatte einen Skandal ausgelöst. Seitdem war sie auf unerklärliche Weise verschwunden. Da der Unfehlbare Hirte sie nicht empfing, belagerten sie das Büro des Kardinals Bogh. Ohne Resultat indes.

Eines Tages waren zwei Zeremonienmeister bei ihm vorstellig geworden und hatten ihm mitgeteilt, Imperator Menati wünsche, dass seine Gemahlin Dame Sibrit in Abwesenheit dem heiligen Gericht zu überstellen sei.

»Wie lautet die Anklage?«

»Hexerei.«

Verantwortlich für die gesamte Organisation dieses Prozesses war der Generalsekretär gewesen. Als Erstes galt es, ihn auf einen für alle Beteiligten angenehmen Zeitpunkt zu legen, eine schwierige Aufgabe, da bei allen Zeugen – etwa dreihundert Mitgliedern des Hochadels – deren soziale Stellung berücksichtigt werden musste. Dann hatte er im Verlauf eines speziellen Konklaves die zehn Kardinäle der Jury benennen müssen. Weil er nicht wusste, wie er sich aus diesem Dilemma hätte befreien können, hatte er einfach die zehn ältesten berufen. Woraufhin der Klerus der Meinung gewesen war, er habe sich sehr gut aus der Affäre gezogen, da sich niemand außer einiger junger Prälaten, die sich von diesem Prozess Aufstiegsmöglichkeiten erhofft hatten, verletzt fühlten.

Weil Fracist Bogh die unterschwellige Warnung Harkots nicht vergessen hatte, bat er den Seneschall, selbst die drei speziellen Inquisitoren zu bestimmen. Dann hatte er den Imperator persönlich von seinen Maßnahmen unterrichtet, worauf der Imperator das Vorgehen des Generalsekretärs mit einem knappen Nicken gebilligt hatte.

Auf diese Weise hatte der Kardinal drei Fliegen mit einer Klappe geschlagen. Der Herrscher des Universums war zufrieden, ebenso der Seneschall, und die Eitelkeit der Kardinäle war nicht verletzt worden.

In einigen Wochen, im vorletzten Monat des syracusischen Jahrs, am sechsten Tag des Monats Cembrius, würde der Prozess im Jahr 16 des Ang-Imperiums beginnen und sich wahrscheinlich bis in das folgende Jahr hinziehen. Die einzige Person, die zugunsten der Angeklagten auf freiwilliger Basis aussagen würde, war Dame Alakaït de Phlel, ihre Hofdame. Doch da sie ebenso hässlich war wie ihre Herrin schön gewesen war, würde man sie anstelle der Kaiserin zum qualvollen Tod am Feuerkreuz verurteilen. Somit wäre der Gerechtigkeit Genüge getan.

Ganz Venicia befand sich in einem Zustand fieberhafter Erregung, denn Syracusa, der Planet der schönen Künste und des guten Geschmacks, bereitete sich auf einen neuen Pontifex und auf eine neue Imperatrix vor.

Heute Nacht ...

Heute Nacht statte ich dem Muffi meinen routinemäßigen Besuch ab, und da die Vikare mir keine Anweisungen gegeben haben, wird sich nichts Besonderes ereignen, dachte Kardinal Bogh.

Er stand vor dem großen Fenster mit dem herrlichem Blick über Romantigua, der Altstadt Venicias, und genoss den Sonnenuntergang Saphyrs; das Gestirn färbte den Himmel in prächtig schimmernde Farbtöne: mauve, violett und indigo. Alle Straßen und Avenuen glichen blauen Flüssen. Die Venicianer genossen die kühlende Brise der kariolischen Winde, flanierten auf den Trottoirs, versammelten sich um die Optalium-Brunnen oder gingen anderen Vergnügungen nach. Bunt beleuchtete Galeonen glitten ruhig über den Fluss Tiber Augustus.

Welch ein Unterschied zwischen Venicia und Anjor, der Hauptstadt Ut-Gens. Die Venicianer waren elegant gekleidet, aber verlogen und berechnend, die Utgenianer hingegen liefen in Lumpen umher, doch waren sie einfach und ehrlich. Manchmal sehnte sich Fracist Bogh nach diesem düsteren Planeten, weil er glaubte, dort sein Priesteramt ausgeübt zu haben, hier jedoch war er zu einem berechnenden Verschwörer geworden.

Jemand klopfte an die Tür. Er ging zu seinem Schreibtisch und drückte auf den Knopf zum Öffnen.

Ein weiß gekleideter Novize trat ein und verneigte sich. »Der Muffi erwartet Euch, Eure Eminenz.«

»Jetzt schon? Das Treffen sollte erst in zwei Stunden stattfinden ...«

»Der Zeitplan wurde geändert, Eure Eminenz.«

»Beweisen Sie mir, dass Sie befugt sind!«, entgegnete der Kardinal leicht erbittert, weil auch er bereits von diesem paranoiden Misstrauen besessen war.

»Pax kreuziana ...«, sagte der Novize.

Fracist Bogh nickte. Dies war der zwischen dem Pontifex und dem Generalsekretär vereinbarte Code.

»Ich komme gleich ...«

Barrofill XXIV. saß in einem sparsam möblierten Raum seiner sonst luxuriösen Gemächer auf einer bequemen Luftcouch. Heute hatte er sich weder schminken lassen noch sein Ornat angelegt. Er sah müde und alt aus, als er mit durchdringendem Blick seiner schwarzen Augen den Generalsekretär musterte.

»Guten Abend, Kardinal Bogh«, murmelte er mit matter Stimme. »Bitte, setzt Euch.«

Er klopfte mit der Hand auf die Rückenlehne. Fracist

Bogh küsste flüchtig den Ring und nahm neben dem Muffi Platz.

»Guten Abend, Eure Heiligkeit.«

Der Unfehlbare Hirte räusperte sich, während der Blick des Kardinals durch das Zimmer wanderte, wo er über Türen und Fenstern im Stuck verborgen Luftfilter entdeckte.

Die Vikare würden diesen Raum nicht so einfach vergasen können wie er das Nord-Terrarium in Anjor vergast hatte. Manchmal bedauerte er, was er getan hatte. Waren diese, unter der Beta-Zoomorphie leidenden Menschen nicht auch Geschöpfe des Kreuzes? Hatten sie nicht eine Seele wie alle anderen?

»Ihr habt Euch wahrscheinlich gefragt, warum Wir unser Treffen vorverlegt haben«, begann der Muffi das Gespräch.

»Ja, das habe ich.«

Barrofill lachte leise und rau, während er zitternd seine knochigen Hände hob.

»Mein lieber Kardinal Bogh, Eure mentale Kontrolle lässt noch zu wünschen übrig. Ein Syracuser hätte mir geantwortet: ›Es ist mir eine Ehre, Euch jederzeit zu dienen.‹ Oder: ›Ihr könnt Tag und Nacht auf mich zählen.‹ Die Syracuser haben die Scheinheiligkeit zur Kunst erhoben und nennen das Ganze autopsychische Selbstkontrolle, was natürlich viel besser klingt. Wie kommt Ihr mit dem Prozess gegen Dame Sibrit voran?«

»Die Vorbereitungen sind abgeschlossen, Eure Heiligkeit. Er kann wie vorgesehen am sechsten Cembrius beginnen.«

»Und sie wird natürlich verurteilt ...«

Fracist Bogh sah seinen erhabenen Gesprächspartner mit einer Intensität an, die jegliche Gefühlskontrolle vermissen ließ. »Darf ich vermuten, dass Ihr mit diesem Prozess nicht einverstanden seid, Eure Heiligkeit?«

»Ihr dürft, Kardinal Bogh ... Dame Sibrit de Ma-Jahi war – oder ist vielleicht noch – die Person in Venicia mit dem größten Weitblick. Dieser Prozess ist nur ein Vorwand, um sie auszuschalten und ihr Andenken in den Schmutz zu ziehen. Nichtsdestotrotz beglückwünschen Wir Euch. Denn Ihr habt durch die Auswahl des Tribunals viel Geschick bewiesen und niemanden beleidigt. Ein Kraftakt, der Bewunderung verdient.«

»Warum seid Ihr nicht eingeschritten, da Ihr diesen Hexenprozess verurteilt?«

»Weil Wir der innersten Überzeugung sind, dass es um mehr als nur diesen Prozess geht und extreme Vorsicht geboten ist ...«

Der Muffi erhob sich und ging zu dem Fenster aus Panzerglas mit Blick auf den Außenpatio.

»Ich bin nunmehr ein müder Greis, ein lebender Leichnam ... Dame Sibrit war ein Symbol, und es hätte eines Mannes im besten Alter bedurft, um diesen Prozess zu verhindern ... Eines Mannes wie Ihr es seid ...«

»Verzeiht mir, Eure Heiligkeit, aber ich begreife nicht, von welcher Symbolkraft Ihr sprecht ... Wenn ich den Gerüchten Glauben schenke, war die Kaiserin vor allem ein Symbol der Ausschweifung und Grausamkeit!«

»Sie war – oder ist noch immer – wie ein jeder. Weder besser noch schlimmer. Gewiss pervers und grausam, aber nicht mehr als Ihr und Wir. Nicht mehr als der Kaiser. Sie hat viele Liebhaber gehabt und wahrscheinlich ein paar ermordet, aber Menati hat unzählige Mätressen und seinen Bruder und seine beiden Neffen ermorden lassen, um den Thron besteigen zu können. Das ist eine Tatsache, Kardinal

Bogh, denn Wir selbst haben seinerzeit dieses Komplott geschmiedet. Weder in diesem Palast noch im Palast des Kaisers gibt es Mächtige ohne Blut an den Händen ...«

Fracist Bogh ging zum Pontifex und stellte sich neben ihn. Er überragte den Greis, der jeden Tag ein wenig mehr zu schrumpfen schien, um mehr als Kopfeslänge. Nahm er etwa Mikrostasika? Der regelmäßige Genuss dieser seit dreißig Jahren verbotenen chemischen Droge war unter dem Klerus und Hochadel weit verbreitet und vielleicht eine Erklärung für dessen hohes Alter.

»Ich glaube nicht, dass Blut an meinen Händen klebt ...«, sagte der Generalsekretär.

Der Muffi sah seinen Untergebenen spöttisch an. »Ach, zählen alle diese Häretiker, die Ihr zum Tode am Feuerkreuz verurteilt habt, etwa nicht? Und die Millionen Quarantäner, die Ihr vergasen ließt?«

»Die Leute waren Feinde des Glaubens!, protestierte Fracist Bogh vehement. »Als Mann der Kirche ist es meine Pflicht, sie zu bekämpfen!«

»Das Blut eines Häretikers oder eines Gläubigen ist immer das Blut eines Menschen, ganz gleich, mit welcher Rechtfertigung sein Tod begründet wird ...«

»Ihr sät den Kern des Zweifels in meinen Geist, Eure Heiligkeit ... Wird in den Schulen der heiligen Propaganda nicht der Grundsatz vertreten, jeden Ungläubigen, jeden Heiden unbarmherzig zu bestrafen? Seid Ihr nicht als oberste Instanz der Kirche für diese Schulen verantwortlich?«

Der Muffi legte eine Hand auf den Arm des Kardinals, der das unangenehme Gefühl hatte, von einem Abgesandten des Todes berührt zu werden.

»Wir wollen doch hoffen, dass Euch der Graben, der zwischen der Hierarchie und der Basis existiert, bewusst ist«, sagte er mit flammendem Blick. »Ebenso müsste Euch klar sein, dass Gesetze, die für die Herde gelten, für den Schäfer inexistent sind. Ihr quält Euch mit unlösbaren Gewissensfragen, mit Widersprüchen – das ist das Schicksal aller Regierenden. Im Laufe der Jahrhunderte hat sich die Kirche in ein unersättliches Monster verwandelt, dessen Kontrolle immer schwieriger wird. Aus diesem Grund aber wächst sie ständig: Sie braucht immer mehr Nahrung, also werfen Wir ihr immer mehr Seelen zum Fraß vor. Millionen Seelen, die der Prälaten, Vikare und Missionare und Milliarden Seelen von Gläubigen ... Wir haben ein wildes Tier in die Welt gesetzt, das, um zu überleben, seine eigenen Glieder verzehrt. Und jeden Tag, den Gott in seiner Güte uns schenkt, stillen wir den unersättlichen Hunger der Kirche des Kreuzes mit neuen Seelen. Am Anfang war das Wort eine einfache Botschaft, eine Hymne an die Freiheit des Menschen. Doch die Kirche ist ein komplexes Gebilde, eine blindwütige, Menschen verzehrende Maschine. Das sind wir geworden, Kardinal Bogh: Roboter, Klone ...«

Der Muffi versenkte sich in die Betrachtung der Zweiten Abenddämmerung. Schimmernde Blautöne wurden immer dunkler, bis sie die Farbe satten Indigos angenommen hatten. Die goldene Sichel des ersten der vier Nachtgestirne leuchtete am Himmel auf.

»Wenn Ihr gestattet, Eure Heiligkeit, möchte ich Euch zwei, oder vielmehr drei Fragen stellen«, sagte Fracist Bogh.

Der Muffi nickte.

»Warum habt Ihr Euch nicht früher diesbezüglich geäußert? Warum sprecht Ihr mit mir darüber? Und schließlich, in welchem Zusammenhang steht Eure Rede mit Dame Sibrit?«

»Ein in der autopsychischen Selbstverteidigung erfahrener Syracuser hätte mir entgegnet: ›Eure Heiligkeit, Eure Analyse der aktuellen Situation ist bemerkenswert und deckt sich mit meinen Überlegungen ...‹ Eine absolut nichtssagende Replik, die aber Intelligenz suggerieren soll ... Zuerst zu Dame Sibrit: Sie allein war in der Lage, teilweise das Geheimnis der Scaythen von Hyponeros zu enträtseln – Wir sprechen hier über den Konnetabel Pamynx und seinen Nachfolger Seneschall Harkot. Die Kaiserin war so klug, mit Uns darüber zu reden. Sie besitzt die Gabe, die manche als dämonisch bezeichnen, Wir ziehen es jedoch vor, sie hellseherisch zu nennen. Ihre Träume enthüllen die Zukunft. Bis zu jenem Zeitpunkt hatten wir den Scaythen absolutes Vertrauen geschenkt, denn Wir waren überzeugt, dass sie im Interesse der Menschheit handelten. Doch Dame Sibrit hat Uns die Augen geöffnet, und Wir erfuhren, dass sie dasselbe bei ihrem Gemahl versucht hat, er sie jedoch nicht anhören wollte ... Durch ihr Handeln ist sie so zu einem Symbol der menschlichen Freiheit geworden, und es ist dieses Symbol, das der Seneschall Harkot und seine Gefolgsleute zu zerstören trachten ... Es ist ihnen völlig egal, ob sie Blut an den Händen hat oder nicht!«

»Und welches sind – glaubt man den Träumen Dame Sibrits – die wahren Absichten des Seneschalls?«

»Ah, Kardinal Bogh, es ist ein wahres Vergnügen, mit Euch zu diskutieren ...«, sagte der Muffi und musste heftig husten – oder lachen? – so heftig, dass der Generalsekretär fürchtete, der Greis würde zusammenbrechen.

»Die genauen Absichten Harkots sind Uns unbekannt«, fuhr der Pontifex fort. »Wir vermuten nur, dass er der oberste Vertreter der Scaythen ist, deren Ziel in dem Auslöschen der Menschheit besteht. Solltet Ihr die Kraft dazu haben, wird es Eure Aufgabe sein, das ganze Geheimnis zu lüften ...«

»Wir ... warum ich, Eure Heiligkeit?«, stammelte der Kardinal.

»Wo bleibt Eure mentale Kontrolle, Generalsekretär! Ihr seid ein erbärmlicher Schauspieler! Die Rolle des Unschuldigen steht Euch nicht, damit betont Ihr noch Eure Schuld ... Und während sich die Kandidaten als Nachfolger für Unser Amt untereinander zerfleischen, hat das Vikariat klammheimlich bereits seinen Bauer in die günstigste Position auf dem Schachbrett der Macht positioniert: Euch, einen jungen und bescheidenen Mann!«

Schon wollte der Kardinal empört protestieren und öffnete den Mund, doch der Pontifex brachte ihn mit einer herrischen Geste zum Verstummen.

»Lasst Uns ausreden, Kardinal Bogh! Unsere Zeit ist knapp. Die Vikare könnten Euch nicht auf den Thron hieven, hätten Wir Euch nicht als Kandidaten vorgeschlagen. Wir waren von Anfang an über die Pläne informiert, die in der Gruft der Kastraten geschmiedet wurden, und haben sie diskret unterstützt ...«, sagte der Muffi süffisant.

Fracist Bogh fürchtete, gleich in Ohnmacht zu fallen.

»Warum ich?, habt Ihr mich gefragt. Wir kennen und schätzen Euren Charakter, Sohn einer Wäscherin des Runden Hauses mit den neun Türmen zu Duptinat. Denn Wir sind überzeugt, dass Ihr der Mann der Stunde seid, der Mann, der in der Lage sein wird, die Kirche zu erneuern. Da Ihr aus bescheidenen Verhältnissen stammt und über genügend Elan verfügt, seid Ihr berufen, dem Wahren Wort des Kreuzes wieder seine ursprüngliche Schlichtheit zu verleihen. Ihr seid wie eine scharfe Klinge, und Ihr müsst vielen die Köpfe abschneiden. Der erste, der rollen muss, ist der des Seneschalls Harkot, der zweite, der des Imperators Menati, dann müssen die Köpfe der Vikare, der Kardinäle und der Adeligen folgen ... Dies ist, prinzipiell gesehen, der Wortlaut Unseres Testaments.«

»Eures Testaments? Heißt das ... Ihr, Ihr gedenkt uns zu verlassen?«

»Generalsekretär! Hat man Euch nicht vor wenigen Stunden in der Gruft der Kastraten zwei fürchterliche Worte zugeflüstert? ›*Heute Nacht* ...‹«

Entsetzen ergriff den Kardinal. Plötzlich begriff er, dass er nur eine Marionette in den Händen des Muffis gewesen war.

»Auch Ihr werdet noch lernen, Euch Eurer Feinde zu bedienen. Perfekt geleitet, erweisen sie sich zuverlässiger als Verbündete .... Doch nun zur Beantwortung Eurer beiden anderen Fragen. Wir haben zur Situation der Kirche keine Stellung bezogen, weil wir Unsere letzte Aufgabe zu einem guten Ende führen wollten, das heißt, Euch bis in das höchste Amt zu begleiten. Deswegen haben Wir fast Unsere gesamte Energie darauf konzentriert, Unsere Feinde auf falsche Fährten zu lenken. Wahrscheinlich wäre es für Euch fatal gewesen, wären Unsere Feinde vorzeitig auch die Euren geworden. Bis zum Ende haben Wir auf ein Überraschungsmoment hingearbeitet – um Unsere Gegner in Verlegenheit zu bringen ... Wir sind Uns durchaus bewusst, ein mittelmäßiger Hirte gewesen zu sein, nicht frei von den niederen Instinkten, von der die Herde beherrscht wird. Und ehe Wir Uns in die infernalischen Welten begeben – gewiss, Wir glauben nicht an die Hölle, doch benutzen Wir bequemerweise formelhafte Wendungen, einfachen Menschen verständlich –, haben Wir es Uns zur letzten Aufgabe gemacht, einen würdigen Nachfolger auszuwählen. Und wenn Wir Uns Euch heute Abend anvertrauen, geschieht dies, weil der Augenblick gekommen ist, Euch die Dimension Eures künftigen Amtes zu erläutern ... Haben Wir Uns in Euch getäuscht, Kardinal Bogh? Sind Eure Schultern kräftig genug, diese überaus schwere Last zu tragen? Der Einsatz in diesem Machtkampf ist sehr groß: Es geht um den Fortbestand der Menschheit. Dafür kämpfte – oder kämpft noch immer – Dame Sibrit, und dafür kämpfen die Krieger der Stille, von denen Ihr sicher gehört habt ...«

»Die Krieger der Stille?«, unterbrach Fracist Bogh den Muffi. »Das sind doch nichts als Märchengestalten!«

»Ihr dürft nie die enge Beziehung zwischen Herde und Hirte vergessen. Die Herdenmenschen verwandeln für sie nicht verständliche Ereignisse in eine Legende. Der Hirte aber versucht zu begreifen. Und später – aber nur später – transformiert er die Wirklichkeit in eine Legende, sollte er das für das Wohlergehen seiner Herde für notwendig erachten. Wir haben die Existenz der Krieger der Stille immer als Realität betrachtet, und Dame Sibrits Träume haben Uns in Unserer Überzeugung bestätigt. Diese Träume erzählen von einem geheimen Kampf gegen Hyponeros, und ihnen wohnen jene den Legenden eigentümlichen seherischen Kräfte inne ... Diese Naïa Phykit ist keine andere als Aphykit Alexu, die Tochter Sri Alexus, einem Großmeister der Inddikischen Wissenschaft, den der Konnetabel Pamynx ermorden ließ. Dieser Sri Lumpa ist kein anderer als Tixu Oty vom Planeten Orange, ein kleiner Angestellter der InTra, der wie durch ein Wunder dem Inspobot entkam, den das Transportunternehmen ihm auf den Hals gehetzt hatte. Also seid Ihr – wenn auch auf ganz anderer Ebene – wie die Krieger der Stille die letzte Hoffnung der Menschheit ...«

Der Muffi war sichtlich müde und setzte sich wieder auf die Couch. Die Nacht senkte sich über Venicia, und die unter der Decke des Zimmers schwebenden Licht-Kugeln begannen langsam aufzuleuchten.

»Haltet Ihr Euch für stark genug, den Auslöscher-Scaythen zu widerstehen, Generalsekretär?«

Die Frage verwirrte Fracist Bogh. Noch immer stand er wie versteinert vor dem Fenster. Noch nie war es ihm in den Sinn gekommen, zum Objekt heiliger oder profaner Auslöscher geworden zu sein oder zu werden.

»Ich weiß es nicht, Eure Heiligkeit ...«

»Eure Ehrlichkeit ehrt Euch, Kardinal Bogh ... Doch Wir wissen, dass Euch bereits, ohne dass Ihr es bemerktet, ein spezielles mentales Programm implantiert wurde!«

Fracist Bogh drehte sich lebhaft um und sah den Greis mit einer Mischung aus Unglauben und Hass an.

»Wie könnt Ihr es wagen, etwas derart Törichtes zu behaupten, Eure Heiligkeit?«, sagte er empört. Er hatte völlig vergessen, dass er mit dem Unfehlbaren Hirten sprach, einem der gefürchtetsten Männer des Universums – nach dem Seneschall, aber noch vor dem Imperator Menati.

»Wir haben Euch bereits erklärt, dass Uns in diesem Palast nichts verborgen bleibt«, antwortete der Muffi gelassen. »Euch wurde ein Tötungs-Programm implantiert! Ihr seid hier, um mich zu töten, Kardinal Bogh! Es gibt keine Macht ohne blutige Hände ...«

»Das ist absurd! Ihr müsst einem Irrtum unterlegen sein!«, fauchte der Generalsekretär, außer sich.

»Eure Kontrolle, Kardinal Bogh! Dieses Programm wird erst in ...« Er warf einen Blick auf die holographische Uhr an der Wand. » ... Hm, die Zeit vergeht so schnell ... in einer Viertelstunde aktiviert. Und Ihr merkt nichts, weder vorher noch währenddessen noch danach! Eure Freunde, die Vikare, sind dieses Mal sehr geschickt vorgegangen. Nicht nur, dass sie Euch die Dreckarbeit machen lassen, nein, sie bedienen sich dieses Mordes auch noch, um Vorteile zu erlangen. Später werden sie Euch ständig erpressen. Sie haben bereits jetzt Beweise Eurer künftigen Schuld gesammelt. Auf diese Weise glauben sie, die totale Kontrolle über die Kirche zu gewinnen ... Aber ich werde mich von Euch ohne Gegenwehr töten lassen, mein Mörder. Es ist höchste Zeit, mich meinen himmlischen Richtern zu stellen. Meine Leibwächter, meine Morphopsychologen und meine Leibdiener sind bereits von meinem baldigen Hinscheiden unterrichtet worden. Auch wurde ihnen der formelle Befehl erteilt, nach Eurer Wahl zum Muffi treu zu dienen ... Was haltet Ihr als neues Oberhaupt der Kirche von dem Namen Barrofill XXV.?«

Fracist Bogh traten Tränen in die Augen. Doch er wusste nicht, ob er über den pathetischen alten Mann oder sich selbst weinte.

»Aus diesen Gründen habe ich unser Treffen vorverlegt. Ich wollte genug Zeit haben, Euch mein Testament selbst darzulegen. Ein schriftliches oder holographisches Zeugnis hinterlässt Spuren, kann gefälscht werden. Ach ja, ehe ich's vergesse: Auch Euch wurde ein Programm totalen Vergessens implantiert, was zur Folge haben wird, dass Ihr Euch weder an unsere Unterredung erinnern könnt noch daran, mich getötet zu haben. Auf keinen Fall durfte ein Inquisitor oder irgendein käuflicher mentaler Manipulator erfahren, dass Barrofill XXV. seinen Vorgänger getötet hat, um sich auf dessen Thron zu setzen. Dieses Wissen gehört allein den Vikaren, und sie werden sich dessen bedienen, solltet Ihr ihren Forderungen nicht nachkommen. In gewisser Hinsicht kommt uns diese Tatsache jedoch gelegen, denn den Inquisitoren bleibt somit unsere Unterredung verborgen, und Ihr habt freie Bahn ...«

»Aber welchen Nutzen soll dann unser Gespräch haben?«

Der Muffi entnahm einer Tasche seines Gewandes eine runde, schwarze, glatte Scheibe, etwa fünf Zentimeter im Durchmesser.

»Entkleidet Euch, Kardinal Bogh!«

»Was fällt Euch ein, Eure ...«

»Schweigt, und gehorcht! Uns bleiben nur noch wenige Minuten! Euer Körper interessiert mich nicht. Wie Ihr wisst, liebte ich nur Knaben, und dafür werde ich mich vor dem Kreuz verantworten ... Ihr braucht Euren Colancor nicht ganz auszuziehen; es genügt, wenn Ihr den Oberkörper freimacht. Ich erkläre Euch gleich das Funktionieren dieses Geräts ...«

Fracist Bogh gehorchte.

Der Muffi forderte ihn auf, näherzutreten, dann platzierte er die runde Scheibe mit präziser Geste direkt unter das Brustbein des Kardinals. Ein brennender Schmerz breitete sich im Oberkörper des Generalsekretärs aus. Er stieß einen Schrei aus und wich zurück. Die Scheibe schien seine Haut zu versengen.

»Der Schmerz lässt bald nach«, murmelte Barrofill XXIV. »Ich habe Euch eine elektromagnetische Plakette implantiert. Sie besitzt zwei unschätzbare Vorteile. Einerseits kann man mit keinem Mittel ihr Vorhandensein aufspüren. Von nun an ist sie ein in Eurem Körper integrierter Bestandteil, gleich einem inneren Organ. Andererseits sendet sie in regelmäßigen Intervallen unterschwellige Suggestionen aus, die Euer Erinnerungsvermögen wiederherstellen werden. Sie wird Euch helfen, Eure Ziele zu erreichen ... Wie fühlt Ihr Euch?«

»Ich habe keine Schmerzen mehr, Eure Heiligkeit.«

»Ich muss mich beeilen, denn es bleiben uns nur noch vier Minuten ... Diese Scheibe wird Euch unter anderem zu einer Geheimbibliothek des Palastes führen. Dort werdet Ihr ein kleines Filmbuch finden, in dem die Kirche eine effiziente Methode beschreibt, wie sich der Mensch gegen fremde mentale Gehirnströme schützen kann. Auch die Kirche war einmal eine Meisterin der Inddikischen Wissenschaften. Jetzt wisst Ihr, warum der Seneschall Harkot mich eliminieren will. Er hat sich ebenso wie ich der Vikare bedient. Doch ich war im Vorteil, weil ich mich auf bekanntem Terrain bewegte ... Also, mein Sohn, jetzt bist du gerüstet, dich mit der Tiara krönen zu lassen und den Siegelring zu tragen, das Objekt aller Begehrlichkeiten ... Ein letzter Hinweis: Der geniale Wissenschaftler, der dieses kleine technische Wunder, dieses Implantat, geschaffen hat, ist leider bei einem Unfall ums Leben gekommen. Ich habe sehr viel Blut an den Händen ... Etwas mehr oder weniger, ändert das etwas an dem Urteilsspruch? Von jetzt an bist du der einzige Mensch im Universum, der Kenntnis von diesem Gerät hat. Es wird nach und nach – und das hoffe ich von ganzem Herzen – die Integrität deines Geistes wiederherstellen. Und es wird dir Handlungsweisen suggerieren, die dir manchmal absurd erscheinen. So wird es dir zum Beispiel raten, mentale Memoiren nach den Vorstellungen des Seneschalls und der Vikare zu verfassen. Es wird dich in obskure Kämpfe verwickeln, gewalttätige und blutige Auseinandersetzungen ...«

»Und wenn das Vikariat mich nicht mehr unterstützen sollte?«, sagte Fracist Bogh und kleidete sich wieder an.

»Darüber brauchst du dir keine Sorgen zu machen, mein lieber Fracist. Die Kastraten haben zwar keine Hoden mehr, aber sie haben Verstand ... Uns bleiben nur noch ein paar Sekunden ... Adieu! Möge die Kirche dir helfen, das zu vollbringen, wo ich gescheitert bin! Zögere nicht, wenn du mir den letzten Kuss gibst. Noch nie war ein Opfer mit der Tat seines Mörders so einverstanden ... Ein sanfter Tod wiegt vielleicht die Irrungen eines vertanen Lebens auf ...«

Der Muffi schloss die Augen und warf den Kopf nach hinten, als biete er seine Kehle in dem jetzt hellen Schein der schwebenden Licht-Kugeln dar.

Fracist Bogh fragte sich, ob er das alles nicht geträumt habe, ob er nicht gleich in seinem Bett aufwachen werde.

Das Spezialprogramm wurde zu der vorhergesehenen Zeit ausgelöst. Fracist Boghs Verstand erhielt präzise Befehle, und er verwandelte sich spontan in einen unerbittlichen Tötungsroboter.

Er beugte sich über einen ihm unbekannten, weiß gekleideten Greis. Eine innere Stimme befahl ihm diesen Mann zu töten. Er drückte fest auf die Halsschlagader und spürte den Puls. Der Alte wehrte sich nicht, nur sein Körper wurde von heftigen Krämpfen geschüttelt. Seine Arme und Beine zuckten unkontrolliert. Ein Röcheln kam aus seinem halb geöffneten Mund.

Fracist Bogh drückte fester, bis der Körper erschlaffte und dann von der Couch zu Boden ruschte. Als sich der Täter vom Herzstillstand seines Opfers überzeugt hatte, richtete er sich auf, musterte den Leichnam zu seinen Füßen, hob ihn auf und setzte ihn wieder auf die Couch. Er schloss dem alten Mann behutsam die Augen. Dann ging er zur Tür.

Im bischöflichen Palast herrschte eine ungewöhnliche Aufregung inmitten der Zweiten Nacht. Ohne anzuklopfen betrat ein Novize das Schlafgemach des Generalsekretärs und verkündete unter Schluchzen, dass Barrofill XXIV. gestorben sei.

Fracist Bogh war von dieser Nachricht kaum überrascht. Hatten die Vikare ihm während ihrer letzten geheimen Zusammenkunft nicht anvertraut, dass der tyrannische Greis im Laufe der Nacht sterben werde? Zu Unrecht hatte er an der Effizienz seiner Verbündeten gezweifelt. Sie hatten ihren Plan in die Tat umgesetzt.

»Das ist ein großes Unglück«, sagte er zu dem Novizen. »Ich kleide mich an und komme.«

Als er sein Chorhemd über seinen Nacht-Colancor streifte, wurde ihm plötzlich bewusst, dass das Letzte, woran er sich erinnerte, war, wie er die Gruft der Kastraten in Begleitung eines Vikars und seiner sechs Gedankenschützer verlassen hatte. Er zuckte mit den Schultern. Seine neuen Aufgaben nahmen ihn anscheinend derart in Anspruch, dass unter dieser physischen wie psychischen Überbeanspruchung sein Erinnerungsvermögen litt. Er musste ganz einfach wie jeden Tag zu Bett gegangen sein.

Seine sechs Gedankenhüter im Schlepptau begab er sich in den Patio des Muffi-Turms, wo sich bereits fast alle Bewohner des bischöflichen Palastes versammelt hatten.

»Eure Eminenz! Generalsekretär! Der Muffi ist tot!«, riefen die erregten Novizen.

Schon hatten sich viele Kardinäle dort versammelt, und selbst unter dem Schutzschirm ihrer mentalen Kontrolle konnte man den Krieg aller gegen alle erahnen, der schon lange vor dem Ableben des Oberhauptes der Kirche entbrannt war.

Fracist Bogh drehte sich gezwungenermaßen um, als jemand ihm einen Rippenstoß versetzte.

»Eure Eminenz«, sagte Jaweo Mutewa, sein ehemaliger Privatsekretär, mit breitem Grinsen, »welches Vergnügen, Euch hier anzutreffen.« Er verneigte sich tief.

»Das Vergnügen ist ganz auf meiner Seite, Bruder Jaweo«, antwortete der Kardinal. »Doch wir treffen uns anlässlich eines traurigen Ereignisses wieder ...«

In diesem Moment spürte er einen heftigen Juckreiz auf der Höhe des Solarplexus, ein Gefühl, als würde ein Insekt unter seiner Haut an ihm fressen. Doch weitaus beunruhigender war die Tatsache, dass dieser Parasit ihm unhörbar Worte einzuflüstern schien.

Ich muss mich sofort ausruhen, dachte er, während der Chor der Novizen den heiligen Totengesang anstimmte.

EINUNDZWANZIGSTES KAPITEL

Wir kommen jetzt zu den Xaxas, den himmlischen Zugvögeln. Einige von ihnen brachten mehrere Anhänger des Mahdi Shari von den Hymlyas auf Terra Mater. Ruhe, bitte! Sie können über meinen Vortrag diskutieren, wenn ich ihn beendet habe ... Gewiss werden Sie mir entgegenhalten, dass die Existenz dieser legendären Vögel nie bewiesen wurde. Und umso unwahrscheinlicher ist es, weil das erwählte Volk, dessen gesamte Liturgie auf deren Erscheinen basierte, auf – wie allen bekannt – tragische Weise ausgelöscht wurde. Nach eingehendem Studium einer wieder aufgefundenen Neuen Bibel von Jer Salem und dem darin enthaltenen Buch der Xaxas', bin ich zu gewissen Schlussfolgerungen gekommen, die, wenn sie auch wissenschaftlich nicht begründet werden können, mir jedoch bedeutungsvoll erscheinen.

Zum Beispiel gibt es eine verblüffende Übereinstimmung zwischen der Beschreibung der himmlischen Zugvögel in der Neuen Bibel und Höhlenzeichnungen auf Planeten, auf denen sie zwischengelandet sein sollen. Ich betone, gelandet sein sollen. Ich bin ebenfalls im Besitz eines Holobandes, das einen damaligen franzianischen Jäger zeigt, der behauptet, Wissenschaftler hätten eine Expedition ausgerüstet, um Exemplare dieser Gattung zu fangen und zu sezieren, weil man vermutete, dass sie aus einer weit entfernten Galaxis stammten ...

Lassen Sie mich bitte zu Ende reden! Wenn Sie mich unterbrechen, sobald ich den Mund aufmache, sind wir in einer Woche noch hier. Und wie Sie

alle wissen, dauert der Kongress nur noch zwei Tage. Andere Zeugnisse lassen vermuten, dass die Xaxas gegen Ende des Jahres 16 auf dem Planeten Franzia Station gemacht haben. Dort hielten sich die späteren Schüler des Mahdi Shari von den Hymlyas auf, unter ihnen Jersaleminer. Wenn einige unter Ihnen einwenden, dass kein Fremder, kein Gock Jer Salem betreten durfte, lautet meine Antwort, dass auf diesem Kongress keine irrationalen Thesen vertreten werden. Ruhe bitte!
Im Buch der Xaxas' steht geschrieben, dass man im Bauch dieses himmlischen Zugvogels leben konnte und er seinen Gast vierzig Tage mit Luft und Wasser versorgte. Ich bin der Überzeugung, dass der Stoffwechsel der Vögel sich den Bedürfnissen seines Parasiten anpasste …
Doch trotz der Fürsorge der Xaxas, erreichten nicht alle Adepten Terra Mater lebend …

Öffentlicher, sehr stürmisch verlaufender Vortrag des neoropäischen Historikers und Gelehrten Anatul Hujiak, Autor einer umstrittenen Biographie über Sri Lumpa

Jek rang nach Luft und schlug mit den Armen um sich. Seine Finger krallten sich in die porösen Luftsäcke. Einige zerrissen, Sauerstoff strömte im Übermaß aus. Etwas Weiches klebte auf seinem Gesicht und Hals. Es brannte auf seiner Haut.

»Ich bin ein Diener des Lebendigen«, murmelte der Xaxas.

Es bewegte sich über seinem Kopf. Eine Art Schnecke, nur viel heißer, als würde er in Glut getaucht. Sogar durch die geschlossenen Augen spürte Jek das intensive Leuchten. Er hatte das Gefühl, sich im Innern einer Sonne zu befinden.

»Denn meine Mutter, die Hüterin der Pforte, hat mich dazu geschaffen, Leben zu verbreiten ...«

Das Ding hatte Füße, sie drangen schmerzhaft in Jeks Haut ein.

»Und sollte die Feuerraupe Lust dazu verspüren, wird sie an mir fressen. Dann spinne ich einen Kokon um sie, und nach ihrer Metamorphose wird sie zu einem fernen Sonnengestirn fliegen ...«

Eine Feuerraupe, Jek wusste auf einmal, dass die blinde Passagierin ihn fressen würde.

»Sollte der Mensch es wünschen, werde ich ihn bis zur nächsten Etappe mit Luft und Wasser versorgen, und er wird jene Freunde treffen, deretwegen er sich auf seine lange Reise begeben hat ...«

Der kleine Anjorianer beruhigte sich. Plötzlich erfüllte ihn eine ruhige Entschlossenheit. Er packte die Raupe mit beiden Händen und versuchte, sie von sich zu stoßen. Doch sie klebte zäh an ihm.

Schweißüberströmt versuchte er es ein zweites Mal mit aller Kraft und hörte inmitten seiner aufkommenden Panik die Stimme des Dogen Papironda: *Das Universum ist für einen achtjährigen Jungen voller Gefahren ... Ich biete dir eine vielleicht weniger ruhmvolle Zukunft, aber eine sichere und wohl auch beneidenswerte ... Bleib bei mir ...*

Oh, mein Gott! Warum hatte er nicht auf den Dogen und P'a und M'a At-Skin gehört? Ut-Gen, Anjor, das Terrarium ... das alles war so weit weg ... Viele Schnäbel hackten auf ihn ein ... Die Corvuren der Nuklearwüste ...Wieso hier?

Jek schreckte zusammen und merkte, dass es nicht die Corvuren waren, die ihn verletzten, sondern die Füße dieser widerlichen Raupe. Er spürte sie überall, auch auf seinem Mund. Er hatte nicht mehr die Kraft, sich zu bewegen. Sie wusste jedoch bereits, dass sie den Kampf gewonnen hatte. Bald würde sich sein Stoffwechsel derart verlangsamen, dass sie ihn fressen könnte, samt Haut und Haar.

Sie würde ihn verschlingen, überlegt er, erneut voller Panik. Ihn fressen ... Dann kam ihm ein Gedanke: Benutze deinen Mund. Friss sie, ehe sie dich frisst!

Es kostete ihn große Überwindung, aber sein Überlebenswille siegte. Er machte den Mund auf und biss zu. heißes Fleisch quoll in seine Mundhöhle. Es schmeckte bitter nach Asche und heißem Stein, als die Haut der Feuerraupe knirschend platzte und unkontrollierte Zuckungen ihren Körper durchliefen.

»Heute kommen sie!«, rief Yelle, als sie ins Haus lief.

Sie trug ein knielanges, gerade geschnittenes Gewand und hatte noch den Wanderstab ihres Vaters in der Hand. Wie jeden Tag hatte sie einen Ausflug ins Hymlyas-Gebirge gemacht. Ihre graublauen Augen leuchteten, und goldene Locken umrahmten ihr pausbäckiges Gesicht. Wenigstens eine Stunde täglich verbrachte sie vor dem Dornenstrauch mit den leuchtenden Blüten. Manchmal sprach sie von den verschwindenden Sternen, von ihrem Vater, der ausgezogen war, den Blouf zu bekämpfen, oder ihrem großen Bruder Shari, der bald zurückkommen müsse. Doch traurig war sie nicht mehr, sondern wieder zu einem fröhlichen, schalkhaften kleinen Mädchen geworden.

»Wer kommt?«, fragte Aphykit.

Sie saß in einem Rohrsessel vor dem Kamin und stand auf. Wenn Yelle kam, unterbrach sie ihre Meditationen gern. Allein die fröhliche Unbeschwertheit ihrer schönen Tochter war ihr Belohnung genug. Sie kümmerte sich um den von den Pilgern angelegten Garten und die Obstbäume. Das meiste Obst und Gemüse trocknete sie als Vorrat für den Winter. Manchmal setzte auch sie sich vor den Strauch des Narren und ließ sich von einem nostalgischen Gedankenstrom dahintreiben. Der brachte sie immer zu Tixu. Mehr als vierzig Tage waren vergangen, seit er fortgegangen war. Vierzig Tage ... Ihr erschienen sie wie vierzig Jahre.

»Die neuen Pilger«, antwortete Yelle.

»Wer hat dir das gesagt?«

»Die Sterne, die Erde, der Wind ... Sie haben mir die Ankunft der großen Zugvögel des Alls verkündet. Vor fünf Millionen Jahren waren sie schon einmal auf Terra Mater ... Damals haben sie ebenfalls Menschen transportiert ... Nein, nicht ganz ... Gottmenschen ...«

»Zugvögel des Alls?«

»Ihre Aufgabe ist es, dort Leben zu säen, wo keins existiert ... Komm, Mama. Wir müssen gleich aufbrechen, wenn wir noch rechtzeitig da sein wollen«, sagte Yelle entschlossen.

Aphykit begriff, dass es sich nicht um kindliche Phantasievorstellungen handelte, sondern um eine Realität, die Yelle aus ihrer Umgebung herausgelesen hatte, so wie sie den Blouf, den Tod der Gestirne und das Schrumpfen des Universums erkannt hatte.

»Wo wollen sie landen?«

»In dem großen erloschenen Vulkan ... Zehn Kilometer von hier.«

»Wenn du willst, Yelle, kannst du hierbleiben. Ich reise auf meinen Gedanken dorthin.«

»Ich kann auch auf meinen Gedanken reisen«, entgegnete Yelle, mit glühendem Blick.

Aphykit lächelte und streichelte ihrer Tochter zärtlich übers Haar. »Wie hast du das gelernt?«

»Ich habe es nicht gelernt, ich weiß es. Aber es wäre schade, wenn wir diesen schönen Ausflug nicht genießen würden, die Sonne, der Himmel, die Bäume ... Und wir könnten in einem Bach baden.«

»Du hast ja Recht. Ich werde faul mit dem Alter«, stimmte Aphykit zu und dachte: In allem, was Yelle sagt, ist nie ein falscher Ton.

Als die Sonne im Zenith stand, machten sich die beiden auf den Weg. Eine schwüle Hitze lastete über dem Gebirge, im Dickicht und Gestrüpp knisterte und knackte es.

Aphykit hatte ein ungutes Gefühl. Ihr schien, als ginge von der Natur eine latente Bedrohung aus, während Yelle lachend hinter bunten Schmetterlingen herjagte.

Kümmere dich um unser kleines Wunder, hörte Aphykit die Stimme ihres geliebten Mannes, und Tränen traten ihr in die Augen. Sie wandte sich ab, damit Yelle nichts von ihrem Kummer merkte.

»Du brauchst dich nicht zu verstecken, Mama!«, rief das kleine Mädchen. »Ich weiß, wie du leidest ... Auch ich sehne mich nach Papa.«

Sie gingen durch einen Kiefernwald mit schlanken, hochgewachsenen Stämmen. Das Sonnenlicht malte helle Kreise auf das dunkelgrüne Moos. Yelle ging zu ihrer Mutter, umarmte deren Taille und legte ihren Kopf sanft an Aphykits Bauch, wie sie es beim Abschied von ihrem Vater getan hatte. Aphykit weinte.

Am Ufer des Bachs, in dem Yelle immer badete, zogen sich beide aus und tauchten in das frische klare Wasser. Dann ließen sie sich von der Sonne im duftenden Gras trocknen und aßen die mitgebrachten Früchte.

Trotz der friedlichen Stille wurde Aphykit von dunklen Vorahnungen geplagt. Intuitiv wusste sie, dass diese Heiterkeit, die sie trotz der unterschiedlichen Landschaften an die Insel der Monager erinnerte, für sie bald zu Ende sein würde.

Yelle spülte sich den Mund aus und wusch sich die Hände, ehe sie ihren großen Wanderstab wieder ergriff.

»Wir müssen weitergehen, Mama. Sie kommen bald.«

Hand in Hand gingen Mutter und Tochter den steinigen gewundenen Pfad zum großen Vulkan hoch.

Durch den Biss quoll immer mehr Körpersubstanz aus der gepanzerten Haut der Feuerraupe. Sie kämpfte wütend, wobei sie sorgfältig darauf achtete, alle drei Körperöffnungen ihres Gegners bedeckt zu halten. Aber sie musste ihre Wunde versorgen, sonst würde sie zu viel Lebenskraft verlieren. Allein das war jetzt wichtig. Sie zog sich zusammen, doch dabei löste sie sich kurz von ihrem Opfer, das nun wieder atmen konnte.

Jek, der fast das Bewusstsein verloren hatte, konnte langsam wieder klar denken. Ein seltsam zuckendes Licht blendete ihn fast, über ihm bewegte sich ein zuckender Körper, der plötzlich durch eine heftige Bewegung gegen die Wand geschleudert wurde. Sofort wuchsen aus der Wand weiße, klebrige Fäden, die sich um die Raupe legten.

Der kleine Junge spuckte die bitteren Reste der weichen Substanz aus und spürte ein Kribbeln im ganzen Körper. Neben ihm zuckte die immer noch stark leuchtende Raupe unkontrolliert, während sie weiter eingesponnen wurde.

»Ich bin ein Diener, ein Transporteur«, sagt der Xaxas. »Bald sind wir am Ende der Reise angekommen, und ich muss jetzt wählen. Ich darf nicht zwischen zwei Leben wählen, zwei Lebewesen, die sich in derselben Welt bekämpfen ...«

Automatisch suchte Jek nach der Stelle, von der aus der Xaxas sprach. Im Grunde war es keine Stimme, sondern ein musikalischer Strom. Er schien gleichzeitig von nirgends und von überall herzukommen, und sein Verstand sagte ihm, dass er es vor allem in seinem Inneren hörte.

Die Feuerraupe war inzwischen von einem Kokon umgeben. Sie leuchtete nicht mehr. Wieder herrschte absolute Dunkelheit in dem Xaxas.

»Nur ein einziges Lebewesen kann ich jedes Mal ...«

Als Aphykit und Yelle ankamen und den großen Vulkan sahen, war es bereits später Nachmittag. Auf halber Höhe des Abhangs entdeckte Aphykit eine in das Gestein gehauene

Treppe, die zu dem Eingang führte. Sofort musste sie an Sharis Erzählungen und die Geschichte der Ameurynen denken.

Nachdem die Scaythen von Hyponeros und die Pritiv-Söldner dieses Volk getötet hatten, bombardierten sie die in dem Vulkan liegende Stadt Exod mit mumifizierenden Strahlen, hatte er erzählt. Deshalb gab es hier keinerlei Vegetation, die ganze Region wirkte trostlos.

Sie erklommen die gewundene Steintreppe und waren bereits so erschöpft, dass Yelle mehrmals während des Aufstiegs rastete. Einige Aïoulen kreisten am azurblauen Himmel und stießen heisere Schreie aus. Beide waren verschwitzt und staubig und bedauerten, keine Wasserflasche mitgenommen zu haben.

Schließlich erreichten sie das Plateau auf halber Höhe des Kraters mit der dahinterliegenden großen Öffnung. Als sie hineingingen, bot sich ihnen ein trister Anblick, der an ein immens großes Amphitheater aus schwarzem Lavagestein, mit stufenförmig ansteigenden, jetzt verfallenen Wohnhöhlen erinnerte. In der Mitte befand sich ein kreisrunder Platz von zwei Kilometern Durchmesser.

»Bist du sicher, dass die Xaxas hier landen werden?«, fragte Aphykit.

»Nicht alle«, antwortete Yelle, noch immer außer Atem. »Es sind sehr viele. Nur jene, die Pilger in sich tragen ... Man könnte meinen, dass der Blouf das gesamte Leben in diesem Vulkan gefressen hat ...«

»Das stimmt. Shari hat hier einmal gelebt. Die Stadt hieß Exod.«

Yelle konzentrierte sich, lauschte, so als könnte sie längst vergangene Bilder, Geräusche, Gedanken, Erinnerungen ihres nie gekannten großen Bruders einfangen.

»Pass auf, wenn du hinuntergehst«, warnte Aphykit ihre

Tochter. »Die Innentreppen kommen mir noch steiler vor als die Außentreppen.«

Sie waren nicht nur steiler, sondern auch beschädigt. Es fehlten Stufen, und beide mussten sehr vorsichtig sein, um nicht in die Tiefe zu stürzen.

»Das war also Sharis Heimatstadt?«, fragte Yelle, leicht enttäuscht.

»Ja.«

»Aber da ist nichts mehr.«

»Die Scaythen und die Pritiv-Söldner haben alles zerstört.«

»Warum?«

»Weil ihnen ein Element zur Weiterentwicklung des mentalen Todes fehlte: der Klang. Und die Priester der Ameurynen, die Amphanen, verfügten noch über rudimentäre Kenntnisse der Inddikischen Wissenschaft. Doch sie bedienten sich dieses Wissens nur, um ehebrecherische Männer und Frauen zu töten. Deswegen musste Sharis Mutter sterben. Und als die Scaythen das Gewünschte bekommen hatten, töteten sie alle Ameurynen, weil sie keine Spuren hinterlassen wollten.«

»Was ist das, ehebrecherisch?«

»Das sind Männer oder Frauen, die andere Frauen oder Männer als ihre eigenen lieben ...«

»Ich liebe nur einen Mann!«

Aphykit lachte laut. Sie blieb stehen und hielt sich an einem Geländer fest, während Yelle mit Hilfe ihres Wanderstabs weiter die Stufen hinunterkletterte.

»Und welchen Mann?«

»Einen Pilger. Ich erwarte ihn.«

Aphykit sah ihre Tochter forschend an, konnte aber nur Ernst im Gesicht des kleinen Mädchens entdecken.

»Du bist noch viel zu jung, um ...«

»Ich bin viel älter als du glaubst, Mama!«, schnitt Yelle ihrer Mutter das Wort ab. »Sogar viel älter als du!«

Auf dem Grund des Vulkankessels war die Atmosphäre noch trostloser als auf halber Höhe. Es herrschte eine deprimierende Stille wie in einem riesigen Grab, einem zur Erinnerung an das ameurynische Volk errichteten Mausoleums.

Die beiden überquerten den Platz und gingen über einen gewundenen Pfad zu dem Erdwall in der Mitte.

»Dahinter ist der Kamin«, erklärte Aphykit. »Durch diese Öffnung schoss das Magma aus der Erde empor. Doch er ist schon seit langem erloschen.«

»Ich möchte nicht im Inneren eines Vulkans leben«, sagte Yelle. »Da hätte ich Angst zu ersticken.«

Sie setzten sich auf umherliegende runde Steine und aßen ihre letzten Früchte.

»Dieser Mann, weißt du wenigstens, wie er so ist?«

Yelle spuckte einen Kern aus. »Ich habe ihn nie gesehen. Ich weiß nicht einmal, ob er noch lebt. Doch selbst wenn er tot sein sollte, werde ich meine Meinung nicht ändern«, sagte sie bestimmt.

Yelles Reaktion brachte Aphykit aus der Fassung, doch sie schwieg. Sie musste sich wohl damit abfinden, dass ihre Tochter anders als ein normaler Mensch dachte.

Am frühen Abend nahmen die beiden die ersten Anzeichen wahr. Zuerst seltsam melodische Töne, die von nirgendwoher zu kommen schienen, weil sie eher von innen als von außen zu vernehmen waren. Dieses ungewöhnliche Konzert war ein Zusammenklang aus Tierstimmen und Naturgeräuschen, so ergreifend, dass Tränen in ihre Augen traten.

Als dieses Konzert immer lauter wurde, fielen Lichtsäulen vom Himmel; die dunklen Wände des Kraters erstrahlten plötzlich in unvergleichlich schönen blauen und grünen Farbtönen. Dann ertönte lautes Geschrei, und eine schwarze Wolke schwebte über dem Vulkan.

»Da sind sie! Da sind sie!«, rief Yelle.

Sie stand auf und rannte los, so als wollte sie den himmlischen Zugvögeln entgegenfliegen. Ihr goldenes Haar glich einer wehenden Flamme im Wind.

Das Licht der Säulen blendete Aphykit. Sie schirmte ihre Augen mit der Hand ab und blickte dem dunklen und gleichzeitig glänzenden Vogelschwarm entgegen. Ihr Flügelschlag – der tausendfach an den Vulkanwänden widerhallte – wurde zu einem mächtigen Brausen.

Nur vier Vögel flogen ins Innere einer Säule und glitten in den Krater hinab. Trotz ihrer Masse wirkten sie federleicht. Einer nach dem anderen landeten sie in einiger Entfernung, und die Kristalle in ihren Panzern blinkten nicht mehr. Sie falteten ihre Flügel, traten aus den Lichtkreisen und bewegten sich schwerfällig fort, bis sie erschöpft niedersanken, während die anderen weiter über dem Krater kreisten und schrille Schreie ausstießen.

Zwei Xaxas waren sehr groß – zwischen zwanzig und dreißig Meter lang –, zwei waren kleiner – zwischen fünf und zehn Meter lang.

Yelle ging zu einem der Vögel und musterte ihn. Er sah so gar nicht wie die ihr bekannten Lebewesen aus, keine Augen, kein Schnabel.

Dann begannen sie, sich um sich selbst zu drehen und legten sich auf die Seite, damit ihre Bäuche freilagen.

Als Yelle den Xaxas umrundete, entdeckte sie die Öffnung unter seinem Schwanz, die sich sichtbar weitete. Zuckungen durchliefen den Körper des Vogels. Ein menschlicher Kopf erschien, dann die Schultern, die Arme, der Rumpf, die Beine. Es war eine Frau mit langem schwarzem Haar. Sie bewegte langsam ihre Glieder.

Yelle lief zum größten Zugvogel. Neben ihm lag ein Mann, auch er hatte schwarzes glattes Haar und eine braune Haut. Er drehte den Kopf und sah das kleine Mädchen benommen an.

Neben dem dritten Zugvogel entdeckte sie einen ausgemergelten Greis mit weißem Haar. Er atmete mühsam und wand sich wie ein Wurm. Sie begriff sofort, dass er im Sterben lag.

Schließlich ging sie zu dem vierten Xaxas, der einen tiefschwarzen Panzer hatte. Dieser Vogel hatte keinen Menschen ausgestoßen, sondern einen weißen Kokon.

Yelle stieß einen Schrei der Verzweiflung aus, und ihre Augen füllten sich mit Tränen.

»Was hast du, Yelle?«, fragte Aphykit. Sie war gekommen und legte ihrer Tochter jetzt die Hände auf die Schultern.

»Er ist nicht da.«

»Wer?«

»Der Junge, auf den ich gewartet habe ...«

Das war es also, dachte Aphykit. Nicht einen Mann hast du erwartet, sondern ein Kind ...

Die Frau und der Mann waren inzwischen aufgestanden und umarmten sich lange. Aphykit freute sich einerseits über die Ankunft dieser Menschen, andererseits war sie traurig, weil sie Yelles Enttäuschung teilte.

Die vier Zugvögel indessen richteten sich mit derselben Schwerfälligkeit wieder auf, mit der sie sich auf die Seite gelegt hatten.

»Prinz der Hyänen!«, rief plötzlich der Mann.

Yelle schloss die Augen, wie sie es vor dem Strauch mit den leuchtenden Blüten zu tun pflegte, kniete sich vor den Xaxas. Die über ihnen kreisenden Zugvögel schrien immer lauter.

»Prinz der Hyänen!«, rief der Mann noch einmal.

Er löste sich aus der Umarmung und ging zu Aphykit. Er war groß und sehr schlank und hatte die Ausstrahlung eines Fürsten, trotz seiner Nacktheit vor einer ihm unbekannten Frau.

»Sie haben nicht einen Jungen von acht oder neun Jahren gesehen?«, fragte er angstvoll.

»Nur drei Erwachsene und etwas, das wie eine Chrysalide aussieht«, antwortete Aphykit.

Es muss eine zweite Feuerraupe in dem Xaxas gegeben haben, sagte er mit einem verzweifelten Blick auf den Kokon. »Denn es steht in der Neuen Bibel Jer Salems geschrieben: ›Hüte dich, o gläubige Seele, in den Bauch eines Xaxas' zu schlüpfen, der zwei himmlische Chrysaliden beherbergt, denn fürchterlich ist die Raupe, deren Schwester ihre Metamorphose verhindert hat ...‹«

Inzwischen hatten die Zugvögel ihre ursprüngliche Position wieder eingenommen, während die Lichtsäulen immer blasser wurden. Yelle stand wie versteinert da, und Tränen liefen über ihre Wangen.

»Drecksraupe!«, schrie der Mann.

Er nahm einen flachen Stein und drosch in unbändiger Wut auf den Kokon ein, zerbrach ihn. Darin war nichts als kalte Asche.

»Mögen dein Herz und dein Kopf Ruhe und Geduld bewahren, San Francisco«, sagte die Frau. »Jeks Xaxas ist vielleicht woanders gelandet ... Martis ist auch nicht hier ...«

Der Mann stand auf und schüttelte den Kopf, unendliche Trauer verschleierte seine Augen.

Drei Zugvögel schlugen mit den Flügeln und erhoben sich mit der Leichtigkeit von Schmetterlingen in die Luft. Ihre Kristalle begannen wieder zu leuchten.

Der schwärzeste jedoch legte sich noch einmal auf die Seite. Wieder wurde sein Unterbauch von Spasmen ergriffen, und er stieß einen kleinen Jungen aus.

Das Kind bewegte sich, atmete heftig und schien trotz vieler roter Flecke auf Gesicht und Körper bei bester Gesundheit.

Yelle öffnete die Augen.

Da war er, ihr Gefährte, den sie ihr Leben lang lieben wollte. Obwohl er mager und schmutzig war, fand sie ihn schön. Es war offensichtlich, dass auch er sie als schön empfand, da er den Blick nicht von ihr lösen konnte.

Plötzlich merkte Jek, dass er nackt war, und er bedeckte sein Geschlecht mit den Händen. Ihm war, als stünde er im Paradies, goldhaarigen Engeln gegenüber.

Da hob ihn San Francisco hoch und drückte ihn an sich. »Willkommen auf dem Jer Salem des Lichts, Prinz der Hyänen! Jetzt hast du nach langer Irrfahrt das Ziel deiner Reise erreicht ...«

Nachdem sie sich kurz mit den beiden goldhaarigen Engeln bekannt gemacht hatten, gingen sie zu Robin de Phart, um ihm in seinen letzten Momenten beizustehen. Der alte Syracuser bat als Erstes, mit Marti sprechen zu dürfen.

San Francisco beugte sich über den Sterbenden und sagte: »Sein Xaxas muss außerhalb des Vulkans gelandet sein.«

»Vielleicht ist er gestorben«, sagte Robin mit schwacher Stimme. »Das ist wohl besser ... Ich habe ihn wie einen Sohn geliebt ... aber ich habe begriffen, dass ... dass er ein Monster war ... Er ... er hätte Ihnen nur ... nichts als Schwierigkeiten bereitet ...«

Mit einer Kopfbewegung bedeutete er Aphykit, näher zu treten. Sie kniete sich neben ihn und stützte ihn.

»Wir sind auf Terra Mater, und Sie sind Aphykit Alexu, nicht wahr?«

Sie bejahte.

»Ich bin Robin de Phart aus Venicia und war ein Freund Ihres Vaters, Sri Alexus ...«, sagte er mit erlöschender Stimme. »Ich fühlte mich so wohl im Bauch des Xaxas', wollte Sie aber sehen, ehe ich ...«

Seine Augen verschleierten sich, sein Kopf fiel zur Seite. Er war tot.

San Francisco begrub ihn am Rand eines Waldes unter Steinen, und Jek weinte bittere Tränen über den Verlust seines Freundes.

Dann brachten Aphykit und Yelle ihre Besucher ins Dorf. Während des Marsches bedeckte sich Jek schamhaft.

»Warum tust du das?«, fragte Yelle. »Ich weiß, wie Jungen aussehen. Dein Freund, San Francisco ist nicht so dumm, obwohl er ein Erwachsener ist.«

Dieses Mädchen schüchterte Jek ein. Zwar war sie kleiner als er und wahrscheinlich auch jünger, aber ihre großen graublauen Augen glichen Seen, in die er nicht wagte, einzutauchen. Im Vergleich dazu war ihre Mutter, Naïa Phykit, die Göttin der Legende, diese außergewöhnliche Frau, von der Artrarak erzählt hatte, viel umgänglicher.

»Robin hatte Recht«, sagte San Francisco. »Wir glaubten, zum Planeten Jer Salem des Lichts zu reisen, doch wir sind auf Terra Mater gelandet. Aber unsere Herzen und unsere Köpfe freuen sich, Sie kennenzulernen, Naïa Phykit. Der

Prinz der Hyänen, er sucht sie schon lange, seit er aus Anjor aufgebrochen ist. Wir sind ihm großen Dank schuldig, denn die Kraft seines Gedankens hat uns hierher geleitet.«

»Nicht nach Mama hat er gesucht, sondern nach mir!«, sagte Yelle entschieden, während Jek immer verwirrter aussah und sich nach wie vor schamhaft bedeckt hielt.

Alle mussten lachen.

Nach einer erholsamen Nacht und einem kräftigen Frühstück – Jek war etwas verärgert, weil das kleine Mädchen verlangt hatte, dass er mit ihr in einem Zimmer schlafe –, lud sie ihn zu einem Bad in dem Gebirgsbach ein.

»Du riechst nicht gut! Wenn du weiter bei mir schlafen willst, musst du dich waschen.«

»Warte!«, wehrte sich der kleine Anjorianer. »Ich möchte erst Naïa Phykit etwas fragen.«

»Das kannst du mich fragen. Ich weiß genauso viel wie meine Mutter. Vielleicht sogar noch mehr.«

Doch Jek gab nicht nach. Allein wegen Naïa Phykit hatte er diese lange Reise angetreten, nicht um dieses kleine Scheusal Yelle kennenzulernen. Also ging er in den Garten, wo ihre Mutter gerade Früchte trocknete, und fragte sie schüchtern, wie man auf seinen Gedanken reisen könne.

»Ich werde es euch drei bald lehren«, antwortete sie lächelnd.

Sie sah ihn mit ihren wunderschönen blaugrünen Augen mit den goldenen Sprenkeln an, und obwohl Jek jetzt ein ihm viel zu großes Hemd von Sri Lumpa trug – welche Ehre! –, errötete er bis unter die Haarwurzeln.

»Warum hast du dich auf die Suche nach uns gemacht, Jek?«

»Weil ich ein Krieger der Stille werden will.«

»Und von wem hast du von den Kriegern der Stille erfahren?«

»Von Artrarak, einem alten Quarantäner aus dem Ghetto in Anjor.«

»Und deine Eltern?«

»Sie ... sie wollten mich in eine Schule der heiligen Propaganda schicken, aber ich wollte kein Missionar der Kirche des Kreuzes werden ... Und Sri Lumpa? Wohin ist er gegangen?«

Trauer verdunkelte Naïa Phykits Gesicht. Jek wunderte sich. Niemals hätte er geglaubt, dass eine Göttin Kummer haben könnte, da solche Gefühle nur sterblichen Menschen vorbehalten waren.

»Er ist fortgegangen, um den Feind der Menschheit zu bekämpfen«, antwortete sie betrübt. »Ich hoffe, dass er eines Tages zurückkehrt ...«

Yelle zog ihr Gewand aus und sprang ins kalte Wasser. Jek blieb am Ufer stehen.

»Worauf wartest du noch? Willst du dich etwa mit deinem Hemd baden?«

Als er sich nicht rührte, suchte sie nach einem überzeugenden Argument. Und ihr fiel sofort etwas ein, das sie bisher vergessen hatte.

»Komm, ich zeige dir etwas.«

»Was?«

»Erst musst du kommen.«

Da zog Jek sein Hemd aus und ließ sich schnell ins Wasser gleiten, damit Yelle keine Zeit hatte, ihn mit ihren spöttischen Blicken zu mustern.

»Also, was willst du mir zeigen?«, fragte er.

Sie antwortete nicht, sondern schwamm durch den Gebirgsbach, dessen reißende Strömung sie fünfzig Meter abtrieb. Dann klammerte sie sich an die überhängenden Zweige einer Weide und schwang sich auf die gegenüberliegende Böschung.

Zwar war sie eine kleine Plage, aber doch auch sehr hübsch mit ihrem langen goldenen Haar und den Wassertropfen auf ihrer braunen Haut, die wie Diamanten funkelten.

Yelle lief zu dem Busch, wo sie das Kästchen entdeckt hatte. Sie schob die Äste beiseite, doch da war nur ein von welken Blättern bedecktes Loch.

Sie richtete sich auf und sah sich suchend um. »Jemand hat es genommen.«

»Was denn?«, fragte Jek, als er sich auf die Böschung hievte.

»Das graue Kästchen ... Ich hatte es ganz vergessen ... Das Unglücks-Kästchen, das Blouf-Kästchen ...«

»Blouf?«

»Ja, Blouf. Das Böse, das die Sterne auslöscht ...«

Jek verstand kaum, was das kleine Mädchen erzählte. Doch seine Ernsthaftigkeit beeindruckte ihn. Er bekam Angst, und das Rauschen des Bachs und das Rascheln der Blätter im Wind kamen ihm plötzlich feindlich vor. Sogar der Himmel schien sich zu verdunkeln.

»Wir müssen sofort ins Dorf zurückgehen und Mama Bescheid sagen!«

Sie durchschwammen den Bach, zogen noch nass ihre Kleider an, griffen nach ihren Wanderstöcken und rannten in Richtung Dorf.

Eine Stunde später waren sie da, schweißbedeckt und außer Atem. Eine bleierne Stille lag wie ein Leichentuch über dem Ort.

»Du musst mir noch erklären, warum die Blüten dieses Strauchs ...«, fing Jek an.

Yelle legte ihm die Hand Schweigen gebietend auf den Mund. Noch ehe sie das Haus betrat, war sie gewiss, dass ein Unheil geschehen war, und machte sich Vorwürfe vergessen zu haben, ihrer Mutter von diesem Metallkästchen zu erzählen.

Die Kinder gingen in den Innenhof des Hauses.

Dort lag San Francisco – mit einem Overall Tixus' bekleidet – inmitten von Kisten mit Früchten und Gemüse. Von weitem sah es aus, als ob er schlafe, aber aus der Nähe konnte man einen dunklen Fleck mitten auf seiner Stirn erkennen, als ob er einen heftigen Schlag bekommen hätte. Seine bronzefarbene Haut hatte einen hässlichen Grünton angenommen. Er atmete nicht mehr.

Jek erstarrte. Welches grausame Monster hat das seinem Freund angetan? Diesem tapferen Mann, der sich dem Dogen Papironda und den fanatischen Priestern seines eigenen Volkes widersetzt hat, nur um ihn zu beschützen?

Ein paar Meter weiter fanden die Kinder Phoenix, auch sie hatte eine dunkle Markierung auf der Stirn.

»Mama!«, weinte Yelle und wollte ins Haus laufen.

Doch aus dem Halbschatten trat eine Gestalt, die Jek sofort erkannte, und versperrte ihr den Weg.

Marti de Kervaleur – nackt, den Körper zerkratzt, das Gesicht zu einer Grimasse verzerrt – richtete eine Waffe auf das kleine Mädchen.

»Marti! Nein!«, schrie Jek.

Der runde Lauf spie einen grünen Strahl aus, mitten in Yelles Gesicht. Sie stürzte auf den Steinfußboden. Jek wollte zu ihr eilen, doch Martis metallisch klingende Stimme hinderte ihn daran.

»Rühr dich nicht, je At-Skin!«

»Warum hast du sie getötet?«, fragte der kleine Anjorianer mit tränenüberströmtem Gesicht. »Warum hast du San Francisco und Phoenix getötet? Und Naïa Phykit?«

Er schluchzte, konnte nicht mehr sprechen.

»Ich habe sie nicht getötet, nur kryogenisiert«, präzisierte das Monster in Marti. »Tiefgefroren, wenn du willst. Doch was dich betrifft, werde ich mein ursprüngliches Ziel verfolgen. Ihr glaubtet wohl, ihr hättet euch meiner entledigt, nicht wahr? Aber mein Raumfahrzeug hatte die Güte, mich an dem von mir gewünschten Ort abzusetzen. Die Xaxas sind Diener ... Transporteure ...«

Das Monster ging zu Jek.

»Dies ist eine Waffe mit einer Doppelfunktion. Sie besitzt ein Reservoir, das mit einer Stickstoffverbindung gefüllt ist, und einen Generator für Highdensity-Wellen. Also kann sie Kryogenisierung oder Tod bringen. Das Letztere habe ich für dich vorgesehen. Ich muss nur umschalten ... Hier, siehst du?«

Martis Zeigefinger drückte auf einen unter dem Kolben sitzenden Knopf.

»In dem Behältnis war auch ein Sender. In fünf Minuten werden sich Pritiv-Söldner im Dorf rematerialisieren. Sie sind mit Deremats ausgerüstet, damit sie die Körper deiner Freunde nach Venicia transportieren können. In fünf Minuten wird es keinen Krieger der Stille mehr geben. Mein armer Jek, du hast deine lange Reise völlig umsonst gemacht ...«

»Noch hast du Sri Lumpa nicht gefangen!«, schleuderte ihm der kleine Anjorianer verächtlich entgegen. »Und den Mahdi Shari von den Hymlyas auch nicht!«

»Deine Naivität rührt mich zu Tränen, kleiner Mann. Sri

Lumpa hat sich selbst in die Höhle des Löwen begeben. Und was den Mahdi Shari betrifft, so wurde seine Existenz nie bewiesen. Aber jetzt haben wir genug geredet. Adieu, Jek At-Skin von Ut-Gen. Und vielen Dank für die gute Zusammenarbeit.«

Das Monster drückte den Lauf seiner Waffe gegen Jeks Stirn.

Der Junge floh nicht noch schloss er die Augen, er trat zwei Schritte näher und schmiegte seinen Kopf an den Bauch des Syracusers. Er spürte die Wärme, roch den strengen Geruch der Xaxas'. Seine Tränen rannen über Martis Haut.

»Du wirst bis in alle Ewigkeit mein großer Bruder bleiben«, flüsterte Jek. »Selbst wenn du mich tötest, Marti, werde ich dich so sehr lieben, dass diese Liebe den Tod überwindet. Ich verzeihe dir, weil du noch immer ein Mensch bist. Das Monster hat dich böse gemacht, aber ich weiß, dass du in deinem tiefsten Inneren nicht tun willst, was es dir befiehlt …«

Martis Finger verkrampft sich um den Abzug. Der Andere befahl ihm, endlich Schluss zu machen, doch Jeks Worte hallten in der Stille wie eine herzzerreißende Klage wider und lösten im Kopf des Syracusers einen Sturm aus, brachten ihm Bruchstücke seines einstigen Lebens zum Bewusstsein.

Der Andere begriff sofort, dass er in seiner Kontrollfunktion durch die Aktivierung menschlicher Gefühle bedroht war, und schickt schmerzhafte Impulse in Martis Gehirn, Befehle, den körperlichen Kontakt zu unterbrechen. Aber Marti gehorchte nicht.

Plötzlich sah er vor seinem geistigen Augen das Kind, das er einmal gewesen war, wie er glücklich durch den Park seines Elternhauses lief. Er erinnerte sich an den Duft der Blumen, das Streicheln des Windes, das Leuchten der Sonnen Rose Rubis und Saphyr … an die Augen seiner Mutter, das Lächeln seines Vaters … und wie schön es war, ein Mensch zu sein.

Der Andere aber wütete in seinem Geist wie ein Raubtier im Käfig.

Ja, das bin ich geworden, dachte er in einem Augenblick plötzlicher Hellsichtigkeit. Ein in einem Gehirn eingesperrtes Monster. Tränen liefen über sein Gesicht. Sehr sanft löst er sich aus Jeks Umarmung und schob die Waffe in seinen Mund.

»Marti! Nein!«

Marti sah den kleinen Anjorianer traurig an und drückte ab.

Jek war neben Yelle zusammengebrochen und schluchzte, als er Stimmen und Gelächter hörte. Er stand auf und warf einen Blick über die Mauer auf die Hauptstraße. Dort sah er weiß maskierte Männer in grauen Overalls mit ineinander verschlungenen silbernen Dreiecken auf der Brust. Hinter ihnen standen drei zylinderförmige, etwa zwei Meter hohe Maschinen.

Von panischer Angst ergriffen, rannte er über den Innenhof und versteckte sich hinter einem Holzstoß. Sein Herz klopfte so laut, dass er glaubte, die Männer würden es hören.

Die Zeit wollte nicht vergehen.

»Vier Kryos und ein Toter!«, sagte einer der Männer mit näselnder Stimme.

»Viel weniger als wir dachten«, sagte ein anderer.

»Der Tote, das muss der Ausgelöschte sein. Sein mentales Programm war auf Selbstmord programmiert.«

»Sollen wir die Umgebung absuchen?«

»Nicht nötig. Der Ausgelöschte durfte sich erst umbringen, nachdem er alle Einwohner dieses Kaffs kryogenisiert hat. Diese mentalen Programme funktionieren hundertprozentig. Wir dematerialisieren jetzt die anderen ...«

Dann hörte Jek verschiedene Geräusche, bis sich wieder Stille über das verlassene Dorf senkte.

Er war derart von Angst erfüllt, dass er zwei Tage und Nächte in seinem Versteck ausharrte.

Von jetzt an war Terra Mater ein toter Planet.

ZWEIUNDZWANZIGSTES KAPITEL

Das erste große Problem des Muffis Barrofill XXV. war – seine Wahl. Keiner der fünftausend Kardinäle der Kirche des Kreuzes hatte den Kardinal Fracist Bogh als Nachfolger des verstorbenen Muffis – später Tyrann von Venicia genannt – in Betracht gezogen. Zur Überraschung aller wurde der ehemalige Gouverneur von Ut-Gen jedoch nach dem siebten Wahlgang mit 2602 Stimmen gegen 2398 Stimmen gewählt. Die weiße, auf dem höchsten Turm des päpstlichen Palastes gehisste Fahne hatte den Gläubigen das freudige Ereignis verkündet.

Doch die Syracuser waren entsetzt, als sie erfuhren, dass das Oberhaupt der Kirche nicht einer der ihren war, sondern ein Marquisatiner, ein Paritole. Ihre Missbilligung drückten sie durch schweigende Versammlungen auf Straßen und Plätzen der Hauptstadt aus.

Um seinen Vorgänger zu ehren, nahm Fracist Bogh dessen Namen an. Doch eine Feier zu seiner Inthronisation fand nicht statt, denn der Imperator Menati verlangte, dass sofort der Prozess gegen Dame Sibrit, seine seit drei Monaten verschwundene Gemahlin, beginne. Denn der Kaiser wollte Dame Annyt Passit-Païr heiraten, eine junge Frau und Angehörige des Hochadels, die einst der Geheimbewegung Mashama angehört, sich aber davon losgesagt und bereut hatte.

Nachdem der Kaiser die Verlobung zwischen Dame Annyt und Emmar Saint-Gal, dem Cheftechniker des bischöflichen Palastes, hatte annullieren lassen, stimmte der junge Mann diesem Vorgehen gerne zu, weil er sich

durch ein Implantat der Scaythen nicht einmal mehr an die junge Frau erinnern konnte.
Die enttäuschten Kardinäle aber schlossen sich zusammen und schmiedeten ein Komplott gegen den neuen Muffi. Ermorden konnten sie ihn jedoch nicht, weil er sich ohne Ausnahme absolut auf die Ergebenheit der Bediensteten seines Vorgängers stützen konnte.
Das zweite große Problem des Muffis Barrofill XXV. war der Prozess gegen Dame Sibrit, den er selbst als Vorsitzender leitete. Am vierten Tag des Prozesses geschah etwas Ungewöhnliches: Dame Sibrit erschien höchstpersönlich vor ihren Richtern, hoch erhobenen Kopfes, barhäuptig und barfüßig, in einem schlichten Gewand, mit offenem Haar. Ihre Schönheit war überwältigend. So sah ich sie mit eigenen Augen. Und ihr Erscheinen löste atemlose Stille aus. Sie stellte sich ihren Anklägern und wies Punkt für Punkt die ihr vorgeworfenen Schandtaten zurück. Die geladenen Zeugen – in der Mehrzahl Mitglieder des Hochadels – widersprachen sich häufig und auf peinliche Weise. Allein Dame Alakaït de Phlel, ihre ehemalige Gesellschafterin, verteidigte sie. Ich spürte, dass Barrofill XXV. für diese stolze und freiheitsliebende Frau Sympathie empfand, aber er konnte oder wollte nicht eingreifen, um den Schuldspruch zu beeinflussen. Bei der Verkündung des Urteils war weder Angst noch Bedauern auf dem wunderschönen Gesicht der Angeklagten zu lesen.
Sie wurde zum Tode am Feuerkreuz verurteilt. Das Urteil wurde auf dem größten Platz in Romantigua vollstreckt. Sie litt zehn Tage lang unfassbare Qualen. Der Muffi begnadigte Dame Alakaït de Phlel zum Exil auf dem Planeten Julius. Man hörte nie wieder von ihr.
Das dritte große Problem des Muffis Barrofill XXV. war die Eheschließung des Imperators Menati mit Dame Annyt Passit-Païr. Per Dekret wurden zehntägige Feiern im gesamten Ang-Imperium angeordnet, damit alle die Festivitäten auf den Bildschirmen der staatlichen Holovision verfolgen konnten.
Der Oberste Hirte traute das Paar, eine Zeremonie, die fünf Stunden dauerte. Und trotz der zweifelhaften Vergangenheit der neuen Kaiserin war die syracusische Elite mit dieser Verbindung hoch zufrieden, denn Annyt war eine der ihren und keine Paritolin. Auch gestattete sie sofort die Eientnahme, die mit ausgewählten Spermien des Kaisers befruchtet, dem Ang-Imperium einen oder mehrere Erben bescheren würden.

Ich fand die neue erste Dame des Imperiums weniger schön und weniger interessant als die vorherige, aber ich war nur ein junger Sekretär im Dienste meines Herrn, und meine Meinung wog etwa so schwer wie der Furz einer Fliege in dem Gestank eines Scheißhauses.

Das vierte große Problem Barrofill XXV. war die Vernichtung Jer Salems, dem vereisten Satelliten des Planeten Franzia. Einige Kardinäle – ausschließlich solche, die mit ihren Attentaten auf das Leben des Muffis keinen Erfolg haben würden – griffen ihn auf andere Weise an. Sie verlangten von ihm das Auslöschen des erwählten Volkes, da es der Häresie schuldig sei. Deshalb befahl der Muffi die Zerstörung Jer Salems. Doch der Zerfall des Satelliten löste Katastrophen in den benachbarten Welten aus. Erst viel später begriff ich, dass der Muffi diese einhundertvierzigtausend Leben geopfert hatte, um Milliarden andere zu retten.

Während jener Zeit begann er seine Memoiren zu schreiben, die er dem Seneschall Harkot, dem Vikariat und dem Imperator Menati zur Begutachtung vorlegte. Ich ahnte, dass dieser Text nicht seine Gedanken widerspiegelte, aber damals wusste ich noch nicht, wie er sein Denken vor den immer massiver werdenden mentalen Inquisitionen schützen konnte. Er schien einer inneren Stimme zu folgen, die ich erst Jahre später entdeckte.

Der Muffi setzte bei Seneschall Harkot durch, dass die tiefgefrorenen Körper der Aphykit Alexu, ihrer Tochter Yelle und eines jersaleminischen Paars in eine geheime Kammer des bischöflichen Palastes gebracht wurden. Dorthin begab er sich oft und meditierte vor den Sarkophagen aus Glas. Die darin Eingeschlossenen waren von großer Schönheit – der Schönheit des Teufels?

Er behauptete, diese Feinde des wahren Glaubens oft ansehen zu müssen, um nicht in Nachsicht zu verfallen. Doch ich wusste, dass seine Behauptung nicht stimmte, sondern dass er danach trachtete, ihr Geheimnis zu enthüllen.

Das fünfte große Problem Barrofill XXV. war das neu gegründete Amt für Generalamnesie Anfang des Jahres 17. Für dieses Projekt arbeitete er eng mit dem Seneschall Harkot zusammen, doch ich glaube, dass er vor allem das Kommen jener vorbereitete, die die Welt erschüttern sollten.

Adaman Mourall, Sekretär im bischöflichen Palast zu Venicia

Jek saß mit untergeschlagenen Beinen vor dem Strauch mit den leuchtenden Blüten und hörte das entsetzliche Getöse des Bloufs, der jede Sekunde Millionen Sterne verschlang.

Schon war sein Körper vom Sterben ergriffen, es glich dem des Universums. Er fühlte es.

Naïa Phykit hatte keine Zeit gehabt, ihn das Reisen auf seinen Gedanken zu lehren. Er war kein Krieger der Stille, er war ohnmächtig.

Artrarak konnte nicht wissen, dass der Blouf alle, die für das Leben kämpften, ausschalten würde. Und er hatte keine Zeit gehabt, Yelle kennenzulernen. Sie war widerspenstig, eine richtige kleine Plage, aber er hatte sich in sie verliebt.

Warum hatte das Monster sie eingefroren? Was wollten sie mit ihrem Körper auf Syracusa? Er konnte ihr nicht helfen. Er konnte nicht einmal auf seinen Gedanken reisen.

Die Morgendämmerung brach an, eine trostlose Leere. Er kaute eine getrocknete Frucht, sie schmeckte bitter.

Plötzlich fiel ein heller Strahl auf den Strauch. Jek blickte auf und sah eine lichtumflutete Gestalt auf dem Strahl – einen Mann mit lockigem braunen Haar in schwarzen Pumphosen und einer glitzernden Tunika.

Zuerst glaubte er, ein in Lumpen gekleideter Gott sei vom Himmel herabgestiegen.

Der Gott verharrte zwei Meter über dem Boden und beugte sich über den Strauch. Das Licht schien aus ihm zu kommen.

»Guten Tag. Ich bin Shari Rampouline.«

»Der Mahdi von den Hymlyas?« Jek war plötzlich froh.

»Bist du alleine hier? Wo ist meine Mutter Aphykit? Wo ist ihr Kind, das ich nie kennengelernt habe? Wo sind die Pilger?«

Jek stand auf und erzählte, was aus den anderen geworden war. »Und Sri Lumpa, er ist fortgegangen, um gegen den Blouf zu kämpfen«, schloss er.

Shari stieg zur Erde hinunter, entfernte sich von dem leuchtenden Strahl, ging zu Jek und legte ihm die Hand auf den Scheitel. Eine wundervolle Wärme durchströmte den Körper des Jungen.

»Sie sind nicht tot, das ist das Wesentliche. Ich werde dich lehren, auf deinen Gedanken zu reisen, und dann befreien wir sie. Doch zuerst besuchen wir meine schöne Oniki und unser Kind auf dem Planeten Ephren. Ich konnte sie noch nicht sehen, und sie haben mir sehr geholfen, in den Tempel des Lichts eintreten zu können. Das Reich Hyponeros, das, was du den Blouf nennst, ist noch fürchterlicher als du glaubst. Es vernichtet nicht nur die Sterne, sondern auch das Gewissen aller Menschen. Wenn Sri Lumpa es jetzt bekämpft, muss er zu großen Opfern bereit sein – Opfern, die die Menschheit von ihm verlangt ... Das alles habe ich in den Inddikischen Annalen gelesen ... Sie sind wunderschön. Eines Tages zeige ich sie dir ... Wie heißt du?«

»Jek. Jek At-Skin.«

»Nun gut, Jek At-Skin, was hältst du davon, sofort mit deiner Lehre zu beginnen?«

Jek weinte.

Doch dieses Mal waren es Tränen der Freude.

Glossar

*Die mit * versehenen Namen und Begriffe werden in Band 2 der Triologie nicht mehr erwähnt.*

***Abasky Wortling**: Lists verstorbener Vater

***Abeer Mitzo**: reicher Adeliger vom Planeten Tchiin

Abyner: Priester auf Jer Salem

Aerotom: durch atomare Kraft angetriebener Gleitflieger auf Ut-Gen

***Agripam**: Fluss auf Zwei-Jahreszeiten

Aïoulen: große schwarz-weiße Raubvögel

Alakaït de Phlel: Hofdame und Vertraute Dame Sibrit Angs

Alaki: Thutalin

Anjor: Hauptstadt des Planeten Ut-Gen

***Alloïst de Ma-Jahi**: Vater von Dame Sibrit Ang, (Schwiegervater Ranti Angs)

Ameurynen: von den Scyaten ausgelöschtes Volk auf Terra Mater

Amphane: Stammvater der Priesterkaste der Amphanen auf Terra Mater

Amphanen: Priester der Ameurynen

Anatul Hujiak: neoropäischer Historiker und Gelehrter

Annyt Passit-Païr: Mitglied der Untergrundbewegung Mashama, später zweite Gemahlin Ranti Angs

Aphykit: Tochter Sri Alexus, Ehefrau Tixu Otys, auch Naïa Phykit genannt

APS: autopsychische Selbstverteidigung

APSK: autopsychische Selbstkontrolle

Aquakugel: Fischerboot

***Arghetti Ang**: verstorbener Herrscher Syracusas

***Ariav Mohing**: Kommandant der mahortischen Phalanx und Arminas Geliebter

***Artuir Boismanl**: Tuchhändler von geringem (gekauften) Adel

Artrarak: unter Beta-Zoomorphie leidender Quarantäner, Freund Jeks

***Aum Tinam**: Göttervater

***Autrulen**: straußenartige Vögel mit rotem Gefieder

***Babsée Obraillène**: Issigorerin, Exgeliebte Tixus'

Barrofill XXIV.: oberster Geistlicher, Muffi der Kirche des Kreuzes

Bella Syracusa: dominanter Planet der Konföderation von Naflin und Heimat der Syracuser

***Bernehard Amphan**: Stammvater der Amphanen

Beta-Zoomorphie: durch Radioaktivität hervorgerufene Schädigung

***Bilo Métarelly** oder auch **Maïtrelly**: Françao

***BISS**: Behörde für die interne Sicherheit Syracusas

***Blauer Traum**: ein Gestirn der Nacht

***Boultoc**: Industriestadt des Kontinents Maravel auf Orange

***Bovinen**: bisonartige Wiederkäuer mit drei, vier oder fünf Hörnern

***Brouhaer**: der Dämon des Nichts

***Carnegill**: rechte Hand Haschuitts

Corvuren: Rabenvögel mit Leuchtschnäbeln auf Ut-Gen

***Cuivralü**: sadumbisches Nationalgericht

***Dame Armina Wortling**: Witwe des ehemaligen Herrschers des Marquisats und Lists Mutter

***Dame Boismanl**: Frau von Artuir Boismanl

***Dimuta**: die Wohltäterin, Wassergöttin

Doge Papironda: Kapitän des Weltraumschiffs Papiduc

Dohon-le-Fil: Kapitänleutnant der Wüstenratten auf Ut-Gen

***Dons Asmussa**: Seigneur des Planeten Sbarao und Herrscher der Elf Ringe

***Duptinat**: Hauptstadt des Planeten Marquisat

***Échine de la Marquise**: Gebirgskette auf Marquisat

Elian: Hauptstadt Jer Salems

Emmar Saint-Gal: Techniker der Untergrundbewegung Mashama

Exod: zerstörte Hauptstadt der Amphanen auf Terra Mater

***Feuerpferd**: Zweiter Stern des Tages auf Marquisat

***Filp Asmussa**: Krieger des Ordens der Absolution und Dritter Sohn Dons Asmussas

Fracist Bogh: junger Marquisatiner, Spielgefährte List Wortlings, später Kardinal, Gouverneur Ut-Gens und Muffi Barrofill XXV.

***Frascius**: Kalendermonat der Syracuser

***Garde der Trapiten**: Elitekorps des Klosters

Geof Runocq: Mitglied einer Jagdgesellschaft aus Issigor

***Geofo Anidoll**: Goldschmied

***GIHK**: Gilde der Industriellen, Händler und Künstler

***Glaktus Quemil**: Sklavenhändler

Glatin-Bat: Stadt auf Ut-Gen in der verseuchten Zone

Gloson: durch eine Deremat-Reise hervorgerufene Indisposition

Godovan: Trar des Clans der Wüstenratten

***Goudour**: Prophet einer ketzerischen Lehre

***Grand Erg Brûlé**: Gebirge auf Roter-Punkt

***Grünes Feuer**: eine Sonne des Planeten Roter-Punkt

Hares: erlöschendes rotes Sonnengestirn Ut-Gens

Harkot: Scaythe, Experimentator und Pamynx' Schüler, später Seneschall des Ang-Imperiums

***der große Haschuitt**: Straßenbandit

***Houhatte**: Küstenort auf Selp Dik

***Houtchu**: Schamane der Tschutschu

die Hymlyas: Gebirge auf Terra Mater

Iema-Ta Mars: Chefin einer Schleuserbande auf Franzia

***Inoníí**: alte Frau in Matana

***die schöne Isabusa**: Straßenhure

***Isalica und Sofrène**: Töchter des Goldschmieds Geofo Anidoll

Issigor: eine der Welten des Zentrums

***Jadaho d'Ibrac**: planetarischer Abgeordneter der InTra

***Jahal von Rawalpundi**: List Wortlings Lehrer

***Jasp Harnet**: Dayt-General, im Dienste Stry Wortlings

Jaweo Mutewa: Vikar vom Planeten Platonia und Privatsekretär des Kardinals Fracist Bogh

***Jaunor**: letzter der fünf Satelligen der Zweiten Nacht auf Syracusa

Jek At-Skin: acht Jahre alter Utgenianer

***Jonati und Bernelphi**: Söhne des Herrscherpaars von Syracusa

Jurius de Phart: Mentor der Untergrundbewegung Moshama

Kacho Marum: Ima des Tiefen Waldes, sadumbischer Schamane

Kardinal d'Esgouve: Gouverneur Ephrens

***Kardinal de Laboityp**: jetzt Eremit Parakumadj

Kardinal Frajius Molanaliphül: ehemaliger Generalsekretär der Kirche

***Kirah der Schlaue**: Prouge, Anführer einer Bande von Gassenjungen in Matana

Koralion: Hauptstadt des Planeten Ephren

***Kraouphas**: ein Prouge

***Kwen Daël**: Fischer auf dem Ozean der Feen von Albar auf dem Planeten Selp Dik

***Licius**: Diener im Palast Ferkti Ang zu Venicia

***List Wortling**: Sohn von Abasky und Dame Armina Wortling

***Long-Sho Pae**: ehemaliger Ritter des Ordens der Absolution, als Raskatte deklassiert und auf Roter-Punkt lebend

***Luhaïm**: Gott des Waldes

***Mahdi D.H. Brenton**: Schüler des Mahdi Bertelin Naflin

Mahdi Shari Rampouline von den Hymlyas: Krieger der Stille, Ziehsohn von Naia Phykit und Sri Lumpa

Mahdi Seqoram: Großmeister des Ritterordens der Absolution und der inddikischen Wissenschaft

***Majiken**: Priester der Magie

***Malinoë**: Ehefrau Kacho Marums

***Maranas**: Prouge, Geliebter Sri Mitsus

***Markus de Florenza**: Adeliger

***Markyat**: Scaythe, Archivar der Gerichtsbarkeit

Marti de Kervaleur: junger syracusischer Adeliger, Mitglied der Mashama

***Maryt Frasciata**: Tist d'Argolons Gemahlin

Mashama: Untergrundbewegung in Venicia

***Matana**: Hauptstadt des Planeten Roter-Punkt

***der Mazakawen**: Tanz der Magier

***Mehom**: Wassergott der Sadumbas, d.h. der Ureinwohner des Planeten Zwei-Jahreszeiten

Menati Ang: Ranti Angs Bruder, Oberbefehlshaber der Interplanetarischen Polizei und Streitkräfte, später Imperator des Ang-Imperiums

***Mesgomien**: Landschaft auf Syracusa

Mikl Manura: Jagdhelfer auf Franzia, ehemaliger Krieger der Stille

***Mo Qualquin**: Seigneur von Issidor

***Moao Amba**: sadumbischer Küchenchef

***Mölin Renehar**: Beisitzer des Ritters Choud Al Bah

***Moulik de Ma-Jahi**: Bruder von Dame Sibrit

***Naïona Rampouline**: Shari Rampoulines Mutter

der Narr der Berge: ein Weiser zwischen den Welten

Nea-Marsile: Hauptstadt Franzias

***Nouhenneland**: auch Schoklett genannt

Oniki Kay: Thutalin, später Geliebte von Shari

***Orangenes Feuer**: eine Sonne des Planeten Roter-Punkt

Pamynx: Scaythe, Großkonnetabel, oberster Stratege Syracusas

***Panapií**: Maranas' Mutter

***Panthard**: legendäres Raubtier auf Nouhenneland und Wappentier der Ritter der Absolution

Papiduc: Raumschiff des Dogen Papironda

Paritolen: verächtliche Bezeichnung der Syracuser für Nichtsyracuser

***Phille**: Hauptstadt der Provinz Jaunille auf Orange

Planet Franzia: Planet im Sternhaufen Neorop

***Planet Getablan**: Heimat der Tiermenschen

Planet Hyponeros: Heimat Pamnynx', der Scaythen und der Meister-Creatoren

Planet Issigor: von Seigneur Mo Qualquin regierter Planet

Planet Jer Salem: eisiger Planet des erwählten Volkes

***Planet Julius**: Satellitenstaat, Heimat der Mikaten oder Halbmenschen

Planet Marquisat und die Marken: von Seigneur Stry Wortling regiert

Planet Nouhenneland: von dem indigenen Volk der Tschutschu bevölkert

Planet Orange: Heimatplanet von Tixu Oty

***Planet Osgor**: Satellitenstaat, Heimat von Spergus und der Osgoriten

***Planet Oursse**: stark bewaldeter Planet mit kalten Temperaturen

Planet Roter-Punkt: Zentrum des Schwarzhandels, Drogen-, Waffen- und Menschenhandels

***Planet Sbarao**: von Seigneur Dons Asmussa regierter Planet

Planet Selp Dik: Planet und gleichnamiges Kloster des Ritterordens der Absolution

Planet Terra Mater: Heimat der Ameurynen und später von den Kriegern der Stille

Planet Ut-Gen: Atomar verseuchter Planet im Sonnensystem des Gestirns Hares

Planet Zwei-Jahreszeiten: optaliumreiche Heimat der Sadumbas

Plumeng: aromatische Wurzelknolle auf Ut-Gen

Pradoz: Hauptstadt der Skoj-Welten

Pritiv-Söldner: Renegaten, ehemalige Mitglieder des Ritterordens

***Prougen**: Ureinwohner des Planeten Roter-Punkt

***Pultry Wortling**: Arminas Schwager

Pzalion: Verbannungsinsel Ephrens

***Ranti Ang**: ältester Sohn von Arghetti Ang, jetziger Herrscher

***Ritter Choud Al Bah**: Beichtvater Filp Asmussas

***Ritter Godegezil Szabbo**: Vertreter der Garde des Entscheidungsgremiums des Orden der Absolution

***Ritter Ruiff Loane**: Lehrer von Filp Asmussas

Robin de Phart: syracusischer Ethnosoziologe

Romantigua: Stadtviertel in Venicia

Rose Rubis: Sonne des Ersten Tages auf Syracusa

***Rotes Feuer**: eine Sonne des Planeten Roter-Punkt

***Salaün**: Dirnenviertel in Venicia

***Salom**: Sonnengestirn des Roten-Punkts

***Sandwind**: letztes Nachtgestirn des Marquisats

San Frisco oder **San Francisco**: ein Prinz der Jersaleminer und erster Offizier an Bord der Papiduc

***Sar Bilo**: Anwesen Bilo Métarellys

Schigalin: Reittier mit drei Hörnern

***die Schwarzen Inseln der Ager**: von den Monagern besiedelte Inseln

***Scrabour**: Stadt auf Terra Mater

Shanyan: Initiierter in die Lehre des Antras

Shari Rampouline: Knabe vom Volk der Ameurynen auf Terra Mater, später Mahdi Shari von den Hymlyas

Sibrit Ang: Ranti Angs Gemahlin, später Imperatrix des Ang-Imperiums

Shelam: Schleuser auf Franzia

***Silberkönig**: Sonnengestirn des Tages des Marquisats

***Sisoten**: Puppen mit Stimmbedienung

Skoj-Welten: Planeten, Zentrum illegalen Alkoholschmuggels

Soji: ehemalige Thutalin auf Pzalion

Song-Nu Jien: Historiograph und Mitglied einer Jagdgesellschaft

***Spergus**: Osgorit, Höfling

Sri Alexu: Großmeister der Inddikischen Wissenschaft

Sri Mitsu: Großmeister der Inddikischen Wissenschaft

***Stanislav Nolustrist**: Hirte und Dichter auf dem Planeten Marquisat

***Stry Wortling**: Seigneur des Marquisats

***Taheu'ingh**: Gebirge auf Syracusa

Tau Phraïm, Sohn Onikis und Shari Rampoulines

Terra Mater: zu einem am Rande der Milchstraße liegenden Sonnensystems gehörender Planet, die Erde allen Ursprungs

***der Tams**: Fluss auf dem Planeten Nouhenneland

Tau Xir: rotes Sonnengestirn Ephrens

Tiber Augustus: Fluss durch Venicia

***Tist d'Argolon**: Adeliger und Hofsänger

Tixu Oty: Oranger, Reisebüroangestellter auf dem Planeten Zwei-Jahreszeiten, später Sri Lumpa

Trar Godovan: Anführer eines Clans der Wüstenratten auf Ut-Gen

Trar Serbett: Anführer eines Clans der Wüstenratten auf Ut-Gen

***die Tschutschu**: indigenes Volk auf dem Planeten Nouhenneland

***Ty Zarovov**: Beisitzer des Ritters Choud Al Bah

***UNRA**: Universales Radioprogramm

Venicia: Hauptstadt Syracusas

Veronit de Motohor: Mätresse des Imperators

***von Donq**: Françao

***die vier Weisen**: Vorsitzende des Ordens der Absolution

***Wind der Nacht**: ein Gestirn der Nacht

***Wort-Mahort**: Herrscherdynastie des Marquisats

***Xaphit**: Tochter des Herrscherpaars von Syracusa

Xaphox: scaythischer Großinquisitor auf Ephren

Xati Mu: blaues Riesengestirn Ephrens

Xaxas: himmlische Zugvögel

Yelle: Tochter Aphykits und Tixus

***Zorthias**: Prouge, rechte Hand Métarellys